U0470251

新时代万有文库

刘跃进 主编

诗经

邵 杰·校点

辽海出版社

图书在版编目（CIP）数据

诗经 / 邵杰校点. —沈阳：辽海出版社，2025.1
（新时代万有文库 / 刘跃进主编）
ISBN 978-7-5451-6957-7

Ⅰ.①诗… Ⅱ.①邵… Ⅲ.①《诗经》 Ⅳ.①I222.2

中国国家版本馆CIP数据核字（2024）第085485号

出 版 者：	辽海出版社
	（地址：沈阳市和平区十一纬路25号　邮编：110003）
印 刷 者：	辽宁新华印务有限公司
发 行 者：	辽海出版社
幅面尺寸：	160mm × 230mm
印　　张：	37.75
字　　数：	378千字
出版时间：	2025年1月第1版
印刷时间：	2025年1月第1次印刷
责任编辑：	吴昊天
装帧设计：	新思维设计　刘清霞
责任校对：	林明慧
书　　号：	ISBN 978-7-5451-6957-7
定　　价：	190.00元

购书电话：024-23285299
网址：http://www.lhph.com.cn
版权所有，翻印必究
法律顾问：辽宁普凯律师事务所　王　伟
如有质量问题，请与印刷厂联系调换
印刷厂电话：024-31255233
盗版举报电话：024-23284481
盗版举报信箱：liaohaichubanshe@163.com

《新时代万有文库》

编辑委员会

学术顾问（以姓氏笔画为序）：

安平秋　李致忠　陈铁民　赵敏俐

詹福瑞　廖可斌

主　　编：刘跃进

编　　委（以姓氏笔画为序）：

王洪军　杜泽逊　吴在庆　冷卫国

张新科　周绚隆　袁济喜　徐正英

蒋　寅　韩高年

出版委员会

主　任： 邬书林

副主任： 郭义强　李　岩　焦万伟　张东平

委　员（以姓氏笔画为序）：

王　雪　王利明　邬书林　李　岩
杨　平　张东平　张国际　单英琪
柳青松　徐桂秋　郭义强　郭文波
焦万伟

◎安徽大学藏战国竹简《诗经》残简

六月宣王北伐也鹿鳴廢則和樂
缺矣四牡廢則君臣缺矣皇〻者
華廢則忠信缺矣常棣廢則兄
弟缺矣伐木廢則朋友缺矣天
保廢則福祿缺矣采薇廢則征
代缺矣出車廢則功力缺矣杕杜
廢則師眾缺矣魚麗廢則法度
缺矣南陔廢則孝友缺矣白華
廢則廉恥缺矣華黍廢則畜積
缺矣由庚廢則陰陽失其道理
矣南有嘉魚廢則賢者不安下
不得其所矣崇丘廢則萬物不
遂矣南山有臺廢則為國之基
墜矣由儀廢則萬物失其道理矣
蓼蕭廢則恩澤乖矣湛露廢則

墜矣由儀廢則萬物失其道理矣
蓼蕭廢則恩澤乖矣湛露廢則
萬國離矣彤弓廢則諸夏衰矣
菁〻者莪廢則無禮儀矣小雅盡
廢則四夷交侵中國微矣

六月棲〻戎車既飭四牡騤〻載是
常服王于出征以匡王國
比物四驪閑之維則維此六月
既成我服我服既成于三十里
王于出征以佐天子
四牡脩廣
其大有顒薄伐獫狁
有嚴有翼共武之服共武之服以定王
國
獫狁匪茹整居焦穫侵鎬及方至于涇陽
織文鳥章白旆央央元戎十乘以先啟行
戎車既安如輊如軒四牡既佶既佶且閑
薄伐獫狁至于大原文武吉甫萬邦為憲

◎唐开成石经《毛诗》拓片局部

毛詩卷第一

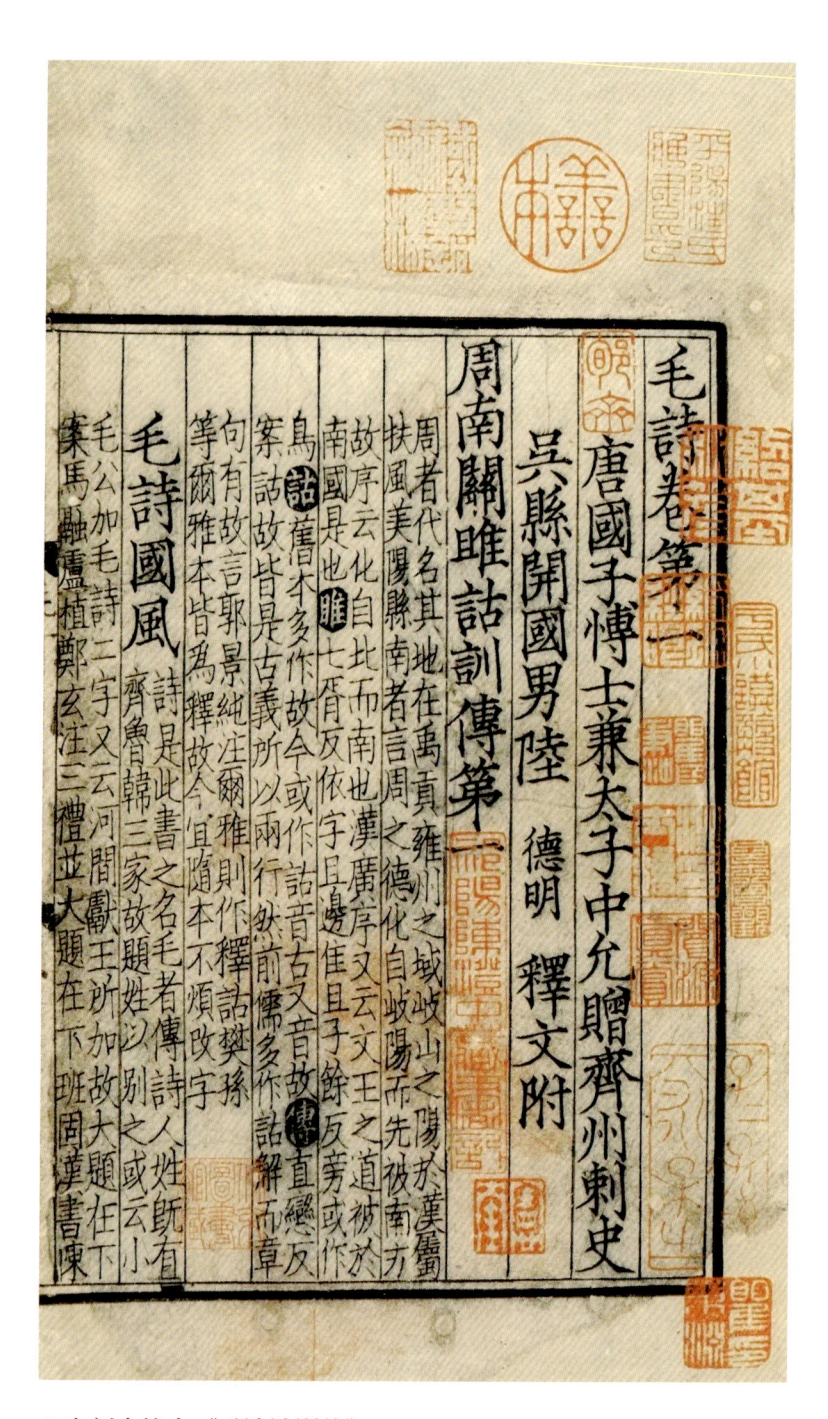

唐國子博士兼太子中允贈齊州刺史

吳縣開國男陸　德明　釋文附

周南關雎詁訓傳第一

周者代名其地在禹貢雍州之域岐山之陽於漢屬扶風美陽縣南者言周之德化自岐陽而先被於南方故序云化自北而南也漢廣序又云文王之道被於南國是也雎七胥反佳且子餘反旁或作鳥舊本多作雎故今或作雎音七胥又音祖詁音古又入音故故或作詁詁故皆是古義所以兩行然前儒多作詁解而章句有故言耶景純注爾雅則作釋詁釋故等爾雅本皆為釋故宜隨本不煩改字

毛詩國風　詩是此書之名者既有毛公加毛詩二字又云河間獻王所加故大題在下案馬融廬植鄭玄注三禮並大題在下班固漢書陳

○毛詩圖譜

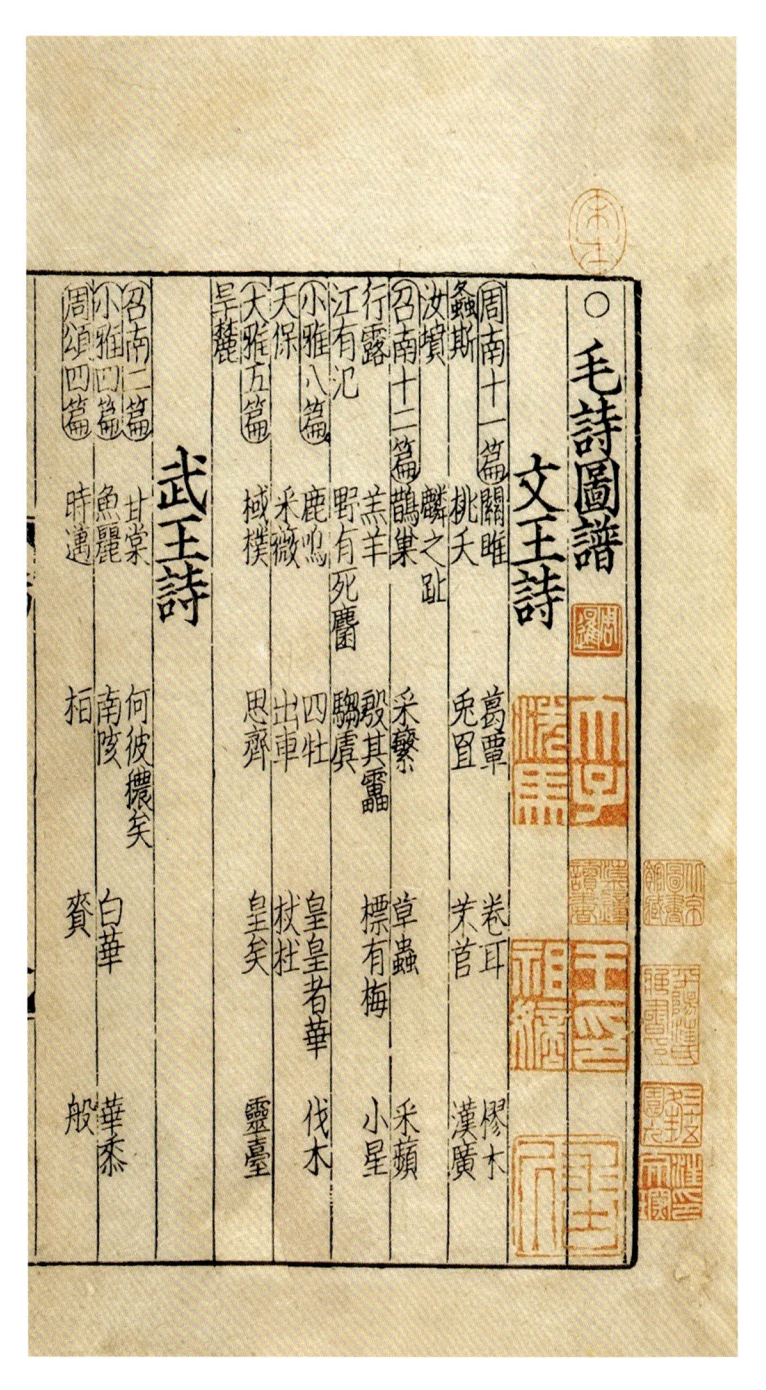

文王詩

周南十一篇 關雎 葛覃 卷耳 樛木
桃夭 兔罝 芣苢 漢廣
螽斯 麟之趾
汝墳
召南十二篇 鵲巢 采蘩 草蟲 采蘋
行露 摽有梅 小星
江有汜
小雅八篇 鹿鳴 四牡 出車 杕杜
天保 采薇 駟驖 皇皇者華 伐木
大雅五篇 棫樸 思齊 皇矣 靈臺
旱麓

武王詩

召南一篇 甘棠 何彼襛矣
小雅四篇 魚麗 南陔 白華 華黍
周頌四篇 時邁 柏 賚 般

◎宋刻《監本纂圖重言重意互注點校毛詩》

附釋音毛詩註疏卷第一(一之一)

唐國子祭酒上護軍曲阜縣開國子孔穎達奉

勑撰

周南關雎詁訓傳第一

座德明音義曰周南周者代
山之陽於漢屬扶風美陽縣南者言周之德化自岐陽
被南方故序云化自北而南也漢廣序又云文王之道被於
南國是也○關雎七胥反邊佳反且音子餘反旁或戀反案作
鳥故訓舊本多作故今或作詁音古又音故傳音直句有故言
詁故皆是古義所以兩行然前儒多作詁解而章句有故今宜隨
本不煩紉注爾雅則作釋詁者以釋詁爲本皆爲詁訓
攺字疏正義曰關雎者詩篇之名既以關雎爲詩以貽王
先之作詩後爲名也篇名皆作者所自名既言爲詩乃
餘或偏舉兩字或全取一句偏舉則或上或下或遺
亦有捨其篇首撮章中之一言或復都取假外埋

毛詩詁訓傳第一

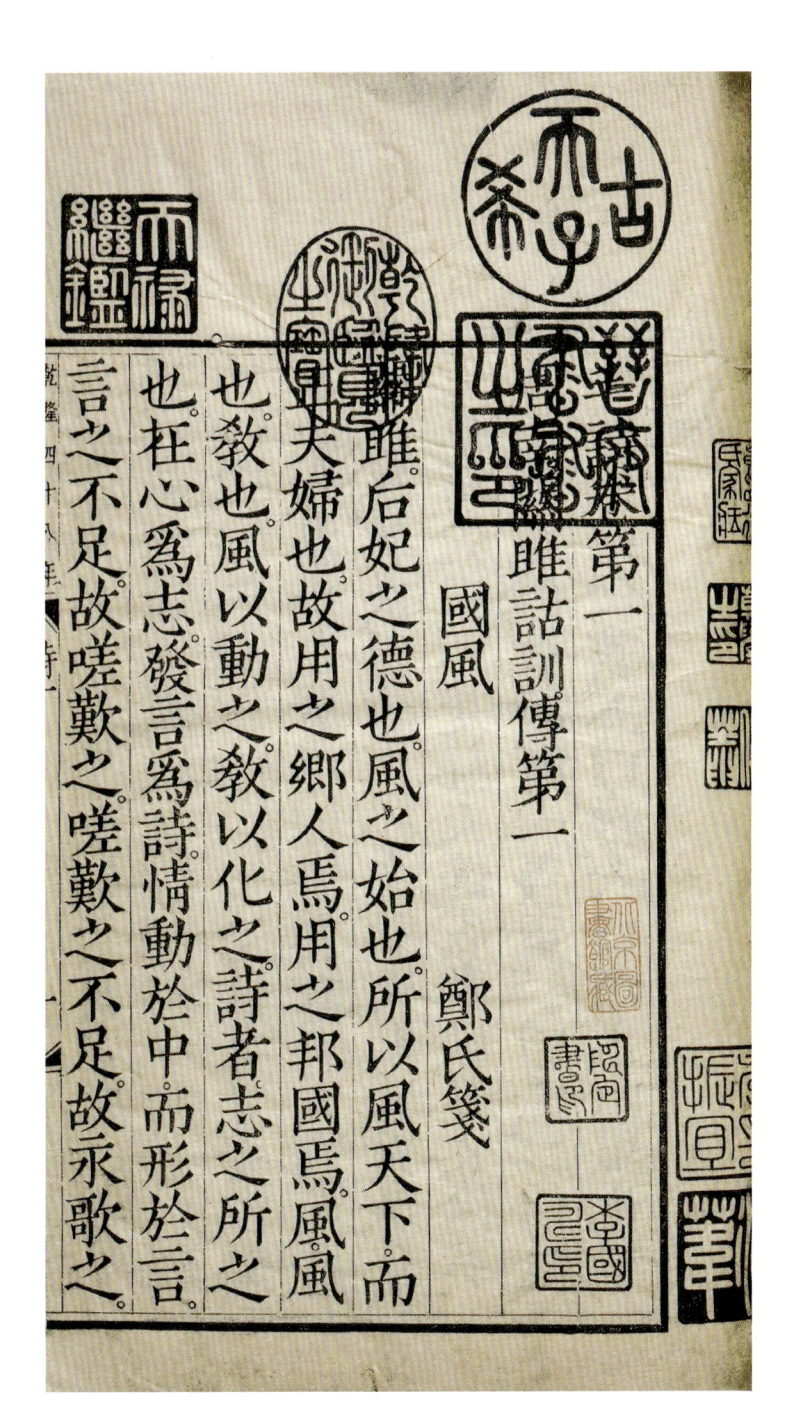

國風　鄭氏箋

關雎后妃之德也風之始也所以風天下而
正夫婦也故用之鄉人焉用之邦國焉風風
也教也風以動之教以化之詩者志之所之
也在心為志發言為詩情動於中而形於言
言之不足故嗟歎之嗟歎之不足故永歌之

◎清乾隆四十八年武英殿仿刻相台岳氏本《毛诗》

◎明隆庆二年重修嘉靖间李元阳刻本《毛诗注疏》

总　序

刘慧晏

　　新时代、新征程、新伟业，更加迫切地需要"两个结合"提供支撑和滋养。辽宁出版集团贯彻落实习近平文化思想，着眼于服务"第一个结合"，集海内百余位专家之力，分国内传播、世界传播两辑，出版《马克思主义经典文献传播通考》。巨著皇皇，总二百卷，被誉为当代马克思主义基础研究扛鼎之作。着眼于服务"第二个结合"，辽宁出版集团博咨众意，精研覃思，决定出版《新时代万有文库》。

　　自古迄今，中华文化著述汗牛充栋。早在战国时，庄子就发"以有涯随无涯，殆已"的感慨。即使在知识获取手段高度发达的今天，我想，也绝对没有人敢夸海口：可尽一生精力遍读古今文化著述。清末好读书、真读书的曾国藩，在写给儿子的家书里，做过统计分析，有清一代善于读书且公认读书最多的王念孙、王引之父子，每人一生熟稔的书也不过十几种，而他本人于四书五经之外，最好的也不过《史记》、《汉书》、《庄子》、韩愈文四种。因此，给出结论："看书不可不知所择。"

高邮王氏父子也罢，湘乡曾国藩也罢，他们选择熟读的每一本书，当然都是经典。先秦以降，经典之书，积累亦多矣。虽然尽读为难，但每一本经典，一旦选择，都值得花精力去细读细研细悟。

中华文化经典，是中华优秀传统文化的物质载体和精神表达，凝聚着中华先贤的思想智慧，民族文化自信在焉。书海茫茫，典籍浩瀚，何为经典？何为经典之善本？何为经典之优秀注本？迷津得渡，知所择读，端赖方家指引。正缘于此，辽宁出版集团邀约海内古典文史专家，不惧艰辛，阅时积日，甄择不同历史时段文化经典，甄择每部文化经典的善本和优秀注本，拟分期分批予以整理出版，以助广大读者在创造性转化和创新性发展中赓续中华文脉。

《马克思主义经典文献传播通考》的美誉度，已实至名归。《新时代万有文库》耕耘功至，其叶蓁蓁、其华灼灼、下自成蹊，或非奢望！

出版说明

一、《新时代万有文库》（以下简称"《文库》"）拟收录中华传统文化典籍中具有根脉性的元典（即"最要之书"）500种，选择具有重要学术价值和版本价值的经典版本，给予其富有鲜明时代特征的整理与解读，致力于编纂一部兼具时代性、经典性、学术性、系统性、开放性的中华优秀传统文化经典丛书，深入挖掘和阐发中华优秀传统文化的精神内涵和时代价值，激活经典，熔古铸今，为"第二个结合"提供助力，满足新时代读者对中华文化经典的需求。

二、为满足不同读者的需求，《文库》收录的典籍拟采取"一典多版本"和"一版三形式"的方式出版。"一典多版本"是指每种典籍选择一最精善之版本予以重点整理，同时选择二至三种有代表性的经典版本直接刊印，以便读者比较阅读，参照研究。"一版三形式"是指每种典籍选择一最精善之版本，分白文本、古注本、今注本三种形式出版。各版本及出版形式，根据整理进度，分批出版。

三、典籍白文本仅保留经典原文，并对其进行严谨校勘，使其文句贯通、体量适宜，便于读者精析原文，独立思考，涵泳经典。考虑到不同典籍原文字数相差悬殊的实际情况，典籍白文本拟根据字数多少，或一种典籍单独出版，或几种典籍合为一册出版。合出者除考虑字数因素外，同时兼顾以类相从的原则，按照四部书目"部、类、属"三级分类体系，同一部、同一类或同一属的典籍合为一册出版。如子部中，同为"道家类"的《老子》与《庄子》合为一册出版。

四、典籍古注本选取带有前人注疏的经典善本整理出版。所选注本多有较精善的、学术界耳熟能详的汉、唐、宋、元人古注，如《老子》选三国魏王弼注，《论语》选三国魏何晏集解，《尔雅》选晋代郭璞注，等等。

五、典籍今注本在整理典籍善本基础上，对典籍进行重新注释，包括为生僻字、多音字注音；给难解的词语如古地名、职官、典制、典故等做注，为读者阅读、学习经典扫清障碍。

六、每部典籍卷首以彩色插页的形式放置若干面重要版本的书影，以直观展现典籍的历史样貌及版本源流。

七、每部典籍均撰写"导言"一篇，主要包括作者简介、创作背景、内容简介、时代价值、版本考释等方面内容。其中重点是时代价值，揭示每一种中华传统文化经典所蕴含的优秀基因和至今仍有借鉴意义的思想观念、人文精神、道德规范等，展示中华民族的独特精神标识，彰显中华传统文化经典的"魂"，满足读者借鉴、弘扬其积极内涵的需求，找准中华传统文化与社会主义核心价值观之间的深度契合点，指明每种经典在建设中华民族现代文明中能提供哪些宝贵资源。同时，对部分经典中存在的陈旧过时或已成为糟粕性的内容，予以明确揭示，提醒读者正确取舍，有鉴别地对待，有扬弃地继承，避免厚古薄今、以古非今。

八、校勘整理以对校为主，兼采他书引文、相关文献及前人成说，不做烦琐考证。选择一种或多种重要版本与底本对勘，以页下注的形式出校勘记，对讹、脱、衍、倒等重要异文进行说明，并适当指出旧注存在的明显问题。鉴于不同典籍在内容、体例、底本准确性等方面存在较大差异，《文库》对是否校改原文及具体校勘方式不作严格统一，每种典籍依具体情况灵活处理，并在书前列"整理说明"。

九、《文库》原则上采用简体横排的形式，施以现代新式标点，不使用古籍整理中的专名号。古注本的注文依底本排在正文字句间，改为单行，变更字体字号与正文相区别。

十、《文库》原则上使用规范简化字，依原文具体语境、语义酌情保留少量古体字、异体字、俗体字。《说文解字》《尔雅》等古代字书则全文使用繁体字排印。

《新时代万有文库》编辑委员会
2023年10月

目 录

导言 / 001

整理说明 / 019

卷一 / 021

  周南关雎诂训传第一　国风 …………………………… 022

    关雎 ………………………………………………… 022

    葛覃 ………………………………………………… 025

    卷耳 ………………………………………………… 027

    樛木 ………………………………………………… 029

    螽斯 ………………………………………………… 030

    桃夭 ………………………………………………… 031

    兔罝 ………………………………………………… 031

    芣苢 ………………………………………………… 033

    汉广 ………………………………………………… 033

    汝坟 ………………………………………………… 034

    麟之趾 ……………………………………………… 035

  召南鹊巢诂训传第二　国风 …………………………… 037

    鹊巢 ………………………………………………… 037

    采蘩 ………………………………………………… 038

    草虫 ………………………………………………… 039

    采蘋 ………………………………………………… 040

001

甘棠	042
行露	043
羔羊	044
殷其靁	045
摽有梅	046
小星	047
江有汜	048
野有死麕	049
何彼襛矣	051
驺虞	052
诗经卷一考证	054

卷二 / 057

邶柏舟诂训传第三　国风 …… 058

柏舟	058
绿衣	060
燕燕	061
日月	063
终风	064
击鼓	066
凯风	068
雄雉	069
匏有苦叶	070
谷风	072
式微	076
旄丘	076
简兮	078
泉水	079

目录

北门 …………………………………… 081
北风 …………………………………… 082
静女 …………………………………… 083
新台 …………………………………… 085
二子乘舟 ……………………………… 086
诗经卷二考证 ………………………… 088

卷三 / 091

鄘柏舟诂训传第四 国风 ………… 092
　　柏舟 …………………………… 092
　　墙有茨 ………………………… 093
　　君子偕老 ……………………… 094
　　桑中 …………………………… 096
　　鹑之奔奔 ……………………… 097
　　定之方中 ……………………… 097
　　蝃蝀 …………………………… 099
　　相鼠 …………………………… 100
　　干旄 …………………………… 101
　　载驰 …………………………… 103

卫淇奥诂训传第五 国风 ………… 105
　　淇奥 …………………………… 105
　　考槃 …………………………… 106
　　硕人 …………………………… 107
　　氓 ……………………………… 110
　　竹竿 …………………………… 113
　　芄兰 …………………………… 115
　　河广 …………………………… 116
　　伯兮 …………………………… 117

003

有狐 ······ 118
　　　木瓜 ······ 119
　诗经卷三考证 ······ 120

卷四 / 121

王黍离诂训传第六　国风 ······ 122
　　　黍离 ······ 122
　　　君子于役 ······ 123
　　　君子阳阳 ······ 124
　　　扬之水 ······ 125
　　　中谷有蓷 ······ 126
　　　兔爰 ······ 127
　　　葛藟 ······ 128
　　　采葛 ······ 129
　　　大车 ······ 130
　　　丘中有麻 ······ 131

郑缁衣诂训传第七　国风 ······ 133
　　　缁衣 ······ 133
　　　将仲子 ······ 134
　　　叔于田 ······ 135
　　　大叔于田 ······ 136
　　　清人 ······ 137
　　　羔裘 ······ 138
　　　遵大路 ······ 139
　　　女曰鸡鸣 ······ 140
　　　有女同车 ······ 141
　　　山有扶苏 ······ 142
　　　萚兮 ······ 143

狡童	144
褰裳	144
丰	145
东门之墠	146
风雨	147
子衿	148
扬之水	149
出其东门	150
野有蔓草	151
溱洧	152
诗经卷四考证	154

卷五 / 155

齐鸡鸣诂训传第八　国风 …… 156

鸡鸣	156
还	157
著	158
东方之日	159
东方未明	160
南山	161
甫田	163
卢令	164
敝笱	164
载驱	165
猗嗟	167

魏葛屦诂训传第九　国风 …… 169

葛屦	169
汾沮洳	170

园有桃 ………………………………… 171
陟岵 …………………………………… 172
十亩之间 ……………………………… 173
伐檀 …………………………………… 174
硕鼠 …………………………………… 175

诗经卷五考证 ………………………………… 177

卷六 / 179

唐蟋蟀诂训传第十　国风 ………………… 180

蟋蟀 …………………………………… 180
山有枢 ………………………………… 181
扬之水 ………………………………… 182
椒聊 …………………………………… 184
绸缪 …………………………………… 184
杕杜 …………………………………… 186
羔裘 …………………………………… 187
鸨羽 …………………………………… 188
无衣 …………………………………… 189
有杕之杜 ……………………………… 190
葛生 …………………………………… 191
采苓 …………………………………… 192

秦车邻诂训传第十一　国风 ……………… 194

车邻 …………………………………… 194
驷驖 …………………………………… 195
小戎 …………………………………… 196
蒹葭 …………………………………… 198
终南 …………………………………… 200
黄鸟 …………………………………… 201

晨风 ………………………………………… 202
　　无衣 ………………………………………… 203
　　渭阳 ………………………………………… 204
　　权舆 ………………………………………… 205
　诗经卷六考证 ………………………………… 206

卷七 / 207

　陈宛丘诂训传第十二　国风 …………………… 208
　　宛丘 ………………………………………… 208
　　东门之枌 …………………………………… 209
　　衡门 ………………………………………… 210
　　东门之池 …………………………………… 211
　　东门之杨 …………………………………… 211
　　墓门 ………………………………………… 212
　　防有鹊巢 …………………………………… 213
　　月出 ………………………………………… 214
　　株林 ………………………………………… 215
　　泽陂 ………………………………………… 216

　桧羔裘诂训传第十三　国风 …………………… 218
　　羔裘 ………………………………………… 218
　　素冠 ………………………………………… 219
　　隰有苌楚 …………………………………… 220
　　匪风 ………………………………………… 221

　曹蜉蝣诂训传第十四　国风 …………………… 223
　　蜉蝣 ………………………………………… 223
　　候人 ………………………………………… 224
　　鳲鸠 ………………………………………… 225
　　下泉 ………………………………………… 226

诗经卷七考证 ……………………………………………… 228

卷八 / 229

豳七月诂训传第十五　国风 ……………………………… 230
　　七月 ……………………………………………… 230
　　鸱鸮 ……………………………………………… 235
　　东山 ……………………………………………… 237
　　破斧 ……………………………………………… 240
　　伐柯 ……………………………………………… 241
　　九罭 ……………………………………………… 242
　　狼跋 ……………………………………………… 243

诗经卷八考证 ……………………………………………… 245

卷九 / 247

鹿鸣之什诂训传第十六　小雅 …………………………… 248
　　鹿鸣 ……………………………………………… 248
　　四牡 ……………………………………………… 249
　　皇皇者华 ………………………………………… 251
　　常棣 ……………………………………………… 252
　　伐木 ……………………………………………… 254
　　天保 ……………………………………………… 257
　　采薇 ……………………………………………… 259
　　出车 ……………………………………………… 261
　　杕杜 ……………………………………………… 264
　　鱼丽 ……………………………………………… 265
　　南陔 ……………………………………………… 266
　　白华 ……………………………………………… 266
　　华黍 ……………………………………………… 266

诗经卷九考证 ········· 268

卷十 / 269

南有嘉鱼之什诂训传第十七　小雅 ········· 270

  南有嘉鱼 ········· 270

  南山有台 ········· 271

  由庚 ········· 272

  崇丘 ········· 272

  由仪 ········· 272

  蓼萧 ········· 273

  湛露 ········· 274

  彤弓 ········· 276

  菁菁者莪 ········· 277

  六月 ········· 278

  采芑 ········· 281

  车攻 ········· 283

  吉日 ········· 285

诗经卷十考证 ········· 287

卷十一 / 289

鸿雁之什诂训传第十八　小雅 ········· 290

  鸿雁 ········· 290

  庭燎 ········· 291

  沔水 ········· 292

  鹤鸣 ········· 294

  祈父 ········· 295

  白驹 ········· 296

  黄鸟 ········· 297

我行其野 ·············· 298
　　斯干 ·············· 299
　　无羊 ·············· 302
　诗经卷十一考证 ·············· 304

卷十二 / 305

节南山之什诂训传第十九　小雅 ·············· 306
　　节南山 ·············· 306
　　正月 ·············· 309
　　十月之交 ·············· 314
　　雨无正 ·············· 317
　　小旻 ·············· 320
　　小宛 ·············· 323
　　小弁 ·············· 325
　　巧言 ·············· 328
　　何人斯 ·············· 331
　　巷伯 ·············· 333
　诗经卷十二考证 ·············· 336

卷十三 / 339

谷风之什诂训传第二十　小雅 ·············· 340
　　谷风 ·············· 340
　　蓼莪 ·············· 341
　　大东 ·············· 342
　　四月 ·············· 346
　　北山 ·············· 348
　　无将大车 ·············· 349
　　小明 ·············· 350

鼓钟 ………………………………………………… 352
　　　楚茨 ………………………………………………… 354
　　　信南山 ……………………………………………… 358
　诗经卷十三考证 ………………………………………… 360

卷十四 / 363

　甫田之什诂训传第二十一　小雅 ……………………… 364
　　　甫田 ………………………………………………… 364
　　　大田 ………………………………………………… 366
　　　瞻彼洛矣 …………………………………………… 368
　　　裳裳者华 …………………………………………… 370
　　　桑扈 ………………………………………………… 371
　　　鸳鸯 ………………………………………………… 373
　　　頍弁 ………………………………………………… 374
　　　车舝 ………………………………………………… 376
　　　青蝇 ………………………………………………… 378
　　　宾之初筵 …………………………………………… 379
　诗经卷十四考证 ………………………………………… 383

卷十五 / 385

　鱼藻之什诂训传第二十二　小雅 ……………………… 386
　　　鱼藻 ………………………………………………… 386
　　　采菽 ………………………………………………… 387
　　　角弓 ………………………………………………… 390
　　　菀柳 ………………………………………………… 392
　　　都人士 ……………………………………………… 394
　　　采绿 ………………………………………………… 396
　　　黍苗 ………………………………………………… 397

隰桑 …………………………………… 398
　　　白华 …………………………………… 399
　　　绵蛮 …………………………………… 402
　　　瓠叶 …………………………………… 403
　　　渐渐之石 ……………………………… 405
　　　苕之华 ………………………………… 406
　　　何草不黄 ……………………………… 407
　诗经卷十五考证 …………………………… 409

卷十六 / 411

　文王之什诂训传第二十三　大雅 ………… 412
　　　文王 …………………………………… 412
　　　大明 …………………………………… 415
　　　绵 ……………………………………… 418
　　　棫朴 …………………………………… 422
　　　旱麓 …………………………………… 424
　　　思齐 …………………………………… 425
　　　皇矣 …………………………………… 427
　　　灵台 …………………………………… 433
　　　下武 …………………………………… 435
　　　文王有声 ……………………………… 436
　诗经卷十六考证 …………………………… 439

卷十七 / 441

　生民之什诂训传第二十四　大雅 ………… 442
　　　生民 …………………………………… 442
　　　行苇 …………………………………… 447
　　　既醉 …………………………………… 450

凫鹥 ……………………………………………………… 452
　　假乐 ……………………………………………………… 454
　　公刘 ……………………………………………………… 455
　　泂酌 ……………………………………………………… 459
　　卷阿 ……………………………………………………… 460
　　民劳 ……………………………………………………… 463
　　板 ………………………………………………………… 465
　诗经卷十七考证 …………………………………………… 469

卷十八 / 471

　荡之什诂训传第二十五　　大雅 ………………………… 472
　　荡 ………………………………………………………… 472
　　抑 ………………………………………………………… 475
　　桑柔 ……………………………………………………… 480
　　云汉 ……………………………………………………… 486
　　崧高 ……………………………………………………… 490
　　烝民 ……………………………………………………… 494
　　韩奕 ……………………………………………………… 497
　　江汉 ……………………………………………………… 502
　　常武 ……………………………………………………… 505
　　瞻卬 ……………………………………………………… 507
　　召旻 ……………………………………………………… 511
　诗经卷十八考证 …………………………………………… 514

卷十九 / 517

　清庙之什诂训传第二十六　　周颂 ……………………… 518
　　清庙 ……………………………………………………… 518
　　维天之命 ………………………………………………… 519

维清 …… 520

烈文 …… 520

天作 …… 522

昊天有成命 …… 523

我将 …… 523

时迈 …… 524

执竞 …… 525

思文 …… 526

臣工之什诂训传第二十七　周颂 …… 528

臣工 …… 528

噫嘻 …… 529

振鹭 …… 530

丰年 …… 531

有瞽 …… 532

潜 …… 533

雍 …… 534

载见 …… 535

有客 …… 536

武 …… 537

闵予小子之什诂训传第二十八　周颂 …… 538

闵予小子 …… 538

访落 …… 539

敬之 …… 540

小毖 …… 541

载芟 …… 542

良耜 …… 544

丝衣 …… 545

酌 …… 546

　　　　桓 ································· 547
　　　　赉 ································· 548
　　　　般 ································· 548
　　诗经卷十九考证 ···························· 550

卷二十 / 553

　　驷诂训传第二十九　鲁颂 ···················· 554
　　　　驷 ································· 554
　　　　有駜 ······························· 556
　　　　泮水 ······························· 557
　　　　閟宫 ······························· 561
　　那诂训传第三十　商颂 ······················ 567
　　　　那 ································· 567
　　　　烈祖 ······························· 569
　　　　玄鸟 ······························· 571
　　　　长发 ······························· 572
　　　　殷武 ······························· 576
　　诗经卷二十考证 ···························· 579

导　言

一、《诗经》概说

《诗经》是一部产生于先秦时期的文化经典，体现着鲜明的中华文化精神特质。中华传统文化的源头，公认以"六经"为代表，即《诗》《书》《礼》《乐》《易》《春秋》六部经典。《诗经》位列六经，在形式上以诗歌为体，是三百多首诗歌的汇集，所以也称"诗三百"。

关于《诗经》的形成，古人有"采诗""献诗""删诗"之说，涉及《诗经》作品的来源与编订等多个面向。今人承其余绪，普遍认为《诗经》并不是一次成型，而是经历了多次结集的过程。迄今所知的古代诗歌总集，没有比《诗经》更早的，所以，通常认为《诗经》是我国第一部诗歌总集。

《诗经》现存诗歌305篇，另有6篇作品仅存篇名却无对应文辞（《南陔》《白华》《华黍》《由庚》《崇丘》《由仪》），据《仪礼》等记载，此六诗在礼乐形态下皆有笙的演奏，故后世亦称"六笙诗"。从305篇作品来看，《诗经》年代跨度较大，至少包括西周初至春秋中叶500多年的时间，最终编定成书约在公元前6世纪。《诗经》涉及的地域相当广阔，主要包括今陕西、河南、山西、河北、山东及湖北、安徽、江苏的部分地区。至于《诗经》各篇作者，绝大多数已难以考知，从作品所表现的情形来看，应包括从贵族到平民多个社会阶层的人士。

《诗经》305篇，分为"风""雅""颂"三个部分。其中"风"篇幅最大，共160篇，包含十五国风，依次为：《周南》（11篇）、《召南》（14篇）、《邶风》（19篇）、《鄘风》（10篇）、《卫风》（10篇）、《王风》（10篇）、《郑风》（21篇）、《齐风》（11篇）、《魏风》（7篇）、《唐风》（12篇）、《秦风》（10篇）、《陈风》（10篇）、《桧风》（4篇）、《曹风》（4篇）、《豳风》（7篇）。"雅"分为二：《小雅》（74篇）、《大雅》（31篇），共计105篇。"颂"分为三，依次为：《周颂》（31篇）、《鲁颂》（4篇）、《商颂》（5篇），共计40篇。

　　在"雅""颂"中，还存在分"什"的现象，各什皆以首篇命名，如《鹿鸣》之什、《文王》之什、《清庙》之什。由隋入唐的陆德明曾有解释："歌咏之作，非止一人，篇数既多，故以十篇编为一卷，名之为什。"❶不过，以十篇为一什的原则，亦存在变通之处。《小雅》分为7什，前6什皆为10篇，末什则为14篇；《大雅》分为3什，前两什皆为10篇，末什为11篇；《周颂》分为3什，分篇情况同于《大雅》。可见，分什之后若有零余，则并入末什。《鲁颂》《商颂》皆不足10篇，故无什❷。

---

　　❶ [清]阮元校刻：《十三经注疏·毛诗正义》，中华书局，1980，第401页中。

　　❷ 有些《诗经》版本中，《鲁颂》有"《駉》之什"的标目，但阮刻本《十三经注疏》之校勘记考证认为《释文》《正义》所据版本皆无"之什"二字，仅作"《駉》诂训传"。见[清]阮元校刻：《十三经注疏·毛诗正义》，中华书局，1980，第612页下。

《诗经》中诗作的体制，以四言为主，间杂二言至八言不等；多数情况下是两句一意，四句成为一章；不少作品的各章之间，结构基本相同，仅变换少数字词，呈现出重章叠句的面貌与回环往复的艺术效果。这些特征，与早期的"乐"紧密相关。如四言句式，以二拍为基础，节奏感较强；章句划分，也多依随乐曲的结构和节奏；语言文辞上的复沓与重叠，往往源于乐曲中段落和韵律的重复；而传统理解中无实指意义的虚词，如《诗经》中常见的"兮""矣""哉""也""乎"，从音乐角度亦可视为《诗经》歌唱形态的遗留。❶《诗》之配乐，在秦代以后，虽已沦亡不彰，但《诗》皆入乐，已经历代学者的论述而积淀为常识。当然，此时的"乐"，并不单纯是音乐，而是综合性的艺术体系。诚如宗白华先生所言："中国古代所谓'乐'，并非纯粹的音乐，而是舞蹈、歌唱、表演的一种综合。"❷

二、《诗经》的内容及分类

《诗经》的内容非常丰富，涉及当时的政治、经济、军事、文化、社会生活等多个方面。《诗经》中"风""雅""颂"三个类别，既存在音乐形态及来源上的区分，又体现着内容方面的差异。大体说来：

"风"即音乐曲调，"国"是地区、方域的意思，"国

---

❶ 赵敏俐：《〈诗经〉嗟叹词与语助词的音乐及诗体功能》，《文学遗产》，2019年第6期。
❷ 宗白华：《美学散步》，上海人民出版社，1981，第58页。

风"即指各地区的乐调。《诗经》中的"风"诗最为鲜活生动，因其自身就是地方文化、民间文艺的代表。"风"诗的内容、语言等，也与当时的地方文化、民间文化及生活紧密相关，展现着当时的民风民俗。"风"诗与民众的生活、感情联系最为紧密，影响也最为广泛。

"雅"即正，指朝廷正乐，学界多认为是西周王畿地区的乐调。《诗经》中的"雅"诗，风格多样，或庄严肃穆，或沉郁顿挫，或忧愤切直，或清新可喜，其中不少作品在体制上类于"风"诗。而究其内容，则多与王朝治政及贵族阶层相关。

"颂"是宗庙祭祀之乐，据学者研究，可能伴随有舞容❶，其音乐形态比其他类别之诗应更为舒缓❷。《诗经》中的《周颂》，多为上层贵族祭祀祖先、天地、农神等的诗篇；《鲁颂》主要是赞颂鲁僖公的作品；《商颂》诸篇皆与商族祭祀先祖有关。"颂"诗风格雍和，少数作品亦近"风""雅"体制。

对于三者在内容方面的分别，《毛诗大序》曾有精当的总结："是以一国之事，系一人之本，谓之风。言天下之事，形四方之风，谓之雅。雅者，正也，言王政之所由废兴也。政有小大，故有《小雅》焉，有《大雅》焉。颂者，美盛德之形容，以其成功告于神明者也。"❸

近现代以来，不少学者都尝试打破"风""雅""颂"

---

❶ ［清］阮元撰，邓经元点校：《揅经室集》，中华书局，1993，第19页。
❷ 王国维：《观堂集林·说周颂》，中华书局，1959，第111页。
❸ 见本书卷一《关雎》章。

的固有分类，试图依据《诗经》各篇的主题进行内容分类。但《诗经》各篇主题的确定往往需要基于诗义，而诗义理解往往存在差异，故依据主题的分类长期以来较难固定，亦未形成逻辑严密的体系。新中国成立后，经过文史学界的共同努力，《诗经》分类研究不断开拓并逐渐形成共识。目前学界主流认识中关于《诗经》内容的分类，主要包括六个方面：

（一）祭祖颂歌与史诗。主要包括三"颂"和《大雅》中的祭祀诗篇。其中《生民》《公刘》《绵》《皇矣》《大明》五篇《大雅》作品，赞颂了后稷、公刘、太王、王季、文王、武王的业绩，反映了西周开国的历史，被称为周民族的"史诗"。德国哲学家黑格尔在著作中认为中国人没有民族史诗[1]，这一观点在20世纪中国学术界引发了巨大争议。黑格尔的看法，主要立足于西方诗歌的发展历程及标准，失之偏颇。

（二）农事诗。主要包括《周颂》中的《臣工》《噫嘻》《丰年》《载芟》《良耜》等，以及《国风》中的部分作品，内容涉及耕种藉田、春夏祈谷、秋冬报祭。《豳风·七月》是《诗经》农事诗中最优秀的作品，也是"风"诗中最长的一篇，叙述了农夫一年间的劳动过程和生活情况，具有珍贵的史料价值和艺术价值。

（三）燕飨诗。以君臣、亲朋欢聚宴享为主要内容，如《齐风·猗嗟》写贵族射礼；《小雅》中《鹿鸣》《宾之初

---

[1] [德]黑格尔著，朱光潜译：《美学》第三卷下册，商务印书馆，1981，第170页。

筵》写宴会宾客情形；《大雅》中《行苇》《既醉》写欢饮与祝福。此类作品，更多反映上层社会的欢乐与和谐。

（四）怨刺诗。产生于西周中叶以后，以怨愤、讽刺为基调，包括《大雅》中《民劳》《板》《荡》《桑柔》《瞻卬》，《小雅》中《节南山》《正月》《十月之交》《雨无正》《小旻》《巧言》《巷伯》等，《国风》中《魏风·伐檀》《魏风·硕鼠》《邶风·新台》《鄘风·墙有茨》《鄘风·相鼠》《齐风·南山》《陈风·株林》等。

（五）战争徭役诗。与战争紧密相关者，如《大雅》中《江汉》《常武》，《小雅》中《采薇》《出车》《六月》《采芑》等；与徭役紧密相关者，如《卫风·伯兮》《王风·君子于役》《唐风·鸨羽》等。此类作品，大多表现出对战争、徭役的厌倦，含有浓郁的感伤、思乡、恋亲之情。

（六）婚姻爱情诗。爱情诗多表现恋爱情感，在《诗经》中比例最高，也最引人注目。如《周南·关雎》中相慕相思，《邶风·静女》中两情相悦，《郑风·出其东门》中深挚缠绵，都体现出爱情的美好。婚姻诗多表现家庭生活，如《周南·桃夭》状新娘之美貌，《郑风·女曰鸡鸣》写夫妻之温情；另如《邶风·谷风》《卫风·氓》，满含女性对负心人的控诉、怨恨和责难，亦被称为"弃妇诗"。

三、《诗经》研究的历史

《诗经》研究的历史，已达两千余年。古典时期的《诗经》研究，在发展过程中逐渐形成了特色鲜明的三大宗派：汉学、宋学、清学。20世纪以来，《诗经》研究发生了一些根本性的变化，在多个方面都取得了不俗的成绩。以下分四个阶段，略作陈述。

（一）汉学是汉代至唐代经学研究的主流，研究阐释注重政治教化，多言"美刺"（即颂美与讥刺）。秦代"焚书坑儒"以后，文籍凋敝，《诗经》以其口耳相传、易于记诵的特点，得以保存，在汉代流传并出现了今文三家《诗》。《鲁诗》出自鲁人申培，《齐诗》出自齐人辕固，《韩诗》出自燕人韩婴。三家《诗》在西汉被立为博士，成为官学。鲁人毛亨和赵人毛苌的古文《毛诗》晚出，在汉代未立为官学，但在民间广泛传授，并最终压倒三家《诗》，盛行于世。后来，三家《诗》先后亡佚。今天通行的《诗经》，就是《毛诗》系统。

《诗经》汉学研究的典型著作，为数不少，计有：

1.《毛诗序》：《毛诗》文本中诗篇之前的解说。一般将《诗经》首篇《关雎》之《序》中总论《诗经》的部分，称为《诗大序》；将每篇诗的纲领性解说，称为"小序"。二者所言，多与政教相关。

2.《毛诗诂训传》：主要解释诗篇中具体字词含义，简称"毛《传》"。其作者究竟为毛亨还是毛苌，典籍记载不一，但一般认为是毛亨所作，至毛苌而显于世。

3.《毛诗笺》：东汉末年郑玄在《毛诗序》、毛《传》基础上所作的注解，简称"郑《笺》"。郑《笺》兼融今古，以礼说《诗》，特色鲜明。

4.《毛诗谱》：郑玄为《毛诗》所作的谱，宋初已亡佚，宋代至清代有多种补亡辑佚之作。据研究，原谱包含十五个分谱，每个分谱前为文字、后为年表，文字部分基本保存在《毛

诗正义》中，年表部分已不复见。❶

5.《毛诗音义》：隋末唐初陆德明《经典释文》中关于《毛诗》的部分，以考证古音为主，兼训字义。《经典释文》涉及十四部典籍的音义，久为世人推崇。

6.《毛诗正义》：唐初孔颖达等人受诏编纂《五经正义》。《毛诗正义》，又名《毛诗注疏》。"疏"作为释经之体，脱胎于南北朝的"义疏"，特点是不仅疏解经文，对于前人注释亦进行疏解。《毛诗正义》的文本，包含多种层次，在《毛诗》经文之外，亦保存六种层次的注解，分别是：《毛诗序》、毛《传》、郑《笺》、《毛诗谱》、《毛诗音义》、孔《疏》。纵观《诗经》学史，《毛诗正义》无疑是最重要的《诗经》研究著述。

（二）宋学是宋、元、明时期经学研究的主流，注重"义理"，时常有生发性阐释。宋代不少学者，不满于汉学注重教化、多言"美刺"的阐释品格，开始集中批判《毛诗序》，提倡以理说诗，使人得其性情之正。宋代学者认为《诗经》中存在大量与"美刺"无关的民间歌谣，某种程度上具有废《序》言《诗》的倾向，在具体阐释中也倡导"唯本文是求"，注重文本涵泳。

《诗经》宋学研究的代表性著作，有苏辙《诗集传》、郑樵《诗辨妄》、王质《诗总闻》、朱熹《诗集传》等。元明时期，朱熹的学说逐渐成为学术主流，并在官方获得了权威的地位，多数学者的研究转而追随朱熹，以朱熹的看法为依归和基

---

❶ 冯浩菲：《郑氏诗谱订考》，上海古籍出版社，2008，第2-3页。

础,甚至出现了专门解释朱熹《诗集传》的著作,如元代梁益《诗传旁通》。

（三）清学是清代经学研究的主流形态,重视考据,注重文字、音韵、训诂之学。清代学者对宋学末流的空疏浅薄多有不满,故在学术倾向上宗汉而攻宋,发扬汉学重视考据的朴实学风,认真展开研究工作,在《诗经》的版本、文字、音韵、训诂等方面,取得了突出的成就。

清代不少学者,亦将自身从事的学术称为"汉学"。但此种学问,主要视《诗经》为古物遗产,与表征汉唐经学主流的"汉学"相比,失去了通经致用、注重教化的鲜活与社会批判色彩。钱穆先生曾有论述:"清儒晚出于两千载之后,其所处时代,已与汉大异,清儒虽自号其学为'汉学',此亦一门户之号召而已,其于汉学精神,实少发见。……读者必于此有悟,乃可以见清学之所建立,乃所以独自成其为清学,而未必即有当于汉儒之真相也。"❶

《诗经》清学的代表性著述,数量不少,如陈启源《毛诗稽古编》、胡承珙《毛诗后笺》、马瑞辰《毛诗传笺通释》、陈奂《诗毛氏传疏》,皆为其中名著。

（四）20世纪以来,《诗经》研究的变化较为明显,最突出的表现是人们对于《诗经》性质的认识发生了根本性的改变。学界主流往往将《诗经》视为文学作品,而对以往经学家的研究大加挞伐。《诗经》从"神圣经典"蜕变为一部诗歌总

---

❶ 钱穆:《两汉经学今古文平议·自序》,商务印书馆,2001,第5页。

集。如此,《诗经》研究的理念、方法和手段都随之发生了巨大变化。

此一时期的代表性著述,主要有胡适《谈谈〈诗经〉》,顾颉刚《论〈诗经〉所录全为乐歌》《诗经在春秋战国间的地位》,闻一多《诗新台鸿字说》《诗经新义》《诗经通义》等。其中闻一多的研究方法对后世影响最大,他广泛吸收人类学、民俗学、心理学、口头诗学等众多领域的理念和成果进行《诗经》的解读,奠定了现代《诗经》研究的诸多基础,此后众多学人遵路开拓,在不同方面都取得了丰硕的成果。

总体而论,此一阶段的《诗经》研究,在广度和深度上都有超出前人的地方,但也有不如前人的地方,且受西方学术观念影响太深,对传统的认识和理解尚需深化。《诗经》学中的许多命题,仍待进一步研究。

四、《诗经》的价值及影响

《诗经》是中国诗歌的开端和起源,这不仅意味着《诗经》在中国诗歌发展历程中年代最早,而且标示出《诗经》是后世诗歌不断追溯的范式。《诗经》以四言为主,历来被视为四言诗的典范。自汉代至于当今,追摹《诗经》并创作四言诗者代不乏人,或依仿《诗》形、《诗》貌,或措意《诗》心、《诗》境,都昭示出《诗经》对文学创作的深远影响。《诗经》中重章叠句的复沓结构,以及由此呈现出的强烈节奏感和回环往复的旋律之美,也为乐府诗等音乐文学吸收、借鉴,形成了中国诗歌发展历程中亮丽的风景。

中国的诗歌传统源远流长,作品也极为丰富。后世诗歌经常追求的"风雅精神""风人之致"等，都源自《诗经》，并以《诗经》为标杆。《诗经》表现出的关注现实的热情、强烈的道德意识、真诚的人生态度，被后人概括为"风雅精神"。《诗经》也就此奠定了中国诗歌抒情言志的传统，成为中国文学现实主义传统的源头，直接影响了后世的文学发展。

《诗经》的艺术手法常被概括为"赋""比""兴"。关于赋、比、兴的意义，历来说法众多。目前较为通行的看法来自南宋朱熹《诗集传》："赋者，敷陈其事而直言之者也。""比者，以彼物比此物也。""兴者，先言他物以引起所咏之词也。"❶《诗经》综合运用赋、比、兴的艺术手法，创造了丰富多样的艺术形象，构建出情景交融的艺术境界，为后世诗歌（如《楚辞》《古诗十九首》等）广泛继承并发展，形成了中国古典诗歌含蓄蕴藉、韵味无穷的艺术特点。

《诗经》中出现了大量的名物及相关文化元素，涉及动物、植物、器物、天文、地理、农业、科技、职官、军事、习俗等多个方面，为后人了解早期文化与文明提供了珍贵的资料，展现出丰富的学术价值。而《诗经》中所蕴含的多种思想观念，如家国合一的观念、敬天保民的思想以及对于君子人格的推崇，都值得今人借鉴、继承与发扬。《诗经》作品中表现出的浓厚乡土情怀、真切朴实的生活态度、鲜活自然的民俗风尚，不仅是中华文化早期的情感与图景，也是中华民族深层文化心理的基因。

---

❶ ［宋］朱熹：《诗集传》，《朱子全书》第一册，上海古籍出版社、安徽教育出版社，2002，第404、406、402页。

《诗经》作为中华文化的元典之一，承载着早期中华文化的多样形态，也展示着中华文化的丰富内涵；记录着早期中华民族的心灵与情感，也形塑着民族文化性格的基因和特质。可以说，《诗经》是中华文化的源头活水，是中华文化精神的标本与典范，是中华民族文化性格的基本底色。《诗经》对于中国文化的影响，无疑是广阔又深远的。

此外，《诗经》对于世界文化的影响，也颇有存迹。略而言之，可分三个方面：

一是对东亚、东南亚国家的文化影响。尤其是日本、韩国、越南等国，在文字、礼俗、思想上深受中国文化的影响，在一些文学作品中，还能够看到《诗经》的元素和影子。早在南北朝、隋唐时期，朝鲜半岛及日本地区的政权，已经与中国有了广泛的文化交流，尤其是日本的遣唐使，将中国的文化经典大量输入日本，对日本社会及文化产生了巨大的形塑作用。

二是对中亚、西亚等国的影响。此种影响主要通过古代"丝绸之路"进行，文化交流伴随着贸易、经济交流同时发生。20世纪陆续发现的敦煌写卷，主体年代在隋唐五代时期，其中就包含《诗经》的多种残卷，虽然有所残缺，但涉及的篇目已达225首，其中完整篇目达201首，足见当时文化交流中，《诗经》作为经典的地位。

三是对欧洲、美洲等文化的影响。这种影响主要起始于西方传教士的译介工作。至迟在16世纪，也就是明代，西方来华的传教士就将《诗经》翻译、介绍给欧洲的读者。18世纪以后，《诗经》在欧洲的翻译语种越来越多，以法国汉学家为代表的研究者也日益增多。19—20世纪，《诗经》逐渐进入美国，不仅产生了多种译本，在多所大学也有了专门的研究者。

《诗经》不仅是中国的文化经典，也是世界的文化经典。在文明交流互鉴日益深入的今天，《诗经》对世界文化的贡献和影响将继续而长久地存在！

五、《诗经》的版本

《诗经》自产生以来，屡经传抄、刊刻，但由于各种原因，许多重要的版本都消散在历史长河中。目前所见较为完整而系统的《诗经》版本，以宋代为最早。宋代以前的《诗经》传本，虽时有出土文献及佚籍的重新发现，仍难寻完璧。

今存最早的《诗经》传本，是安徽大学藏战国竹简《诗经》（简称"安大简《诗经》"），实际存简97支，简文具有楚系文字的特征，是目前所见时代最早的《诗经》抄本。简文内容为《诗经·国风》部分内容，与传世《毛诗》比对，简本各"风"次序不同，各"风"内部诗篇的次序和数量也不尽相同，且篇内章次与《毛诗》不同，异文大量存在。

汉代《诗经》传本存世者，主要有西汉初期的阜阳汉简《诗经》、西汉中期的海昏侯墓《诗》简与东汉末期的石经《鲁诗》残碑。阜阳汉简《诗经》存简170枚，多有残简，内容涉及"风"诗65首及《小雅·鹿鸣之什》中4首的残句，其用字与《毛诗》及今见三家《诗》存在不少差异。海昏侯墓《诗经》竹简有1200余枚，但多已残断，几无完简。其总体构成接近《毛诗》，但章、句、目录、注解方式皆与《毛诗》有一定差别，应属三家《诗》系统。东汉末期石经之立，属于当时朝廷正定"五经"文本的工作，据《隋书·经籍志》记载，所刻《诗经》为《鲁诗》。石经后因战乱残毁，宋后屡有残片出土，诸家多有复原工作。

魏晋南北朝隋唐时期的《诗经》传本，存世者主要有敦煌《毛诗》写卷和唐开成石经《诗》。敦煌《诗经》写卷皆属《毛诗》系统，可分四类：1.《毛诗》白文，共16号写卷；2.《毛诗传笺》，共21号写卷；3.《毛诗正义》，共2号写卷；4.佚名《毛诗音》，共3号写卷。❶唐开成石经，始刻于唐文宗太和七年（833），开成二年（837）完成，明代因地震毁坏殊甚，后又修复补刻。后世拓本往往合补刻与原石文字为一，故不少人以为石经原貌全存，实则层次有别，其中《诗经》部分，补刻至少1819字❷。石经内容，先列《毛诗序》，后列《毛诗》经文，末列章句结构，与今本相比，存在不少异文。

五代后唐长兴年间，冯道等人奏请获准以唐开成石经为底本，雕版印刷儒经，历时20余年，至后周年间始完工。北宋国子监定本儒经，即以长兴本为底本。此后儒经文本渐趋规范化，多可追溯至唐开成石经。惜长兴本、北宋监本儒经均已亡佚难觅，后世有覆刻北宋监本者，亦可略窥其体貌。五代北宋时期的《诗经》传本，存世者主要有后蜀石经《诗》。后蜀国君孟昶命毋昭裔督造石经，以楷书刻石，始于后蜀广政元年（938），故亦称"广政石经"。后蜀石经原刻十经，后又续补三经，至北宋宣和年间始告完成。宋末元初，后蜀石经大多

---

❶ 许建平：《敦煌经籍叙录》，中华书局，2006，第136-137页。
❷ 芦桂兰：《唐"开成石经"补字概述》，西安碑林博物馆编《碑林集刊》（三），陕西人民美术出版社，1995，第91页。

毁亡，形制已难详。据今存残石内容，可知所刻为《毛诗传笺》。

南宋以降，《诗经》版本日益丰富，除白文本外，还有注疏本、单疏本、经注本等不同版本系统。以内容而论，注疏本显然更为完整，相关版本数量亦最多，代表性版本即清代中期阮元主持校刻的《十三经注疏》本《毛诗正义》（简称"阮刻本"）。单疏本存世不多，现存最早者为南宋初期刊本，藏于日本，人民文学出版社2012年推出影印本，名为《南宋刊单疏本〈毛诗正义〉》。

经注本主要指经文与《传》《笺》合刻之本，除敦煌写卷与后蜀石经外，存世最早者应为南宋巾箱本《毛诗诂训传》，今藏中国国家图书馆。此本包含《毛诗序》、经文、毛《传》、郑《笺》及《毛诗音义》，但《音义》部分多有简省。20世纪上半叶，商务印书馆《四部丛刊》所收《毛诗》即据此本影印；2003年，北京图书馆出版社（现国家图书馆出版社）《中华再造善本》推出彩色影印本，线装十册；2017年，国家图书馆出版社《国学基本典籍丛刊》又推出灰度影印本，平装三册，题为《宋本毛诗诂训传》；2023年，商务印书馆出版陈才先生的整理本，题为《毛诗笺》，列入《十三经汉魏古注丛书》，限于丛书体例，删去了《音义》部分。据研究，此本系坊刻本，存在大量俗字和异写，且有抄配、抄补和补写，其中讹误之处甚多，亦有与阮刻本校勘记所断相合者。❶

---

❶ 陈才：《整理说明》，见《毛诗笺》，商务印书馆，2023，第4-8页。

另一重要的《毛诗》经注本，即清乾隆四十八年（1783）武英殿仿刻相台岳氏本（简称"仿岳本"）。相台岳氏，长期被认为是南宋岳珂，后经考证，应为元代荆溪岳浚，其所本应为南宋廖莹中刻本。❶今廖本已无存，岳本乾隆年间曾入藏内府"五经萃室"，后失火被焚，其面貌仅赖仿岳本而得窥。❷相较于宋巾箱本，仿岳本校刻精良，讹误之处较少，且于经文、注文皆有句读。内容方面主要有两大差异：一是《音义》部分，仿岳本中《音义》几乎全为释音，基本没有释义、异文及考述等，且改音颇多，往往由反切改直音；文字摘撮大量存在，时有位置改易。此亦可证，仿岳本与巾箱本并无承袭关系。二是每卷之末增加了"考证"内容，据研究，"各条考证出文均为岳本原文，凡经考证岳本有误者，翻刻本均改字，且多有考证未明言改字而正文已改者"❸。仿岳本每卷末版框外下方均有长条状书耳，内刻"举人臣金应璥敬书""内阁中书臣费振勋敬书"等字样，依次涉及金应璥、王锡奎、孙衡、吴鼎飏、胡钰、陈昶、虞衡宝、费振勋、罗锦森、王鹏十人。这些学者应由朝廷选派，先据岳本原本摹写，再交武英殿上版刊

---

❶ 张政烺：《读〈相台书塾刊正九经三传沿革例〉》，《张政烺文集·文史丛考》，中华书局，2012，第313-334页。
❷ 张学谦：《出版说明》，见《武英殿仿相台岳氏本五经·毛诗》，上海古籍出版社，2022，第4-6页。
❸ 张学谦：《"岳本"补考》，《中国典籍与文化》，2015年第3期，第79页。

刻。❶各卷之考证，应亦出此十人。

仿岳本问世后，出现了多种翻刻本，版式、字体有所变化，但总体价值均有不及。中华书局2018年出版孔祥军先生的整理本，题为《毛诗传笺》，以中国国家图书馆藏仿岳本为底本，参校众本，但其校勘极少涉及《音义》部分，而该部分恰为仿岳本与巾箱本、注疏本在内容方面的最大差异所在，令人殊感遗憾。上海古籍出版社2022年影印出版上海图书馆藏仿岳本五经，含《毛诗》（上下册），书前《出版说明》对该藏本的版式、递藏等情况均有介绍。本次整理，即以该本为底本，通校阮刻本，因阮刻本为世所重，校勘成果较为丰富，取之最便校读。此外亦参校《经典释文》两种，以补《音义》校勘之阙失。

古籍整理为诚朴之学，高明之人多有不屑，其间甘苦，躬耕者不必尽言，于论得失，尚需阅读者入眼。诚恳祈望诸位读者批评指正。

邵杰
甲辰初春于尘隐斋

---

❶ 张学谦：《"岳本"补考》，《中国典籍与文化》，2015年第3期，第78页。文中据《多罗仪郡王永璇等奏缮签处费振勋等请旨分别议叙折》，列示四库馆缮签处九人，未及陈昶；此折述仿写刊刻岳本之事，未列陈昶，后言选员为知县事，则以陈昶为头名，可知陈昶亦属缮签处人员。

整理说明

一、本书以上海图书馆藏清乾隆四十八年（1783）武英殿仿刻相台岳氏本《毛诗》为底本，通校清阮元主持校刻本《毛诗正义》（中华书局1980年影印《十三经注疏》本，校勘中简称"阮刻本"）。《毛诗音义》部分，亦参校《经典释文》两种：中华书局1983年影印清徐乾学《通志堂经解》本（简称"通志堂本《释文》"）、上海古籍出版社1985年影印北京图书馆（今中国国家图书馆）所藏宋元递修本（简称"影宋本《释文》"），两种版本内容相同时，校勘记中仅称"《释文》"，不作区分。

二、底本为繁体竖排，今整理为简体横排。古注中往往有以异体字、形近字注音、解词的情况，其所采用的两种不同字形简化后可能为相同字形，为避免歧义，此类情况保留底本字形原貌，不做简化处理。如"閒，音闲"，"閒"不简化为"闲"。

三、除繁体字简化、异体字改规范字外，整理中凡改动底本文字之处，原则上均出校记说明。遇避讳或刻写习惯导致的缺笔，如"玄"字缺末笔、"鬼"字缺首笔、"富"字缺首笔、"尤"字缺点等情况，则径补不再出校。若避讳改字，如"玄"改"悬"、"丘"改"邱"等，则从底本。

四、底本中双行小字，皆改为单行小字。"殿本""武英殿""钦定"等字样前原有空格,整理时皆改为常规版式,不保留空格。每章经文前原有圈符"○"标识,每条《音义》前亦然,为便省览,本次整理每章经文单独成段,故仅保留后者圈符。每处《音义》中所注文字原皆有外圈圆符,亦皆删去;如遇引用多个文字仅注其中一字字音的,于所注文字外加引号标示,如"下以'风',福凤反"。

五、本次整理采用新式标点,重点参考了底本句读、北京大学出版社1999年版《十三经注疏·毛诗正义》、上海古籍出版社2013年版《毛诗注疏》、中华书局2018年版《毛诗传笺》、商务印书馆2023年版《毛诗笺》。

六、校勘记皆以脚注形式置于页下。其中称书名多用简称,如《说文解字》简称"《说文》",陆玑《毛诗草木虫鱼鸟兽疏》简称"陆《疏》",孔颖达等《毛诗注疏》简称"孔《疏》"。此外,校勘记中言"下同",指同篇内下同。

七、底本书首原有清高宗所题御制诗一首,各卷首有"郑氏笺"字样,各卷末记有书手姓名,今一律删去。各卷后所附"考证"则予保留。

八、底本原无目录,每首诗前无篇题,不便查检,故本次整理增加目录及篇题,以便读者。

卷一

诗经

周南关雎诂训传第一 | 国风

关雎

　　《关雎》，后妃之德也，风之始也，所以风天下而正夫妇也，故用之乡人焉，用之邦国焉。风，风也，教也。风以动之，教以化之。诗者，志之所之也，在心为志，发言为诗。情动于中而形于言。言之不足，故嗟叹之；嗟叹之不足，故永歌之；永歌之不足，不知手之舞之、足之蹈之也。情发于声，声成文谓之音。发，犹见也。声，谓宫、商、角、徵、羽也。声成文者，宫商上下相应。○雎，七胥反。❶妃，芳非反。❷风，并如字。❸治世之音，安以乐，其政和；乱世之音，怨以怒，其政乖；亡国之音，哀以思，其民困。故正得失，动天地，感鬼神，莫近于诗。先王以是经夫妇，成孝敬，厚人伦，美教

---

　　❶ "雎，七胥反"，《释文》及阮刻本系于《关雎》开篇"关关雎鸠，在河之洲"之下。
　　❷ "妃，芳非反"，《释文》及阮刻本系于"《关雎》，后妃之德也"之下。
　　❸ "风，并如字"，《释文》系于"风，风也"之下，作"并如字"；阮刻本系于"风以动之，教以化之"之下，作"'风，风也'，并如字"。

化，移风俗。故诗有六义焉：一曰风，二曰赋，三曰比，四曰兴，五曰雅，六曰颂。上以风化下，下以风刺上，主文而谲谏，言之者无罪，闻之者足以戒，故曰风。风化、风刺，皆谓譬喻，不斥言也。主文，主与乐之宫商相应也。谲谏，咏歌依违，不直谏。○治，直吏反。"之音"绝句。乐，音洛，绝句。近，如字，沈音附近之近。比，必履反。兴，虚应反，沈许甑反。颂，音讼。下以"风"，福凤反，注"风刺"同。刺，七赐反。谲，古穴反。至于王道衰，礼义废，政教失，国异政，家殊俗，而变风、变雅作矣。国史明乎得失之迹，伤人伦之废，哀刑政之苛，吟咏情性，以风其上，达于事变而怀其旧俗者也。故变风发乎情，止乎礼义。发乎情，民之性也；止乎礼义，先王之泽也。是以一国之事，系一人之本，谓之风。言天下之事，形四方之风，谓之雅。雅者，正也，言王政之所由废兴也。政有小大，故有《小雅》焉，有《大雅》焉。颂者，美盛德之形容，以其成功告于神明者也。是谓四始，《诗》之至也。始者，王道兴衰之所由。○苛，音何，虐也。"风"其上，福凤反。告，古毒反。然则《关雎》《麟趾》之化，王者之风，故系之周公。南，言化自北而南也。《鹊巢》《驺虞》之德，诸侯之风也，先王之所以教，故系之召公。自，从也。从北而南，谓其化从岐周被江汉之域也。先王，斥大王、王季。○驺，侧留反。召，本亦作"邵"，同上照反。后"召南""召公"皆同。被，皮寄反。大，音泰。《周南》《召南》，正始之道，王化之基，是以《关雎》乐得淑女以配君子，忧在进贤，不淫其色。哀窈窕，思贤才，而无伤善之心焉，是《关雎》之义也。哀，盖字之误也，当为"衷"。衷，谓中心恕之，无伤善之心，谓好逑也。○窈，乌了反。窕，徒了反。王肃云："善心曰窈，善容曰窕。"好，呼报反。逑，音求。

关关雎鸠，在河之洲。兴也。关关，和声也。雎鸠，王雎也，鸟挚而有别。水中可居者曰洲。后妃说乐君子之德，无不和谐，又不淫其色，慎固幽深，若雎鸠之有别焉，然后可以风化天下。夫妇有别则父子亲，父子亲则君臣敬，君臣敬则朝廷正，朝廷正则王化成。笺云：挚之言至也，谓王雎之鸟，雄雌情意至然而有别。○兴，虚应反，譬喻之名。挚，音至。别，彼竭反，下同。说，音悦。乐，音洛。谐，户皆反。朝，直遥反。廷，徒佞反。**窈窕淑女，君子好逑。**窈窕，幽闲也。淑，善。逑，匹也。言后妃有关雎之德，是幽闲贞专之善女，宜为君子之好匹。笺云：怨耦曰仇。言后妃之德和谐，则幽闲处深宫贞专之善女，能为君子和好众妾之怨者。言皆化后妃之德，不嫉妒，谓三夫人以下。○好，毛如字，郑呼报反，《兔罝》诗放此。逑，音求，本亦作"仇"，音同。闲，音闲，下同。耦，五口反。能"为"，于伪反。嫉，音疾。妒，丁路反。

参差荇菜，左右流之。荇，接余也。流，求也。后妃有关雎之德，乃能共荇菜，备庶物，以事宗庙也。笺云：左右，助也。言后妃将共荇菜之菹，必有助而求之者。言三夫人、九嫔以下，皆乐后妃之事。○参，初金反。差，初宜反。荇，衡猛反。左右，王申毛如字，郑上音佐、下音佑。共，音恭，下并同。菹，阻鱼反。嫔，鼻申反。乐，音洛。**窈窕淑**

女，寤寐求之。 寤，觉。寐，寝也。笺云：言后妃觉寐则常求此贤女，欲与之共己职也。○寤，五路反。寐，莫利反。觉，音教。

求之不得，寤寐思服。 服，思之也。笺云：服，事也。求贤女而不得，觉寐则思己职事，当谁与共之乎？**悠哉悠哉，辗转反侧。** 悠，思也。笺云：思之哉！思之哉！言己诚思之。卧而不周曰辗。○辗，哲善反。

参差荇菜，左右采之。 笺云：言后妃既得荇菜，必有助而采之者。**窈窕淑女，琴瑟友之。** 宜以琴瑟友乐之。笺云：同志为友。言贤女之助后妃共荇菜，其情意乃与琴瑟之志同，共荇菜之时，乐必作。

参差荇菜，左右芼之。 芼，择也。笺云：后妃既得荇菜，必有助而择之者。○芼，毛报反。**窈窕淑女，钟鼓乐之。** 德盛者宜有钟鼓之乐。笺云：琴瑟在堂，钟鼓在庭，言共荇菜之时，上下之乐皆作，盛其礼也。○乐，音洛。

《关雎》五章，章四句。故言三章，其一章四句❶，二章章八句。

葛覃

《葛覃》，后妃之本也。后妃在父母家，则志在于女功之事，躬俭节用，服浣濯之衣，尊敬师傅，则可以

---

❶ "其一章四句"，阮刻本作"一章章四句"。

归安父母，化天下以妇道也。躬俭节用，由于师傅之教，而后言尊敬师傅者，欲见其性亦自然。可以归安父母，言嫁而得意，犹不忘孝。○覃，徒南反。浣，户管反。濯，直角反。傅，夫附反。见，贤遍反。

葛之覃兮，施于中谷，维叶萋萋。 兴也。覃，延也。葛所以为绤绤，女功之事烦辱者。施，移也。中谷，谷中也。萋萋，茂盛貌。笺云：葛者，妇人之所有事也，此因葛之性以兴焉。兴者，葛延蔓于谷中，喻女在父母之家，形体浸浸日长大也。叶萋萋然，喻其容色美盛。○施，毛以豉反，郑如字，下同。萋，切兮反。蔓，音万。浸，子鸩反。长，丁丈反。**黄鸟于飞，集于灌木，其鸣喈喈。** 黄鸟，抟黍也。灌木，藂木也。喈喈，和声之远闻也。笺云：葛延蔓之时，则抟黍飞鸣，亦因以兴焉。飞集藂木，兴女有嫁于君子之道。和声之远闻，兴女有才美之称达于远方。○灌，古乱反。喈，音皆。抟，徒端反。藂，才公反。闻，音问，又如字，下同。称，尺证反。

葛之覃兮，施于中谷，维叶莫莫。 莫莫，成就之貌。笺云：成就者，其可采用之时。○莫，美博反。**是刈是濩，为绤为绤，服之无斁。** 濩，煮之也。精曰绤，粗曰绤。斁，厌也。古者王后织玄紞，公侯夫人纮綖，卿之内子大带，大夫命妇成祭服，士妻朝服，庶士以下各衣其夫。笺云：服，整也。女在父母之家，未知将所适，故习之以绤绤烦辱之事，乃能整治之无厌倦，是其性贞专。○刈，鱼废反。濩，胡郭反。绤，耻知反。绤，去逆反。斁，音亦。

纮，都览反。纮，获耕反。綖，音延。朝，直遥反，下同。衣，於既反。

言告师氏，言告言归。 言，我也。师，女师也。古者女师教以妇德、妇言、妇容、妇功。祖庙未毁，教于公宫三月。祖庙既毁，教于宗室。妇人谓嫁曰归。笺云：我告师氏者，我见教告于女师也，教告我以适人之道。重言我者，尊重师教也。公宫、宗室，于族人皆为贵。○重，直用反。**薄污我私，薄浣我衣。** 污，烦也。私，燕服也。妇人有副祎盛饰，以朝事舅姑，接见于宗庙，进见于君子。其余则私也。笺云：烦，烦挼之，用功深。浣，谓濯之耳。衣，谓祎衣以下至褖衣。○污，音乌。副，如字。祎，音辉。见，贤遍反，下同。挼，而专反。褖，吐乱反。**害浣害否，归宁父母。** 害，何也。私服宜浣，公服宜否。宁，安也。父母在，则有时归宁耳。笺云：我之衣服，今者何所当见浣乎？何所当否乎？言常自洁清，以事君子。○害，户葛反，下同。

《葛覃》三章，章六句。

卷耳

《卷耳》，后妃之志也，又当辅佐君子，求贤审官，知臣下之勤劳。内有进贤之志，而无险诐私谒之心，朝夕思念，至于忧勤也。谒，请也。○卷，眷❶勉反。

---

❶ "眷"，阮刻本作"卷"。

诐，彼寄反。崔云："险诐，不正也。"

采采卷耳，不盈顷筐。 忧者之兴也。采采，事采之也。卷耳，苓耳也。顷筐，畚属，易盈之器也。笺云：器之易盈而不盈者，志在辅佐君子，忧思深也。○顷音倾。筐，起狂反。畚，音本。易，以豉反，下同。思，息吏反。**嗟我怀人，寘彼周行。** 怀，思。寘，置。行，列也。思君子官贤人，置周之列位。笺云：周之列位，谓朝廷臣也。○寘，之豉反。行，户康反，注下同。朝，直遥反。

陟彼崔嵬，我马虺隤。 陟，升也。崔嵬，土山之戴石者。虺隤，病也。笺云：我，我使臣也。臣以兵役之事行出，离其列位，身勤劳于山险，而马又病，君子宜知其然。○崔，徂回反。嵬，五回反。虺，呼回反。隤，徒回反。使，色吏反，下同。离，力智反。**我姑酌彼金罍，维以不永怀！** 姑，且也。人君黄金罍。永，长也。笺云：我，我君也。臣出使，功成而反，君且当设飨燕之礼，与之饮酒以劳之，我则以是不复长忧思也。言且者，君赏功臣，或多于此。○罍，卢回反。劳，力到反。复，扶富反。

陟彼高冈，我马玄黄。我姑酌彼兕觥，维以不永伤！ 山脊曰冈。玄马病则黄。兕觥，角爵也。伤，思也。笺云：此章为意不尽，申殷勤也。觥，罚爵也。飨燕所以有之者，礼自立司正之后，旅酬必有醉而失礼者，罚之亦所以为乐。○兕，徐履反。觥，古横反。为，于伪反。乐，音洛。

陟彼砠矣，我马瘏矣。我仆痡矣，云何吁矣！ 石山戴土曰砠。瘏，病也。痡，亦病也。吁，忧也。笺云：此章言臣既勤劳于外，仆马皆病，而今云何乎，其亦忧矣。深闵之辞。○砠，七余反。瘏，音涂。痛，音敷，又普乌反。吁，香于反。

《卷耳》四章，章四句。

樛木

《樛木》，后妃逮下也。言能逮下，而无嫉妒之心焉。后妃能和谐众妾，不嫉妒其容貌，恒以善言逮下而安之。○樛，居虬反。逮，徒戴❶反。

南有樛木，葛藟累之。 兴也。南，南土也。木下曲曰樛。南土之葛藟茂盛。笺云：木枝以下垂之故，故葛也藟也得累而蔓之，而上下俱盛。兴者，喻后妃能以意下逮众妾，使得其次序，则众妾上附事之，而礼义亦俱盛。南土，谓荆、扬之域。○藟，力轨反。累，力追反。上，时掌反。**乐只君子，福履绥之。** 履，禄。绥，安也。笺云：妃妾以礼义相与和，又能以礼乐乐其君子，使为福禄所安。○乐，音洛。❷只，之氏反。绥，音虽。乐乐，上音岳，下音洛。

南有樛木，葛藟荒之。乐只君子，福履将之。 荒，奄。将，大也。笺云：此章申殷勤之意。将，犹扶助也。

---

❶ "戴"，阮刻本作"帝"。
❷ "乐，音洛"，《释文》及阮刻本无。

南有樛木，葛藟萦之。乐只君子，福履成之。萦，旋也。成，就也。○萦，乌营反。

《樛木》三章，章四句。

螽斯

《螽斯》，后妃子孙众多也。言若螽斯不妒忌，则子孙众多也。忌，有所讳恶于人。○螽，音终。恶，乌路反。

螽斯羽，诜诜兮。螽斯，蚣蝑也。诜诜，众多也。笺云：凡物有阴阳情欲者，无不妒忌，维蚣蝑不耳，各得受气而生子，故能诜诜然众多。后妃之德能如是，则宜然。○诜，所巾反。蚣，粟容反。蝑，粟居反，幽州谓之春箕，蝗类。宜尔子孙，振振兮。振振，仁厚也。笺云：后妃之德，宽容不嫉妒，则宜女之子孙，使其无不仁厚。○振，音真。女，音汝。

螽斯羽，薨薨兮。宜尔子孙，绳绳兮。薨薨，众多也。绳绳，戒慎也。○薨，呼肱❶反。

螽斯羽，揖揖兮。宜尔子孙，蛰蛰兮。揖揖，会聚也。蛰蛰，和集也。○揖，子入、侧立二反。蛰，尺十反，徐又直立反。

《螽斯》三章，章四句。

---

❶ "肱"，《释文》及阮刻本作"弘"。

桃夭

《桃夭》，后妃之所致也。不妒忌，则男女以正，昏姻以时，国无鳏民也。老而无妻曰鳏。○夭，於骄反。鳏，古顽反。

桃之夭夭，灼灼其华。 兴也。桃有华之盛者。夭夭，其少壮也。灼灼，华之盛也。笺云：兴者，喻时妇人皆得以年盛时行也。○少，诗照反。**之子于归，宜其室家。** 之子，嫁子也。于，往也。宜以有室家，无逾时者。笺云：宜者，谓男女年时俱当。○当，丁浪反。

桃之夭夭，有蕡其实。 蕡，实貌。非但有华色，又有妇德。○蕡，浮云反。**之子于归，宜其家室。** 家室，犹室家也。

桃之夭夭，其叶蓁蓁。 蓁蓁，至盛貌。有色有德，形体至盛也。○蓁，侧巾反。**之子于归，宜其家人。** 一家之人尽以为宜。笺云：家人，犹室家也。○尽，津忍反，或如字。他皆放此。

《桃夭》三章，章四句。

兔罝

《兔罝》，后妃之化也。《关雎》之化行，则莫不好德，贤人众多也。○罝，子斜反。好，呼报反。

肃肃兔罝，椓之丁丁。肃肃，敬也。兔罝，兔罟也。丁丁，椓杙声也。笺云：罝兔之人，鄙贱之事，犹能恭敬，则是贤者众多也。○椓，陟角反。丁，陟耕反。罟，音古，网也。杙，羊职反。**赳赳武夫，公侯干城。**赳赳，武貌。干，扞也。笺云：干也，城也，皆以御难也。此罝兔之人，贤者也，有武力，可任为将帅之德，诸侯可任以国守，扞城其民，折冲御难于未然。○赳，居黝反。干，如字。扞，户旦反。御，鱼吕反。难，乃旦反，下同。任，音壬。将，子匠反。帅，色类反。可"任"，而鸩反，后不音者放此。守，手又反。

肃肃兔罝，施于中逵。逵，九达之道。○施，如字，下同❶，沈以豉反。逵，求龟反。**赳赳武夫，公侯好仇。**笺云：怨耦曰仇。此罝兔之人，敌国有来侵伐者，可使和好之。亦言贤也。○好，见《关雎》。❷

肃肃兔罝，施于中林。中林，林中。**赳赳武夫，公侯腹心。**可以制断，公侯之腹心。笺云：此罝兔之人，于行攻伐，可用为策谋之臣，使之虑无。亦言贤也。○断，丁乱反。

《兔罝》三章，章四句。

---

❶ "下同"，《释文》及阮刻本无，于下章"施"下言"如字，沈以豉反"。

❷ 此条《音义》，《释文》及阮刻本无。

芣苢

《芣苢》，后妃之美也。和平则妇人乐有子矣。天下和，政教平也。○芣，音浮。苢，音以。乐，音洛。❶

采采芣苢，薄言采之。采采，非一辞也。芣苢，马舄。马舄，车前也，宜怀任焉。薄，辞也。采，取也。笺云：薄言，我薄也。**采采芣苢，薄言有之。**有，藏之也。

采采芣苢，薄言掇之。掇，拾也。○掇，都夺反。**采采芣苢，薄言捋之。**捋，取也。○捋，力活反。

采采芣苢，薄言袺之。袺，执衽也。○袺，音结。衽，入锦反。**采采芣苢，薄言襭之。**扱衽曰襭。○襭，户结反。扱，初洽反。

《芣苢》三章，章四句。

汉广

《汉广》，德广所及也。文王之道被于南国，美化行乎江汉之域，无思犯礼，求而不可得也。纣时淫风遍于天下，维江汉之域先受文王之教化。○被，皮义反。

---

❶ "乐，音洛"，《释文》及阮刻本无。

南有乔木，不可休息。汉有游女，不可求思。兴也。南方之木美。乔，上竦也。思，辞也。汉上游女，无求思者。笺云：不可者，本有可道也。木以高其枝叶之故，故人不得就而止息也。兴者，喻贤女虽出游流水之上，人无欲求犯礼者，亦由贞洁使之然。○竦，粟勇反。**汉之广矣，不可泳思。江之永矣，不可方思。**潜行为泳。永，长。方，泭也。笺云：汉也，江也，其欲渡之者，必有潜行乘泭之道。今以广长之故，故不可也。又喻女之贞洁，犯礼而往，将不至也。○泳，音咏。泭，芳于反。

翘翘错薪，言刈其楚。翘翘，薪貌。错，杂也。笺云：楚，杂薪之中尤翘翘者。我欲刈取之，以喻众女皆贞洁，我又欲取其尤高洁者。○翘，祁遥反。**之子于归，言秣其马。**秣，养也。六尺以上曰马。笺云：之子，是子也。谦不敢斥其适己，于是子之嫁，我愿秣其马，致礼饩，示有意焉。○秣，莫葛反。饩，虚气反。**汉之广矣，不可泳思。江之永矣，不可方思。**

翘翘错薪，言刈其蒌。蒌，草中之翘翘然。○蒌，力俱反，蒿也。**之子于归，言秣其驹。**五尺以上曰驹。**汉之广矣，不可泳思。江之永矣，不可方思。**

《汉广》三章，章八句。

汝坟

《汝坟》，道化行也。文王之化行乎汝坟之国，妇人能闵其君子，犹勉之以正也。言此妇人被文王之化，厚事其君子。○坟，符云反。闵，密谨反。

遵彼汝坟，伐其条枚。遵，循也。汝，水名也。坟，大防也。枝曰条，干曰枚。笺云：伐薪于汝水之侧，非妇人之事，以言己之君子贤者，而处勤劳之职，亦非其事。○枚，妹回反。**未见君子，惄如调饥。**惄，饥意也。调，朝也。笺云：惄，思也。未见君子之时，如朝饥之思食。○惄，乃历反。调，张留反。

遵彼汝坟，伐其条肄。肄，余也。斩而复生曰肄。○肄，以自反。复，扶富反。**既见君子，不我遐弃。**既，已。遐，远也。笺云：已见君子，君子反也，于己反得见之，知其不远弃我而死亡，于思则愈，故下章而勉之。○思，如字，又息嗣反。

鲂鱼赪尾，王室如燬。赪，赤也，鱼劳则尾赤。燬，火也。笺云：君子仕于乱世，其颜色瘦病，如鱼劳则尾赤。所以然者，畏王室之酷烈。是时纣存。○鲂，符方反。赪，敕贞反。燬，音毁。**虽则如燬，父母孔迩。**孔，甚。迩，近也。笺云：辟此勤劳之处，或时得罪，父母甚近，当念之，以免于害，不能为疏远者计也。

《汝坟》三章，章四句。

麟之趾

《麟之趾》，《关雎》之应也。《关雎》之化行，则天下无犯非礼，虽衰世之公子，皆信厚如麟趾之时也。《关雎》之时，以麟为应，后世虽衰，犹存《关雎》之化者，君之宗族犹尚振振然，有似麟应之时，无以过也。

麟之趾，振振公子，兴也。趾，足也。麟信而应礼，以足至者也。振振，信厚也。笺云：兴者，喻今公子亦信厚，与礼相应，有似于麟。○振，音真。**于嗟麟兮！**于嗟，叹辞。○于，音吁。❶

麟之定，振振公姓，定，题也。公姓，公同姓。○定，音订❷。**于嗟麟兮！**

麟之角，振振公族，麟角，所以表其德也。公族，公同祖也。笺云：麟角之末有肉，示有武而不用。**于嗟麟兮！**

《麟之趾》三章，章三句。

周南之国十一篇，三十六章，百五十九句。

---

❶ 此条《音义》，《释文》及阮刻本无。
❷ "音订"，《释文》及阮刻本作"都佞反"。

召南鹊巢诂训传第二 | 国风

鹊巢

《鹊巢》，夫人之德也。国君积行累功以致爵位，夫人起家而居有之，德如鸤鸠，乃可以配焉。起家而居有之，谓嫁于诸侯也。夫人有均壹之德如鸤鸠然，而后可配国君。○行，下孟反，下注同。

维鹊有巢，维鸠居之。兴也。鸠，鸤鸠，秸鞠也。鸤鸠不自为巢，居鹊之成巢。笺云：鹊之作巢，冬至架之，至春乃成，犹国君积行累功，故以兴焉。兴者，鸤鸠因鹊成巢而居有之，而有均一之德，犹国君夫人来嫁，居君子之室，德亦然。室，燕寝也。○秸，古八反。鞠，音菊。**之子于归，百两御之。**百两，百乘也。诸侯之子嫁于诸侯，送御皆百乘。笺云：之子，是子也。御，迎也。是如鸤鸠之子，其往嫁也，家人送之，良人迎之，车皆百乘，象有百官之盛。○两，音谅。❶御，五嫁反。乘，绳证反。

维鹊有巢，维鸠方之。方，有之也。**之子于归，百两**

---

❶ "两，音谅"，《释文》及阮刻本无。

将之。将，送也。○将，如字。

维鹊有巢，维鸠盈之。盈，满也。笺云：满者，言众媵侄娣之多。○媵，音孕，又蝇证反。**之子于归，百两成之。**能成百两之礼也。笺云：是子有鸤鸠之德，宜配国君，故以百两之礼送迎成之。

《鹊巢》三章，章四句。

采蘩

《采蘩》，夫人不失职也。夫人可以奉祭祀，则不失职矣。奉祭祀者，采蘩之事也。不失职者，夙夜在公也。○蘩，音烦。

于以采蘩？于沼于沚。蘩，皤蒿也。于，於。沼，池。沚，渚也。公侯夫人执蘩菜以助祭，神飨德与信，不求备焉，沼沚溪涧之草，犹可以荐。王后则荇菜也。笺云：于以，犹言"往以"也。执蘩菜者，以豆荐蘩菹。○皤，薄波反。蒿，好羔反。溪，苦兮反。**于以用之？公侯之事。**之事，祭事也。笺云：言夫人于君祭祀而荐此豆也。

于以采蘩？于涧之中。山夹水曰涧。○涧，古晏反。夹，古洽反。**于以用之？公侯之宫。**宫，庙也。

被之僮僮，夙夜在公。被，首饰也。僮僮，竦敬也。夙，早也。笺云：公，事也。早夜在事，谓视濯溉饎爨之事。《礼记》："主妇髲鬄。"○被，皮寄反，注及下同。僮，音同。饎，昌志反。纍，七乱反。髢，皮寄反。髢，徒帝反。**被之祁祁，薄言还归**。祁祁，舒迟也，去事有仪也。笺云：言，我也。祭事毕，夫人释祭服而去髮髢，其威仪祁祁然而安舒，无罢倦之失。我还归者，自庙反其燕寝。○祁，具[1]私反。罢，音皮。

《采蘩》三章，章四句。

草虫

《草虫》，大夫妻能以礼自防也。虫，直忠反。

喓喓草虫，趯趯阜螽。兴也。喓喓，声也。草虫，常羊也。趯趯，跃也。阜螽，蠜也。卿大夫之妻，待礼而行，随从君子。笺云：草虫鸣，阜螽跃而从之，异种同类，犹男女嘉时以礼相求呼。○喓，於遥反。趯，托历反。阜，音妇。螽，音终，李巡云："蝗子也。"跃，音药。蠜，音烦。种，章勇反。**未见君子，忧心忡忡**。忡忡，犹冲冲也。妇人虽适人，有归宗之义。笺云：未见君子者，谓在涂时也。在涂而忧，忧不当君子，无以宁父母，故心冲冲然。是其不自绝于其族之情。○忡，敕中反。当，丁浪反，下注[2]同。**亦既见止，亦既觏止，我心则降**。止，辞也。觏，遇。降，下也。笺云：既

---

[1] "具"，《释文》及阮刻本作"巨"。
[2] "注"，《释文》及阮刻本无。

见,谓已同牢而食也。既觏,谓已昏也。始者忧于不当,今君子待己以礼,庶自此可以宁父母,故心下也。《易》曰:"男女觏精,万物化生。"○觏,古豆反。降,户江反。

陟彼南山,言采其蕨。南山,周南山也。蕨,鳖也。笺云:言,我也。我采者,在涂而见采鳖菜者,得其所欲得,犹己今之行者欲得礼,以自喻也。○蕨,居月反。《草木疏》云:"周秦曰蕨,齐鲁曰鳖。"鳖,卑灭反,俗云其初生似鳖脚,故名。**未见君子,忧心惙惙。**惙惙,忧也。○惙,张劣反。**亦既见止,亦既觏止,我心则说。**说,服也。○说,音悦,注同。

陟彼南山,言采其薇。薇,菜也。**未见君子,我心伤悲。**嫁女之家,不息火三日,思相离也。笺云:维父母思己,故己亦伤悲。○离,力智反。**亦既见止,亦既觏止,我心则夷。**夷,平也。

《草虫》三章,章七句。

采蘋

《采蘋》,大夫妻能循法度也。能循法度,则可以承先祖、共祭祀矣。女子十年不出,姆教婉娩听从,执麻枲,治丝茧,织纴组紃,学女事,以共衣服。观于祭祀,纳酒浆、笾豆、菹醢,礼相助奠。十有五而笄,二十而嫁。此言能循法度者,今既嫁为大夫妻,能循其为女之时所学所观之事,以为法度。○蘋,符申反。《韩诗》云:"沈者曰蘋,浮者曰藻。"

共，音恭，注同。姆，莫豆反，《字林》亡甫反，云"女师也"。婉，怨远反。娩，音晚。枲，丝似反。茧，古显反。纴，女金反，何如鸩反，缯帛之属。组，音祖。纠，音句，绦也。醢，音海。相，息亮反。笄，古兮反。

于以采蘋？南涧之滨。于以采藻？于彼行潦。蘋，大萍也。滨，厓❶也。藻，聚藻也。行潦，流潦也。笺云：古者妇人先嫁三月，祖庙未毁，教于公宫；祖庙既毁，教于宗室。教以妇德、妇言、妇容、妇功。教成之祭，牲用鱼，芼用蘋藻，所以成妇顺也。此祭，祭女所出祖也。法度莫大于四教，是又祭以成之，故举以言焉。蘋之言宾也，藻之言澡也。妇人之行，尚柔顺，自洁清，故取名以为戒。○滨，音宾。潦，音老。萍，薄经反。厓，五佳反。先，苏遍反。芼，莫报反。行，下孟反。

于以盛之？维筐及筥。于以湘之？维锜及釜。方曰筐，圆曰筥。湘，亨也。锜，釜属，有足曰锜，无足曰釜。笺云：亨蘋藻者于鱼湆之中，是铏羹之芼。○盛，音成。筐，音匡。筥，居吕反。锜，其绮反，三足釜也。釜，符甫反。亨，普庚❷反。湆，去急反。

于以奠之？宗室牖下。奠，置也。宗室，大宗之庙也。大夫士祭于宗庙，奠于牖下。笺云：牖下，户牖间之前。祭不于室中者，凡昏事，于女礼设几筵于户外，此其义也与？宗子

---

❶ "厓"，阮刻本作"涯"。
❷ "庚"，《释文》及阮刻本作"更"。

主此祭，维君使有司为之。○牖，音酉。下，如字，协韵则音户，后皆放此。与，音余。**谁其尸之？有齐季女。**尸，主。齐，敬。季，少也。蘋、藻，薄物也。涧、潦，至质也。筐、筥、锜、釜，陋器也。少女，微主也。古之将嫁女者，必先礼之于宗室，牲用鱼，芼之以蘋藻。笺云：主设羹者季女，则非礼也。女将行，父礼之而俟迎者，盖母荐之，无祭事也。祭礼主妇设羹，教成之祭，更使季女者，成其妇礼也。季女不主鱼，鱼俎实男子设之，其粢盛盖以黍稷。○齐，侧皆反。少，诗照反，下同。迎，宜敬反。

《采蘋》三章，章四句。

甘棠

《甘棠》，美召伯也。召伯之教，明于南国。召伯，姬姓，名奭，食采于召，作上公，为二伯，后封于燕。此美其为伯之功，故言"伯"云。○召，时照反。奭，音释，召康公名也。

蔽芾甘棠，勿翦勿伐，召伯所茇。蔽芾，小貌。甘棠，杜也。翦，去。伐，击也。笺云：茇，草舍也。召伯听男女之讼，不重烦劳百姓，止舍小棠之下而听断焉。国人被其德，说其化，思其人，敬其树。○蔽，必袂反。芾，非贵反，徐方盖反。翦，子践反。茇，蒲曷反，徐又扶盖反。去，羌吕反。断，丁乱反。被，皮寄反。说，音悦。

蔽芾甘棠，勿翦勿败，召伯所憩。憩，息也。○败，必迈反，又如字。憩，起例反。

蔽芾甘棠，勿翦勿拜，召伯所说。说，舍也。笺云：拜之言拔也。○说，始锐反。

《甘棠》三章，章三句。

行露

《行露》，召伯听讼也。衰乱之俗微，贞信之教兴，强暴之男不能侵陵贞女也。衰乱之俗微，贞信之教兴者，此殷之末世，周之盛德，当文王与纣之时。

厌浥行露，岂不夙夜？谓行多露！兴也。厌浥，湿意也。行，道也。岂不，言有是也。笺云：夙，早也。厌浥然湿，道中始有露，谓二月中，嫁娶❶时也。言我岂不知当早夜成昏礼与？谓道中之露太多，故不行耳。今强暴之男，以此多露之时，礼不足而强来，不度时之可否，故云然。《周礼》，仲春之月，令会男女之无夫家者，行事必以昏昕。○厌，於叶反，徐於十反。浥，於及反，又於胁反。与，音余。强，其丈反，下"强委"同，沈其常反。度，待洛反。令，力政反，后不音者放此。

谁谓雀无角，何以穿我屋？谁谓女无家，何以速我狱？不思物变而推其类，雀之穿屋，似有角者。速，召。狱，

---

❶ "娶"，阮刻本作"取"。

埆也。笺云：女，女强暴之男。变，异也。人皆谓雀之穿屋似有角，强暴之男，召我而狱，似有室家之道于我也。物有似而不同，雀之穿屋不以角，乃以咮，今强暴之男召我而狱，不以室家之道于我，乃以侵陵。物与事有似而非者，士师所当审也。○女，音汝，下皆同。埆，音角，“相质𣪠争讼者也”[1]，一云狱名。咮，张救反。**虽速我狱，室家不足。**昏礼纯帛不过五两。笺云：币可备也。室家不足，谓媒妁之言不和，六礼之来强委之。○纯，侧基反。两，音谅。妁，时酌反，又音酌。

谁谓鼠无牙，何以穿我墉？谁谓女无家，何以速我讼？墉，墙也。视墙之穿，推其类可谓鼠有牙。○墉，音容。讼，如字。**虽速我讼，亦不女从！**不从，终不弃礼而随此强暴之男。

《行露》三章，一章三句，二章章六句。

羔羊

《羔羊》，《鹊巢》之功致也。召南之国，化文王之政，在位皆节俭正直，德如羔羊也。《鹊巢》之君，积行累功，以致此《羔羊》之化，在位卿大夫竞相切化，皆如此《羔羊》之人。○行，下孟反。

羔羊之皮，素丝五紽。小曰羔，大曰羊。素，白也。

---

[1] 《释文》及阮刻本此语前有“卢植云”，故加引号。

紽，数也。古者素丝以英裘，不失其制，大夫羔裘以居。○紽，徒何反。**退食自公，委蛇委蛇。**公，公门也。委蛇，行可从迹也。笺云：退食，谓减膳也。自，从也。从于公，谓正直顺于事也。委蛇，委曲自得之貌，节俭而顺，心志定，故可自得也。○委，於危反。蛇，音移。行，下孟反，崔如字。"从"迹，足容反。

羔羊之革，素丝五緎。革，犹皮也。緎，缝也。○緎，音域。缝，符用反。**委蛇委蛇，自公退食。**笺云：自公退食，犹退食自公。

羔羊之缝，素丝五总。缝，言缝杀之，大小得其制。总，数也。○缝，符龙反，注同。总，子公反。杀，所界反。**委蛇委蛇，退食自公。**

《羔羊》三章，章四句。

殷其靁

《殷其靁》，劝以义也。召南之大夫远行从政，不遑宁处。其室家能闵其勤劳，劝以义也。召南大夫，召伯之属。远行，谓使出邦畿。○殷，音隐，下同。靁，力回反。处，尺煮反，下同。❶使，所吏反，下注同❷。

---

❶ "处，尺煮反，下同"，《释文》及阮刻本均在末章，且无"下同"。

❷ "下注同"，《释文》及阮刻本无。

殷其靁，在南山之阳。殷，靁声也。山南曰阳。靁出地奋，震惊百里。山出云雨，以润天下。笺云：靁以喻号令，于南山之阳，又喻其在外也。召南大夫以王命施号令于四方，犹靁殷殷然发声于山之阳。**何斯违斯？莫敢或遑。**何，此君子也。斯，此。违，去。遑，暇也。笺云：何乎此君子，适居此，复去此，转行远，从事于王所命之方，无敢或闲暇时。闵其勤劳。○复，符福反。闲，音闲。**振振君子，归哉归哉！**振振，信厚也。笺云：大夫信厚之君子，为君使，功未成。"归哉归哉！"劝以为臣之义，未得归也。○振，音真。"为"君，于伪反，或如字。使，所吏反，或如字。

殷其靁，在南山之侧。亦在其阴与左右也。**何斯违斯？莫敢遑息。**息，止也。**振振君子，归哉归哉！**

殷其靁，在南山之下。或在其下。笺云：下谓山足。**何斯违斯？莫或遑处。**处，居也。**振振君子，归哉归哉！**

《殷其靁》三章，章六句。

摽有梅

《摽有梅》，男女及时也。召南之国，被文王之化，男女得以及时也。○摽，婢小反。被，皮寄反。

摽有梅，其实七兮。兴也。摽，落也。盛极则堕落者，梅也。尚在树者七。笺云：兴者，梅实尚余七未落，喻始衰也。谓女二十，春盛而不嫁，至夏则衰。○堕，迨果反。**求**

我庶士，迨其吉兮。吉，善也。笺云：我，我当嫁者。庶，众。迨，及也。求女之当嫁者之众士，宜及其善时。善时谓年二十，虽夏未大衰。○迨，音待。

摽有梅，其实三兮。在者三也。笺云：此夏乡晚，梅之隋落差多，在者余三耳。○乡，许亮反。差，初卖反。求我庶士，迨其今兮。今，急辞也。

摽有梅，顷筐墍之。墍，取也。笺云：顷筐取之，谓夏已晚，顷筐取之于地。○顷，音倾。墍，许器反。求我庶士，迨其谓之。不待备礼也。三十之男，二十之女，礼未备则不待礼会而行之者，所以蕃育民人也。笺云：谓，勤也。女年二十而无嫁端，则有勤望之忧。不待礼会而行之者，谓明年仲春，不待以礼会之也。时礼虽不备，相奔不禁。○蕃，音烦。禁，居鸩反。

《摽有梅》三章，章四句。

小星

《小星》，惠及下也。夫人无妒忌之行，惠及贱妾，进御于君，知其命有贵贱，能尽其心矣。以色曰妒，以行曰忌。命，谓礼命贵贱。○行，下孟反，注同。尽，津忍反，后放此。

嘒彼小星，三五在东。嘒，微貌。小星，众无名者。三，心。五，噣。四时更见。笺云：众无名之星，随心、噣在天，犹诸妾随夫人以次序进御于君也。心在东方，三月时也。嚱在东方，正月时也。如是终岁，列宿更见。○嘒，呼惠反。嚱，张救反，《尔雅》云："嚱谓之柳。"更，音庚，下同。见，贤遍反，下同。宿，音秀。**肃肃宵征，夙夜在公。寔命不同！**肃肃，疾貌。宵，夜。征，行。寔，是也。命不得同于列位也。笺云：夙，早也。谓诸妾肃肃然夜行，或早或夜，在于君所。以次序进御者，是其礼命之数不同也。凡妾御于君，不当夕。○寔，时职反。

嘒彼小星，维参与昴。参，伐也。昴，留也。笺云：此言众无名之星，亦随伐、留在天。○参，所林反。昴，音卯。二星皆西方宿也。留，如字，又音柳，下同。**肃肃宵征，抱衾与裯。寔命不犹！**衾，被也。裯，禅被也。犹，若也。笺云：裯，床帐也。诸妾夜行，抱被与床帐，待进御之次序。不若，亦言尊卑异也。○衾，起金反。裯，直留反。

《小星》二章，章五句。

江有汜

《江有汜》，美媵也。勤而无怨，嫡能悔过也。文王之时，江沱之间，有嫡不以其媵备数，媵遇劳而无怨，嫡亦自悔也。勤者，以己宜媵而不得，心望之。○汜，音祀，江水名。媵，音孕，又绳证反。古者诸侯娶夫人，则同姓二国媵之。嫡，都狄反，下同。沱，徒何反。

江有汜，兴也。决复入为汜。笺云：兴者，喻江水大，汜水小，然而并流，似嫡媵宜俱行。○决，古穴反。复，扶福反。并，白猛反，又步顶反。**之子归，不我以。不我以，其后也悔。**嫡能自悔也。笺云：之子，是子也。是子，谓嫡也。妇人谓嫁曰归。以，犹与也。

江有渚，渚，小洲也，水岐成渚。笺云：江水流而渚留，是嫡与己异心，使己独留不行。○渚，诸吕反。**之子归，不我与。不我与，其后也处。**处，止也。笺云：嫡悔过自止。

江有沱，沱，江之别者。笺云：岷山道江，东别为沱。○岷，武巾反。**之子归，不我过。不我过，其啸也歌。**笺云：啸，蹙口而出声。嫡有所思而为之，既觉自悔而歌。歌者，言其悔过以自解说也。○过，音戈，下文同。啸，萧叫反，沈萧妙反。蹙，子六反。

《江有汜》三章，章五句。

野有死麕

《野有死麕》，恶无礼也。天下大乱，强暴相陵，遂成淫风。被文王之化，虽当乱世，犹恶无礼也。无礼者，为不由媒妁，雁币不至，劫胁以成昏，谓纣之世。○麕，俱伦反，"麇也"❶。恶，乌路反，下同。被，皮

---

❶ 据《释文》及阮刻本引，此二字应出陆《疏》，故加引号。

寄反。

野有死麕，白茅包之。郊外曰野。包，裹也。凶荒则杀礼，犹有以将之。野有死麕，群田之获而分其肉。白茅，取洁清也。笺云：乱世之民贫，而强暴之男多行无礼，故贞女之情，欲令人以白茅裹束野中田者所分麕肉，为礼而来。○包，逋茅反。裹，音果。杀，所戒反。**有女怀春，吉士诱之。**怀，思也。春，不暇待秋也。诱，道也。笺云：有贞女思仲春以礼与男会，吉士使媒人道成之。疾时无礼而言然。○诱，音酉。

林有朴樕，野有死鹿。白茅纯束，朴樕，小木也。野有死鹿，广物也。纯束，犹包之也。笺云：朴樕之中及野有死鹿，皆可以白茅裹束以为礼，广可用之物，非独麕也。纯，读如屯。○朴，蒲木反。樕，音速。纯，徒本反，"郑徒尊反"❶。**有女如玉。**德如玉也。笺云：如玉者，取其坚而洁白。

舒而脱脱兮，舒，徐也。脱脱，舒迟也。笺云：贞女欲吉士以礼来，脱脱然舒也。又疾时无礼，强暴之男相劫胁。○脱，敕外反，注同。**无感我帨兮，**感，动也。帨，佩巾也。笺云：奔走失节，动其佩饰。○感，如字。帨，始锐反。**无使尨也吠！**尨，狗也。非礼相陵则狗吠。○尨，莫邦反。吠，符废反。

《野有死麕》三章，二章章四句，一章三句。

❶ 《释文》及阮刻本此语前有"沈云"，故加引号。

何彼襛矣

《何彼襛矣》，美王姬也。虽则王姬，亦下嫁于诸侯，车服不系其夫，下王后一等，犹执妇道，以成肃雍之德也。下王后一等，谓车乘厌翟，勒面缋总，服则褕翟。○襛，如容反，"衣厚貌"❶。车，音居，他皆放此。《释名》云："古者曰车，声如居，所以居人也。今曰尺奢反❷，舍也。"韦昭曰："古皆音尺奢反，从❸汉以来，始有居音。"系，本或作"继"。"下"王，去声❹，注同。厌，於叶反。翟，庭历反。缋，户妹反，画文也。总，作孔反。褕，音遥。翟，或作"狄"，王后六服之第二也。

何彼襛矣，唐棣之华。兴也。襛，犹戎戎也。唐棣，栘也。笺云：何乎彼戎戎者，乃栘之华。兴者，喻王姬颜色之美盛。○棣，徒帝反。华，如字。栘，音移。**曷不肃雍，王姬之车。**肃，敬。雍，和。笺云：曷，何。之，往也。何不敬和乎，王姬往乘车也。言其嫁时，始乘车则已敬和。○车，协韵尺奢反，又音居。或云古读"华"为敷，与"居"为韵。后放此。

---

❶《释文》及阮刻本此语前有"《说文》云"，故加引号。
❷《释文》及阮刻本"尺奢反"前有"车音"，后有"云"。
❸ "从"，通志堂本《释文》作"后"。
❹ "去声"，《释文》及阮刻本作"遐嫁反"。

何彼襛矣，华如桃李。平王之孙，齐侯之子。平，正也。武王女，文王孙，适齐侯之子。笺云：华如桃李者，兴王姬与齐侯之子颜色俱盛。正❶者，德能正天下之王。

其钓维何，维丝伊缗。齐侯之子，平王之孙。伊，维。缗，纶也。笺云：钓者以此有求于彼。何以为之乎？以丝为之纶，则是善钓也。以言王姬与齐侯之子以善道相求。○缗，亡贫反。纶，音伦。

《何彼襛矣》三章，章四句。

驺虞

《驺虞》，《鹊巢》之应也。《鹊巢》之化行，人伦既正，朝廷既治，天下纯被文王之化，则庶类蕃殖，蒐田以时，仁如驺虞，则王道成也。应者，应德自远而至。○驺，侧留反，"尾长于身，不履生草"❷。朝，直遥反。治，直吏反。被，皮寄反。蕃，音烦。蒐，所留反，春猎为蒐。"蒐，索，择取不孕者也。"❸

彼茁者葭，茁，出也。葭，芦也。笺云：记芦始出者，

---

❶ "正"，阮刻本作"正王"。
❷ 《释文》及阮刻本此语前有"《周书·王会》《草木疏》并同，又云"等字，今《逸周书·王会》未见，其应出陆《疏》，故加引号。
❸ 《释文》及阮刻本此语前有"杜预云"，检知为《左传·隐公五年》杜预注，故加引号。

著春田之早晚。○茁，侧劣、侧刷二反。葭，音加。著，张虑反。**壹发五豝**。豕牝曰豝。虞人翼五豝以待公之发。笺云：君射一发而翼五豝❶者，战禽兽之命。必战之者，仁心之至。○发，如字。豝，百加反。牝，频忍反。射，食亦反。**于嗟乎驺虞！**驺虞，义兽也，白虎黑文，不食生物，有至信之德则应之。笺云：于嗟者，美之也。○于，音吁。❷

彼茁者蓬，蓬，草名也。**壹发五豵。**一岁曰豵。笺云：豕生三曰豵。○豵，子公反。**于嗟乎驺虞！**

《驺虞》二章，章三句。

召南之国十四篇，四十章，百七十七句。

---

❶ "豝"，阮刻本作"猪"。
❷ 此条《音义》，《释文》及阮刻本无。

诗经卷一考证

《周南·卷耳》章"我姑酌彼金罍"《笺》"君赏功臣"。○"君"字，汲古阁本、监本及诸坊本俱误作"若"，惟蜀本石经作"君"。案：郑《笺》既以"我"字训"我君"，则此为"君"字无疑。原本权舆，古版可订俗本之讹。

"我姑酌彼兕觥"《笺》"礼自立司正之后"。○"礼"字上，武英殿《注疏》本据蜀本石经增"饮酒"二字。案：《仪礼·乡饮酒礼》"作相为司正"注云："立司正以监之，察仪法也。"石经盖本诸此。

"云何吁矣"《笺》"而今云何乎，其亦忧矣"。○殿本及汲古阁本、永怀堂本"乎"字俱作"吁"。案：毛《传》"吁"训"忧"，如云而今云何忧其亦忧矣，语意便复而不安。原本作"乎"字，喝起下句，解最明顺。

《汝坟》二章《笺》"故下章而勉之"。○殿本、诸坊本俱无"而"字，原本疑衍。

《召南·江有汜》章。○案：汜，应改作"汜"。《说文》云："汜，从水，巳声。详里切❶。"音似。

---

❶ "详里切"本出《说文解字》徐注，此处盖并引为文。

《尔雅·释水》云："水决复入为汜。"与毛《传》训正合。若"汜"字，则《唐韵》《集韵》并"孚梵切，音汎"，乃"氾"滥字也。❶

----

❶ 《唐韵》《集韵》之"孚梵切"，乃为"氾"字读音，《说文解字》"氾"字徐注亦曰"孚梵切"。故"若'汜'字"之"汜"，应为"氾"字，言"氾"为"汜"之滥字，语意更合。

卷二

邶柏舟诂训传第三 | 国风

柏舟

《柏舟》，言仁而不遇也。卫顷公之时，仁人不遇，小人在侧。不遇者，君不受己之志也。君近小人，则贤者见侵害。○顷，音倾。

汎彼柏舟，亦汎其流。兴也。汎汎，流貌。❶柏，木，所以宜为舟也。亦汎汎其流，不以济渡❷也。笺云：舟，载渡物者，今不用，与❸众物汎汎然俱流水中。兴者，喻仁人之不见用，而与群小人并列。亦，犹是也。○汎，音泛❹。**耿耿不寐，如有隐忧。**耿耿，犹儆儆也。隐，痛也。笺云：仁人既不遇，忧在见侵害。○耿，古幸反。儆，音景。**微我无酒，以敖以游。**非我无酒，可以敖游忘忧也。○敖，五羔反。

---

❶ "汎汎，流貌"，《释文》作"汎，流貌"，云："本或作'汎汎，流貌'者，此从王肃注加。"
❷ "渡"，阮刻本作"度"。
❸ "与"，阮刻本作"而与"。
❹ "音泛"，《释文》及阮刻本作"敷剑反"。

我心匪鉴，不可以茹。鉴，所以察形也。茹，度也。笺云：鉴之察形，但知方圆白黑，不能度其真伪。我心非如是鉴，我于众人之善恶外内，心度知之。○鉴，甲暂反，镜也。茹，如预反，徐如庶反。度，待洛反，下同。**亦有兄弟，不可以据**。据，依也。笺云：兄弟至亲，当相据依。言亦有不相据依以为是者，希耳。责之以兄弟之道，谓同姓臣也。**薄言往诉，逢彼之怒**。彼，彼兄弟。○诉，苏路反。怒，协韵，乃路反。

我心匪石，不可转也。我心匪席，不可卷也。石虽坚，尚可转。席虽平，尚可卷。笺云：言己心志坚平，过于石席。○卷，眷勉反，注同。**威仪棣棣，不可选也**。君子望之俨然可畏，礼容俯仰，各有威仪耳。棣棣，富而闲习也。物有其容，不可数也。笺云：称己威仪如此者，言己德备而不遇，所以愠也。○棣，徒帝反，又音代。选，雪兖反。俨，鱼检反。数，色主反。

忧心悄悄，愠于群小。愠，怒也。悄悄，忧貌。笺云：群小，众小人在君侧者。○悄，七小反。愠，纡运反。**觏闵既多，受侮不少**。闵，病也。○觏，古豆反。侮，音武，徐音茂。**静言思之，寤辟有摽**。静，安也。辟，拊心也。摽，拊心貌。笺云：言，我也。○辟，避亦反。摽，符小反。拊，音抚。

日居月诸，胡迭而微。笺云：日，君象也。月，臣象也。微，谓亏伤也。君道当常明如日，而月有亏盈，今君失道而任小人，大臣专恣，则日如月然。○迭，待结反。**心之忧矣，如匪浣衣**。如衣之不浣矣。笺云：衣之不浣，则愤辱无照察。

○浣，户管反。愦，古对反。**静言思之，不能奋飞**。不能如鸟奋翼而飞去。笺云：臣不遇于君，犹不忍去，厚之至也。

《柏舟》五章，章六句。

绿衣

《绿衣》，卫庄姜伤己也。妾上僭，夫人失位而作是诗也。绿，当为"褖"，故作"褖"，转作"绿"，字之误也。庄姜，庄公夫人，齐女，姓姜氏。妾上僭者，谓公子州吁之母，母嬖而州吁骄。○绿，毛如字，郑作"褖"，吐乱反。上，时掌反，注皆同。僭，笺念反。嬖，补计反，《谥法》云："贱而得爱曰嬖。"嬖❶，卑也、媟也。

绿兮衣兮，绿衣黄里。兴也。绿，间色。黄，正色。笺云：褖兮衣兮者，言褖衣自有礼制也。诸侯夫人祭服之下，鞠衣为上，展衣次之，褖衣次之。次之者，众妾亦以贵贱之等服之。鞠衣黄，展衣白，褖衣黑，皆以素纱为裏。今褖衣反以黄为裏，非其礼制也，故以喻妾上僭。○裏，音里。间，间厕之间。鞠，居六反，言如菊花之色；又去六反，言如曲尘之色。展，知彦反。纱，音沙。**心之忧矣，曷维其已**。忧虽欲自止，何时能止也？

绿兮衣兮，绿衣黄裳。上曰衣，下曰裳。笺云：妇

---

❶ "嬖"，原无，据《释文》及阮刻本补。

人之服，不殊衣裳，上下同色。今衣黑而裳黄，喻乱嫡妾之礼。○嫡，丁历反。**心之忧矣，曷维其亡。**笺云：亡之言忘也。

绿兮丝兮，女所治兮。绿，末也。丝，本也。笺云：女，女妾上僭者。先染丝，后制衣，皆女之所治为也，而女反乱之，亦喻乱嫡妾之礼，责以本末之行。礼，大夫以上衣织，故本于丝也。○女，"毛如字"❶，郑音汝。行，下孟反，下同。上"衣"，於既反。织，职吏反。❷**我思古人，俾无訧兮**。俾，使。訧，过也。笺云：古人，谓制礼者。我思此人定尊卑，使人无过差之行，心善之也。○俾，卑尔反。訧，音尤。差，初卖反，又初佳反。

绨兮绤兮，凄其以风。凄，寒风也。笺云：绨绤所以当暑，今以待寒，喻其失所也。○凄，七西反。**我思古人，实获我心**。古之君子，实得我之心也。笺云：古之圣人制礼者，使夫妇有道，妻妾贵贱各有次序。

《绿衣》四章，章四句。

燕燕

《燕燕》，卫庄姜送归妾也。庄姜无子，陈女戴妫生

---

❶ 《释文》及阮刻本此语前有"崔云"，故加引号。
❷ "上'衣'，於既反。织，职吏反"，《释文》及阮刻本作"以上，时掌反。衣织，於既反，下音志"。

子名完，庄姜以为己子。庄公薨，完立，而州吁杀之。戴妫于是大归，庄姜远送之于野，作诗见己志。○燕，於见反。妫，居危反。戴，谥也。杀，如字，又申志反。见，贤遍反。

燕燕于飞，差池其羽。燕燕，鳦也。燕之于飞，必差池其羽。笺云：差池其羽，谓张舒其尾翼，兴戴妫将归，顾视其衣服。○差，楚佳反，又楚宜反。鳦，音乙。**之子于归，远送于野。**之子，去者也。归，归宗也。远送，过礼。于，於也。郊外曰野。笺云：妇人之礼，送迎不出门。今我送是子，乃至于野者，舒己愤，尽己情。○野，如字，协韵羊汝反。沈云："协句❶时预反。"后放此。愤，符粉反。**瞻望弗及，泣涕如雨！**瞻，视也。○涕，他礼反，徐音弟。

燕燕于飞，颉之颃之。飞而上曰颉，飞而下曰颃。笺云：颉颃，兴戴妫将归，出入前却。○颉，户结反。颃，户郎反。上，时掌反，篇内皆同。**之子于归，远于将之。**将，行也。笺云：将，亦送也。**瞻望弗及，伫立以泣！**伫立，久立也。○伫，直吕反。

燕燕于飞，下上其音。飞而上曰上音，飞而下曰下音。笺云：下上其音，兴戴妫将归，言语感激，声有小大。○激，经历反。**之子于归，远送于南。**陈在卫南。○南，如字，沈云："协句宜乃林反。"**瞻望弗及，实劳我心。**○实，是也。

仲氏任只，其心塞渊。仲，戴妫字也。任，大。塞，

---

❶ 《释文》及阮刻本"协句"下有"宜音"二字。

瘱。渊，深也。笺云：任者，以恩相亲信也。《周礼》："六行：孝、友、睦、姻、任、恤。"○任，入林反，"郑而鸩反"❶。瘱，於例反。行，下孟反。**终温且惠，淑慎其身。**惠，顺也。笺云：温，谓颜色和也。淑，善也。**先君之思，以勖寡人！**勖，勉也。笺云：戴妫思先君庄公之故，故将归犹劝勉寡人以礼义。寡人，庄姜自谓也。○勖，凶玉反，徐况目反。

《燕燕》四章，章六句。

日月

《日月》，卫庄姜伤己也。遭州吁之难，伤己不见答于先君，以至困穷之诗也。○难，去声❷。

日居月诸，照临下土。日乎月乎，照临之也。笺云：日、月，喻国君与夫人也，当同德齐意以治国者，常道也。**乃如之人兮，逝不古处。**逝，逮。古，故也。笺云：之人，是人也，谓庄公也。其所以接及我者，不以故处，甚违其初时。○处，昌虑反，又昌吕反。**胡能有定？宁不我顾。**胡，何。定，止也。笺云：宁，犹曾也。君之行如是，何能有所定乎？曾不顾念我之言，是其所以不能定完也。○顾，如字，徐音

---

❶ 《释文》及阮刻本此语前有"沈云"，故加引号。
❷ "去声"，《释文》及阮刻本作"乃旦反"。

古，此亦协韵也。后放此。

日居月诸，下土是冒。冒，覆也。笺云：覆，犹照临也。**乃如之人兮，逝不相好。**不及我以相好。笺云：其所以接及我者，不以相好之恩情，甚于已薄也。○好，呼报反，注同，毛❶如字。**胡能有定？宁不我报。**尽妇道而不得报。

日居月诸，出自东方。日始月盛，皆出东方。笺云：自，从也。言夫人当盛之时，与君同位。**乃如之人兮，德音无良。**音，声。良，善也。笺云：无善恩意之声语于我也。○语，鱼据反。**胡能有定？俾也可忘。**笺云：俾，使也。君之行如此，何能有所定，使是无良可忘也。

日居月诸，东方自出。父兮母兮，畜我不卒。笺云：畜，养。卒，终也。父兮母兮者，言己尊之如父，又亲之如母，乃反养遇我不终也。**胡能有定？报我不述。**述，循也。笺云：不循，不循礼也。

《日月》四章，章六句。

终风

《终风》，卫庄姜伤己也。遭州吁之暴，见侮慢而不能正也。正，犹止也。

---

❶ 《释文》及阮刻本"毛"上有"王崔申"三字。

终风且暴，顾我则笑。兴也。终日风为终风。暴，疾也。笑，侮之也。笺云：既竟日风矣，而又暴疾。兴者，喻州吁之为不善，如终风之无休止，而其间又有甚恶，其在庄姜之旁，视庄姜则反笑之，是无敬心之甚。○终风，《韩诗》云："西风也。"**谑浪笑敖，**言戏谑不敬。○谑，许约反。浪，力葬反，《韩诗》云："起也。"敖，五报反。**中心是悼！**笺云：悼者，伤其如是，然而已不能得而止之。

终风且霾，霾，雨土也。○霾，亡皆反，徐又莫戒❶反。雨，于付反。风而雨土❷为霾。**惠然肯来。**言时有顺心也。笺云：肯，可也。有顺心然后可以来至我旁，不欲见其戏谑。○来，如字，协韵❸多音梨。他放此。**莫往莫来，悠悠我思！**人无子道以来事己，己亦不得以母道往加之。笺云：我思其如是，心悠悠然。○思，如字。

终风且曀，不日有曀。阴而风曰曀。笺云：有，又也。既竟日风，且复曀不见日矣。而又曀者，喻州吁暗乱甚也。○曀，於计反。复，扶富反。**寤言不寐，愿言则嚏。**嚏，跲也。笺云：言，我。愿，思也。嚏，读当为不敢嚏咳之嚏。我其忧悼而不能寐，女❹思我心如是，我则嚏也。今俗人嚏，云："人道我。"此古人❺之遗语也。○嚏，旧竹利反，又丁

---

❶ "戒"，影宋本《释文》作"成"。
❷ "土"，影宋本《释文》作"立"。
❸ "协韵"，《释文》及阮刻本作"古协思韵"。
❹ "女"，阮刻本作"汝"。
❺ "人"，阮刻本无。

四反，又猪吏反，或竹季反，劫也。郑又作都丽反。跲，渠业反。咳，开爱反。

曀曀其阴，如常阴曀曀然。**虺虺其靁**。暴若震靁之声虺虺然。○虺，虚鬼反。**寤言不寐，愿言则怀**。怀，伤也。笺云：怀，安也。女思我心如是，我则安也。○女，音汝，下同，后可以意求之。

《终风》四章，章四句。

击鼓

《击鼓》，怨州吁也。卫州吁用兵暴乱，使公孙文仲将而平陈与宋，国人怨其勇而无礼也。将者，将兵以伐郑也。平，成也。将伐郑，先告陈与宋，以成其伐事。《春秋传》曰："宋殇公之即位也，公子冯出奔郑。郑人欲纳之。及卫州吁立，将修先君之怨于郑，而求宠于诸侯，以和其民。使告于宋曰：'君若伐郑，以除君害，君为主，敝邑以赋与陈、蔡从，则卫国之愿也。'宋人许之。于是陈、蔡方睦于卫，故宋公、陈侯、蔡人、卫人伐郑。"是也。伐郑在鲁隐四年。○将，子亮反。殇，音伤。冯，皮冰反。从，才用反，下"陈、蔡从"同。

击鼓其镗，踊跃用兵。镗然，击鼓声也，使众皆踊跃用兵也。笺云：此用兵，谓治兵时。○镗，吐当反。**土国城漕，我独南行**。漕，卫邑也。笺云：此言众民皆劳苦也，或役土功于国，或修理漕城，而我独见使从军南行伐郑，是尤劳苦之甚。○漕，音曹。

从孙子仲，平陈与宋。孙子仲，谓公孙文仲也。平陈于宋。笺云：子仲，字也。平陈于宋，谓使告宋曰"君为主，敝邑以赋与陈、蔡从"。**不我以归，忧心有忡。**忧心忡忡然。笺云：以，犹与也。与我南行，不与我归期。兵，凶事，惧不得归，豫忧之。○忡，敕忠反。

爰居爰处？爰丧其马？有不还者，有亡其马者。笺云：爰，于也。不还，谓死也、伤也、病也。今于何居乎？于何处乎？于何丧其马乎？○丧，息浪反，注同。**于以求之？于林之下。**山木曰林。笺云：于，於也。求不还者及亡其马者，当于山林之下。军行必依山林，求其故处，近得之。○处，昌虑反。近，附近之近。

死生契阔，与子成说。契阔，勤苦也。说，数也。笺云：从军之士与其伍约，死也生也，相与处勤苦之中，我与子成相说爱之恩，志在相存救也。○契，苦结反。《韩诗》云："约束也。"说，音悦。数，色主反。**执子之手，与子偕老。**偕，俱也。笺云：执其手，与之约誓，示信也。言俱老者，庶几俱免于难。○偕，音皆。约，如字，又於妙反，下同。难，乃旦反。

于嗟阔兮，不我活兮！不与我生活也。笺云：州吁阻兵安忍，阻兵无众，安忍无亲，众叛亲离。军士弃其约，离散相远，故吁嗟叹之："阔兮，女不与我相救活。"伤之。○远，于万反。**于嗟洵兮，不我信兮！**洵，远。信，极也。笺云：叹其弃约，不与我相亲信，亦伤之。○洵，呼县反。信，毛音申，郑如字。

《击鼓》五章，章四句。

凯风

《凯风》，美孝子也。卫之淫风流行，虽有七子之母，犹不能安其室，故美七子能尽其孝道，以慰其母心，而成其志尔。不安其室，欲去嫁也。成其志者，成言孝子自责之意。○凯，开在反。

凯风自南，吹彼棘心。兴也。南风谓之凯风。乐夏之长养。棘，难长养者。笺云：兴者，以凯风喻宽仁之母，棘犹七子也。○棘，居力反。乐，音洛。长，丁丈反，下皆同。**棘心夭夭，母氏劬劳。**夭夭，盛貌。劬劳，病苦也。笺云：夭夭，以喻七子少长，母养之病苦也。○夭，於骄反。劬，其俱反。少，诗照反。

凯风自南，吹彼棘薪。棘薪，其成就者。**母氏圣善，我无令人。**圣，睿也。笺云：睿，作圣。令，善也。母乃有睿知之善德，我七子无善人能报之者，故母不安我室，欲去嫁也。○睿，悦岁反，下同。知，音智。

爰有寒泉，在浚之下。浚，卫邑也。在浚之下，言有益于浚。笺云：爰，曰也。曰有寒泉者，在浚之下浸润之，使浚之民逸乐，以兴七子不能如也。○浚，音峻。乐，音洛。**有子七人，母氏劳苦。**

睍睆黄鸟，载好其音。睍睆，好貌。笺云：睍睆，以兴颜色说也。好其音者，兴其辞令顺也，以言七子不能如也。○睍，胡显反。睆，华板反。说，音悦，下篇注同。**有子七人，莫慰母心。**慰，安也。

《凯风》四章，章四句。

雄雉

《雄雉》，○《尔雅》云："飞曰雌雄。"❶刺卫宣公也。淫乱不恤国事，军旅数起，大夫久役，男女怨旷，国人患之而作是诗。淫乱者，荒放于妻妾，烝于夷姜之等。国人久处军役之事，故男多旷，女多怨也。男旷而苦其事，女怨而望其君子。○刺，七赐反。《诗》内多此音，更不重出。数，色角反。

雄雉于飞，泄泄其羽。兴也。雄雉见雌雉飞，而鼓其翼泄泄然。笺云：兴者，喻宣公整其衣服而起，奋讯其形貌，志在妇人而已，不恤国之政事。○泄，移世反。讯，音信。**我之怀矣，自诒伊阻。**诒，遗。伊，维。阻，难也。笺云：怀，安也。伊，当作"繄"。繄，犹是也。君之行如是，我安其朝而不去。今从军旅，久役不得归，此自遗以是患难。○诒，以之反。遗，维季反。难，乃旦反，下同。繄，乌兮反。行，下孟反，下"君之行"同。朝，直遥反。

---

❶ 此条《音义》，阮刻本无。

雄雉于飞，下上其音。笺云：下上其音，兴宣公小大其声，怡悦妇人。○上，时掌反。**展矣君子，实劳我心。**展，诚也。笺云：诚矣君子，诉于君子也。君之行如是，实使我心劳矣。君若不然，则我无军役之事。

瞻彼日月，悠悠我思。瞻，视也。笺云：视日月之行，迭往迭来。今君子独久行役而不来，使我心悠悠然思之。女怨之辞。○女，如字，下"女怨"同。**道之云远，曷云能来？**笺云：曷，何也。何时能来？望之也。

百尔君子，不知德行。笺云：尔，女也。女众君子，我不知人之德行何如者可谓为德行，而君或有所留？女怨，故问此焉。○行，下孟反，下注皆同。**不忮不求，何用不臧？**忮，害。臧，善也。笺云：我君子之行，不疾害，不求备于一人，其行何用为不善，而君独远使之在外，不得来归？亦女怨之辞。○忮，之跂反，韦昭音洎。

《雄雉》四章，章四句。

匏有苦叶

《匏有苦叶》，刺卫宣公也。公与夫人并为淫乱。夫人，谓夷姜。

匏有苦叶，济有深涉。兴也。匏谓之瓠，瓠叶苦，不可食也。济，渡也。由膝以上为涉。笺云：瓠叶苦而渡处深，谓八月之时，阴阳交会，始可以为昏礼，纳采、问名。○匏，薄交反。瓠，户故反。上，时掌反，下皆同。处，昌虑反。
深则厉，浅则揭。以衣涉水为厉，谓由带以上也。揭，褰衣也。遭时制宜，如遇水深则厉，浅则揭矣。男女之际，安可以无礼义？将无以自济也。笺云：既以深浅记时，因以水深浅喻男女之才性贤与不肖及长幼也。各顺其人之宜，为之求妃耦。○厉，力滞反，《韩诗》云："至心曰厉。"揭，苦例反。"为"之，于伪反。妃，音配，下同。

有瀰济盈，有鷕雉鸣。瀰，深水也。盈，满也。深水，人之所难也。鷕，雌雉声也。卫夫人有淫泆之志，授人以色，假人以辞，不顾礼义之难，至使宣公有淫昏之行。笺云：有瀰济盈，谓过于厉，喻犯礼深也。○瀰，弥尔反。鷕，以小反，沈耀皎反，或户了反，《说文》以水反，《字林》于水反。难，乃旦反。行，下孟反。**济盈不濡轨，雉鸣求其牡。**濡，渍也。由辀以上为轨。违礼义，不由其道，犹雉鸣而求其牡矣。飞曰雌雄，走曰牝牡。笺云：渡深水者必濡其轨，言不濡者，喻夫人犯礼而不自知。雉鸣反求其牡，喻夫人所求非所求。○濡，而朱反。轨，龟美反，谓车轊头也，依《传》意，宜❶音犯。案：《说文》云："轨，车辙也，从车，九声。"龟美反。"軓，车轼前也，从车，凡声"，音犯。车轊头，所谓轵❷也。牡，茂后反。辀，竹留反。

雍雍鸣雁，旭日始旦。雍雍，雁声和也。纳采用雁。旭日始出，谓大昕之时。笺云：雁者随阳而处，似妇人从夫，

---

❶ "宜"，阮刻本作"直"。
❷ "轵"，阮刻本作"軓"。

故昏礼用焉。自纳采至请期用昕，亲迎用昏。○昕，许玉反，徐许袁反。请，音情，又七井反，下同。迎，鱼敬反。**士如归妻，迨冰未泮。**迨，及。泮，散也。笺云：归妻，使之来归于己，谓请期也。冰未散，正月中以前也，二月可以昏矣。○迨，音待[1]。泮，普半反。

招招舟子，人涉卬否。招招，号召之貌。舟子，舟人，主济渡者。卬，我也。笺云：舟人之子，号召当渡者，犹媒人之会男女无夫家者，使之为妃匹。人皆从之而渡，我独否。○招，照遥反。卬，五郎反。号，户羔反。**人涉卬否，卬须我友。**人皆涉，我友未至，我独待之而不涉。以言室家之道，非得所适，贞女不行；非得礼义，昏姻不成。

《匏有苦叶》四章，章四句。

谷风

《谷风》，刺夫妇失道也。卫人化其上，淫于新昏而弃其旧室，夫妇离绝，国俗伤败焉。新昏者，新所与为昏礼。

习习谷风，以阴以雨。兴也。习习，和舒貌。东风谓之谷风。阴阳和而谷风至，夫妇和则室家成，室家成而继嗣生。**黾勉同心，不宜有怒。**言黾勉者，思与君子同心也。笺云：所以黾

---

[1] "待"，阮刻本作"殆"。

勉者，以为见谴怒者，非夫妇之宜。○黾，莫尹反。黾勉，犹勉勉也。**采葑采菲，无以下体。**葑，须也。菲，芴也。下体，根茎也。笺云：此二菜者，蔓菁与葍之类也，皆上下可食。然而其根有美时，有恶时，采之者不可以根恶时并弃其叶，喻夫妇以礼义合，颜色相亲，亦不可以颜色衰，弃其相与之礼。○葑，孚容反。菲，妃鬼反。芴，音勿。蔓，音万❶。菁，音精。葍，音福。**德音莫违，及尔同死。**笺云：莫，无。及，与也。夫妇之言无相违者，则可与女长相与处至死，颜色斯须之有？

行道迟迟，中心有违。迟迟，舒行貌。违，离也。笺云：违，徘徊也。行于道路之人，至将离❷别，尚舒行，其心徘徊然，喻君子于己不能如也。**不远伊迩，薄送我畿。**畿，门内也。笺云：迩，近也。言君子与己决❸别，不能远，维近耳，送我裁于门内，无恩之甚。○畿，音祈。**谁谓荼苦？其甘如荠。**荼，苦菜也。笺云：荼诚苦矣，而君子于己之苦毒又甚于荼，比方之，荼则甘如荠。○荼，音徒。荠，齐礼反。**宴尔新昏，如兄如弟。**宴，安也。○宴，本又作"燕"，徐於显反，又烟见反。

泾以渭浊，湜湜其沚。泾渭相入而清浊异。笺云：小渚曰沚。泾水以有渭，故见渭浊。湜湜，持正貌。喻君子得新昏，故谓己恶也。己之持正守初如沚然，不动摇。此绝去所经见，因取以自喻焉。○泾，音经。渭，音谓。湜，音殖。沚，

---

❶ "万"，阮刻本作"方"。
❷ "离"，阮刻本作"于"。
❸ "决"，阮刻本作"诀"。

音止。**宴尔新昏，不我屑以。**屑，絜也。笺云：以，用也。言君子不复絜用我当室家。○屑，素节反。复，扶富反。**毋逝我梁，毋发我笱。**逝，之也。梁，鱼梁。笱，所以捕鱼也。笺云：毋者，喻禁新昏也。女毋之我家，取我为室家之道。○笱，古口反。**我躬不阅，遑恤我后。**阅，容也。笺云：躬，身。遑，暇。恤，忧也。我身尚不能自容，何暇忧我后所生子孙也。○阅，音悦。

就其深矣，方之舟之。就其浅矣，泳之游之。舟，船也。笺云：方，泭也。潜行为泳。言深浅者，喻君子之家事无难易，吾皆为之。○泳，音咏。泭，音孚。易，夷豉反，下同。**何有何亡，黾勉求之。**有，谓富也。亡，谓贫也。笺云：君子何所有乎？何所亡乎？吾其黾勉勤力为求之，有求多，亡求有。○为，于伪反。**凡民有丧，匍匐救之。**笺云：匍匐，言尽力也。凡于民有凶祸之事，邻里尚尽力往救之，况我于君子家之事难易乎？固当黾勉。以疏喻亲也。○匍，音蒲，又音扶。匐，蒲北反，一音服。

不我能慉，反以我为雠。慉，养也。笺云：慉，骄也。君子不能以恩骄乐我，反憎恶我。○慉，许六反，毛"兴也"。乐，音洛。恶，乌路反，下皆同。**既阻我德，贾用不售。**阻，难也。笺云：既难却我，隐蔽我之善，我修妇道而事之，觊其察己，犹见疏外，如卖物之不售。○贾，音古，市也。售，市救反。难，乃旦反，下"难却❶"同。**昔育恐育**

---

❶ "却"，原作"邻"，与《笺》中"难却"失照，据《释文》及阮刻本改。

鞫，及尔颠覆。育，长。鞫，穷也。笺云："昔育"，育，稚也。及，与也。昔幼稚之时，恐至长老穷匮，故与女颠覆尽力于众事，难易无所辟。○鞫，居六反。覆，芳服反，注同。长，张丈反，下皆同。稚，直吏反。匮，求位反。辟，音避。**既生既育，比予于毒**。笺云：生，谓财业也。育，谓长老也。于，於也。既有财业矣，又既长老矣，其视我如毒螫。言恶己甚也。○螫，失石反。何呼洛反❶。

我有旨蓄，亦以御冬。旨，美。御，禦也。笺云：蓄聚美菜者，以御冬月乏❷无时也。○蓄，敕六反。御，鱼据反，下同，徐鱼举反。**宴尔新昏，以我御穷**。笺云：君子亦但以我御穷苦❸之时，至于富贵，则弃我如旨蓄。**有洸有溃，既诒我肄**。洸洸，武也。溃溃，怒也。肄，劳也。笺云：诒，遗也。君子洸洸然，溃溃然，无温润之色，而尽遗我以劳苦之事，欲穷困我。○洸，音光。溃，户对反。诒，音怡。肄，以世反。遗，唯季反，下同。**不念昔者，伊余来塈！** 塈，息也。笺云：君子忘旧，不念往昔年稚我始来之时安息我。○塈，许器反。

《谷风》六章，章八句。

---

❶ "何呼洛反"，阮刻本作"恶，乌洛反"。
❷ "乏"，阮刻本作"之"。
❸ "苦"，阮刻本作"若"。

式微

《式微》，黎侯寓于卫，其臣劝以归也。寓，寄也。黎侯为狄人所逐，弃其国而寄于卫。卫处之以二邑，因安之，可以归而不归，故其臣劝之。○黎，力兮反，国名。

式微式微，胡不归？ 式，用也。笺云：式微式微者，微乎微者也。君何不归乎？禁君留止于此之辞。式，发声也。**微君之故，胡为乎中露！** 微，无也。中露，卫邑也。笺云：我若无君，何为处此乎？臣又极谏之辞。

式微式微，胡不归？微君之躬，胡为乎泥中！ 泥中，卫邑也。

《式微》二章，章四句。

旄丘

《旄丘》，责卫伯也。狄人迫逐黎侯，黎侯寓于卫。卫不能修方伯连率之职，黎之臣子以责于卫也。卫，康叔之封，爵称侯，今曰伯者，时为州伯也。周之制，使伯佐牧。《春秋传》曰"五侯九伯"，侯为牧也。○旄，音毛。率，所类反。

旄丘之葛兮，何诞之节兮？兴也。前高后下曰旄丘。诸侯以国相连属，忧患相及，如葛之蔓延相连及也。诞，阔也。笺云：土气缓则葛生阔节。兴者，喻此时卫伯不恤其职，故其臣于君事亦疏废也。○延，以战反，又如字。**叔兮伯兮，何多日也？**日月以逝而不我忧。笺云：叔、伯，字也。呼卫之诸臣，叔与伯与，女期迎我君而复之。可来而不来，女日数何其多也？先叔后伯，臣之命不以齿。

何其处也？必有与也。言与仁义也。笺云：我君何以处于此乎？必以卫有仁义之道故也。责卫今不行仁义。**何其久也？必有以也。**必以有功德。笺云：我君何以久留于此乎？必以卫有功德故也。又责卫今不务功德也。

狐裘蒙戎，匪车不东。大夫狐苍裘。蒙戎，以言乱也。不东，言不来东也。笺云：刺卫诸臣形貌蒙茸❶然，但为昏乱之行。女非有戎车乎，何不来东迎我君而复之？黎国在卫西，今所寓在卫东。○蒙，如字，徐武邦反。行，下孟反，下同。**叔兮伯兮，靡所与同。**无救患恤同也。笺云：卫之诸臣行如是，不与诸伯之臣同，言其非之特甚。

琐兮尾兮，流离之子。琐、尾，少好之貌。流离，鸟也。少好长丑，始而愉乐，终以微弱。笺云：卫之诸臣，初有小善，终无成功，似流离也。○琐，素果反。离，如字。少，诗照反，下同。长，张丈反。乐，音洛。**叔兮伯兮，褎如充耳。**褎，盛服也。充耳，盛饰也。大夫褎然有尊盛之服而不能称也。笺云：充耳，塞耳也。言卫之诸臣颜色褎然，如见塞

---

❶ "茸"，阮刻本作"戎"。

耳，无闻知也。人之耳聋，恒多笑而已。○褎，由救反，又在秀反，郑"笑貌"。称，尺证反。

《旄丘》四章，章四句。

简兮

《简兮》，刺不用贤也。卫之贤者仕于泠❶官，皆可以承事王者也。泠官，乐官也。泠氏世掌乐官而善焉，故后世多号乐官为泠官。○泠，音零，字从水，亦作"伶"。

简兮简兮，方将《万》舞。简，大也。方，四方也。将，行也。以干羽为《万》舞，用之宗庙山川，故言于四方。笺云：简，择。将，且也。择兮择兮者，为且祭祀，当《万》舞也。《万》舞，干舞也。○为，于伪反。**日之方中，在前上处。**教国子弟，以日中为期。笺云：在前上处者，在前列上头也。《周礼》："大胥掌学士之版，以待致诸子。春，入学，舍采，合舞。"○胥，思徐反。舍，音释，下篇"舍軷"同。采，音菜。**硕人俣俣，公庭《万》舞。**硕人，大德也。俣俣，容貌大也。《万》舞，非但在四方，亲在宗庙、公庭。○俣，疑矩反。

有力如虎，执辔如组。组，织组也。武力比于虎，可以御乱。御众有文章，言能治众。动于近，成于远也。笺云：

---

❶ "泠"，阮刻本作"伶"，下同。

硕人有御乱、御众之德，可任为王臣。○鬵，悲位反。组，音祖。任，音壬。**左手执籥，右手秉翟。**籥，六孔。翟，翟羽也。笺云：硕人多才多艺，又能籥舞。言文武道备。○籥，余若反。翟，亭历反，下注同。**赫如渥赭，公言锡爵。**赫，赤貌。渥，厚渍也。祭有畀煇、胞、翟、阍、寺者，惠下之道，见惠不过一散。笺云：硕人容色赫然，如厚傅丹，君徒赐其一爵而已，不知其贤而进用之。散，受五升。○赫，虚格反。渥，於角反。赭，音者。畀，必❶寐反。煇，音运，甲吏之贱者。胞，步交反，肉吏之贱者。翟，乐吏之贱者。阍，音昏，守门之贱者。散，素但反，酒爵也。傅，音附。❷

山有榛，隰有苓。榛，木名。下湿曰隰。苓，大苦。笺云：榛也、苓也，生各得其所。以言硕人处非其位。○榛，侧巾反。苓，音零。**云谁之思？西方美人。**笺云：我谁思乎？思周室之贤者，以其宜荐硕人，与在王位。○与，音预，或如字。**彼美人兮，西方之人兮！**乃宜在王室。笺云：彼美人，谓硕人也。

《简兮》三章，章六句。

泉水

《泉水》，卫女思归也。嫁于诸侯，父母终，思归

---

❶ "必"，通志堂本《释文》作"如"。
❷ 此条《音义》，阮刻本无。"附"，《释文》作"付"。

宁而不得，故作是诗以自见也。以自见者，见己志也。国君夫人，父母在则归宁，没则使大夫宁于兄弟。卫女之思归，虽非礼，思之至也。○见，贤遍反。

毖彼泉水，亦流于淇。兴也。泉水始出，毖然流也。淇，水名也。笺云：泉水流而入淇，犹妇人出嫁于异国。○毖，悲位反。**有怀于卫，靡日不思。**笺云：怀，至。靡，无也。以言我有所至念于卫，无日不思也。所至念者，谓诸姬、诸姑、伯姊。**娈彼诸姬，聊与之谋。**娈，好貌。诸姬，同姓之女。聊，愿也。笺云：聊，且略之辞。诸姬者，未嫁之女。我且欲略与之谋妇人之礼，观其志意，亲亲之恩也。○娈，力转反，下篇同。

出宿于泲，饮饯于祢。泲，地名。祖而舍軷，饮酒于其侧曰饯，重始有事于道也。祢，地名。笺云：泲、祢者，所嫁国适卫之道所经，故思宿饯。○泲，子礼反。饯，音践。祢，乃礼反。軷，蒲末❶反。**女子有行，远父母兄弟。**笺云：行，道也。妇人有出嫁之道，远于亲亲，故礼缘人情，使得归宁。○远，于万反，注同。**问我诸姑，遂及伯姊。**父之姊妹称姑。先生曰姊。笺云：宁则又问姑及姊，亲其类也。先姑后姊，尊姑也。

出宿于干，饮饯于言。干、言，所适国郊也。笺云：干、言犹泲、祢，未闻远近同异。**载脂载辖，还车言迈。**脂辖其车，以还我行也。笺云：言还车者，嫁时乘来，今思乘

---

❶ "末"，原作"未"，据《释文》及阮刻本改。

以归。○辖，胡瞎反，车轴头金也。还，音旋，此字例同音，更不重出。**遄臻于卫，不瑕有害？** 遄，疾。臻，至。瑕，远也。笺云：瑕，犹过也。害，何也。我还车疾至于卫而返，于行无过差，有何不可而止我？○遄，市专反。害，毛如字，郑音曷。行，下孟反。差，初懈反，又初加❶反，卷末注同。

我思肥泉，兹之永叹。 所出同、所归异为肥泉。笺云：兹，此也。自卫而来所渡水，故思此而长叹。**思须与漕，我心悠悠。** 须、漕，卫邑也。笺云：自卫而来所经邑，故又思之。○漕，音曹。**驾言出游，以写我忧。** 写，除也。笺云：既不得归宁，且欲乘车出游，以除我忧。

《泉水》四章，章六句。

北门

《北门》，刺仕不得志也。言卫之忠臣不得其志尔。不得其志者，君不知己志而遇困苦。

出自北门，忧心殷殷。 兴也。北门背明乡阴。笺云：自，从也。兴者，喻己仕于暗君，犹行而出北门，心为之忧殷殷然。○殷，於巾反，沈於文反，又音隐。背，蒲对反。乡，许亮反。为，于伪反。**终窭且贫，莫知我艰。** 窭者，无礼也。贫者，困于财。笺云：艰，难也。君于己禄薄，终不足以

---

❶ "加"，《释文》作"佳"。

为礼。又近困于财，无知己以此为难者。言君既然矣，诸臣亦如之。○窭，其矩反。**已焉哉，天实为之，谓之何哉！**笺云：谓，勤也。诗人事君无二志，故自决归之于天。我勤身以事君，何哉？忠之至。

　　王事适我，政事一埤益我。适，之。埤，厚也。笺云：国有王命役使之事，则不以之彼，必来之我；有赋税之事，则减彼一而以益我。言君政偏，已兼其苦。○埤，避支反。偏，音篇。**我入自外，室人交徧谪我。**谪，责也。笺云：我从外而入，在室之人更迭徧来责我，使己去也。言室人亦不知己志。○徧，古遍字，注及下同。谪，直革反，《玉篇》知革反。更，音庚。迭，待结反。**已焉哉，天实为之，谓之何哉！**

　　王事敦我，政事一埤遗我。敦，厚。遗，加也。笺云：敦，犹投掷也。○敦，毛如字，郑都回反。遗，唯季反。掷，呈释反。**我入自外，室人交徧摧我。**摧，沮也。笺云：摧者，刺讥之言。○摧，徂回反。**已焉哉，天实为之，谓之何哉！**

　　《北门》三章，章七句。

北风

　　《北风》，刺虐也。卫国并为威虐，百姓不亲，莫不相携持而去焉。○携，穴圭反。

　　北风其凉，雨雪其雱。兴也。北风，寒凉之风。雱，盛貌。笺云：寒凉之风，病害万物。兴者，喻君政教酷暴，使民散乱。○雨，于付反，又如字，下同。雰，普康反。**惠而好我，携手同行。**惠，爱。行，道也。笺云：性仁爱而又好我者，与我相携持同道而去。疾时政也。○好，呼报反，下及注同。行，音衡。**其虚其邪，既亟只且！**虚，虚也。亟，急也。笺云：邪，读如徐。言今在位之人，其故威仪虚徐宽仁者，今皆以为急刻之行矣，所以当去，以此也。○邪，音余，又音徐。亟，纪力反，下同。只，音纸。且，子余反，下同。❶

北风其喈，雨雪其霏。喈，疾貌。霏，甚貌。○喈，音皆。霏，芳非反。**惠而好我，携手同归。**归有德也。**其虚其邪，既亟只且！**

莫赤匪狐，莫黑匪乌。狐赤乌黑，莫能别也。笺云：赤则狐也，黑则乌也，犹今君臣相承，为恶如一。○别，彼竭反。**惠而好我，携手同车。**携手就车。**其虚其邪，既亟只且！**

《北风》三章，章六句。

静女

《静女》，刺时也。卫君无道，夫人无德。以君及夫人无道德，故陈静女遗我以彤管之法，德如是，可以易之为人君之配。○遗，唯季反，下同。

---

❶ 此条《音义》，阮刻本无。

静女其姝，俟我于城隅。静，贞静也。女德贞静而有法度，乃可说也。姝，美色也。俟，待也。城隅，以言高而不可逾。笺云：女德贞静，然后可畜；美色，然后可安。又能服从，待礼而动，自防如城隅，故可爱也。○姝，赤朱反。说，音悦，篇末注同。**爱而不见，搔首踟蹰。**言志往而行止❶。笺云：志往，谓踟蹰。行止，谓爱之而不往见。○搔，苏刀反。踟，直知反。蹰，直诛反。

静女其娈，贻我彤管。既有静德，又有美色，又能遗我以古人之法，可以配人君也。古者后夫人必有女史彤管之法，史不记过，其罪杀之。后妃群妾以礼御于君所，女史书其日月，授之以环，以进退之。生子曰❷辰，则以金环退之。当御者，以银环进之，著于左手；既御，著于右手。事无大小，记以成法。笺云：彤管，笔赤管也。○贻，音怡，下同。下❸协韵，音❹以志反。彤，徒冬反。著，知略反，又音直略反，下皆同。**彤管有炜，说怿女美。**炜，赤貌。彤管以赤心正人也。笺云：说怿，当作"说释"。赤管炜炜然，女史以之说释妃妾之德，美之。○炜，于鬼反。说，音悦，郑音始悦反。怿，音亦，郑音始亦反。

自牧归荑，洵美且异。牧，田官也。荑，茅之始生也。本之于荑，取其有始有终。笺云：洵，信也。茅，洁白之物也。自牧田归荑，其信美而异者，可以共祭祀，犹贞女在窈窕

---

❶ "止"，阮刻本作"正"，下同。
❷ "日"，阮刻本作"月"。
❸ "下"，《释文》及阮刻本作"下句"。
❹ "音"，《释文》及阮刻本作"亦音"。

之处，媒氏达之，可以配人君。○荑，徒兮反。洵，音荀。共，音恭。**匪女之为美，美人之贻**。非为其徒说美色而已，美其人能遗我法则。笺云：遗我者，遗我以贤妃也。○为，于伪反，注同。

《静女》三章，章四句。

新台

《新台》，刺卫宣公也。纳伋之妻，作新台于河上而要之。国人恶之，而作是诗也。伋，宣公之世子。○新❶台，"修旧曰新"❷。《尔雅》云："四方而高曰台。"孔安国云："土高曰台。"伋，音急。要，於遥反。恶，乌路反。

新台有泚，河水弥弥。泚，鲜明貌。弥弥，盛貌。水所以洁污秽，反于河上而为淫昏之行。○泚，音此，徐又七礼反。弥，莫尔反，徐又莫启反。污，音乌。行，下孟反，篇内❸同。**燕婉之求，籧篨不鲜**。燕，安。婉，顺也。籧篨，不能俯者。笺云：鲜，善也。伋之妻，齐女，来嫁于卫。其心本求燕婉之人，谓伋也，反得籧篨不善，谓宣公也。籧篨口柔，常观人颜色而为之辞，故不能俯也。○燕，於典反，又於

---

❶ "新"，原无，据《释文》及阮刻本补。
❷ 《释文》此语前有"马云"，故加引号。
❸ "内"，《释文》及阮刻本作"注"。

见反。婉，迂阮反。籧，音渠。篨，音储。鲜，斯践反，郑又音仙。

新台有洒，河水浼浼。 洒，高峻也。浼浼，平地也。○洒，七罪反。浼，每罪反。**燕婉之求，籧篨不殄。** 殄，绝也。笺云：殄，当作"腆"。腆，善也。○殄，毛徒典反，郑吐典反。

鱼网之设，鸿则离之。 言所得非所求也。笺云：设鱼网者宜得鱼，鸿则鸟也，反离焉。犹齐女以礼来求世子，而得宣公。**燕婉之求，得此戚施。** 戚施，不能仰者。笺云：戚施面柔，下人以色，故不能仰也。○戚，千历反。下，遐嫁反。

《新台》三章，章四句。

二子乘舟

《二子乘舟》，思伋、寿也。卫宣公之二子争相为死，国人伤而思之，作是诗也。○为，于伪反。

二子乘舟，泛泛其景。 二子，伋、寿也。宣公为伋取于齐女而美，公夺之，生寿及朔。朔与其母诉伋于公，公令伋之齐，使贼先待于隘而杀之。寿知之，以告伋，使去之。伋曰："君命也，不可以逃。"寿窃其节而先往，贼杀之。伋至，曰："君命杀我，寿有何罪？"贼又杀之。国人伤其涉危遂往，如乘舟而无所薄，泛泛然迅疾而不碍也。○泛，芳剑反。

景，如字，或音影。诉，苏❶路反。令，力征反。隘，於卖反。**愿言思子，中心养养**。愿，每也。养养然忧不知所定。笺云：愿，念也。念我思此二子，心为之忧养养然。

二子乘舟，泛泛其逝。逝，往也。**愿言思子，不瑕有害**。言二子之不远害。笺云：瑕，犹过也。我念思❷此二子之事，于行无过差，有何不可而不去也？○害，毛❸如字，郑音曷。远，于万反。

《二子乘舟》二章，章四句。

邶国十九篇，七十一章，三百六十三句。

---

❶ "苏"，影宋本《释文》作"先"。
❷ "念思"，阮刻本作"思念"。
❸ "毛"，原无，据《释文》及阮刻本补。

诗经卷二考证

《邶风·柏舟》章"威仪棣棣"。○棣棣，《礼记·孔子闲居》作"逮逮"。

"燕燕于飞"章"其心塞渊"《笺》"孝、友、睦、渊、任、恤"。○"渊"字，应依《周礼》改"婣"，《集韵》："婣，同姻。"原本误从水旁，今改正。

《日月》章"报我不述"。○按：《韩诗》"述"作"术"，《薛君章句》云"法也"，与毛氏《传》义殊。

《终风》章"惠然肯来"《笺》"肯，可也"。○殿本、石经本此句上有"惠，顺也"三字。

《凯风》章"睍睆黄鸟"。○《太平御览》，《韩诗》"睍睆"作"简简"。

《雄雉》章"百尔君子"《笺》"而君或有所留？女怨，故问此焉"。○案：石经"或有所留"下多"或有所遣"四字，"怨"字下多"之"字，"问"字下无"此"字。今殿本据改。

《匏有苦叶》章"济盈不濡轨"《音义》"轨，车轼前也"。○案：此"轨"字，应改"軓"。陆德明释经"轨"字，依《传》意宜作"軓"。故两引《说文》"轨，车辙也""軓，车轼前也"以证之。不得重用

"轨"字，今改正。

《谷风》章"泾以渭浊[1]"《笺》"泾水以有渭，故见渭浊"。○案：此二语殊不可晓，据诗意，以泾水因有渭水清，故见泾水浊，则不得云"渭浊"。《汉书·沟洫志》"泾水一硕，其泥数斗"，潘岳《西征赋》"清渭浊泾"，皆其明证。宋毛居正谓当依孔氏所见定本，作"故见其浊"为是。但诸本皆然，今仍其旧。

《旄丘》章"琐兮尾兮"。○案：《说文》："琐，玉声也。从玉，貨声。"貨，从贝从小，不从巛。《尔雅·释言》"小也"，《前汉·司马相如传》"岂特委琐握齪"，正与毛《传》解合。俗从貨作"瑣"，非。今改正。

《静女》章"搔首踟蹰"《传》"志往而行止"。○行止，蜀本石经与此同，而诸本俱作"行正"。案："行正"有守正之义。上文既云贞静之女自防如城隅，则守正意不必复见，不若原本"止"字，谓志虽往而行则止，于踟蹰之义尤长。

---

[1] "浊"，原作"汭"，与经文不符，据经文改。

卷三

鄘柏舟诂训传第四 | 国风

柏舟

《柏舟》，共姜自誓也。卫世子共伯蚤死，其妻守义，父母欲夺而嫁之，誓而弗许，故作是诗以绝之。共伯，僖侯之世子。○共，音恭。蚤，音藻❶。僖，许其反。

泛彼柏舟，在彼中河。兴也。中河，河中。笺云：舟在河中，犹妇人之在夫家，是其常处。○泛，芳剑反。处，昌虑反。**髧彼两髦，实维我仪，**髧，两髦之貌。髦者，发至眉，子事父母之饰。仪，匹也。笺云：两髦之人，谓共伯也，实是我之匹，故我不嫁也。礼，世子昧爽而朝，亦栉、縰、笄、总、拂髦、冠、緌缨。○髧，徒坎反。髦，音毛。礼，子三月，翦发为鬌，长大作髦以象之。鬌，丁果反。朝，直遥反。栉，侧乙反。縰，色蟹反，又色绮反。緌，汝谁反。**之死矢靡它。**矢，誓。靡，无。之，至也。至己之死，信无它心。○它，音他。**母也天只！不谅人只！**谅，信也。母也天也，尚不信我。天，谓父也。○只，音纸。谅，力

---

❶ "藻"，《释文》及阮刻本作"早"。

尚反。

泛彼柏舟，在彼河侧。髧彼两髦，实维我特，特，匹也。之死矢靡慝。慝，邪也。○慝，他得反。母也天只！不谅人只！

《柏舟》二章，章七句。

墙有茨

《墙有茨》，卫人刺其上也。公子顽通乎君母，国人疾之而不可道也。宣公卒，惠公幼，其庶兄顽烝于惠公之母，生子五人：齐子、戴公、文公、宋桓夫人、许穆夫人。

墙有茨，不可埽也。兴也。墙所以防非常。茨，蒺藜也，欲埽去之，反伤墙也。笺云：国君以礼防制一国，今其宫内有淫昏之行者，犹墙之生蒺藜。○蒺，音疾❶。藜，音梨。去，丘吕反，下同。行，下孟反。中冓之言，不可道也。中冓，内冓也。笺云：内冓之言，谓宫中所冓成顽与夫人淫昏之语。○冓，古候反。所可道也，言之丑也。于君丑也。

墙有茨，不可襄也。襄，除也。中冓之言，不可详也。详，审也。所可详也，言之长也。长，恶长也。

墙有茨，不可束也。束而去之。中冓之言，不可读也。读，抽也。笺云：抽，犹出也。所可读也，言之辱也。

---

❶ "疾"，阮刻本作"蒺"。

辱，辱君也。

《墙有茨》三章，章六句。

君子偕老

《君子偕老》，刺卫夫人也。夫人淫乱，失事君子之道，故陈人君之德，服饰之盛，宜与君子偕老也。夫人，宣公夫人，惠公之母也。人君，小君也。或者"小"字误作"人"耳。○偕，音皆。

君子偕老，副笄六珈。能与君子俱老，乃宜居尊位，服盛服也。副者，后夫人之首饰，编发为之。笄，衡笄也。珈，笄饰之最盛者，所以别尊卑。笺云：珈之言加也，副既笄而加饰，如今步摇上饰。古之制所有，未闻。○副，芳富反。珈，音加。编，蒲典反，或必仙❶反。别，彼列反。**委委佗佗，如山如河，**委委者，行可委曲踪迹也。佗佗者，德平易也。山无不容，河无不润。○委，於危反，注同。佗，待何反，注同。行，下孟反，旧如字。易，以豉反。**象服是宜。**象服，尊者所以为饰。笺云：象服者，谓褕翟、阙翟也。人君之象服，则舜所云"予欲观古人之象，日月星辰"之属。○褕，音遥。观，古乱反，又音官。**子之不淑，云如之何！**有子若

---

❶ "仙"，通志堂本《释文》作"先"。

是，可❶谓不善乎！笺云：子乃服饰如是，而为不善之行，于礼当如之何！深疾之。○行，下孟反，又下同。

玼兮玼兮，其之翟也。玼，鲜盛貌。褕翟、阙翟，羽饰衣也。笺云：侯伯夫人之服，自褕翟而下，如王后焉。○玼，音此，又且礼反。**鬒发如云，不屑髢也。**鬒，黑发也。如云，言美长也。屑，絜也。笺云：髢，髲也。不絜者，不用髲为善。○鬒，真忍反。屑，苏节反。髢，徒帝反。髲，皮寄反。**玉之瑱也，象之揥也，**瑱，塞耳也。揥，所以摘发也。○瑱，吐殿反。揥，敕帝反。摘，他狄反。**扬且之晳也。**扬，眉上广。晳，白晳。○且，七也反，徐子余反，下同。晳，星历反。**胡然而天也？胡然而帝也？**尊之如天，审谛如帝。笺云：胡，何也。帝，五帝也。何由然女见尊敬如天帝乎？非由衣服之盛、颜色之庄与？反为淫昏之行。○谛，音帝。与，音余。

瑳兮瑳兮，其之展也。蒙彼绉絺，是绁袢也。礼有展衣者，以丹縠为衣。蒙，覆也。絺之靡者为绉，是当暑袢延之服也。笺云：后妃六服之次，展衣宜白。绉絺，絺之蹙蹙者。展衣，夏则里衣绉絺。此以礼见于君及宾客之盛服也。展衣字误，《礼记》作"禮衣"。○瑳，七我反。展，陟❷战反，沈张辇反。绉，侧救反。絺，敕之反。绁，息列反。袢，符袁反。縠，户木反。延，以战反，又如字。蹙，子六反。里"衣"，去声。见，贤遍反。**子之清扬，扬且之颜也。**清，视清明也。扬，广扬而颜角丰满。**展如之人兮，邦之媛也。**

---

❶ "可"，阮刻本作"何"。
❷ "陟"，阮刻本作"涉"。

展，诚也。美女为媛。笺云：媛者，邦人所依倚以为援助也。疾宣姜有此盛服而以淫昏乱国，故云然。○媛，于眷反。

《君子偕老》三章，一章七句，一章九句，一章八句。

桑中

《桑中》，刺奔也。卫之公室淫乱，男女相奔，至于世族在位，相窃妻妾，期于幽远，政散民流而不可止。卫之公室淫乱，谓宣惠之世，男女相奔，不待媒氏以礼会之也。世族在位，取姜氏、弋氏、庸氏者也。窃，盗也。幽远，谓桑中之野。

爰采唐矣？沬之乡矣。爰，于也。唐蒙，菜名。沬，卫邑。笺云：于何采唐，必沬之乡，犹言欲为淫乱者，必之卫之都。恶卫为淫乱之主。○沬，音妹。恶，乌路反。**云谁之思？美孟姜矣。**姜，姓也。言世族在位，有是恶行。笺云：淫乱之人谁思乎？乃思美孟姜。孟姜，列国之长女，而思与淫乱。疾世族在位有是恶行也。○行，下孟反。长，丁丈反。**期我乎桑中，要我乎上宫，送我乎淇之上矣。**桑中、上宫，所期之地。淇，水名也。笺云：此思孟姜之爱厚己也，与我期于桑中，而要见我于上宫，其送我则于淇水之上。○要，於遥反，注下同。

爰采麦矣？沬之北矣。云谁之思？美孟弋矣。弋，姓也。期我乎桑中，要我乎上宫，送我乎淇之上矣。

爰采葑矣？沬之东矣。笺云：葑，蔓菁。○葑，孚容反。云谁之思？美孟庸矣。庸，姓也。期我乎桑中，要我乎上宫，送我乎淇之上矣。

《桑中》三章，章七句。

鹑之奔奔

《鹑之奔奔》，刺卫宣姜也。卫人以为，宣姜，鹑鹊之不若也。刺宣姜者，刺其与公子顽为淫乱行，不如禽鸟。○鹑，音纯。行，下孟反，下皆同。

鹑之奔奔，鹊之强强。 鹑则奔奔，鹊则强强然。笺云：奔奔、强强，言居有常匹、飞则相随之貌。刺宣姜与顽非匹偶。○强，音姜。**人之无良，我以为兄。** 良，善也。兄，谓君兄。笺云：人之行无一善者，我君反以为兄。君谓惠公。

鹊之强强，鹑之奔奔。人之无良，我以为君。 君，国小君。笺云：小君，谓宣姜。

《鹑之奔奔》二章，章四句。

定之方中

《定之方中》，美卫文公也。卫为狄所灭，东徙渡河,野处漕邑。齐桓公攘戎狄而封之。文公徙居楚丘,始建城市而营宫室,得其时制,百姓说之,国家殷富焉。《春秋》闵公二年冬,"狄人入卫"。卫懿公及狄人战于荧泽而败。宋桓公迎卫之遗民渡河,立戴公以庐于漕。戴公立一年而卒。鲁僖公二年,齐桓公城楚丘而封卫,于是文公立而建国焉。○定,丁佞反,下同,星名。漕,音曹。攘,如羊反。说,音悦。

定之方中,作于楚宫。定,营室也。方中,昏正四方。楚宫,楚丘之宫也。仲梁子曰:"初立楚宫也。"笺云:楚宫,谓宗庙也。定星昏中而正,于是可以营制宫室,故谓之营室。定昏中而正,谓小雪时,其体与东壁连正四方。○辟,音壁。**揆之以日,作于楚室。**揆,度也。度日出日入,以知东西。南视定,北准极,以正南北。室,犹宫也。笺云:楚室,居室也。君子将营宫室,宗庙为先,厩库为次,居室为后。○揆,葵癸反。度,待洛反,下同。厩,居又反。**树之榛栗,椅桐梓漆,爰伐琴瑟。**椅,梓属。笺云:爰,曰也。树此六木于宫者,曰其长大可伐以为琴瑟,言豫备也。○榛,侧巾反。椅,於宜反。长,丁丈反。

升彼虚矣,以望楚矣。望楚与堂,景山与京,虚,漕虚也。楚丘有堂邑者。景山,大山。京,高丘也。笺云:自河以东,夹于济水,文公将徙,登漕之虚以望楚丘,观其旁邑及其丘山,审其高下所依倚,乃后建国焉,慎之至也。○虚,起居反。济,节礼反。**降观于桑。**地势宜蚕,可以居民。**卜云其吉,终然允臧。**龟曰卜。允,信。臧,善也。建国必卜之，故建邦能命龟，田能施命，作器能铭，使能造命，升高能赋，师旅能誓，山川能说，丧纪能诔，祭祀能语，君子能此九者，可谓有德音，可以为大夫。○能、说，如字。《郑志》："问曰：'山川能说，何谓也？'答曰：两读。或言说，说者，说其形势也。或曰述，述者，述其故事也。述，读如遂事不谏之遂。"诔，力水反，祷也。

灵雨既零，命彼倌人。星言夙驾，说于桑田。零，落也。倌人，主驾者。笺云：灵，善也。星，雨止星见。夙，早也。文公于雨下，命主驾者：雨止，为我晨早驾，欲往为辞说于桑田，教民稼穑。务农急也。○倌，音官，徐古患反。说，毛始锐反，舍也，郑如字。见，贤遍反。为，于伪反。**匪直也人，**非徒庸君。**秉心塞渊，**秉，操也。笺云：塞，充实也。渊，深也。○操，七刀反。**骙牝三千。**马七尺以上曰骙。骙马与牝马也。笺云：国马之制，天子十有二闲，马六种，三千四百五十六匹。邦国六闲，马四种，千二百九十六匹。卫之先君兼邶、鄘而有之，而马数过礼制。今文公灭而复兴，徙而能富，马有三千，虽非礼制，国人美之。○骙牝，上音来，下频忍反。种，章勇反，下同。

《定之方中》三章，章七句。

蝃蝀

《蝃蝀》，止奔也。卫文公能以道化其民，淫奔之耻，国人不齿也。不齿者，不与相长稚。○蝃蝀，上丁计反，下都动反。长，丁❶丈反。

蝃蝀在东，莫之敢指。蝃蝀，虹也。夫妇过礼则虹气盛，君子见戒而惧讳之，莫之敢指。笺云：虹，天气之戒，尚无敢指者，况淫奔之女，谁敢视之？○虹，音洪，一音绛。**女子有行，远父母兄弟。**笺云：行，道也。妇人生而有适人之道，何忧于不嫁，而为淫奔之过乎？恶之甚。○远，于万反，下同。恶，乌路反，下"恶之"皆同。

朝隮于西，崇朝其雨。隮，升。崇，终也。从旦至食时为终朝。笺云：朝有升气于西方，终其朝则雨，气应自然。以言妇人生而有适人之道，亦性自然。○隮，子西反，徐又子细反。**女子有行，远兄弟父母。**

乃如之人也，怀昏姻也。乃如是淫奔之人也。笺云：怀，思也。乃如是之人，思昏姻之事乎？言其淫奔之过恶之大。**大无信也，不知命也。**不待命也。笺云：淫奔之女，大无贞洁之信，又不知昏姻当待父母之命，恶之也。○大，音泰，注同。

《蝃蝀》三章，章四句。

相鼠

《相鼠》，刺无礼也。卫文公能正其群臣，而刺在

---

❶ "丁"，《释文》作"张"。

位承先君之化无礼仪也。○相，息亮反。篇内同。

相鼠有皮，人而无仪。相，视也。无礼仪者，虽居尊位，犹为暗昧之行。笺云：仪，威仪也。视鼠有皮，虽处高显之处，偷食苟得，不知廉耻，亦与人无威仪者同。○行，下孟反。**人而无仪，不死何为？**笺云：人以有威仪为贵，今反无之，伤化败俗，不如其死，无所害也。

相鼠有齿，人而无止。止，所止息也。笺云：止，容止。《孝经》曰："容止可观。"❶**人而无止，不死何俟？**俟，待也。

相鼠有体，体，支体也。**人而无礼。人而无礼，胡不遄死？**遄，速也。○遄，市专反。

《相鼠》三章，章四句。

干旄

《干旄》，美好善也。卫文公臣子多好善，贤者乐告以善道也。贤者，时处士也。○旄，音毛。好，呼报反，篇内同。

孑孑干旄，在浚之郊。孑孑，干旄之貌，注旄于干首，大夫之旃也。浚，卫邑。古者，臣有大功，世其官邑。郊外

---

❶ 阮刻本此下有"无止，《韩诗》'止，节'，无礼节也"。

曰野。笺云：《周礼》"孤卿建旟，大夫建物"，首皆注旐焉。时有建此旄来至浚之郊，卿大夫好善也。○子，居热反。浚，苏俊反。旄，之然反，通帛为旃。**素丝纰之，良马四之。** 纰，所以织组也。总纰于此，成文于彼，愿以素丝纰组之法御四马也。笺云：素丝者以为缕，以缝纰旌旗之旒縿，或以维持之。浚郊之贤者，既识卿大夫建旄而来，又识其乘善马。四之者，见之数也。○纰，毛符至反，郑毗移反。组，音祖。旒，音留。縿，所衔反。**彼姝者子，何以畀之？** 姝，顺貌。畀，予也。笺云：时贤者既说此卿大夫有忠顺之德，又欲以善道与之，心诚爱厚之至。○姝，赤朱反。畀，必寐反。说，音悦。

孑孑干旟，在浚之都。 鸟隼曰旟。下邑曰都。笺云：《周礼》"州❶里建旟"，谓州长之属。○旟，音余。隼，荀尹反。**素丝组之，良马五之。** 总以素丝而成组也。骖马五辔。笺云：以素丝缕缝组于旌旗，以为之饰。五之者，亦谓五见之也。○总，子孔反。骖，七南反。**彼姝者子，何以予之？** ○予，上声。❷

孑孑干旌，在浚之城。 析羽为旌。城，都城也。○析，星历反。**素丝祝之，良马六之。** 祝，织也。四马六辔。笺云：祝，当作"属"。属，著也。六之者，亦谓六见之也。○祝，之六反。著，直略反，沈知略反。**彼姝者子，何以告之？** ○告，工毒反。

《干旄》三章，章六句。

---

❶ "州"，原作"用"，据阮刻本及《周礼》改。
❷ 此条《音义》，阮刻本无。

载驰

《载驰》，许穆夫人作也。闵其宗国颠覆，自伤不能救也。卫懿公为狄人所灭，国人分散，露于漕邑。许穆夫人闵卫之亡，伤许之小，力不能救，思归唁其兄，又义不得，故赋是诗也。灭者，懿公死也。君死于位曰灭。露于漕邑者，谓戴公也。懿公死，国人分散，宋桓公迎卫之遗民渡河，处之于漕邑，而立戴公焉。戴公与许穆夫人俱公子顽烝于宣姜所生也。男子先生曰兄。○闵，密谨反。唁，音彦。

载驰载驱，归唁卫侯。 载，辞也。吊失国曰唁。笺云：载之言则也。卫侯，戴公也。○驱，如字，协韵音丘。**驱马悠悠，言至于漕。** 悠悠，远貌。漕，卫东邑。笺云：夫人愿御者驱马悠悠乎，我欲至于漕。**大夫跋涉，我心则忧。** 草行曰跋，水行曰涉。笺云：跋涉者，卫大夫来告难于许时。○跋，蒲末反。难，乃旦反。

既不我嘉，不能旋反。 不能旋反我思也。笺云：既，尽。嘉，善也。言许人尽不善我欲归唁兄。**视尔不臧，我思不远。** 不能远卫也。笺云：尔，女，女许人也。臧，善也。视女不施善道救卫。○远，于万反，注同，协句如字。

既不我嘉，不能旋济。 济，止也。视尔不臧，我思不阋。阋，闭也。○阋，悲位反，徐音❶方冀反。

陟彼阿丘，言采其蝱。偏高曰阿丘。蝱，贝母也。升至偏高之丘，采其蝱者，将以疗疾。笺云：升丘采贝母，犹妇人之适异国，欲得力助，安宗国也。○蝱，音盲。疗，力照反。**女子善怀，亦各有行。**行，道也。笺云：善，犹多也。怀，思也。女子之多思者有道，犹升丘采蝱也。**许人尤之，众稚且狂。**尤，过也。是乃众幼稚且狂进，取一概之义。笺云：许人，许大夫也。过之者，过夫人之欲归唁其兄。○稚，直吏反。概，古爱反。

我行其野，芃芃其麦。愿行卫之野，麦芃芃然方盛长。笺云：麦芃芃者，言未收刈，民将困也。○芃，薄红反，徐符雄反。长，张丈反。**控于大邦，谁因谁极？**控，引。极，至也。笺云：今卫侯之欲求援引之力助于大国之诸侯，亦谁因乎？由谁至乎？闵之，故欲归问之。○控，苦贡反。援，音院❷，又音袁，沈于万反。**大夫君子，无我有尤。**笺云：君子，国中贤者。无我有尤，无过我也。**百尔所思，不如我所之！**不如我所思之笃厚也。笺云：尔，女，女众大夫君子也。

《载驰》五章，一章六句，二章章四句，一章六句，一章八句。

鄘国十篇，三十章，百七十六句。

---

❶ "音"，《释文》及阮刻本作"又"。
❷ "音院"，《释文》及阮刻本作"于眷反"。

卫淇奥诂训传第五 | 国风

淇奥

《淇奥》，美武公之德也。有文章，又能听其规谏，以礼自防，故能入相于周，美而作是诗也。○奥，於六反，一音乌报反。相，息亮反。

瞻彼淇奥，绿竹猗猗。兴也。奥，隈也。绿，王刍也。竹，萹竹也。猗猗，美盛貌。武公质美德盛，有康叔之余烈。○猗，於宜反。**有匪君子，如切如磋，如琢如磨**。匪，文章貌。治骨曰切，象曰磋，玉曰琢，石曰磨。道其学而成也。听其规谏以自修，如玉石之见琢磨也[1]。**瑟兮僩兮，赫兮咺兮**。瑟，矜庄貌。僩，宽大也。赫，有明德赫赫然。咺，威仪容止宣著也。○僩，遐板反。赫，呼白反。咺，况晚反。**有匪君子，终不可谖兮**。谖，忘也。○谖，况元反，又况远反。

瞻彼淇奥，绿竹青青。青青，茂盛貌。○青，子丁反。**有匪君子，充耳琇莹，会弁如星**。充耳谓之瑱。琇莹，美石也。天子玉瑱，诸侯以石。弁，皮弁，所以会发。笺云：

---

[1] "也"，原无，据阮刻本补。

会，谓弁之缝中，饰之以玉，皪皪而处，状似星也。天子之朝服皮弁，以日视朝。○琇，音秀，沈音诱。莹，音荣。会，古外反，注同。弁，皮变反。琪，天见反。缝，符用反。皪，音历，又音洛。**瑟兮僩兮，赫兮咺兮。有匪君子，终不可谖兮。**

瞻彼淇奥，绿竹如箦。箦，积也。○箦，音责。**有匪君子，如金如锡，如圭如璧。**金、锡炼而精，圭、璧性有质。笺云：圭、璧亦琢磨，四者亦道其学而成也。**宽兮绰兮，猗重较兮。**宽，能容众。绰，缓也。重较，卿士之车。笺云：绰兮，谓仁于施舍。○绰，昌若反。猗，於绮反。重，直恭反，注同。较，古岳反，车轼也。**善戏谑兮，不为虐兮。**宽缓弘大，虽则戏谑，不为虐矣。笺云：君子之德，有张有弛，故不常矜庄，而时戏谑。○谑，香略反。弛，式氏反。

《淇奥》三章，章九句。

考槃

《考槃》，刺庄公也。不能继先公之业，使贤者退而穷处。穷，犹终也。○槃，薄寒反。

考槃在涧，硕人之宽。考，成。槃，乐也。山夹水曰涧。笺云：硕，大也。有穷处成乐在于此涧者，形貌大人，而宽然有虚乏之色。○涧，古晏反。乐，音洛，下同。**独寐寤言，永矢弗谖。**笺云：寤，觉。永，长。矢，誓。谖，忘也。在涧独寐，觉而独言，长自誓以不忘君之恶，志在穷处，故云然。○觉，交孝反，又如字。

考槃在阿，硕人之薖。曲陵曰阿。薖，宽大貌。笺云：薖，饥意。○薖，苦禾反。**独寐寤歌，永矢弗过。**笺云：弗过者，不复入君之朝也。○过，古禾反，注同。复，符又反，下同。

考槃在陆，硕人之轴。轴，进也。笺云：轴，病也。○轴，毛音迪，郑直六反。**独寐寤宿，永矢弗告。**无所告语也。笺云：不复告君以善道。○语，鱼据反。

《考槃》三章，章四句。

硕人

《硕人》，闵庄姜也。庄公惑于嬖妾，使骄上僭。庄姜贤而不答，终以无子，国人闵而忧之。○嬖，补惠反。上，时掌反。僭，作念反。

硕人其颀，衣锦褧衣。颀，长貌。锦，文衣也。夫人德盛而尊，嫁则锦衣加褧襜。笺云：硕，大也。言庄姜仪表长丽佼❶好颀颀然。褧，襌也。国君夫人翟衣而嫁，今衣锦者，在途❷之所服也。尚之以襌衣，为其文之大著。○颀，其机反。

---

❶ "佼"，阮刻本作"俊"。
❷ "途"，阮刻本作"涂"。

"衣"锦,於既反。褧,苦迥反,徐音❶孔颖反。襜,昌占反。佼,古卯反。襌,音丹。为,于伪反。大,音泰❷,下"大子"同,旧敕贺反。**齐侯之子,卫侯之妻,东宫之妹,邢侯之姨,谭公维私。**东宫,齐大子也。女子后生曰妹。妻之姊妹曰姨。姊妹之夫曰私。笺云:陈此者,言庄姜容貌既美,兄弟皆正大。○邢,音形,姬姓国。谭,徒南反,国名。

手如柔荑,如荑之新生。○荑,徒奚反。**肤如凝脂,**如脂之凝。**领如蝤蛴,**领,颈也。蝤蛴,蝎虫也。○蝤,似修反,徐音曹。蛴,音齐,沈音茨。蝎,音曷,或音葛。**齿如瓠犀,**瓠犀,瓠瓣。○瓠,户故反。犀,音西。瓣,补遍反,又蒲苋反,沈蒲闲反。**螓首蛾眉。**螓首,颡广而方。笺云:螓谓蜻蜻也。○螓,音秦。蛾,我波反。颡,苏党反。蜻,子盈反,沈慈性反,"如蝉而小"❸。**巧笑倩兮,**倩,好口辅。○倩,七荐反,《韩诗》云:"苍白色。"**美目盼兮。**盼,白黑分。笺云:此章说庄姜容貌之美,所宜亲幸。○盼,敷苋反,徐肤❹谏反,《字林》匹闲❺反,又匹苋反。

硕人敖敖,说于农郊。敖敖,长貌。农郊,近郊。笺云:敖敖,犹颀颀也。说,当作"禭"。《礼》《春秋》之"禭",读皆宜同。衣服曰禭,今俗语然。此言庄姜始来,更正衣服于卫近郊。○敖,五刀反。说,毛始锐反,舍也,郑

---

❶ "音",《释文》及阮刻本作"又"。
❷ "泰",原作"秦",据《释文》及阮刻本改。
❸ 《释文》及阮刻本此四字前有"王肃云",故加引号。
❹ "肤",《释文》作"敷"。
❺ "闲",《释文》及阮刻本作"间"。

音遂。**四牡有骄，朱幩镳镳，翟茀以朝**。骄，壮貌。幩，饰也。人君以朱缠镳扇汗，且以为饰。镳镳，盛貌。翟，翟车也。夫人以翟羽饰车。茀，蔽也。笺云：此又言庄姜自近郊既正衣服，乘是车马以入君之朝，皆用嫡夫人之正礼。今而不答。○骄，起桥反。幩，孚云反，又符云反。镳，表骄反，马衔外铁也，又曰排沫❶。朝，直遥反，注皆同。**大夫夙退，无使君劳**。大夫未退，君听朝于路寝，夫人听内事于正寝。大夫退，然后罢。笺云：庄姜始来时，卫诸大夫朝夕者皆早退，无使君之劳倦者，以君夫人新为妃耦，宜亲亲之故也。○妃，音配。❷

河水洋洋，北流活活。施罛濊濊，鳣鲔发发。葭菼揭揭，庶姜孽孽，庶士有朅。洋洋，盛大也。活活，流也。罛，鱼罟。濊濊❸，施之水中。鳣，鲤也。鲔，鮥也。发发，盛貌。葭，芦。菼，薍也。揭揭，长也。孽孽，盛饰。庶士，齐大夫送女者。朅，武壮貌。笺云：庶姜，谓侄娣。此章言齐地广饶，士女佼好，礼仪之备，而君何为不答夫人？○洋，音羊，徐音祥。活，古阔反，又如字。罛，音孤。濊，呼活反，马云："大鱼网、目大豁豁也。"鳣，陟连反。鲔，于轨反。发，补末反，马云："鱼著网，尾发发然。"葭，音加。菼，他览反，《玉篇》通敢反。揭，其谒反，徐居谒反。孽，鱼竭反，徐五谒反。朅，欺列反，徐起谒反。鮥，音洛。芦，音

---

❶ "沫"，原作"沫"，据通志堂本《释文》改。
❷ "妃，音配"，阮刻本引《礼记》作"妃曰配"。
❸ "濊濊"，阮刻本作"濊"。

卢。蘁，五患反。

《硕人》四章，章七句。

氓

《氓》，刺时也。宣公之时，礼义消亡，淫风大行，男女无别，遂相奔诱。华落色衰，复相弃背。或乃困而自悔，丧其妃耦，故序其事以风焉。美反正，刺淫泆也。○氓，音莫耕反。别，彼列反。华，户花反，或音花。复，扶又反。背，蒲昧反❶。丧，息浪反。妃，音配。风，福凤反。泆❷，音逸。

氓之蚩蚩，抱布贸丝。氓，民也。蚩蚩，敦厚之貌。布，币也。笺云：币者，所以贸买物也。季春始蚕，孟夏卖丝。○蚩，尺之反。贸，莫豆反。**匪来贸丝，来即我谋。**笺云：匪，非。即，就也。此民非来买丝，但来就我，欲与我谋为室家也。**送子涉淇，至于顿丘。**丘一成为顿丘。笺云：子者，男子之通称。言民诱己，己乃送之涉淇水，至此顿丘，定室家之谋，且为会期。○顿，都寸反。称，尺证反。**匪我愆期，子无良媒。**愆，过也。笺云：良，善也。非我心❸欲过子

---

❶ "蒲昧反"，《释文》及阮刻本作"音佩"。
❷ "泆"，《释文》作"佚"。
❸ "心"，阮刻本作"以"。

之期，子无善媒来告期时。○怨，起虔反。**将子无怒，秋以为期**。将，愿也。笺云：将，请也。民欲为近期，故语之曰：请子无怒，秋以与子为期。○将，七羊反。语，鱼据反。

乘彼垝垣，以望复关。垝，毁也。复关，君子所近也。笺云：前既与民以秋为期，期至，故登毁垣，乡其所近而望之，犹有廉耻之心，故因复关以托号民云。此时始秋也。○垝，俱毁反。垣，音袁。所"近"，附近之近。乡，许亮反，本又作"向"。**不见复关，泣涕涟涟**。言其有一心乎君子，故能自悔。笺云：用心专者怨必深。○涟，音连。**既见复关，载笑载言**。笺云：则笑则言，喜之甚。**尔卜尔筮，体无咎言**。龟曰卜，蓍曰筮。体，兆卦之体。笺云：尔，女也。复关既见此妇人，告之曰：我卜女筮女，宜为室家矣。兆卦之繇，无凶咎之辞，言其皆吉。又诱定之。○筮，市制反。咎，其久❶反。蓍，音尸。繇，直又反。**以尔车来，以我贿迁**。贿，财。迁，徙也。笺云：女，女复关也。信其卜筮皆吉，故答之曰：径以女车来迎我，我以所有财贿❷徙就女也。○贿，呼罪反。径，经定反。

桑之未落，其叶沃若。于嗟鸠兮，无食桑葚。于嗟女兮，无与士耽。桑，女功之所起。沃若，犹沃沃然。鸠，鹘鸠也。食桑葚过则醉而伤其性。耽，乐也。女与士耽则伤礼义。笺云：桑之未落，谓其时仲秋也。于是时，国之贤者刺此妇人见诱，故于嗟而戒之。鸠以非时食葚，犹女子嫁不以

---

❶ "久"，《释文》及阮刻本作"九"。
❷ "贿"，阮刻本作"迁"。

礼，耽非礼之乐。○沃，如字，徐於缚反。于，音吁。❶甚，音甚。耽，都南反。鹘，音骨。**士之耽兮，犹可说也。女之耽兮，不可说也。**笺云：说，解也。士有百行，可以功过相除。至于妇人，无外事，维以贞信为节。○行，下孟反。

桑之落矣，其黄而陨。自我徂尔，三岁食贫。淇水汤汤，渐车帷裳。陨，隋也。汤汤，水盛貌。帷裳，妇人之车也。笺云：桑之落矣，谓其时季秋也。复关以此时车来迎己。徂，往也。我自是往之女家，女家之❷谷食已三岁贫矣。言此者，明己之悔，不以女今贫故也。帏裳，童容也。我乃渡深水，至渐车童容，犹冒此难而往，又明己专心于女。○陨，韵谨反。汤，音伤。渐，子廉反，注同，渍也、湿也。帷，位悲反。隋，唐果反。冒，音墨。难，乃旦反。**女也不爽，士贰其行。**爽，差也。笺云：我心于女，故无差贰，而复关之行有二意。○行，下孟反，注同。**士也罔极，二三其德。**极，中也。

三岁为妇，靡室劳矣。笺云：靡，无也。无居室之劳，言不以妇事见困苦。有舅姑曰妇。**夙兴夜寐，靡有朝矣。**笺云：无有朝者，常早起夜卧，非一朝然。言己亦不解惰。○解，音懈。**言既遂矣，至于暴矣。**笺云：言，我也。遂，犹久也。我既久矣，谓三岁之后，见遇浸薄，乃至见酷暴。○浸，子鸩反。**兄弟不知，咥其笑矣。**咥咥然笑。笺云：兄弟在家，不知我之见酷暴。若其知之，则咥咥然笑我。○咥，

---

❶ "于，音吁"，《释文》及阮刻本无。
❷ "之"，阮刻本作"乏"。

许意反,又音熙,笑也。又许四反,《说文》虚记反,又大结反。**静言思之,躬自悼矣。**悼,伤也。笺云:静,安。躬,身也。我安思君子之遇己无终,则身自哀伤。

及尔偕老,老使我怨。笺云:及,与也。我欲与女俱至于老,老乎,汝反薄我,使我怨也。**淇则有岸,隰则有泮。**泮,坡也。笺云:泮,读为畔。畔,厓也。言淇与隰皆有厓岸,以自拱持。今君子放恣心意,曾无所拘制。○泮,音判。坡,本亦作"陂",北皮反,吕北髲反,"陂,阪也,亦所以为隰之限域也"❶。**总角之宴,言笑晏晏。信誓旦旦,**总角,结发也。晏晏,和柔也。信誓旦旦然。笺云:我为童女未笄,结发宴然之时,女与我言笑晏晏然而和柔,我其以信,相誓旦旦耳。言其恳恻款诚。○宴,如字。**不思其反。**笺云:反,复也。今老而使我怨,曾不复念其前言。**反是不思,亦已焉哉!**笺云:已焉哉,谓此不可奈何,死生自决之辞。

《氓》六章,章十句。

竹竿

《竹竿》,卫女思归也。适异国而不见答,思而能以礼者也。

---

❶ 据《释文》及阮刻本,此语出吕忱,故加引号;"陂"与"亦"二字原无,据补。

籊籊竹竿，以钓于淇。兴也。籊籊，长而杀也。钓以得鱼，如妇人待礼以成为室家。○籊，他历反。钓，音吊。杀，色界反。**岂不尔思？远莫致之。**笺云：我岂不思与君子为室家乎？君子疏远己，己无由致此道。○远，如字，又于万反，注同。

泉源在左，淇水在右。泉源，小水之源。淇水，大水也。笺云：小水有流入大水之道，犹妇人有嫁于君子之礼。今水相与为左右而已，亦以喻己不见答。**女子有行，远父母兄弟❶。**笺云：行，道也。女子有道当嫁耳，不以不答而违妇礼。○远，去声❷。

淇水在右，泉源在左。巧笑之瑳，佩玉之傩。瑳，巧笑貌。傩，行有节度。笺云：己虽不见答，犹不恶君子，美其容貌与礼仪也。○瑳，七可反，沈音❸七何反。傩，乃可反。恶，乌路反。

淇水滺滺，桧楫松舟。滺滺，流貌。桧，柏叶松身。楫，所以棹舟也。舟楫相配，得水而行；男女相配，得礼而备。笺云：此伤己今不得夫妇之礼。○滺，音由。桧，古活反，又古会反。楫，子叶反，徐音集。棹，直教反。**驾言出游，以写我忧。**出游，思乡卫之道。笺云：适异国而不见答，其除此忧，维有归耳。○乡，许亮反。

《竹竿》四章，章四句。

---

❶ "父母兄弟"，阮刻本作"兄弟父母"。
❷ "去声"，《释文》及阮刻本作"于万反"。
❸ "音"，《释文》及阮刻本作"又"。

芄兰

《芄兰》，刺惠公也。骄而无礼，大夫刺之。惠公以幼童即位，自谓有才能，而骄慢于大臣，但习威仪，不知为政以礼。○芄，音丸。

芄兰之支，兴也。芄兰，草也。君子以❶德，当柔润温良。笺云：芄兰柔弱，恒蔓延于地，有所依缘则起。兴者，喻幼稚之君，任用大臣，乃能成其政。○蔓，音万。**童子佩觿**。觿，所以解结，成人之佩也。人君治成人之事，虽童子犹佩觿，早成其德也。○佩，蒲对反。觿，许规反。**虽则佩觿，能不我知**。不自谓无知，以骄慢人也。笺云：此幼稚之君，虽佩觿与，其才能实不如我众臣之所知为也。惠公自谓有才能而骄慢，所以见刺。○与，音余，下"佩韘与"同。**容兮遂兮，垂带悸兮**。容仪可观，佩玉遂遂然垂其绅带，悸悸然有节度。笺云：容，容刀也。遂，瑞也。言惠公佩容刀与瑞，及垂绅带三尺，则悸悸然行止有节度，然其德不称服。○悸，其季反。称，尺证反。

芄兰之叶，笺云：叶，犹支也。**童子佩韘**。韘，玦也。能射御则佩韘。笺云：韘之言沓，所以驱沓手指。○韘，失❷

---

❶ "以"，阮刻本作"之"。
❷ "失"，阮刻本作"夫"。

涉反。驱，苦侯反。**虽则佩韘，能不我甲。**甲，狎也。笺云：此君虽佩韘与，其才能实不如我众臣之所狎习。○甲，如字，徐胡甲反。**容兮遂兮，垂带悸兮。**

《芄兰》二章，章六句。

河广

《河广》，宋襄公母归于卫，思而不止，故作是诗也。宋桓公夫人，卫文公之妹，生襄公而出。襄公即位，夫人思宋，义不可往，故作诗以自止。

谁谓河广？一苇杭之。杭，渡也。笺云：谁谓河水广与？一苇加之，则可以渡之，喻狭也。今我之不渡，直自不往耳，非为其广。○苇，韦鬼反。杭，户郎反。与，音余，下"远与"同。狭，音洽。为，于伪反。**谁谓宋远？跂予望之。**笺云：予，我也。谁谓宋国远与？我跂足则可以望见之。亦喻近也。今我之不往，直以义不往耳，非为其远。○跂，丘豉反。

谁谓河广？曾不容刀。笺云：不容刀，亦喻狭。小船曰刀。○刀，如字。**谁谓宋远？曾不崇朝。**笺云：崇，终也。行不终朝，亦喻近。

《河广》二章，章四句。

伯兮

《伯兮》，刺时也。言君子行役，为王前驱，过时而不反焉。卫宣公之时，蔡人、卫人、陈人从王伐郑。伯也为王前驱久，故家人思之。○为，于伪反，又如字。注下"为王"并同。

伯兮朅兮，邦之桀兮。 伯，州伯也。朅，武貌。桀，特立也。笺云：伯，君子字也。桀，英桀，言贤也。○朅，丘列反。桀，其列反。**伯也执殳，为王前驱。** 殳，长丈二而无刃。笺云：兵车六等，轸也，戈也，人也，殳也，车戟也，酋矛也，皆以四尺为差。○殳，市朱反。长，如字，又直亮反。

自伯之东，首如飞蓬。 妇人，夫不在，无容饰。**岂无膏沐？谁適为容！** 適，主也。○適，都历反，注同。为，于伪反，或如字。

其雨其雨，杲杲出日。 杲杲然日复出矣。笺云：人言其雨其雨，而杲杲然日复出，犹我言伯且来、伯且来，则复不来。○杲，古老反。出，如字，沈推类反。复，扶又反，下同。**愿言思伯，甘心首疾！** 甘，厌也。笺云：愿，念也。我念思伯，心不能已。如人心嗜欲，所贪口味，不能绝也。我忧思以生首疾。○厌，於艳反，下同。忧"思"，息嗣反。

焉得谖草？言树之背。 谖草令人忘忧。背，北堂也。笺云：忧以生疾，恐将危身，欲忘之。○焉，於虔反。谖，况爱❶反。背，音佩，沈如字。忘，亡向反，又如字。**愿言思伯，使我心痗！** 痗，病也。〇痗，音每，又音悔。

《伯兮》四章，章四句。

有狐

《有狐》，刺时也。卫之男女失时，丧其妃耦焉。古者国有凶荒，则杀礼而多昏，会男女之无夫家者，所以育人民也。育，生长也。〇狐，音胡。丧，息浪反，下注同。妃，音配，下注同。杀，所戒反。

有狐绥绥，在彼淇梁。 兴也。绥绥，匹行貌。石绝水曰梁。〇绥，音虽。**心之忧矣，之子无裳！** 之子，无室家者。在下曰裳，所以配衣也。笺云：之子，是子也。时妇人丧其妃耦，寡而忧。是子无裳，无为作裳者。欲与为室家。〇无"为"，于伪反。

有狐绥绥，在彼淇厉。 厉，深可厉之旁。〇厉，力滞反。**心之忧矣，之子无带！** 带，所以申束衣。

有狐绥绥，在彼淇侧。心之忧矣，之子无服！ 言无室家，若人无衣服。

《有狐》三章，章四句。

---

❶ "爱"，《释文》作"袁"。

木瓜

　　《木瓜》，美齐桓公也。卫国有狄人之败，出处于漕，齐桓公救而封之，遗之车马器服焉。卫人思之，欲厚报之，而作是诗也。○遗，唯季反，下注同。

　　投我以木瓜，报之以琼琚。木瓜，楙木也，可食之木。琼，玉之美者。琚，佩玉名。○琼，求营反。琚，音居，徐音渠。楙，音茂。**匪报也，永以为好也。**笺云：匪，非也。我非敢以琼琚为报木瓜之惠，欲令齐长以为玩好，结己国之恩也。○好，呼报反，篇内同。

　　投我以木桃，报之以琼瑶。琼瑶，美玉。**匪报也。永以为好也。**

　　投我以木李，报之以琼玖。琼玖，玉名。○玖，音久。**匪报也，永以为好也。**孔子曰："吾于《木瓜》，见苞苴之礼行。"笺云：以果实相遗者，必苞苴之。《尚书》曰："厥苞橘柚。"○苴，子余反。

　　《木瓜》三章，章四句。

　　卫国十篇，三十四章，二百三句。

诗经卷三考证

《卫风·淇奥》章"绿竹猗猗"。○绿，《齐诗》《鲁诗》《韩诗》皆作"菉"。竹，《韩诗》作"薄"。毛《传》本《尔雅》，训为二草名。案：《诗》咏"绿竹"者，兴武公之德，中虚外直，清劲不污，故李樗《集解》谓王氏、程氏皆以"绿竹"为竹。朱子从之。《淮南子》"淇卫之箭"，《汉书》武帝"下淇园之竹以为楗"，苏轼诗曰"惟有长身大君子，依依犹得似《淇奥》"，皆其明证。若以为草名，义无可取。

《硕人》章"美目盼兮"。○盼，据文义应作"盻"。案：《说文》："盻，恨视也。从目，兮声。"胡计切。"盼"，引《诗》此句，"从目，分声"，匹苋切。《玉篇》云"目黑白分明也"，与毛《传》正合。又案：《佩觿集》训"盼"为美人动目貌，皆与"盻"义迥别，但古说《诗》家往往作"盻"，惟于《音释》内或注敷苋反，或敷谏反，或匹问反，皆不直改作"盼"。今仍其旧。

卷四

王黍离诂训传第六 | 国风

黍离

　　《黍离》，闵宗周也。周大夫行役至于宗周，过故宗庙宫室，尽为禾黍。闵周室之颠覆，彷徨不忍去，而作是诗也。宗周，镐京也，谓之西周。周王城也，谓之东周。幽王之乱而宗周灭，平王东迁，政遂微弱，下列于诸侯，其诗不能复雅，而同于国风焉。○离，如字。过，古卧反，又古禾反。覆，芳服反。彷，薄❶皇反。徨，音皇。镐，胡老反。复，扶又反。

　　彼黍离离，彼稷之苗。彼，彼宗庙宫室。笺云：宗庙宫室毁坏，而其地尽为禾黍。我以黍离离时至，稷则尚苗。**行迈靡靡，中心摇摇。**迈，行也。靡靡，犹迟迟也。摇摇，忧无所诉。笺云：行，道也。道行，犹行道也。○摇，音遥。诉，苏路反。**知我者，谓我心忧，**笺云：知我者，知我之情。**不知我者，谓我何求。**笺云：谓我何求，怪我久留不去。**悠悠苍天，此何人哉！**悠悠，远意。苍天，以体言之。尊而君

---

❶ "薄"，《释文》及阮刻本作"蒲"。

之，则称皇天；元气广大，则称昊天；仁覆闵下，则称旻天；自上降鉴，则称上天；据远视之苍苍然，则称苍天。笺云：远乎苍天，仰诉欲其察己言也。此亡国之君，何人哉！疾之甚。

彼黍离离，彼稷之穗。穗，秀也。诗人自黍离离见稷之穗，故历道其所更见。○穗，音遂。更，音庚。**行迈靡靡，中心如醉。**醉于忧也。**知我者，谓我心忧，不知我者，谓我何求。悠悠苍天，此何人哉！**

彼黍离离，彼稷之实。自黍离离见稷之实。**行迈靡靡，中心如噎。**噎，忧不能息也。○噎，於结反。❶**知我者，谓我心忧，不知我者，谓我何求。悠悠苍天，此何人哉！**

《黍离》三章，章十句。

君子于役

《君子于役》，刺平王也。君子行役无期度，大夫思其危难以风焉。○难，乃旦反。风，福凤反。

君子于役，不知其期，曷至哉？笺云：曷，何也。君子往行役，我不知其反期，何时当来至哉？思之甚。○曷，寒末❷反。**鸡栖于埘，日之夕矣，羊牛下来。**凿墙而栖曰埘。

---

❶ 此条《音义》，阮刻本无。
❷ "末"，原作"未"，据《释文》及阮刻本改。

笺云：鸡之将栖，日则夕矣，牛羊从下牧地而来。言畜产出入，尚使有期节，至于行役者，乃反不也。○栖，音西。埘，如字，《玉篇》持[1]理反。凿，在各反。畜，许又反。**君子于役，如之何勿思！**笺云：行役多危难，我诚思之。

君子于役，不日不月，曷其有佸？佸，会也。笺云：行役反无日月，何时而有来会期？○佸，户括反，《说文》口活反。**鸡栖于桀，日之夕矣，羊牛下括。**鸡栖于杙为桀。括，至也。○括，古活反。杙，羊职反。**君子于役，苟无饥渴？**笺云：苟，且也。且得无饥渴，忧其饥渴也。

《君子于役》二章，章八句。

君子阳阳

《君子阳阳》，闵周也。君子遭乱，相招为禄仕，全身远害而已。禄仕者，苟得禄而已，不求道行。○远，于万反。

君子阳阳，左执簧，右招我由房。阳阳，无所用其心也。簧，笙也。由，用也。国君有房中之乐。笺云：由，从也。君子禄仕在乐官，左手持笙，右手招我，欲使我从之于房中，俱在乐官也。我者，君子之友自谓也，时在位有官职也。○簧，音皇。**其乐只且！**笺云：君子遭乱，道不行，其且乐

---

[1] "持"，阮刻本作"时"。

此而已。○乐，音洛。且，子徐反，又七也反。

君子陶陶，左执翿，右招我由敖。 陶陶，和乐貌。翿，纛也、翳也。笺云：陶陶，犹阳阳也。翳，舞者所持，谓羽舞也。君子左手持羽，右手招我，欲使我从之于燕舞之位，亦俱在乐官也。○陶，音遥。翿，徒刀反。敖，五刀反。纛，徒报反，沈徒老反。翳，於计反。**其乐只且！**

《君子阳阳》二章，章四句。

扬之水

《扬之水》，刺平王也。不抚其民，而远屯戍于母家，周人怨思焉。怨平王恩泽不行于民，而久令屯戍，不得归，思其乡里之处者。言周人者，时诸侯亦有使人戍焉。平王母家申国，在陈、郑之南，迫近强楚，王室微弱，而数见侵伐，王是以戍之。○屯，徒门反。戍，束遇反。思，如字，沈息嗣反。令，力呈反。近，附近之近，或如字。数，音朔。

扬之水，不流束薪。 兴也。扬，激扬也。笺云：激扬之水至湍迅，而不能流移束薪。兴者，喻平王政教烦急，而恩泽之令不行于下民。○薪，音新。激，经历反。湍，吐端反。迅，音信，又苏俊反。**彼其之子，不与我戍申。** 戍，守也。申，姜姓之国，平王之舅。笺云：之子，是子也。彼其是子，独处乡里，不与我来守申，是思之言也。其，或作"记"，或作"己"，读声相似。○其，音记，诗内皆放此。**怀哉怀**

哉！曷月予还归哉？笺云：怀，安也。思乡里处者，故曰今亦安不哉，安不哉！何月我得还归见之哉？思之甚。

扬之水，不流束楚。楚，木也。**彼其之子，不与我戍甫。**甫，诸姜也。**怀哉怀哉！曷月予还归哉？**

扬之水，不流束蒲。蒲，草也。笺云：蒲，蒲柳。○蒲，如字。**彼其之子，不与我戍许。**许，诸姜也。**怀哉怀哉！曷月予还归哉？**

《扬之水》三章，章六句。

中谷有蓷

《中谷有蓷》，闵周也。夫妇日以衰薄，凶年饥馑，室家相弃尔。○蓷，吐雷反。饥，居希❶反。馑，音觐。

中谷有蓷，暵其干矣。兴也。蓷，鵻也。暵，菸貌。陆草生于谷中，伤于水。笺云：兴者，喻人居平安之世，犹鵻之生于陆，自然也。遇衰乱凶年，犹鵻之生谷中，得水则病将死。○暵，呼但反，徐音汉。鵻，音追❷。菸，於据反。**有女仳离，嘅其叹矣。**仳，别也。笺云：有女遇凶年而见弃，与其君子别离，嘅然而叹，伤己见弃，其恩薄。○仳，匹指反，徐符鄙反，又敷姊反。嘅，口爱反。叹，吐丹反。**嘅其叹**

---

❶ "希"，《释文》及阮刻本作"疑"。
❷ "追"，《释文》及阮刻本作"隹"。

矣，遇人之艰难矣。艰亦难也。笺云：所以嘅然而叹者，自伤遇君子之穷厄。

中谷有蓷，暵其脩矣。脩，且干也。有女仳离，条其啸矣。条条然啸也。○啸，苏吊反。❶条其啸矣，遇人之不淑矣。笺云：淑，善也。君子于己不善也。

中谷有蓷，暵其湿矣。蓷遇水则湿。笺云：蓷之伤于水，始则湿，中而脩，久而干。有似君子于己之恩，徒用凶年深浅为薄厚❷。○徒，如字，沈云："当作'从'。"有女仳离，啜其泣矣。啜，泣貌。○啜，张劣反。啜其泣矣，何嗟及矣。笺云：及，与也。泣者，伤其君子弃己，嗟乎，将复何与为室家乎？此其有余厚于君子也。○复，扶又反。

《中谷有蓷》三章，章六句。

兔爰

《兔爰》，闵周也。桓王失信，诸侯背叛，构怨连祸，王师伤败，君子不乐其生焉。不乐其生者，寐不欲觉之谓也。○背，音佩。乐，岳、洛二音。❸觉，古孝反，下同。

有兔爰爰，雉离于罗。兴也。爰爰，缓意。鸟网为罗。

---

❶ 此条《音义》，《释文》及阮刻本作"歗矣，籀文'啸'字，本文作'啸'"。阮刻本经文亦作"歗"。
❷ "薄厚"，阮刻本作"厚薄"。
❸ "乐，岳、洛二音"，《释文》及阮刻本作"沈音岳，又音洛"。

言为政有缓有急，用心之不均。笺云：有缓者，有所听纵也；有急者，有所躁蹙也。○躁，七刀反，沈七感反。蹙，子六反。**我生之初，尚无为。**尚无成人为也。笺云：尚，庶几也。言我幼稚之时，庶几于无所为，谓军役之事也。**我生之后，逢此百罹，尚寐无吪！**罹，忧。吪，动也。笺云：我长大之后，乃遇此军役之多忧。今但庶几于寐，不欲见动，无所乐生之甚。○罹，力知反。吪，五戈反。长，张丈反。大，代贺反。

有兔爰爰，雉离于罦。罦，覆车也。○罦，音孚❶。覆，芳服反。车，赤奢反。**我生之初，尚无造。**造，为❷也。**我生之后，逢此百忧，尚寐无觉！**

有兔爰爰，雉离于罿。罿，罬也。○罿，昌钟反，又上凶反。罬，张劣反，《尔雅》谓之"罦，覆车也"。**我生之初，尚无庸。**庸，用也。笺云：庸，劳也。**我生之后，逢此百凶，尚寐无聪！**聪，闻也。笺云：百凶者，王构怨连祸之凶。

《兔爰》三章，章七句。

葛藟

《葛藟》，王族刺平王也。周室道衰，弃其九族

---

❶ "孚"，《释文》及阮刻本作"俘"。
❷ "为"，阮刻本作"伪"。

焉。九族者，据己上至高祖，下及玄孙之亲。○蔂，力轨反。蔂似葛。《广雅》云："蔂，藤也。"

绵绵葛蔂，在河之浒。兴也。绵绵，长不绝之貌。水厓曰浒。笺云：葛也蔂也，生于河之厓，得其润泽，以长大而不绝。兴者，喻王之同姓，得王之恩施，以生长其子孙。○浒，呼五反。长，张丈反，下同。厓，鱼佳反。施，始豉反，下同。**终远兄弟，谓他人父。**兄弟之道已相远矣。笺云：兄弟，犹言族亲也。王寡于恩施，今已远弃族亲矣，是我谓他人为己父。族人尚亲亲之辞。○远，于万反，又如字，下同。**谓他人父，亦莫我顾！**笺云：谓他人为己父，无恩于我，亦无顾眷我之意。

绵绵葛蔂，在河之涘。涘，厓也。○涘，音俟。**终远兄弟，谓他人母。**王又无母恩。**谓他人母，亦莫我有！**笺云：有，识有也。

绵绵葛蔂，在河之漘。漘，水隒也。○漘，顺春反。隒，鱼检反。**终远兄弟，谓他人昆。**昆，兄也。**谓他人昆，亦莫我闻！**笺云：不与我相闻命也。

《葛蔂》三章，章六句。

采葛

《采葛》，惧谗也。桓王之时，政事不明，臣无大小使出者，则为谗人所毁，故惧之。○使，所吏反，下并同。

彼采葛兮，一日不见，如三月兮。兴也。葛所以为絺绤也。事虽小，一日不见于君，忧惧于谗矣。笺云：兴者，以采葛喻臣以小事使出。

彼采萧兮，一日不见，如三秋兮。萧所以共祭祀。笺云：彼采萧者，喻臣以大事使出。○共，音恭。

彼采艾兮，一日不见，如三岁兮。艾所以疗疾。笺云：彼采艾者，喻臣以急事使出。○艾，五盖反。

《采葛》三章，章三句。

大车

《大车》，刺周大夫也。礼义陵迟，男女淫奔，故陈古以刺今大夫不能听男女之讼焉。

大车槛槛，毳衣如菼。大车，大夫之车。槛槛，车行声也。毳衣，大夫之服。菼，鵻也，芦之初生者也。天子大夫四命，其出封五命，如子男之服。乘其大车槛槛然，服毳冕以决讼。笺云：菼，薍也。古者，天子大夫服毳冕以巡行邦国，而决男女之讼，则是子男入为大夫者。毳衣之属，衣绩而裳绣，皆有五色焉，其青者如鵻。○槛，胡览反。毳，尺锐反。菼，吐敢反。鵻，音追❶。芦，力吴反。薍，五患反。绩，胡妹反。**岂不尔思？畏子不敢。**畏子大夫之政，终不敢。笺云：

---

❶ "追"，《释文》及阮刻本作"隹"。

此二句者，古之欲淫奔者之辞。我岂不思与女以为无礼与？畏子大夫来听讼，将罪我，故不敢也。子者，称所尊敬之辞。○与，音余。

大车啍啍，毳衣如璊。啍啍，重迟之貌。璊，赪也。○啍，他敦反，徐徒孙反。璊，音门。赪，敕贞反。**岂不尔思？畏子不奔。**

榖则异室，死则同穴。谓予不信，有如皦日！榖，生。皦，白也。生在于室，则外内异；死则神合，同为一也。笺云：穴，谓冢圹中也。此章言古之大夫听讼之政，非但不敢淫奔，乃使夫妇之礼有别。今之大夫不能然，反谓我言不信。我言之信，如白日也。刺其暗于古礼。○皦，古了反。圹，苦晃反。

《大车》三章，章四句。

丘中有麻

《丘中有麻》，思贤也。庄王不明，贤人放逐，国人思之，而作是诗也。思之者，思其来，已得见之。

丘中有麻，彼留子嗟。留，大夫氏。子嗟，字也。丘中墝埆之处，尽有麻麦草木，乃彼子嗟之所治。笺云：子嗟放逐于朝，去治卑贱之职而有功，所在则治理，所以为贤。○墝，苦交反。埆，苦角反，又音学。**彼留子嗟，将其来施施。**施施，难进之意。笺云：施施，舒行，伺闲独来见已之貌。○将，毛如字，郑七良反，下同。施，如字。伺，音司。閒，音闲，又如字。

丘中有麦，彼留子国。子国，子嗟父。笺云：言子国使丘中有麦，著其世贤。**彼留子国，将其来食。**子国复来，我乃得食。笺云：言其将来食，庶其亲己，己得厚待之。○食，如字，郑音嗣。

丘中有李，彼留之子。笺云：丘中而有李，又留氏之子所治。**彼留之子，贻❶我佩玖。**玖，石次玉者。言能遗我美宝。笺云：留氏之子，于思者则朋友之子，庶其敬己而遗己也。○贻，音怡。玖，音久，《说文》纪又反。遗，唯季反。

《丘中有麻》三章，章四句。

王国十篇，二十八章，百六十二句。

---

❶ "贻"，《释文》作"诒"，下同。

郑缁衣诂训传第七 | 国风

缁衣

《缁衣》，美武公也。父子并为周司徒，善于其职，国人宜之，故美其德，以明有国善善之功焉。父，谓武公父，桓公也。司徒之职，掌十二教。善善者，治之有功也。郑国之人皆谓桓公、武公居司徒之官，正得其宜。○缁，侧基反。

缁衣之宜兮，敝予又改为兮。缁，黑色，卿士听朝之正服也。改，更也。有德君子，宜世居卿士之位焉。笺云：缁衣者，居私朝之服也。天子之朝服，皮弁服也。○敝，符世反。**适子之馆兮，还予授子之粲兮。**适，之。馆，舍。粲，餐也。诸侯入为天子卿士，受采禄。笺云：卿士所之之馆，在天子之宫，如今之诸庐也。自馆还在采地之都，我则设餐以授之。爱之，欲饮食之。○馆，古玩反。粲，七旦反。饮，於鸩反。食，音嗣。

缁衣之好兮，敝予又改造兮。好，犹宜也。笺云：造，为也。**适子之馆兮，还予授子之粲兮。**

缁衣之蓆兮，敝予又改作兮。蓆，大也。笺云：作，为也。○蓆，音席。**适子之馆兮，还予授子之粲兮。**

《缁衣》三章，章四句。

将仲子

《将仲子》，刺庄公也。不胜其母，以害其弟。弟叔失道而公弗制，祭仲谏而公弗听，小不忍以致大乱焉。庄公之母，谓武姜，生庄公及弟叔段。段好勇而无礼，公不早为之所，而使骄慢。○将，七羊反，下同。胜，音升。祭，侧界反，后放此。听，吐丁反。好，呼报反。

将仲子兮！无逾我里，无折我树杞。将，请也。仲子，祭仲也。逾，越。里，居也。二十五家为里。杞，木名也。折，言伤害也。笺云：祭仲骤谏，庄公不能用其言，故言请，固距之。无逾我里，喻言无干我亲戚也。无折我树杞，喻言无伤害我兄弟也。仲初谏曰："君将与之，臣请事之。君若不与，臣请除之。"○折，之舌反，下同。杞，音起。**岂敢爱之？畏我父母。**笺云：段将为害，我岂敢爱之而不诛与？以父母之故，故不为也。○将，如字。与，音余。**仲可怀也，父母之言，亦可畏也。**笺云：怀私曰怀。言仲子之言可私怀也。我迫于父母有言，不得从也。

将仲子兮！无逾我墙，无折我树桑。墙，垣也。桑，木之众也。○垣，音袁。**岂敢爱之？畏我诸兄。**诸兄，公族。**仲可怀也，诸兄之言，亦可畏也。**

将仲子兮！无逾我园，无折我树檀。园，所以树木也。檀，强忍❶之木。○檀，徒丹反。岂敢爱之？畏人之多言。仲可怀也，人之多言，亦可畏也。

《将仲子》三章，章八句。

叔于田

《叔于田》，刺庄公也。叔处于京，缮甲治兵，以出于田，国人说而归之。缮之言善也。甲，铠也。○缮，市战反。说，音悦。铠，苦爱反。

叔于田，巷无居人。叔，大叔段也。田，取禽也。巷，里涂也。笺云：叔往田，国人注心于叔，似如无人处。○大，音泰，后放此。岂无居人？不如叔也，洵美且仁。笺云：洵，信也。言叔信美好而又仁。○洵，苏遵反。

叔于狩，巷无饮酒。冬猎曰狩。笺云：饮酒，谓燕饮也。○狩，守❷又反。岂无饮酒？不如叔也，洵美且好。

叔适野，巷无服马。笺云：适，之也。郊外曰野。服马，犹乘马也。岂无服马？不如叔也，洵美且武。笺云：武，有武节。

《叔于田》三章，章五句。

---

❶ "忍"，阮刻本作"韧"。
❷ "守"，《释文》及阮刻本作"手"。

大叔于田

《大叔于田》，刺庄公也。叔多才而好勇，不义而得众也。

大叔于田，乘乘马。叔之从公田也。○乘乘，上如字，下绳证反。后同。执辔如组，两骖如舞。骖之与服，和谐中节。笺云：如组者，如织组之为也。在旁曰骖。○组，音祖。叔在薮，火烈具举。薮，泽，禽之府也。烈，列。具，俱也。笺云：列人持火俱举，言众同心。○薮，素口反。襢裼暴虎，献于公所。襢裼，肉袒也。暴虎，空手以搏之。笺云：献于公所，进于君也。○襢，音但。裼，素历反。搏，音博。将叔无狃，戒其伤女。狃，习也。笺云：狃，复也。请叔无复者，爱也。○将，七羊反，请也。狃，女九反。

叔于田，乘乘黄。四马皆黄。两服上襄，两骖雁行。笺云：两服，中央夹辕者。襄，驾也。上驾者，言为众马之最良也。雁行者，言与中服相次序。○上襄，并如字。行，户郎反。叔在薮，火烈具扬。扬，扬光也。叔善射忌，又良御忌。忌，辞也。笺云：良，亦善也。忌，读如"彼己之子"之"己"。○忌，音记，下同。抑磬控忌，抑纵送忌。骋马曰磬，止马曰控；发矢曰纵，从禽曰送。○磬，苦定反。控，口贡反。骋，敕领反。

叔于田，乘乘鸨。骊白杂毛曰鸨。○鸨，音保。骊，力驰反。**两服齐首**，马首齐也。**两骖如手**。进止如御者之手。笺云：如人左右手之相佐助也。**叔在薮，火烈具阜**。阜，盛也。**叔马慢忌，叔发罕忌**。慢，迟。罕，希也。笺云：田事且毕，则其马行迟，发矢希。○慢，作"嫚"，莫晏反。**抑释掤忌，抑鬯弓忌**。掤，所以覆矢。鬯弓，弢弓。笺云：射者盖矢弢弓，言田事毕。○掤，音冰。鬯，敕亮反。弢，吐刀反。

《大叔于田》三章，章十句。

清人

《清人》，刺文公也。高克好利而不顾其君，文公恶而欲远之不能。使高克将兵而御狄于竟，陈其师旅，翱翔河上。久而不召，众散而归，高克奔陈。公子素恶高克进之不以礼，文公退之不以道，危国亡师之本，故作是诗也。好利不顾其君，注心于利也。御狄于竟，时狄侵卫。○好，呼报反。恶，乌路反。远，于万反。将，子亮反。翱，五羔反。

清人在彭，驷介旁旁。清，邑也。彭，卫之河上，郑之郊也。介，甲也。笺云：清者，高克所帅众之邑也。驷，四马也。○旁，补彭反。**二矛重英，河上乎翱翔**。重英，矛有英饰也。笺云：二矛，酋矛、夷矛也，各有画饰。○矛，莫侯反。英，如字，沈於耕反。酋，在由反。

清人在消，驷介麃麃。消，河上地也。麃麃，武貌。○麃，表骄反。**二矛重乔，河上乎逍遥**。重乔，累荷也。笺云：乔，矛矜近上及室题，所以县毛羽。○乔，毛音桥，郑居桥反，雉名。

清人在轴，驷介陶陶。轴，河上地也。陶陶，驱驰之貌。○轴，音逐。陶，徒报反。**左旋右抽，中军作好。**左旋，讲兵。右抽，抽矢以射。居军中为容好。笺云：左，左人，谓御者。右，车右也。中军，谓❶将也。高克之为将，久不得归，日使其御者习旋车，车右抽刃，自居中央，为军之容好而已。兵车之法，将居鼓下，故御者在左。○抽，敕由反。好，呼报反。

《清人》三章，章四句。

羔裘

《羔裘》，刺朝也。言古之君子，以风其朝焉。言，犹道也。郑自庄公而贤者陵迟，朝无忠正之臣，故刺之。○朝，直遥反。风，福凤反。

羔裘如濡，洵直且侯。如濡，润泽也。洵，均。侯，君也。笺云：缁衣、羔裘，诸侯之朝服也。言古朝廷之臣，皆忠直且君也。君者，言正其衣冠，尊其瞻视，俨然人望而畏之。○濡，音儒。**彼其之子，舍命不渝。**渝，变也。笺云：舍，犹处也。之子，是子也。是子处命不变，谓守死善道，见危授

---

❶ "谓"，阮刻本作"为"。

命之等。○舍，音赦，沈书者反。渝，以朱反。

羔裘豹饰，孔武有力。豹饰，缘以豹皮也。孔，甚也。○缘，悦绢反。**彼其之子，邦之司直。**司，主也。

羔裘晏兮，三英粲兮。晏，鲜盛貌。三英，三德也。笺云：三德，刚克、柔克、正直也。粲，众意。○晏，於谏反。粲，采旦❶反。**彼其之子，邦之彦兮。**彦，士之美称。○称，尺证反。

《羔裘》三章，章四句。

遵大路

《遵大路》，思君子也。庄公失道，君子去之，国人思望焉。

遵大路兮，掺执子之祛兮！遵，循。路，道。掺，揽。祛，袪也。笺云：思望君子，于道中见之，则欲揽持其袂而留之。○掺，所览反，徐所斩反。祛，起居反，又起据反。揽，音览。**无我恶兮，不寁故也。**寁，速也。笺云：子无恶我揽持子之袂，我乃以庄公不速于先君之道使我然。○恶，乌路反。寁，市坎反。

遵大路兮，掺执子之手兮！笺云：言执手者，思望之甚。**无我魗兮，不寁好也！**魗，弃也。笺云：魗，亦恶

---

❶ "旦"，阮刻本作"谏"。

也。好，犹善也。子无恶我，我乃以庄公不速于善道使我然。○龇，市由反，郑音丑。好，如字，或呼报反。

《遵大路》二章，章四句。

女曰鸡鸣

《女曰鸡鸣》，刺不说德也。陈古义以刺今不说德而好色也。德，谓士大夫宾客有德者。○说，音悦。好，呼报反。

女曰鸡鸣。士曰昧旦。笺云：此夫妇相警觉以夙兴，言不留色也。○昧，音妹。**子兴视夜，明星有烂。**言小星已不见也。笺云：明星尚烂烂然，早于别色时。○烂，力旦反。**将翱将翔，弋凫与雁。**闻于政事，则翱翔习射。笺云：弋，缴射也。言无事则往弋射凫雁，以待宾客，为燕具。○弋，羊职反。凫，音符。闻，音闲。缴，音灼。

弋言加之，与子宜之。宜，肴也。笺云：言，我也。子，谓宾客也。所弋之凫雁，我以为加豆之实，与君子共肴也。**宜言饮酒，与子偕老。**笺云：宜乎我燕乐宾客而饮酒，与之俱至老。亲爱之言也。○偕，音皆。**琴瑟在御，莫不静好。**君子无故不彻琴瑟。宾主和乐，无不安好。

知子之来之，杂佩以赠之！杂佩者，珩、璜、琚、瑀、冲牙之类。笺云：赠，送也。我若知子之必来，我则豫储杂佩，去则以送子也。与异国宾客燕时，虽无此物，犹言之，以致其厚意。其若有之，固将行之。士大夫以君命出使，主国之臣必以燕礼乐之，助君之欢。○珩，音衡，佩上玉也。璜，音黄，半璧曰璜。琚，音居，佩玉名。瑀，音禹，石次玉也。冲，昌容反，状如牙。**知子之顺之，杂佩以问之！** 问，遗也。笺云：顺，谓与己和顺。○遗，尹季反。**知子之好之，杂佩以报之！** 笺云：好，谓与己同好。○好，呼报反。

《女曰鸡鸣》三章，章六句。

有女同车

《有女同车》，刺忽也。郑人刺忽之不昏于齐。大子忽尝有功于齐，齐侯请妻之。齐女贤而不取，卒以无大国之助，至于见逐，故国人刺之。忽，郑庄公世子，祭仲逐之而立突。○"大"子，音泰。妻，七计反。取，如字，又促句反。

有女同车，颜如舜华。 亲迎同车也。舜，木槿也。笺云：郑人刺忽不取齐女，亲迎与之同车，故称同车之礼，齐女之美。○舜，尸❶顺反。华，胡瓜反，又音花。❷迎，鱼敬反。**将翱将翔，佩玉琼琚。** 佩有珺❸瑀，所以纳闲。**彼美孟姜，**

---

❶ "尸"，《释文》作"户"。
❷ "胡瓜反，又音花"，《释文》及阮刻本作"读亦与《召南》同，下篇放此"。
❸ "珺"，阮刻本作"琚"。

洵美且都！孟姜，齐之长女。都，闲也。笺云：洵，信也。言孟姜信美好，且闲习妇礼。○洵，恤旬反。

有女同行，颜如舜英。行，行道。英，犹华也。笺云：女始乘车，婿御轮三周，御者代婿。○婿，音细。**将翱将翔，佩玉将将。**将将鸣玉而后行。○将，七羊反，玉佩声。**彼美孟姜，德音不忘！**笺云：不忘者，后世传道其❶德也。

《有女同车》二章，章六句。

山有扶苏

《山有扶苏》，刺忽也。所美非美然。言忽所美之人，实非美人。○苏，如字，徐音疏。

山有扶苏，隰有荷华。兴也。扶苏，扶胥，小木也。荷华，扶渠也，其华菡萏。言高下大小各得其宜也。笺云：兴者，扶胥之木生于山，喻忽置不正之人于上位也。荷华生于隰，喻忽置有美德者于下位。此言其用臣颠倒，失其所也。○菡，户感反。萏，度感反。荷华未开曰菡萏。**不见子都，乃见狂且。**子都，世之美好者也。狂，狂人也。且，辞也。笺云：人之好美色，不往睹子都，乃反往睹狂丑之人，以兴忽好善不任用贤者，反任用小人，其意同。○且，子余反。"好"美色，呼报反，下同。

---

❶ "道其"，阮刻本作"其道"。

山有乔松，隰有游龙。松，木也。龙，红草也。笺云：游龙，犹放纵也。桥❶松在山上，喻忽无恩泽于大臣也。红草放纵支❷叶于隰中，喻忽听恣小臣。此又言养臣颠倒失其所也。○桥，其骄反，"高也"❸，郑苦老反，枯❹也。**不见子充，乃见狡童。**子充，良人也。狡童，昭公也。笺云：人之好忠良之人，不往睹子充，乃反往睹狡童。狡童有貌而无实。○狡，古卯反。

《山有扶苏》二章，章四句。

萚兮

《萚兮》，刺忽也。君弱臣强，不倡而和也。不倡而和，君臣各失其礼，不相倡和。○萚，他洛反。倡，昌亮反。和，胡卧反，下同。

萚兮萚兮，风其吹女！兴也。萚，槁也。人臣待君倡而后和。笺云：槁，谓木叶也。木叶槁，待风乃落。兴者，风喻号令也，喻君有政教，臣乃行之。言此者，刺今不然。○女，忍与反。❺**叔兮伯兮，倡予和女！**叔、伯，言群臣长幼也。

---

❶ "桥"，阮刻本作"乔"。
❷ "支"，阮刻本作"枝"。
❸ 《释文》及阮刻本此二字前有"王云"，故加引号。
❹ "枯"，《释文》及阮刻本作"枯槁"。
❺ 此条《音义》，《释文》及阮刻本无。

君倡臣和也。笺云：叔、伯，群臣相谓也。群臣无其君而行，自以强弱相服。女倡矣，我则将和之。言此者，刺其自专也。叔、伯，兄弟之称。○称，尺证反。

萚兮萚兮，风其漂女！ 漂，犹吹也。○漂，匹遥反。**叔兮伯兮，倡予要女！** 要，成也。○要，於遥反。

《萚兮》二章，章四句。

狡童

《狡童》，刺忽也。不能与贤人图事，权臣擅命也。权臣擅命，祭仲专也。○擅，善战反。

彼狡童兮，不与我言兮。 昭公有壮狡之志。笺云：不与我言者，贤者欲与忽图国之政事，而忽不能受之，故云然。**维子之故，使我不能餐兮！** 忧惧不遑餐也。○餐，七丹反。

彼狡童兮，不与我食兮。 不与贤人共食禄。**维子之故，使我不能息兮！** 忧不能息也。

《狡童》二章，章四句。

褰裳

《褰裳》，思见正也。狂童恣行，国人思大国之正己也。狂童恣行，谓突与忽争国，更出更入，而无大国正之。

○褰，起连反。恣，资利反。行，下孟反。更，音庚。

子惠思我，褰裳涉溱。 惠，爱也。溱，水名也。笺云：子者，斥大国之正卿。子若爱而思我，我国有突篡国之事，而可征而正之，我则揭衣渡溱水，往告难也。○溱，侧巾反。篡，初患反。揭，欺例反，又起列反。**子不我思，岂无他人？** 笺云：言他人者，先乡齐、晋、宋、卫，后之荆楚。○乡，香亮反。**狂童之狂也且！** 狂行，童昏所化也。笺云：狂童之人，日为狂行，故使我言此也。○且，子余反，下同。

子惠思我，褰裳涉洧。 洧，水名也。洧，于轨反。**子不我思，岂无他士？** 士，事也。笺云：他士，犹他人也。大国之卿，当天子之上士。**狂童之狂也且！**

《褰裳》二章，章五句。

丰

《丰》，刺乱也。昏❶姻之道缺，阳倡而阴不和，男行而女不随。昏姻之道，谓嫁取之礼。○丰，芳凶反。倡，昌亮反。和，胡卧反。

子之丰兮，俟我乎巷兮， 丰，丰满也。巷，门外也。笺云：子，谓亲迎者。我，我将嫁者。有亲迎我者，面貌丰

---

❶ "昏"，阮刻本作"婚"，下同。

丰然丰满，善人也，出门而待我于巷中。○迎，鱼敬反，下同。**悔予不送兮！** 时有违而不至者。笺云：悔乎我不送是子而去也！时不送，则为异人之色，后不得耦而思之。○为，于伪反。

子之昌兮，俟我乎堂兮， 昌，盛壮貌。笺云：堂，当为"枨"。枨，门梱上木近边者。○堂，如字，门堂也。郑改作"枨"，直❶庚反。梱，苦本反。**悔予不将兮！** 将，行也。笺云：将，亦送也。

衣锦褧衣，裳锦褧裳。 衣锦、褧裳，嫁者之服。笺云：褧，禅也，盖以禅縠为之。中衣裳用锦，而上加禅縠焉，为其文之大著也。庶人之妻嫁服也。士妻紖衣纁袡。○"衣"锦，如字，或於记反，下章放此。褧，苦迥反。禅，音丹。縠，户木反。紖，侧基反。纁，许云反。袡，如盐反。**叔兮伯兮，驾予与行。** 叔伯，迎己者。笺云：言此者，以前之悔。今则叔也伯也来迎己者，从之，志又易也。○易，以豉反。

裳锦褧裳，衣锦褧衣。叔兮伯兮，驾予与归。

《丰》四章，二章章三句，二章章四句。

东门之墠

《东门之墠》，刺乱也。男女有不待礼而相奔者

---

❶ "直"，《释文》作"方"。

也。○墠，音善。❶

东门之墠，茹藘在阪。东门，城东门也。墠，除地町町者。茹藘，茅蒐也。男女之际，近而易则如东门之墠，远而难则如茹藘在阪。笺云：城东门之外有墠，墠边有阪，茅蒐生焉。茅蒐之为难浅矣，易越而出。此女欲奔男之辞。○茹，音如。藘，力於反，后篇同。阪，音反，又符板反。町，吐鼎反，又徒冷反。蒐，所留反。**其室则迩，其人甚远！**迩，近也。得礼则近，不得礼则远。笺云：其室则近，谓所欲奔男之家。望其来迎己而不来，则为远。

东门之栗，有践家室。栗，行上栗也。践，浅也。笺云：栗而在浅家室之内，言易窃取。栗，人所啖食而甘耆，故女以自喻也。○行，如字，道也。啖，徒览反。耆，常志反。**岂不尔思？子不我即！**即，就也。笺云：我岂不思望女乎？女不就迎我而俱去耳。

《东门之墠》二章，章四句。

风雨

《风雨》，思君子也。乱世则思君子不改其度焉。

风雨凄凄，鸡鸣喈喈。兴也。风且雨，凄凄然，鸡犹

---

❶ 此条《音义》，《释文》无。

守时而鸣，喈喈然。笺云：兴者，喻君子虽居乱世，不变改其节度。○凄，七西反。喈，音皆。**既见君子，云胡不夷？**胡，何。夷，说也。笺云：思而见之，云何而心不说？○说，音悦。

风雨潇潇，鸡鸣胶胶。潇潇，暴疾也。胶胶，犹喈喈也。○潇，音萧。胶，音交。**既见君子，云胡不瘳？**瘳，愈也。○瘳，敕留反。

风雨如晦，鸡鸣不已。晦，昏也。笺云：已，止也。鸡不为如晦而止不鸣。**既见君子，云胡不喜？**

《风雨》三章，章四句。

子衿

《子衿》，刺学校废也。乱世则学校不修焉。郑国谓学为校，言可以校正道艺。○衿，音金。校，乎❶孝反，沈音教。"校"正，音教。

青青子衿，悠悠我心。青衿，青领也，学子之所服。笺云：学子而俱在学校之中，己留彼去，故随而思之耳。礼，父母在，衣纯以青。青，如字。纯，章允反，又之闰反。**纵我不往，子宁不嗣音？**嗣，习也。古者教以诗乐，诵之歌之，弦之舞之。笺云：嗣，续也。女曾不传声问我。以恩责其忘己。

---

❶ "乎"，《释文》作"户"，阮刻本作"力"。

青青子佩，悠悠我思。佩，佩玉也。士佩瓀珉而青组绶。○瓀，如兖反。珉，亡巾反。组，音祖。**纵我不往，子宁不来？**不来者，言不一来也。

挑兮达兮，在城阙兮。挑达，往来相见貌。乘城而见阙。笺云：国乱，人废学业，但好登高见于城阙，以候望为乐。○挑，他羔反，又敕雕反。达，他末反。好，呼报反。**一日不见，如三月兮！**言礼乐不可一日而废。笺云：君子之学，以文会友，以友辅仁。独学而无友，则孤陋而寡闻，故思之甚。

《子衿》三章，章四句。

扬之水

《扬之水》，闵无臣也。君子闵忽之无忠臣良士，终以死亡，而作是诗也。

扬之水，不流束楚。扬，激扬也。激扬之水，可谓不能流漂束楚乎？笺云：激扬之水，喻忽政教乱促。不流束楚，言其政不行于臣下。○漂，匹妙反。**终鲜兄弟，维予与女。**笺云：鲜，寡也。忽兄弟争国，亲戚相疑，后竟寡于兄弟之恩，独我与女有耳。作此诗者，同姓臣也。○鲜，息浅反，下同。**无信人之言，人实迋女。**迋，诳也。○迋，求往反，徐居望反。

扬之水，不流束薪。终鲜兄弟，维予二人。二人同心也。笺云：二人者，我身与女忽。**无信人之言，人实不信。**《扬之水》二章，章六句。

出其东门

《出其东门》，闵乱也。公子五争，兵革不息，男女相弃，民人思保其室家焉。公子五争者，谓突再也，忽、子亹、子仪各一也。〇争，争斗之争。亹，亡匪反，又音尾，庄公子。

出其东门，有女如云。如云，众多也。笺云：有女，谓诸见弃者也。如云者，如云从风，东西南北，心无有定。**虽则如云，匪我思存。**思不存乎相救急。笺云：匪，非也。此如云者，皆非我思所存也。〇思，如字，沈息嗣反。**缟衣綦巾，聊乐我员。**缟衣，白色，男服也。綦巾，苍艾色，女服也。愿室家得相乐也。笺云：缟衣綦巾，所为作者之妻服也，时亦弃之，迫兵革之难，不能相畜。心不忍绝，故言且留乐我员。此思保其室家，穷困不得有其妻，而以衣巾言之，恩不忍斥之。綦，綦文也。〇缟，古老反，又古报反。綦，巨基反。乐，音洛，一音岳。员，音云。

出其闉阇，有女如荼。闉，曲城也。阇，城台也。荼，英荼也。言皆丧服也。笺云：闉，读当如"彼都人士"之"都"，谓国外曲城之中市里也。荼，茅莠，物之轻者，飞行无常。〇闉，音因。阇，音都，徐止奢反。荼，音徒。**虽**

则如荼，匪我思且。笺云：匪我思且，犹"非我思存"也。○且，音徂，旧子徐反。**缟衣茹藘，聊可与娱**。茹藘，茅蒐之染女服也。娱，乐也。笺云：茅蒐，染巾也。聊可与娱，且可留与我为乐。心欲留之言也。

《出其东门》二章，章六句。

野有蔓草

《野有蔓草》，思遇时也。君之泽不下流，民穷于兵革，男女失时，思不期而会焉。不期而会，谓不相与期而自俱会。○蔓，音万。

野有蔓草，零露漙兮。兴也。野，四郊之外。蔓，延也。漙漙然盛多也。笺云：零，落也。蔓草而有露，谓仲春之时，草始生，霜为露也。《周礼》："仲春之月，令会男女之无夫家者。"○漙，徒端反。**有美一人，清扬婉兮。邂逅相遇，适我愿兮**。清扬，眉目之间婉然美也。邂逅，不期而会，适其时愿。○婉，於阮反。邂，户懈❶反。逅，胡豆反。

野有蔓草，零露瀼瀼。瀼瀼，盛貌。○瀼，如羊反，徐乃刚反。**有美一人，婉如清扬。邂逅相遇，与子偕臧**。臧，善也。

《野有蔓草》二章，章六句。

---

❶ "懈"，影宋本《释文》作"邂"，通志堂本《释文》作"解"。

溱洧

《溱洧》，刺乱也。兵革不息，男女相弃，淫风大行，莫之能救焉。救，犹止也。乱者，士与女合会溱、洧之上。○溱洧，上❶侧巾反，下于轨反。

溱与洧，方涣涣兮。溱、洧，郑两水名。涣涣，春水盛也。笺云：仲春之时，冰以释，水则涣涣然。○涣，呼乱反。**士与女，方秉蕳兮。**蕳，兰也。笺云：男女相弃，各无匹耦，感春气并出，托采芬香之草，而为淫泆之行。○蕳，古颜反。泆，音逸。行，下孟反。**女曰："观乎？"士曰："既且。"**笺云：女曰观乎，欲与士观于宽闲之处。既，已也。士曰已观矣，未从之也。○且，音徂，往也，徐子胥反，下❷放此。闲，音闲。**"且往观乎！洧之外，洵订且乐。"**订，大也。笺云：洵，信也。女情急，故劝男使往观于洧之外，言其土地信宽大又乐也。于是男则往也。○洵，息旬反。订，况于反。乐，音洛，下同。**维士与女，伊其相谑，赠之以勺药。**勺药，香草。笺云：伊，因也。士与女往观，因相与戏谑，行夫妇之事。其别，则送女以勺药，结恩情也。○谑，许

---

❶ "上"，《释文》及阮刻本无。
❷ "下"，《释文》及阮刻本作"下章"。

略反。勺，时灼反。❶

　　溱与洧，浏其清矣。浏，深貌。○浏，音留。**士与女，殷其盈矣。**殷，众也。**女曰："观乎？"士曰："既且。""且往观乎！洧之外，洵订且乐。"维士与女，伊其将谑，赠之以勺药。**笺云：将，大也。

　　《溱洧》二章，章十二句。

　　郑国二十一篇，五十三章，二百八十三句。

---

❶ 此条《音义》，阮刻本无。

诗经卷四考证

《王风》"中谷"章"啜其泣矣"。○《韩诗外传》"啜"作"惙"。

《郑风·将仲子》《序》《笺》"及弟叔段"。○案：宋毛居正《六经正误》："段，讹叚。段，从𠂤从殳，徒乱反。叚，从𠂤从彐，音遐，又音檟。"《说文》："段，分段也。帛二曰纳，分而未丽曰匹，既丽曰段。""叚，借也。"《集韵》通作"假"。二字音义各别。叔段，字应从"段"。

《东门之墠》章"有践家室"。○《韩诗》"践"作"靖"，注："靖，善也。"

卷五

齐鸡鸣诂训传第八 | 国风

鸡鸣

《鸡鸣》，思贤妃也。哀公荒淫怠慢，故陈贤妃贞女夙夜警戒相成之道焉。○慢，武谏反。警，居领反。

鸡既鸣矣，朝既盈矣。鸡鸣而夫人作，朝盈而君作。笺云：鸡鸣、朝盈，夫人也、君也可以起之常礼。○朝，直遥反，下同。**匪鸡则鸣，苍蝇之声。**苍蝇之声，有似远鸡之鸣。笺云：夫人以蝇声为鸡鸣，则起早于常礼，敬也。○蝇，余仍反。

东方明矣，朝既昌矣。东方明，则夫人纚笄而朝；朝已昌盛，则君听朝。笺云：东方明、朝既昌，亦夫人也、君也可以朝之常礼。君日出而视朝。○纚，色蟹反，又霜绮反。**匪东方则明，月出之光。**见月出之光，以为东方明。笺云：夫人以月光为东方明，则朝，亦敬也。

虫飞薨薨，甘与子同梦。古之夫人配其君子，亦不忘其敬。笺云：虫飞薨薨，东方且明之时，我犹乐与子卧而同梦，言亲爱之无已。○薨，呼肱❶反。**会且归矣，无庶予子憎。**

---

❶ "肱"，《释文》及阮刻本作"弘"。

会，会于朝也。卿大夫朝会于君朝听政，夕归治其家事。无庶予子憎，无见恶于夫人。笺云：庶，众也。虫飞薨薨，所以当起者，卿大夫朝者且罢归故也。无使众臣以我故憎恶于子，戒之也。○且，七也反，沈子余反。

《鸡鸣》三章，章四句。

还

《还》，刺荒也。哀公好田猎，从禽兽而无厌。国人化之，遂成风俗，习于田猎谓之贤，闲于驰逐谓之好焉。荒，谓政事废乱。○还，音旋。好，呼报反。厌，於艳反，又平声。好，如字，下同。❶

子之还兮，遭我乎峱之间兮。还，便捷之貌。峱，山名。笺云：子也、我也，皆士大夫也，俱出田猎而相遭也。○峱，乃刀反。**并驱从两肩兮，揖我谓我儇兮。**从，逐也。兽三岁曰肩。儇，利也。笺云：并，併也。子也、我也，併驱而逐二兽。子则揖耦我，谓我儇，誉之也。誉之者，以报前言还也。○驱，曲具反，下同。肩，如字，又音牵。揖，一入反。儇，许全反。併，步顶反。誉，音余，下同。

子之茂兮，遭我乎峱之道兮。茂，美也。**并驱从两牡兮，揖我谓我好兮。**笺云：誉之言好者，以报前言茂也。

---

❶ "如字，下同"，《释文》及阮刻本作"蒿缟反"。

○牡，茂后反。

子之昌兮，遭我乎峱之阳兮。 昌，盛也。笺云：昌，佼好貌。○佼，古卯反。**并驱从两狼兮，揖我谓我臧兮。** 狼，兽名。臧，善也。

《还》三章，章四句。

著

《著》，刺时也。时不亲迎也。时不亲迎，故陈亲迎之礼以刺之。○著，直居反，又直据反，又音伫❶，协句，音直据反。迎，鱼敬反。

俟我于著乎而，充耳以素乎而， 俟，待也。门屏之间曰著。素，象瑱。笺云：我，嫁者自谓也。待我于著，谓从君子而出至于著，君子揖之时也，我视君子则以素为充耳。谓所以县瑱者，或名为纮，织之，人君五色，臣则三色而已。此言素者，目所先见而云。○瑱，吐遍反。县，音悬❷，下同。纮，都览反。❸**尚之以琼华乎而。** 琼华，美石，士之服也。笺云：尚，犹饰也。饰之以琼华者，谓县纮之末，所谓瑱也。人君以玉为之。琼华，石色似琼也。

---

❶ "伫"，《释文》及阮刻本作"於"。
❷ "悬"，《释文》作"玄"。
❸ 此条《音义》，阮刻本无。

俟我于庭乎而，充耳以青乎而，青，青玉。笺云：待我于庭，谓揖我于庭时。青，纮之青。尚之以琼莹乎而。琼莹，石似玉，卿大夫之服也。笺云：石色似琼、似莹也。○莹，音荣。❶

俟我于堂乎而，充耳以黄乎而，黄，黄玉。笺云：黄，纮之黄。尚之以琼英乎而。琼英，美石似玉者，人君之服也。笺云：琼英，犹琼华也。

《著》三章，章三句。

东方之日

《东方之日》，刺衰也。君臣失道，男女淫奔，不能以礼化也。○衰，色追反。

东方之日兮，彼姝者子，在我室兮。兴也。日出东方，人君明盛，无不照察也。姝者，初昏之貌。笺云：言东方之日者，诉之乎耳。有姝然美好之子，来在我室，欲与我为室家，我无如之何也。日在东方，其明未融。兴者，喻君不明。○姝，赤❷朱反。在我室兮，履我即兮。履，礼也。笺云：即，就也。在我室者以礼来，我则就之，与之去也。言今者之子，不以礼来也。

---

❶ 此条《音义》，阮刻本无。
❷ "赤"，影宋本《释文》作"亦"。

东方之月兮，彼姝者子，在我闼兮。月盛于东方。君明于上，若日也；臣察于下，若月也。闼，门内也。笺云：月以兴臣，月在东方，亦言不明。○闼，他达反，"门屏之间曰闼"❶。**在我闼兮，履我发兮。**发，行也。笺云：以礼来，则我行而与之去。

《东方之日》二章，章五句。

东方未明

《东方未明》，刺无节也。朝廷兴居无节，号令不时，挈壶氏不能掌其职焉。号令，犹召呼也。挈壶氏，掌漏刻者。○朝，直遥反。挈，苦结反，又音结。壶，音胡。

东方未明，颠倒衣裳。上曰衣，下曰裳。笺云：挈壶氏失漏刻之节，东方未明而以为明，故群臣促遽，颠倒衣裳。群臣之朝，别色始入。○倒，都老反。遽，其虑反。**颠之倒之，自公召之。**笺云：自，从也。群臣颠倒衣裳而朝，人又从君所来而召之，漏刻失节，君又早兴。

东方未晞，颠倒裳衣。晞，明之始升。○晞，音希。❷**倒之颠之，自公令之。**令，告也。○令，力证反。❸

---

❶ 《释文》及阮刻本此前有"《韩诗》云"，故加引号。
❷ 此条《音义》，阮刻本无。
❸ 此条《音义》，阮刻本无。

折柳樊圃，狂夫瞿瞿。柳，柔脆之木。樊，落也。圃，菜园也。折柳以为藩园，无益于禁矣。瞿瞿，无守之貌。古者有挈壶氏，以水火分日夜，以告时于朝。笺云：柳木之不可以为藩，犹是狂夫不任挈壶氏之事。○折，之舌反。圃，音布，又音补。瞿，俱具反。脆，七岁反。藩，方元反。**不能辰夜，不夙则莫。**辰，时。夙，早。莫，晚也。笺云：此言不任其事者，恒失节数也。○莫，音暮。

《东方未明》三章，章四句。

南山

《南山》，刺襄公也。鸟兽之行，淫乎其妹，大夫遇是恶，作诗而去之。襄公之妹，鲁桓公夫人文姜也。襄公素与淫通。及嫁，公適❶之。公与夫人如齐，夫人诉之襄公。襄公使公子彭生乘公而扼杀之，夫人久留于齐。庄公即位后乃来，犹复会齐侯于禚、于祝丘，又如齐师。齐大夫见襄公行恶如是，作诗以刺之；又非鲁桓公不能禁制夫人，而去之。○行，下孟反。扼，於革反。复，扶又反，下同。禚，音灼。

南山崔崔，雄狐绥绥。兴也。南山，齐南山也。崔崔，高大也。国君尊严，如南山崔崔然。雄狐相随，绥绥然无别，失阴阳之匹。笺云：雄狐行求匹耦于南山之上，形貌绥绥然。

---

❶ "適"，阮刻本作"谪"。

兴者，喻襄公居人君之尊，而为淫泆之行，其威仪可耻恶如狐。○崔，子虽反，又音佳。恶，乌路反，又如字。**鲁道有荡，齐子由归。**荡，平易也。齐子，文姜也。笺云：妇人谓嫁曰归。言文姜既以礼从此道嫁于鲁侯也。○荡，徒党反，徐敕党反。易，夷豉反。**既曰归止，曷又怀止？**怀，思也。笺云：怀，来也。言文姜既曰嫁于鲁侯矣，何复来为乎？非其来也。

葛屦五两，冠緌双止。葛屦，服之贱者。冠緌，服之尊者。笺云：葛屦五两，喻文姜与侄娣及傅姆同处。冠緌，喻襄公也。五人为奇，而襄公往从而双之。冠屦不宜同处，犹襄公、文姜不宜为夫妇之道。○屦，九具反。两，王肃如字，沈音亮。緌，如谁反。姆，音茂。奇，居宜反。**鲁道有荡，齐子庸止。**庸，用也。**既曰庸止，曷又从止？**笺云：此言文姜既用此道嫁于鲁侯，襄公何复送而从之，为淫泆之行？

蓺麻如之何？衡从其亩。蓺，树也。衡猎之，从猎之，种之，然后得麻。笺云：树麻者必先耕治其田，然后树之，以言人君取妻必先议于父母。○蓺，鱼世反。衡，音横。从，足容反。**取妻如之何？必告父母。**必告父母庙。笺云：取妻之礼，议于生者，卜于死者，此之谓告。○取，七喻反，注下皆同。**既曰告止，曷又鞠止？**鞠，穷也。笺云：鞠，盈也。鲁侯，女既告父母而取，何复盈从令至于齐乎？又非鲁桓。○鞠，居六反。

析薪如之何？匪斧不克。克，能也。笺云：此言析薪必待斧乃能也。○析，星历反。**取妻如之何？匪媒不得。**笺云：此言取妻必待媒乃得也。**既曰得止，曷又极止？** 极，至也。笺云：女既以媒得之矣，何不禁制，而恣极其邪意，令至齐乎？又非鲁桓。

《南山》四章，章六句。

甫田

《甫田》，大夫刺襄公也。无礼义而求大功，不修德而求诸侯，志大心劳，所以求者，非其道也。

无田甫田，维莠骄骄。 兴也。甫，大也。大田过度而无人功，终不能获。笺云：兴者，喻人君欲立功致治，必勤身修德，积小以成高大。○无"田"，音佃，下同。莠，羊九反。**无思远人，劳心忉忉。** 忉忉，忧劳也。笺云：言无德而求诸侯，徒劳其心忉忉耳。○忉，音刀。

无田甫田，维莠桀桀。 桀桀，犹骄骄也。**无思远人，劳心怛怛。** 怛怛，犹忉忉也。○怛，旦末反。

婉兮娈兮，总角丱兮。未几见兮，突而弁兮！ 婉、娈，少好貌。总角，聚两髦也。丱，幼稚也。弁，冠也。笺云：人君内善其身，外修其德，居无几何，可以立功，犹是婉娈之童子，少自修饰，丱然而稚，见之无几何，突耳加冠为成人也。○婉，於阮反。娈，力转反。总，子孔反。丱，古患反。几，居岂反。突，吐活反，又吐讷反。弁，皮卷反。

《甫田》三章，章四句。

卢令

《卢令》，刺荒也。襄公好田猎毕弋而不修民事，百姓苦之，故陈古以风焉。毕，噣也。弋，缴射也。○令，音零，下同。好，呼报反。风，福凤反。噣，直角反。缴，音灼。

卢令令，其人美且仁。 卢，田犬。令令，缨环声。言人君能有美德，尽其仁爱，百姓欣而奉之，爱而乐之。顺时游田，与百姓共其乐，同其获，故百姓闻而说之，其声令令然。

卢重环， 重环，子母环也。○重，直龙反，下同。**其人美且鬈。** 鬈，好貌。笺云：鬈，读当作权。权，勇壮也。○鬈，音权。

卢重鋂， 鋂，一环贯二也。○鋂，音梅。**其人美且偲。** 偲，才也。笺云：才，多才也。○偲，七才反，《说文》云："强也。"

《卢令》三章，章二句。

敝笱

《敝笱》，刺文姜也。齐人恶鲁桓公微弱，不能防闲文姜，使至淫乱，为二国患焉。○敝，婢世反，徐符灭反。笱，古口反，取鱼器也。恶，乌路反。

敝笱在梁，其鱼鲂鳏。兴也。鳏，大鱼。笺云：鳏，鱼子也。鲂也、鳏也，鱼之易制者，然而敝败之笱不能制。兴者，喻鲁桓微弱，不能防闲文姜，终其初时之婉顺。○鲂，音房。鳏，古顽反，郑古魂反。**齐子归止，其从如云。**如云，言盛也。笺云：其从，姪娣之属。言文姜初嫁于鲁桓之时，其从者之心意如云然。云之行，顺风耳。后知鲁桓微弱，文姜遂淫恣，从者亦随之为恶。○从，才用反，下同。

敝笱在梁，其鱼鲂鱮。鲂鱮，大鱼。笺云：鱮似鲂而弱鳞。○鱮，象❶吕反。**齐子归止，其从如雨。**如雨，言多也。笺云：如雨，言无常，天下之则下，天不下则止，以言姪娣之善恶，亦文姜所使止。

敝笱在梁，其鱼唯唯。唯唯，出入不制。笺云：唯唯，行相随顺之貌。○唯，维癸反，沈养水反。**齐子归止，其从如水。**水，喻众也。笺云：水之性可停可行，亦言姪娣之善恶在文姜也。

《敝笱》三章，章四句。

载驱

《载驱》，齐人刺襄公也。无礼义故，盛其车服，

---

❶ "象"，《释文》作"才"。

疾驱于通道大都，与文姜淫，播其恶于万民焉。故，犹端也。○驱，欺具反，又如字，下同。播，波佐反。

载驱薄薄，簟茀朱鞹。薄薄，疾驱声也。簟，方文席也。车之蔽曰茀。诸侯之路车，有朱革之质而羽饰。笺云：此车，襄公乃乘焉而来，与文姜会。○薄，普各反，徐扶各反。茀，音弗。鞹，苦郭反，革也。**鲁道有荡，齐子发夕。**发夕，自夕发至旦。笺云：襄公既无礼义，乃疾驱其乘车以入鲁竟。鲁之道路平易，文姜发夕由之往会焉，曾无惭耻之色。○乘，绳证反，或音绳。竟，音境。

四骊济济，垂辔沵沵。四骊，言物色盛也。济济，美貌。垂辔，辔之垂者。沵沵，众也。笺云：此又刺襄公乘是四骊而来，徒为淫乱之行。○骊，力驰反。济，子礼反。沵，乃礼反。**鲁道有荡，齐子岂弟。**言文姜于是乐易然。笺云：此"岂弟"犹言"发夕"也。岂，读当为闿。弟，《古文尚书》以"弟"为"圛"。圛，明也。○岂，开改反。弟，如字，或待易反。闿，音开。圛，音亦。

汶水汤汤，行人彭彭。汤汤，大貌。彭彭，多貌。笺云：汶水之上盖有都焉，襄公与文姜时所会。○汶，音问。汤，失章反。彭，必旁反。**鲁道有荡，齐子翱翔。**翱翔，犹彷徉也。○彷，音旁。徉，音羊。

汶水滔滔，行人儦儦。滔滔，流貌。儦儦，众貌。○滔，吐刀反。儦，表骄反。**鲁道有荡，齐子游敖。**

《载驱》四章，章四句。

猗嗟

《猗嗟》，刺鲁庄公也。齐人伤鲁庄公有威仪技艺，然而不能以礼防闲其母，失子之道，人以为齐侯之子焉。○猗，於宜反。技，其绮反。

猗嗟昌兮，颀而长兮。猗嗟，叹辞。昌，盛也。颀，长貌。笺云：昌，佼好貌。○颀，音祈。佼，古卯反。**抑若扬兮，**抑，美色。扬，广扬。○抑，於力反。**美目扬兮。**好目扬眉。**巧趋跄兮，射则臧兮！**跄，巧趋貌。笺云：臧，善也。○趋，七须反，又七遇反。跄，七羊反。

猗嗟名兮，美目清兮。目上为名。目下为清。**仪既成兮，终日射侯，不出正兮。展我甥兮！**二尺曰正。外孙曰甥。笺云：成，犹备也。正，所以射于侯中者。天子五正，诸侯三正，大夫二正，士一正，外皆居其侯中参分之一焉。展，诚也。姊妹之子曰甥。容貌技艺如此，诚我齐之甥。言诚者，拒时人言齐侯之子。○射，食亦反，注同。正，音征。参，七南反，又音三。

猗嗟娈兮，娈，壮好貌。**清扬婉兮。**婉，好眉目也。**舞则选兮，射则贯兮。**选，齐。贯，中也。笺云：选者，谓于伦等最上。贯，习也。○选，雪恋反。贯，毛古乱反，郑古患反。中，张仲反。**四矢反兮，以御乱兮！**四矢，乘矢。笺云：反，复也。礼，射三而止。每射四矢，皆得其故处，此之谓复射。必四矢者,象其能御四方之乱。○御,鱼吕反。乘,绳证反。

《猗嗟》三章,章六句。

齐国十一篇,三十四章,百四十三句。

魏葛屦诂训传第九 | 国风

葛屦

　　《葛屦》，刺褊也。魏地陿隘，其民机巧趋利，其君俭啬褊急，而无德以将之。俭啬而无德，是其所以见侵削。○屦，俱具反。褊，必浅反。陿，音洽，本或作"狭"，依字应作"陕"。隘，於懈反。巧，如字，徐苦孝反。趋，七须反，徐七喻反。啬，音色。

　　纠纠葛屦，可以履霜。纠纠，犹缭缭也。夏葛屦，冬皮屦。葛屦非所以履霜。笺云：葛屦贱，皮屦贵，魏俗至冬犹谓葛屦可以履霜，利其贱也。○纠，吉黝反，沈居酉反。缭，音了，沈音辽。**掺掺女手，可以缝裳。**掺掺，犹纤纤也。妇人三月庙见，然后执妇功。笺云：言女手者，未三月未成为妇。裳，男子之下服，贱，又未可使缝。魏俗使未三月妇缝裳者，利其事也。○掺，所衔反，又所感反，徐息廉反。**要之襋之，好人服之。**要，褑也。襋，领也。好人，好女手之人。笺云：服，整也。褑也、领也在上，好人尚可使整治之。谓属著之。○要，於遥反。襋，纪力反。属，音烛。著，直略反。

　　好人提提，宛然左辟，佩其象揥。提提，安谛也。

宛，辟貌。妇至门，夫揖而入，不敢当尊，宛然而左辟。象
扌帝，所以为饰。笺云：妇新至，慎于威仪如是，使之非礼。
○提，徒兮反。宛，於阮反。辟，音避，一音婢亦反。扌帝，敕
帝反。**维是褊心，是以为刺。**笺云：魏俗所以然者，是君心
褊急，无德教使之耳，我是以刺之。

《葛屦》二章，一章六句，一章五句。

汾沮洳

《汾沮洳》，刺俭也。其君俭以能勤，刺不得礼
也。○汾，扶云反。沮，子预反。洳，如预反。

彼汾沮洳，言采其莫。汾，水也。沮洳，其渐洳者。
莫，菜也。笺云：言，我也。于彼汾水渐洳之中，我采其莫以
为菜，是俭以能勤。○莫，音暮。渐，如字，又接廉反。**彼
其之子，美无度。**笺云：之子，是子也。是子之德，美无有
度，言不可尺寸。**美无度，殊异乎公路。**路，车也。笺云：
是子之德，美信无度矣。虽然，其采莫之事，则非公路之礼
也。公路，主君之輅车，庶子为之，晋赵盾为輅车之族是也。
○輅，音毛。盾，徒本反。

彼汾一方，言采其桑。笺云：采桑，视[1]蚕事也。**彼其
之子，美如英。**万人为英。**美如英，殊异乎公行。**公行，

---

[1] "视"，阮刻本作"亲"。

从公之行也。笺云：从公之行者，主君兵车之行列。○行，户郎反。

彼汾一曲，言采其藚。藚，水蕮也。○藚，音续，一名牛唇，《说文》其或❶反。**彼其之子，美如玉。美如玉，殊异乎公族。**公族，公属。笺云：公族，主君同姓昭穆也。○昭，绍遥反，《说文》作"佋"。

《汾沮洳》三章，章六句。

园有桃

《园有桃》，刺时也。大夫忧其君国小而迫，而俭以啬，不能用其民，而无德教，日以侵削，故作是诗也。

园有桃，其实之殽。兴也。园有桃，其实之食。国有民，得其力。笺云：魏君薄公税，省国用，不取于民，食园桃而已。不施德教，民无以战，其侵削之由由是也。○殽，音爻。省，色领反。**心之忧矣，我歌且谣。**曲合乐曰歌，徒歌曰谣。笺云：我心忧君之行如此，故歌谣以写我忧矣。○谣，音遥。**不知我者，谓我士也骄。**笺云：士，事也。不知我所为歌谣之意者，反谓我于君事骄逸故。○所"为"，于伪反，下同。**彼人是哉，子曰何其！**夫人谓我欲何为乎？笺云：彼

---

❶ "其或"，《释文》作"似足"。

人，谓君也。曰，于也。不知我所为忧者，既非责我，又曰：君俭而啬，所行是其道哉，子于此忧之，何乎？○何"其"，音基，下章同。**心之忧矣，其谁知之？** 笺云：如是则众臣无知我忧所为也。**其谁知之，盖亦勿思！** 笺云：无知我忧所为者，则宜无复思念之以自止也。众不信我，或时谓我谤君，使我得罪也。○复，符又反。谤，博❶浪反。❷

园有棘，其实之食。 棘，枣也。○棘，纪力反。**心之忧矣，聊以行国。** 笺云：聊，且略之辞也。聊出行于国中，观民事以写忧。**不知我者，谓我士也罔极。** 极，中也。笺云：见我聊出行于国中，谓我于君事无中正。**彼人是哉，子曰何其！心之忧矣，其谁知之？其谁知之，盖亦勿思！**

《园有桃》二章，章十二句。

陟岵

《陟岵》，孝子行役，思念父母也。国迫而数侵削，役乎大国，父母兄弟离散，而作是诗也。役乎大国者，为大国所征发。○岵，音户。

陟彼岵兮，瞻望父兮。 山无草木曰岵。笺云：孝子行役，思其父之戒，乃登彼岵山，以遥瞻望其父所在之处。

---

❶ "博"，影宋本《释文》作"博"。
❷ 此条《音义》，阮刻本无。

○处，昌虑反。父曰："嗟，予子！行役夙夜无已。笺云：予，我。夙，早。夜，莫也。无已，无解倦。○莫，音暮。解，音介。上慎旃哉！犹来无止。"旃，之。犹，可也。父尚义。笺云：止者，谓在军事作部列时。○旃，之然反。

陟彼屺兮，瞻望母兮。山有草木曰屺。笺云：此又思母之戒，而登屺山而望之也。○屺，音起。母曰："嗟，予季！行役夙夜无寐。季，少子也。无寐，无耆寐也。○耆，常志反。上慎旃哉！犹来无弃。"母尚恩也。

陟彼冈兮，瞻望兄兮。兄曰："嗟，予弟！行役夙夜必偕。偕，俱也。上慎旃哉！犹来无死。"兄尚亲也。

《陟岵》三章，章六句。

十亩之间

《十亩之间》，刺时也。言其国削小，民无所居焉。○亩，莫后反。

十亩之閒兮，桑者闲闲兮，闲闲然，男女无别、往来之貌。笺云：古者一夫百亩，今十亩之閒，往来者闲闲然，削小之甚。○閒，音闲。❶别，彼列反。行与子还兮！或行来者，

---

❶ "閒，音闲"，《释文》及阮刻本重"閒"字，下有"本亦作'闲'"，可知《释文》所本经文当为"桑者閒閒兮"，所注字音亦指此句，非指"十亩之閒兮"。

或来还者。○还，音❶旋。

十亩之外兮，桑者泄泄兮，泄泄，多人之貌。○泄，以世反。**行与子逝兮！**笺云：逝，逮也。○逮，徒赛反。

《十亩之间》二章，章三句。

伐檀

《伐檀》，刺贪也。在位贪鄙，无功而受禄，君子不得进仕尔。○檀，待❷丹反，木名。

坎坎伐檀兮，寘之河之干兮，河水清且涟猗。坎坎，伐檀声。寘，置也。干，厓也。风行水成文曰涟。伐檀以俟世用，若俟河水清且涟。笺云：是谓君子之人不得进仕也。○坎，苦感反。寘，之豉反。涟，力廛❸反。猗，於宜反。**不稼不穑，胡取禾三百廛兮？不狩不猎，胡瞻尔庭有县貆兮？**种之曰稼，敛之曰穑。一夫之居曰廛。貆，兽名。笺云：是谓在位贪鄙，无功而受禄也。冬猎曰狩，宵田曰猎。胡，何也。貉子曰貆。○廛，直连反。县，音悬❹，下同。貆，音桓，徐、郭音暄。貉，户各反。**彼君子兮，不素餐兮！**素，空也。笺云：彼君子者，斥伐檀之人，仕有功乃肯受禄。

---

❶ "音"，《释文》及阮刻本作"本亦作"。
❷ "待"，通志堂本《释文》及阮刻本作"徒"。
❸ "廛"，《释文》及阮刻本作"缠"。
❹ "悬"，《释文》及阮刻本作"玄"。

○餐，七丹反，沈音孙。

坎坎伐辐兮，寘之河之侧兮，河水清且直猗。辐，檀辐也。侧，犹厓也。直，直波也。○辐，音福。不稼不穑，胡取禾三百亿兮？不狩不猎，胡瞻尔庭有县特兮？万万曰亿。兽三岁曰特。笺云：十万曰亿。三百亿，禾秉之数。彼君子兮，不素食兮！

坎坎伐轮兮，寘之河之漘兮，河水清且沦猗。檀可以为轮。漘，厓也。小风水成文，转如轮也。○轮，音伦❶。漘，顺伦反。沦，音伦，"文貌"❷。不稼不穑，胡取禾三百囷兮？不狩不猎，胡瞻尔庭有县鹑兮？圆者为囷。鹑，鸟也。○囷，丘伦❸反。鹑，音纯。彼君子兮，不素飧兮！熟食曰飧。笺云：飧，读如鱼飧之飧。○飧，素门反，《字林》云："水浇饭也。"

《伐檀》三章，章九句。

硕鼠

《硕鼠》，刺重敛也。国人刺其君重敛，蚕食于民，不修其政，贪而畏人，若大鼠也。○硕，音石。敛，吕验反，下同。

---

❶ "伦"，阮刻本作"沦"。
❷ 据《释文》及阮刻本，此二字出《韩诗》，故加引号。
❸ "伦"，阮刻本作"沦"。

硕鼠硕鼠，无食我黍！三岁贯女，莫我肯顾。贯，事也。笺云：硕，大也。大鼠大鼠者，斥其君也。女无复食我黍，疾其税敛之多也。我事女三岁矣，曾无教令恩德来顾眷我，又疾其不修政也。古者三年大比，民或于是徙。○贯，古乱反，徐音官。复，扶又反。比，毗志反。**逝将去女，适彼乐土。**笺云：逝，往也。往矣将去女，与之诀别之辞。乐土，有德之国。○乐，音洛，下同。土，他古反，沈徒古反。诀，古穴反。**乐土乐土，爰得我所！**笺云：爰，曰也。

硕鼠硕鼠，无食我麦！三岁贯女，莫我肯德。笺云：不肯施德于我。**逝将去女，适彼乐国。乐国乐国，爰得我直！**直，得其直道。笺云：直，犹正也。

硕鼠硕鼠，无食我苗！苗，嘉谷也。**三岁贯女，莫我肯劳。**笺云：不肯劳来我。○劳，如字，又力报反。来，力代反。**逝将去女，适彼乐郊。**笺云：郭外曰郊。**乐郊乐郊，谁之永号！**号，呼也。笺云：之，往也。永，歌也。乐郊之地，谁独当往而歌号者？言皆喜说无忧苦。○永，音咏。号，户毛反。呼，火故反。说，音悦。

《硕鼠》三章，章八句。

魏国七篇，十八章，百二十八句。

诗经卷五考证

《齐风·还》章"子之还兮，遭我乎峱之间兮"。○《齐诗》"还"作"营"。案：《汉书·地理志》云："临甾，名营邱，故《齐诗》曰'子之营兮'"。颜师古注："之，往也。"《韩诗》"还"又作"嫙"，注训"好貌"，文义互异。峱，《齐诗》作"巎"，《汉书·地理志》注"亦作'嶩'"。

《东方之日》章"彼姝者子"《笺》"有姝姝美好之子"。○姝姝，当依殿本、汲古阁本改"姝然"。孔氏《疏》、《传》、《笺》俱作"姝然"。欧阳修《本义》释"静女其姝"亦曰"彼姝然静女"，故知不当连用二"姝"字也。

《魏风·园有桃》章"不知我者"。○案：唐石经"我"字在"知"字上。

《硕鼠》章"三岁贯女"。○《鲁诗》"贯"作"宦"，与毛《传》训"事"义同。

卷六

唐蟋蟀诂训传第十 | 国风

蟋蟀

《蟋蟀》，刺晋僖公也。俭不中礼，故作是诗以闵之，欲其及时以礼自虞乐也。此晋也，而谓之唐，本其风俗，忧深思远，俭而用礼，乃有尧之遗风焉。忧深思远，谓"宛其死矣""百岁之后"之类也。○蟋蟀，上音悉，下所律反。僖，许其反。乐，音洛，下同。思，息嗣反。

蟋蟀在堂，岁聿其莫。今我不乐，日月其除。 蟋蟀，蛬也，九月在堂。聿，遂。除，去也。笺云：我，我僖公也。蛬在堂，岁时之候，是时农功毕，君可以自乐矣。今不自乐，日月且过去，不复暇为之。谓十二月当复命农计耦耕事。○聿，允橘反。莫，音暮。除，直虑反。蛬，俱勇反，沈九共反，趋织也。**无已大康，职思其居。** 已，甚。康，乐。职，主。笺云：君虽当自乐，亦无甚大乐，欲其用礼为节也，又当主思于所居之事，谓国中政令。○大，音泰，徐敕佐反，下同。居，如字，协❶韵音据。**好乐无荒，良士瞿瞿。** 荒，大

---

❶ "协"，影宋本《释文》作"偏"。

也。瞿瞿然顾礼义也。笺云：荒，废乱也。良，善也。君之好乐，不当至于废乱政事，当如善士瞿瞿然顾礼义也。○好，呼报反，下同。瞿，俱具反。

蟋蟀在堂，岁聿其逝。今我不乐，日月其迈。 迈，行也。**无已大康，职思其外。** 外，礼乐之外。笺云：外，谓国外至四竟❶。○乐，音岳❷。**好乐无荒，良士蹶蹶。** 蹶蹶，动而敏于事。○蹶，俱卫反。

蟋蟀在堂，役车其休。 笺云：庶人乘役车。役车休，农功毕，无事也。**今我不乐，日月其慆。** 慆，过也。○慆，吐刀反。**无已大康，职思其忧。** 忧，可忧也。笺云：忧者，谓邻国侵伐之忧。**好乐无荒，良士休休。** 休休，乐道之心。○休，许虬反。❸

《蟋蟀》三章，章八句。

山有枢

《山有枢》，刺晋昭公也。不能修道以正其国，有财不能用，有钟鼓不能以自乐，有朝廷不能洒埽，政荒民散，将以危亡。四邻谋取其国家而不知，国人作诗以刺之也。○枢，乌侯反。乐，音洛，下注同。朝，直遥反。

---

❶ "竟"，阮刻本作"境"。
❷ "岳"，影宋本《释文》作"音"。
❸ 此条《音义》，阮刻本无。

廷，徒佞反。洒，所懈反，沈所寄反，下同。埽，苏报反。

山有枢，隰有榆。兴也。枢，荎也。国君有财货而不能用，如山隰不能自用其财。○榆，以朱反。荎，田节反，沈直黎❶反。**子有衣裳，弗曳弗娄。子有车马，弗驰弗驱。**娄，亦曳也。○曳，以世反。娄，力俱反。**宛其死矣，他人是愉。**宛，死貌。愉，乐也。笺云：愉，读曰偷。偷，取也。○宛，於阮反。愉，毛以朱反，郑他侯反。

山有栲，隰有杻。栲，山樗。杻，檍也。○栲，音考。杻，女九❷反。樗，敕书反，又他胡反。檍，於力反。**子有廷内，弗洒弗埽。子有锺鼓，弗鼓弗考。**洒，灑也。考，击也。○廷，音庭，又徒佞反。灑，色蟹反，又所绮反。**宛其死矣，他人是保。**保，安也。笺云：保，居也。

山有漆，隰有栗。子有酒食，何不日鼓瑟？君子无故琴瑟不离于侧。○漆，音七，木名。**且以喜乐，且以永日。**永，引也。**宛其死矣，他人入室。**

《山有枢》三章，章八句。

扬之水

《扬之水》，刺晋昭公也。昭公分国以封沃，沃盛

---

❶ "黎"，影宋本《释文》作"犂"，通志堂本《释文》作"藜"。
❷ "九"，《释文》作"久"。

强，昭公微弱，国人将叛而归沃焉。封沃者，封叔父桓叔于沃也。沃，曲沃，晋之邑也。○沃，乌毒反。

扬之水，白石凿凿。兴也。凿凿然，鲜明貌。笺云：激扬之水，波❶流湍疾，洗去垢浊，使白石凿凿然。兴者，喻桓叔盛强，除民所恶，民得以有礼义也。○凿，子洛反。激，经历反。湍，吐端反。洗，苏礼反，又苏典反。去，羌吕反。垢，古口反。**素衣朱襮，从子于沃。**襮，领也。诸侯绣黼丹朱中衣。沃，曲沃也。笺云：绣，当为"绡"，绡黼丹朱中衣，中衣以绡黼为领、丹朱为纯也。国人欲进此服，去从桓叔。○襮，音博，《字林》方沃反。绣，音秀，众家并依字，下同，郑改为"绡"❷。黼，音甫。纯，真允反，又真顺反。**既见君子，云何不乐。**笺云：君子，谓桓叔。○乐，音洛。

扬之水，白石皓皓。皓皓，洁白也。○皓，胡老反。**素衣朱绣，从子于鹄。**绣，黼也。鹄，曲沃邑也。○鹄，户毒反。**既见君子，云何其忧。**言无忧也。

扬之水，白石粼粼。粼粼，清澈也。○粼，利❸新反。澈，直列反。**我闻有命，不敢以告人。**闻曲沃有善政命，不敢以告人。笺云：不敢以告人而去者，畏昭公谓己动民心。

《扬之水》三章，二章章六句，一章四句。

---

❶ "波"，阮刻本作"激"。
❷ "绡"，《释文》及阮刻本作"宵"。
❸ "利"，通志堂本《释文》及阮刻本作"刊"。

椒聊

《椒聊》，刺晋昭公也。君子见沃之盛强，能修其政，知其蕃衍盛大，子孙将有晋国焉。○椒，木名。聊，辞也。蕃，音烦。衍，延善反。

椒聊之实，蕃衍盈升。 兴也。椒聊，椒也。笺云：椒之性，芬香而少实，今一捄之实，蕃衍满升，非其常也。兴者，喻桓叔晋君之支别耳，今其子孙众多，将日以盛也。○捄，音求，又其菊反，何音掬，沈居局反。**彼其之子，硕大无朋。** 朋，比也。笺云：之子，是子也，谓桓叔也。硕，谓壮貌，佼好也。大，谓德美广博也。无朋，平均不朋党。**椒聊且，远条且！** 条，长也。笺云：椒之气日益远长，似桓叔之德弥广博。○且，子馀反，下同。

椒聊之实，蕃衍盈匊。 两手曰匊。○匊，九六反。**彼其之子，硕大且笃。** 笃，厚也。**椒聊且，远条且！** 言声之远闻也。

《椒聊》二章，章六句。

绸缪

《绸缪》，刺晋乱也。国乱则昏姻不得其时焉。不得其时，谓不及仲春之月。○绸缪，上直留反，下亡侯反。

绸缪束薪，三星在天。兴也。绸缪，犹缠绵也。三星，参也。在天，谓始见东方也。男女待礼而成，若薪刍待人事而后束也。**三星在天，可以嫁取❶矣。**笺云：三星，谓心星也。心有尊卑，夫妇父子之象，又为二月之合宿，故嫁取者以为候焉。昏而火星不见，嫁取之时也。今我束薪于野，乃见其在天，则三月之末，四月之中，见于东方矣，故云"不得其时"。○参，所金反。见，贤遍反，下同。**今夕何夕，见此良人？**良人，美室也。笺云：今夕何夕者，言此夕何月之夕乎，而女以见良人？言非其时。**子兮子兮，如此良人何？**子兮者，嗟兹也。笺云：子兮子兮者，斥嫁取者，子取后阴阳交会之月，当如此良人何。○后，户豆反。

绸缪束刍，三星在隅。隅，东南隅也。笺云：心星在隅，谓四月之末，五月之中。**今夕何夕，见此邂逅？**邂逅，解说之貌。○邂，户懈反，一户佳反。逅，胡豆反，一户蔳反。解，音蟹。说，音悦。**子兮子兮，如此邂逅何？**

绸缪束楚，三星在户。参星正月中直户也。笺云：心星在户，谓❷五月之末，六月之中。○直，音值，又如字。**今夕何夕，见此粲者？**三女为粲。大夫一妻二妾。○粲，采旦反，《字林》作"姕"。**子兮子兮，如此粲者何？**

《绸缪》三章，章六句。

---

❶ "取"，阮刻本作"娶"，后两"取"亦同。
❷ "谓"，阮刻本作"谓之"。

杕杜

《杕杜》，刺时也。君不能亲其宗族，骨肉离散，独居而无兄弟，将为沃所并尔。○杕，徒细反。并，必政反。

有杕之杜，其叶湑湑。 兴也。杕，特生[1]貌。杜，赤棠也。湑湑，枝叶不相比也。○湑，私叙反。比，毗志反。**独行踽踽，岂无他人？不如我同父。** 踽踽，无所亲也。笺云：他人，谓异姓也。言昭公远其宗族，独行于国中踽踽然。此岂无异姓之臣乎？顾恩不如同姓亲亲也。○踽，俱禹反。远，于万反。**嗟行之人，胡不比焉？** 笺云：君所与行之人，谓异姓卿大夫也。比，辅也。此人，女何不辅君为政令？**人无兄弟，胡不佽焉？** 佽，助也。笺云：异姓卿大夫，女见君无兄弟之亲亲者，何不相推佽而助之？○佽，七利反。

有杕之杜，其叶菁菁。 菁菁，叶盛也。笺云：菁菁，希少之貌。○菁，子零反。**独行睘睘，岂无他人？不如我同姓。** 睘睘，无所依也。同姓，同祖也。○睘，求营反。**嗟行之人，胡不比焉？人无兄弟，胡不佽焉？**

《杕杜》二章，章九句。

---

[1] "生"，阮刻本无。

羔裘

《羔裘》，刺时也。晋人刺其在位不恤其民也。恤，忧也。○恤，荀律反。

羔裘豹袪，自我人居居。袪，袂也。本末不同，在位与民异心。自，用也。居居，怀恶不相亲比之貌。笺云：羔裘豹袪，在位卿大夫之服也。其役使我之民人，其意居居然有悖恶之心，不恤我之困苦。○袪，起居反，又丘据反。居，如字，又音据。比，毗志反。悖，补对反。**岂无他人，维子之故。**笺云：此民，卿大夫采邑之民也，故云岂无他人可归往者乎？我不去者，乃念子故旧之人。

羔裘豹褎，自我人究究。褎，犹袪也。究究，犹居居也。○褎，徐究❶反，又作"裒"。究，九又反，**岂无他人，维子之好。**笺云：我不去而归往他人者，乃念子而爱好之也。民之厚如此，亦唐之遗风。○好，呼报反。

《羔裘》二章，章四句。

---

❶ "究"，《释文》作"救"。

鸨羽

《鸨羽》，刺时也。昭公之后，大乱五世，君子下从征役，不得养其父母，而作是诗也。大乱五世者，昭公、孝侯、鄂侯、哀侯、小子侯。○鸨，音保，似雁而大，无后指。养，羊亮反。

肃肃鸨羽，集于苞栩。 兴也。肃肃，鸨羽声也。集，止。苞，稹。栩，杼也。鸨之性不树止。笺云：兴者，喻君子当居安平之处，今下从征役，其为危苦，如鸨之树止然。稹者，根相迫迮捆致也。○苞，补交反。栩，况羽❶反。稹，之忍反，何之人反，沈音田，又音振。杼，食汝反，徐治予❷反。迮，侧❸百反。捆，口本反。致，直置反，下同。**王事靡盬，不能蓺稷黍，父母何怙？** 盬，不攻致也。怙，恃也。笺云：蓺，树也。我迫王事，无不攻致，故尽力焉。既则罢倦，不能播种五谷，今我父母将何怙乎？○盬，音古。蓺，鱼世反。怙，音户。罢，音皮。**悠悠苍天！曷其有所？** 笺云：曷，何也。何时我得其所哉？

肃肃鸨翼，集于苞棘。王事靡盬，不能蓺黍稷，父母

---

❶ "羽"，《释文》作"禹"。
❷ "予"，《释文》及阮刻本作"与"。
❸ "侧"，影宋本《释文》作"测"。

何食？悠悠苍天！曷其有极？笺云：极，已也。

肃肃鸨行，集于苞桑。行，翩也。○行，户郎反。翩，户革反。王事靡盬，不能蓺稻粱，父母何尝？悠悠苍天！曷其有常？

《鸨羽》三章，章七句。

无衣

《无衣》，美晋武公也。武公始并晋国，其大夫为之请命乎天子之使，而作是诗也。天子之使，是时使来者。○并，卑政反。为，于伪反。使，所吏反。

岂曰无衣七兮？侯伯之礼七命，冕服七章。笺云：我岂无是七章之衣乎？晋旧有之，非新命之服。不如子之衣，安且吉兮！诸侯不命于天子，则不成为君。笺云：武公初并晋国，心未自安，故以得命服为安。

岂曰无衣六兮？天子之卿六命，车旗、衣服以六为节。笺云：变七言六者，谦也。不敢必当侯伯，得受六命之服，列于天子之卿，犹愈乎不。○愈，羊主反。不如子之衣，安且燠兮！燠，煖❶也。○燠，於六反。

《无衣》二章，章三句。

---

❶ "煖"，阮刻本作"暖"。

有杕之杜

《有杕之杜》，刺晋武公❶也。武公寡特，兼其宗族，而不求贤以自辅焉。

有杕之杜，生于道左。 兴也。道左之阳，人所宜休息也。笺云：道左，道东也。日之热，恒在日中之后，道东之杜，人所宜休息也。今人不休息者，以其特生，阴寡也。兴者，喻武公初兼其宗族，不求贤者与之在位，君子不归，似乎特生之杜然。○阴，於鸩反，又如字。**彼君子兮，噬肯适我？** 噬，逮也。笺云：肯，可。适，之也。彼君子之人，至于此国，皆可来之我君所。君子之人，义之与比。其不来者，君不求之。○噬，市世反。比，毗志反。**中心好之，曷饮食之？** 笺云：曷，何也。言中心诚好之，何但饮食之，当尽礼极欢以待之。○好，呼报反，下同。饮，於鸩反。食，音嗣，下同。

有杕之杜，生于道周。 周，曲也。**彼君子兮，逝❷肯来游？** 游，观也。○观，古乱反。**中心好之，曷饮食之？**

《有杕之杜》二章，章六句。

---

❶ "公"，阮刻本无。
❷ "逝"，阮刻本作"噬"。

葛生

《葛生》，刺晋献公也。好攻战，则国人多丧矣。丧，弃亡也。夫从征役，弃亡不反，则其妻居家而怨思。○好，呼报反。攻，音贡，又如字。丧，息浪反，又如字。思，息嗣反，或如字。

葛生蒙楚，蔹蔓于野。 兴也。葛生延而蒙楚，蔹生蔓于野，喻妇人外成于他家。○蔹，音廉，又力恬反，又力俭反，徐力剑反。**予美亡此，谁与独处！** 笺云：予，我。亡，无也。言我所美之人无于此，谓其君子也。吾谁与居乎？独处家耳。从军未还，未知死生，其今无于此。

葛生蒙棘，蔹蔓于域。 域，茔[1]域也。**予美亡此，谁与独息！** 息，止也。

角枕粲兮，锦衾烂兮。 齐则角枕锦衾。礼，夫不在，敛枕箧衾席，韣而藏之。笺云：夫虽不在，不失其祭也。摄主，主妇犹自齐而行事。○齐，侧皆反。箧，口牒反。韣，徒木反。**予美亡此，谁与独旦！** 笺云：旦，明也。我君子无于此，吾谁与齐乎？独自洁明。

夏之日，冬之夜。 言长也。笺云：思者于昼夜之长时尤甚，故极之以尽情。**百岁之后，归于其居！** 笺云：居，坟墓

---

[1] "茔"，阮刻本作"营"。

也。言此者，妇人专壹，义之至，情之尽。

冬之夜，夏之日。百岁之后，归于其室！室，犹居也。笺云：室，犹冢圹。○圹，音旷。

《葛生》五章，章四句。

采苓

《采苓》，刺晋献公也。献公好听谗焉。○苓，力丁反。好，呼报反。

采苓采苓，首阳之颠。兴也。苓，大苦也。首阳，山名也。采苓，细事也。首阳，幽辟也。细事，喻小行也。幽辟，喻无征也。笺云：采苓采苓者，言采苓之人众多非一也，皆云采此苓于首阳山之上，首阳山之上信有苓矣。然而今之采者，未必于此山，然而人必信之。兴者，喻事有似而非。○辟，匹亦反，下同。**人之为言，苟亦无信。舍旃舍旃，苟亦无然。**苟，诚也。笺云：苟，且也。为言，谓为人为善言以称荐之，欲使见进用也。旃之言焉也。舍之焉，舍之焉，谓谤讪人，欲使见贬退也。此二者且无信受之，且无答然。○为，于伪反，或如字，下同。舍，音捨，下同。旃，之然反。讪，所谏反。**人之为言，胡得焉？**笺云：人以此言来，不信受之，不答然之，从后察之，或时见罪，何所得？

采苦采苦，首阳之下。苦，苦菜也。**人之为言，苟亦无与。舍旃舍旃，苟亦无然。**无与，勿用也。**人之为言，**

胡得焉?

　　采葑采葑，首阳之东。葑，菜名也。○葑，孚容反。人之为言，苟亦无从。舍旃舍旃，苟亦无然。人之为言，胡得焉?

　　《采苓》三章，章八句。

　　唐国十二篇，三十三章，二百三句。

诗经

秦车邻诂训传第十一 | 国风

车邻

《车邻》，美秦仲也。秦仲始大，有车马礼乐侍御之好焉。○邻，栗人反。

有车邻邻，有马白颠。邻邻，众车声也。白颠，的颡也。○颠，都田反。的，丁历反。颡，桑党反。**未见君子，寺人之令。**寺人，内小臣也。笺云：欲见国君者，必先令寺人使传告之。时秦仲又始有此臣。○寺，如字，又音侍。令，力呈反，又力政反，沈力丁反。

阪有漆，隰有栗。兴也。陂者曰阪，下湿曰隰。笺云：兴者，喻秦仲之君臣所有各得其宜。○阪，音反，又扶板反。陂，彼寄反，又普罗反，又彼皮反。**既见君子，并坐鼓瑟。**又见其礼乐焉。笺云：既见，既见秦仲也。并坐鼓瑟，君臣以闲暇燕饮相安乐也。○闲，音闲。乐，音洛。**今者不乐，逝者其耋！**耋，老也。八十曰耋。笺云：今者不于此君之朝自乐，谓仕焉，而去仕他国，其徒自使老。言将后宠禄也。○耋，田结反，一音大[1]

---

[1] "大"，《释文》及阮刻本作"天"。

节反。后，胡豆反，又如字。

阪有桑，隰有杨。既见君子，并坐鼓簧。 簧，笙也。○簧，音黄。**今者不乐，逝者其亡！** 亡，丧弃也。

《车邻》三章，一章四句，二章章六句。

驷驖

《驷驖》，美襄公也。始命，有田狩之事、园囿之乐焉。始命，命为诸侯也。秦始附庸也。○驖，田结反，又吐结反。囿，音又，沈尤菊反。乐，音洛。

驷驖孔阜，六辔在手。 驖，骊。阜，大也。笺云：四马六辔。六辔在手，言马之良也。○阜，符有反。骊，力知反。**公之媚子，从公于狩。** 能以道媚于上下者。冬猎曰狩。笺云：媚于上下，谓使君臣和合也。此人从公往狩，言襄公亲贤。○媚，眉冀反。从，如字。❶

奉时辰牡，辰牡孔硕。 时，是。辰，时也。冬献狼，夏献麋，春秋献鹿豕群兽。笺云：奉是时牡者，谓虞人也。时牡甚肥大。言禽兽得其所。○麋，亡悲反。**公曰左之，舍拔则获。** 拔，矢末也。笺云：左之者，从禽之左射之也。拔，括也。舍拔则获，言公善射。○舍，音捨。拔，蒲末反。射，食

---

❶ "从，如字"，《释文》及阮刻本无。

亦反。括，苦活反。射，音麝❶。

游于北园，四马既闲。闲，习也。笺云：公所以田则克获者，乃游于北园之时，时则已习其四种之马。○种，章勇反。**輶车鸾镳，载猃歇骄。**輶，轻也。猃、歇骄，田犬也。长喙曰猃，短喙曰歇骄。笺云：轻车，驱逆之车也。置鸾于镳，异于乘车也。载，始也。始田犬者，谓达其搏噬，始成之也。此皆游于北园时所为也。○輶，由九反，又音由。鸾，卢端反。镳，彼骄反。猃，力验反，《说文》音力剑反。歇，许谒反，《说文》音火遏反。骄，许乔反。轻，遣政反，又如字。喙，况❷废反。驱，丘遇反，或丘于反。搏，音博。

《驷驖》三章，章四句。

小戎

《小戎》，美襄公也。备其兵甲，以讨西戎。西戎方强，而征伐不休，国人则矜其车甲，妇人能闵其君子焉。矜，夸大也。国人夸大其车甲之盛，有乐之意也。妇人闵其君子，恩义之至也。作者叙外内之志，所以美君政教之功。○矜，居澄反。

小戎俴收，五楘梁辀。小戎，兵车也。俴，浅。收，

---

❶ "麝"，《释文》及阮刻本作"社"。
❷ "况"，影宋本《释文》作"沉"。

轸也。五，五束也。楘，历录也。梁辀，辀上句衡也。一辀五束，束有历录。笺云：此群臣之兵车，故曰小戎。○俴，钱浅反。收，如字。楘，音木。辀，陟留反。句，古侯反。**游环胁驱，阴靷鋈续**。游环，靷环也。游在背上，所以御出也。胁驱，慎驾具，所以止入也。阴，掩轨也。靷，所以引也。鋈，白金也。续，续靷也。笺云：游环在背上，无常处，贯骖之外辔，以禁其出。胁驱者，著服马之外胁，以止骖之入。掩轨在軾前垂辀上。鋈续，白金饰续靷之环。○驱，起俱反。靷，音酳❶。鋈，音沃，旧音恶。续，如字，徐辞屡反。**文茵畅毂，驾我骐馵**。文茵，虎皮也。畅毂，长毂也。骐，骐文也。左足白曰馵。笺云：此上六句者，国人所矜。○茵，音因，车席也。畅，敕亮反。毂，音谷。骐，音其。馵，之树反。**言念君子，温其如玉**。笺云：言，我也。念君子之性，温然如玉。玉有五德。**在其板屋，乱我心曲**。西戎板屋。笺云：心曲，心之委曲也。忧则心乱也。此上四句者，妇人所用闵其君子。

四牡孔阜，六辔在手。骐骝是中，騧骊是骖。黄马黑喙曰騧。笺云：赤身黑鬣曰骝。中，中服也。骖，两騑也。○骝，音留。騧，古花反。鬣，力辄反。騑，芳非反。**龙盾之合，鋈以觼軜**。龙盾，画龙其盾也。合，合而载之。軜，骖内辔也。笺云：鋈以觼軜，軜之觼以白金为饰也。軜系于軾前。○盾，顺允反，徐音允。觼，古穴反。軜，音纳。**言念君子，温其在邑**。在敌邑也。**方何为期？胡然我念之**。笺云：方今以何时为还期乎？何以然了不来？言望之也。

---

❶ "音酳"，阮刻本作"音胤"，《释文》作"之忍反"。

诗经

俴驷孔群，厹矛鋈錞。蒙伐有苑，俴驷，四介马也。孔，甚也。厹，三隅矛也。錞，鐏也。蒙，讨羽也。伐，中干也。苑，文貌。笺云：俴，浅也，谓以薄金为介之札。介，甲也。甚群者，言和调也。蒙，尨❶也。讨，杂也。画杂羽之文于伐，故曰尨伐。○厹，音求。錞，徒对反，旧徒猥反，一音敦。鐏，徂寸反，又子遁反。尨，莫江反。**虎韔镂膺。交韔二弓，竹闭绲滕。**虎，虎皮也。韔，弓室也。膺，马带也。交韔，交二弓于韔中也。闭，绁。绲，绳。滕，约也。笺云：镂膺，有刻金饰也。○韔，敕亮反，下同。镂，鲁豆反。膺，於澄反。闭，悲位反。绲，古本反。滕，直登反。**言念君子，载寝载兴。厌厌良人，秩秩德音。**厌厌，安静也。秩秩，有知也。笺云：此既闵其君子寝起之劳，又思其性与德。○厌，於盐反。秩，陈乙反。

《小戎》三章，章十句。

蒹葭

《蒹葭》，刺襄公也。未能用周礼，将无以固其国焉。秦处周之旧土，其人被周之德教日久矣。今襄公新为诸侯，未习周之礼法，故国人未服焉。○蒹葭，上古恬反，下音加❷。

---

❶ "尨"，阮刻本作"庬"，下同。
❷ "下音加"，通志堂本《释文》无。从此章至下文《无衣》章，影宋本《释文》阙。

蒹葭苍苍，白露为霜。兴也。蒹，薕。葭，芦也。苍苍，盛也。白露凝戾为霜，然后岁事成。国家待礼，然后兴。笺云：蒹葭在众草之中，苍苍然强❶，至白露凝戾为霜则成而黄。兴者，喻众民之不从襄公政令者，得周礼以教之则服。○薕，音廉。**所谓伊人，在水一方。**伊，维也。一方，难至矣。笺云：伊，当作"繄"。繄，犹是也。所谓是知周礼之贤人，乃在大水之一边。假喻以言远。○繄，於奚反。**溯洄从之，道阻且长。**逆流而上曰溯洄。逆礼则莫能以至也。笺云：此言不以敬顺往求之，则不能得见。○溯，苏路反。洄，音回。上，时掌反。❷**溯游从之，宛在水中央。**顺流而涉曰溯游。顺礼求济，道来迎之。笺云：宛，坐见貌。以敬顺求之则近耳，易得见也。○宛，纡阮反。易，以豉反。

蒹葭凄凄❸，白露未晞。凄凄，犹苍苍也。晞，干也。笺云：未晞，未为霜。○凄，七奚反。晞，音希。**所谓伊人，在水之湄。**湄，水隒也。○湄，音眉。隒，鱼检❹反，又音检。**溯洄从之，道阻且跻。**跻，升也。笺云：升者，言其难至，如升阪。○跻，子西反。**溯游从之，宛在水中坻。**坻，小渚也。○坻，直尸反。

蒹葭采采，白露未已。采采，犹凄凄也。未已，犹未止也。**所谓伊人，在水之涘。**涘，厓也。○涘，音俟。**溯洄从之，道阻且右。**右，出其右也。笺云：右者，言其迂回也。

---

❶ "强"，阮刻本作"强盛"。
❷ "上，时掌反"，通志堂本《释文》无。
❸ "凄凄"，阮刻本作"萋萋"，下同。
❹ "检"，通志堂本《释文》作"简"，下同。

○迁，音于。**溯游从之，宛在水中沚。**小渚曰沚。○沚，音止。

《蒹葭》三章，章八句。

终南

《终南》，戒襄公也。能取周地，始为诸侯，受显服，大夫美之，故作是诗以戒劝之。

终南何有？有条有梅。兴也。终南，周之名山中南也。条，槄。梅，柟也。宜以戒不宜也。笺云：问何有者，意以为名山高大，宜有茂木也。兴者，喻人君有盛德，乃宜有显服，犹山之木有大小也，此之谓戒劝。○槄，吐刀反。柟，如盐反。**君子至止，锦衣狐裘。**锦衣，采色也。狐裘，朝廷之服。笺云：至止者，受命服于天子而来也。诸侯狐裘，锦衣以裼之。○裼，星历反。**颜如渥丹，其君也哉？**笺云：渥，厚渍也。颜色如厚渍之丹，言赤而泽也。其君也哉，仪貌尊严也。○渥，於角反。

终南何有？有纪有堂。纪，基也。堂，毕道平如堂也。笺云：毕也堂也，亦高大之山所宜有也。毕，终南山之道名，边如堂之墙然。○纪，如字，沈音起。**君子至止，黻衣绣裳。**黑与青谓之黻。五色备谓之绣。○黻，音弗。**佩玉将将，寿考不忘！**○将，七羊反。

《终南》二章，章六句。

黄鸟

《黄鸟》，哀三良也。国人刺穆公以人从死，而作是诗也。三良，三善臣也，谓奄息、仲行、鍼虎也。从死，自杀以从死。○行，户郎反，下同。鍼，其廉反，徐音针。

交交黄鸟，止于棘。兴也。交交，小貌。黄鸟以时往来得其所，人以寿命终亦得其所。笺云：黄鸟止于棘，以求安己也，此棘若不安则移。兴者，喻臣之事君亦然。今穆公使臣从死，刺其不得黄鸟止于棘之本意。**谁从穆公？子车奄息。**子车，氏。奄息，名。笺云：言谁从穆公者，伤之。**维此奄息，百夫之特。**乃特百夫之德。笺云：百夫之中最雄俊也。**临其穴，惴惴其慄。**惴惴❶，惧也。笺云：穴，谓冢圹中也。秦人哀伤此奄息之死，临视其圹，皆为之悼慄。○惴，之瑞反。慄，音栗。圹，苦晃反。**彼苍者天，歼我良人！**歼，尽。良，善也。笺云：言彼苍者天，诉之。○歼，子廉反，徐息廉反。诉，苏路反。**如可赎兮，人百其身！**笺云：如此奄息之死，可以他人赎之者，人皆百其身，谓一身百死犹为之。惜善人之甚。○赎，食烛反，又音树。❷

交交黄鸟，止于桑。谁从穆公？子车仲行。笺云：仲

---

❶ "惴惴"，阮刻本作"慄慄"。
❷ 此条《音义》，通志堂本《释文》无。

行，字也。**维此仲行，百夫之防。**防，比也。笺云：防，犹当也。言此一人当百夫。○防，"毛音方，郑音房"❶。**临其穴，惴惴其慄。彼苍者天，歼我良人！如可赎兮，人百其身！**

交交黄鸟，止于楚。谁从穆公？子车鍼虎。维此鍼虎，百夫之御。御，当也。○御，鱼吕反。**临其穴，惴惴其慄。彼苍者天，歼我良人！如可赎兮，人百其身！**

《黄鸟》三章，章十二句。

晨风

《晨风》，刺康公也。忘穆公之业，始弃其贤臣焉。

鴥彼晨风，郁彼北林。兴也。鴥，疾飞貌。晨风，鹯也。郁，积也。北林，林名也。先君招贤人，贤人往之，驶疾如晨风之飞入北林。笺云：先君，谓穆公。○鴥，尹橘反，《字林》于叔❷反。鹯，之然反。驶，所吏反。**未见君子，忧心钦钦。**思望之，心中钦钦然。笺云：言穆公始未见贤者之时，思望而忧之。**如何如何？忘我实多！**今则忘之矣。笺云：此以穆公之意责康公。如何如何乎？女忘我之事实多！

---

❶ 通志堂本《释文》及阮刻本此语前有"徐云"，故加引号。
❷ "于叔"，通志堂本《释文》作"於寂"。

山有苞栎，隰有六驳。栎，木也。驳，如马，倨牙，食虎豹。笺云：山之栎，隰之驳，皆其所宜有也。以言贤者亦国家所宜有之。○栎，卢狄反。驳，邦角反，兽名。倨，音据。**未见君子，忧心靡乐。如何如何？忘我实多！**○乐，音洛。

山有苞棣，隰有树檖。棣，唐棣也。檖，赤罗也。○棣，音悌。檖，音遂。**未见君子，忧心如醉。如何如何？忘我实多！**

《晨风》三章，章六句。

无衣

《无衣》，刺用兵也。秦人刺其君好攻战，亟用兵，而不与民同欲焉。○好，呼报反。攻，古弄反，又如字。亟，欺冀反。

岂曰无衣？与子同袍。兴也。袍，襺也。上与百姓同欲，则百姓乐致其死。笺云：此责康公之言也。君岂尝曰"女无衣，我与女共袍"乎？言不与民同欲。○袍，抱❶毛反。襺，古显反。**王于兴师，修我戈矛，与子同仇！**戈长六尺六寸，矛长二丈。天下有道，则礼乐征伐自天子出。仇，匹也。笺云：于，於也。怨耦曰仇。君不与我同欲，而于王

---

❶ "抱"，通志堂本《释文》作"包"。

兴师，则云：修我戈矛，与子同仇，往伐之。刺其好攻战。○仇，音求。长，直亮反，又如字。

岂曰无衣？与子同泽。泽，润泽也。笺云：襗，亵衣，近污垢。○泽，如字。亵，仙列反。襗，除革反，《说文》："袴也。"❶污，音乌。**王于兴师，修我矛戟，与子偕作！**作，起也。笺云：戟，车戟常也。

岂曰无衣？与子同裳。王于兴师，修我甲兵，与子偕行！行，往也。

《无衣》三章，章五句。

渭阳

《渭阳》，康公念母也。康公之母，晋献公之女。文公遭丽姬之难，未反，而秦姬卒。穆公纳文公，康公时为大子，赠送文公于渭之阳，念母之不见也。我见舅氏，如母存焉。及其即位，思而作是诗也。○渭，音谓。水北曰阳。丽，力驰反。难，乃旦反。大，音泰。

我送舅氏，曰至渭阳。母之昆弟曰舅。笺云：渭，水名也。秦是时都雍，至渭阳者，盖东行送舅氏于咸阳之地。○雍，於用反，县名，今属扶风。**何以赠之？路车乘黄。**

---

❶ 通志堂本《释文》及阮刻本中"襗"字注解置于"泽，如字"后，作"《说文》作'襗'，云'袴也'"。

赠，送也。乘黄，四马也。○乘，绳证反。

我送舅氏，悠悠我思。何以赠之？琼瑰玉佩。 琼瑰，石而次玉。○思，息嗣反。瑰，古回反。

《渭阳》二章，章四句。

权舆

《权舆》，刺康公也。忘先君之旧臣，与贤者有始而无终也。○舆，音余。

於我乎！夏屋渠渠， 夏，大也。笺云：屋，具也。渠渠，犹勤勤也。言君始于我厚，设礼食大具以食我，其意勤勤然。○夏，胡雅反。屋，如字。渠，其居反。❶ "食"我，音嗣。**今也每食无余。** 笺云：此言君今遇我薄，其食我才足耳。**于嗟乎！不承权舆！** 承，继也。权舆，始也。

於我乎！每食四簋， 四簋，黍、稷、稻、粱。○簋，音轨，内方外圆曰簋。**今也每食不饱。于嗟乎！不承权舆！**

《权舆》二章，章五句。

秦国十篇，二十七章，百八十一句。

---

❶ "渠，其居反"，阮刻本无。

诗经卷六考证

《唐风·蟋蟀》章"役车其休"《笺》"庶人乘役车。役车休，农功毕"。○殿本、汲古阁本、永怀堂及诸坊本皆同。张溥《注疏合纂》上"役车"下有"也"字，无下"役车"二字。

《山有枢》章。○《鲁诗》"枢"作"蓲"，《尔雅》作"櫙"。案：《草木疏》："枢，其针刺如柘，其叶如榆。"《山海经》"其木苦蓲"注云"刺榆也"，与"櫙"同。三字古并通用。

《杕杜》章"胡不佽焉"。○"佽"字，崔灵恩《集注》作"次"。案："佽"训助也，又代也、递也、及也。《集韵》通作"次"，或又作"佽"。

《鸨羽》章"曷有其常"。○依上两章句法，应作"曷其有常"，今遵《钦定传说汇纂》改正。

《秦风·权舆》章"不承权舆"。○案：《尔雅·释诂》："权舆，始也。"郭璞注引《诗》本句上有"胡"字。

卷七

陈宛丘诂训传第十二 | 国风

宛丘

《宛丘》，刺幽公也。淫荒昏乱，游荡无度焉。○宛，怨阮反。

子之汤兮，宛丘之上兮。子，大夫也。汤，荡也。四方高、中央下曰宛丘。笺云：子者，斥幽公也，游荡无所不为。○汤，他❶郎反。**洵有情兮，而无望兮。**洵，信也。笺云：此君信有淫荒之情，其威仪无可观望而则效。○洵，音荀。

坎其击鼓，宛丘之下。坎坎，击鼓声。○坎，苦感反。**无冬无夏，值其鹭羽。**值，持也。鹭鸟之羽，可以为翳。笺云：翳，舞者所持以指麾。○值，直置反。翳，於计反。

坎其击缶，宛丘之道。盎谓之缶。○缶，方有反。盎，乌浪反。**无冬无夏，值其鹭翿。**翿，翳也。○翿，音导。

《宛丘》三章，章四句。

---

❶ "他"，《释文》作"佗"。

东门之枌

《东门之枌》，疾乱也。幽公淫荒，风化之所行，男女弃其旧业，亟会于道路，歌舞于市井尔。○枌，符云反。亟，音弃❶。

东门之枌，宛丘之栩。枌，白榆也。栩，杼也。国之交会，男女之所聚。○栩，况浦反。杼，常与❷反。**子仲之子，婆娑其下。**子仲，陈大夫氏。婆娑，舞也。笺云：之子，男子也。○婆，步波反。娑，桑❸何反。

榖旦于差，南方之原。榖，善也。原，大夫氏。笺云：旦，明。于，曰。差，择也。朝日善明曰相择矣，以南方原氏之女可以为上处。○差，郑初佳反，王音嗟。**不绩其麻，市也婆娑。**笺云：绩麻者，妇人之事也，疾其今不为。

榖旦于逝，越以鬷迈。逝，往。鬷，数。迈，行也。笺云：越，于。鬷，揔也。朝日善明曰往矣，谓之所会处也，于是以揔行，欲男女合行。○鬷，子公反。**视尔如荍，贻我握椒。**荍，芘芣也。椒，芬香也。笺云：男女交会而相说，曰：我视女之颜色，美如芘芣之华然，女乃遗我一握之椒。交情好

---

❶ "音弃"，《释文》及阮刻本作"欺冀反"。
❷ "与"，《释文》作"汝"。
❸ "桑"，影宋本《释文》作"案"。

也。此本淫乱之所由。○莜，祁饶反。芘，音毗，又芳耳反。苯，音浮。说，音悦。遗，唯季反。好，呼报反。

《东门之枌》三章，章四句。

衡门

《衡门》，诱僖公也。愿而无立志，故作是诗以诱掖其君也。诱，进也。掖，扶持也。○衡，如字。衡，横也。沈云："此古文'横'字。"诱，音酉。愿，音願，谨也。掖，音亦。

衡门之下，可以栖迟。 衡门，横木为门，言浅陋也。栖迟，游息也。笺云：贤者不以衡门之浅陋则不游息于其下，以喻人君不可以国小则不兴治致政化。○栖，音西。**泌之洋洋，可以乐饥。** 泌，泉水也。洋洋，广大也。乐饥，可以乐道忘饥。笺云：饥者，不足于食也。泌水之流洋洋然，饥者见之，可饮以疗饥。以喻人君悫愿，任用贤臣则政教成，亦犹是也。○泌，悲位反。乐，毛音洛，郑力召反。

岂其食鱼，必河之鲂？岂其取妻，必齐之姜？ 笺云：此言何必河之鲂然后可食，取其美口[1]而已。何必大国之女然后可妻，亦取贞顺而已。以喻君任臣何必圣人，亦取忠孝而已。齐，姜姓。○鲂，音房。取，音娶，下文同。

---

[1] "美口"，阮刻本作"口美"。

岂其食鱼，必河之鲤？岂其取妻，必宋之子？笺云：宋，子姓。

《衡门》三章，章四句。

东门之池

《东门之池》，刺时也。疾其君之淫昏，而思贤女以配君子也。

东门之池，可以沤麻。兴也。池，城池也。沤，柔也。笺云：于池中柔麻，使可缉绩作衣服。兴者，喻贤女能柔顺君子，成其德教。○沤，乌豆反。彼美淑姬，可与晤歌。晤，遇也。笺云：晤，犹对也，言淑姬贤女，君子宜与对歌相切化也。○淑，善也。晤，五故反。

东门之池，可以沤纻。彼美淑姬，可与晤语。○纻，直吕反。

东门之池，可以沤菅。彼美淑姬，可与晤言。言，道也。○菅，古颜反。茅已沤为菅。

《东门之池》三章，章四句。

东门之杨

《东门之杨》，刺时也。昏姻失时，男女多违，亲迎，女犹有不至者也。○迎，鱼敬反。

东门之杨，其叶牂牂。兴也。牂牂然，盛貌。言男女失时，不逮秋冬。笺云：杨叶牂牂，三月中也。兴者，喻时晚也，失仲春之月。○牂，子桑反。**昏以为期，明星煌煌。**期而不至也。笺云：亲迎之礼以昏时，女留他色，不肯时行，乃至大星煌煌然。○煌，音皇。

东门之杨，其叶肺肺。肺肺，犹牂牂也。○肺，普贝反，又蒲贝反。**昏以为期，明星晢晢。**晢晢，犹煌煌也。○晢，之世反。

《东门之杨》二章，章四句。

墓门

《墓门》，刺陈佗也。陈佗无良师傅，以至于不义，恶加于万民焉。不义者，谓弑君而自立。○佗，徒多反，五父也。

墓门有棘，斧以斯之。兴也。墓门，墓道之门。斯，析也。幽间希行，用生此棘薪，维斧可以开析之。笺云：兴者，喻陈佗由不睹贤师良傅之训道，至陷于诛绝之罪。○斯，所宜反，又如字，又音梳，"析也"❶。**夫也不良，国人知之。**

---

❶ 据阮刻本，此语出郑注《尚书》，故加引号。

夫，傅相也。笺云：良，善也。陈佗之师傅不善，群臣皆知之。言其罪恶著也。○相，息亮反。**知而不已，谁昔然矣。** 昔，久也。笺云：已，犹去也。谁昔，昔也。国人皆知其有罪恶，而不诛退，终致祸难，自古昔之时常然。○去，羌吕反。

墓门有梅，有鸮萃止。 梅，柟也。鸮，恶声之鸟也。萃，集也。笺云：梅之树善恶自耳❶，徒以鸮集其上而鸣，人则恶之，树因恶矣。以喻陈佗之性本未必恶，师傅恶，而陈佗从之而恶。○鸮，户骄反。萃，徂醉反。柟，冉盐反。则"恶"，乌路反。**夫也不良，歌以讯之。** 讯，告也。笺云：歌，谓作此诗也。既作，又使工歌之，是谓之告。○讯，音信。**讯予不顾，颠倒思予。** 笺云：予，我也。歌以告之，汝不顾念我言，至于破灭。颠倒之急，乃思我之言。言其晚也。

《墓门》二章，章六句。

防有鹊巢

《防有鹊巢》，忧谗贼也。宣公多信谗，君子忧惧焉。

防有鹊巢，邛有旨苕。 兴也。防，邑也。邛，丘也。苕，草也。笺云：防之有鹊巢，邛之有美苕，处势自然。兴者，喻宣公信多言之人，故致此谗人。○邛，其恭反。苕，徒

---

❶ "耳"，阮刻本作"有"。

凋❶反。**谁侜予美？心焉忉忉！** 侜，张诳也。笺云：谁，谁谗人也。女众谗人，谁侜张诳，欺我所美之人乎？使我心忉忉然。所美，谓宣公。○侜，陟留反，"有廱蔽也"❷。忉，都劳反，忧也。

中唐有甓，邛有旨鹝。 中，中庭也。唐，堂涂也。甓，瓴甋也。鹝，绶草也。○甓，薄历反。鹝，五历反。瓴，音零。甋，都历反。**谁侜予美？心焉惕惕。** 惕惕，犹忉忉也。○惕，吐历反。❸

《防有鹊巢》二章，章四句。

月出

《月出》，刺好色也。在位不好德，而说美色焉。○好，呼报反。说，音悦。

月出皎兮， 兴也。皎，月光也。笺云：兴者，喻妇人有美色之白皙。**佼人僚兮。舒窈纠兮，** 僚，好貌。舒，迟也。窈纠，舒之姿也。○佼，古卯反，《方言》云："自关而东，河、济之间，凡好谓之姣。"僚，音了。窈，乌了反。纠，其赵反，又其小反。**劳心悄兮！** 悄，忧也。笺云：思而不见则

---

❶ "凋"，阮刻本作"雕"。
❷ 《释文》及阮刻本此语前有"《说文》云"，故加引号；"有"字原无，据补。
❸ 此条《音义》，阮刻本无。

忧。○悄，七小反。

月出皓兮，佼人懰兮。舒忧受兮，劳心慅兮！ ○皓，胡老反。懰，音柳❶，好貌。忧，於久反，舒貌。慅，七老反，忧也。

月出照兮，佼人燎兮。舒夭绍兮，劳心惨兮！ ○燎，力召反，又力吊反。夭，於表反。

《月出》三章，章四句。

株林

《株林》，刺灵公也。淫乎夏姬，驱驰而往，朝夕不休息焉。夏姬，陈大夫妻，夏徵舒之母，郑女也。徵舒字子南，夫字御叔。○夏，户雅反，下同。御，鱼吕反。

胡为乎株林，从夏南？ 株林，夏氏邑也。夏南，夏徵舒也。笺云：陈人责灵公：君何为之株林，从夏氏子南之母，为淫泆之行？○行，下孟反。**匪适株林，从夏南！** 笺云：匪，非也。言我非之株林从夏南之母为淫泆之行，自之他耳。抵拒之辞。○抵，都礼反。

驾我乘马，说于株野。乘我乘驹，朝食于株。 大夫乘驹。笺云：我，国人我君也。君亲乘君乘马，乘君乘驹，变易车乘，以至株林。或说舍焉，或朝食焉，又责之也。马六尺以

---

❶ "音柳"，《释文》及阮刻本作"力久反"。

下曰驹。○乘，绳证反，下"乘驹"❶注"君乘""车乘"❷并同，余平声❸。说，音税。❹

《株林》二章，章四句。

泽陂

《泽陂》，刺时也。言灵公君臣淫于其国，男女相说，忧思感伤焉。君臣淫于国，谓与孔宁、仪行父也。感伤，谓涕泗滂沱。○陂，彼皮反。思，息嗣反。父，音甫。涕，他弟反，下同。

彼泽之陂，有蒲与荷。 兴也。陂，泽障也。荷，芙蕖也。笺云：蒲，柔滑之物。芙蕖之茎曰荷，生而佼大。兴者，蒲以喻所说男之性，荷以喻所说女之容体也。正以陂中二物兴者，喻淫风由同姓生。**有美一人，伤如之何！** 伤无礼也。笺云：伤，思也。我思此美人，当如之何而得见之。**寤寐无为，涕泗滂沱。** 自目曰涕，自鼻曰泗。笺云：寤，觉也。○觉，音教。

彼泽之陂，有蒲与蕑。 蕑，兰也。笺云：蕑，当作"莲"。莲，芙蕖实也。莲以喻女之言信。○蕑，毛古颜

---

❶ "驹"，《释文》作"骄"。
❷ "君乘""车乘"，《释文》作"君乘马""君乘骄""车乘"。
❸ "余平声"，《释文》无。
❹ 此条《音义》，阮刻本无。

反，郑练田反。**有美一人，硕大且卷。**卷，好貌。○卷，其员反。**寤寐无为，中心悁悁。**悁悁，犹悒悒也。○悁，乌悬❶反。

彼泽之陂，有蒲菡萏。菡萏，荷华也。笺云：华以喻女之颜色。○菡，户感反。萏，大感反。**有美一人，硕大且俨。**俨，矜庄貌。○俨，鱼检反。**寤寐无为，辗转伏枕。**

《泽陂》三章，章六句。

陈国十篇，二十六章，百二十四句。

---

❶ "悬"，《释文》及阮刻本作"玄"。

桧羔裘诂训传第十三 | 国风

羔裘

《羔裘》，大夫以道去其君也。国小而迫，君不用道，好洁其衣服，逍遥游燕，而不能自强于政治，故作是诗也。以道去其君者，三谏不从，待放于郊，得玦乃去。○好，呼报反。

羔裘逍遥，狐裘以朝。 羔裘以游燕，狐裘以适朝。笺云：诸侯之朝服，缁衣羔裘。大蜡而息民，则有黄衣狐裘。今以朝服燕，祭服朝，是其好洁衣服也。先言燕，后言朝，见君之志不能自强于政治。○朝，直遥反。蜡，仕诈反。见，贤❶遍反。**岂不尔思？劳心忉忉！** 国无政令，使我心劳。笺云：尔，女也。三谏不从，待放而去。思君如是，心忉忉然。○忉，音刀。

羔裘翱翔，狐裘在堂。 堂，公堂也。笺云：翱翔，犹逍遥也。**岂不尔思？我心忧伤！**

羔裘如膏，日出有曜。 日出照曜，然后见其如膏。

---

❶ "贤"，通志堂本《释文》作"实"。

○膏，古报反。**岂不尔思？中心是悼！**悼，动也。笺云：悼，犹哀伤也。

《羔裘》三章，章四句。

素冠

《素冠》，刺不能三年也。丧礼，子为父，父卒为母，皆三年。时人恩薄礼废，不能行也。○为，于伪反，下同。

庶见素冠兮，棘人栾栾兮，庶，幸也。素冠，练冠也。棘，急也。栾栾，瘠貌。笺云：丧礼，既祥祭而缟冠素纰。时人皆解缓，无三年之恩于其父母，而废其丧礼，故觊幸一见素冠，急于哀戚之人，形貌栾栾然瘠瘠也。○栾，力端反。纰，婢移反。解，佳卖反。瘠，所救反。**劳心慱慱兮。**慱慱，忧劳也。笺云：劳心者，忧不得见。○慱，徒端反。

庶见素衣兮，素冠，故素衣也。笺云：除成丧者，其祭也朝服缟冠。朝服，缁衣素裳。然则此言素衣者，谓素裳也。**我心伤悲兮，聊与子同归兮。**愿见有礼之人，与之同归。笺云：聊，犹且也。且与子同归，欲之其家，观其居处。

庶见素韠兮，笺云：祥祭朝服素韠者，韠从裳色。○韠，音毕。**我心蕴结兮，聊与子如一兮。**子夏三年之丧毕，见于夫子，援琴而弦，衎衎而乐，作而曰："先王制礼，不敢不及也。"夫子曰："君子也。"闵子骞三年之丧毕，见于夫子，援琴而弦，切切而哀，作而曰："先王制礼，不敢过也。"夫子曰："君子也。"子路曰："敢问何谓也？"夫子曰："子夏哀已尽，能引而致之于礼，故曰君子也。闵子骞哀未尽，能自割以礼，故曰君子也。"夫三年之丧，贤者之所轻，不肖者之所勉。笺云：聊与子如一，且欲与之居处，观其行也。○蕴，纡粉反。衍，苦旦反。

《素冠》三章，章三句。

隰有苌楚

《隰有苌楚》，疾恣也。国人疾其君之淫恣，而思无情欲者也。恣，谓狡狭淫戏，不以礼也。○苌，丈❶羊反。狭，古快反。

隰有苌楚，猗傩其枝。兴也。苌楚，铫弋也。猗傩，柔顺也。笺云：铫弋之性，始生正直，及其长大，则其枝猗傩而柔顺，不妄寻蔓草木。兴者，喻人少而端悫，则长大无情欲。○猗，於可反。傩，乃可反。铫，音遥。长，张丈反，下同。夭之沃沃，乐子之无知！夭，少也。沃沃，壮佼也。笺云：知，匹也。疾君之恣，故于人年少沃沃之时，乐其无妃匹之意。○夭，於骄反。沃，乌毒反。乐，音洛，下皆同。妃，音配。

隰有苌楚，猗傩其华。夭之沃沃，乐子之无家！笺

---

❶ "丈"，原作"文"，据《释文》及阮刻本改。

云：无家，谓无夫妇室家之道。

隰有苌楚，猗傩其实。夭之沃沃，乐子之无室！

《隰有苌楚》三章，章四句。

匪风

《匪风》，思周道也。国小政乱，忧及祸难，而思周道焉。○难，乃旦反。❶

匪风发兮，匪车偈兮。发发飘风，非有道之风。偈偈疾驱，非有道之车。○偈，起揭❷反。驱，去声❸。**顾瞻周道，中心怛兮！**怛，伤也。下国之乱，周道灭也。笺云：周道，周之政令也。回首曰顾。○怛，都达反。

匪风飘兮，匪车嘌兮。回风为飘。嘌嘌，无节度也。○飘，符遥反，又必遥反。嘌，匹遥反。**顾瞻周道，中心吊兮！**吊，伤也。

谁能亨鱼？溉之釜鬵。溉，涤也。鬵，釜属。亨鱼烦则碎，治民烦则散，知亨鱼则知治民矣。笺云：谁能者，言人偶能割亨者。○亨，普耕❹反。溉，古爱反。鬵，音寻。**谁将西归？怀之好音。**周道在乎西。怀，归也。笺云：谁将者，亦

---

❶ 此条《音义》，阮刻本无。
❷ "揭"，《释文》及阮刻本作"竭"。
❸ "去声"，《释文》及阮刻本作"丘遇反"。
❹ "耕"，《释文》作"庚"。

言人偶能辅周道治民者也。桧在周之东，故言西归。有能西仕于周者，我则怀之以好音，谓周之旧政令。

《匪风》三章，章四句。

桧国四篇，十二章，四十五句。

曹蜉蝣诂训传第十四 | 国风

蜉蝣

《蜉蝣》，刺奢也。昭公国小而迫，无法以自守，好奢而任小人，将无所依焉。○蜉，音浮。蝣，音由。

蜉蝣之羽，衣裳楚楚。兴也。蜉蝣，渠略也，朝生夕死，犹有羽翼以自修饰。楚楚，鲜明貌。笺云：兴者，喻昭公之朝，其群臣皆小人也，徒整饰其衣裳，不知国之将迫胁，君臣死亡无日，如渠略然。**心之忧矣，于我归处。**笺云：归，依归。君当于何依归乎？言有危亡之难，将无所就往。○难，乃旦反。

蜉蝣之翼，采采衣服。采采，众多也。**心之忧矣，于我归息。**息，止也。

蜉蝣掘阅，麻衣如雪。掘阅，容阅也。如雪，言鲜洁。笺云：掘阅，掘地解阅，谓其始生时也。以解阅喻君臣朝夕变易衣服也。麻衣，深衣。诸侯之朝朝服，朝夕则深衣也。○掘，求勿反。阅，音悦。解，音蟹，下同。**心之忧矣，于我归说。**笺云：说，犹舍息也。○说，音税，协韵如字。

《蜉蝣》三章，章四句。

诗经

候人

《候人》，刺近小人也。共公远君子而好近小人焉。○近，附近之近。共，音恭。远，于万反，下注同。好，呼报反。

彼候人兮，何戈与祋。候人，道路送宾客者。何，揭。祋，殳也。言贤者之官，不过候人。笺云：是谓远君子也。○何，何可反。祋，都外反。殳，市朱反。**彼其之子，三百赤芾。**彼，彼曹朝也。芾，韠也。一命缊芾黝珩，再命赤芾黝珩，三命赤芾葱珩。大夫以上赤芾乘轩。笺云：之子，是子也。佩赤芾者三百人。○其，音记，下皆同。芾，音茀❶。朝，直遥反，下"在朝"同。缊，音温，又乌本反。黝，於纠反。

维鹈在梁，不濡其翼。鹈，洿泽鸟也。梁，水中之梁。鹈在梁，可谓不濡其翼乎？笺云：鹈在梁，当濡其翼，而不濡者，非其常也。以喻小人在朝亦非其常。○鹈，徒低反。洿，音乌。**彼其之子，不称其服。**笺云：不称者，言德薄而服尊。○称，尺证反，注同。

维鹈在梁，不濡其咮。咮，喙也。○咮，陟救反。喙，虚秽反，鸟口也。**彼其之子，不遂其媾。**媾，厚也。笺云：

---

❶ "茀"，《释文》及阮刻本作"弗"。

遂，犹久也。不久其厚，言终将薄于君也。○媾，古豆反。

荟兮蔚兮，南山朝隮❶。荟、蔚，云兴貌。南山，曹南山也。隮，升云也。笺云：荟蔚之小云，朝升于南山，不能为大雨，以喻小人虽见任于君，终不能成其德教。○荟，乌会反。蔚，於贵反。隮，子兮反。❷**婉兮娈兮，季女斯饥**。婉，少貌。娈，好貌。季，人之少子也。女，民之弱者也。○笺云：天无大雨，则岁不熟，而幼弱者饥，犹国之无政令，则下民困病。○婉，於阮反。娈，力转反。少，诗照反，下同。

《候人》四章，章四句。

鳲鸠

《鳲鸠》，刺不壹也。在位无君子，用心之不壹也。○鳲，音尸。

鳲鸠在桑，其子七兮。兴也。鳲鸠，秸鞠也。鳲鸠之养其子，朝从上下，莫从下上，平均如一。笺云：兴者，喻人君之德，当均一于下也。以刺今在位之人不如鳲鸠。○秸，居八反。鞠，居六反。莫，音暮。上，时掌反。**淑人君子，其仪一兮**。笺云：淑，善。仪，义也。善人君子，其执义当如一也。**其仪一兮，心如结兮**。言执义一则用心固。

---

❶ "隮"，原作"跻"，据阮刻本改。
❷ 此条《音义》，阮刻本无。

鳲鸠在桑，其子在梅。飞在梅也。**淑人君子，其带伊丝。其带伊丝，其弁伊骐。**骐，骐文也。弁，皮弁也。笺云：其带伊丝，谓大带也。大带用素丝，有杂色饰焉。骐，当作"璂"，以玉为之。言此带弁者，刺不称其服。○弁，皮彦反。骐，音其。

鳲鸠在桑，其子在棘。淑人君子，其仪不忒。忒，疑也。○忒，他得反。**其仪不忒，正是四国。**正，长❶也。笺云：执义不疑，则可为四国之长。言任为侯伯。○长，张丈反，下同。任，音壬。

鳲鸠在桑，其子在榛。淑人君子，正是国人。正是国人，胡不万年。笺云：正，长也。能长人，则人欲其寿考。○榛，侧巾❷反。

《鳲鸠》四章，章六句。

下泉

《下泉》，思治也。曹人疾共公侵刻，下民不得其所，忧而思明王贤伯也。○共，音恭。❸

冽彼下泉，浸彼苞稂。兴也。冽，寒也。下泉，泉下

---

❶ "长"，阮刻本作"是"。
❷ "巾"，影宋本《释文》作"申"。
❸ 此条《音义》，《释文》及阮刻本无。

流也。苞，本也。稂，童粱，非溉草，得水而病也。笺云：兴者，喻共公之施政教，徒困病其民。稂，当作"凉"，凉草，萧蓍之属。○洌，音列。浸，子鸩反。稂，音郎。**忾我寤叹，念彼周京。**笺云：忾，叹息之意。寤，觉也。念周京者，思其先王之明者也。○忾，苦爱反。

洌彼下泉，浸彼苞萧。萧，蒿也。**忾我寤叹，念彼京周。**

洌彼下泉，浸彼苞蓍。蓍，草也。**忾我寤叹，念彼京师。**

芃芃黍苗，阴雨膏之。芃芃，美貌。○芃，薄工反。膏，古报反。**四国有王，郇伯劳之。**郇伯，郇侯也。诸侯有事，二伯述职。笺云：有王，谓朝聘于天子也。郇侯，文王之子，为州伯，有治诸侯之功。○郇，音荀。劳，力报反。❶

《下泉》四章，章四句。

曹国四篇，十五章，六十八句。

---

❶ 此条《音义》，阮刻本无。

诗经卷七考证

《陈风·衡门》章"可以栖迟"。○案:《汉书》引此作"禔徥"。《博雅》:"禔禔,往来也。"《说文》:"禔,久也。""徥,行平易也。"义本通。

《墓门》章"墓门有梅"《笺》"梅之树善恶自耳,徒以鸮集其上而鸣"。○案:《笺》意谓梅树善恶本任自然,特以鸮集而人恶也。自耳,犹云本自耳耳,古本原无可疑,诸本改作"自有",而连下"徒"字作句,误矣。

《月出》章"劳心惨兮"。○张参《五经文字》"惨"作"燥",义别。

《泽陂》章"硕大且俨"。○毛《传》"俨"训"矜庄"。《说文》引《诗》作"媣",从女从禽声,训"含怒也",字义俱别。

《桧风·素冠》章"棘人栾栾兮"。○棘,崔灵恩《集注》作"悈"。案:《五音集韵》:"悈,音亟。"《尔雅·释言》"急也",与毛《传》合。

《匪风》章"中心怛兮"。○案:怛,古文作"悬"。《前汉书》王吉上昌邑王疏引此,作"中心悬兮"。

卷八

豳七月诂训传第十五　国风

七月

《七月》，陈王业也。周公遭变，故陈后稷先公风化之所由，致王业之艰难也。周公遭变者，管、蔡流言，辟居东都。○王，去声[1]，又如字。辟，音避。[2]

七月流火，九月授衣。火，大火也。流，下也。九月霜始降，妇功成，可以授冬衣矣。笺云：大火者，寒暑之候也。火星中而寒暑退，故将言寒，先著火所在。**一之日觱发，二之日栗烈，无衣无褐，何以卒岁？**一之日，十之余也。一之日，周正月也。觱发，风寒也。二之日，殷正月也。栗烈，寒气也。笺云：褐，毛布也。卒，终也。此二正之月，人之贵者无衣，贱者无褐，将何以终岁乎？是故八月则当绩也。○觱，音必。**三之日于耜，四之日举趾。同我妇子，馌彼南亩，田畯至喜。**三之日，夏正月也。豳土晚寒。于耜，始修耒耜也。四之日，周四月也，民无不举足而耕矣。馌，馈

---

[1] "去声"，《释文》及阮刻本作"于况反"。
[2] "辟，音避"，阮刻本无。

也。田畯，田大夫也。笺云：同，犹俱也。喜，读为饎。饎，酒食也。耕者之妇子，俱以馌来至于南亩之中，其见田大夫，又为设酒食焉，言劝其事，又爱其吏也。此章陈人以衣食为急，余章广而成之。○耜，音似，馌，炎辄反。畯，音俊。喜，如字，又音炽。❶馌，饷同❷。

七月流火，九月授衣。笺云：将言女功之始，故又本于❸此。**春日载阳，有鸣仓庚。女执懿筐，遵彼微行，爰求柔桑。**仓庚，离黄也。懿筐，深筐也。微行，墙下径也。五亩之宅，树之以桑。笺云：载之言则也。阳，温也。温而仓庚又鸣，可蚕之候也。柔桑，稚桑也。蚕始生，宜稚桑。○离，力知反。**春日迟迟，采蘩祁祁。女心伤悲，殆及公子同归。**迟迟，舒缓也。蘩，白蒿也，所以生蚕。祁祁，众多也。伤悲，感事苦也。春女悲，秋士悲，感其物化也。殆，始。及，与也。豳公子躬率其民，同时出，同时归也。笺云：春女感阳气而思男，秋士感阴气而思女，是其物化，所以悲也。悲则始有与公子同归之志，欲嫁焉。女感事苦而生此志，是谓"豳风"。○祁，巨之反。殆❹，音待。

七月流火，八月萑苇。薍为萑，葭为苇。豫畜萑苇，可以为曲也。笺云：将言女功自始至成，故亦又本于此。○萑，户官反。苇，韦鬼反。薍，五患反。**蚕月条桑，取彼斧斨，**

---

❶ "如字，又音炽"，《释文》及阮刻本作"王申毛如字，郑作'饎'，尺志反"。
❷ "饷同"，《释文》及阮刻本作"式亮反"。
❸ "于"，阮刻本作"作"。
❹ "殆"，《释文》作"迨"。

以伐远扬，猗彼女桑。 斨，方銎也。远，枝远也。扬，条扬也。角而束之曰猗。女桑，荑桑也。笺云：条桑，枝落之[1]，采其叶也。女桑，少枝，长条不枝落者，束而采之。○条，徒[2]雕反。斨，七羊反。猗，於绮反，徐於宜反。銎，曲容反。荑，徒兮[3]反。**七月鸣鵙，八月载绩。载玄载黄，我朱孔阳，为公子裳。** 鵙，伯劳也。载绩，丝事毕而麻事起矣。玄，黑而有赤也。朱，深纁也。阳，明也。祭服玄衣纁裳。笺云：伯劳鸣，将寒之候也，五月则鸣。豳地晚寒，鸟物之候从其气焉。凡染者，春暴练，夏纁玄，秋染夏。为公子裳，厚于其所贵者说也。○鵙，圭觅反。暴，蒲卜反。

四月秀葽，五月鸣蜩。八月其获，十月陨箨。 不荣而实曰秀。葽，葽草也。蜩，螗也。获，禾可获也。陨，坠。箨，落也。笺云：《夏小正》：“四月，王萯秀。”葽其是乎？秀葽也，鸣蜩也，获禾也，陨箨也，四者皆物成而将寒之候，物成自秀葽始。○葽，於遥反。蜩，徒雕反。获，户郭反，下同。陨，于敏反。箨，音托。萯，音妇。**一之日于貉，取彼狐狸，为公子裘。** 于貉，谓取狐狸皮也。狐貉之厚以居，孟冬天子始裘。笺云：于貉，往搏貉以自为裘也。狐狸以共尊者。言此者，时寒宜助女功。○貉，户各反。**二之日其同，载缵武功。言私其豵，献豜于公。** 缵，继。功，事也。豕一岁曰豵，三岁曰豜。大兽公之，小兽私之。笺云：其

---

[1] "之"，阮刻本无。
[2] "徒"，《释文》作"他"。
[3] "兮"，《释文》作"奚"。

同者，君臣及民因习兵俱出田也。不用仲冬，亦豳地晚寒也。豕生三曰豵。○缵，子管反。豵，子公反。豜，古牵反，又音牵。

五月斯螽动股，六月莎鸡振羽。七月在野，八月在宇，九月在户，十月蟋蟀入我床下。斯螽，蚣蝑也。莎鸡羽成而振讯之。笺云：自七月在野，至十月入我床下，皆谓蟋蟀也。言此三物之如此，著将寒有渐，非卒来也。○螽，音终。莎，素何反❶。蟋，音悉。蟀，所律反。蚣，相容反。蝑，相鱼反。**穹窒熏鼠，塞向墐户。**穹，穷。窒，塞也。向，北出牖也。墐，涂也。庶人筚户。笺云：为此四者以备寒。○穹，起弓反。窒，珍悉反。向，如字。墐，音觐。**嗟我妇子，曰为改岁，入此室处。**笺云：曰为改岁者，岁终，而"一之日觱发，二之日栗烈"，当避寒气，而入所穹室墐户之室而居之。至此而女功止。○为，于伪反。

六月食郁及薁，七月亨葵及菽，八月剥枣，十月获稻。为此春酒，以介眉寿。郁，棣属。薁，蘡薁也。剥，击也。春酒，冻醪也。眉寿，豪眉也。笺云：介，助也。既以郁下及枣助男功，又获稻而酿酒以助其养老之具，是谓"豳雅"。○薁，於六反。亨，普庚反。菽，音叔。剥，普卜反。**七月食瓜，八月断壶，九月叔苴。采荼薪樗，食我农夫。**壶，瓠也。叔，拾也。苴，麻子也。樗，恶木也。笺云：瓜瓠之畜，麻实之糁，干荼之菜，恶木之薪，亦所以助男养农夫之

---

❶ "素何反"，《释文》及阮刻本作"音沙，徐又素和反，沈云旧多作'莎'，今作'沙'，音素何反"。

233

具。○苴，七❶余反。荼，音徒。樗，敕书反。食，音嗣。

九月筑场圃，春夏为圃，秋冬为场。笺云：场圃同地耳，物生之时，耕治之以种菜茹，至物尽成熟，筑坚以为场。○场，直羊反，下同。圃，布古反。**十月纳禾稼，黍稷重穋，禾麻菽麦。**后熟曰重，先熟曰穋。笺云：纳，内也。治于场而内之囷仓也。○重，直容反。穋，音六。**嗟我农夫！我稼既同，上入执宫功。**入为上，出为下。笺云：既同，言已聚也，可以上入都邑之宅，治宫中之事矣。于是时，男之野功毕。○上，时掌反。**昼尔于茅，宵尔索綯。**宵，夜。綯，绞也。笺云：尔，女也。女当昼日往取茅归，夜作绞索，以待时用。○索，素落反。綯，徒刀反。绞，古卯反。**亟其乘屋，其始播百谷。**乘，升也。笺云：亟，急。乘，治也。十月定星将中，急当治野庐之屋。其始播百谷，谓祈来年百谷于公社。○亟，纪力反。定，都佞反。

二之日凿冰冲冲，三之日纳于凌阴。四之日其蚤，献羔祭韭。冰盛水腹，则命取冰于山林。冲冲，凿冰之意。凌阴，冰室也。笺云：古者，日在北陆而藏冰，西陆朝觌而出之。祭司寒而藏之，献羔而启之。其出之也，朝之禄位，宾、食、丧、祭，于是乎用之。《月令》：仲春，"天子乃献羔开冰，先荐寝庙"。《周礼》：凌人之职，"夏，颁冰掌事。秋，刷"。上章备寒，故此章备暑。后稷先公礼教备也。○凿，在洛反。冲，直弓反。凌，力证反，又音陵。蚤，音早。韭，音九。**九月肃霜，十月涤场。朋酒斯飨，曰杀羔**

---

❶ "七"，影宋本《释文》作"士"。

羊。肃，缩也。霜降而收缩万物。涤，埽也❶，场功毕入也。两樽曰朋。飨者，乡人以狗，大夫加以羔羊。笺云：十月，民事男女俱毕，无饥寒之忧，国君闲于政事而飨群臣。○涤，直❷历反。闲，音闲。**跻彼公堂，称彼兕觥，万寿无疆！**公堂，学校也。觥，所以誓众也。疆，竟也。笺云：于飨而正齿位，故因时而誓焉。饮酒既乐，欲大寿无竟，是谓"豳颂"。○跻，子兮❸反，升也。兕，徐履反。觥，虢彭反。疆，居良反。

《七月》八章，章十一句。

鸱鸮

《鸱鸮》，周公救乱也。成王未知周公之志，公乃为诗以遗王，名之曰《鸱鸮》焉。未知周公之志者，未知其欲摄政之意。○鸱，尺之反。鸮，于娇反。遗，唯季反。

鸱鸮鸱鸮！既取我子，无毁我室。兴也。鸱鸮，鸋鴂也。无能毁我室者，攻坚之故也。宁亡二子，不可以毁我周室。笺云：重言鸱鸮者，将述其意之所欲言，丁宁之也。室，犹巢也。鸱鸮言：已取我子者，幸无毁我巢。我巢积日累功，

---

❶ "埽也"，阮刻本无。
❷ "直"，《释文》作"廷"。
❸ "兮"，《释文》作"奚"。

作之甚苦，故爱惜之也。时周公竟武王之丧，欲摄政成周道，致大平之功。管叔、蔡叔等流言云："公将不利于孺子。"成王不知其意，而多罪其属党。兴者，喻此诸臣乃世臣之子孙，其父祖以勤劳有此官位土地，今若诛杀之，无绝其位、夺其土地。王意欲诮公，此之由然。○鸮，乃丁[1]反。鸮，音决。**恩斯勤斯，鬻子之闵斯！** 恩，爱。鬻，稚。闵，病也。稚子，成王也。笺云：鸱鸮之意，殷勤于此，稚子当哀闵之。此取鸱鸮子者，指稚子也。以喻诸臣之先臣，亦殷勤于此，成王亦宜哀闵之。○鬻，由六反。

迨天之未阴雨，彻彼桑土，绸缪牖户。 迨，及。彻，剥也。桑土，桑根也。笺云：绸缪，犹缠绵也。此鸱鸮自说作巢至苦如是，以喻诸臣之先臣，亦及文、武未定天下，积日累功，以固定此官位与土地。○迨，音待，又敕改反。土，音杜。绸，直留反。缪，莫侯反。**今女下民，或敢侮予！** 笺云：我至苦矣，今女我巢下之民，宁有敢侮慢欲毁之者乎？意欲恚怒之，以喻诸臣之先臣固定此官位土地，亦不欲见其绝夺。○恚，於季反。

予手拮据，予所捋荼，予所蓄租，予口卒瘏， 拮据，撠挶也。荼，萑苕也。租，为。瘏，病也。手病口病，故能免乎大鸟之难。笺云：此言作之至苦，故能攻坚，人不得取其子。○拮，音吉，又音结。据，音居，《韩诗》云："口足为事曰拮据。"捋，力活反。荼，音徒。租，子胡反。瘏，音徒。撠，京剧反。挶，俱局反。**曰予未有室家！** 谓我未有室

---

[1] "丁"，影宋本《释文》作"下"。

家。笺云：我作之至苦如是者，曰我未有室家之故。

予羽谯谯，予尾翛翛。谯谯，杀也。翛翛，敝也。笺云：手口既病，羽尾又杀敝，言已劳苦甚。○谯，在消反。翛，素雕反。杀，色界反。**予室翘翘，风雨所漂摇，予维音哓哓！**翘翘，危也。哓哓，惧也。笺云：巢之翘翘而危，以其所托枝条弱也。以喻今我子孙不肖，故使我家道危也。风雨，喻成王也。音哓哓然，恐惧告诉之意。○翘，祁消反。漂，匹遥反。哓，呼尧反。诉，音素。

《鸱鸮》四章，章五句。

东山

《东山》，周公东征也。周公东征，三年而归，劳归士，大夫美之，故作是诗也。一章言其完也，二章言其思也，三章言其室家之望女也，四章乐男女之得及时也。君子之于人，序其情而闵其劳，所以说也。"说以使民，民忘其死"，其唯《东山》乎？成王既得《金縢》之书，亲迎周公。周公归，摄政。三监及淮夷叛，周公乃东伐之，三年而后归耳。分别章意者，周公于是志伸，美而详之。○"劳"归，力报反。思，息嗣反。女，音汝。乐，音洛。说，音悦，下同。

我徂东山，慆慆不归。我来自东，零雨其濛。慆慆，言久也。濛，雨貌。笺云：此四句者，序归士之情也。我往之

诗经

东山，既久劳矣，归又道遇雨濛濛然，是尤苦也。○慆，徒刀反，又吐刀反。濛，莫红反。**我东曰归，我心西悲。**公族有辟，公亲素服，不举乐，为之变，如其伦之丧。笺云：我在东山，常曰归也。我心则念西而悲。○为，于伪反。**制彼裳衣，勿士行枚。**士，事。枚，微也。笺云：勿，犹无也。女制彼裳衣而来，谓兵服也。亦初无行陈衔枚之事，言前定也。《春秋传》曰："善用兵者不陈。"○行，音衡，郑音衔。枚，莫杯反，"枚如箸，横衔之于口，为繣絜于项中"❶。无"行"，户刚反。陈，直震反。**蜎蜎者蠋，烝在桑野。**蜎蜎，蠋貌。蠋，桑虫也。烝，窴也。笺云：蠋蜎蜎然特行，久处桑野，有似劳苦者。古者声窴、填、尘同也。○蜎，乌悬❷反。蠋，音蜀。烝，之承反。窴，音田。**敦彼独宿，亦在车下。**笺云：敦敦然独宿于车下，此诚有劳苦之心。○敦，都回反。

我徂东山，慆慆不归。我来自东，零雨其濛。果臝之实，亦施于宇。伊威在室，蠨蛸在户。町畽鹿场，熠耀宵行。果臝，栝楼也。伊威，委黍也。蠨蛸，长踦也。町畽，鹿迹也。熠耀，燐也。燐，萤火也。笺云：此五物者，家无人则然，令人感思。○臝，力果反。施，羊豉反。伊威，并如字。蠨，音萧。蛸，所交反。町，他顶反。畽，他短反。熠，以执反。耀，以照反。踦，起宜反。**不可畏也，伊可怀也。**笺云：伊，当作"繄"。繄，犹是也。怀，思也。室中久无人，

---

❶ 《释文》及阮刻本此语前有"郑注《周礼》云"，故加引号。
❷ "悬"，《释文》及阮刻本作"玄"。

238

故有此五物，是不足可畏，乃可为忧思。

我徂东山，慆慆不归。我来自东，零雨其濛。鹳鸣于垤，妇叹于室。洒埽穹窒，我征聿至。 垤，蚁冢也。将阴雨，则穴处先知之矣。鹳好水，长鸣而喜也。笺云：鹳，水鸟也，将阴雨则鸣。行者于阴雨尤苦，妇念之则叹于室也。穹，穷。窒，塞。洒，灑。埽，拚也。穹窒，鼠穴也。而我君子行役，述其日月，今且至矣。言妇望也。○鹳，古玩反。垤，田节反。洒，所懈反。埽，素报反。拚，甫问反。**有敦瓜苦，烝在栗薪。** 敦，犹专专也。烝，众也。言我心苦，事又苦也。笺云：此又言妇人思其君子之居处。专专如瓜之系缀焉。瓜之瓣有苦者，以喻其心苦也。烝，尘。栗，析也。言君子又久见使析薪，于事尤苦也。古者声栗、裂同也。○敦，徒丹❶反。栗，毛如字，郑音列。专，徒端反。**自我不见，于今三年。**

我徂东山，慆慆不归。我来自东，零雨其濛。 笺云：凡先著此四句者，皆为序归士之情。○为，于伪反。**仓庚于飞，熠耀其羽。** 笺云：仓庚仲春而鸣，嫁取之候也。熠耀其羽，羽鲜明也。归士始行之时，新合昏礼，今还，故极序其情以乐之。**之子于归，皇驳其马。** 黄白曰皇。骝白曰驳。笺云：之子于归，谓始嫁时也。皇驳其马，车服盛也。○驳，邦角反。**亲结其缡，九十其仪。** 缡，妇人之袆也。母戒女施衿结帨。九十其仪，言多仪也。笺云：女嫁，父母既戒之，庶母又申之。九十其仪，喻丁宁之多。○袆，许韦反。**其新**

---

❶ "丹"，《释文》作"端"。

孔嘉，其旧如之何？言久长之道也。笺云：嘉，善也。其新来时甚善，至今则久矣，不知其如何也。又极序其情，乐而戏之。

《东山》四章，章十二句。

破斧

《破斧》，美周公也。周大夫以恶四国焉。恶四国者，恶其流言毁周公也。〇恶，乌路反。

既破我斧，又缺我斨。隋銎曰斧。斧斨，民之用也。礼义，国家之用也。笺云：四国流言，既破毁我周公，又损伤我成王，以此二者为大罪。〇斨，七羊反。隋，徒禾反。銎，曲容反。**周公东征，四国是皇。**四国，管、蔡、商、奄也。皇，匡也。笺云：周公既反，摄政，东伐此四国，诛其君罪，正其民人而已。**哀我人斯，亦孔之将！**将，大也。笺云：此言周公之哀我民人，其德亦甚大也。

既破我斧，又缺我锜。凿属曰锜。〇锜，音奇。**周公东征，四国是吪。**吪，化也。〇吪，五戈反。**哀我人斯，亦孔之嘉！**笺云：嘉，善也。

既破我斧，又缺我銶。木属曰銶。〇銶，音求。**周公东征，四国是遒。**遒，固也。笺云：遒，敛也。〇遒，在羞反。**哀我人斯，亦孔之休！**休，美也。

《破斧》三章，章六句。

伐柯

《伐柯》，美周公也。周大夫刺朝廷之不知也。成王既得雷雨大风之变，欲迎周公，而朝廷群臣犹惑于管、蔡之言，不知周公之圣德，疑于王迎之礼，是以刺之。○柯，古何❶反。朝，直遥反。

伐柯如何？匪斧不克。柯，斧柄也。礼义者，亦治国之柄。笺云：克，能也。伐柯之道，唯斧乃能之。此以类求其类也。以喻成王欲迎周公，当使贤者先往。**取妻如何？匪媒不得。**媒，所以用礼也。治国不能用礼则不安。笺云：媒者，能通二姓之言，定人室家之道。以喻王欲迎周公，当先使晓王与周公之意者又先往。○取，七喻反。

伐柯伐柯，其则不远。以其所愿乎上交乎下，以其所愿乎下事乎上，不远求也。笺云：则，法也。伐柯者必用柯，其大小长短近取法于柯，所谓不远求也。王欲迎周公使还，其道亦不远，人心足以知之。**我觏之子，笾豆有践。**践，行列貌。笺云：觏，见也。之子，是子也，斥周公也。王欲迎周公，当以飨燕之馔行，至则欢乐以说之。○觏，古豆反。践，贱浅反。行，户郎反。

《伐柯》二章，章四句。

---

❶ "何"，《释文》作"河"。

九罭

《九罭》，美周公也。周大夫刺朝廷之不知也。○罭，于逼反。

九罭之鱼，鳟鲂。兴也。九罭，緵罟，小鱼之网也。鳟鲂，大鱼也。笺云：设九罭之罟，乃后得鳟鲂之鱼，言取物各有器也。兴者，喻王欲迎周公之来，当有其礼。○鳟，才损反。鲂，音房。緵，子弄反，又子公反。**我觏之子，衮衣绣裳。**所以见周公也。衮衣，卷龙也。笺云：王迎周公，当以上公之服往见之。○衮，古本反。卷，眷❶冕反。

鸿飞遵渚，鸿不宜循渚也。笺云：鸿，大鸟也，不宜与凫鹥之属飞而循渚，以喻周公今与凡人处东都之邑，失其所也。○凫，音符。鹥，乌兮反。**公归无所，于女信处。**周公未得礼也。再宿曰信。笺云：信，诚也。时东都之人欲周公留不去，故晓之云：公西归而无所居，则可就女诚处是东都也。今公当归复其位，不得留也。

鸿飞遵陆，陆非鸿所宜止。**公归不复，于女信宿！**宿，犹处也。

是以有衮衣兮，无以我公归兮，无与公归之道也。笺云：是，是东都也。东都之人欲周公留之为君，故云"是以有

---

❶ "眷"，《释文》及阮刻本作"卷"。

衮衣"。谓成王所赍来衮衣，愿其封周公于此。以衮衣命留之，无以公西归。○赍，子西反。**无使我心悲兮！**笺云：周公西归，而东都之人心悲，恩德之爱至深也。

《九罭》四章，一章四句，三章章三句。

狼跋

《狼跋》，美周公也。周公摄政，远则四国流言，近则王不知。周大夫美其不失其圣也。不失其圣者，闻流言不惑，王不知不怨，终立其志，成周之王功，致大平，复成王之位，又为之大师，终始无怨，圣德著焉。○狼，音❶郎，兽名。跋，卜末反，又蒲末反。

狼跋其胡，载疐其尾。兴也。跋，躐。疐，跲也。老狼有胡，进则躐其胡，退则跲其尾，进退有难，然而不失其猛。笺云：兴者，喻周公进则躐其胡，犹始欲摄政，四国流言，辟之而居东都也；退则跲其尾，谓后复成王之位而老，成王又留之，其如是，圣德无玷缺。○疐，丁四反，又陟值反。跲，其劫反。**公孙硕肤，赤舄几几。**公孙，成王也，豳公之孙也。硕，大。肤，美也。赤舄，人君之盛屦也。几几，绚貌。笺云：公，周公也。孙，读当如"公孙于齐"之"孙"。孙之言孙遁也。周公摄政，七年致大平，复成王之位，孙遁辟此成

---

❶ "音"，阮刻本作"省"。

功❶之大美。欲老，成王又留之，以为大师，履赤舄几几然。○孙，毛如字，郑音逊。舄，音昔。絇，其俱反。

狼疐其尾，载跋其胡。公孙硕肤，德音不瑕？ 瑕，过也。笺云：不瑕，言不可疵瑕也。○疵，才斯反。

《狼跋》二章，章四句。

豳国七篇，二十七章，二百三句。

---

❶ "功"，阮刻本作"公"。

诗经卷八考证

《豳风·七月》章"献豜于公"。○案：《齐风》"并驱从两肩兮"毛《传》："兽三岁曰肩。"与"豜"字义同。故《周礼》注引此亦作"肩"。

《东山》章"皇驳其马"。○《尔雅·释畜》："騢白，驳。黄白，騜。"郭璞注引《诗》作"騜驳其马"。然案《埤雅》，亦作"皇"，不从马旁。

《破斧》章"四国是皇"。○毛《传》"皇"训"匡"。张载释经及《逸斋补传》俱训"正"。《尔雅·释言》引此则兼训"匡正"。《齐诗》经文作"四国是匡"。

《狼跋》章"赤舄几几"。○案：《说文》"挈"字注："固也，读若《诗》'赤舄挈挈'。"徐铉曰："今别作'悭'，非。挈，苦闲切。"音义及字俱别许慎，不知何据。《长笺》❶以为似逸诗，则失之凿矣。

---

❶ 按：此处《长笺》，指明代赵宧光的著作《说文长笺》。

卷九

鹿鸣之什诂训传第十六 | 小雅

鹿鸣

《鹿鸣》，燕群臣嘉宾也。既饮食之，又实币帛筐筥，以将其厚意，然后忠臣嘉宾得尽其心矣。饮之而有币，酬币也。食之而有币，侑币也。○饮，於鸩反。食，音嗣。

呦呦鹿鸣，食野之苹。兴也。苹，萍也。鹿得萍，呦呦然鸣而相呼，恳诚发乎中。以兴嘉乐宾客，当有恳诚相招呼以成礼也。笺云：苹，藾萧。○呦，音幽。苹，音平。**我有嘉宾，鼓瑟吹笙。吹笙鼓簧，承筐是将。**簧，笙也。吹笙而鼓簧矣。筐，篚属，所以行币帛也。笺云：承，犹奉也。《书》曰："篚厥玄黄。"○簧，音黄。**人之好我，示我周行。**周，至。行，道也。笺云：示，当作"寘"。寘，置也。周行，周之列位也。好，犹善也。人有以德善我者，我则置之于周之列位。言己维贤是用。○好，呼报反。示，如字，郑之豉反。行，毛如字，郑胡郎反。

呦呦鹿鸣，食野之蒿。蒿，菽也。○菽，去刃反。**我有嘉宾，德音孔昭。视民不恌，君子是则是效。**恌，愉也。是则是效，言可法效也。笺云：德音，先王道德之教也。孔，甚。昭，明也。视，古"示"字也。饮酒之礼，于旅也语。嘉宾之语先王德教甚明，可以示天下之民，使之不愉于礼义。是乃君子所法效，言其贤也。○视，音示。恌，他雕反。效，胡教反。愉，他侯反。**我有旨酒，嘉宾式燕以敖。**敖，游也。

呦呦鹿鸣，食野之芩。芩，草也。○芩，其今反。**我有嘉宾，鼓瑟鼓琴。鼓瑟鼓琴，和乐且湛。**湛，乐之久。○乐，音洛，注同。湛，都南反。**我有旨酒，以燕乐嘉宾之心。**燕，安也。夫不能致其乐，则不能得其志，不能得其志，则嘉宾不能竭其力。

《鹿鸣》三章，章八句。

四牡

《四牡》，劳使臣之来也。有功而见知则说矣。文王为西伯之时，三分天下有其二，以服事殷。使臣以王事往来于其职，于其来也，陈其功苦以歌乐之。○劳，力报反。使，所吏反。说，音悦。乐，音洛。

四牡骓骓，周道倭迟。骓骓，行不止之貌。周道，岐周之道也。倭迟，历远之貌。文王率诸侯抚叛国，而朝聘乎纣，故周公作乐，以歌文王之道，为后世法。○骓，芳非反。倭，於危反。**岂不怀归？王事靡盬，我心伤悲！**盬，不坚固也。思归者，私恩也。靡盬者，公义也。伤悲者，情思也。

笺云：无私恩，非孝子也。无公义，非忠臣也。君子不以私害公，不以家事辞王事。○盬，音古。情"思"也，去声❶。

四牡骓骓，嘽嘽骆马。嘽嘽，喘息之貌。马劳则喘息。白马黑鬣曰骆。○嘽，他丹反。骆，音洛。**岂不怀归？王事靡盬，不遑启处！**遑，暇。启，跪。处，居也。臣受命，舍币于祢乃行。○跪，求毁反。舍，音释。

翩翩者鵻，载飞载下，集于苞栩。鵻，夫不也。笺云：夫不，鸟之悫谨者。人皆爱之，可以不劳，犹则飞则下，止于栩木。喻人虽无事，其可获安乎？感厉之。○翩，音篇。鵻，音佳。栩，况甫反。夫，方于反。不，方浮反。**王事靡盬，不遑将父！**将，养也。○养，以尚反。

翩翩者鵻，载飞载止，集于苞杞。杞，枸檵也。○枸，音苟。檵，音计。**王事靡盬，不遑将母！**

驾彼四骆，载骤骎骎。骎骎，骤貌。○骤，助救反。骎，音侵❷。**岂不怀归？是用作歌，将母来谂！**谂，念也。父兼尊亲之道。母至亲而尊不至。笺云：谂，告也。君劳使臣，述序❸其情。女曰：我岂不思归乎？诚思归也。故作此诗之歌，以养父母之志，来告于君也。人之思，恒思亲者，再言将母，亦其情也。○谂，音审。

《四牡》五章，章五句。

---

❶ "去声"，《释文》及阮刻本作"息嗣反"。
❷ "音侵"，《释文》作"楚金反"。
❸ "序"，阮刻本作"时"。

皇皇者华

《皇皇者华》，君遣使臣也。送之以礼乐，言远而有光华也。言臣出使，能扬君之美，延其誉于四方，则为不辱命也。○使，所吏反。

皇皇者华，于彼原隰。皇皇，犹煌煌也。高平曰原，下湿曰隰。忠臣奉使，能光君命，无远无近，如华不以高下易其色。笺云：无远无近，维所之则然。**駪駪征夫，每怀靡及。**駪駪，众多之貌。征夫，行人也。每，虽。怀，和也。笺云：《春秋外传》曰："怀和❶为每怀也。""和，当为'私'。"❷众行夫既受君命当速行，每人怀其私相稽留，则于事将无所及。○駪，所巾反。

我马维驹，六辔如濡。笺云：如濡，言鲜泽也。○驹，音俱。濡，如朱反。**载驰载驱，周爰咨诹。**忠信为周。访问于善为咨。咨事为诹。笺云：爰，于也。大夫出使，驰驱而行，见忠信之贤人，则于之访问，求善道也。○诹，子须反。

我马维骐，六辔如丝。言调忍也。○骐，音其。忍，音刃。**载驰载驱，周爰咨谋。**咨事之难易为谋。○易，以❸

---

❶ "和"，原作"私"，据《国语》及阮刻本校勘记改。
❷ 此四字为《国语》韦昭注所引郑司农语，故加引号。
❸ "以"，《释文》作"夷"。

跂反。

我马维骆，六辔沃若。载驰载驱，周爰咨度。咨礼义所宜为度。○沃，乌毒反。度，待洛反。

我马维駰，六辔既均。阴白杂毛曰駰。均，调也。○駰，音因。**载驰载驱，周爰咨询。**亲戚之谋为询。兼此五者，虽有中和，当自谓"无所及，成于六德"也。笺云：中和，谓忠信也。五者：咨也，诹也，谋也，度也，询也。虽得此于忠信之贤人，犹当云"己将无所及于事，则成六德"。言慎其事。

《皇皇者华》五章，章四句。

常棣

《常棣》，燕兄弟也。闵管、蔡之失道，故作《常棣》焉。周公吊二叔之不咸，而使兄弟之恩疏。召公为作此诗而歌之，以亲之。○棣，大计反，下同❶。

常棣之华，鄂不韡韡。兴也。常棣，棣也。鄂，犹鄂鄂然，言外发也。韡韡，光明也。笺云：承华者曰鄂，不当作"柎"。柎，鄂足也。鄂足得华之光明，则韡韡然盛。兴者，喻弟以敬事兄，兄以荣覆弟，恩义之显亦韡韡然。古声不、柎同。○鄂，五各反。不，如字。韡，韦鬼反。**凡今之人，莫**

---

❶ "下同"，《释文》及阮刻本无。

如兄弟。闻常棣之言为今也。笺云：闻常棣之言，始闻常棣华鄂之说也。如此，则人之恩亲，无如兄弟之最厚。

死丧之威，兄弟孔怀。威，畏。怀，思也。笺云：死丧可畏怖之事，维兄弟之亲甚相思念。**原隰裒矣，兄弟求矣。**裒，聚也。求矣，言求兄弟也。笺云：原也隰也，以相与聚居之故，故能定高下之名，犹兄弟相求，故能立荣显之名。○裒，薄侯反。

脊令在原，兄弟急难。脊令，雍渠也，飞则鸣，行则摇，不能自舍耳。急难，言兄弟之相救于急难。笺云：雍渠，水鸟，而今在原，失其常处，则飞则鸣，求其类，天性也。犹兄弟之于急难。○脊，井益反。令，音零。难，如字，又乃旦反。处，昌虑反。**每有良朋，况也永叹。**况，兹。永，长也。笺云：每，虽也。良，善也。当急难之时，虽有善同门来，兹对之长叹而已。○叹，吐丹反，又吐旦反，以协上句❶韵。

兄弟阋于墙，外御其务。阋，很也。笺云：御，禁。务，侮也。兄弟虽内阋而外御侮也。○阋，许历反。御，鱼吕反。务，如字，又音侮。**每有良朋，烝也无戎。**烝，填。戎，相也。笺云：当急难之时，虽有善同门来，久也犹无相助己者。古声填、窴、尘同。○烝，之承反。

丧乱既平，既安且宁。虽有兄弟，不如友生。兄弟尚恩怡怡然，朋友以义切切然。笺云：平，犹正也。安宁之时，以礼义相琢磨，则友生急。

---

❶ "句"，《释文》及阮刻本无。

傧尔笾豆，饮酒之饫。 傧，陈。饫，私也。不脱屦升堂谓之饫。笺云：私者，图非常之事。若议大疑于堂，则有饫礼焉。听朝为公。○傧，宾酳反。饫，於虑反。朝，直遥反。**兄弟既具，和乐且孺。** 九族会曰和。孺，属也。王与亲戚燕则尚毛。笺云：九族，从己上至高祖、下及玄孙之亲也。属者，以昭穆相次序。○乐，音洛，下同。

妻子好合，如鼓瑟琴。 笺云：好合，志意合也。合者，如鼓瑟琴之声相应和也。王与族人燕，则宗妇内宗之属亦从后于房中。○好，呼报反。和，胡卧反。**兄弟既翕，和乐且湛。** 翕，合也。○翕，许急反。湛，答❶南反。

宜尔家室，乐尔妻帑。 帑，子也。笺云：族人和，则得保乐其家中之大小。○帑，音奴。**是究是图，亶其然乎！** 究，深。图，谋。亶，信也。笺云：女深谋之，信其如是。○亶，都但反。

《常棣》八章，章四句。

伐木

《伐木》，燕朋友故旧也。自天子至于庶人，未有不须友以成者。亲亲以睦，友贤不弃，不遗故旧，则民德归厚矣。

---

❶ "答"，通志堂本《释文》作"启"。

伐木丁丁，鸟鸣嘤嘤。兴也。丁丁，伐木声也。嘤嘤，惊惧也。笺云：丁丁、嘤嘤，相切直也。言昔日未居位，在农之时，与友生于山岩伐木，为勤苦之事，犹以道德相切正也。嘤嘤，两鸟声也。其鸣之志，似于有友道然，故连言之。○丁，陟耕反。嘤，於耕反。**出自幽谷，迁于乔木。**幽，深。乔，高也。笺云：迁，徙也。谓乡时之鸟，出从深谷，今移处高木。○乔，其骄反。乡，许亮反。**嘤其鸣矣，求其友声。**君子虽迁于高位，不可以忘其朋友。笺云：嘤其鸣矣，迁处高木者。求其友声，求其尚在深谷者。其相得，则复鸣嘤嘤然。○复，扶又反。

相彼鸟矣，犹求友声。矧伊人矣，不求友生？矧，况也。笺云：相，视也。鸟尚知居高木呼其友，况是人乎？可不求之？○相，息亮反。矧，尸忍反。**神之听之，终和且平。**笺云：以可否相增减曰和。平，齐等也。此言心诚求之，神若听之，使得如志，则友终相与和而齐功也。

伐木许许，酾酒有藇。许许，柿貌。以筐曰酾。以薮曰湑。藇，美貌。笺云：此言前者伐木许许之人，今则有酒而酾之，本其故也。○许，呼古反。酾，所宜反。藇，音叙。柿，孚废反。**既有肥羜，以速诸父。**羜，未成羊也。天子谓同姓诸侯，诸侯谓同姓大夫，皆曰父。异姓则称舅。国君友其贤臣，大夫、士友其宗族之仁者。笺云：速，召也。有酒有羜，今以召族人饮酒。○羜，直吕反。**宁适不来，微我弗顾。**微，无也。笺云：宁召之适自不来，无使言我不顾念也。

於粲洒埽，陈馈八簋。粲，鲜明貌。圆曰簋。天子八簋。笺云：粢然已洒㩍矣，陈其黍稷矣，谓为食礼。○於，如字，旧音乌。粢，采旦反。洒，所懈反。埽，素报反。馈，其位反。簋，居伟反。洒，所蟹反。㩍，甫问反。食，音嗣。**既有肥牡，以速诸舅。宁适不来，微我有咎。**咎，过也。

伐木于阪，酾酒有衍。衍，美貌。笺云：此言伐木于阪，亦本之也。**笾豆有践，兄弟无远。**笺云：践，陈列貌。兄弟，父之党，母之党。**民之失德，干糇以愆。**糇，食也。笺云：失德，谓见谤讪也。民尚以干糇之食获愆过于人，况天子之馔，反可以恨兄弟乎？故不当远之。○糇，音侯。愆，起虔反。

有酒湑我，无酒酤我。湑，茜之也。酤，一宿酒也。笺云：酤，买也。此族人陈王之恩也。王有酒则沛茜之，王无酒酤买之，要欲厚于族人。○湑，思叙反。酤，音户，郑音顾，又音沽❶。茜，所六反。沛，子礼反。**坎坎鼓我，蹲蹲舞我。**蹲蹲，舞貌。笺云：为我击鼓坎坎然，为我兴舞蹲蹲然，谓以乐乐己。○坎，如字。蹲，七旬反。为，于伪反。乐乐，上音岳，下音洛。**迨我暇矣，饮此湑矣。**笺云：迨，及也。此又述王意也。王曰：及我今之閒暇，共饮此湑酒。欲其无不醉之意。○迨，音待。閒，音闲。

《伐木》六章，章六句。

---

❶ "沽"，影宋本《释文》作"姑"。

天保

《天保》，下报上也。君能下下以成其政，臣能归美以报其上焉。下下，谓《鹿鸣》至《伐木》，皆君所以下臣也。臣亦宜归美于王，以崇君之尊而福禄之，以答其歌。○下下，俱户嫁反。

天保定尔，亦孔之固。固，坚也。笺云：保，安。尔，女也。女，王也。天之安定女，亦甚坚固。俾尔单厚，何福不除。俾，使。单，信也。或曰：单，厚也。除，开也。笺云：单，尽也。天使女尽厚天下之民，何福而不开！皆开出以予之。○单，都但反，郑音丹。除，治虑反。俾尔多益，以莫不庶。庶，众也。笺云：莫，无也。使女每物益多，以是故无不众也。

天保定尔，俾尔戬穀。罄无不宜，受天百禄。戬，福。穀，禄。罄，尽也。笺云：天使女所福禄之人，谓群臣也。其举事尽得其宜，受天之多禄。○戬，子浅反。降尔遐福，维日不足。笺云：遐，远也。天又下予女以广远之福，使天下溥蒙之，汲汲然如日且不足也。

天保定尔，以莫不兴。笺云：兴，盛也。无不盛者，使万物皆盛，草木畅茂，禽兽硕大。如山如阜，如冈如陵。言广厚也。高平曰陆，大陆曰阜，大阜曰陵。笺云：此言其福禄委积高大也。如川之方至，以莫不增。笺云：川之方至，谓其水纵长之时也，万物之收皆增多也。○长，张丈反。

吉蠲为饎，是用孝享。吉，善。蠲，洁也。饎，酒食也。享，献也。笺云：谓将祭祀也。○蠲，古悬❶反。饎，尺志反。**禴祠烝尝，于公先王。**春曰祠，夏曰禴，秋曰尝，冬曰烝。公，事也。笺云：公，先公，谓后稷至诸盩。○禴，余若反。盩，直留反，周大王父名。**君曰卜尔，万寿无疆。**君，先君也。尸所以象神。卜，予也。笺云：君曰卜尔者，尸嘏主人，传神辞也。○嘏，古雅反。

神之吊矣，诒尔多福。吊，至。诒，遗也。笺云：神至者，宗庙致敬，鬼神著矣，此之谓也。○吊，都历反。诒，音怡❷。**民之质矣，日用饮食。**质，成也。笺云：成，平也。民事平，以礼饮食相燕乐而已。**群黎百姓，遍为尔德。**百姓，百官族姓也。笺云：黎，众也。群众百姓，遍为女之德。言则而象之。

如月之恒，如日之升。恒，弦。升，出也。言俱进也。笺云：月上弦而就盈，日始出而就明。○恒，古邓反。**如南山之寿，不骞不崩。**骞，亏也。○骞，起虔反。**如松柏之茂，无不尔或承。**笺云：或之言有也。如松柏之枝叶常茂盛，青青相承，无衰落也。

《天保》六章，章六句。

---

❶ "悬"，《释文》及阮刻本作"玄"。
❷ "音怡"，《释文》及阮刻本作"以之反"。

采薇

《采薇》，遣戍役也。文王之时，西有昆夷之患，北有猃狁之难。以天子之命，命将率遣戍役，以守卫中国。故歌《采薇》以遣之，《出车》以劳还，《杕杜》以勤归也。文王为西伯，服事殷之时也。昆夷，西戎也。天子，殷王也。戍，守也。西伯以殷王之命，命其属为将率，将戍役御西戎及北狄之难，歌《采薇》以遣之。《杕杜》勤归者，以其勤劳之故，于其归，歌《杕杜》以休息之。○昆，古门反。猃，音险。狁，音允。难，乃旦反。将，子亮反。率，所类反，后篇同。劳，力报反，后篇同。杕，大计反。

采薇采薇，薇亦作止。薇，菜。作，生也。笺云：西伯将遣戍役，先与之期以采薇之时。今薇生矣，先辈可以行也。重言采薇者，丁宁行期也。○重，去声❶。**曰归曰归，岁亦莫止。**笺云：莫，晚也。曰"女何时归乎？"亦岁晚之时乃得归也。又丁宁归期，定其心也。○莫，音暮。**靡室靡家，猃狁之故。不遑启居，猃狁之故。**猃狁，北狄也。笺云：北狄，今匈奴也。靡，无。遑，暇。启，跪也。古者师出不逾时，今薇❷生而行，岁晚乃得归，使女无室家夫妇之道，不暇

---

❶ "去声"，《释文》及阮刻本作"直用反"。
❷ "薇"，阮刻本作"薇菜"。

跪居者，有狎犹之难故。晓之也。

采薇采薇，薇亦柔止。柔，始生也。笺云：柔，谓脆脆之时。○脆，七岁反。脆，音问。**曰归曰归，心亦忧止。**笺云：忧止者，忧其归期将晚。**忧心烈烈，载饥载渴。**笺云：烈烈，忧貌。则饥则渴，言其苦也。**我戍未定，靡使归聘！**聘，问也。笺云：定，止也。我方守于北狄，未得止息，无所使归问。言所以忧。

采薇采薇，薇亦刚止。少而刚也。笺云：刚，谓少坚忍时。○少，诗照反。**曰归曰归，岁亦阳止。**阳，历阳月也。笺云：十月为阳。时坤用事，嫌于无阳，故以名此月为阳。**王事靡盬，不遑启处。**笺云：盬，不坚固也。处，犹居也。**忧心孔疚，我行不来！**疚，病。来，至也。笺云：我，戍役自我也。来，犹反也。据家曰来。○疚，久又反。

彼尔维何？维常之华。尔，华盛貌。常，常棣也。笺云：此言彼尔者乃常棣之华，以兴将率车马服饰之盛。○尔，乃礼反。**彼路斯何？君子之车。**笺云：斯，此也。君子，谓将率。**戎车既驾，四牡业业。**业业然，壮也。**岂敢定居？一月三捷。**捷，胜也。笺云：定，止也。将率之志，往至所征之地，不敢止而居处自安也。往则庶乎一月之中三有胜功，谓侵也、伐也、战也。○三，息暂反，又如字。

驾彼四牡，四牡骙骙。君子所依，小人所腓。骙骙，强也。腓，辟也。笺云：腓，当作"芘"。此言戎车者，将率之所依乘，戍役之所芘倚。○骙，求龟反。腓，符非反。**四牡翼翼，象弭鱼服。**翼翼，闲也。象弭，弓反末也，所以解纷也。鱼服，鱼皮也。笺云：弭弓反末别者，以象骨为之，以助御者解辔紛，宜滑也。服，矢服也。○弭，弥氏反。紛，音计，又音结。别，音鳖❶。**岂不日戒，狎狁孔棘。**笺云：戒，警敕军事也。孔，甚。棘，急也。言君子小人岂不日相警戒乎？诚日相警戒也。狎狁之难甚急，豫述其苦以劝之。○日，音越，又人栗反。

昔我往矣，杨柳依依。今我来思，雨雪霏霏。杨柳，蒲柳也。霏霏，甚也。笺云：我来戍止，而谓始反时也。上三章言戍役，次二章言将率之行，故此章重序其往反之时，极言其苦以说之。○雨，于付反。说，音悦。**行道迟迟，载渴载饥。**迟迟，长远也。笺云：行反在于道路，犹饥犹❷渴，言至苦也。**我心伤悲，莫知我哀！**君子能尽人之情，故人忘其死。

《采薇》六章，章八句。

出车

《出车》，劳还率也。遣将率及戍役，同歌同时，欲其同心也。反而劳之，异歌异日，殊尊卑也。《礼记》曰："赐君子小人不同日。"此其义也。○劳，力报反。还，音旋。

---

❶ "音鳖"，《释文》及阮刻本作"《说文》方血反，又边之入声"。
❷ "犹"，阮刻本无。

我出我车，于彼牧矣。出车就马于牧地。笺云：上"我"，我殷王也。下"我"，将率自谓也。西伯以天子之命，出我戎车于所牧之地，将使我出征伐。**自天子所，谓我来矣。**笺云：自，从也。有人从王所来，谓我来矣，谓以王命召己，将使为将率也。先出戎车，乃召将率，将率尊也。**召彼仆夫，谓之载矣。王事多难，维其棘矣。**仆夫，御夫也。笺云：棘，急也。王命召己，己即召御夫，使装载物而往。王之事多难，其召我必急，欲疾趋之。此序其忠敬也。○难，乃旦反。

我出我车，于彼郊矣。设此旐矣，建彼旄矣。龟、蛇曰旐。旄，干旄。笺云：设旐者，属之于干旄，而建之戎车。将率既受命行，乃乘焉。牧地在远郊。○旐，音兆。旄，音毛。属，音烛。**彼旟旐斯，胡不旆旆？**鸟隼曰旟。旆旆，旒垂貌。○旟，音余。旆，蒲❶贝反。**忧心悄悄，仆夫况瘁。**笺云：况，兹也。将率既受命行而忧，临事而惧也。御夫则兹益憔悴，忧其马之不正。○悄，七小反。瘁，似醉反。

王命南仲，往城于方。出车彭彭，旂旐央央。王，殷王也。南仲，文王之属。方，朔方，近玁狁之国也。彭彭，四马貌。交龙为旂。央央，鲜明也。笺云：王使南仲为将率，往筑城于朔方，为军垒以御北狄之难。○央，於京反，又於良反。**天子命我，城彼朔方。赫赫南仲，玁狁于襄。**朔方，北方也。赫赫，盛貌。襄，除也。笺云：此"我"，我戍役也。戍役筑垒，而美其将率自此出征也。

---

❶ "蒲"，阮刻本作"满"。

昔我往矣，黍稷方华。今我来思，雨雪载涂。王事多难，不遑启居。涂，冻释也。笺云：黍稷方华，朔方之地六月时也。以此时始出垒，征伐猃狁，因伐西戎，至春冻始释而来反，其间非有休息。○雨，于付反，又如字。岂不怀归？畏此简书。简书，戒命也。邻国有急，以简书相告，则奔命救之。

喓喓草虫，趯趯阜螽。笺云：草虫鸣，阜螽跃而从之，天性也。喻近西戎之诸侯，闻南仲既征猃狁，将伐西戎之命，则跳跃而乡望之，如阜螽之闻草虫鸣焉。草虫鸣，晚秋之时也。此以其时所见而兴之。○喓，於遥反。趯，吐历反。螽，音终。未见君子，忧心忡忡。既见君子，我心则降。笺云：君子，斥南仲也。降，下也。○忡，敕中反。降，户江反。赫赫南仲，薄伐西戎。

春日迟迟，卉木萋萋。仓庚喈喈，采蘩祁祁。执讯获丑，薄言还归。卉，草也。讯，辞也。笺云：讯，言。丑，众也。伐西戎，以冻释时反朔方之垒息戍役，至此时而归京师，称美时物以及其事，喜而详之也。执其可言问所获之众以归者，当献之也。○卉，许贵反。萋，七西反。赫赫南仲，猃狁于夷。夷，平也。笺云：平者，平之于王也。此时亦伐西戎，独言平猃狁者，猃狁大，故以为始以为终。

《出车》六章，章八句。

杕杜

《杕杜》，劳还役也。役，戍役也。

有杕之杜，有睆其实。兴也。睆，实貌。杕杜犹得其时蕃滋，役夫劳苦，不得尽其天性。○睆，华版反。❶**王事靡盬，继嗣我日。**笺云：嗣，续也。王事无不坚固，我行役续嗣其日。言常劳苦，无休息。**日月阳止，女心伤止，征夫遑止！**笺云：十月为阳。遑，暇也。妇人思望其君子，阳月之时已忧伤矣。征夫如今已闲暇且归也，而尚不得归，故序其男女之情以说之。阳月而思望之者，以初时云"岁亦莫止"。

有杕之杜，其叶萋萋。王事靡盬，我心伤悲。笺云：伤悲者，念其君子于今劳苦。**卉木萋止，女心悲止，征夫归止！**室家逾时则思。

陟彼北山，言采其杞。王事靡盬，忧我父母。笺云：杞非常菜也，而升北山采之，托有事以望君子。**檀车幝幝，四牡痯痯，征夫不远！**檀车，役车也。幝幝，敝貌。痯痯，罢貌。笺云：不远者，言其来，喻路近。○幝，尺善反，又敕丹反。痯，古缓反。罢，音皮。

匪载匪来，忧心孔疚。笺云：匪，非。疚，病也。君

---

❶ 此条《音义》，阮刻本无。

264

子至期不装载，意不为来。我念之，忧心甚病。○疚，车❶又反。**期逝不至，而多为恤。**逝，往。恤，忧也。远行不必如期，室家之情以期望之。**卜筮偕止，会言近止，征夫迩止！**卜之筮之，会人占之。迩，近也。笺云：偕，俱。会，合也。或卜之，或筮之，俱占之，合言于繇为近，征夫如今近耳。○繇，直又反。

《杕杜》四章，章七句。

鱼丽

《鱼丽》，美万物盛多，能备礼也。文、武以《天保》以上治内，《采薇》以下治外，始于忧勤，终于逸乐，故美万物盛多，可以告于神明矣。内，谓诸夏也。外，谓夷狄也。告于神明者，于祭祀而歌之。○丽，力驰反。上，时掌反。

鱼丽于罶，鲿鲨。丽，历也。罶，曲梁也，寡妇之笱也。鲿，扬❷也。鲨，鮀也。大平而后微物众多，取之有时，用之有道，则物莫不多矣。古者不风不暴，不行火；草木不折，不操斧斤，不入山林。豺祭兽然后杀，獭祭鱼然后渔，鹰隼击然后罻罗设。是以天子不合围，诸侯不掩群，大夫不麛不卵，士不隐塞，

---

❶ "车"，《释文》及阮刻本作"居"。
❷ "扬"，阮刻本作"杨"。

庶人不数罟，罟必四寸，然后入泽梁。故山不童，泽不竭，鸟兽鱼鳖皆得其所然。○罶，音柳。鳠，音尝❶。鲨，音沙。暴，蒲卜反。尉，音畏。塞，苏代反。数，七欲反。**君子有酒，旨且多**。笺云：酒美而此鱼又多也。○"有酒旨"绝句。

鱼丽于罶，鲂鳢。鳢，鲖也。**君子有酒，多且旨**。笺云：酒多而此鱼又美也。

鱼丽于罶，鰋鲤。鰋，鲇也。○鰋，音偃。**君子有酒，旨且有**。笺云：酒美而此鱼又有。

物其多矣，维其嘉矣。笺云：鱼既多，又善。

物其旨矣，维其偕矣。笺云：鱼既美，又齐等。

物其有矣，维其时矣。笺云：鱼既有，又得其时。

《鱼丽》六章，三章章四句，三章章二句。

南陔

白华

华黍

《南陔》，孝子相戒以养也。○陔，古哀反。养，余尚反。《白华》，孝子之洁白也。《华黍》，时和岁丰，宜黍稷也。有其义而亡其辞。此三篇者，《乡饮酒》

---

❶ "尝"，《释文》及阮刻本作"常"。

《燕礼》用焉，曰"笙入，立于县中，奏《南陔》《白华》《华黍》"，是也。孔子论《诗》，《雅》《颂》各得其所，时俱在耳。篇第当在于此，遭战国及秦之世而亡之，其义则与众篇之义合编，故存。至毛公为《诂训传》，乃分众篇之义，各置于其篇端云。又阙其亡者，以见在为数，故推改什首，遂通耳，而下非孔子之旧。○县，音悬❶。

《鹿鸣》之什十篇，五十五章，三百一十五句。

---

❶ "悬"，《释文》及阮刻本作"玄"。

诗经卷九考证

"皇华"章"骁骁征夫"。○案：骁，《唐韵》《集韵》并通"侁"。宋玉《招魂》："豺狼从目，往来侁侁些。"王逸注引《诗》，即此"侁"字。《说文》作"莘"。

《伐木》章"伐木许许"《传》"许许，柿貌"。○柿，今本作"枾"，非。案：《说文》"从木𣎳声"者，"赤实果"，即《唐韵》"柹"字。《内则》所谓"枣栗榛柿"也。"从木㡀声"者，削木札朴也，《正字通》同"柿"。《后汉书·杨由传》"风吹削柿"谓削下木片也。今《疏》云"伐木许许然，故鸟惊而飞去"，则当从削木之"柿"，不当从果名之"枾"可知。今本因世俗相沿，以"柿"作果名，反改作"枾"，其误甚矣。

《鱼丽》章"鲿鲨"《传》"鲿，杨也"。○案：《说文》："鲿，扬也。"陆玑《疏》："鱼之大而有力解飞者，徐人谓之扬。"据此，"扬"应从手不从木。

卷十

诗经

南有嘉鱼之什诂训传第十七 | 小雅

南有嘉鱼

《南有嘉鱼》，乐与贤也。大平之君子至诚，乐与贤者共之也。乐得贤者与共立于朝，相燕乐也。○乐，音洛。大，音泰。

南有嘉鱼，烝然罩罩。江、汉之间，鱼所产也。罩罩，篧也。笺云：烝，尘也。尘然，犹言久如也。言南方水中有善鱼，人将久如而俱罩之，迟之也。喻天下有贤者，在位之人将久如而并求致之于朝，亦迟之也。迟之者，谓至诚也。○罩，张教反。篧，助角反。迟，直异❶反。**君子有酒，嘉宾式燕以乐。**笺云：君子，斥时在位者也。式，用也。用酒与贤者燕饮而乐也。○乐，音洛，协句五教反。

南有嘉鱼，烝然汕汕。汕汕，樔也。笺云：樔者，今之撩罟也。○汕，所谏反。樔，侧交反。撩，力条反。**君子有酒，嘉宾式燕以衎。**衎，乐也。○衎，苦❷旦反。

---

❶ "异"，《释文》及阮刻本作"冀"。
❷ "苦"，阮刻本作"若"。

270

南有樛木，甘瓠累之。兴也。累，蔓也。笺云：君子下其臣，故贤者归往也。○樛，居虬反。瓠，音护。**君子有酒，嘉宾式燕绥之。**笺云：绥，安也。与嘉宾燕饮而安之。《乡饮酒》曰："宾以我安。"

翩翩者鵻，烝然来思。鵻，壹宿之鸟。笺云：壹宿者，壹意于其所宿之木也。喻贤者有专壹之意于我，我将久如而来，迟之也。○翩，音篇。鵻，音佳。**君子有酒，嘉宾式燕又思。**笺云：又，复也。以其壹意，欲复与燕，加厚之。○复，扶又❶反。

《南有嘉鱼》四章，章四句。

南山有台

《南山有台》，乐得贤也。得贤则能为邦家立太平之基矣。人君得贤，则其德广大坚固，如南山之有基趾。

南山有台，北山有莱。兴也。台，夫须也。莱，草也。笺云：兴者，山之有草木，以自覆盖，成其高大，喻人君有贤臣，以自尊显。○夫，音符。**乐只君子，邦家之基。乐只君子，万寿无期。**基，本也。笺云：只之言是也。人君既得贤者，置之于位，又尊敬，以礼乐乐之，则能为国家之本，得寿考之福。○乐，音洛。

---

❶ "又"，影宋本《释文》作"久"。

南山有桑，北山有杨。乐只君子，邦家之光。乐只君子，万寿无疆。笺云：光，明也。政教明，有荣曜。

南山有杞，北山有李。乐只君子，民之父母。乐只君子，德音不已。笺云：已，止也。不止者，言长见称颂也。

南山有栲，北山有杻。栲，山樗。杻，檍也。○栲，音考。杻，女九❶反。樗，敕居反。檍，音忆。乐只君子，遐不眉寿。乐只君子，德音是茂。眉寿，秀眉也。笺云：遐，远也。远不眉寿者，言其近眉寿也。茂，盛也。

南山有枸，北山有楰。枸，枳枸。楰，鼠梓。○枸，俱甫反。楰，音庾。乐只君子，遐不黄耇。乐只君子，保艾尔后。黄，黄发也。耇，老。艾，养。保，安也。○耇，音苟。艾，五盖反。

《南山有台》五章，章六句。

由庚

崇丘

由仪

《由庚》，万物得由其道也。《崇丘》，万物得极其高大也。《由仪》，万物之生各得其宜也。有其义而

---

❶ "九"，《释文》作"久"。

亡其辞。此三篇者，《乡饮酒》《燕礼》亦用焉，曰"乃间歌《鱼丽》，笙《由庚》；歌《南有嘉鱼》，笙《崇丘》；歌《南山有台》，笙《由仪》"。亦遭世乱而亡之。《燕礼》又有"升歌《鹿鸣》，下管《新宫》"。《新宫》亦《诗》篇名也，辞义皆亡，无以知其篇第之处。○间，古苋反。

蓼萧

《蓼萧》，泽及四海也。九夷、八狄、七戎、六蛮，谓之四海，国在九州之外，虽有大者，爵不过子。《虞书》曰："州十有二师，外薄四海，咸建五长。"○蓼，音六。薄，音博❶。

蓼彼萧斯，零露湑兮。兴也。蓼，长大貌。萧，蒿也。湑湑然，萧上露貌。笺云：兴者，萧，香物之微者，喻四海之诸侯亦国君之贱者。露者，天所以润万物，喻王者恩泽不为远国则不及也。○湑，息叙反。**既见君子，我心写兮。**输写其心也。笺云：既见君子者，远国之君朝见于天子也。我心写者，舒其情意，无留恨也。**燕笑语兮，是以有誉处兮。**笺云：天子与之燕而笑语，则远国之君各得其所，是以称扬德美，使声誉常处天子。

蓼彼萧斯，零露瀼瀼。瀼瀼，露蕃貌。○瀼，如羊反。

---

❶ "博"，影宋本《释文》作"傅"。

既见君子，为龙为光。龙，宠也。笺云：为龙❶为光，言天子恩泽光耀，被及已也。**其德不爽，寿考不忘。**爽，差也。

蓼彼萧斯，零露泥泥。泥泥，沾濡也。○泥，乃礼反。**既见君子，孔燕岂弟。**岂，乐。弟，易也。笺云：孔，甚。燕，安也。○岂，开在反。弟，如字，后放此。**宜兄宜弟，令德寿岂。**为兄亦宜，为弟亦宜。

蓼彼萧斯，零露浓浓。浓浓，厚貌。○浓，奴同反，又女龙反。**既见君子，鞗革忡忡。和鸾雍雍，万福攸同。**鞗，辔也。革，辔首也。忡忡，垂饰貌。在轼曰和。在镳曰鸾。笺云：此说天子之车饰者，诸侯燕见天子，天子必乘车迎于门，是以云然。攸，所也。○鞗，徒雕反。忡，直弓反。

《蓼萧》四章，章六句。

湛露

《湛露》，天子燕诸侯也。燕，谓与之燕饮酒也。诸侯朝觐会同，天子与之燕，所以示慈惠。

湛湛露斯，匪阳不晞。兴也。湛湛，露茂盛貌。阳，日也。晞，干也。露虽湛湛然，见阳则干。笺云：兴者，露之在物湛湛然，使物柯叶低垂。喻诸侯受燕爵，其仪❷有似醉之

---

❶ "龙"，阮刻本作"宠"。
❷ "仪"，阮刻本作"义"。

貌。诸侯旅酬之则犹然，唯天子赐爵则貌变，肃敬承命，有似露见日而晞。**厌厌夜饮，不醉无归。**厌厌，安也。夜饮，私燕也。宗子将有事，则族人皆侍。不醉而出，是不亲也。醉而不出，是渫宗也。笺云：天子燕诸侯之礼亡，此假宗子与族人燕为说尔。族人犹群臣也，其醉不出，不醉而❶出，犹诸侯之仪也。饮酒至夜，犹云不醉无归，此天子于诸侯之仪。燕饮之礼，宵则两阶及庭门皆设大烛焉。○厌，於盐反。

湛湛露斯，在彼丰草。厌厌夜饮，在宗载考。丰，茂也。夜饮必于宗室。笺云：丰草，喻同姓诸侯也。载之言则也。考，成也。夜饮之礼，在宗室同姓诸侯则成之，于庶姓，其让之则止。昔者，陈敬仲饮桓公酒而乐，桓公命以火继之。敬仲曰："臣卜其昼，未卜其夜。"于是乃止。此之谓不成也。○"饮"桓，於鸩反。

湛湛露斯，在彼杞棘。显允君子，莫不令德。笺云：杞也棘也异类，喻庶姓诸侯也。令，善也。无不善其德，言饮酒不至于醉。

其桐其椅，其实离离。岂弟君子，莫不令仪。离离，垂也。笺云：桐也椅也，同类而异名，喻二王之后也。其实离离，喻其荐俎礼物多于诸侯也。饮酒不至于醉，徒善其威仪而已，谓《陔》节也。○椅，於宜反。陔，古哀反。

《湛露》四章，章四句。

---

❶ "而"，阮刻本无。

诗经

彤弓

《彤弓》，天子锡有功诸侯也。诸侯敌王所忾而献其功，王飨礼之，于是赐彤弓一、彤矢百、玈弓矢千。凡诸侯，赐弓矢然后专征伐。○彤，徒冬反。忾，苦爱反，又火既反。玈，音卢。

彤弓弨兮，受言藏之。彤弓，朱弓也，以讲德习射。弨，弛貌。言，我也。笺云：言者，谓王策命也。王赐朱弓，必策其功以命之。受出藏之，乃反入也。○弨，尺昭反。**我有嘉宾，中心贶之。**贶，赐也。笺云：贶者，欲加恩惠也。王意殷勤于宾，故歌序之。**钟鼓既设，一朝飨之。**笺云：大饮宾曰飨。一朝，犹早朝。○饮，於鸩反。

彤弓弨兮，受言载之。载以归也。笺云：出载之车也。**我有嘉宾，中心喜之。**喜，乐也。**钟鼓既设，一朝右之。**右，劝也。笺云：右之者，主人献之，宾受爵，奠于荐右。既祭俎，乃席末坐，卒爵之谓也。○右，音又，郑如字。

彤弓弨兮，受言櫜之。櫜，韬也。○櫜，古刀反。**我有嘉宾，中心好之。**好，说也。○好，呼报反。说，音悦。**钟鼓既设，一朝酬之。**酬，报也。笺云：饮酒之礼，主人献宾，宾酢主人。主人又饮而酌宾，谓之酬。酬，犹厚也、劝也。○酬，市由反。

《彤弓》三章，章六句。

菁菁者莪

《菁菁者莪》，乐育材也。君子能长育人材，则天下喜乐之矣。乐育材者，歌乐人君教学国人，秀士、选士、俊士、造士、进士，养之以渐，至于官之。○菁，子丁反。莪，五何反。长，张丈反。

菁菁者莪，在彼中阿。 兴也。菁菁，盛貌。莪，萝蒿也。中阿，阿中也，大陵曰阿。君子能长育人材，如阿之长莪菁菁然。笺云：长育之者，既教学之，又不征役也。**既见君子，乐且有仪。** 笺云：既见君子者，官爵之而得见也。见则心既喜乐，又以礼仪见接。

菁菁者莪，在彼中沚。 中沚，沚中也。○沚，音止。**既见君子，我心则喜。** 喜，乐也。

菁菁者莪，在彼中陵。 中陵，陵中也。**既见君子，锡我百朋。** 笺云：古者货贝，五贝为朋。赐我百朋，得禄多，言得意也。

泛泛杨舟，载沈载浮。 杨木为舟，载沈亦沈，载浮亦浮。笺云：舟者，沈物亦载，浮物亦载。喻人君用士，文亦用，武亦用，于人之材无所废。**既见君子，我心则休。** 笺云：休者，休休然。

《菁菁者莪》四章，章四句。

六月

　　《六月》，宣王北伐也。○从此至《无羊》十四篇，是宣王之变《小雅》。《鹿鸣》废，则和乐缺矣。○乐，音洛。《四牡》废，则君臣缺矣。《皇皇者华》废，则忠信缺矣。《常棣》废，则兄弟缺矣。《伐木》废，则朋友缺矣。《天保》废，则福禄缺矣。《采薇》废，则征伐缺矣。《出车》废，则功力缺矣。《杕杜》废，则师众缺矣。《鱼丽》废，则法度缺矣。《南陔》废，则孝友缺矣。《白华》废，则廉耻缺矣。《华黍》废，则蓄积缺矣。《由庚》废，则阴阳失其道理矣。《南有嘉鱼》废，则贤者不安，下不得其所矣。《崇丘》废，则万物不遂矣。《南山有台》废，则为国之基队矣。○队，直类反。《由仪》废，则万物失其道理矣。《蓼萧》废，则恩泽乖矣。《湛露》废，则万国离矣。《彤弓》废，则诸夏衰矣。○夏，户雅反。《菁菁者莪》废，则无礼仪矣。《小雅》尽废，则四夷交侵，中国微矣。《六月》言周室微而复兴，美宣王之北伐也。

　　六月栖栖，戎车既饬。四牡骙骙，载是常服。 栖栖，简阅貌。饬，正也。日月为常。服，戎服也。笺云：记六月者，盛夏出兵，明其急也。戎车，革辂之等也，其等有五。戎车之常服，韦弁服也。○栖，音西。骙，求龟反。**猃狁孔**

炽，我是用急。炽，盛也。笺云：此序吉甫之意也。北狄来侵甚炽，故王以是急遣我。○玁，音险。狁，庾准反。❶王于出征，以匡王国。笺云：于，曰。匡，正也。王曰：今女出征玁狁，以正王国之封畿。

比物四骊，闲之维则。物，毛物也。则，法也。言先教战，然后用师。○比，毗志反。维此六月，既成我服。我服既成，于三十里。师行三十里。笺云：王既成我戎服，将遣之，戒之曰：日行三十里，可以舍息。王于出征，以佐天子。出征以佐其为天子也。笺云：王曰：今❷女出征伐，以佐助我天子之事。御北狄也。

四牡修广，其大有颙。修，长。广，大也。颙，大貌。○颙，玉容反。薄伐玁狁，以奏肤公。奏，为。肤，大。公，功也。有严有翼，共武之服。严，威严也。翼，敬也。笺云：服，事也。言今师之群帅，有威严者，有恭敬者，而共典是兵事。言文武之人备。○共，如字，又音恭。共武之服，以定王国。笺云：定，安也。

玁狁匪茹，整居焦获。侵镐及方，至于泾阳。焦获，周地接于玁狁者。笺云：匪，非。茹，度也。镐也、方也，皆北方地名。言玁狁之来侵，非其所当度为也，乃自整齐而处周之焦获，来侵至泾水之北。言其大恣也。○茹，如豫反。获，音护。度，徒洛反。织文鸟章，白旆央央。鸟章，错革鸟为章也。白旆，继旐者也。央央，鲜明貌。笺云：织，徽织也。

---

❶ 此条《音义》，《释文》及阮刻本无。
❷ "今"，阮刻本作"令"。

鸟章，鸟隼之文章，将帅以下衣皆著焉。○织，音志。旆，蒲贝反。央，音英，或於良反，下篇同。**元戎十乘，以先启行。**元，大也。夏后氏曰钩车，先正也。殷曰寅车，先疾也。周曰元戎，先良也。笺云：钩，钩磬，行曲直有正也。寅，进也。二者及元戎，皆可以先前启突敌陈之前行，其制同异未闻。○乘，绳证反。先，去声❶。行，音航❷，前"行"同。陈，去声❸。

戎车既安，如轾如轩。四牡既佶，既佶且闲。轾，挚。佶，正也。笺云：戎车之安，从后视之如挚，从前视之如轩，然后适调也。佶，壮健之貌。○轾，竹二反。佶，其乙反。**薄伐猃狁，至于大原。**言逐出之而已。○大，音泰。**文武吉甫，万邦为宪。**吉甫，尹吉甫也，有文有武。宪，法也。笺云：吉甫，此时大将也。

吉甫燕喜，既多受祉。祉，福也。笺云：吉甫既伐猃狁而归，天子以燕礼乐之，则欢喜矣，又多受赏赐也。**来归自镐，我行永久。饮御诸友，炰鳖脍鲤。**御，进也。笺云：御，侍也。王以吉甫远从镐地来，又日月长久，今饮之酒，使其诸友恩旧者侍之。又加其珍美之馔，所以极劝之也。○饮，於鸩❹反。炰，白交反。**侯谁在矣，张仲孝友。**侯，维也。张仲，贤臣也。善父母为孝，善兄弟为友。使文武之臣征伐，与孝友之臣处内。笺云：张仲，吉甫之友，其性孝友。

《六月》六章，章八句。

---

❶ "去声"，《释文》及阮刻本作"苏荐反"。
❷ "音航"，《释文》及阮刻本作"户郎反"。
❸ "去声"，《释文》及阮刻本作"直觐反"。
❹ "鸩"，阮刻本作"鸠"，影宋本《释文》作"鸟"。

采芑

《采芑》，宣王南征也。○芑，音起。

薄言采芑，于彼新田，于此菑亩。兴也。芑，菜也。田一岁曰菑，二岁曰新田，三岁曰畬。宣王能新美天下之士，然后用之。笺云：兴者，新美之喻，和治其家，养育其身也。士，军士也。○菑，侧其反。畬，音余。**方叔莅止，其车三千，师干之试。**方叔，卿士也，受命而为将也。莅，临。师，众。干，扞❶。试，用也。笺云：方叔临视此戎车三千乘，其士卒皆有佐师扞敌之用尔。《司马法》："兵车一乘，甲士三人，步卒七十二人。"宣王承乱，羡卒尽起。○莅，音利。羡，延❷面反，余也。**方叔率止，乘其四骐，四骐翼翼。**笺云：率者，率此戎车士卒而行也。翼翼，壮健貌。**路车有奭，簟茀鱼服，钩膺鞗革。**奭，赤貌。钩膺，樊缨也。笺云：茀之言蔽也，车之蔽饰，象席文也。鱼服，矢服也。鞗革，辔首垂也。○奭，许力反。鞗，音条。樊，步干反。

薄言采芑，于彼新田，于此中乡。乡，所也。笺云：中乡，美地名。**方叔莅止，其车三千，旂旐央央。**笺云：交龙为旂，龟蛇为旐。此言军众将帅之车皆备。**方叔率止，**

---

❶ "扞"，阮刻本作"杆"。
❷ "延"，《释文》作"钱"。

约𫐐错衡，八鸾玱玱。𫐐，长毂之𫐐也，朱而约之。错衡，文衡也。玱玱，声也。○𫐐，祁支反，毂篆也。错，如字，又七故反。玱，七羊反。**服其命服，朱芾斯皇，有玱葱珩。**朱芾，黄朱芾也。皇，犹煌煌也。玱，珩声也。葱，苍也。三命葱珩，言周室之强，车服之美也。言其强美，斯劣矣。笺云：命服者，命为将，受王命之服也。天子之服，韦弁服，朱衣裳也。○芾，音弗。玱，七羊反。珩，音衡。

鴥彼飞隼，其飞戾天，亦集爰止。戾，至也。笺云：隼，急疾之鸟也，飞乃至天，喻士卒劲勇，能深攻入敌也。爰，于也。亦集于其所止，喻士卒须命乃行也。○鴥，唯必反。**方叔涖止，其车三千，师干之试。**笺云：三称此者，重师也。**方叔率止，钲人伐鼓，陈师鞠旅。**伐，击也。钲以静之，鼓以动之。鞠，告也。笺云：钲也、鼓也，各有人焉。言钲人伐鼓，互言尔。二千五百人为师，五百人为旅。此言将战之日，陈列其师旅，誓告之也。陈师告旅，亦互言之。○钲，音征。鞠，居六反。**显允方叔，伐鼓渊渊，振旅阗阗。**渊渊，鼓声也。入曰振旅，复长幼也。笺云：伐鼓渊渊，谓战时进士众也。至战止将归，又振旅伐鼓阗阗然。振，犹止也。旅，众也。《春秋传》曰："出曰治兵，入曰振旅，其礼一也。"○阗，音田。❶

蠢尔蛮荆，大邦为雠。蠢，动也。蛮荆，荆州之蛮也。笺云：大邦，列国之大也。○蠢，尺允反。**方叔元老，克壮其犹。**元，大也。五官之长，出于诸侯，曰天子之老。壮，

---

❶ 此条《音义》，阮刻本无。"音田"，《释文》作"徒颠反"。

大。犹，道也。笺云：犹，谋也。谋，兵谋也。**方叔率止，执讯获丑。**笺云：方叔率其士众，执其可言问所获敌人之众以还归也。**戎车啴啴，啴啴焞焞，如霆如雷。**啴啴，众也。焞焞，盛也。笺云：言戎车既众盛，其威又如雷霆。言虽久在外，无罢劳也。○啴，吐丹反。焞，吐雷反。罢，音皮。**显允方叔，征伐玁狁，蛮荆来威。**笺云：方叔先与吉甫征伐玁狁，今特往伐蛮荆，皆使来服于宣王之威，美其功之多也。

《采芑》四章，章十二句。

车攻

《车攻》，宣王复古也。宣王能内修政事，外攘夷狄，复文、武之竟土，修车马，备器械，复会诸侯于东都，因田猎而选车徒焉。东都，王城也。○攘，如羊反，除也、却也。竟，音境。械，户戒反。"复"会，扶又反。

我车既攻，我马既同。攻，坚。同，齐也。宗庙齐毫，尚纯也。戎事齐力，尚强也。田猎齐足，尚疾也。**四牡庞庞，驾言徂东。**庞庞，充实也。东，洛邑也。○庞，鹿同反，又扶公反。

田车既好，四牡孔阜。东有甫草，驾言行狩。甫，大也。田者，大艾❶草以为防，或舍其中。褐缠旃以为门，裘缠

---

❶ "艾"，阮刻本作"芟"。

质以为槷，间容握，驱而入，击则不得入。左者之❶左，右者之右，然后焚而射焉。天子发然后诸侯发，诸侯发然后大夫、士发。天子发抗大绥，诸侯发抗小绥，献禽于其下。故战不出顷，田不出防，不逐奔走，古之道也。笺云：甫草者，甫田之草也。郑有甫田。○甫，如字，郑音补。槷，鱼列反。

之子于苗，选徒嚣嚣。之子，有司也。夏猎曰苗。嚣嚣，声也。维数车徒者，为有声也。笺云：于，曰也。○嚣，五刀反。**建旐设旄，搏兽于敖。**敖，地名。笺云：兽，田猎搏兽也。敖，郑地，今近荥阳。

驾彼四牡，四牡奕奕。言诸侯来会也。**赤芾金舄，会同有绎。**诸侯赤芾金舄。舄，达屦也。时见曰会，殷见曰同。绎，陈也。笺云：金舄，黄朱色也。○舄，音昔。绎，音亦。

决拾既佽，弓矢既调。决，钩弦也。拾，遂也。佽，利也。笺云：佽，谓手指相次❷比也。调，谓弓强弱与矢轻重相得。○决，古穴反。佽，音次。比，毗志反。**射夫既同，助我举柴。**柴，积也。笺云：既同，已射，同复将射之位也。虽不中，必助中者举积禽也。○柴，子智反。

四黄既驾，两骖不猗。言御者之良也。○猗，於寄反，又於绮反。**不失其驰，舍矢如破。**言习于射御法也。笺云：御者之良，得舒疾之中。射者之工，矢发则中，如椎破物也。○舍，音捨。

萧萧马鸣，悠悠旆旌。言不谨哗也。○谨，音欢。**徒御**

---

❶ "之"，阮刻本无。
❷ "次"，阮刻本作"佽"。

不惊，大庖不盈。徒，辇也。御，御马也。不惊，惊也。不盈，盈也。一曰干豆，二曰宾客，三曰充君之庖，故自左膘而射之，达于右腢，为上杀。射右耳本，次之。射左髀，达于右䯚，为下杀。面伤不献，践毛不献，不成禽不献。禽虽多，择取三十焉，其余以与大夫、士。以习射于泽宫，田虽得禽，射不中不得取禽。田虽不得禽，射中则得取禽。古者以辞让取，不以勇力取。笺云：不惊，惊也。不盈，盈也。反其言，美之也。射右耳本，"射"当为"达"。三十者，每禽三十也。○庖，蒲茅反。膘，频小反。腢，音愚，又五厚反。䯚，余绕反，又胡了反。

之子于征，有闻无声。有善闻而无喧哗之声。笺云：晋人伐郑，陈成子救之，舍于柳舒之上，去穀七里，穀人不知，可谓有闻无声。○闻，音问。**允矣君子，展也大成。**笺云：允，信。展，诚也。大成，谓致太平也。

《车攻》八章，章四句。

吉日

《吉日》，美宣王田也。能慎微接下，无不自尽以奉其上焉。

吉日维戊，既伯既祷。维戊，顺类乘牡也。伯，马祖也。重物慎微，将用马力，必先为之祷其祖。祷，祷获也。笺云：戊，刚日也，故乘牡为顺类也。○祷，丁老反。**田车既**

好，四牡孔阜。升彼大阜，从其群丑。笺云：丑，众也。田而升大阜，从禽兽之群众也。

吉日庚午，既差我马。外事以刚日。差，择也。兽之所同，麀鹿麌麌。鹿牝曰麀。麌麌，众多也。笺云：同，犹聚也。麕牡曰麌。麌复麌，言多也。○麀，音忧。麌，愚甫反。漆沮之从，天子之所。漆沮之水，麀鹿所生也。从漆沮驱禽，而致天子之所。○沮，七徐反。

瞻彼中原，其祁孔有。祁，大也。笺云：祁，当作"麎"。麎，麋牝也。中原之野甚有之。○祁，巨私反，郑音辰。儦儦俟俟，或群或友。趋则儦儦，行则俟俟。兽三曰群，二曰友。○儦，表娇反。俟，音士。悉率左右，以燕天子。驱禽之左右，以安待天子。笺云：率，循也。悉驱禽顺其左右之宜，以安待王之射也。○射，食亦反。

既张我弓，既挟我矢。发彼小豝，殪此大兕。殪，壹发而死。言能中微而制大也。笺云：豕牝曰豝。○挟，子洽反，又子协反，又户颊反。豝，音巴。殪，於计反。兕，徐履反。中，张❶仲反。以御宾客，且以酌醴。飨醴，天子之饮酒也。笺云：御宾客者，给宾客之御也。宾客，谓诸侯也。酌醴，酌而饮群臣，以为俎实也。

《吉日》四章，章六句。

《南有嘉鱼》之什十篇，四十六章，二百七十二句。

---

❶ "张"，《释文》作"丁"。

诗经卷十考证

《六月》章"我是用急"。○《汉书》《盐铁论》"急"作"戒"。

"织文鸟章"《笺》"鸟准之文章"。○准,当作"隼"。《正义》谓郑《笺》因《传》"错革鸟"之解不明,故复言"鸟隼之文章"。案:《尔雅·释天》:"错革鸟曰旟。"《周礼·司常》:"掌九旗之物名,鸟隼为旟。"又《埤雅》云:"鹰搏噬不能无失,独隼为有准。"古之制字者以此。据此,原本直作"准"字者误,今改正。

《采芑》章"朱芾斯皇"。○《白虎通》"朱芾"作"朱绋",与《车攻》章同。

"执讯获丑"《笺》"执将可言问所获敌人之众以还归也"。○殿本及诸坊本"执将"俱作"执其"。案:《采薇》末章与此同句,而《笺》内亦作"执其"。则此误"将"字无疑,今改正。

《吉日》章"儦儦俟俟"。○儦儦,唐章怀太子注《汉书》引《诗》作"駓駓",《说文》作"伾伾"。

卷十一

鸿雁之什诂训传第十八 | 小雅

鸿雁

《鸿雁》,美宣王也。万民离散,不安其居,而能劳来还定安集之,至于矜寡,无不得其所焉。宣王承厉王衰乱之敝,而起兴复先王之道,以安集众民为始也。《书》曰:"天将有立父母,民之有政有居。"宣王之为是务。○劳,力报反。来,力代反。矜,古顽反。

鸿雁于飞,肃肃其羽。兴也。大曰鸿,小曰雁。肃肃,羽声也。笺云:鸿雁知辟阴阳寒暑。兴者,喻民知去无道,就有道。**之子于征,劬劳于野。**之子,侯伯卿士也。劬劳,病苦也。笺云:侯伯卿士,谓诸侯之伯与天子卿士也。是时民既离散,邦国有坏灭者,侯伯久不述职,王使废于存省诸侯,于是始复之,故美焉。○劬,其俱反。**爰及矜人,哀此鳏寡。**矜,怜也。老无妻曰鳏,偏丧曰寡。笺云:爰,曰也。王之意,不徒使此为诸侯之事与安集万民而已。王曰:当及此可怜之人,谓贫穷者,欲令赒饩之,鳏寡则哀之,其孤独者收敛之,使有所依附。○矜,棘冰反。

鸿雁于飞,集于中泽。中泽,泽中也。笺云:鸿雁之性，安居泽中，今飞又集于泽中，犹民去其居而离散，今见还定安集。**之子于垣，百堵皆作。**一丈为版，五版为堵。笺云：侯伯卿士又于坏灭之国征民起屋舍，筑墙壁，百堵同时而起。言趋事也。《春秋传》曰："五版为堵，五堵为雉。"雉长三丈，则版六尺。○垣，音袁。**虽则劬劳，其究安宅。**究，穷也。笺云：此劝万民之辞。女今虽病劳，终有安居。○究，居又反。

鸿雁于飞，哀鸣嗷嗷。未得所安集则嗷嗷然。笺云：此之子所未至者。○嗷，五刀反。**维此哲人，谓我劬劳。**笺云：此哲人，谓知王之意及之子之事者。我，之子自我也。**维彼愚人，谓我宣骄。**宣，示也。笺云：谓我役作众民为骄奢。

《鸿雁》三章，章六句。

庭燎

《庭燎》，美宣王也。因以箴之。诸侯将朝，宣王以夜未央之时问夜早晚。美者，美其能自勤以政事。因以箴者，王有鸡人之官，凡国事为期，则告之以时，王不正其官而问夜早晚。○燎，力照反。箴，之金反。

夜如何其？笺云：此宣王以诸侯将朝，夜起曰：夜如何其？问早晚之辞。○其，音基，辞也。**夜未央，庭燎之光。君子至止，鸾声将将。**央，旦也。庭燎，大烛也。君子，诸侯也。将将，鸾镳声也。笺云：夜未央，犹言夜未渠央也，而于庭设大烛，使诸侯早来朝，闻鸾声将将然。○央，於良反，"尽也"❶。将，七羊反。

夜如何其？夜未艾，庭燎晢晢。君子至止，鸾声哕哕。艾，久也。晢晢，明也。哕哕，徐行有节也。笺云：芟末曰艾，以言夜先鸡鸣时。○曰"艾"，音刈。晢，之世反。哕，呼会反。

夜如何其？夜乡晨，庭燎有辉。君子至止，言观其旂。辉，光也。笺云：晨，明也。上二章闻鸾声尔。今夜乡明，我见其旂，是朝之时也。朝礼，别色始入。○乡，许亮反。旂，音祈。

《庭燎》三章，章五句。

沔水

《沔水》，规宣王也。规者，正圆之器也。规主仁恩也，以恩亲正君曰规。《春秋传》曰："近臣尽规。"○沔，绵善反。

沔彼流水，朝宗于海。兴也。沔，水流满也。水犹有所朝宗。笺云：兴者，水流而入海，小就大也。喻诸侯朝天子，亦犹是也。诸侯春见天子曰朝，夏见曰宗。○朝，直遥反。

---

❶ 《释文》及阮刻本此语前有"王逸注《楚辞》云"，故加引号。

见，贤遍反。**鴥彼飞隼，载飞载止。**笺云：载之言则也。言隼欲飞则飞，欲止则止，喻诸侯之自骄恣，欲朝不朝，自由无所在心也。○鴥，惟必反。隼，息尹反。**嗟我兄弟，邦人诸友，莫肯念乱，谁无父母！**邦人诸友，谓诸侯也。兄弟，同姓臣也。京师者，诸侯之父母也。笺云：我，我王也。莫，无也。我同姓异姓之诸侯，女自恣听不朝，无肯念此于礼法为乱者。女谁无父母乎？言皆生于父母也。臣之道，资于事父以事君。

沔彼流水，其流汤汤。言放纵无所入也。笺云：汤汤，波流盛貌。喻诸侯奢僭，既不朝天子，复不事侯伯。○汤，失羊反。**鴥彼飞隼，载飞载扬。**言无所定止也。笺云：则飞则扬，喻诸侯出兵，妄相侵伐。**念彼不迹，载起载行。心之忧矣，不可弭忘。**不迹，不循道也。弭，止也。笺云：彼，彼诸侯也。诸侯不循法度，妄兴师出兵。我念之忧，不能忘也。○迹，井亦反。弭，弥氏反。

鴥彼飞隼，率彼中陵。笺云：率，循也。隼之性，待鸟雀而食。飞循陵阜者，是其常也。喻诸侯之守职顺法度者，亦是其常也。**民之讹言，宁莫之惩！**惩，止也。笺云：讹，伪也。言时不令小人好诈伪，为交易之言，使见怨咎，安然无禁止。**我友敬矣，谗言其兴！**疾王不能察谗也。笺云：我，我天子也。友，谓诸侯也。言诸侯有敬其职、顺法度者，谗人犹兴其言以毁恶之。王与侯伯不当察之。○恶，乌路反。

《沔水》三章，二章章八句，一章六句。

鹤鸣

《鹤鸣》，诲宣王也。诲，教也。教宣王求贤人之未仕者。

鹤鸣于九皋，声闻于野。兴也。皋，泽也。言身隐而名著也。笺云：皋，泽中水溢出所为坎，自外数至九，喻深远也。鹤在中鸣焉，而野闻其鸣声。兴者，喻贤者虽隐居，人咸知之。○皋，音羔。闻，音问。**鱼潜在渊，或在于渚。**良鱼在渊，小鱼在渚。笺云：此言鱼之性寒则逃于渊，温则见于渚，喻贤者世乱则隐，治平则出，在时君也。**乐彼之园，爰有树檀，其下维萚。**何乐于彼园之观乎？萚，落也。尚其树檀而下其萚。笺云：之，往。爰，曰也。言所以之彼园而观者，人曰有树檀，檀下有萚。此犹朝廷之尚贤者而下小人，是以往也。○乐，音洛。萚，音托。**它山之石，可以为错。**错，石也，可以琢玉。举贤用滞，则可以治国。笺云：它山，喻异国。○错，七落反。

鹤鸣于九皋，声闻于天。笺云：天，高远也。**鱼在于渚，或潜在渊。**笺云：时寒则鱼去渚，逃于渊。**乐彼之园，爰有树檀，其下维榖。**榖，恶木也。○榖，工木反。**它山之石，可以攻玉。**攻，错也。

《鹤鸣》二章，章九句。

祈父

《祈父》，刺宣王也。刺其用祈父不得其人也。官非其人则职废。祈父之职，掌六军之事，有九伐之法。祈、圻、畿同。○祈，勤衣反。

祈父，祈父，司马也，职掌封圻之兵甲。笺云：此司马也，时人以其职号之，故曰祈父。《书》曰："若畴圻父。"谓司马。司马掌禄士，故司士属焉。又有司右，主勇力之士。**予王之爪牙。胡转予于恤，靡所止居？**恤，忧也。宣王之末，司马职废，羌戎为败。笺云：予，我。转，移也。此勇力之士责司马之辞也。我乃王之爪牙，爪牙之士当为王闲守之卫，女何移我于忧，使我无所止居乎？谓见使从军，与羌戎战于千亩而败之时也。六军之士，出自六乡，法不取于王之爪牙之士。○为，于伪反。

祈父，予王之爪士。士，事也。**胡转予于恤，靡所厎止？**厎，至也。○厎，之❶履反。

祈父，亶不聪。亶，诚也。○亶，都但❷反。**胡转予于恤，有母之尸饔！**尸，陈也。熟食曰饔。笺云：己从军，而母为父陈馔饮食之具，自伤不得供养也。

---

❶ "之"，阮刻本作"瓜"。
❷ "但"，《释文》及阮刻本作"旦"。

《祈父》三章，章四句。

白驹

《白驹》，大夫刺宣王也。刺其不能留贤也。

皎皎白驹，食我场苗。絷之维之，以永今朝。宣王之末，不能用贤，贤者有乘白驹而去者。絷，绊。维，系也。笺云：永，久也。愿此去者，乘其白驹而来，使食我场中之苗。我则绊之系之，以久今朝。爱之，欲留之。○皎，古了反。场，直良反。絷，陟立反。**所谓伊人，于焉逍遥？**笺云：伊，当作"繄"。繄，犹是也。所谓是乘白驹而去之贤人，今于何游息乎？思之甚也。○焉，於虔反，又如字。

皎皎白驹，食我场藿。絷之维之，以永今夕。藿，犹苗也。夕，犹朝也。○藿，火郭反。**所谓伊人，于焉嘉客？**

皎皎白驹，贲然来思。贲，饰也。笺云：愿其来而得见之。《易》卦曰："山下有火，贲。"贲，黄白色也。○贲，彼义反。**尔公尔侯？逸豫无期。**尔公尔侯邪？何为逸乐无期以反也？**慎尔优游，勉尔遁思！**慎，诚也。笺云：诚女优游，使待时也。勉女遁思，度己终不得见。自诀之辞。○遁，徒逊反。

皎皎白驹，在彼空谷。空，大也。**生刍一束，其人如玉。**笺云：此戒之也。女行所舍，主人之饩虽薄，要就贤人，其德如玉然。○刍，楚俱反。**毋金玉尔音，而有遐心。**笺云：毋爱女声音，而有远我之心。以恩责之也。○毋，音无。

《白驹》四章，章六句。

黄鸟

《黄鸟》，刺宣王也。刺其以阴礼教亲而不至，联兄弟之不固。

黄鸟黄鸟，无集于榖，无啄我粟。兴也。黄鸟，宜集木啄粟者。喻❶天下室家不以其道而相去，是失其性。**此邦之人，不我肯**❷**榖。**榖，善也。笺云：不肯以善道与我。**言旋言归，复我邦族。**宣王之末，天下室家离散，妃匹相去，有不以礼者。笺云：言，我。复，反也。

黄鸟黄鸟，无集于桑，无啄我粱。此邦之人，不可与明。不可与明夫妇之道。笺云：明，当为"盟"。盟，信也。言旋言归，复我诸兄。妇人有归宗之义。笺云：宗，谓宗子也。

黄鸟黄鸟，无集于栩，无啄我黍。此邦之人，不可与处。处，居也。○栩，况甫反。处，上声。❸**言旋言归，复我诸父。**诸父，犹诸兄也。

---

❶ 阮刻本校勘记认为，"喻"前有"笺云兴者"四字。
❷ "我肯"，原作"肯我"，据阮刻本互乙。
❸ "处，上声"，《释文》及阮刻本无。

《黄鸟》三章，章七句。

我行其野

《我行其野》，刺宣王也。刺其不正嫁取之数而有荒政，多淫昏之俗。

我行其野，蔽芾其樗。昏姻之故，言就尔居。樗，恶木也。笺云：樗之蔽芾始生，谓仲春之时，嫁取之月。妇之父，婿之父，相谓昏姻。言，我也。我乃以此二父之命故，我就女居。我岂其无礼来乎！责之也。○蔽，必制反。芾，方味反。樗，敕书反。**尔不我畜，复我邦家。**畜，养也。笺云：宣王之末，男女失道，以求外昏，弃其旧姻而相怨。○畜，吁玉反。❶

我行其野，言采其蓫。昏姻之故，言就尔宿。蓫，恶菜也。笺云：蓫，牛蘈也，亦仲春时生，可采也。○蓫，敕六。**尔不我畜，言归斯复。**复，反也。

我行其野，言采其葍。不思旧姻，求尔新特。葍，恶菜也。新特，外昏也。笺云：葍，蔖也，亦仲春时生，可采也。婿之父曰姻。我采葍之时，以礼来嫁女。女不思女老父之命而弃我，而求女新外昏特来之女。责之也。不以礼嫁，必无肯媵之。○葍，音福。蔖，音富。**成不以富，亦祇以异。**

---

❶ 此条《音义》，《释文》及阮刻本无。

祇，适也。笺云：女不以礼为室家，成事不足以得富也。女亦适以此自异于人道，言可恶也。○祇，音支。恶，乌路反。

《我行其野》三章，章六句。

斯干

《斯干》，宣王考室也。考，成也。德行国富，人民殷众，而皆佼好，骨肉和亲，宣王于是筑宫庙群寝，既成而衅之，歌《斯干》之诗以落之。此之谓成室。宗庙成，则又祭祀先祖。○佼，古卯反。

秩秩斯干，幽幽南山。兴也。秩秩，流行也。干，涧也。幽幽，深远也。笺云：兴者，喻宣王之德，如涧水之源，秩秩流出，无极已也。国以饶富，民取足焉，如于深山。○秩，直乙反。**如竹苞矣，如松茂矣。**苞，本也。笺云：言时民殷众，如竹之本生矣；其佼好，又如松柏之畅茂矣。**兄及弟矣，式相好矣，无相犹矣。**犹，道也。笺云：犹，当作"瘉"。瘉，病也。言时人骨肉用是相爱好，无相诟病也。○好，呼报反。犹，如字，郑羊主反。

似续妣祖，似，嗣也。笺云：似，读如巳午之巳。巳续妣祖者，谓巳成其宫庙也。妣，先妣姜嫄也。祖，先祖也。○妣，必履反。**筑室百堵，西南其户。**西乡户、南乡户也。笺云：此筑室者，谓筑燕寝也。百堵，百堵一时起也。天子之寝有左右房，西其户者，异于一房者之室户也。又云南其

诗经

户者，宗庙及路寝，制如明堂，每室四户，是室一南户尔。○乡，许亮反。**爰居爰处，爰笑爰语**。笺云：爰，于也。于是居，于是处，于是笑，于是语。言诸寝之中，皆可安乐。

约之阁阁，椓之橐橐。约，束也。阁阁，犹历历也。橐橐，用力也。笺云：约，谓缩板也。椓，谓擣土也。○阁，音各。椓，陟角反。橐，音托。擣，丈牛反。**风雨攸除，鸟鼠攸去，君子攸芋**。芋，大也。笺云：芋，当作"幠"。幠，覆也。寝庙既成，其墙屋弘杀，则风雨之所除也。其坚致，则鸟鼠之所去也。其堂室相称，则君子之所覆盖。○除，直虑反，去也。芋，香于反。

如跂斯翼，如人之跂竦翼尔。○跂，音企。**如矢斯棘，如鸟斯革**。棘，棱廉也。革，翼也。笺云：棘，戟也，如人挟弓矢戟其肘，如鸟夏暑希革张其翼时。○棘，居力反。革，如字。**如翚斯飞，君子攸跻**。跻，升也。笺云：伊洛而南，素质，五色皆备成章，曰翚。此章四"如"者，皆谓廉隅之正，形貌之显也。翚者，鸟之奇异者也，故以成之焉。此章主于宗庙，君子所升，祭祀之时。○翚，音辉。

殖殖其庭，有觉其楹。殖殖，言平正也。有觉，言高大也。笺云：觉，直也。**哙哙其正，哕哕其冥**，正，长也。冥，幼也。笺云：哙哙，犹快快也。正，昼也。哕哕，犹煟煟也。冥，夜也。言居之昼日则快快然，夜则煟煟然，皆宽明之貌。○哙，音快。正，音政。哕，呼会反。冥，莫形反。煟，音谓。**君子攸宁**。笺云：此章主于寝，君子所安，燕息之时。

下莞上簟，乃安斯寝。笺云：莞，小蒲之席也。竹苇曰簟。寝既成，乃铺席，与群臣安燕为欢以落之。○莞，音官。**乃寝乃兴，乃占我梦。**言善之应人也。笺云：兴，夙兴也。有善梦则占之。**吉梦维何？维熊维罴，维虺维蛇。**笺云：熊罴之兽，虺蛇之虫，此四者，梦之吉祥也。○熊，回[1]弓反。罴，彼宜反。虺，许鬼反。蛇，市奢反。

大人占之：维熊维罴，男子之祥；维虺维蛇，女子之祥。笺云：大人占之，谓以圣人占梦之法占之也。熊罴在山，阳之祥也，故为生男。虺蛇穴处，阴之祥也，故为生女。○大，音泰。

乃生男子，载寝之床，载衣之裳，载弄之璋。半珪曰璋。裳，下之饰也。璋，臣之职也。笺云：男子生而卧于床，尊之也。裳，昼日衣也。衣以裳者，明当主于外事也。玩以璋者，欲其比德焉。正以璋者，明成之有渐。○衣，於既反，下同。**其泣喤喤，朱芾斯皇，室家君王。**笺云：皇，犹煌煌也。芾者，天子纯朱，诸侯黄朱。室家，一家之内。宣王所生之子，或且为诸侯，或且为天子，皆将佩朱芾煌煌然。○喤，音横[2]，声也。

乃生女子，载寝之地，载衣之裼，载弄之瓦。裼，褓也。瓦，纺砖也。笺云：卧于地，卑之也。褓，夜衣也，明当主于内事。纺砖，习其所有[3]事也。○裼，他计反。**无非无仪，唯酒食是议，无父母诒罹。**妇人质，无威仪也。罹，

---

[1] "回"，《释文》作"于"。
[2] "横"，阮刻本作"煃"。
[3] "所有"，阮刻本作"一有所"。

忧也。笺云：仪，善也。妇人无所专于家事，有非非妇人也，有善亦非妇人也。妇人之事，惟议酒食尔，无遗父母之忧。○诒，以之反。罹，力驰反。

《斯干》九章，四章章七句，五章章五句。

无羊

《无羊》，宣王考牧也。厉王之时，牧人之职废。宣王始兴而复之，至此而成，谓复先王牛羊之数。

谁谓尔无羊？三百维群。谁谓尔无牛？九十其犉。黄牛黑唇曰犉。笺云：尔，女也，女宣王也。宣王复古之牧法，汲汲于其数，故歌此诗以解之也。谁谓女无羊？今乃三百头为一群。谁谓女无牛？今乃犉者九十头。言其多矣，足如古也。○犉，而纯反。**尔羊来思，其角濈濈。**聚其角而息濈濈然。笺云：言此者，美畜产得其所。○濈，庄立反。畜，许又反。**尔牛来思，其耳湿湿。**呞而动其耳，湿湿然。○湿，始立反。呞，丑之反。

或降于阿，或饮于池，或寝或讹。讹，动也。笺云：言此者，美其无所惊畏也。○讹，五戈反。**尔牧来思，何蓑何笠，或负其糇。**何，揭也。蓑所以备雨，笠所以御暑。笺云：言此者，美牧人寒暑饮食有备。○何，何可反。蓑，素戈反。笠，音立。糇，音侯。**三十维物，尔牲则具。**黑毛色者三十也。笺云：牛羊之色异者三十，则女之祭祀，索则有之。

尔牧来思，以薪以蒸，以雌以雄。笺云：此言牧人有余力，则取薪蒸、搏禽兽以来归也。粗曰薪，细曰蒸。**尔羊来思，矜矜兢兢，不骞不崩。**矜矜兢兢，以言坚强也。骞，亏也。崩，群疾也。○兢，其冰反。骞，起虔反。**麾之以肱，毕来既升。**肱，臂也。升，升入牢也。笺云：此言扰驯从人意也。○麾，毁皮反。肱，古闳❶反。

牧人乃梦，众维鱼矣，旐维旟矣。笺云：牧人乃梦见人众相与捕鱼，又梦见旐与旟。占梦之官得而献之于宣王，将以占国事也。**大人占之：众维鱼矣，实维丰年。**阴阳和则鱼众多矣。笺云：鱼者，庶人之所以养也。今人众相与捕鱼，则是岁熟相供养之祥也。《易·中孚》卦曰："豚鱼吉。"○养，羊亮反。**旐维旟矣，室家溱溱。**溱溱，众也。旐、旟，所以聚众也。笺云：溱溱，子孙众多也。○溱，侧巾反。

《无羊》四章，章八句。

《鸿雁》之什十篇，三十二章，二百三十三句。

---

❶ "闳"，阮刻本作"弘"。

诗经卷十一考证

《庭燎》章"鸾声哕哕"。○《说文》"鸾"作"鑾","哕"作"鉞"。徐铉曰:"俗作'鐬',非是。"

《我行其野》章"不思旧姻"。○《白虎通》"思"作"惟"。

《斯干》章"乃生女子"《传》"裼,褓也"。○案:《字典》无"裼"字,惟"裼",音锡,又他计反,音替,引《诗》及毛《传》以明之。据此则"易"乃"易"误,应改作"裼"。《韩诗》作"禘",《说文》作"褅"。

卷十二

节南山之什诂训传第十九 | 小雅

节南山

《节南山》，家父刺幽王也。家父，字，周大夫也。○节，在切反，又如字。父，音甫。

节彼南山，维石岩岩。兴也。节，高峻貌。岩岩，积石貌。笺云：兴者，喻三公之位，人所尊严。**赫赫师尹，民具尔瞻。忧心如惔，不敢戏谈。**赫赫，显盛貌。师，大师，周之三公也。尹，尹氏，为大师。具，俱。瞻，视。惔，燔也。笺云：此言尹氏，女居三公之位，天下之民俱视女之所为，皆忧心如火灼烂之矣。又畏女之威，不敢相戏而言语。疾其贪暴，胁下以刑辟也。○赫，许百反。惔，徒蓝反。**国既卒斩，何用不监！**卒，尽。斩，断。监，视也。笺云：天下之诸侯日相侵伐，其国已尽绝灭，女何用为职，不监察之？○卒，子律反。监，古衔反，注同。

节彼南山，有实其猗。实，满。猗，长也。笺云：猗，倚也。言南山既能高峻，又以草木平满其旁倚之畎谷，使之齐均也。○猗，於宜反。**赫赫师尹，不平谓何！**笺云：责三公之不均平，不如山之为也。谓何，犹"云何"也。**天方荐**

瘥，丧乱弘多。荐，重。瘥，病。弘，大也。笺云：天气方今又重以疫病，长幼相乱而死丧甚大多也。○荐，徂殿反。瘥，才何❶反。民言无嘉，憯莫惩嗟。憯，曾也。笺云：惩，止也。天下之民皆以灾害相吊唁，无一嘉庆之言，曾无以恩德止之者，嗟乎奈何！○憯，七❷感反。

尹氏大师，维周之氐。秉国之均，四方是维。天子是毗，俾民不迷。氐，本。均，平。毗，厚也。笺云：氐，当作桎辖之"桎"。毗，辅也。言尹氏作大师之官，为周之桎辖，持国政之平，维制四方，上辅天子，下教化天下，使民无迷惑之忧。言任至重。○氐，丁礼反。毗，婢尸反。不吊昊天，不宜空我师。吊，至。空，穷也。笺云：至，犹善也。不善乎昊天，诉之也。不宜使此人居尊官，困穷我之众民也。○吊，如字，又丁历反。空，苦贡反。

弗躬弗亲，庶民弗信。弗问弗仕，勿罔君子。庶民之言不可信，勿罔上而行也。笺云：仕，察也。勿，当作"末"。此言王之政不躬而亲之，则恩泽不信于众民矣。不问而察之，则下民末罔其上矣。○勿，如字，郑音末❸。式夷式已，无小人殆。式，用。夷，平也。用平则已，无以小人之言至于危殆也。笺云：殆，近也。为政当用平正之人，用能纪理其事者，无小人近。○已，音以，郑音纪。琐琐姻亚，则无膴仕。琐琐，小貌。两婿相谓曰亚。膴，厚也。笺云：婿

---

❶ "何"，《释文》作"河"。
❷ "七"，阮刻本作"士"。
❸ "末"，《释文》作"未"。

之父曰姻。琐琐昏姻，妻党之小人，无厚任用之。置之大位，重其禄也。○琐，素火反。膴，音武。

昊天不佣，降此鞠讻。昊天不惠，降此大戾。 佣，均。鞠，盈。讻，讼也。笺云：盈，犹多也。戾，乖也。昊天乎，师氏为政不均，乃下此多讼之俗，又为不和顺之行，乃下此乖争之化。疾❶时民效为之，诉之于天。○佣，敕龙反。讻，音凶。**君子如届，俾民心阕。君子如夷，恶怒是违。** 届，极。阕，息。夷，易。违，去也。笺云：届，至也。君子，斥在位者。如行至诚之道，则民鞠讻之心息。如行平易之政，则民乖争之情去。言民之失由于上，可反复也。○届，音戒。阕，苦穴反。易，以豉反。

不吊昊天，乱靡有定。式月斯生，俾民不宁。忧心如酲，谁秉国成？ 病酒曰酲。成，平也。笺云：吊，至也。至，犹善也。定，止。式，用也。不善乎昊天，天下之乱无肯止之者。用月此生，言月月益甚也。使民不得安，我今忧之，如病酒之酲矣。观此君臣，谁能持国之平乎？言无有也。○酲，音呈。**不自为政，卒劳百姓。** 笺云：卒，终也。昊天不自出政教，则终穷苦百姓。欲使昊天出图、书，有所授命，民乃得安。

驾彼四牡，四牡项领。 项，大也。笺云：四牡者，人君所乘驾，今但养大其领，不肯为用。喻大臣自恣，王不能使也。**我瞻四方，蹙蹙靡所骋！** 骋，极也。笺云：蹙蹙，缩小之貌。我视四方土地，日见侵削于夷狄，蹙蹙然，虽欲驰骋，

---

❶ "疾"，阮刻本作"病"。

无所之也。○瘚，子六反。騁，敕领反。

方茂尔恶，相尔矛矣。茂，勉也。笺云：相，视也。方争讼自勉于恶之时，则视女矛矣。言欲战斗相杀伤也。○相，息亮反。**既夷既怿，如相酬矣。**怿，服也。笺云：夷，说也。言大臣之乖争，本无大雠，其已相和顺而说怿，则如宾主饮酒相酬酢也。○怿，音亦。酬，市由反。

昊天不平，我王不宁。不惩其心，覆怨其正。正，长也。笺云：昊天乎，师尹为政不平，使我王不得安宁。女不惩止女之邪心，而反怨憎其正也。○覆，芳服反。

家父作诵，以究王讻。家父，大夫也。笺云：究，穷也。大夫家父作此诗而为王诵之，以穷极王之政所以致多讻之本意。○为，于伪反。**式讹尔心，以畜万邦。**笺云：讹，化。畜，养也。

《节南山》十章，六章章八句，四章章四句。

正月

《正月》，大夫刺幽王也。○正，音政。

正月繁霜，我心忧伤。正月，夏之四月。繁，多也。笺云：四月，建巳之月，纯阳用事而霜多，急恒寒若之异，伤害万物，故心为之忧伤。○繁，扶袁反。**民之讹言，亦孔之将。**将，大也。笺云：讹，伪也。人以伪言相陷入，使王行酷暴之刑，致此灾异，故言亦甚大也。**念我独兮，忧心京**

京。**哀我小心，癙忧以痒**。京京，忧不去也。癙、痒，皆病也。笺云：念我独兮者，言我独忧此政也。○癙，音鼠。痒，音羊。

父母生我，胡俾我瘉？不自我先，不自我后。父母，谓文、武也。我，我天下。瘉，病也。笺云：自，从也。天使父母生我，何故不长遂我，而使我遭此暴虐之政而病？此何不出我之前，居我之后？穷苦之情，苟欲免身。○瘉，音庾。**好言自口，莠言自口**。莠，丑也。笺云：自，从也。此疾讹言之人。善言从女口出，恶言亦从女口出。女口一尔，善也恶也同出其中，谓其可贱。○莠，余九❶反。**忧心愈愈，是以有侮**。愈愈，忧惧也。笺云：我心忧政如是，是与讹言者殊涂，故用是见侵侮也。

忧心茕茕，念我无禄。茕茕，忧意也。笺云：无禄者，言不得天禄，自伤值今生也。○茕，其营反。**民之无辜，并其臣仆**。古者有罪不入于刑，则役之圜土以为臣仆。笺云：辜，罪也。人之尊卑有十等，仆第九，台第十。言王既刑杀无罪，并及其家贱者，不止于所罪而已。《书》曰："越兹丽刑并制。"○并，必正反。**哀我人斯，于何从禄？**笺云：斯，此。于，於也。哀乎！今我民人见遇如此，当於何从得天禄，免于是难？**瞻乌爰止，于谁之屋？**富人之屋，乌所集也。笺云：视乌集于富人之屋，以言今民亦当求明君而归之。

瞻彼中林，侯薪侯蒸。中林，林中也。薪、蒸，言似而非。笺云：侯，维也。林中大木之处，而维有薪蒸尔。喻朝廷

---

❶ "九"，《释文》作"久"。

宜有贤者，而但聚小人。**民今方殆，视天梦梦。**王者为乱梦梦然。笺云：方，且也。民今且危亡，视王之所为，反梦梦然而乱，无统理安人之意。○梦，莫红反。**既克有定，靡人弗胜。**胜，乘也。笺云：王既能有所定，尚复事之小者尔。无人而不胜，言凡人所定，皆胜王也。○胜，音升。**有皇上帝，伊谁云憎？**皇，君也。笺云：伊，读当为繄。繄，犹是也。有君上帝者，以情告天也。使王暴虐如是，是憎恶谁乎？欲天指害其所憎而已。

谓山盖卑，为冈为陵。在位非君子，乃小人也。笺云：此喻为君子贤者之道，人尚谓之卑，况为凡庸小人之行。○卑，本音婢，又必支反。**民之讹言，宁莫之惩。**笺云：小人在位，曾无欲止众民之为伪言相陷害也。**召彼故老，讯之占梦。**故老，元老。讯，问也。笺云：君臣在朝，侮慢元老，召之不问政事，但问占梦；不尚道德，而信征祥之甚。○讯，音信。**具曰予圣，谁知乌之雌雄？**君臣俱自谓圣也。笺云：时君臣贤愚适同，如乌雌雄相似，谁能别异之乎？

谓天盖高，不敢不局。谓地盖厚，不敢不蹐。维号斯言，有伦有脊。局，曲也。蹐，累足也。伦，道。脊，理也。笺云：局、蹐者，天高而有雷霆，地厚而有陷沦也。此民疾苦王政，上下皆可畏怖之言也。维民号呼而发此言，皆有道理，所以至然者，非徒苟妄为诬辞。○局，其欲反。脊，井亦反。号，音豪。**哀今之人，胡为虺蜴？**蜴，蝾也。笺云：虺蜴之性，见人则走。哀哉！今之人何为如是？伤时政也。○虺，晖鬼反。蜴，星历反。蝾，音元。

瞻彼阪田，有菀其特。言朝廷曾无桀臣。笺云：阪田，崎岖垲埤之处,而有菀然茂特之苗,喻贤者在闲辟隐居之时。○阪,音反。菀,音郁。**天之扤我,如不我克。**扤,动也。笺云:我,我特苗也。天以风雨动摇我,如将不胜我。谓其迅疾也。○扤,五忽反。**彼求我则,如不我得。**笺云:彼,彼王也。王之始征求我,如恐不得我。言其礼命之繁多。**执我仇仇,亦不我力。**仇仇,犹謷謷也。笺云:王既得我,执留我,其礼待我謷謷然,亦不问我在位之功力。言其有贪贤之名,无用贤之实。

心之忧矣,如或结之。今兹之正,胡然厉矣?厉,恶也。笺云:兹,此。正,长也。心忧如有结之者,忧今此之君臣,何一然为恶如是?**燎之方扬,宁或灭之?**灭之以水也。笺云:火田为燎。燎之方盛之时,炎炽熛怒,宁有能灭息之者?言无有也。以无有,喻有之者为甚也。○燎,力诏反。熛,必遥反。**赫赫宗周,褒姒灭之!**宗周,镐京也。褒,国也。姒,姓也。灭,灭也。有褒国之女,幽王惑焉,而以为后。诗人知其必灭周也。○褒,补毛反。姒,音似。灭,呼悦❶反。

终其永怀,又窘阴雨。窘,困也。笺云:窘,仍也。终王之所行,其长可忧伤矣,又将仍忧于阴雨。阴雨,喻君有泥陷之难。○窘,求殒反。泥,乃计反。**其车既载,乃弃尔辅。**大车重载,又弃其辅。笺云:以车之载物,喻王之任国事也。弃辅,喻远贤也。**载输尔载,将伯助予!**将,请。伯,长也。笺云:输,堕也。弃女车辅,则堕女之载,乃请长者

---

❶ "悦",阮刻本作"说"。

见助，以言国危而求贤者，已晚矣。○尔"载"，才再❶反。将，七羊反。

无弃尔辅，员于尔辐。员，益也。○员，音云。**屡顾尔仆，不输尔载。**笺云：屡，数也。仆，将车者也。顾，犹视也、念也。○屡，力注❷反。**终逾绝险，曾是不意！**笺云：女不弃车之辅，数顾女仆，终用是逾度陷绝之险。女曾不以是为意乎？以商事喻治国也。

鱼在于沼，亦匪克乐。潜虽伏矣，亦孔之炤。沼，池也。笺云：池，鱼之所乐而非能乐，其潜伏于渊，又不足以逃，甚炤炤易见。以喻时贤者在朝廷，道不行无所乐，退而穷处，又无所止也。○沼，之绍反。炤，音灼。**忧心惨惨，念国之为虐。**惨惨，犹戚戚也。○惨，七感反。

彼有旨酒，又有嘉殽。言礼物备也。笺云：彼，彼尹氏大师也。**洽比其邻，昏姻孔云。**洽，合。邻，近。云，旋也。是言王者不能亲亲以及远。笺云：云，犹友也。言尹氏富，独与兄弟相亲友为朋党也。○比，毗志反。**念我独兮，忧心慇慇。**慇慇然痛也。笺云：此贤者孤特自伤也。○慇，音殷。

佌佌彼有屋，蔌蔌方有穀。佌佌，小也。蔌蔌，陋也。笺云：穀，禄也。此言小人富而窭陋将贵也。○佌，音此。蔌，音速。**民今之无禄，天夭是椓。**君夭之，在位椓之。笺云：民于今而无禄者，天以荐瘥夭杀之，是王者之政又复椓破

---

❶ "再"，通志堂本《释文》作"冉"。
❷ "注"，《释文》作"住"。

之。言遇害甚也。○殀，於兆反。椓，陟角反。**哿矣富人，哀此茕独！**哿，可。独，单也。笺云：此言王政如是，富人已可，茕独将困也。○哿，哥我反。

《正月》十三章，八章章八句，五章章六句。

十月之交

《十月之交》，大夫刺幽王也。当为刺厉王。作《诂训传》时移其篇第，因改之耳。《节》刺师尹不平，乱靡有定。此篇讥皇父擅恣，日月告凶。《正月》恶褒姒灭周。此篇疾艳妻煽方处。又幽王时，司徒乃郑桓公友，非此篇之内所云番也。是以知然。

十月之交，朔月辛卯。日有食之，亦孔之丑。之交，日月之交会。丑，恶也。笺云：周之十月，夏之八月也。八月朔日，日月交会而日食，阴侵阳，臣侵君之象。日辰之义，日为君，辰为臣。辛，金也。卯，木也。又以卯侵辛，故甚恶也。**彼月而微，此日而微。**月，臣道。日，君道。笺云：微，谓不明也。彼月则有微，今此日反微，非其常，为异尤大也。**今此下民，亦孔之哀。**笺云：君臣失道，灾害将起，故下民亦甚可哀。

日月告凶，不用其行。四国无政，不用其良。笺云：告凶，告天下以凶亡之征也。行，道度也。不用之者，谓相干犯也。四方之国无政治者，由天子不用善人也。**彼月而食，**

则维其常。**此日而食，于何不臧。**笺云：臧，善也。

烨烨震电，不宁不令。烨烨，震电貌。震，雷也。笺云：雷❶电过常，天下不安，政教不善之征。○烨，于辄反。**百川沸腾，山冢崒崩。**沸，出。腾，乘也。山顶曰冢。笺云：崒者，崔嵬。百川沸出相乘陵者，由贵小人也。山顶崔嵬者崩，君道坏也。○沸，甫味反。崒，徂恤反。**高岸为谷，深谷为陵。**言易位也。笺云：易位者，君子居下，小人处上之谓也。**哀今之人，胡憯莫惩？**笺云：憯，曾。惩，止也。变异如此，祸乱方至，哀哉今在位之人，何曾无以道德止之？○憯，七感反。

皇父卿士，番维司徒，家伯维宰，仲允膳夫，聚子内史，蹶维趣马，楀维师氏，艳妻煽方处。艳妻，褒姒。美色曰艳。煽，炽也。笺云：皇父、家伯、仲允，皆字。番、聚、蹶、楀，皆氏。厉王淫于色，七子皆用后嬖宠方炽之时，并处位。言妻党盛，女谒行之甚也。敌夫曰妻。司徒之职，掌天下土地之图、人民之数，冢宰掌建邦之六典，皆卿也。膳夫，上士也，掌王之饮食膳羞。内史，中大夫也，掌爵禄废置、杀生予夺之法。趣马，中士也，掌王马之政。师氏，亦中大夫也，掌司朝得失之事。六人之中，虽官有尊卑，权宠相连，朋党于朝，是以疾焉。皇父则为之端首，兼擅群职，故但目以卿士云。○聚，侧留反。蹶，俱卫反。趣，七走反。楀，音矩。

抑此皇父，岂曰不时？胡为我作，不即我谋！彻我墙

---

❶ "雷"，原作"电"，据阮刻本改。

屋，田卒污莱。时，是也。下则污，高则莱。笺云：抑之言噫。噫是皇父，疾而呼之：女岂曰我所为不是乎？言其不自知恶也。女何为役作我，不先就与我谋，使我得迁徙，乃反彻毁我墙屋，令我不得趋农田，卒为污莱乎？此皇父所筑邑人之怨辞。○污，音乌。**曰予不戕，礼则然矣。**笺云：戕，残也。言皇父既不自知不是，反云：我不残败女田业，礼，下供上役，其道当然。言文过也。○戕，在良反。

皇父孔圣，作都于向。择三有事，亶侯多藏。皇父甚自谓圣。向，邑也。择三有事，有司国之三卿，信维贪淫多藏之人也。笺云：专权足己，自比圣人，作都立三卿，皆取聚敛之臣。言不知厌也。礼，畿内诸侯二卿。○向，式亮反，下同。亶，都但反。藏，才浪反。**不憗遗一老，俾守我王。**笺云：憗者，心不欲自强之辞也。言尽将旧在位之人，与之皆去，无留卫王。○憗，鱼觐反。**择有车马，以居徂向。**笺云：又择民之富有车马者，以往居于向也。

黾勉从事，不敢告劳。笺云：诗人贤者，见时如是，自勉以从王事，虽劳不敢自谓劳，畏刑罚也。○黾，民允反。**无罪无辜，谗口嚣嚣。**笺云：嚣嚣，众多貌。时人非有辜罪，其被谗口见椓谮嚣嚣然。○嚣，五刀反。**下民之孽，匪降自天。噂沓背憎，职竞由人。**噂，犹噂噂。沓，犹沓沓。职，主也。笺云：孽，妖孽，谓相为灾害也。下民有此害❶，非从天隋也。噂噂沓沓，相对谈语，背则相憎逐。为此者，主由❷

---

❶ "害"，原作"言"，据阮刻本校勘记改。
❷ "主由"，阮刻本作"由主"。

人也。○孽，鱼列反。噂，子损反。沓，徒答反。背，蒲妹反。隋，徒火反。

悠悠我里，亦孔之痗。 悠悠，忧也。里，居也。痗，病也。笺云：里，居也。悠悠乎，我居今之世，亦甚困病。○痗，莫背反，又音悔。**四方有羡，我独居忧。** 羡，余也。笺云：四方之人尽有饶余，我独居此而忧。○羡，余❶箭反。**民莫不逸，我独不敢休。** 笺云：逸，逸豫也。**天命不彻，我不敢效我友自逸。** 彻，道也。亲属之臣，心不能已。笺云：不道者，言王不循天之政教。○效，户教反。

《十月之交》八章，章八句。

雨无正

《雨无正》，大夫刺幽王也。雨自上下者也，众多如雨，而非所以为政也。亦当为刺厉王。王之所下教令甚多而无正也。○正，音政。

浩浩昊天，不骏其德。降丧饥馑，斩伐四国。 骏，长也。谷不熟曰饥，蔬不熟曰馑。笺云：此言王不能继长昊天之德，至使昊天下此死丧饥馑之灾，而天下诸侯于是更相侵伐。○浩，古老反，又胡老反。昊，胡老反。骏，音峻。馑，其靳

---

❶ "余"，《释文》及阮刻本作"徐"。

反。**昊❶天疾威，弗虑弗图。**笺云：虑、图，皆谋也。王既不骏昊天之德，今昊天又疾其政，以刑罚威恐天下而不虑不图。○昊，或作"旻"，非。❷**舍彼有罪，既伏其辜。若此无罪，沦胥以铺。**舍，除。沦，率也。笺云：胥，相。铺，遍也。言王使此无罪者，见牵率相引而遍得罪也。○舍，音赦。铺，普乌反。

周宗既灭，靡所止戾。戾，定也。笺云：周宗，镐京也。是时诸侯不朝王，民不堪命。王流于彘，无所安定也。**正大夫离居，莫知我勩。**勩，劳也。笺云：正，长也。长官之大夫，于王流于彘而皆散处，无复知我民之见罢劳也。○勩，夷世反。罢，音皮。**三事大夫，莫肯夙夜。邦君诸侯，莫肯朝夕。**笺云：王流在外，三公及诸侯随王而行者，皆无君臣之礼，不肯晨夜朝莫省王也。○朝，直遥反，旧张遥反。**庶曰式臧，覆出为恶。**覆，反也。笺云：人见王之失所，庶几其自改悔而用善人，反出教令，复为恶也。○覆，芳服反。

如何昊天！辟言不信。如彼行迈，则靡所臻。辟，法也。笺云：如何乎昊天！痛而诉之也。为陈法度之言，不信之也。我之言不见信，如行而无所至也。**凡百君子，各敬尔身。胡不相畏，不畏于天？**笺云：凡百君子，谓众在位者。各敬慎女之身，正君臣之礼。何为上下不相畏乎？上下不相畏，是不畏于天。

---

❶ "昊"，《释文》及阮刻本作"旻"。

❷ "或作'旻'，非"，《释文》及阮刻本作："密巾反，本有作'昊天'者，非也。"

戎成不退，饥成不遂。曾我暬❶御，憯憯日瘁。 戎，兵。遂，安也。暬御，侍御也。瘁，病也。笺云：兵成而不退，谓王见流于彘，无御止之者。饥成而不安，谓王在彘乏于饮食之蓄，无输粟归饩者。此二❷者曾但侍御左右小臣憯憯忧之，大臣无念之者。○暬，思列反。憯，千感反。曾，在登反。**凡百君子，莫肯用讯。听言则答，谮言则退。** 以言进退人也。笺云：讯，告也。众在位无肯用此相告语者❸。言不忧王之事也。答，犹距也。有可听用之言，则共以辞距而违之。有谮毁之言，则共为排退之。群臣并为不忠，恶直丑正。○讯，音信。

哀哉不能言，匪舌是出，维躬是瘁。 哀贤人不得言，不得出是舌也。笺云：瘁，病也。不能言，言之拙也。言非可出于舌，其身旋见困病。○出，尺遂反。**哿矣能言，巧言如流，俾躬处休。** 哿，可也。可矣，世所谓能言也。巧言从俗，如水转流。笺云：巧，犹善也。谓以事类风切削微之言，如水之流，忽然而过，故不悖逆，使身居安休休然。乱世之言，顺说为上。○哿，哥我反。❹风，福凤反。削，古爱反。逆，音悟❺。

维曰于仕，孔棘且殆。云不可使，得罪于天子。亦云可使，怨及朋友。 于，往也。笺云：棘，急也。不可使者，

---

❶ "暬"，原作"褻"，据阮刻本校勘记改。
❷ "二"，原作"一"，据阮刻本改。
❸ "者"，阮刻本在"位"下。
❹ "哿，哥我反"，《释文》及阮刻本无。
❺ "音悟"，阮刻本作"五故反"。

不正不从也。可使者，虽不正从也。居今衰乱之世，云往仕乎，甚急迮且危。急迮且危，以此二者也。○迮，侧格反。

谓尔迁于王都，曰予未有室家。贤者不肯迁于王都也。笺云：王流于彘，正大夫离居，同姓之臣从王，思其友而呼之，谓曰：女今可迁居王都。谓彘也。其友辞之云：我未有室家于王都可居也。**鼠思泣血，无言不疾。**无声曰泣血。无所言而不见疾也。笺云：鼠，忧也。既辞之以无室家，为其意恨，又患不能距止之，故云我忧思泣血，欲迁王都见女。今我无一言而不道疾者，言己方困于病，故未能也。○思，息嗣反。**昔尔出居，谁从作尔室？**遭乱世，义不得去。思其友而不肯反者也。笺云：往始离居之时，谁随为女作室？女犹自作之尔。今反以无室家距我。恨之辞。

《雨无正》七章，二章章十句，二章章八句，三章章六句。

小旻

《小旻》，大夫刺幽王也。所刺列于《十月之交》《雨无正》为小，故曰"小旻"。亦当为刺厉王。○旻，武巾反。下同。

旻天疾威，敷于下土。敷，布也。笺云：旻天之德，疾王者以刑罚威恐万民，其政教乃布于下土。言天下遍知。**谋犹回遹，何日斯沮？**回，邪。遹，辟。沮，坏也。笺云：犹，道。沮，止也。今王谋为政之道回辟，不循旻天之德已甚矣。心犹不悛，何日此恶将止？○遹，音聿。沮，在吕反。辟❶，匹亦反。悛，七全反。**谋臧不从，不臧覆用。我视谋犹，亦孔之邛。**邛，病也。笺云：臧，善也。谋之善者不从，其不善者反用之。我视王谋为政之道，亦甚病天下。○覆，芳服反。邛，其凶反。

潝潝訿訿，亦孔之哀。潝潝然患其上，訿訿然思不称乎上。笺云：臣不事君，乱之阶也，甚可哀也。○潝，许急反。訿，音紫。**谋之其臧，则具是违。谋之不臧，则具是依。我视谋犹，伊于胡底？**笺云：于，往。底，至也。谋之善者俱背违之，其不善者依就之。我视今君臣之谋道，往行之将何所至乎？言必至于乱。○底，之履反。

我龟既厌，不我告犹。犹，道也。笺云：犹，图也。卜筮数而渎龟，龟灵厌之，不复告其所图之吉凶。言虽得兆，占繇不中。○厌，於艳反。繇，音胄。中，丁仲反。**谋夫孔多，是用不集。**集，就也。笺云：谋事者众，而非贤者；是非相夺，莫适可从，故所为不成。○适，音的。**发言盈庭，谁敢执其咎？**谋人之国，国危则死之，古之道也。笺云：谋事者众，讻讻满庭，而无敢决当是非，事若不成，谁云己当其咎责者？言小人争知而让过。○讻，许容反❷。决"当"，丁浪反。**如匪行迈谋，是用不得于道。**笺云：匪，非也。君臣之谋事如此，与不行而坐图远近，是于道路无进于跬步，何以

---

❶ "辟"，《释文》作"僻"。
❷ "许容反"，《释文》及阮刻本作"音凶"。

异乎？

哀哉为犹，匪先民是程，匪大犹是经。维迩言是听，维迩言是争！古曰在昔，昔曰先民。程，法。经，常。犹，道。迩，近也。争为近言。笺云：哀哉！今之君臣谋事，不用古人之法，不循大道之常，而徒听顺近言之同者，争近言之异者。言见动辄则泥陷，不至于远也。**如彼筑室于道谋，是用不溃于成。**溃，遂也。笺云：如当路筑室，得人而与之谋所为，路人之意不同，故不得遂成也。〇溃，户对反。

国虽靡止，或圣或否。民虽靡膴，或哲或谋，或肃或艾。靡止，言小也。人有通圣者，有不能者，亦有明哲者，有聪谋者。艾，治也。有恭肃者，有治理者。笺云：靡，无。止，礼。膴，法也。言天下诸侯，今虽无礼，其心性犹有通圣者，有贤者。民虽无法，其心性犹有知者，有谋者，有肃者，有艾者。王何不择焉置之于位，而任之为治乎？《书》曰："睿作圣，明作哲，聪作谋，恭作肃，从作乂。"诗人之意，欲王敬用五事以明天道，故云然。〇否，方九反。膴，火吴反，"郑音谟"❶。艾，音刈。**如彼泉流，无沦胥以败！**笺云：沦，率也。王之为政，当如源❷泉之流行则清，无相牵率为恶以自浊败。

不敢暴虎，不敢冯河。人知其一，莫知其他。冯，陵也。徒涉曰冯河，徒搏曰暴虎。一，非也。他，不敬小人之危殆也。笺云：人皆知暴虎、冯河立至之害，而无知当畏慎小人

---

❶ 《释文》及阮刻本此语前有"徐云"，故加引号。
❷ "源"，阮刻本作"原"。

能危亡也。○冯，皮❶冰反。**战战兢兢，**战战，恐也。兢兢，戒也。**如临深渊，**恐队也。**如履薄冰。**恐陷也。

《小旻》六章，三章章八句，三章章七句。

小宛

《小宛》，大夫刺幽王也。亦当为刺厉王。○宛，於阮反。

宛彼鸣鸠，翰飞戾天。兴也。宛，小貌。鸣鸠，鹘雕。翰，高。戾，至也。行小人道，责高明之功，终不可得。○翰，胡旦反。鹘，音骨。**我心忧伤，念昔先人。**先人，文、武也。**明发不寐，有怀二人。**明发，发夕至明。

人之齐圣，饮酒温克。齐，正。克，胜也。笺云：中正通知之人，饮酒虽醉，犹能温藉自持以胜。○温，如字，郑於运反。**彼昏不知，壹醉日富。**醉日而富矣。笺云：童昏无知之人，饮酒一醉，自谓日益富，夸淫自恣，以财骄人。**各敬尔仪，天命不又。**又，复也。笺云：今女君臣，各敬慎威仪，天命所去，不复来也。

中原有菽，庶民采之。中原，原中也。菽，藿也，力采者则得之。笺云：藿生原中，非有主也，以喻王位无常家

---

❶ "皮"，《释文》及阮刻本作"符"。

也，勤于德者则得之。○菽，音叔。**螟蛉有子，蜾蠃❶负之。** 螟蛉，桑虫也。蜾蠃，蒲卢也。负，持也。笺云：蒲卢取桑虫之子，负持而去，煦妪养之，以成其子。喻有万民不能治，则能治者将得之。○螟，音冥❷。蛉，音零。蜾，音果。蠃，力果反。**教诲尔子，式穀似之。** 笺云：式，用。穀，善也。今有教诲女之万民用善道者，亦似蒲卢，言将得而子也。

题彼脊令，载飞载鸣。 题，视也。脊令不能自舍，君子有取节尔。笺云：题之为言视睇也。载之言则也。则飞则鸣，翼也、口也，不肯❸止息。○题，大计反。令，音零。舍，音捨。**我日斯迈，而月斯征。** 笺云：我，我王也。迈、征，皆行也。王日此行，谓日视朝也。而月此行，谓月视朔也。先王制此礼，使君与群臣议政事，日有所决，月有所行，亦无时止息。**夙兴夜寐，毋忝尔所生！** 忝，辱也。

交交桑扈，率场啄粟。 交交，小貌。桑扈，窃脂也。言上为乱政，而求下之治，终不可得也。笺云：窃脂肉食，今无肉而循场啄粟，失其天性，不能以自活。○扈，音户。场，丈❹良反。**哀我填寡，宜岸宜狱。握粟出卜，自何能穀？** 填，尽。岸，讼也。笺云：仍得曰宜。自，从。穀，生也。可哀哉！我穷尽寡财之人，仍有狱讼之事，无可以自救，但持粟行卜，求其胜负，从何能得生？○填，徒典反。岸，如字。

---

❶ "蠃"，原作"蠃"，据阮刻本改。下同。
❷ "音冥"，《释文》及阮刻本作"亡丁反"。
❸ "肯"，阮刻本作"有"。
❹ "丈"，《释文》及阮刻本作"大"。

握，於角反。

温温恭人，温温，和柔貌。**如集于木**。恐队也。**惴惴小心，如临于谷**。恐陨也。○惴，之瑞反。**战战兢兢，如履薄冰**。笺云：衰乱之世，贤人君子虽无罪犹恐惧。

《小宛》六章，章六句。

小弁

《小弁》，刺幽王也。大子之傅作焉。○弁，音盘。❶

弁彼鸒斯，归飞提提。兴也。弁，乐也。鸒，卑居。卑居，雅乌也。提提，群貌。笺云：乐乎彼雅乌，出食在野甚饱，群飞而归提提然。兴者，喻凡人之父子兄弟，出入宫庭，相与饮食，亦提提然乐。伤今大子独不。○鸒，音豫。提，常支反❷。**民莫不穀，我独于罹**。幽王取申女，生大子宜咎。又说褒姒，生子伯服，立以为后，而放宜咎，将杀之。笺云：穀，养。于，曰。罹，忧也。天下之人，无不父子相养者。我大子独不然，日以忧也。○罹，力知反。取，七住反。**何辜于天？我罪伊何**？舜之怨慕，日号泣于旻天、于父母。**心之忧矣，云如之何**！

---

❶ 此条《音义》，阮刻本无。"音盘"，《释文》作"步干反"。
❷ "常支反"，《释文》及阮刻本作"是移反"。

踧踧周道，鞫为茂草。踧踧，平易也。周道，周室之通道。鞫，穷也。笺云：此喻幽王信褒姒之谗，乱其德政，使不通于四方。○踧，徒历反。鞫，九六反。**我心忧伤，惄焉如捣。假寐永叹，维忧用老。心之忧矣，疢如疾首。**惄，思也。捣，心疾也。笺云：不脱冠衣而寐曰假寐。疢，犹病也。○惄，乃历反。捣，丁老反。疢，敕觐反。

维桑与梓，必恭敬止。父之所树，己尚不敢不恭敬。**靡瞻匪父，靡依匪母。不属于毛，不罹于裏？**毛在外阳，以言父。裏在内阴，以言母。笺云：此言人无不瞻仰其父取法则者，无不依恃其母以长大者。今我独不得父皮肤之气乎？独不处母之胞胎乎？何曾无恩于我！○属，音烛。裏，音里。**天之生我，我辰安在？**辰，时也。笺云：此言我生所值之辰，安所在乎？谓六物之吉凶。

菀彼柳斯，鸣蜩嘒嘒。有漼者渊，萑苇淠淠。蜩，蝉也。嘒嘒，声也。漼，深貌。淠淠，众也。笺云：柳木茂盛则多蝉，渊深而旁生萑苇。言大者之旁，无所不容。○菀，音郁。嘒，呼惠反。漼，千罪反。❶淠，音媲❷。**譬彼舟流，不知所届。**笺云：届，至也。言今大子不为王及后所容，而见放逐，状如舟之流行，无制之者，不知终所至也。○届，音戒。**心之忧矣，不遑假寐。**笺云：遑，暇也。

鹿斯之奔，维足伎伎。雉之朝雊，尚求其雌。伎伎，舒貌，谓鹿之奔走，其足伎伎然舒也。笺云：雊，雉鸣也。

---

❶ "漼，千罪反"，阮刻本无。
❷ "音媲"，《释文》及阮刻本作"徐孚计反，又匹计反"。

尚，犹也。鹿之奔走，其势宜疾，而足伎伎然舒，留其群也。雉之鸣，犹知求其雌，今大子之放，弃其妃匹不得与之去，又鸟兽之不如。○伎，其宜反。雏，古豆反。**譬彼坏木，疾用无枝。**坏，瘣也，谓伤病也。笺云：大子放逐而不得生子，犹内伤病之木，内有疾，故无枝也。○坏，胡罪反。**心之忧矣，宁莫之知！**笺云：宁，犹曾也。

相彼投兔，尚或先之。行有死人，尚或墐之。墐，路冢也。笺云：相，视。投，掩。行，道也。视彼人将掩兔，尚有先驱走之者。道中有死人，尚有覆掩之成其墐者。言此所不知，其心不忍。○相，息亮反。先，苏荐反。墐，音觐。**君子秉心，维其忍之。**笺云：君子，斥幽王也。秉，执也。言王之执心，不如彼二人。**心之忧矣，涕既陨之！**陨，队也。○涕，音替。队，直类反。

君子信谗，如或酬之。笺云：酬，旅酬也。如酬之者，谓受而行之。○酬，市由反。**君子不惠，不舒究之。**笺云：惠，爱。究，谋也。王不爱大子，故闻谗言则放之，不舒谋也。**伐木掎矣，析薪扡矣。**伐木者掎其巅，析薪者随其理。笺云：掎其巅者，不欲妄踣之。扡，谓观其理也。必随其理者，不欲妄挫折之。以言今王之遇大子，不如伐木析薪也。○掎，寄彼反。扡，敕氏反，又直是反。踣，蒲北反。**舍彼有罪，予之佗矣！**佗，加也。笺云：予，我也。舍褒姒谗言之罪，而妄加我大子。○舍，音捨，又音赦。佗，吐贺反。

莫高匪山，莫浚匪泉。浚，深也。笺云：山高矣，人登其巅；泉深矣，人入其渊。以言人无所不至，虽避逃之，犹有默存者焉。○浚，苏俊反。**君子无易由言，耳属于垣。**

笺云：由，用也。王无轻用谗人之言，人将有属耳于壁而听之者，知王有所受之，知王心不正也。○易，夷豉反。属，音烛。垣，音袁。**无逝我梁，无发我笱。**笺云：逝，之也。之人梁，发人笱，此必有盗鱼之罪。以言褒姒淫色来嬖于王，盗我大子母子之宠。○笱，音苟。**我躬不阅，遑恤我后。**念父，孝也。高子曰："《小弁》，小人之诗也。"孟子曰："何以言之？"曰："怨乎。"孟子曰："固哉夫，高叟之为《诗》也！有越人于此，关弓而射我，我则谈笑而道之，无他，疏之也。兄弟关弓而射我，我则垂涕泣而道之，无他，戚之也。然则《小弁》之怨，亲亲也。亲亲，仁也。固哉夫，高叟之为《诗》！"曰："《凯风》何以不怨？"曰："《凯风》，亲之过小者也。《小弁》，亲之过大者也。亲之过大而不怨，是愈疏也；亲之过小而怨，是不可矶也。愈疏，不孝也；不可矶，亦不孝也。孔子曰：'舜其至孝矣，五十而慕。'"笺云：念父，孝也。大子念王将受谗言不止，我死之后，惧复有被谗者，无如之何。故自决云：我身尚不能自容，何暇乃忧我死之后也？○阅，音悦，容也。关，乌环反。

《小弁》八章，章八句。

巧言

《巧言》，刺幽王也。大夫伤于谗，故作是诗也。

悠悠昊天，曰父母且。无罪无辜，乱如此怃。怃，大也。笺云：悠悠，思也。怃，敖也。我忧思乎昊天，诉王也。始者言其且为民之父母，今乃刑杀无罪无辜之人，为乱如此，甚敖慢无法度也。○且，七余反。怃，火吴反。**昊天已威，予慎无罪。昊天大怃，予慎无辜。**威，畏。慎，诚也。笺云：已、泰，皆言甚也。昊天乎，王甚可畏，王甚敖慢，我诚无罪而罪我。○大，音泰。

乱之初生，僭始既涵。僭，数。涵，容也。笺云：僭，不信也。既，尽。涵，同也。王之初生乱萌，群臣之言，不信与信，尽同之，不别也。○僭，侧荫反，郑子念反。涵，音含，郑音咸。**乱之又生，君子信谗。**笺云：君子，斥在位者也。在位者信谗人之言，是复乱之所生。**君子如怒，乱庶遄沮。**遄，疾。沮，止也。笺云：君子见谗人如怒责之，则此乱庶几可疾止也。○遄，市专反。沮，辞吕反。**君子如祉，乱庶遄已。**祉，福也。笺云：福者，福贤者，谓爵禄之也。如此，则乱亦庶几可疾止也。○祉，音耻。已，音以。

君子屡盟，乱是用长。凡国有疑，会同则用盟而相要也。笺云：屡，数也。盟之所以数者，由世衰乱，多相背违。时见曰会，殷见曰同，非此时而盟谓之数。○屡，力住反。长，丁丈反，又直良反。**君子信盗，乱是用暴。**盗，逃也。笺云：盗，谓小人也。《春秋传》曰："贱者穷诸盗。"**盗言孔甘，乱是用餤。**餤，进也。○餤，音谈。**匪其止共，维王之邛。**笺云：邛，病也。小人好为谗佞，既不共其职事，又为王作病。○共，音恭。邛，其恭反。

奕奕寝庙，君子作之。秩秩大猷，圣人莫之。他人有心，予忖度之。跃跃毚兔，遇犬获之。奕奕，大貌。秩秩，进知也。莫，谋也。毚兔，狡兔也。笺云：此四事者，言各有所能也。因己能忖度谗人之心，故列道之尔。猷，道也。大道，治国之礼法。遇犬，犬之驯者，谓田犬也。○莫，如字。忖，七损反。度，待洛反。跃，他历反。毚，士咸反。知，音智。

荏染柔木，君子树之。往来行言，心焉数之。 荏染，柔意也。柔木，椅、桐、梓、漆也。笺云：此言君子树善木，如人心思数善言而出之。善言者，往亦可行，来亦可行，于彼亦可，于己亦可，是之谓行也。○荏，而甚反。染，音冉。数，所主反。**蛇蛇硕言，出自口矣。** 蛇蛇，浅意也。笺云：硕，大也。大言者，言不顾其行，徒从口出，非由心也。○蛇，以支反。**巧言如簧，颜之厚矣。** 笺云：颜之厚者，出言虚伪，而不知惭于人。

彼何人斯，居河之麋。 水草交谓之麋。笺云：何人者，斥谗人也。贱而恶之，故曰何人。○麋，音眉。**无拳无勇，职为乱阶。** 拳，力也。笺云：言无力勇者，谓易诛除也。职，主也。此人主为乱作阶，言乱由之来也。○拳，音权。**既微且尰，尔勇伊何？** 骭疡为微。肿足为尰。笺云：此人居下湿之地，故生微尰❶之疾。人憎恶之，故言女勇伊何，何所能也。○尰，市勇反。骭，户谏反。**为犹将多，尔居徒几何？** 笺云：犹，谋。将，大也。女作谗佞之谋大多，女所与居之众几何人，傃❷能然乎？○几，居岂反。

《巧言》六章，章八句。

---

❶ "尰"，阮刻本作"肿"。
❷ "傃"，阮刻本作"素"。

何人斯

《何人斯》，苏公刺暴公也。暴公为卿士而谮苏公焉，故苏公作是诗以绝之。暴也、苏也，皆畿内国名。

彼何人斯？其心孔艰。胡逝我梁，不入我门？笺云：孔，甚。艰，难。逝，之也。梁，鱼梁也，在苏国之门外。彼何人乎？谓与暴公俱见于王者也。其持心甚难知，言其性坚固，似不妄也。暴公谮己之时，女与之乎？今过我国，何故近之我梁，而不入见我乎？疑其与之而未察，斥其姓名为大切，故言何人。○与，音豫，下同。大，音泰。**伊谁云从？维暴之云。**云，言也。笺云：谮我者，是言从谁生乎？乃暴公之所言也。由己情而本之，以解何人意。

二人从行，谁为此祸？胡逝我梁，不入唁我？笺云：二人者，谓暴公与其侣也。女相随而行见王，谁作我是祸乎？时苏公以得谴让也。女即不为，何故近之我梁，而不入吊唁我乎？○唁，音彦。**始者不如今，云不我可！**笺云：女始者于我甚厚，不如今日也。今日云我所行，有何不可者乎？何更于己薄也？

彼何人斯？胡逝我陈？我闻其声，不见其身。陈，堂涂也。笺云：堂涂者，公馆之堂涂也。女即不为，何故近之我馆庭，使我得闻女之音声，不得睹女之身乎？**不愧于人？不畏于天？**笺云：女今不入唁我，何所愧畏乎？皆疑之未察之辞。

彼何人斯？其为飘风。胡不自北？胡不自南？胡逝我梁，祗搅我心？飘风，暴起之风。搅，乱也。笺云：祗，适也。何人乎，女行来而去，疾如飘风，不欲入见我？何不乃从我国之南，不则乃从我国之北？何近之我梁，适乱我之心，使我疑女？○飘，避遥反。祗，音支。搅，交卯反。

尔之安行，亦不遑舍。尔之亟行，遑脂尔车。壹者之来，云何其盱？笺云：遑，暇。亟，疾。盱，病也。女可安行乎？则何不暇舍息乎？女当疾行乎？则又何暇脂女车乎？极其情，求其意，终不得。壹❶者之来见我，于女亦何病也？○亟，纪力反。盱，况于反。

尔还而入，我心易也。还而不入，否难知也。壹者之来，俾我祗也。易，说。祗，病也。笺云：还，行反也。否，不通也。祗，安也。女行反入见我，我则解说也。反又不入见我，则我与女情不通，女与于谮我与否，复难知也。壹者之来见我，我则知之，是使我心安也。○易，夷豉反。否，方九反。祗，祈支反，"郑止支反"❷。

伯氏吹埙，仲氏吹篪。土曰埙，竹曰篪。笺云：伯、仲，喻兄弟也。我与女恩如兄弟，其相应和如埙篪。以言俱为王臣，宜相亲爱。○埙，况袁反。篪，音池。及尔如贯，谅不我知！出此三物，以诅尔斯！三物，豕、犬、鸡也。民

---

❶ "壹"，阮刻本作"一"，下同。
❷ 据《释文》及阮刻本，此语前有"一云"，故加引号。"止"，《释文》作"上"。

不相信则盟诅之。君以豕，臣以犬，民以鸡。笺云：及，与。谅，信也。我与女俱为王臣，其相比次，如物之在绳索之贯也。今女心诚信，而我不知，且共出此三物，以诅女之此事。为其情之难知，己又不欲长怨，故设之以此言。○贯，古乱反。谅，音亮。诅，侧助反。比，毗志反。

为鬼为蜮，则不可得。有靦面目，视人罔极。蜮，短狐也。靦，姡也。笺云：使女为鬼为蜮也，则女诚不可得见也。姡然有面目，女乃人也。人相视无有极时，终必与女相见。○蜮，音或，又音域。靦，土典反。姡，户刮反。**作此好歌，以极反侧。**反侧，不正直也。笺云：好，犹善也。反侧，辗转也。作八章之歌，求女之情。女之情反侧极于是也。

《何人斯》八章，章六句。

巷伯

《巷伯》，刺幽王也。寺人伤于谗，故作是诗也。巷伯，奄官。寺人，内小臣也。奄官上士四人，掌王后之命，于宫中为近，故谓之巷伯，与寺人之官相近。谗人谮寺人，寺人又伤其将及巷伯，故以名篇。○寺，如字，又音侍。

萋兮斐兮，成是贝锦。兴也。萋、斐，文章相错也。贝锦，锦文也。笺云：锦文者，文如余泉、余蚳之贝文也。兴者，喻谗人集作己过以成于罪，犹女工之集采色以成锦文。

○萋，七西反。斐，音匪❶。蜮，音迟❷。**彼谮人者，亦已大甚！** 笺云：大甚者，谓使己得重罪也。○大，音泰。

哆兮侈兮，成是南箕。 哆，大貌。南箕，箕星也。侈之言是必有因也，斯人自谓辟嫌之不审也。昔者，颜叔子独处于室，邻之厘妇又独处于室。夜，暴风雨至而室坏，妇人趋而至，颜叔子纳之而使执烛。放乎旦而蒸尽，搢❸屋而继之。自以为辟嫌之不审矣。若其审者，宜若鲁人然。鲁人有男子独处于室，邻之厘妇又独处于室。夜，暴风雨至而室坏，妇人趋而托之。男子闭户而不纳。妇人自牖与之言曰："子何为不纳我乎？"男子曰："吾闻之也，男子不六十不间居。今子幼，吾亦幼，不可以纳子。"妇人曰："子何不若柳下惠然，妪不逮门之女，国人不称其乱。"男子曰："柳下惠固可，吾固不可。吾将以吾不可，学柳下惠之可。"孔子曰："欲学柳下惠者，未有似于是也。"笺云：箕星哆然，踵狭而舌广。今谗人之因寺人之近嫌而成言其罪，犹因箕星之哆而又❹侈大之。○哆，昌者反。搢，所六反。**彼谮人者，谁适与谋？** 笺云：适，往也。谁往就女谋乎？怪其言多且巧。

缉缉翩翩，谋欲谮人。 缉缉，口舌声。翩翩，往来貌。○缉，七立反。翩，音篇。**慎尔言也，谓尔不信。** 笺云：慎，诚也。女诚心而后言，王将谓女不信而不受。欲其诚者，恶其不诚也。

---

❶ "音匪"，《释文》及阮刻本作"孚匪反"。
❷ "音迟"，《释文》及阮刻本作"直基反"。
❸ "搢"，阮刻本作"缩"。
❹ "又"，阮刻本无。

捷捷幡幡，谋欲谮言。 捷捷，犹缉缉也。幡幡，犹翩翩也。○捷，如字。**岂不尔受，既其女迁。** 迁，去也。笺云：迁之言讪也。王仓卒岂将不受女言乎？已则亦将复讪诽女。

骄人好好，劳人草草。 好好，喜也。草草，劳心也。笺云：好好者，喜谗言之人也。草草者，忧将妄得罪也。**苍天苍天！视彼骄人，矜此劳人！**

彼谮人者，谁适与谋？取彼谮人，投畀豺虎。 投，弃也。○畀，必二反。豺，士皆反。**豺虎不食，投畀有北。** 北方寒凉而不毛。**有北不受，投畀有昊。** 昊，昊天也。笺云：付与昊天制其罪也。

杨园之道，猗于亩丘。 杨园，园名。猗，加也。亩丘，丘名。笺云：欲之杨园之道，当先历亩丘，以言此谗人欲谮大臣，故从近小者始。○猗，於绮反。**寺人孟子，作为此诗。凡百君子，敬而听之。** 寺人而曰孟子者，罪已定矣，而将践刑，作此诗也。笺云：寺人，王之正内五人。作，起也。孟子起而为此诗，欲使众在位者慎而知之。既言寺人，复自著孟子者，自伤将去此官也。

《巷伯》七章，四章章四句，一章五句，一章八句，一章六句。

《节南山》之什十篇，七十九章，五百五十二句。

诗经卷十二考证

《节南山》章"天子是毗,俾民不迷"。○《荀子》"毗"作"庳","俾"作"卑"。

《正月》章"蔌蔌方有穀"。○《后汉书》蔡邕作《释诲》云"速速方毂,夭夭是加",章怀太子注引《诗》作"速速方毂",又云"作'毂'者,谓小人乘宠方毂而行也。"

《十月之交》章"家伯维宰"。○朱子《集传》本作"家伯冢宰"。

《雨无正》章"昊天疾威"《音义》"昊,或作'旻',非"。○案:陆德明《音义》无此句,但有"旻,密巾反。本有作'昊天'者,非也"二语,与此相反。及考《疏》中"上有'昊天',明此亦'昊天'。定本皆作'昊天',俗本作'旻天',误也"云云,是孔《疏》亦已明斥作"旻"为非。陆氏、孔氏同在一时,不应舛错若此。原本此句乃据《疏》以正陆氏之误,故殿本虽备载陆氏《音义》于下,而经文亦仍作"昊天"耳。

"沦胥以铺。"○《韩诗》"沦"作"薰"。《后汉书》注"铺"作"痛"。

《小弁》章"析薪扡矣"。○案:"扡"字,《说文》池尔切。汉五经本作"柂",《诗缉》作"柂",唐陆德明所定《毛诗》作"扡,敕氏反"。又《音学五书》云:"古音本徒可切,后人误入紙韵。"《韵会》云:"音异字异,而义实同也。"

《小旻》章"潝潝訿訿"。○《荀子》"潝"作"噏","訿"作"呰"。

《巧言》章"尔居徒几何"《笺》"女所居之众几何人,傃能然乎"。○傃,殿本、坊本俱作"素"。案:《集韵》《正韵》"傃"训向往之"向"。萧子云《岁暮直庐赋》"晷中臬而南傃"是也。据此处文义,似应从"素"为长。但《战国策》"竭智能,示情素"注云:"素、傃通,诚也。"则原本解作"诚能然乎",亦无不可。

卷十三

谷风之什诂训传第二十 | 小雅

谷风

《谷风》，刺幽王也。天下俗薄，朋友道绝焉。

习习谷风，维风及雨。兴也。风雨相感，朋友相须。笺云：习习，和调之貌。东风谓之谷风。兴者，风而有雨则润泽行，喻朋友同志则恩爱成。**将恐将惧，维予与女。**笺云：将，且也。恐、惧，喻遭厄难勤苦之事也。当此之时，独我与女尔。谓同其忧务。○女，音汝。**将安将乐，女转弃予！**言朋友趋利，穷达相弃。笺云：朋友无大故则不相遗弃。今女以志达而安乐，弃恩忘旧，薄之甚。

习习谷风，维风及颓。颓，风之焚轮者也。风薄相扶而上，喻朋友相须而成。○颓，徒雷反。上，时掌反。**将恐将惧，寘予于怀。**笺云：寘，置也。置我于怀，言至亲己也。○寘，之豉反。**将安将乐，弃予如遗！**笺云：如遗者，如人行道遗忘物，忽然不省存也。

习习谷风，维山崔嵬。无草不死，无木不萎。崔嵬，山巅也。虽盛夏万物茂壮，草木无有不死叶萎枝者。笺云：此言东风，生长之风也，山巅之上，草木犹及之。然而盛夏养万物之时，草木枝叶犹有萎槁者。以喻朋友虽以恩相养，亦安能不时有小讼乎？○萎，於危反。**忘我大德，思我小怨**。笺云：大德，切瑳以道相成之谓也。

《谷风》三章，章六句。

蓼莪

《蓼莪》，刺幽王也。民人劳苦，孝子不得终养尔。不得终养者，二亲病亡之时，时在役所，不得见也。○蓼，音六。莪，五河反。养，余亮反。

蓼蓼者莪，匪莪伊蒿。兴也。蓼蓼，长大貌。笺云：莪已蓼蓼长大，我视之以为非莪，反谓之蒿。兴者，喻忧思，虽在役中，心不精识其事。○蒿，呼毛反。长，张丈反。**哀哀父母，生我劬劳**。笺云：哀哀者，恨不得终养父母，报其生长己之苦。

蓼蓼者莪，匪莪伊蔚。蔚，牡菣也。○蔚，音尉。菣，去刃反。**哀哀父母，生我劳瘁**。笺云：瘁，病也。○瘁，似醉反。

瓶之罄矣，维罍之耻。瓶小而罍大。罄，尽也。笺云：瓶小而尽，罍大而盈，言为罍耻者，刺王不使富分贫、众恤寡。○罄，苦定反。罍，音雷。**鲜民之生，不如死之久矣**！鲜，寡也。笺云：此言供养日寡矣，而我尚不得终养。恨之言也。○鲜，息浅反。**无父何怙？无母何恃？出则衔恤，入**

则靡至！笺云：恤，忧。靡，无也。孝子之心，怙恃父母，依依然以为不可斯须无也。出门则思之而忧，旋入门又不见，如入无所至。○怙，音户。

父兮生我，母兮鞠我。拊我畜我，长我育我。顾我复我，出入腹我。 鞠，养。腹，厚也。笺云：父兮生我者，本其气也。畜，起也。育，覆育也。顾，旋视也。复，反覆也。腹，怀抱也。○拊，音抚。畜，喜郁反。顾，古慕反[1]。覆，芳福反。**欲报之德，昊天罔极！** 笺云：之，犹是也。我欲报父母是德，昊天乎我心无极！

南山烈烈，飘风发发。 烈烈然，至难也。发发，疾貌。笺云：民人自苦见役，视南山则烈烈然，飘风发发然，寒且疾也。○飘，避遥反，后同。**民莫不穀，我独何害！** 笺云：穀，养也。言民皆得养其父母，我独何故睹此寒苦之害？

南山律律，飘风弗弗。 律律，犹烈烈也。弗弗，犹发发也。**民莫不穀，我独不卒！** 笺云：卒，终也。我独不得终养父母，重自哀伤也。○卒，子恤反。

《蓼莪》六章，四章章四句，二章章八句。

大东

《大东》，刺乱也。东国困于役而伤于财，谭大夫作是诗以告病焉。谭国在东，故其大夫尤苦征役之事也。鲁庄

---

[1] "古慕反"，《释文》及阮刻本作"音故"。

公十年，齐师灭谭。○谭，音潭❶。

有饛簋飧，有捄棘匕。兴也。饛，满簋貌。飧，熟食，谓黍稷也。捄，长貌。匕所以载鼎实。棘，赤心也。笺云：飧者，客始至，主人所致之礼也。凡飧、饔饩，以其爵等为之牢礼之数陈。兴者，喻古者天子施予之恩于天下厚。○饛，音蒙。簋，音轨。飧，音孙。捄，音虬❷。匕，必履反。**周道如砥，其直如矢。**如砥，贡赋平均也。如矢，赏罚不偏也。○砥，之履反。**君子所履，小人所视。**笺云：此言古者天子之恩厚也，君子皆法效而履行之。其如砥矢之平，小人又皆视之，共之无怨。○共，音恭。**睠言顾之，潸焉出涕。**睠，反顾也。潸，涕下貌。笺云：言，我也。此二事者，在乎前世过而去矣，我从今顾视之，为之出涕，伤今不如古。○睠，音卷。潸，所奸反。涕，音体。

小东大东，杼柚其空。空，尽也。笺云：小也、大也，谓赋敛之多少也。小亦于东，大亦于东，言其政偏，失砥矢之道也。谭无他货，维丝麻耳，今尽杼柚不作也。○杼，直吕反。柚，音逐。**纠纠葛屦，可以履霜。佻佻公子，行彼周行。**佻佻，独行貌。公子，谭公子也。笺云：葛屦，夏屦也。周行，周之列位也。言时财货尽，虽公子衣屦不能顺时，乃夏之葛屦，今以履霜。送转饎，因见使行周之列位者而发币焉。言虽困乏，犹不得止。○纠，居黝反。屦，九具反。佻，徒雕

---

❶ "音潭"，《释文》及阮刻本作"徒南反"。
❷ "虬"，阮刻本作"蚪"。

反。周"行"，户郎反。餫，音运。**既往既来，使我心疚。**笺云：既，尽。疚，病也。言谭人自虚竭餫送而往，周人则空尽受之，曾无反币复礼之惠，是使我心伤病也。○疚，音救。

有冽氿泉，无浸获薪。契契寤叹，哀我惮人。冽，寒意也。侧出曰氿泉。获，艾也。契契，忧苦也。惮，劳也。笺云：获，落，木名也。既伐而析❶之以为薪，不欲使氿泉浸之。浸之则将湿腐，不中用也。今谭大夫契契❷忧苦而寤叹，哀其民人之劳苦者，亦不欲使周之赋敛小东大东极尽之。极尽之则将困病，亦犹是也。○冽，音列。氿，音轨。获，户郭反。契，苦计反，徐苦结反。惮，丁佐反，又音但❸，下同。**薪是获薪，尚可载也。哀我惮人，亦可息也。**载，载乎意也。笺云：薪是获薪者，析是获薪也。尚，庶几也。庶几析是获薪，可载而归，蓄以为家用。哀我劳人，亦可休息，养之以待国事。

东人之子，职劳不来。西人之子，粲粲衣服。东人，谭人也。来，勤也。西人，京师人也。粲粲，鲜盛貌。笺云：职，主也。东人劳苦而不见谓勤。京师人衣服鲜洁而逸豫。言王政偏甚也。自此章以下，言周道衰。其不言政偏则言众官废职，如是而已。○来，音赉。**舟人之子，熊罴是裘。**舟人，舟楫之人。熊罴是裘，言富也。笺云：舟，当作"周"，裘，当作"求"，声相近故也。周人之子，谓周世臣之子孙，退在

---

❶ "析"，阮刻本作"折"。
❷ "契契"，阮刻本作"契"。
❸ "但"，《释文》作"旦"。

贱官，使搏熊罴，在冥氏、穴氏之职。○罴，彼皮反。冥，莫历反。**私人之子，百僚是试**。私人，私家人也。是试，用于百官也。笺云：此言周衰，群小得志。

或以其酒，不以其浆。或醉于酒，或不得浆。**鞙鞙佩璲，不以其长**。鞙鞙，玉貌。璲，瑞也。笺云：佩璲者，以瑞玉为佩，佩之鞙鞙然。居其官职，非其才之所长也，徒美其佩，而无其德，刺其素餐。○鞙，胡犬反。**维天有汉，监亦有光**。汉，天河也。有光而无所明。笺云：监，视也。喻王闇置官司，而无督察之实。○监，古暂反。闇，音开。**跂彼织女，终日七襄**。跂，隅貌。襄，反也。笺云：襄，驾也。驾，谓更其肆也。从旦至暮七辰，辰一移，因谓之七襄。○跂，丘豉反。

虽则七襄，不成报章。不能反报成章也。笺云：织女有织名尔，驾则有西无东，不如人织相反报成文章。**睆彼牵牛，不以服箱**。睆，明星貌。河鼓谓之牵牛。服，牝服也。箱，大车之箱也。笺云：以，用也。牵牛不可用于牝服之箱。○睆，华板反。**东有启明，西有长庚**。日旦出，谓明星为启明。日既入，谓明星为长庚。庚，续也。笺云：启明、长庚，皆有助日之名，而无实光也。**有捄天毕，载施之行**。捄，毕貌。毕所以掩兔也，何尝见其可用乎？笺云：祭器有毕者，所以助载鼎实。今天毕则施于行列而已。○行，同前"周行"音。❶

维南有箕，不可以簸扬。维北有斗，不可以挹酒浆。挹，斟也。○簸，波我反。斟，矩于反。**维南有箕，载翕其**

---

❶ 此条《音义》，《释文》及阮刻本无。

舌。**维北有斗，西柄之揭。**翕，合❶也。笺云：翕，犹引也。引舌者，谓上星相近。○翕，许急反。揭，居竭反。

《大东》七章，章八句。

四月

《四月》，大夫刺幽王也。在位贪残，下国构祸，怨乱并兴焉。

四月维夏，六月徂暑。徂，往也。六月，火星中，暑盛而往矣。笺云：徂，犹始也。四月立夏矣，至六月乃始盛暑，兴人为恶亦有渐，非一朝一夕。**先祖匪人，胡宁忍予？** 笺云：匪，非也。宁，犹曾也。我先祖非人乎？人则当知患难，何为曾使我当此乱❷世乎？

秋日凄凄，百卉具腓。凄凄，凉风也。卉，草也。腓，病也。笺云：具，犹皆也。凉风用事而众草皆病，兴贪残之政行而万民困病。○凄，七西反。卉，许贵反。腓，房非反。**乱离瘼矣，爰其适归。**离，忧。瘼，病。适，之也。笺云：爰，曰也。今政乱，国将有忧病者矣。曰此祸其所之归乎？言忧病之祸，必自之归为乱。○瘼，音莫。

冬日烈烈，飘风发发。笺云：烈烈，犹栗烈也。发发，

---

❶ "合"，阮刻本作"如"。
❷ "乱"，阮刻本作"难"。

疾貌。言王为酷虐惨毒之政，如冬日之烈烈矣。其亟急行于天下，如飘风之疾也。○亟，纪力反。**民莫不穀，我独何害！** 笺云：穀，养也。民莫不得养其父母者，我独何故睹此寒苦之害？

山有嘉卉，侯栗侯梅。 笺云：嘉，善。侯，维也。山有美善之草，生于梅栗之下，人取其实，蹂践而害之，令不得蕃茂。喻上多赋敛，富人财尽，而弱民与受困穷。**废为残贼，莫知其尤。** 废，忕也。笺云：尤，过也。言在位者贪残，为民之害，无自知其行之过者，言忕于恶。○废，如字。忕，时世反。

相彼泉水，载清载浊。 笺云：相，视也。我视彼泉水之流，一则清，一则浊。刺诸侯并为恶，曾无一善。○相，息亮反。**我日构祸，曷云能穀？** 构，成。曷，逮也。笺云：构，犹合集也。曷之言何也。穀，善也。言诸侯日作祸乱之行，何者可谓能善？○曷，何葛反。

滔滔江汉，南国之纪。 滔滔，大水貌。其神足以纲纪一方。笺云：江也、汉也，南国之大水，纪理众川，使不壅滞。喻吴、楚之君，能长理旁侧小国，使得其所。○滔，吐刀反。**尽瘁以仕，宁莫我有。** 笺云：瘁，病。仕，事也。今王尽病其封畿之内以兵役之事，使群臣有土地曾无自保有者，皆惧于危亡也。吴、楚旧名贪残，今周之政乃反不如。

匪鹑匪鸢，翰飞戾天。匪鳣匪鲔，潜逃于渊。 鹑，雕也。雕、鸢，贪残之鸟也。大鱼能逃处渊。笺云：翰，高。戾，至。鳣，鲤也。言雕、鸢之高飞，鲤、鲔之处渊，性自然也。非雕、鸢能高飞，非鲤、鲔能处渊，皆惊骇辟害尔。喻民性安土重迁，今而逃走，亦畏乱政故。○鹑，徒丸反。鸢，以专反。鳣，张连反。鲔，于轨反。

山有蕨薇，隰有杞桋。杞，枸檵也。桋，赤栜也。笺云：此言草木生各得其所，人反不得其所，伤之也。○蕨，居月反。桋，音夷。栜，所革反。**君子作歌，维以告哀。**笺云：告哀，言劳病而诉之。

《四月》八章，章四句。

北山

《北山》，大夫刺幽王也。役使不均，己劳于从事，而不得养其父母焉。○使，如字。己，音纪。

陟彼北山，言采其杞。笺云：言，我也。登山而采杞，非可食之物，喻己行役不得其事。**偕偕士子，朝夕从事。**偕偕，强壮貌。士子，有王事者也。笺云：朝夕从事者，言不得休止也。**王事靡盬，忧我父母。**笺云：靡，无也。盬，不坚固也。王事无不坚固，故我当尽力勤劳于役。久不得归，父母思己而忧。○盬，音古。

溥天之下，莫非王土。率土之滨，莫非王臣。溥，大。率，循。滨，涯也。笺云：此言王之土地广矣，王之臣又众矣，何求而不得，何使而不行！○溥，音普。**大夫不均，我从事独贤。**贤，劳也。笺云：王不均大夫之使，而专以我有贤才之故，独使我从事于役。自苦之辞。

四牡彭彭，王事傍傍。彭彭然不得息，傍傍然不得已。○傍，布彭反。**嘉我未老，鲜我方将？**将，壮也。笺云：嘉、鲜，皆善也。王善我年未老乎？善我方壮乎？何独久使我也？○鲜，息浅反。**旅力方刚，经营四方？**旅，众也。笺云：王谓此事众之气力方盛乎？何乃劳苦使之经营四方？

或燕燕居息，燕燕，安息貌。**或尽瘁事国。**尽力劳病，以从国事。**或息偃在床，或不已于行。**笺云：不已，犹不止也。

或不知叫号，或惨惨劬劳。叫，呼。号，召也。○叫，古吊反。号，户报反，协韵户刀反。**或栖迟偃仰，或王事鞅掌。**鞅掌，失容也。笺云：鞅，犹何也。掌，谓捧之也。负何捧持以趋走，言促遽也。○栖，音西。鞅，於两反。何，上声❶。

或湛乐饮酒，或惨惨畏咎。笺云：咎，犹罪过也。○湛，都南反。乐，音洛。**或出入风议，或靡事不为。**笺云：风，犹放也。○风，音讽。

《北山》六章，三章章六句，三章章四句。

无将大车

《无将大车》，大夫悔将小人也。周大夫悔将小

---

❶ "上声"，《释文》作"户可反，又音河"，阮刻本作"户可反，又音何"。

人。幽王之时，小人众多。贤者与之从事，反见谮害，自悔与小人并。

无将大车，只自尘兮。 大车，小人之所将也。笺云：将，犹扶进也。只，适也。鄙事者，贱者之所为也。君子为之，不堪其劳。以喻大夫而进举小人，适自作忧累，故悔之。○只，音支。**无思百忧，只自疧兮。** 疧，病也。笺云：百忧者，众小事之忧也。进举小人，使得居位，不任其职，愆负及己，故以众小事为忧，适自病也。○疧，都礼反。任，音壬。

无将大车，维尘冥冥。 笺云：冥冥者，蔽人目明，令无所见也。犹进举小人，蔽伤己之功德也。○冥，莫庭反，又莫迥反。**无思百忧，不出于颎。** 颎，光也。笺云：思众小事以为忧，使人蔽暗不得出于光明之道。○颎，古迥反。

无将大车，维尘雍兮。 笺云：雍，犹蔽也。○雍，於勇反。**无思百忧，只自重兮。** 笺云：重，犹累也。○重，直龙反，又直用反。

《无将大车》三章，章四句。

小明

《小明》，大夫悔仕于乱世也。名篇曰《小明》者，言幽王日小其明，损其政事，以至于乱。

明明上天，照临下土。笺云：明明上天，喻王者当光明如日之中也。照临下土，喻王者当察理天下之事。据时幽王不能然，故举以刺之。**我征徂西，至于艽野。二月初吉，载离寒暑。**艽野，远荒之地。初吉，朔日也。笺云：征，行。徂，往也。我行往之西方，至于远荒之地，乃以二月朔日始行，至今则更夏暑冬寒矣，尚未得归。诗人，牧伯之大夫，使述其方之事，遭乱世劳苦而悔仕。○艽，音求。更，音庚。**心之忧矣，其毒大苦。**笺云：忧之甚，心中如有药毒也。○大，音泰。**念彼共人，涕零如雨。**笺云：共人，靖共尔位以待贤者之君。○共，音恭。**岂不怀归？畏此罪罟。**罟，网也。笺云：怀，思也。我诚思归，畏此刑罪罗网，我故不敢归尔。○罟，音古。

昔我往矣，日月方除。曷云其还？岁聿云莫。除，除陈生新也。笺云：四月为除。昔我往至于艽野以四月，自谓其时将即归。何言其还，乃至岁晚尚不得归。○除，直虑反。莫，音暮。**念我独兮，我事孔庶。心之忧矣，惮我不暇。**惮，劳也。笺云：孔，甚。庶，众也。我事独甚众，劳我不暇，皆言王政不均，臣事不同也。○惮，丁佐反。**念彼共人，睠睠怀顾。**笺云：睠睠，有往仕之志也。○睠，音眷。**岂不怀归？畏此谴怒。**

昔我往矣，日月方奥。奥，煖也。○奥，於六反。**曷云其还？政事愈蹙。岁聿云莫，采萧获菽。**蹙，促也。笺云：愈，犹益也。何言其还，乃至于政事更益促急，岁晚乃至采萧获菽，尚不得归。○蹙，子六反。**心之忧矣，自诒伊戚。**戚，忧也。笺云：诒，遗也。我冒乱世而仕，自遗此忧。

悔仕之辞。○遗，唯季反。**念彼共人，兴言出宿。**笺云：兴，起也。夜卧起宿于外，忧不能宿于内也。**岂不怀归？畏此反覆。**笺云：反覆，谓不以正罪见罪。○覆，芳福反。

嗟尔君子！无恒安处。笺云：恒，常也。嗟女君子，谓其友未仕者也。人之居，无常安之处。谓当安安而能迁。孔子曰："鸟则择木。"○处，昌虑反。**靖共尔位，正直是与。神之听之，式穀以女。**靖，谋也。正直为正，能正人之曲曰直。笺云：共，具。式，用。穀，善也。有明君谋具女之爵位，其志在于与正直之人为治。神明若祐而听之，其用善人，则必用女。是使听天任❶命，不汲汲求仕之辞。言女位者，位无常主，贤人则是。

嗟尔君子！无恒安息。息，犹处也。**靖共尔位，好是正直。神之听之，介尔景福。**介、景，皆大也。笺云：好，犹与也。介，助也。神明听之，则将助女以大福。谓遭是明君，道施行也。○好，呼报反。

《小明》五章，三章章十二句，二章章六句。

鼓钟

《鼓钟》，刺幽王也。

鼓钟将将，淮水汤汤，忧心且伤。幽王用乐，不与德

---

❶ "任"，阮刻本作"乎"。

比，会诸侯于淮上，鼓其淫乐，以示诸侯。贤者为之忧伤。笺云：为之忧伤者，嘉乐不野合，牺、象不出门。今乃于淮水之上作先王之乐，失礼尤甚。○将，七羊反。汤，音伤。比，毗志反。牺，素何反。**淑人君子，怀允不忘**。笺云：淑，善。怀，至也。古者，善人君子，其用礼乐，各得其宜，至信不可忘。

鼓钟喈喈，淮水湝湝，忧心且悲。喈喈，犹将将。湝湝，犹汤汤。悲，犹伤也。○喈，音皆。湝，户皆反。**淑人君子，其德不回**。回，邪也。

鼓钟伐鼛，淮有三洲，忧心且妯。鼛，大鼓也。三洲，淮上地。妯，动也。笺云：妯之言悼也。○鼛，古毛反。妯，敕留反。**淑人君子，其德不犹**。犹，若也。笺云：犹，当作"瘉"。瘉，病也。○犹，如字，郑羊主反。

鼓钟钦钦，鼓瑟鼓琴，笙磬同音。钦钦，言使人乐进也。笙、磬，东方之乐也。同音，四县皆同也。笺云：同音者，谓堂上堂下八音克谐。**以雅以南，以籥不僭**。为雅为南也。舞四夷之乐，大德广所及也。东夷之乐曰昧，南夷之乐曰南，西夷之乐曰朱离，北夷之乐曰禁。以为籥舞，若是为和而不僭矣。笺云：雅，万舞也。万也、南也、籥也，三舞不僭，言进退之旅也。周乐尚武，故谓万舞为雅。雅，正也。籥舞，文乐也。○籥，以灼反。僭，七心❶反。

《鼓钟》四章，章五句。

---

❶ "心"，通志堂本《释文》作"念"。

诗经

楚茨

《楚茨》，刺幽王也。政烦赋重，田莱多荒，饥馑降丧，民卒流亡，祭祀不飨，故君子思古焉。田莱多荒，茨棘不除也。饥馑，仓庾不盈也。降丧，神不与福助也。○茨，徐咨反。❶

楚楚者茨，言抽其棘。自昔何为？我蓺黍稷。 楚楚，茨棘貌。抽，除也。笺云：茨，蒺藜也。伐除蒺藜与棘，自古之人，何乃勤苦为此事乎？我将树黍稷焉。言古者先王之政，以农为本。茨言楚楚，棘言抽，互辞也。○抽，敕留反。**我黍与与，我稷翼翼。我仓既盈，我庾维亿。** 露积曰庾。万万曰亿。笺云：黍与与，稷翼翼，蕃庑貌。阴阳和，风雨时，则万物成。万物成，则仓庾充满矣。仓言盈，庾言亿，亦互辞，喻多也。十万曰亿。○与，音余。**以为酒食，以享以祀。以妥以侑，以介景福。** 妥，安坐也。侑，劝也。笺云：享，献。介，助。景，大也。以黍稷为酒食，献之以祀先祖。既又迎尸，使处神坐而食之。为其嫌不饱，祝以主人之辞劝之，所以助孝子受大福也。○妥，汤果反。侑，音又。

济济跄跄，絜尔牛羊，以往烝尝。或剥或亨，或肆

---

❶ 此条《音义》，阮刻本无。

或将。济济跄跄，言有容也。亨，饪之也。肆，陈。将，齐也。或陈于牙，或齐其肉。笺云：有容，言威仪敬慎也。冬祭曰烝，秋祭曰尝。祭祀之礼，各有其事。有解剥其皮者，有煮孰❶之者，有肆其骨体于俎者，或奉持而进之者。○济，子礼反。跄，七羊反。亨，普庚反。肆，音四，郑他历反，注同。❷齐，去声❸。**祝祭于祊，祀事孔明。** 祊，门内也。笺云：孔，甚也。明，犹备也、絜也。孝子不知神之所在，故使祝博求之平生门内之旁，待宾客之处，祀礼于是甚明。○祊，补彭反。**先祖是皇，神保是飨。** 皇，大。保，安也。笺云：皇，暀也。先祖以孝子祀礼甚明之故，精气归暀之，其鬼神又安而飨❹其祭祀。○暀，于况反。**孝孙有庆，报以介福，万寿无疆！** 笺云：庆，赐。疆，竟界也。○竟，音境。

执爨踖踖，为俎孔硕，或燔或炙。 爨，饔爨、廪爨也。踖踖，言爨灶有容也。燔，取膟膋。炙，炙肉也。笺云：燔，燔肉也。炙，肝炙也。皆从献之俎也。其为之于爨，必取肉也、肝也肥硕美者。○爨，七乱反。踖，七夕反。燔，音烦。膟，音律。膋，音寮。肝"炙"，之赦反。**君妇莫莫，为豆孔庶，为宾为客。** 莫莫，言清静而敬至也。豆，谓肉羞、庶羞也。绎而宾尸及宾客。笺云：君妇，谓后也。凡適妻称君妇，事舅姑之称也。庶，侈也。祭祀之礼，后夫人主共笾

---

❶ "孰"，阮刻本作"熟"。
❷ "肆，音四，郑他历反，注同"，《释文》及阮刻本于"有肆"下注"他历反"，无"郑"及"注同"。
❸ "去声"，《释文》及阮刻本作"才细反"。
❹ "飨"，阮刻本作"享"。

诗经

豆，必取肉物肥胮美也。○莫，莫白反❶。胮，昌纸反。**献酬交错，礼仪卒度，笑语卒获。**东西为交，邪行为错。度，法度也。获，得时也。笺云：始主人酌宾为献。宾既酢❷主人，主人又自饮酌宾曰酬。至旅而爵交错以遍。卒，尽也。古者于旅也语。○酬，市由反。度，如字，沈徒洛反。**神保是格，报以介福，万寿攸酢！**格，来。酢，报也。

我孔熯矣，式礼莫愆。工祝致告，徂赉孝孙。熯，敬也。善其事曰工。赉，予也。笺云：我，我孝孙也。式，法。莫，无。愆，过。徂，往也。孝孙甚敬矣，于礼法无过者。祝以此故，致神意告❸主人使受嘏，既而以嘏之物往予主人。○熯，而善反，又呼但反。赉，如字。**苾芬孝祀，神嗜饮食。卜尔百福，如几如式。**几，期。式，法也。笺云：卜，予也。苾苾芬芬，有馨香矣，女之以孝敬享祀也，神乃歆嗜女之饮食。今予女之百福，其来如有期矣，多少如有法矣。此皆嘏辞之意。○苾，蒲蔑反，一音蒲必反。几，音机。**既齐既稷，既匡既敕。永锡尔极，时万时亿。**稷，疾。敕，固也。笺云：齐，减取也。稷之言即也。永，长。极，中也。嘏之礼，祝遍取黍稷牢肉鱼，擩于醢以授尸，孝孙前就尸受之。天子使宰夫受之以筐，祝则释嘏辞以敕之。又曰：长赐女以中和之福，是万是亿。言多无数。○齐，如字，整齐也，郑音资。匡，丘方反。擩，而专反。

---

❶ "莫白反"，《释文》及阮刻本作"音麦"。
❷ "酢"，阮刻本作"酌"。
❸ "告"，阮刻本作"造"。

礼仪既备，钟鼓既戒。孝孙徂位，工祝致告。 致告，告利成也。笺云：钟鼓既戒，戒诸在庙中者以祭礼毕。孝孙往位，堂下西面位也。祝于是致孝孙之意，告尸以利成。**神具醉止，皇尸载起。鼓钟送尸，神保聿归。** 皇，大也。笺云：具，皆也。皇，君也。载之言则也。尸，节神者也。神醉而尸谡，送尸而神归。尸出入奏《肆夏》。尸称君，尊之也。神安归者，归于天也。○谡，所六反，起也。**诸宰君妇，废彻不迟。** 笺云：废，去也。尸出而可彻，诸宰彻去诸馔，君妇篹豆而已。不迟，以疾为敬也。○废，方吠反。彻，直列反。去，起吕反。**诸父兄弟，备言燕私。** 燕而尽其私恩。笺云：祭祀毕，归宾客之俎，同姓则留与之燕，所以尊宾客、亲骨肉也。

乐具入奏，以绥后禄。尔殽既将，莫怨具庆。 绥，安也。安然后受福禄也。将，行也。笺云：燕而祭时之乐复皆入奏，以安后日之福禄。骨肉欢而君之福禄安。女之殽羞已行，同姓之臣无有怨者，而皆庆君，是其欢也。○复，扶又反。**既醉既饱，小大稽首。神嗜饮食，使君寿考。** 笺云：小大，犹长幼也。同姓之臣，燕已醉饱，皆再拜稽首曰：神乃歆嗜君之饮食，使君寿且考。此其庆辞。**孔惠孔时，维其尽之。子子孙孙，勿替引之。** 替，废。引，长也。笺云：惠，顺也。甚顺于礼，甚得其时，维君德能尽之，愿子孙勿废而长行之。○替，天帝反。

《楚茨》六章，章十二句。

信南山

《信南山》，刺幽王也。不能修成王之业，疆理天下，以奉禹功，故君子思古焉。

信彼南山，维禹甸之。畇畇原隰，曾孙田之。甸，治也。畇畇，垦辟貌。曾孙，成王也。笺云：信乎彼南山之野，禹治而丘甸之。今原隰垦辟，则又成王之所佃。言成王乃远修禹之功，今王反不修其业乎？六十四井为甸，甸方八里，居一成之中，成方十里，出兵车一乘，以为赋法。○甸，田见反，郑绳证反。畇，音匀。**我疆我理，**疆，画经界也。理，分地理也。**南东其亩。**或南或东。

上天同云，雨雪雰雰。雰雰，雪貌。丰年之冬，必有积雪。**益之以霢霂，既优既渥，**小雨曰霢霂。笺云：成王之时，阴阳和，风雨时，冬有积雪，春而益之以小雨，润泽则饶洽。○霢，亡革反。霂，音木。**既沾既足，生我百谷。**

疆埸翼翼，黍稷彧彧。埸，畔也。翼翼，让畔也。彧彧，茂盛貌。**曾孙之穑，以为酒食。畀我尸宾，寿考万年。**笺云：敛税曰穑。畀，予也。成王以黍稷之税为酒食，至祭祀齐戒，则以赐尸与宾。尊尸与宾，所以敬神也。敬神则得寿考万年。○畀，必寐反。

中田有庐，疆埸有瓜。是剥是菹，剥瓜为菹也。笺云：中田，田中也。农人作庐焉，以便其田事。于畔上种瓜，瓜成又入其税，天子剥削淹渍以为菹，贵四时之异物。○剥，邦角反。菹，侧居反。**献之皇祖。曾孙寿考，受天之祜。**笺云：皇，君。祜，福也。献瓜菹于先祖者，孝子之心也。孝子则获福。○祜，音户。

祭以清酒，从以骍牡，享于祖考。周尚赤也。笺云：清，谓玄酒也。酒，郁鬯五齐三酒也。祭之礼，先以郁鬯降神，然后迎牲。享于祖考，纳亨时。○骍，息营反。齐，才细反。亨，普庚反。**执其鸾刀，以启其毛，取其血膋。**鸾刀，刀有鸾者，言割中节也。笺云：毛以告纯也。膋，脂膏也。血以告杀，膋以升臭，合之黍稷，实之于萧，合馨香也。○膋，音聊。

是烝是享，苾苾芬芬，祀事孔明。烝，进也。笺云：既有牲物而进献之，苾苾芬芬然香，祀礼于是则甚明也。**先祖是皇，报以介福，万寿无疆。**笺云：皇之言暀也。先祖之灵，归暀是孝孙，而报之以福。

《信南山》六章，章六句。

《谷风》之什十篇，五十四章，三百五十六句。

诗经卷十三考证

《蓼莪》章"蓼蓼者莪"。○汉碑"莪"字作"仪",《司隶鲁岐碑》又作"羛"。

《大东》章"佻佻公子,行彼周行"。○王逸《楚辞章句》引《诗》作"苕苕公子,行彼周道"。

《四月》章"爰其适归"。○爰,《家语》作"奚"。朱子从之,逸斋《补传》亦作"奚"。

"相彼泉水"《笺》"我视被泉水之流"。○案:"被"字乃"彼"字之讹,依殿本《注疏》改。

《无将大车》章"只自痻兮"。○案:痻,石经作"疧",从氏。宋刘彝以为当作"痕",病也。唐人避太宗讳,凡从民者皆省作"氏"。唐张参《五经文字》"慜"字云"缘庙讳,偏旁准式省从氏",是其例也。顾炎武《九经误字》谓此字下不应添一画,盖以此耳。

《楚茨》章。○案:《离骚》"薋菉葹以盈室兮",王逸注引《诗》作"楚薋"。《礼记》注作"楚荠"。

"先祖是皇"《笺》"皇,暀也",《音义》"暀,于况反"。○两"暀"字偏旁不同。案:《正义》云"论祭事宜为归暀",则当如《尔雅·释诂》注云"彼言皇皇,则此暀暀"之"暀"。依《说文》,从日,往声。其从目者,《集韵》训"视也",义不可通。

　　《信南山》章"维禹甸之"。○案:"甸"字,陆氏《音义》云:"毛田见反,郑绳证反。"盖毛训平治,则音佃;郑训邱乘,则音乘,《地官·小司徒》云"四邱为甸",是也。乘有军阵之义,故《韩诗》本作"维禹阵之",《稍人》"掌邱乘之政令"注同。

卷十四

甫田之什诂训传第二十一 | 小雅

甫田

《甫田》，刺幽王也。君子伤今而思古焉。刺者，刺其仓廪空虚，政烦赋重，农人失职。

倬彼甫田，岁取十千。倬，明貌。甫田，谓天下田也。十千，言多也。笺云：甫之言丈夫也。明乎彼大古之时，以丈夫税田也。岁取十千，于井田之法，则一成之数也。九夫为井，井税一夫，其田百亩。井十为通，通税十夫，其田千亩。通十为成，成方十里，成税百夫，其田万亩。欲见其数，从井、通起，故言十千。上地谷亩一钟。○倬，陟角反。**我取其陈，食我农人，自古有年。**尊者食新，农夫食陈。笺云：仓廪有余，民得赊贳取食之，所以纾官之蓄滞，亦使民爱存新谷。自古者丰年之法如此。○食，音嗣。赊，音奢。**今适南亩，或耘或耔，黍稷薿薿。**耘，除草也。耔，雍本也。笺云：今者，今成王之法也。使农人之南亩，治其禾稼，功至力尽，则薿薿然而茂盛。于古言税法，今言治田，互辞。○耘，音芸。薿，鱼起反。**攸介攸止，烝我髦士。**烝，进。髦，俊也。治田得谷，俊士以进。笺云：介，舍也。礼，使民锄作耘

364

耔聞暇，则于庐舍及所止息之处，以道艺相讲肄，以进其为俊士之行。○髦，音毛。聞，音闲。

以我齐明，与我牺羊，以社以方。器实曰齐，在器曰盛。社，后土也。方，迎四方气于郊也。笺云：以洁齐丰盛，与我纯色之羊，秋祭社与四方，为五谷成孰❶，报其功也。○齐，音资。牺，许宜反。**我田既臧，农夫之庆。**笺云：臧，善也。我田事已善，则庆赐农夫。谓大蜡之时，劳农以休息之也。年不顺成，则八蜡不通。○蜡，仕诈反。**琴瑟击鼓，以御田祖，以祈甘雨，以介我稷黍，以穀我士女。**田祖，先啬也。穀，善也。笺云：御，迎。介，助。穀，养也。设乐以迎祭先啬，谓郊后始耕也。以求甘雨，佑助我禾稼，我当以养士女也。《周礼》曰："凡国祈年于田祖，吹"豳雅"，击土鼓，以乐田畯。"○御，牙嫁反。豳，彼贫反。

曾孙来止，以其妇子，馌彼南亩。田畯至喜，攘其左右，尝其旨否。笺云：曾孙，谓成王也。攘，读当为饟。馌、饟，馈也。田畯，司啬，今之啬夫也。喜，读为饎。饎，酒食也。成王来止，谓出观农事也。亲与后、世子行，使知稼穑之艰难也。为农人之在南亩者，设馈以劝之。司啬至，则又加之以酒食，饟其左右从行者。成王亲为尝其馈之美否，示亲之也。○馌，于辄反。畯，子峻反。攘，如羊反，郑式尚反。**禾易长亩，终善且有。**易，治也。长亩，竟亩也。○易，以豉反。**曾孙不怒，农夫克敏。**敏，疾也。笺云：禾治而竟

---

❶ "孰"，阮刻本作"熟"。

亩，成王则无所责怒，谓此农夫能且[1]敏也。

曾孙之稼，如茨如梁。曾孙之庾，如坻如京。茨，积也。梁，车梁也。京，高丘也。笺云：稼，禾也，谓有稿者也。茨，屋盖也。上古之税法，近者纳总，远者纳粟米。庾，露积谷也。坻，水中之高地也。○茨，徐私反。庾，羊主反。坻，直基反。**乃求千斯仓，乃求万斯箱。**笺云：成王见禾谷之税，委积之多，于是求千仓以处之，万车以载之，是言年丰，收入逾前也。○委积，如字。**黍稷稻梁，农夫之庆。报以介福，万寿无疆！**笺云：庆，赐也。年丰则劳赐农夫益厚，既有黍稷，加以稻梁。报者为之求福，助于八蜡之神，万寿无疆竟也。○疆，居良反。竟，如字。

《甫田》四章，章十句。

大田

《大田》，刺幽王也。言矜寡不能自存焉。幽王之时，政烦赋重，而不务农事，虫灾害谷，风雨不时，万民饥馑，矜寡无所取活，故时臣思古以刺之。○矜，古顽反。

大田多稼，既种既戒，既备乃事。笺云：大田，谓地肥美，可垦耕，多为稼，可以授民者也。将稼者，必先相地之

---

[1] "且"，阮刻本作"自"。据孔《疏》"其田事既有工能，而且敏疾"，"且"字是。

宜而择其种。季冬，命民出五种，计耦耕事，修耒耜，具田器，此之谓戒，是既备矣。至孟春，土长冒橛，陈根可拔而事之。○种，上声❶。橛，其月反。**以我覃耜，俶载南亩。**覃，利也。笺云：俶，读为炽。载，读为菑栗之菑。时至，民以其利耜，炽菑发所受之地，趋农急也。田一岁曰菑。○覃，以冉反。俶，尺叔反，始也。载，事也。郑读为炽、菑。炽，尺志反。菑，音缁。栗，音列。**播厥百谷，既庭且硕，曾孙是若。**庭，直也。笺云：硕，大。若，顺也。民既炽菑，则种其众谷。众谷生，尽条直茂大。成王于是则止力役，以顺民事，不夺其时。

既方既皂，既坚既好，不稂不莠。实未坚者曰皂。稂，童梁也。莠，似苗也。笺云：方，房也，谓孚甲始生而未合时也。尽生房矣，尽成实矣，尽坚熟矣，尽齐好矣，而无稂莠，择种之善，民力之专，时气之和所致之。○皂，才老反。稂，音郎。**去其螟螣，及其蟊贼，无害我田稚。**食心曰螟，食叶曰螣，食根曰蟊，食节曰贼。笺云：此四虫者，恒害我田中之稚禾，故明君以正己而去之。○去，起吕反。螟，莫庭反。螣，徒得反。蟊，莫侯反。稚，音稚。**田祖有神，秉畀炎火。**炎火，盛阳也。笺云：螟螣之属，盛阳气嬴则生之。今明君为政，田祖之神不受此害，持之付与炎火，使自消亡。○秉，如字，执持也。畀，必二反。

有渰萋萋，兴雨祁祁❷。雨我公田，遂及我私。渰，

---

❶ "上声"，《释文》及阮刻本作"章勇反"。
❷ "祁祁"，阮刻本作"祈祈"，下同。

367

云兴貌。萋萋，云行貌。祁祁，徐也。笺云：古者阴阳和，风雨时，其来祈祈然而不暴疾。其民之心，先公后私。今天主雨于公田，因及私田尔。此言民怙君德，蒙其余惠。○渰，於检反。萋，七西反。祈，巨移反。"雨"我，于付反，注"主雨"同。**彼有不获穉，此有不敛穧。彼有遗秉，此有滞穗，伊寡妇之利。**秉，把也。笺云：成王之时，百谷既多，种同齐熟❶，收刈促遽，力皆不足，而有不获不敛，遗秉滞穗，故听矜寡取之以为利。○获，户郭反。穧，才计反，又子计反。穗，音遂。矜，音鳏。

曾孙来止，以其妇子，馌彼南亩，田畯至喜。笺云：喜，读为饎。饎，酒食也。成王出观农事，馈食耕者，以劝之也。司啬至，则又加之以酒食，劳倦之尔。○馈食，音嗣。**来方禋祀，以其骍黑，与其黍稷。以享以祀，以介景福。**骍，牛也。黑，羊、豕也。笺云：成王之来，则又禋祀四方之神，祈报焉。阳祀用骍牲，阴祀用黝牲。○禋，音因。享，许两反。

《大田》四章，二章章八句，二章章九句。

瞻彼洛矣

《瞻彼洛矣》，刺幽王也。思古明王能爵命诸侯，赏善罚恶焉。

---

❶ "熟"，阮刻本作"孰"。

瞻彼洛矣，维水泱泱。 兴也。洛，宗周溉浸水也。泱泱，深广貌。笺云：瞻，视也。我视彼洛水，灌溉以时，其泽浸润，以成嘉谷。兴者，喻古明王恩泽加于天下，爵命赏赐，以成贤者。○泱，於良反。溉，古爱反。**君子至止，福禄如茨。** 笺云：君子至止者，谓来受爵命者也。爵命为福，赏赐为禄。茨，屋盖也。如屋盖，喻多也。**韎韐有奭，以作六师。** 韎韐者，茅蒐染草也。一曰韎韐，所以代韠也。天子六军。笺云：此诸侯世子也。除三年之丧，服士服而来，未遇爵命之时，时有征伐之事。天子以其贤，任为军将，使代卿士将六军而出。韎韐，茅蒐染也。茅蒐，韎韐声也。韎韐，祭服之韠，合韦为之。其服爵弁服，纣衣纁裳也。○韎，音昧。韐，音阁。奭，许力反，赤貌。纣，音缁。

瞻彼洛矣，维水泱泱。君子至止，鞞琫有珌。 鞞，容刀鞞也。琫，上饰。珌，下饰也。天子玉琫而珧珌，诸侯璗琫而璆珌，大夫镣琫而镠珌，士珕琫而珕珌。笺云：此人世子之贤者也，既受爵命赏赐，而加赐容刀有饰，显其能制断。○鞞，补顶反，"刀室也"❶。琫，必孔反，佩刀削❷上饰。珌，宾一反，佩刀下饰。珧，音遥❸。璗，徒党反。璆，音虬。镣，音辽。镠，力幽反。珕，力计反。断，丁乱反。**君子万年，保其家室。** 笺云：德如是，则能长安，其家室亲。家室亲，安之尤难，安则无篡杀之祸也。○篡，初患反。杀，

---

❶ 《释文》及阮刻本此语前有"《说文》云"，故加引号。
❷ "削"，通志堂本《释文》作"鞘"。
❸ "遥"，影宋本《释文》作"避"。

音❶试。

瞻彼洛矣，维水泱泱。君子至止，福禄既同。笺云：此人世子之能继世位者也。其爵命赏赐，尽与其先君受命者同而已，无所加也。**君子万年，保其家邦。**

《瞻彼洛矣》三章，章六句。

裳裳者华

《裳裳者华》，刺幽王也。古之仕者世禄。小人在位则谗谄并进，弃贤者之类，绝功臣之世焉。古者，古昔明王时也。小人，斥今幽王也。○谄，敕检反。

裳裳者华，其叶湑兮。兴也。裳裳，犹堂堂也。湑，盛貌。笺云：兴者，华堂堂于上，喻君也。叶湑然于下，喻臣也。明王贤臣，以德相承而治道兴，则谗谄远矣。○湑，思叙反。远，于万反，又如字。**我觏之子，我心写兮。我心写兮，是以有誉处兮。**笺云：觏，见也。之子，是子也，谓古之明王也。言我得见古之明王，则我心所忧，写而去矣。我心所忧既写，是则君臣相与，声誉常处也。忧者，忧谗谄并进。○处，敞吕反。❷

裳裳者华，芸其黄矣。芸，黄盛也。笺云：华芸然而

---

❶ "音"，影宋本《释文》作"言"。
❷ 此条《音义》，《释文》及阮刻本无。

黄，兴明王德之盛也。不言叶，微见无贤臣也。○芸，音云。**我觏之子，维其有章矣。维其有章矣，是以有庆矣。**笺云：章，礼文也。言我得见古之明王，虽无贤臣，犹能使其政有礼文法度。政有礼文法度，是则我有庆赐之荣也。

裳裳者华，或黄或白。笺云：华或有黄者，或有白者，兴明王之德，时有驳而不纯。○驳，邦角反。**我觏之子，乘其四骆。乘其四骆，六辔沃若。**言世禄也。笺云：我得见明王德之驳者，虽无庆誉，犹能免于谗谄之害，守我先人之禄位，乘其四骆之马，六辔沃若然。○骆，音洛。

左之左之，君子宜之。右之右之，君子有之。左，阳道，朝祀之事。右，阴道，丧戎之事。笺云：君子，斥其先人也。多才多艺，有礼于朝，有功于国。**维其有之，是以似之。**似，嗣也。笺云：维我先人有是二德，故先王使之世禄，子孙嗣之。今遇谗谄并进，而见弃绝。

《裳裳者华》四章，章六句。

桑扈

《桑扈》，刺幽王也。君臣上下，动无礼文焉。动无礼文，举事而不用先王礼法威仪也。○扈，音户。

交交桑扈，有莺其羽。兴也。莺然有文章。笺云：交交，犹佼佼，飞往来貌。桑扈，窃脂也。兴者，窃脂飞而往来有文章，人观视而爱之。喻君臣以礼法威仪升降于朝廷，则天下亦观视而仰乐之。○莺，於耕反。佼，交卯反。**君子乐胥，受天之祜。**胥，皆也。笺云：胥，有才知之名。祜，福也。王者乐臣下有才知文章，则贤人在位，庶官不旷，政和而民安，天予之以福禄。○胥，如字，郑思叙反。祜，音户。

交交桑扈，有莺其领。领，颈也。**君子乐胥，万邦之屏。**屏，蔽也。笺云：王者之德，乐贤知在位，则能为天下蔽捍四表患难矣。蔽捍之者，谓蛮夷率服，不侵畔。○屏，卑郢反。

之屏之翰，百辟为宪。翰，干。宪，法也。笺云：辟，君也。王者之德，外能蔽捍四表之患难，内能立功立事，为之桢干，则百辟卿士莫不修职而法象之。○翰，户旦反。辟，音璧。❶**不戢不难，受福不那。**戢，聚也。不戢，戢也。不难，难也。那，多也。不多，多也。笺云：王者位至尊，天所子也。然而不自敛以先王之法，不自难以亡国之戒，则其受福禄亦不多也。○戢，庄立反。

兕觥其觩，旨酒思柔。笺云：兕觥，罚爵也。古之王者与群臣燕饮，上下无失礼者，其罚爵徒觩然陈设而已。其饮美酒，思得柔顺中和与共其乐，言不忱敖自淫恣也。○兕，徐履反。觥，古横反。觩，音虬。忱，火吴反。敖，五报反。**彼交匪敖，万福来求。**笺云：彼，彼贤者也。贤者居处恭，执事敬，与人交必以礼，则万福之禄就而求之，谓登用爵命，加以庆赐。

《桑扈》四章，章四句。

---

❶ 此条《音义》，阮刻本无。"璧"，《释文》作"壁"。

鸳鸯

《鸳鸯》，刺幽王也。思古明王交于万物有道，自奉养有节焉。交于万物有道，谓顺其性，取之以时，不暴天也。

鸳鸯于飞，毕之罗之。 兴也。鸳鸯，匹鸟。大平之时，交于万物有道，取之以时，于其飞，乃毕掩而罗之。笺云：匹鸟，言其止则相耦，飞则为双，性驯耦也。此交万物之实也。而言兴者，广其义也。獭祭鱼而后渔，豺祭兽而后田，此亦皆其将纵散时也。**君子万年，福禄宜之。** 笺云：君子，谓明王也。交于万物，其德如是，则宜寿考受福禄也。

鸳鸯在梁，戢其左翼。 言休息也。笺云：梁，石绝水之梁。戢，敛也。鸳鸯休息于梁，明王之时，人不惊骇，敛其左翼，以右翼掩之，自若无恐惧。**君子万年，宜其遐福。** 笺云：遐，远也。远，犹久也。

乘马在厩，摧之秣之。 摧，莝也。秣，粟也。笺云：催[1]，今"莝"字也。古者明王所乘之马系于厩，无事则委之以莝，有事乃予之谷，言爱国用也。以兴于其身亦犹然，齐而后三举设盛馔，恒日则减焉，此之谓有节也。○乘，绳证反，四马也。厩，音救。摧，采卧反，刍也。秣，音末。委，纡伪

---

[1] "催"，阮刻本作"挫"。

反。**君子万年，福禄艾之。**艾，养也。笺云：明王爱国用，自奉养之节如此，故宜久为福禄所养也。

乘马在厩，秣之摧之。君子万年，福禄绥之。笺云：绥，安也。○绥，土❶果反，又如字。

《鸳鸯》四章，章四句。

頍弁

《頍弁》，诸公刺幽王也。暴戾无亲，不能宴乐同姓、亲睦九族，孤危将亡，故作是诗也。戾，虐也。暴虐，谓其政教如雨雪也。○頍，缺婢反，"举头貌"❷。

有頍者弁，实维伊何？兴也。頍，弁貌。弁，皮弁也。笺云：实，犹是也。言幽王服是皮弁之冠，是维何为乎？言其宜以宴而弗为也。礼，天子诸侯朝服以宴，天子之朝，皮弁以日视朝。**尔酒既旨，尔殽既嘉，**笺云：旨、嘉皆美也。女酒已美矣，女殽已美矣，何以不用与族人宴也？言其知具其礼而弗为也。**岂伊异人？兄弟匪他。**笺云：此言王当所与宴者，岂有异人疏远者乎？皆兄弟与王，无他，言至亲。又刺其弗为也。**茑与女萝，施于松柏。**茑，寄生也。女萝，菟丝、松萝也。喻诸公非自有尊，托王之尊。笺云：托王之尊者，王

---

❶ "土"，阮刻本作"士"。
❷ 《释文》及阮刻本此语前有"《说文》云"，故加引号。

明则荣，王衰则微。刺王不亲九族，孤特自恃，不知己之将危亡也。○茑，音鸟。施，音肄❶。**未见君子，忧心弈弈。既见君子，庶几说怿。**弈弈然无所薄也。笺云：君子，斥幽王也。幽王久不与诸公宴，诸公未得见幽王之时，惧其将危亡，己无所依怙，故忧而心弈弈然。故言我若已得见幽王，谏正之，则庶几其变改，意解怿也。○弈，音亦。说，欲雪反❷。

有頍者弁，实维何期？笺云：何期，犹伊何也。期，辞也。○期，音基。**尔酒既旨，尔殽既时。**时，善也。**岂伊异人？兄弟具来。**笺云：具，犹皆❸也。**茑与女萝，施于松上。未见君子，忧心怲怲。既见君子，庶几有臧。**怲怲，忧盛满也。臧，善也。○怲，兵命反。

有頍者弁，实维在首。尔酒既旨，尔殽既阜。岂伊异人？兄弟甥舅。笺云：阜，犹多也。谓吾舅者，吾谓之甥。**如彼雨雪，先集维霰。**霰，暴雪也。笺云：将大雨雪，始必微温。雪自上下，遇温气而抟，谓之霰，久而寒胜，则大雪矣。喻幽王之不亲九族，亦有渐，自微至甚，如先霰后大雪。○霰，苏荐反。抟，徒端反。**死丧无日，无几相见。乐酒今夕，君子维宴。**笺云：王政既衰，我无所依怙，死亡无有日数，能复几何与王相见也？且今夕喜乐此酒，此乃王之宴礼也。刺幽王将丧亡，哀之也。○丧，息浪反。几，居岂反。乐，音洛。

《頍弁》三章，章十二句。

---

❶ "音肄"，《释文》及阮刻本作"以豉反"。
❷ "欲雪反"，《释文》及阮刻本作"音悦"。
❸ "皆"，阮刻本作"来"。

诗经

车舝

《车舝》，大夫刺幽王也。褒姒嫉妒，无道并进，谗巧败国，德泽不加于民。周人思得贤女以配君子，故作是诗也。○舝，胡瞎反，车轴头铁也。败，必迈反，又如字。

间关车之舝兮，思娈季女逝兮。兴也。间关，设舝也。娈，美貌。季女，谓有齐季女也。笺云：逝，往也。大夫嫉褒姒之为恶，故严车设其舝，思得娈然美好之少女有齐庄之德者，往迎之，以配幽王，代褒姒也。既幼而美，又齐庄，庶其当王意。○娈，力兖反。齐，侧皆反。**匪饥匪渴，德音来括。**括，会也。笺云：时谗巧败国，下民离散，故大夫汲汲欲迎季女，行道虽饥不饥，虽渴不渴，觊得之而来，使我王更修德教，合会离散之人。○括，音活，又如字❶。**虽无好友，式燕且喜。**笺云：式，用也。我得德音而来，虽无同好之贤友，我犹用是燕饮，相庆且喜。○好，呼报反，下同。

依彼平林，有集维鷮。辰彼硕女，令德来教。依，茂木貌。平林，林木之在平地者也。鷮，雉也。辰，时也。笺云：平林之木茂，则耿介之鸟往集焉。喻王若有茂美之德，则

---

❶ "又如字"，《释文》及阮刻本作"徐古阔反"。

其时贤女来配之，与相训告，改修德教。○鷮，音骄。**式燕且誉，好尔无射**。笺云：尔，女，女王也。射，厌也。我于硕女来教，则用是燕饮酒，且称王之声誉。我爱好王无有厌也。○女，音汝，下同。❶射，音亦。

虽无旨酒，式饮庶几。虽无嘉殽，式食庶几。虽无德与女，式歌且舞。笺云：诸大夫觊得贤女以配王，于是酒虽不美，犹用之燕饮，殽虽不美，犹食之。人皆庶几于王之变改，得辅佐之，虽无其德，我与女用是歌舞相乐，喜之至也。○乐，音洛。

陟彼高冈，析其柞薪。析其柞薪，其叶湑兮。笺云：陟，登也。登高冈❷者，必析其木以为薪。析其木以为薪者，为其叶茂盛，蔽冈之高也。此喻贤女得在王后之位，则必辟除嫉妒之女，亦为其蔽君之明。○析，星历反。柞，子洛反。湑，思叙反。**鲜我觏尔，我心写兮**。笺云：鲜，善。觏，见也。善乎！我得见女如是，则我心中之忧除去也。○鲜，息浅反。觏，古候反，下同❸。

高山仰止，景行行止。四牡騑騑，六辔如琴。景，大也。笺云：景，明也。诸大夫以为，贤女既进，则王亦庶几古人有高德者则慕仰之，有明行者则而行之。其御群臣，使之有礼，如御四马騑騑然。持其教令，使之调均，亦如六辔缓急有和也。○景"行"，去声❹。牡，茂口反。騑，孚非反。**觏尔**

---

❶ "女，音汝，下同"，《释文》及阮刻本无。
❷ "冈"，阮刻本作"岗"。
❸ "下同"，《释文》及阮刻本无。
❹ "去声"，《释文》及阮刻本作"下孟反"。

新昏，以慰我心。慰，安也。笺云：我得见女之新昏如是，则以慰除我心之忧也。新昏，谓季女也。

《车舝》五章，章六句。

青蝇

《青蝇》，大夫刺幽王也。○蝇，余仍反。

营营青蝇，止于樊。兴也。营营，往来貌。樊，藩也。笺云：兴者，蝇之为虫，污白使黑，污黑使白，喻佞人变乱善恶也。言止于藩，欲外之，令远物也。○樊，音烦。污，乌路反。**岂弟君子，无信谗言。**笺云：岂弟，乐易也。○岂❶，开在反。

营营青蝇，止于棘。谗人罔极，交乱四国。笺云：极，犹已也。

营营青蝇，止于榛。榛，所以为藩也。○榛，士巾❷反，又侧巾反。**谗人罔极，构我二人。**笺云：构，合也。合，犹交乱也。○构，古豆反。❸

《青蝇》三章，章四句。

---

❶ "岂"，《释文》及阮刻本作"恺"。
❷ "巾"，阮刻本作"中"。
❸ 此条《音义》，阮刻本无。

宾之初筵

《宾之初筵》，卫武公刺时也。幽王荒废，媟近小人，饮酒无度。天下化之，君臣上下沈湎淫液。武公既入，而作是诗也。淫液者，饮酒时情态也。武公入者，入为王卿士。○筵，音延。媟，息列反。湎，莫衍反。液，音亦。

宾之初筵，左右秩秩。秩秩然，肃敬也。笺云：筵，席也。左右，谓折旋揖让也。秩秩，知也。先王将祭，必射以择士。大射之礼，宾初入门，登堂即席，其趋翔威仪甚审知，言不失礼也。射礼有三：有大射，有宾射，有燕射。○秩，直乙反。折，之舌反。知，音智。**笾豆有楚，殽核维旅。**楚，列貌。殽，豆实也。核，加笾也。旅，陈也。笺云：豆实，菹醢也。笾实，有桃梅之属。凡非谷而食之曰殽。○殽，户交反。核，户革反。**酒既和旨，饮酒孔偕。**笺云：和旨，犹❶调美也。孔，甚也。王之酒已调美，众宾之饮酒又威仪齐一，言主人敬其事，而众宾肃慎。**钟鼓既设，举酬逸逸。**逸逸，往来次序也。笺云：钟鼓于是言既设者，将射改❷县也。○酬，市由反。县，音悬❸。**大侯既抗，弓矢斯张。**大侯，君侯也。

---

❶ "犹"，阮刻本作"酒"。
❷ "改"，阮刻本作"故"。
❸ "悬"，《释文》及阮刻本作"玄"。

诗经

抗，举也。有燕射之礼。笺云：举者，举鹄而栖之于侯也。《周礼·梓人》："张皮侯而栖鹄。"天子诸侯之射皆张三侯，故君侯谓之大侯。大侯张，而弓矢亦张节也。将祭而射，谓之大射。下章言"烝衎烈祖"，其非祭与？○抗，苦❶浪反。鹄，户沃反。衎，苦旦反。与，音余。**射夫既同，献尔发功。**笺云：射夫，众射者也。献，犹奏也。既比众耦，乃诱射，射者乃登射，各奏其发矢中的之功。**发彼有的，以祈尔爵。**的，质也。祈，求也。笺云：发，发矢也。射者与其耦拾发。发矢之时，各心竞云：我以此求爵女。爵，射爵也。射之礼，胜者饮不胜，所以养病也，故《论语》曰："下而饮，其争也君子。"○祈，音其。拾，其劫反。

籥舞笙鼓，乐既和奏。烝衎烈祖，以洽百礼。秉籥而舞，与笙鼓相应。笺云：籥，管也。殷人先求诸阳，故祭祀先奏乐，涤荡其声也。烝，进。衎，乐。烈，美。洽，合也。奏乐和，必进乐其先祖，于是又合见天下诸侯所献之礼。○籥，余若反。衎，苦旦反。洽，户夹反。**百礼既至，有壬有林。**壬，大。林，君也。笺云：壬，任也，谓卿大夫也。诸侯所献之礼既陈于庭，有卿大夫，又有国君，言天下遍至，得万国之欢心。**锡尔纯嘏，子孙其湛。**嘏，大也。笺云：纯，大也。嘏，谓尸与主人以福也。湛，乐也。王受神之福于尸，则王之子孙皆喜乐也。○嘏，古雅反。湛，答南反。**其湛曰乐，各奏尔能。宾载手仇，室人入又。**手，取也。室人，主人也。主人请射于宾，宾许诺，自取其匹而射。主人亦入于次，

---

❶ "苦"，阮刻本作"若"。

380

又射以耦宾也。笺云：子孙各奏尔能者，谓既湛之后，各酌献尸，尸酢而卒爵也。士之祭礼，上嗣举奠，因而酌尸。天子则有子孙献尸之礼。《文王世子》曰："其登馂献受爵，则以上嗣。"是也。仇，读曰犰。室人，有室中之事者，谓佐食也。又，复也。宾手挹酒，室人复酌为加爵。○仇，音求。**酌彼康爵，以奏尔时。**酒所以安体也。时，中者也。笺云：康，虚也。时，谓心所尊者也。加爵之间，宾与兄弟交错相酬。卒爵者，酌之以其所尊，亦交错而已，又无次也。○中，张仲反。

宾之初筵，温温其恭。笺云：此复言初筵者，既祭，王与族人燕之筵也。王与族人燕，以异姓为宾。温温，柔和也。**其未醉止，威仪反反。曰既醉止，威仪幡幡。舍其坐迁，屡舞僊僊。**反反，言重慎也。幡幡，失威仪也。迁，徙。屡，数也。僊僊然。笺云：此言宾初即筵之时，能自敕戒以礼。至于旅酬，而小人之态出。言王既不得君子以为宾，又不得有恒之人，所以败乱天下，率如此也。○反，如字，韩蒲板反。舍，音捨。僊，音仙。率，音类。**其未醉止，威仪抑抑。曰既醉止，威仪怭怭。是曰既醉，不知其秩。**抑抑，慎密也。怭怭，媟嫚也。秩，常也。○抑，於力反。怭，毗必反。

宾既醉止，载号载呶。乱我笾豆，屡舞僛僛。是曰既醉，不知其邮。侧弁之俄，屡舞傞傞。号、呶，号呼，讙呶也。僛僛，舞不能自正也。傞傞，不止也。笺云：邮，过。侧，倾也。俄，倾貌。此更言宾既醉而异章者，著为无筭爵以后也。○号，胡毛反。呶，女交反。僛，起其反。邮，音尤。俄，五何反。傞，素多反，一仓柯反。**既醉而出，并受其**

福。醉而不出，是谓伐德。饮酒孔嘉，维其令仪。笺云：出，犹去也。孔，甚。令，善也。宾醉则出，与主人俱有美誉。醉至若此，是诛伐其德也。饮酒而诚得嘉宾，则于礼有善威仪。武公见王之失礼，故以此言箴之。

凡此饮酒，或醉或否。既立之监，或佐之史。彼醉不臧，不醉反耻。立酒之监，佐酒之史。笺云：凡此者，凡此时天下之人也。饮酒于有醉者，有不醉者，则立监使视之，又助以史，使督酒，欲令皆醉也。彼醉则已不善，人所非恶，反复取未醉者耻罚之。言此者，疾之也。式勿从谓，无俾大怠。匪言勿言，匪由勿语。笺云：式，读曰慝。勿，犹无也。俾，使。由，从也。武公见时人多说醉者之状，或以取怨致雠，故为设禁。醉者有过恶，女无就而谓之也，当防护之，无使颠仆至于怠慢也。其所陈说，非所当说，无为人说之也，亦无从而行之也，亦无以语人也，皆为其闻之将恚怒也。○式，如字，用也。郑他得反，恶也。大，音泰。语，鱼据反，又如字。由醉之言，俾出童羖。羖，羊不童也。笺云：女从行醉者之言，使女出无角之羖羊，胁以无然之物，使戒深也。羖羊之性，牝牡有角。○羖，音古。三爵不识，矧敢多又。笺云：矧，况。又，复也。当言我于此醉者，饮三爵之不知，况能知其多复饮乎？三爵者，献也、酬也、酢也。○矧，失忍反。

《宾之初筵》五章，章十四句。

《甫田》之什十篇，三十九章，二百九十六句。

诗经卷十四考证

《甫田》章"倬彼甫田"。○倬,毛《传》训"明"。《韩诗》作"箌"。案:《尔雅·释诂》:"箌,大也。"《篇海》又云"与罩同",则又迥非"倬"义矣。

《大田》章"秉畀炎火"《笺》"盛阳气嬴则生之"。○"嬴"字,《六经正误》从"兴",国本中从"贝",训"满",谓"作'赢'者误"。案:《汉书》曰:"夏月长嬴。"是也。今本并作"赢",非。

"有渰萋萋,兴雨祈祈。"○《吕氏春秋》"渰"作"晻","雨"作"云","祈"作"祁"。

《瞻彼洛矣》章"鞞琫有珌"《笺》"珌,下饰也"。○殿本及汲古阁本无"也"字,多"珌,下饰者"四字,义不可解。案:《七经考文补遗》载古本原无此四字,上有"也"字,与原本正合,乃知多四字者系后人误增也。

《桑扈》章"旨酒思柔"《笺》"言不愂敖自淫恣也"。○愂,殿本、阁本俱作"忯",旁从"心"。案:《字典》两字下俱引《礼》"毋忯毋敖"句,训"慢也",则知二字自可互用。

《车舝》章"辰彼硕女"。○案:"辰"字,《列女传》引《诗》作"展"。

卷十五

鱼藻之什诂训传第二十二 小雅

鱼藻

《鱼藻》，刺幽王也。言万物失其性，王居镐京，将不能以自乐，故君子思古之武王焉。万物失其性者，王政教衰，阴阳不和，群生不得其所也。将不能以自乐，言必自是有危亡之祸。〇镐，胡老反。乐，音洛。篇内唯注"八音之乐"一字音岳，余并同。

鱼在在藻，有颁其首。颁，大首貌。鱼以依蒲藻为得其性。笺云：藻，水草也。鱼之依水草，犹人之依明王也。明王之时，鱼何所处乎？处于藻。既得其性则肥充，其首颁然。此时人物皆得其所，正言鱼者，以潜逃之类，信其著见。〇颁，符云反。见，贤遍反。**王在在镐，岂乐饮酒。**笺云：岂亦乐也。天下平安，万物得其性，武王何所处乎？处于镐京，乐八音之乐，与群臣饮酒而已。今幽王惑于褒姒，万物失其性，方有危亡之祸，而亦岂乐饮酒于镐京，而无悛心，故以此刺焉。〇岂，苦在反，下同。悛，七全反。

鱼在在藻，有莘其尾。莘，长貌。〇莘，所巾反。**王在在镐，饮酒乐岂。**

鱼在在藻，依于其蒲。王在在镐，有那其居。笺云：那，安貌。天下平安，王无四方之虞，故其居处那然安也。○那，乃多反。

《鱼藻》三章，章四句。

采菽

《采菽》，刺幽王也。侮慢诸侯，诸侯来朝，不能锡命以礼，数征会之而无信义。君子见微而思古焉。幽王征会诸侯，为合义兵，征讨有罪。既往而无之，是于义事不信也。君子见其如此，知其后必见攻伐，将无救也。○菽，本作"叔"❶。朝，直遥反，篇内皆同。数，色角反。为，于伪反。

采菽采菽，筐之筥之。兴也。菽所以芼大牢而待君子也。羊则苦，豕则薇。笺云：菽，大豆也。采之者，采其叶以为藿。三牲牛、羊、豕，芼以藿。王飨宾客，有牛俎，乃用铏羹，故使采之。○筐，音匡。筥，音举。君子来朝，何锡予之？虽无予之，路车乘马。君子，谓诸侯也。笺云：赐诸侯以车马，言"虽无予之"，尚以为薄。○予，音与，下同。❷乘，绳证反，下同。又何予之？玄衮及黼。玄衮，卷龙也。白与黑谓之黼。笺云：及，与也。玄衮，玄衣而画以卷龙也。

---

❶ "叔"，影宋本《释文》作"菽"，误。
❷ "予，音与，下同"，《释文》及阮刻本无。

387

黼，黼黻，谓绨衣也。诸公之服自衮冕而下，侯伯自鷩冕而下，子男自毳冕而下。王之赐，维用有文章者。○衮，古本反。黼，音斧。卷，上声❶，下同，又作"衮"。鷩，音鳖❷。毳，尺锐反。

觱沸槛泉，言采其芹。觱沸，泉出貌。槛泉，正出也。笺云：言，我也。芹，菜也，可以为菹，亦所用待君子也。我使采其水中芹者，尚洁清也。《周礼》："芹菹雁醢。"○觱，音必。沸，音弗。槛，衔览反。**君子来朝，言观其旂。其旂淠淠，鸾声嘒嘒。载骖载驷，君子所届。**淠淠，动也。嘒嘒，中节也。笺云：届，极也。诸侯来朝，王使人迎之，因观其衣服车乘之威仪，所以为敬，且省祸福也。诸侯将朝于王，则骖乘乘四马而往。此之服饰，君子法制之极也，言其尊，而王今不尊也。○旂，巨机反。淠，匹弊反。嘒，呼惠反。届，音界。中，丁仲反。

赤芾在股，邪幅在下。彼交匪纾，天子所予。诸侯赤芾、邪幅。幅，偪也，所以自偪束也。纾，缓也。笺云：芾，大古蔽膝之象也。冕服谓之芾，其他服谓之韠。以韦为之，其制上广一尺，下广二尺，长三尺，其颈五寸，肩革带，博二寸。胫本曰股。邪幅，如今行滕也，偪束其胫，自足至膝，故曰"在下"。彼与人交接，自偪束如此，则非有解怠纾缓之心，天子以是故赐予之。○芾，音弗。股，音古。邪，似嗟反，注同。纾，音舒。予，音与。广，光旷反，下同。长，

---

❶ "上声"，《释文》及阮刻本作"眷勉反"。
❷ "音鳖"，《释文》及阮刻本作"必灭反"。

直❶亮反。**乐只君子，天子命之。乐只君子，福禄申之。**申，重也。笺云：只之言是也。古者天子赐诸侯也，以礼乐乐之，乃后命予之也。天子赐之，神则以福禄申重之，所谓人谋鬼谋也。刺今王不然。○乐，音洛。只，音止，下同。乐乐，上音岳，下音洛。

维柞之枝，其叶蓬蓬。蓬蓬，盛貌。笺云：此兴也。柞之干，犹先祖也。枝，犹子孙也。其叶蓬蓬，喻贤才也。正以柞为兴者，柞之叶，新将生，故乃落于地。以喻继世以德相承者明也。○柞，子洛反，又音昨，木名。**乐只君子，殿天子之邦。乐只君子，万福攸同。**殿，镇也。○殿，多见反。**平平左右，亦是率从。**平平，辩治也。笺云：率，循也。诸侯之有贤才之德，能辩治其连属之国，使得其所，则连属之国亦循顺之。○平，婢延反。

泛泛杨舟，绋缡维之。绋，繂也。缡，绠也。明王能维持诸侯也。笺云：杨木之舟，浮于水上，泛泛然东西无所定。舟人以绋系其绠以制行之，犹诸侯之治民，御之以礼法。○绋，音弗。缡，力驰反。**乐只君子，天子葵之。乐只君子，福禄膍之。**葵，揆也。膍，厚也。○葵，其维反。膍，频尸反。**优哉游哉，亦是戾矣。**戾，至也。笺云：戾，止也。诸侯有盛德者，亦优游自安止于是。言思不出其位。

《采菽》五章，章八句。

---

❶ "直"，阮刻本作"值"。

角弓

《角弓》，父兄刺幽王也。不亲九族，而好谗佞，骨肉相怨，故作是诗也。○好，呼报反。

骍骍角弓，翩其反矣。兴也。骍骍，调利也。不善绁檠巧用，则翩然而反。笺云：兴者，喻王与九族，不以恩礼御待之，则使之多怨也。○骍，息营反。翩，匹然反。绁，息列反，弓韣也。檠，音景，弓匣也。**兄弟昏姻，无胥远矣。**笺云：胥，相也。骨肉之亲，当相亲信，无相疏远。相疏远，则以亲亲之望，易以成怨。○胥，息徐反。易，羊豉反。

尔之远矣，民胥然矣。尔之教矣，民胥效矣。笺云：尔，女，女幽王也。胥，皆也。言王，女不亲骨肉，则天下之人皆如之。见女之教令，无善无恶，所尚者，天下之人皆学之。言上之化下，不可不慎。

此令兄弟，绰绰有裕。不令兄弟，交相为瘉。绰绰，宽也。裕，饶。瘉，病也。笺云：令，善也。○绰，处若反。瘉，羊主❶反。

民之无良，相怨一方。笺云：良，善也。民之意不获，当反责之于身，思彼所以然者而怨之。无善心之人，则徒居一处，怨恚之。**受爵不让，至于己斯亡。**爵禄不以相让，故怨

---

❶ "主"，通志堂本《释文》作"朱"。

祸及之。比周而党愈少，鄙争而名愈辱，求安而身愈危。笺云：斯，此也。○比，音备❶。

老马反为驹，不顾其后。已老矣，而孩童慢之。笺云：此喻幽王见老人反侮慢之，遇之如幼稚，不自顾念后至年老，人之遇已亦将然。**如食宜饇，如酌孔取。**饇，饱也。笺云：王如食老者，则宜令之饱。如饮老者，则当孔取。孔取，谓度其所胜多少。凡器之孔，其量大小不同，老者气力弱，故取义焉。王有族食、族燕之礼。○食，音嗣。饇，於据反。取，如字，沈又音娶。饮，於鸩反。度，待洛反。

毋教猱升木，如涂涂附。猱，猿属。涂，泥。附，著也。笺云：毋，禁辞。猱之性善登木，若教使其为，必能❷也。附，木桴也。涂之性善著❸，若以涂附，其著亦必也。以喻人之心皆有仁义，教之则进。○猱，乃刀反。著，直略反，下同。桴，音孚。**君子有徽猷，小人与属。**徽，美也。笺云：猷，道也。君子有美道以得声誉，则小人亦乐与之而自连属焉。今无良之人相怨，王不教之。○徽，音晖。属，音蜀，亦音树。❹

雨雪瀌瀌，见晛曰消。晛，日气也。笺云：雨雪之盛瀌瀌然，至日将出，其气始见，人则皆称曰：雪今消释矣。喻小人虽多，王若欲兴善政，则天下闻之，莫不曰：小人今诛灭矣。其所以然者，人心皆乐善，王不启教之。○雨，于付反，

---

❶ "音备"，《释文》及阮刻本作"毗志反"。
❷ "必能"，阮刻本作"之必"，连上读。
❸ "著"，阮刻本作"者"。
❹ 此条《音义》，阮刻本无。

下同。濊，符娇反。见，如字。晛，乃见反。**莫肯下遗，式居娄骄。**笺云：莫，无也。遗，读曰随。式，用也。娄，敛也。今王不以善政启小人之心，则无肯谦虚以礼相卑下，先人而后己，用此自居处，敛其骄慢之过者。○下，去声❶，又如字。遗，如字。娄，力住反，郑如字❷。

雨雪浮浮，见晛曰流。浮浮，犹濊濊也。流，流而去也。**如蛮如髦，我是用忧。**蛮，南蛮也。髦，夷髦也。笺云：今小人之行如夷狄，而王不能变化之，我用是为大忧也。髦，西夷别名。武王伐纣，其等有八国从焉。○如"髦"，旧音毛。寻毛、郑之意，当与《尚书》同，音莫侯反。

《角弓》八章，章四句。

菀柳

《菀柳》，刺幽王也。暴虐无亲，而刑罚不中，诸侯皆不欲朝。言王者之不可朝事也。○菀，音郁。中，丁仲反。朝，直遥反。

有菀者柳，不尚息焉。兴也。菀，茂木也。笺云：尚，庶几也。有菀然枝叶茂盛之柳，行路之人，岂有不庶几欲就之止息乎？兴者，喻王有盛德，则天下皆庶几愿往朝焉。忧今不

---

❶ "去声"，《释文》及阮刻本作"遐嫁反"。
❷ "如字"，《释文》及阮刻本作"音楼"。

然。**上帝甚蹈，无自昵焉。**蹈，动。昵，近也。笺云：蹈，读曰悼。上帝乎者，诉之也。今幽王暴虐，不可以朝事，甚使我心中悼病，是以不从而近之。释己所以不朝之意。○蹈，音悼。昵，女栗反。**俾予靖之，后予极焉。**靖，治。极，至也。笺云：靖，谋。俾，使。极，诛也。假使我朝王，王留我，使我谋政事。王信谗，不察功考绩，后反诛放我。是言王刑罚不中，不可朝事也。○极，毛如字，郑音棘。

有菀者柳，不尚愒焉。愒，息也。○愒，欺例反。**上帝甚蹈，无自瘵焉。**瘵，病也。笺云：接❶也。○瘵，音债❷，郑音际。**俾予靖之，后予迈焉。**笺云：迈，行也。行，亦放也。《春秋传》曰："子将行之。"

有鸟高飞，亦傅于天。彼人之心，于何其臻？笺云：傅、臻，皆至也。彼人，斥幽王也。鸟之高飞，极至于天耳。幽王之心，于何所至乎？言其转侧无常，人不知其所届。○傅，音附。**曷予靖之，居以凶矜？**曷，何❸。矜，危也。笺云：王何为使我谋之，随而罪我、居我以凶危之地？谓四裔也。

《菀柳》三章，章六句。

---

❶ "接"，阮刻本前有"瘵"。
❷ "音债"，《释文》及阮刻本作"侧界反"。
❸ "何"，阮刻本作"害"。

詩經

都人士

《都人士》，周人刺衣服無常也。古者長民，衣服不貳，從容有常，以齊其民，則民德歸壹。傷今不復見古人也。服，謂冠弁衣裳也。古者，明王時也。長民，謂凡在民上倡率者也。變易無常謂之貳。從容，謂休燕也。休燕猶有常，則朝夕明矣。壹者，專也、同也。○長，張丈反。從，七容反。復，扶又反。率，色類反。朝，直遙反。

彼都人士，狐裘黃黃。其容不改，出言有章。彼，彼明王也。箋云：城郭之域曰都。古明王時，都人之有士行者，冬則衣狐裘黃黃然，取溫裕而已。其動作容貌既有常，吐口言語又有法度文章。疾今奢淫，不自責以過差。○出，如字。**行歸于周，萬民所望。**周，忠信也。箋云：于，於也。都人之士所行，要歸于忠信。其餘萬民寡識者，咸瞻望而法效之。又疾今不然。○行，下孟反。❶望，如字，協韻音亡。

彼都人士，臺笠緇撮。臺所以禦暑，笠所以禦雨也。緇撮，緇布冠也。箋云：臺，夫須也。都人之士以臺皮為笠，緇布為冠。古明王之時，儉且節也。○緇，側其❷反。撮，七活反。夫，音符。**彼君子女，綢直如髮。**密直如髮也。箋云：

---

❶ "行，下孟反"，阮刻本無。
❷ "其"，《釋文》作"基"。

394

彼君子女者，谓都人之家女也。其情性密致，操行正直，如发之本末无隆杀也。○绸，直留反，密也。致，直置反。杀，所界反。**我不见兮，我心不说。**笺云：疾时皆奢淫，我不复见今士女之然者，心思之而忧也。○说，音悦。

彼都人士，充耳琇实。琇，美石也。笺云：言以美石为瑱。瑱，塞耳。○琇，音秀。瑱，他见反。**彼君子女，谓之尹吉。**尹，正也。笺云：吉，读为姞。尹氏、姞氏，周昏姻旧姓也。人见都人之家女，咸谓之尹氏、姞氏之女，言有礼法。○吉，毛如字，郑其吉反。**我不见兮，我心苑结。**笺云：苑，犹屈也、积也。○苑，於粉❶反，徐音郁。

彼都人士，垂带而厉。彼君子女，卷发如虿。厉，带之垂者。笺云：而，亦如也。而厉，如鬐厉也。鬐必垂厉以为饰，"厉"字当作"裂"。虿，螫虫也。尾末捷然，似妇人发末曲上卷然。○厉，毛如字，郑音列。卷，音权，下同。虿，敕迈反。螫，音释。捷，其❷言反。上，时掌反。**我不见兮，言从之迈。**笺云：言，亦我也。迈，行也。我今不见士女此饰，心思之，欲从之行。言己忧闷，欲自杀，求从古人。

匪伊垂之，带则有余。匪伊卷之，发则有旟。旟，扬也。笺云：伊，辞也。此言士非故垂此带也，带于礼自当有余也。女非故卷此发也，发于礼自当有旟也。旟，枝旟。扬，起也。○旟，音余。**我不见兮，云何盱矣！**笺云：盱，病也。

---

❶ "粉"，通志堂本《释文》作"勿"。
❷ "其"，通志堂本《释文》作"莫"。

思之甚，云何乎，我今已病也！○盱，喜俱反。

《都人士》五章，章六句。

采绿

《采绿》，刺怨旷也。幽王之时，多怨旷者也。怨旷者，君子行役过时之所由也。而刺之者，讥其不但忧思而已，欲从君子于外，非礼也。○思，息嗣反。下皆同。

终朝采绿，不盈一匊。兴也。自旦及食时为终朝。两手曰匊。笺云：绿，王刍也，易得之菜也。终朝采之而不满手，怨旷之深，忧思不专于事。○匊，弓六反。**予发曲局，薄言归沐。**局，卷也。妇人，夫不在则不容饰。笺云：言，我也。礼，妇人在夫家笄象笄。今曲卷其发，忧思之甚也。有云君子将归者，我则沐以待之。○局，其玉反。卷，音权。

终朝采蓝，不盈一襜。衣蔽前谓之襜。笺云：蓝，染草也。○蓝，卢谈反。襜，音觇❶。**五日为期，六日不詹。**詹，至也。妇人五日一御。笺云：妇人过于时乃怨旷。五日、六日者，五月之日、六月之日也。期至五月而归，今六月犹不至，是以忧思。

之子于狩，言韔其弓。之子于钓，言纶之绳。笺云：之子，是子也，谓其君子也。于，往也。纶，钓缴也。君子

---

❶ "音觇"，《释文》及阮刻本作"尺占反"。

往狩与，我当从之，为之帐弓。其往钓与，我当从之，为之绳缴。今怨旷，自恨初行时不然。○狩，尺救反。帐，敕亮反。缴，音灼。与，音余。为，于伪反，下同。

其钓维何？维鲂及鱮。维鲂及鱮，薄言观者。笺云：观，多也。此美其君子之有技艺也。钓必得鲂、鱮，鲂、鱮是云其多者耳。其众杂鱼，乃众多矣。○鲂，音防。鱮，音叙。观，古玩反。

《采绿》四章，章四句。

黍苗

《黍苗》，刺幽王也。不能膏润天下，卿士不能行召伯之职焉。陈宣王之德、召伯之功，以刺幽王及其群臣废此恩泽事业也。○膏，古报反，下同。召，上照反，下同。

芃芃黍苗，阴雨膏之。兴也。芃芃，长大貌。笺云：兴者，喻天下之民如黍苗然，宣王能以恩泽育养之，亦如天之有阴雨之润。○芃，浦东反。**悠悠南行，召伯劳之。**悠悠，行貌。笺云：宣王之时，使召伯营谢邑，以定申伯之国。将徒役❶南行，众多悠悠然，召伯则能劳来劝说以先之。○劳，力报反，注同。来，音赉。说，音悦。

我任我辇，我车我牛。我行既集，盖云归哉！任者，

---

❶ "役"，阮刻本无。

辇者，车者，牛者。笺云：集，犹成也。盖，犹皆也。营谢转馈之役，有负任者，有挽辇者，有将车者，有牵傍牛者。其所为南行之事既成，召伯则皆告之云：可归哉！刺今王使民行役，曾无休止时。○任，音壬，注同。辇，力展反。馈，音运。挽，音晚。

我徒我御，我师我旅。我行既集，盖云归处！ 徒行者，御车者，师者，旅者。笺云：步行曰徒。召伯营谢邑，以兵众行。其士卒有步行者，有御兵车者。五百人为旅，五旅为师。《春秋传》曰："诸侯之制，君行师从，卿行旅从。"

肃肃谢功，召伯营之。烈烈征师，召伯成之。 谢，邑也。笺云：肃肃，严正之貌。营，治也。烈烈，威武貌。征，行也。美召伯治谢邑，则使之严正，将师旅行，则有威武也。

原隰既平，泉流既清。召伯有成，王心则宁。 土治曰平，水治曰清。笺云：召伯营谢邑，相其原隰之宜，通其水泉之利。此功既成，宣王之心则安也。又刺今王臣无成功而亦心安。

《黍苗》五章，章四句。

隰桑

《隰桑》，刺幽王也。小人在位，君子在野，思见君子，尽心以事之。

隰桑有阿，其叶有难。 兴也。阿然，美貌。难然，盛貌。有以利人也。笺云：隰中之桑，枝条阿阿然长美，其叶又茂盛可以庇荫人。兴者，喻时贤人君子不用而野处，有覆养之德也。正以隰桑兴者，反求此义，则原上之桑，枝叶不能然，以刺时小人在位，无德于民。○难，乃多反。**既见君子，其乐如何！** 笺云：思在野之君子，而得见其在位，喜乐无度。○乐，音洛，下同。

隰桑有阿，其叶有沃。 沃，柔也。○沃，乌酷反。**既见君子，云何不乐！**

隰桑有阿，其叶有幽。 幽，黑色也。幽，於纠❶反。**既见君子，德音孔胶。** 胶，固也。笺云：君子在位，民附仰之，其教令之行甚坚固也。

心乎爱矣，遐不谓矣？中心藏之，何日忘之？ 笺云：遐，远。谓，勤。藏，善也。我心爱此君子，君子虽远在野，岂能不勤思之乎？宜思之也。我心善此君子，又诚不能忘也。孔子曰："爱之能勿劳乎？忠焉能勿诲乎？"○藏，子郎反，王才郎反。

《隰桑》四章，章四句。

白华

《白华》，周人刺幽后也。幽王取申女以为后，又得褒姒而黜申后，故下国化之，以妾为妻，以孽代宗，

---

❶ "纠"，阮刻本作"虯"。

而王弗能治，周人为之作是诗也。申，姜姓之国也。褒姒，褒人所入之女，姒其字也，是谓幽后。孽，支庶也。宗，適子也。王不能治，己不正故也。○华，音花。取，七预❶反。孽，鱼列反。適，音的。

白华菅兮，白茅束兮。 兴也。白华，野菅也。已沤为菅。笺云：白华于野，已沤名之为菅。菅柔忍中用矣，而更取白茅收束之。茅比于白华为脆。兴者，喻王取于申，申后礼仪备，任妃后之事。而更纳褒姒，褒姒为孽，将至灭国。○菅，音奸。沤，乌候反。**之子之远，俾我独兮！** 笺云：之子，斥幽王也。俾，使也。王之远外我，不复答耦我，意欲使我独也。老而无子曰独。后褒姒谮申后之子宜咎，宜咎奔申。○远，于愿反，又如字，注及下同。

英英白云，露彼菅茅。 英英，白云貌。露亦有云，言天地之气，无微不著，无不覆养。笺云：白云下露，养彼可以为菅之茅，使与白华之菅相乱易，犹天下妖气生褒姒，使申后见黜。**天步艰难，之子不犹。** 步，行。犹，可也。笺云：犹，图也。天行此艰难之妖久矣，王不图其变之所由尔。昔夏之衰，有二龙之妖，卜藏其漦。周厉王发而观之，化为玄鼋。童女遇之，当宣王时而生女，惧而弃之。后褒人有狱而入之幽王，幽王嬖之，是谓褒姒。○夏，户雅反。漦，士❷其反。

滮池北流，浸彼稻田。 滮，流貌。笺云：池水之泽，浸

---

❶ "预"，《释文》及阮刻本作"与"。
❷ "士"，阮刻本作"土"。

润稻田，使之生殖。喻王无恩意于申后，滮池之不如也。丰、镐之间，水北流。○滮，符彪反。**啸歌伤怀，念彼硕人。**笺云：硕，大也。妖大之人，谓褒姒也。申后见黜，褒姒之所为，故忧伤而念之。

樵彼桑薪，卬烘于煁。卬，我。烘，燎也。煁，烓灶也。桑薪，宜以养人者也。笺云：人之樵取彼桑薪，宜以炊饔饎之爨，以养食人。桑薪，薪之善者也，我反以燎于烓灶，用炤事物而已。喻王始以礼取申后，申后礼仪备，今反黜之，使为卑贱之事，亦犹是。○樵，徂❶焦反。卬，五纲反。煁，市林反。烓，音恚，"行灶也"❷。食，音嗣。**维彼硕人，实劳我心。**

鼓钟于宫，声闻于外。有诸宫中，必形见于外。笺云：王失礼于内❸，而下国闻知而化之。王弗能治，如鸣鼓钟于宫中，而欲外人不闻，亦不可止。○闻，音问。**念子懆懆，视我迈迈。**迈迈，不说也。笺云：此言申后之忠于王也。念之懆懆然，欲谏正之，王反不说于其所言。○懆，七感❹反，"愁不申也"❺。迈，如字。

有鹙在梁，有鹤在林。鹙，秃鹙也。笺云：鹙也、鹤也，皆以鱼为美食者也。鹙之性贪恶，而今在梁。鹤洁白，而反在林。兴王养褒姒而馁申后，近恶而远善。○鹙，音秋。

---

❶ "徂"，阮刻本作"但"。
❷ 《释文》及阮刻本此语前有"《说文》云"，故加引号。
❸ "内"，阮刻本作"外"。
❹ "感"，影宋本《释文》作"咸"。
❺ 据《释文》及阮刻本，此语出《说文》，故加引号。

秃，吐木反。**维彼硕人，实劳我心。**

　　鸳鸯在梁，戢其左翼。笺云：戢，敛也。敛左翼者，谓右掩左也。鸟之雌雄不可别也，以翼右掩左雄，左掩右雌，阴阳相下之义也。夫妇之道，亦以礼义相下，以成家道。○别，彼列反。下，遐嫁反。**之子无良，二三其德。**笺云：良，善也。王无答耦己之善意，而变移其心志，令我怨旷。

　　有扁斯石，履之卑兮。扁扁，乘石貌。王乘车履石。笺云：王后出入之礼与王同，其行登车亦履石。申后始时亦然，今见黜而卑贱。○扁，边显反。**之子之远，俾我疧兮。**疧，病也。笺云：王之远外我，欲使我困病。○疧，都礼反。

　　《白华》八章，章四句。

绵蛮

　　《绵蛮》，微臣刺乱也。大臣不用仁心，遗忘微贱，不肯饮食教载之，故作是诗也。微臣，谓士也。古者卿大夫出行，士为末介。士之禄薄，或困乏于资财，则当赒赡之。幽王之时，国乱，礼废恩薄，大不念小，尊不恤贱，故本其乱而刺之。○绵，面延反。饮，於鸩反。食，音嗣，篇内皆同，注如字。

　　绵蛮黄鸟，止于丘阿。兴也。绵蛮，小鸟貌。丘阿，曲阿也。鸟止于阿，人止于仁。笺云：止，谓飞行所止托也。兴者，小鸟知止于丘之曲阿静安之处而托息焉，喻小臣择卿大夫有仁厚之德者而依属焉。**道之云远，我劳如何！饮之食之，教之诲之。命彼后车，谓之载之。**笺云：在国依属于卿大夫之仁者。至于为末介，从而行，道路远矣，我罢劳则卿大夫之恩宜如何乎？渴则予之饮，饥则予之食，事未至则豫教之，临事则诲之，车败则命后车载之。后车，倅车也。〇罢，音皮。

绵蛮黄鸟，止于丘隅。笺云：丘隅，丘角也。**岂敢惮行，畏不能趋。**笺云：惮，难也。我罢劳，车又败，岂敢难徒行乎？畏不能及时疾至也。〇惮，徒旦反，下同。难，乃旦反，下同。**饮之食之，教之诲之。命彼后车，谓之载之。**

绵蛮黄鸟，止于丘侧。笺云：丘侧，丘旁也。**岂敢惮行，畏不能极。**笺云：极，至也。**饮之食之，教之诲之。命彼后车，谓之载之。**

《绵蛮》三章，章八句。

瓠叶

《瓠叶》，大夫刺幽王也。上弃礼而不能行，虽有牲牢饔饩，不肯用也。故思古之人，不以微薄废礼焉。牛羊豕为牲，系养者曰牢，熟曰饔，腥曰饩，生曰牵。不肯用者，自养厚而薄于宾客。〇瓠，户故反。饔，於恭反。饩，许气反。

幡幡瓠叶，采之亨之。君子有酒，酌言尝之。幡幡，瓠叶貌，庶人之菜也。笺云：亨，熟也。熟瓠叶者，以为饮酒之菹也。此君子谓庶人之有贤行者也。其农功毕，乃为酒浆，以合朋友，习礼讲道艺也。酒既成，先与父兄室人亨瓠叶而饮之，所以急和亲亲也。饮酒而曰尝者，以其为之主于宾客，宾客则加之以羞。《易·兑》象曰："君子以朋友讲习。"○幡，孚烦反。亨，普康❶反，注同。菹，庄鱼反。

有兔斯首，炮之燔之。君子有酒，酌言献之。毛曰炮。加火曰燔。献，奏也。笺云：斯，白也。今俗语"斯白"之字作"鲜"，齐、鲁之间声近"斯"。有兔白首者，兔之小者也。炮之燔之者，将以为饮酒之羞也。饮酒之礼，既奏酒于宾，乃荐羞。每酌言言者，礼不下庶人，庶人依士礼立宾主为酌名。○兔，他故反，下同。斯，毛如字，郑音仙。炮，白交反。燔，音烦。

有兔斯首，燔之炙之。君子有酒，酌言酢之。炕火曰炙。酢，报也。笺云：报者，宾既卒爵，洗而酌主人也。凡治兔之宜，鲜者毛炮之，柔者炙之，干者燔之。○炙，音只。酢，才洛反。炕，苦浪反。

有兔斯首，燔之炮之。君子有酒，酌言酬之。酬，道饮也。笺云：主人既卒酢爵，又酌自饮，卒爵，复酌进宾，犹今俗人劝酒。○酬，市周反。道，徒报反。复，扶又反。

《瓠叶》四章，章四句。

---

❶ "康"，《释文》及阮刻本作"庚"。

渐渐之石

《渐渐之石》，下国刺幽王也。戎狄叛之，荆舒不至，乃命将率东征。役久病于外，故作是诗也。荆，谓楚也。舒，舒鸠、舒鄝、舒庸之属。役，谓士卒也。○渐，士衔反。将，子亮反。率，所类反，后放此。鄝，音了。

渐渐之石，维其高矣。山川悠远，维其劳矣。渐渐，山石高峻。笺云：山石渐渐然高峻，不可登而上，喻戎狄众强而无礼义，不可得而伐也。山川者，荆舒之国所处也，其道里长远，邦域又劳劳广阔，言不可卒服。○劳，如字，郑音辽❶。武人东征，不皇朝矣。笺云：武人，谓将率也。皇，王也。将率受王命，东行而征伐，役人罢病，必不能正荆舒，使之朝于王。○朝，直遥反。罢，音皮。

渐渐之石，维其卒矣。山川悠远，曷其没矣。卒，竟。没，尽也。笺云：卒者，崔嵬也，谓山巅之末也。曷，何也。广阔之处，何时其可尽服。○卒，子恤反，郑在律反。武人东征，不皇出矣。笺云：不能正之，令出使聘问于王。○使，所吏反。❷

有豕白蹢，烝涉波矣。豕，猪也。蹢，蹄也。将久雨，

---

❶ "郑音辽"，阮刻本无。
❷ 此条《音义》，阮刻本无。

则豕进涉水波。笺云：烝，众也。豕之性能水，又唐突难禁制。四蹄皆白曰骇，则白蹄其尤躁疾者。今离其缯牧之处，与众豕涉入水之波涟矣。喻荆舒之人，勇悍捷敏，其君犹白蹄之豕也，乃率民去礼义之安，而居乱亡之危。贱之，故比方于豕。○蹄，音的。能，奴代反。**月离于毕，俾滂沱矣**。毕，噣也。月离阴星则雨。笺云：将有大雨，征气先见于天。以言荆舒之叛，萌渐亦由王出也。豕既涉波，今又雨使之滂沱，疾王甚也。○滂，普郎反。沱，徒何❶反。噣，直角反。**武人东征，不皇他矣**。笺云：不能正之，令其守职，不干王命。

《渐渐之石》三章，章六句。

苕之华

《苕之华》，大夫闵时也。幽王之时，西戎、东夷交侵中国，师旅并起，因之以饥馑。君子闵周室之将亡，伤己逢之，故作是诗也。师旅并起者，诸侯或出师，或出旅，以助王距戎与夷也。大夫将师出，见戎夷之侵周而闵之。今当其难，自伤近危亡。○苕，音条。华，音花。难，乃旦反。

苕之华，芸其黄矣。兴也。苕，陵苕也，将落则黄。笺云：陵苕之华，紫赤而繁。兴者，陵苕之干，喻如京师也，其华犹诸夏也，故或谓诸夏为诸华。华衰则黄，犹诸侯之师旅罢

---

❶ "何"，《释文》作"河"。

病将败，则京师孤弱。○芸，音云。夏，户雅反。罢，音皮。**心之忧矣，维其伤矣！**笺云：伤者，谓国日见侵削。

苕之华，其叶青青。华落，叶青青然。笺云：京师以诸夏为障蔽。今陵苕之华衰而叶见青青然，喻诸侯微弱，而王之臣当出见也。○青，子零反。**知我如此，不如无生！**笺云：我，我王也。知王之为政如此，则己之生不如不生也。自伤逢今世之难，忧闷❶之甚。

牂羊坟首，三星在罶。牂羊，牝羊也。坟，大也。罶，曲梁也，寡妇之笱也。牂羊坟首，言无是道也。三星在罶，言不可久也。笺云：无是道者，喻周已衰，求其复兴，不可得也。不可久者，喻周将亡，如心星之光耀，见于鱼笱之中，其去须臾也。○牂，子桑反。坟，扶云反。罶，音柳。笱，音苟。**人可以食，鲜可以饱！**治日少而乱日多。笺云：今者，士卒人人于晏早皆可以食矣。时饥馑，军兴乏少，无可以饱之者。○鲜，息浅反。

《苕之华》三章，章四句。

何草不黄

《何草不黄》，下国刺幽王也。四夷交侵，中国背叛，用兵不息，视民如禽兽。君子忧之，故作是诗也。○背，音佩。

---

❶ "闷"，阮刻本作"闵"。

何草不黄？何日不行？ 笺云：用兵不息，军旅自岁始草生而出，至岁晚矣，何草而不黄乎？言草皆黄也。于是之间，将率何日不行乎？言常行，劳苦之甚。**何人不将？经营四方。** 言万民无不从役。

何草不玄？何人不矜？ 笺云：玄，赤黑色。始春之时，草牙蘖者，将生必玄，于此时也，兵犹复行。无妻曰矜。从役者皆过时不得归，故谓之矜。〇矜，音鳏❶。**哀我征夫，独为匪民。** 笺云：征夫，从役者也。古者师出不逾时，所以厚民之性也。今则草玄至于黄，黄至于玄，此岂非民乎？

匪兕匪虎，率彼旷野。 兕、虎，野兽也。旷，空也。笺云：兕、虎，比战士也。〇兕，徐履反。**哀我征夫，朝夕不暇。**

有芃者狐，率彼幽草。有栈之车，行彼周道。 芃，小兽貌。栈车，役车也。笺云：狐草行草止，故以比栈车辇者。〇芃，薄红反。栈，士板反。

《何草不黄》四章，章四句。

《鱼藻》之什十四篇，六十二章，三百二句。

---

❶ "音鳏"，《释文》及阮刻本作"古顽反"。

诗经卷十五考证

《角弓》章"毋教猱升木"《笺》"若教使其为，必能也"。○案：诸本俱作"若教使其为之必也"，义殊难解。岳本去一"之"字，增一"能"字，盖节取《疏》中字以足其义，故较他本为明晓耳。

"雨雪瀌瀌，见晛曰消。莫肯下遗，式居娄骄。"○《汉书》"瀌"作"麃"，"曰"作"聿"。《荀子》"遗"作"隧"，"娄"作"屡"。

《菀柳》章"上帝甚蹈"。○《荀子》"蹈"作"神"，谓神灵可畏也。朱子《集传》解从之。

《白华》章"视我迈迈"。○案：《广韵》《集韵》《正韵》"迈"并音讲，"往也"。又"迈迈，不顾也"。俱无读作平声者。即《说文》所引《韩诗》，但作"怖"，亦无平声。陆德明《音义》本训"如字"，今误增圈❶，应删。

《渐渐之石》章"不皇朝矣"。○《九经误字》云："皇，今本俱作'遑'，作'不暇'解，亦通。"

---

❶ 此处指底本"迈"字左下角有一圆圈，标注该字读平声。

卷十六

文王之什诂训传第二十三 | 大雅

文王

《文王》,文王受命作周也。受命,受天命而王天下,制立周邦。○王,于况反。

文王在上,於昭于天。在上,在民上也。於,叹辞。昭,见也。笺云:文王初为西伯,有功于民,其德著见于天,故天命之以为王,使君天下也。崩,谥曰文。○於,音乌,下同。见,贤遍反。**周虽旧邦,其命维新。**乃新在文王也。笺云:大王聿来胥宇而国于周,王迹起矣,而未有天命。至文王而受命。言新者,美之也。○大,音泰。**有周不显,帝命不时。**有周,周也。不显,显也。显,光也。不时,时也。时,是也。笺云:周之德不光明乎?光明矣。天命之不是乎?又是矣。**文王陟降,在帝左右。**言文王升接天,下接人也。笺云:在,察也。文王能观知天意,顺其所为,从而行之。

亹亹文王,令闻不已。陈锡哉周,侯文王孙子。文王孙子,本支百世。亹亹,勉也。哉,载。侯,维也。本,本宗也。支,支子也。笺云:令,善。哉,始。侯,君也。勉勉乎不倦,文王之勤,用明德也。其善声闻,日见称歌,无止时也。乃由能敷恩惠之施以受命，造始周国，故天下君之。其子孙，适为天子，庶为诸侯，皆百世。○亹，音尾。闻，音问，注同。哉，如字。施，始豉反。适，音的。**凡周之士，不显亦世。**不世显德乎！士者世禄也。笺云：凡周之士，谓其臣有光明之德者，亦得世世在位，重其功也。

世之不显，厥犹翼翼。思皇多士，生此王国。王国克生，维周之桢。翼翼，恭敬。思，辞也。皇，天。桢，干也。笺云：犹，谋。思，愿也。周之臣既世世光明，其为君之谋事忠敬翼翼然，又愿天多生贤人于此邦。此邦能生之，则是我周之干事之臣。○桢，音贞。为，于伪反。**济济多士，文王以宁。**济济，多威仪也。○济，子礼反。

穆穆文王，於缉熙敬止。假哉天命，有商孙子。穆穆，美也。缉熙，光明也。假，固也。笺云：穆穆乎！文王有天子之容。於美乎！又能敬其光明之德。坚固哉！天为此命之，使臣有殷之子孙。○假，古雅反。**商之孙子，其丽不亿。上帝既命，侯于周服。**丽，数也。盛德不可为众也。笺云：于，於也。商之孙子，其数不徒亿，多言之也。至天已命文王之后，乃为君于周之九服之中。言众之不如德也。○丽，力计反。

侯服于周，天命靡常。则见天命之无常也。笺云：无常者，善则就之，恶则去之。**殷士肤敏，祼将于京。厥作祼将，常服黼冔。**殷士，殷侯也。肤，美。敏，疾也。祼，灌鬯也。周人尚臭。将，行。京，大也。黼，白与黑也。冔，殷冠也。夏后氏曰收，周曰冕。笺云：殷之臣壮美而敏，来助周祭。其助祭自服殷之服，明文王以德不以强。○祼，古乱反。

黼，音甫。冔，况甫反。**王之荩臣，无念尔祖！**荩，进也。无念，念也。笺云：今王之进用臣，当念女祖为之法。王，斥成王。○荩，才刃反。

无念尔祖，聿修厥德。永言配命，自求多福。聿，述。永，长。言，我也。我长配天命而行，尔庶国亦当自求多福。笺云：长，犹常也。王既述修祖德，常言当配天命而行，则福禄自来。○聿，于必反。**殷之未丧师，克配上帝。**帝乙已上也。笺云：师，众也。殷自纣父之前，未丧天下之时，皆能配天而行，故不亡也。○丧，息浪反。**宜鉴于殷，骏命不易。**骏，大也。笺云：宜以殷王贤愚为镜，天之大命，不可改易。○骏，音峻。易，以豉反。不易，言甚难也，下"不易"并同，郑并如字。❶

命之不易，无遏尔躬。宣昭义问，有虞殷自天。遏，止。义，善。虞，度也。笺云：宣，遍。有，又也。天之大命已不可改易矣，当使子孙长行之，无终女身则止。遍明以礼义问老成人，又度殷所以顺天之事而施行之。○遏，於葛反。义，音仪，郑如字。**上天之载，无声无臭。仪刑文王，万邦作孚。**载，事。刑，法。孚，信也。笺云：天之道难知也，耳不闻声音，鼻不闻香臭。仪法文王之事，则天下咸信而顺之。

《文王》七章，章八句。

---

❶ "下'不易'并同，郑并如字"，《释文》及阮刻本作"郑音亦，言不可改易也。下文及后'不易'，维王同"。

大明

《大明》，文王有明德，故天复命武王也。二圣相承，其明德日以广大，故曰"大明"。○复，扶又反。

明明在下，赫赫在上。明明，察也。文王之德，明明于下，故赫赫然著见于天。笺云：明明者，文王、武王施明德于天下，其征应炤晳见于天，谓三辰效验。○炤，章遥反。晳，之设反。**天难忱斯，不易维王。天位殷適，使不挟四方。**忱，信也。纣居天位，而殷之正適也。挟，达也。笺云：天之意难信矣，不可改易者，天子也。今纣居天位，而又殷之正適，以其为恶，乃弃绝之，使教令不行于四方，四方共叛之。是天命无常，维德是予耳。言此者，厚美周也。○忱，市林反。適，音的。挟，子燮反。

挚仲氏任，自彼殷商，来嫁于周，曰嫔于京。乃及王季，维德之行。挚，国。任，姓。仲❶，中女也。嫔，妇。京，大也。王季，大王之子，文王之父也。笺云：京，周国之地，小别名也。及，与也。挚国中女曰大任，从殷商之畿内，嫁为妇于周之京，配王季，而与之共行仁义之德，同志意也。○挚，音至。任，音壬，注同，下"大任"放此。嫔，毗申反。中，丁仲反，下同。"大"任，音泰，后"大姒""大

---

❶ "仲"，阮刻本作"之"，连作"挚国任姓之中女也"。

姜"皆同。

大任有身，生此文王。大任，仲任也。身，重也。笺云：重，谓怀孕也。○重，直勇反，又直龙反。维此文王，小心翼翼。昭事上帝，聿怀多福。厥德不回，以受方国。回，违也。笺云：小心翼翼，恭慎貌。昭，明。聿，述。怀，思也。方国，四方来附者。此言文王之有德，亦由父母也。

天监在下，有命既集。文王初载，天作之合。在洽之阳，在渭之涘。集，就。载，识。合，配也。洽，水也。渭，水也。涘，涯也。笺云：天监视善恶于下，其命将有所依就，则豫福助之。于文王生，适有所识，则为之生配于气势之处，使必有贤才，谓生大姒。○洽，户夹反。涘，音士。

文王嘉止，大邦有子。嘉，美也。笺云：文王闻大姒之贤，则美之曰：大邦有子女可以为妃。乃求昏。大邦有子，俔天之妹。俔，磬也。笺云：既使问名，还则卜之。又知大姒之贤，尊之如天之有女弟。○俔，牵遍反。文定厥祥，言大姒之有文德也。祥，善也。笺云：问名之后，卜而得吉，则文王以礼定其吉祥，谓使纳币也。亲迎于渭。言贤圣之配也。笺云：贤女配圣人，得其宜，故备礼也。○迎，鱼敬反。造舟为梁，不显其光。言受命之宜，王基乃始于是也。天子造舟，诸侯维舟，大夫方舟，士特舟。造舟然后可以显其光辉。笺云：迎大姒而更为梁者，欲其昭著，示后世敬昏礼也。不明乎其礼之有光辉，美之也。天子造舟，周制也，殷时未有等制。○造，七报反，又七道反。

有命自天，命此文王，于周于京。缵女维莘，长子维行。缵，继也。莘，大姒国也。长子，长女也。能行大任之德焉。笺云：天为将命文王，君天下于周京之地，故亦为作合，使继大任之女事于莘国，莘国之长女大姒则配文王，维德之行。○缵，子管反。莘，所巾反。**笃生武王。保右命尔，燮伐大商。**笃，厚。右，助。燮，和也。笺云：天降气于大姒，厚生圣子武王，安而助之，又遂命之尔，使协和伐殷之事。协和伐殷之事，谓合位三五也。○右，音祐❶。燮，苏接反。

殷商之旅，其会如林。矢于牧野，维予侯兴。旅，众也。如林，言众而不为用也。矢，陈。兴，起也。言天下之望周也。笺云：殷盛合其兵众，陈于商郊之牧野，而天乃予诸侯有德者，当起为天子。言天去纣，周师胜也。○会，古外反。予，羊庐❷反，郑羊吕反。❸**上帝临女，无贰尔心！**言无敢怀贰心也。笺云：临，视也。女，女武王也。天护视女，伐纣必克，无有疑心。

牧野洋洋，檀车煌煌，驷騵彭彭。洋洋，广也。煌煌，明也。骊马白腹曰騵。言上周下殷也。笺云：言其战地宽广，明不用权诈也。兵车鲜明，马又强，则暇且整。○騵，音原❹。骊，音留。**维师尚父，时维鹰扬，凉彼武王。**师，大师也。尚父，可尚可父。鹰扬，如鹰之飞扬也。凉，佐也。笺云：尚父，吕望也，尊称焉。鹰，鸷鸟也。佐武王者，为之上将。○凉，力尚反。大，音泰。**肆伐大商，会朝清明！**肆，

---

❶ "祐"，通志堂本《释文》作"佑"。
❷ "庐"，《释文》作"廬"。
❸ 此条《音义》，阮刻本无。
❹ "原"，《释文》作"元"。

疾也。会甲也。不崇朝而天下清明。笺云：肆，故今也。会，合也。以天期已至，兵甲之强，师率之武，故今伐殷，合兵以清明。《书·牧誓》曰："时甲子昧爽，武王朝至于商郊牧野，乃誓。"○率，所类反。

《大明》八章，四章章六句，四章章八句。

绵

《绵》，文王之兴，本由大王也。

绵绵瓜瓞，民之初生，自土沮漆。兴也。绵绵，不绝貌。瓜，绍也。瓞，瓝也。民，周民也。自，用。土，居也。沮，水。漆，水也。笺云：瓜之本实，继先岁之瓜必小，状似瓝，故谓之瓞。绵绵然若将无长大时。兴者，喻后稷乃帝喾之胄，封于邰。其后公刘失职，迁于豳，居沮、漆之地，历世亦绵绵然。至大王而德益盛，得其民心而生王业。故本周之兴，云于沮、漆也。○瓞，田节反。沮，七余反。瓝，蒲剥反。**古公亶父，陶复陶穴，未有家室。**古公，豳公也。古，言久也。亶父，字，或殷以名言，质也。古公处豳，狄人侵之。事之以皮币，不得免焉。事之以犬马，不得免焉。事之以珠玉，不得免焉。乃属其耆老而告之曰："狄人之所欲者，吾土地也。吾闻之，君子不以其所养人而害人。二三子何患乎无君？"去之。逾梁山，邑乎岐山之下。豳人曰："仁人之君，不可失也。"从之如归市。陶其土而复之，陶其壤而穴之。室内曰家。未有寝庙，亦未敢有家室。笺云：古公，据文王本其祖也。诸侯之臣称其君曰公。复者，复于土上，凿地曰穴，皆如陶然。本其在豳时。《传》自"古公处豳"而下，为二章发。○亶，都但反。父，音甫。陶，音桃。复，音福，注同。属，音烛。

古公亶父，来朝走马。率西水浒，至于岐下。爰及姜女，聿来胥宇。 率，循也。浒，水厓也。姜女，大姜也。胥，相。宇，居也。笺云：来朝走马，言其辟恶早且疾也。循西水厓，沮、漆水侧也。爰，于。及，与。聿，自也。于是与其妃大姜自来相可居者，著大姜之贤知也。○朝，直遥反。浒，呼五反。辟，音避。知，音智。

周原膴膴，堇荼如饴。爰始爰谋，爰契我龟。 周原，沮、漆之间也。膴膴，美也。堇，菜也。荼，苦菜也。契，开也。笺云：广平曰原。周之原地在岐山之南，膴膴然肥美。其所生菜，虽有性苦者，皆甘如饴也。此地将可居，故于是始与豳人之从己者谋。谋从，又于是契灼其龟而卜之，卜之则又从矣。○膴，音武。堇，音谨。饴，音移。契，苦计反，又苦结反。**曰止曰时，筑室于兹。** 笺云：时，是也。兹，此也。卜从，则曰可止居于是，可作室家于此，定民心也。

乃慰乃止，乃左乃右。乃疆乃理，乃宣乃亩。自西徂东，周爰执事。 慰，安。爰，于也。笺云：时耕曰宣。徂，往也。民心定，乃安隐其居，乃左右而处之，乃疆理其经界，乃时耕其田亩，于是从西方而往东之人，皆于周执事，竞出力也。豳与周原不能为西东，据至时从水浒言也。

乃召司空，乃召司徒，俾立室家。 笺云：俾，使也。

司空、司徒，卿官也。司空掌营国邑，司徒掌徒役之事，故召之，使立室家之位处。**其绳则直，缩版以载，作庙翼翼。**言不失绳直也。乘谓之缩。君子将营宫室，宗庙为先，厩库为次，居室为后。笺云：绳者，营其广轮方制之正也，既正则以索缩其筑版，上下相承而起。庙成则严显翼翼然。乘，声之误，当作"绳"。○厩，音救。广，光浪反。索，桑洛反。

捄之陾陾，度之薨薨。筑之登登，削屡冯冯。捄，虆也。陾陾，众也。度，居也。言百姓之劝勉也。登登，用力也。削墙锻屡之声冯冯然。笺云：捄，抒也。度，犹投也。筑墙者抒聚壤土，盛之以虆，而投诸版中。○捄，音俱。陾，耳升反，"筑墙声也"❶。度，待洛反。薨，呼肱❷反。冯，扶冰反。虆，力追反。抒，薄侯反。盛，音成。**百堵皆兴，鼛鼓弗胜。**皆，俱也。鼛，大鼓也，长一丈二尺。或鼛或鼓，言劝事乐功也。笺云：五版为堵。兴，起也。百堵同时起，鼛鼓不能止之使休息也。凡大鼓之侧有小鼓，谓之应鼙、朔鼙。《周礼》曰："以鼛鼓鼓役事。"○堵，丁古反。鼛，音羔。胜，音升。鼙，薄迷❸反。

乃立皋门，皋门有伉。乃立应门，应门将将。王之郭门曰皋门。伉，高貌。王之正门曰应门。将将，严正也。美大王作郭门以致皋门，作正门以致应门焉。笺云：诸侯之宫，外门曰皋门，朝门曰应门，内有路门。天子之宫，加以库、雉。

---

❶ 《释文》及阮刻本此语前有"《说文》云"，故加引号。
❷ "肱"，《释文》及阮刻本作"弘"。
❸ "迷"，阮刻本作"卑"。

○伉，苦浪反。将，七羊反。**乃立冢土，戎丑攸行。**冢，大。戎，大。丑，众也。冢土，大社也。起大事，动大众，必先有事乎社而后出，谓之宜。美大王之社，遂为大社也。笺云：大社者，出大众，将所告而行也。《春秋传》曰："蜃，宜社之肉。"○大，音泰。蜃，市轸反，器也。❶

肆不殄厥愠，亦不陨厥问。柞棫拔矣，行道兑矣。 肆，故今也。愠，恚。陨，队也。兑，成蹊也。笺云：小聘曰问。柞，栎也。棫，白桵也。文王见大王立冢土，有用大众之义，故不绝去其恚恶恶人之心，亦不废其聘问邻国之礼。今以柞棫生柯叶之时，使大夫将师旅出聘问，其行道士众兑然，不有征伐之意。○殄，田典反。愠，纡问反。陨，韵谨反。柞，子洛反。棫，音域。拔，蒲贝反。兑，吐外反，又徒外反。队，直类反。栎，音历。桵，如谁反。**混夷駾矣，维其喙矣。** 駾，突。喙，困也。笺云：混夷，夷狄国也。见文王之使者将士众过己国，则惶怖惊走，奔突入此柞棫之中而逃，甚困剧也。是之谓"一年伐混夷"。大王辟狄，文王伐混夷，成道兴国，其志一也。○混，音昆。駾，徒对反。喙，许秽反。

虞芮质厥成，文王蹶厥生。 质，成也。成，平也。蹶，动也。虞、芮之君，相与争田，久而不平，乃相谓曰："西伯，仁人也，盍往质焉？"乃相与朝周。入其竟，则耕者让畔，行者让路。入其邑，男女异路，斑白不提挈。入其朝，士让为大夫，大夫让为卿。二国之君，感而相谓曰："我等小人，不可以履君子之庭。"乃相让，以其所争田为闲田而退。

---

❶ 此条《音义》，阮刻本无。

天下闻之而归者四十余国。笺云：虞、芮之质平，而文王动其绵绵民初生之道，谓广其德而王业大。○芮，如锐反。蹶，俱卫反。闻，音闲。**予曰有疏附，予曰有先后，予曰有奔奏，予曰有御侮。**率下亲上曰疏附。相道前后曰先后。喻德宣誉曰奔奏。武臣折冲曰御侮。笺云：予，我也，诗人自我也。文王之德所以至然者，我念之曰：此亦由有疏附、先后、奏奔、御侮之臣力也。疏附，使疏者亲也。奔奏，使人归趋之。○先，苏荐反。后，胡豆反，注同。道，音导。

《绵》九章，章六句。

棫朴

《棫朴》，文王能官人也。○棫，雨逼反。朴，音卜，沈又普❶卜反。

芃芃棫朴，薪之槱之。兴也。芃芃，木盛貌。棫，白桵也。朴，枹木也。槱，积也。山木茂盛，万民得而薪之。贤人众多，国家得用蕃兴。笺云：白桵相朴属而生者，枝条芃芃然，豫斩以为薪。至祭皇天上帝及三辰，则聚积以燎之。○芃，薄红反。槱，音酉。枹，必茅反。属，之欲反。斩，一作"斫"。**济济辟王，左右趣之。**趣，趋也。笺云：辟，君也。君王，谓文王也。文王临祭祀，其容济济然敬。左右之诸臣，皆促疾

---

❶ "普"，《释文》及阮刻本作"符"。

于事，谓相助积薪。○辟，音璧，下同。趣，七喻反。

济济辟王，左右奉璋。半珪❶曰璋。笺云：璋，璋瓒也。祭祀之礼，王祼以珪瓒，诸臣助之，亚祼以璋瓒。○璋，音章。瓒，在但反。祼，古乱反。**奉璋峨峨，髦士攸宜。**峨峨，盛壮也。髦，俊也。笺云：士，卿士也。奉璋之仪峨峨然，故今俊士之所宜。○峨，五歌❷反。髦，音毛。

淠彼泾舟，烝徒楫之。淠，舟行貌。楫，棹也。笺云：烝，众也。淠淠然泾水中之舟，顺流而行者，乃众徒船人以楫棹之故也。兴众臣之贤者行君政令。○淠，匹世反。棹，直教反。**周王于迈，六师及之。**天子六军。笺云：于，往。迈，行。及，与也。周王往行，谓出兵征伐也。二千五百人为师。今王兴师行者，殷末之制，未有周礼。《周礼》："五师为军，军万二千五百人。"

倬彼云汉，为章于天。倬，大也。云汉，天河也。笺云：云汉之在天，其为文章，譬犹天子为法度于天下。○倬，陟角反。**周王寿考，遐不作人。**遐，远也，远不作人也。笺云：周王，文王也。文王是时九十余矣，故云"寿考"。远不作人者，其政变化纣之恶俗，近如新作人也。

追琢其章，金玉其相。追，雕也。金曰雕，玉曰琢。相，质也。笺云：《周礼》：追师掌"追衡笄"，则"追"亦治玉也。相，视也，犹观视也。追琢玉使成文章，喻文王为政，先以心研精，合于礼义，然后施之。万民视而观之，其好

---

❶ "珪"，阮刻本作"圭"，下同。
❷ "歌"，《释文》作"哥"。

而乐之，如睹金玉然。言其政可乐也。○追，对回反，注同。琢，陟角反。相，如字，郑去声❶。**勉勉我王，纲纪四方。**笺云：我王，谓文王也。以罔罟喻为政，张之为纲，理之为纪。

《棫朴》五章，章四句。

旱麓

《旱麓》，受祖也。周之先祖，世修后稷、公刘之业。大王、王季，申以百福干禄焉。○旱，户但反。麓，音鹿。

瞻彼旱麓，榛楛济济。旱，山名也。麓，山足也。济济，众多也。笺云：旱山之足，林木茂盛者，得山云雨之润泽也。喻周邦之民独丰乐者，被其君德教。○榛，侧巾反。楛，音户。被，皮伪反。**岂弟君子，干禄岂弟。**干，求也。言阴阳和，山薮殖，故君子得以干禄乐易。笺云：君子，谓大王、王季。以有乐易之德施于民，故其求禄亦得乐易。○岂，苦亥反。弟，徒礼反，下同。

瑟彼玉瓒，黄流在中。玉瓒，圭瓒也。黄金所以饰流鬯也。九命然后锡以秬鬯、圭瓒。笺云：瑟，洁鲜貌。黄流，秬鬯也。圭瓒之状，以圭为柄，黄金为勺，青金为外，朱中央矣。殷王帝乙之时，王季为西伯，以功德受此赐。○瑟，

---

❶ "去声"，《释文》及阮刻本作"息亮反"。

所乙反。**岂弟君子，福禄攸降。**笺云：攸，所。降，下也。○降，如字，又户江反。

鸢飞戾天，鱼跃于渊。言上下察也。笺云：鸢，鸱之类，鸟之贪恶者也。飞而至天，喻恶人远去，不为民害。鱼跳跃于渊中，喻民喜得所。○鸢，悦宣反。**岂弟君子，遐不作人。**笺云：遐，远也。言大王、王季之德近于变化，使如新作人。

清酒既载，骍牡既备。言年丰畜硕也。笺云：既载，谓已在尊中也。祭祀之事，先为清酒，其次择牲，故举二者。○骍，息营反。畜，香又反。**以享以祀，以介景福。**言祀所以得福也。笺云：介，助。景，大也。

瑟彼柞棫，民所燎矣。瑟，众貌。笺云：柞棫之所以茂盛者，乃人燎燎除其旁草，养治之使无害也。○燎，力召反。燎，许气反。**岂弟君子，神所劳矣。**笺云：劳，劳来，犹言佑助。○劳，力报反。来，力代反。

莫莫葛藟，施于条枚。莫莫，施貌。笺云：葛也、藟也，延蔓于木之枝本而茂盛。喻子孙依缘先人之功而起。○藟，力轨反。施，以豉反。**岂弟君子，求福不回。**笺云：不回者，不违先祖之道。

《旱麓》六章，章四句。

思齐

《思齐》，文王所以圣也。言非但天性，德有所由成。○齐，侧皆反。

思齐大任，文王之母。思媚周姜，京室之妇。齐，庄。媚，爱也。周姜，大姜也。京室，王室也。笺云：京，周地名也。常思庄敬者，大任也，乃为文王之母。又常思爱大姜之配大王之礼，故能为京室之妇。言其德行纯备，故生圣子也。大姜言周，大任言京，见其谦恭自卑小也。○见，音现❶。**大姒嗣徽音，则百斯男。**大姒，文王之妃也。大姒十子，众妾则宜百子也。笺云：徽，美也。嗣大任之美音，谓续行其善教令。

惠于宗公，神罔时怨，神罔时恫。宗公，宗神也。恫，痛也。笺云：惠，顺也。宗公，大臣也。文王为政，咨于大臣，顺而行之，故能当于神明。神明无是怨恚其所行者，无是痛伤其所为者❷，其将无有凶祸。○恫，音通。**刑于寡妻，至于兄弟，以御于家邦。**刑，法也。寡妻，適妻也。御，迎也。笺云：寡妻，寡有之妻，言贤也。御，治也。文王以礼法接待其妻，至于宗族。以此又能为政治于家邦也。《书》曰："乃寡兄勖。"又曰："越乃御事。"○御，牙嫁反，郑鱼据反。適，丁历反。

雍雍在宫，肃肃在庙。雍雍，和也。肃肃，敬也。笺云：宫，谓辟廱宫也。群臣助文王养老则尚和，助祭于庙则尚敬，言得礼之宜。**不显亦临，无射亦保。**以显临之，保安无厌也。笺云：临，视也。保，犹居也。文王之在辟廱也，有贤才之质而不明者，亦得观于礼；于六艺无射才者，亦得居于位。言养善，使之积小致高大。○射，音亦，郑食夜反。**肆**

---

❶ "音现"，《释文》及阮刻本作"贤遍反"。
❷ "其所为者"，阮刻本无。

戎疾不殄，烈假不瑕。肆，故今也。戎，大也。故今大疾害人者，不绝之而自绝也。烈，业。假，大也。笺云：厉、假，皆病也。瑕，已也。文王于辟廱德如此，故大疾害人者不绝之而自绝，为厉假之行者不已之而自已，言化之深也。○烈，如字，郑音厉❶。"瑕"已，音贾❷。

不闻亦式，不谏亦入。言性与天合也。笺云：式，用也。文王之祀于宗庙，有仁义之行而不闻达者，亦用之助祭；有孝弟之行而不能谏争者，亦得入。言其使人器之，不求备也。**肆成人有德，小子有造。**造，为也。笺云：成人，谓大夫、士也。小子，其弟子也。文王之在于宗庙，德如此，故大夫、士皆有德，子弟皆有所造成。**古之人无斁，誉髦斯士。**古之人无斁于有名誉之俊士。笺云：古之人，谓圣王明君也。口无择言，身无择行，以身化其臣下，故令此士皆有名誉于天下，成其俊乂之美也。○斁，音亦，郑音❸择。

《思齐》四章，章六句。故言五章，二章章六句，三章章四句。

皇矣

《皇矣》，美周也。天监代殷莫若周，周世世修

---

❶ "音厉"，《释文》及阮刻本作"作'厉'，力世反"。
❷ "贾"，《释文》及阮刻本作"遐"。
❸ "音"，《释文》及阮刻本作"作"。

德莫若文王。监，视也。天视四方可以代殷王天下者，维有周尔；世世修行道德，维有文王盛尔。

皇矣上帝，临下有赫。监观四方，求民之莫。皇，大。莫，定也。笺云：临，视也。大矣！天之视天下，赫然甚明。以殷纣之暴乱，乃监察天下之众国，求民之定，谓所归就也。**维此二国，其政不获。维彼四国，爰究爰度。**二国，殷、夏也。彼，彼有道也。四国，四方也。究，谋。度，居也。笺云：二国，谓今殷纣及崇侯也。正，长。获，得也。四国，谓密也、阮也、徂也、共也。度，亦谋也。殷、崇之君，其行暴乱，不得于天心。密、阮、徂、共之君，于是又助之谋。言同于恶也。○度，待洛反，篇内皆同。共，音恭，下同。**上帝耆之，憎其式廓。乃眷西顾，此维与宅。**耆，恶也。廓，大也。憎其用大位、行大政。顾，顾西土也。宅，居也。笺云：耆，老也。天须假此二国，养之至老，犹不变改，憎其所用为恶者浸大也。乃眷然运视西顾，见文王之德而与之居。言天意常在文王所。○耆，巨夷反。廓，苦霍反。假，户嫁反，又作"暇"。

作之屏之，其菑其翳。修之平之，其灌其栵。启之辟之，其柽其椐。攘之剔之，其檿其柘。木立死曰菑，自毙曰翳。灌，丛生也。栵，栭也。柽，河柳也。椐，樻也。❶檿，山桑也。笺云：天既顾文王，四方之民则大归往之。岐周之地，险阨多树木，乃竞刊除而自居处，言乐就有德之甚。

---

❶ "椐，樻也"，阮刻本无。

○屏，必领反，除也。菑，侧吏反，又音缁。翳，於计反。灌，古乱反。栵，音例。辟，婢亦反。柽，敕丁❶反。椐，羌居反。攘，如羊反。剔，他历反。檿，乌簟反。柘，章夜反。❷帝迁明德，串夷载路。徙就文王之德也。串，习。夷，常。路，大也。笺云：串夷，即混夷，西戎国名也。路，应也。天意去殷之恶，就周之德，文王则侵伐混夷以应之。○串，古患反。混，音昆。天立厥配，受命既固。配，媲也。笺云：天既顾文王，又为之生贤妃，谓大姒也。其受命之道已坚固也。○媲，普惠反。❸

帝省其山，柞棫斯拔，松柏斯兑。兑，易直也。笺云：省，善也。天既顾文王，乃和其国之风雨，使其山树木茂盛，言非徒养其民人而已。○省，昔井反。拔，蒲贝反。易，以豉反。帝作邦作对，自大伯、王季。对，配也。从大伯之见王季也。笺云：作，为也。天为邦，谓兴周国也。作配，谓为生明君也。是乃自大伯、王季时则然矣。大伯让于王季而文王起。○大，音泰。维此王季，因心则友。则友其兄，则笃其庆，载锡之光。因，亲也。善兄弟曰友。庆，善。光，大也。笺云：笃，厚。载，始也。王季之心，亲亲而又善于宗族，又尤善于兄大伯，乃厚明其功美，始使之显著也。大伯以让为功美，王季乃能厚明之，使传世称之，亦其德也。受禄无丧，奄有四方。丧，亡。奄，大也。笺云：王季以有"因心

---

❶ "丁"，《释文》作"贞"。
❷ "柘，章夜反"，阮刻本无。
❸ 此条《音义》，阮刻本无。

则友"之德，故世世受福禄，至于覆有天下。

维此王季，帝度其心。貊❶其德音，其德克明。克明克类，克长克君。心能制义曰度。貊，静也。笺云：德正应和曰貊，照临四方曰明。类，善也。勤施无私曰类，教诲不倦曰长，赏庆刑威曰君。○貊，武伯反。施，始豉反。**王此大邦，克顺克比。**慈和遍服曰顺，择善而从曰比。笺云：王，君也。王季称王，追王也。○比，必里反。**比于文王，其德靡悔。**经纬天地曰文。笺云：靡，无也。王季之德，比于文王，无有所悔也。必比于文王者，德以圣人为匹。**既受帝祉，施于孙子。**笺云：帝，天也。祉，福也。施，犹易也、延也。○祉，音耻。施，以豉反。❷

帝谓文王，无然畔援，无然歆羡，诞先登于岸。无是畔道，无是援取，无是贪羡。岸，高位也。笺云：畔援，犹跋❸扈也。诞，大。登，成。岸，讼也。天语文王曰：女无如是跋扈者，妄出兵也；无如是贪羡者，侵人土地也。欲广大德美者，当先平狱讼、正曲直也。○援，音袁，又于愿反，郑胡唤反。羡，钱面反。跋，蒲末反。扈，音户。**密人不恭，敢距大邦，侵阮徂共。**国有密须氏，侵阮，遂往侵共。笺云：阮也、徂也、共也，三国犯周，而文王伐之。密须之人，乃敢距其义兵，违正道，是不直也。○阮，鱼宛反。共，音恭，注同。毛云："徂，往也。"**王赫斯怒，爰整其旅，以按徂**

---

❶ "貊"，阮刻本作"貃"。
❷ "施，以豉反"，阮刻本无。
❸ "跋"，阮刻本作"拔"，下同。

旅。以笃于周祜，以对于天下。旅，师。按，止也。旅，地名也。对，遂也。笺云：赫，怒意。斯，尽也。五百人为旅。对，答也。文王赫然与其群臣尽怒曰：整其军旅而出，以却止徂国之兵众，以厚周当王之福，以答天下乡周之望。○赫，虎格反。按，安旦反，本又作"遏"。祜，音户。

依其在京，侵自阮疆。陟我高冈，无矢我陵，我陵我阿。无饮我泉，我泉我池。京，大阜也。矢，陈也。笺云：京，周地名。陟，登也。矢，犹当也。大陵曰阿。文王但发其依居京地之众，以往侵阮国之疆。登其山脊而望阮之兵，兵无敢当其陵及阿者，又无敢饮食于其泉及池水者。小出兵而令惊怖如此，此以德攻，不以众也。"陵""泉"重言者，美之也。每言"我"者，据后得而有之而言。度其鲜原，居岐之阳，在渭之将。万邦之方，下民之王。小山别大山曰鲜。将，侧也。方，则也。笺云：度，谋。鲜，善也。方，犹乡也。文王见侵阮而兵不见敌，知己德盛而威行，可以迁居，定天下之心，乃始谋居善原广平之地，亦在岐山之南，居渭水之侧，为万国之所乡，作下民之君。后竟徙都于丰。○鲜，息浅反，又音仙。别，彼列反。

帝谓文王，予怀明德。不大声以色，不长夏以革。不识不知，顺帝之则。怀，归也。不大声见于色。革，更也。不以长大有所更。笺云：夏，诸夏也。天之言云：我归人君有光明之德，而不虚广言语，以外作容貌，不长诸夏以变更王法者。其为人不识古，不知今，顺天之法而行之者。此言天之道尚诚实，贵性自然。○见，贤遍反。帝谓文王，询尔仇方。同尔兄弟，以尔钩援。与尔临冲，以伐崇墉。仇，匹也。

钩，钩梯也，所以钩引上城者。临，临车也。冲，冲车也。墉，城也。笺云：询，谋也。怨耦曰仇。仇方，谓旁国。诸侯为暴乱大恶者，女当谋征讨之，以和协女兄弟之国，率与之往。亲亲则多志齐心壹也。当此之时，崇侯虎倡纣为无道，罪尤大也。○钩，古候❶反，又古侯反。援，音爰❷。

临冲闲闲，崇墉言言。执讯连连，攸馘安安。是类是祃，是致是附，四方以无侮。闲闲，动摇也。言言，高大也。连连，徐也。攸，所也。馘，获也。不服者杀而献其左耳曰馘。于内曰类。于野曰祃。致，致其社稷群神❸。附，附其先祖，为之立后，尊其尊而亲其亲。笺云：言言，犹孽孽，将坏貌。讯，言也。执所生得者而言问之，及献所馘，皆徐徐以礼为之，不尚促速也。类也、祃也，师祭也。无侮者，文王伐崇而无复敢侮慢周者。○讯，音信。馘，古获反。祃，马嫁反。**临冲茀茀，崇墉仡仡。是伐是肆，是绝是忽，四方以无拂。**茀茀，强盛也。仡仡，犹言言也。肆，疾也。忽，灭也。笺云：伐，谓击刺之。肆，犯突也。《春秋传》曰："使勇而无刚者肆之。"拂，犹戾也。言无复戾戾文王者。○茀，音弗。仡，鱼乙反。拂，符弗反，"违也"❹。戾，九委反，戾也。

《皇矣》八章，章十二句。

---

❶ "候"，阮刻本作"侯"。
❷ "爰"，《释文》作"袁"。
❸ "神"，阮刻本作"臣"。
❹ 据《释文》及阮刻本，此语出王肃，故加引号。

灵台

《灵台》，民始附也。文王受命，而民乐其有灵德，以及鸟兽昆虫焉。民者，冥也。其见仁道迟，故于是乃附也。天子有灵台者，所以观祲象，察气之妖祥也。文王受命而作邑于丰，立灵台。《春秋传》曰："公既视朔，遂登观台以望，而书云物，为备故也。"○祲，子鸩反。观，古[1]乱反。

经始灵台，经之营之。庶民攻之，不日成之。神之精明者称灵。四方而高曰台。经，度之也。攻，作也。不日有成也。笺云：文王应天命，度始灵台之基趾，营表其位。众民则筑作，不设期日而成之。言说文王之德，劝其事，忘己劳也。观台而曰灵者，文王化行，似神之精明，故以名焉。○度，待洛反，下同。

经始勿亟，庶民子来。笺云：亟，急也。度始灵台之基趾，非有急成之意。众民各以子成父事而来攻之。○亟，居力反。王在灵囿，麀鹿攸伏。囿，所以域养禽兽也。天子百里，诸侯四十里。灵囿，言灵道行于囿也。麀，牝也。笺云：攸，所也。文王亲至灵囿，视牝鹿所游伏之处，言爱物也。○囿，音又。麀，音忧。

麀鹿濯濯，白鸟翯翯。濯濯，娱游也。翯翯，肥泽

---

[1] "古"，影宋本《释文》作"占"。

也。笺云：鸟兽肥盛喜乐，言得其所。○麛，户角反。**王在灵沼，于牣鱼跃**。沼，池也。灵沼，言灵道行于沼也。牣，满也。笺云：灵沼之水，鱼盈满其中皆跳跃，亦言得其所。○牣，音刃。

虡业维枞，贲鼓维镛。於论鼓钟，於乐辟廱。植者曰虡，横者曰枞。业，大版也。枞，崇牙也。贲，大鼓也。镛，大钟也。论，思也。水旋丘如璧曰辟廱，以节观者。笺云：论之言伦也。虡也、枞也，所以悬钟鼓也。设大版于上，刻画以为饰。文王立灵台而知民之归附，作灵囿、灵沼而知鸟兽之得其所，以为音声之道与政通，故合乐以详之。於得其伦理乎鼓与钟也，於喜乐乎诸在辟廱中者。言感于中和之至。○虡，音巨。枞，徐七凶反。贲，符云反。镛，音容。於，音乌，郑如字，下同。论，卢门反，郑音伦，下同。辟，音璧。枞，旬尹反。县，音悬❶。

於论鼓钟，於乐辟廱。鼍鼓逢逢，矇瞍奏公。鼍，鱼属。逢逢，和也。有眸子而无见曰矇。无眸子曰瞍。公，事也。笺云：凡声，使瞽矇为之。○鼍，徒何反。逢，薄红反。矇，音蒙。瞍，苏口反。

《灵台》五章，章四句。

---

❶ "悬"，《释文》及阮刻本作"玄"。

下武

《下武》，继文也。武王有圣德，复受天命，能昭先人之功焉。继文者，继文王之王业而成之。昭，明也。○复，扶又反。

下武维周，世有哲王。武，继也。笺云：下，犹后也。哲，知也。后人能继先祖者，维有周家最大，世世益有明知之王，谓大王、王季、文王稍就盛也。○哲，张列反。知，音智，下同。三后在天，王配于京。三后，大王、王季、文王也。王，武王也。笺云：此三后既没登遐，精气在天矣。武王又能配行其道于京，谓镐京也。

王配于京，世德作求。笺云：作，为。求，终也。武王配行三后之道于镐京者，以其世世积德，庶为终成其大功也。永言配命，成王之孚。笺云：永，长。言，我也。命，犹教令也。孚，信也。此为武王言也。今长我之配行三后之教令者，欲成我周家王道之信也。王德之道成于信，《论语》曰："民无信不立。"

成王之孚，下土之式。式，法也。笺云：王道尚信，则天下以为法，勤行之。永言孝思，孝思维则。则其先人也。笺云：长我孝心之所思。所思者，其维则三后之所行。子孙以顺祖考为孝。

媚兹一人，应侯顺德。一人，天子也。应，当。侯，维也。笺云：媚，爱。兹，此也。可爱乎武王，能当此顺德。谓能成其祖考之功也。《易》曰："君子以顺德，积小以高大。"**永言孝思，昭哉嗣服。**笺云：服，事也。明哉，武王之嗣行祖考之事。谓伐纣定天下。

昭兹来许，绳其祖武。许，进。绳，戒。武，迹也。笺云：兹，此。来，勤也。武王能明此勤行，进于善道，戒慎其祖考所履践之迹。美其终成之。○来，如字，郑去声❶。**於万斯年，受天之祜。**笺云：祜，福也。天下乐仰武王之德，欲其寿考之言也。○祜，音户。

受天之祜，四方来贺。於万斯年，不遐有佐！远夷来佐也。笺云：武王受此万年之寿，不远有佐。言其辅佐之臣，亦宜蒙其余福也。《书》曰："公其以予万亿年。"亦君臣同福禄也。

《下武》六章，章四句。

文王有声

《文王有声》，继伐也。武王能广文王之声，卒其伐功也。继伐者，文王伐崇而武王伐纣。

文王有声，遹骏有声。遹求厥宁，遹观厥成。笺云：遹，述。骏，大。求，终。观，多也。文王有令闻之声者，乃

---

❶ "去声"，《释文》及阮刻本作"音赉"。

述行有令闻之声之道所致也。所述者，谓大王、王季也。又述行终其安民之道，又述行多其成民之德，言周德之世益盛。○遹，尹橘反。骏，音峻。观，古乱反。闻，音问。**文王烝哉**！烝，君也。笺云：君哉者，言其诚得人君之道。

文王受命，有此武功。既伐于崇，作邑于丰。笺云：武功，谓伐四国及崇之功也。作邑者，徙都于丰，以应天命。**文王烝哉！**

筑城伊淢，作丰伊匹。匪棘其欲，遹追来孝。淢，成沟也。匹，配也。笺云：方十里曰成。淢，其沟也，广深各八尺。棘，急。来，勤也。文王受命而犹不自足，筑丰邑之城，大小适与成偶，大于诸侯，小于天子之制。此非以急成从己之欲，欲广都邑，乃述追王季勤孝之行，进其业也。○淢，况域反。棘，居力反。广，古旷反。深，尸鸩反。**王后烝哉！**后，君也。笺云：变谥言"王后"者，非其盛事，不以义谥。

王公伊濯，维丰之垣。四方攸同，王后维翰。濯，大。翰，干也。笺云：公，事也。文王述行大王、王季之王业，其事益大。作邑于丰，城之既成，又垣之，立宫室，乃为天下所同心而归之。王后为之干者，正其政教，定其法度。○濯，直角反。垣，音袁。翰，户旦反，徐音寒。**王后烝哉！**

丰水东注，维禹之绩。四方攸同，皇王维辟。绩，业。皇，大也。笺云：绩，功。辟，君也。昔尧时洪水，而丰水亦泛滥为害。禹治之，使入渭，东注于河，禹之功也。文王、武王今得作邑于其旁地，为天下所同心而归。大王为之君，乃由禹之功，故引美之。丰邑在丰水之西，镐京在丰水之东。○辟，音璧，下同，又婢亦反，法也。**皇王烝哉！**笺云：变"王后"言大王者，武王之事又益大。

镐京辟廱，自西自东，自南自北，无思不服。武王作邑于镐京。笺云：自，由也。武王于镐京行辟廱之礼，自四方来观者，皆感化其德，心无不归服者。**皇王烝哉！**

考卜维王，宅是镐京。维龟正之，武王成之。笺云：考，犹稽也。宅，居也。稽疑之法，必契灼龟而卜之。武王卜居是镐京之地，龟则正之，谓得吉兆，武王遂居之。修三后之德，以伐纣定天下，成龟兆之占，功莫大于此。○契，苦计反，或苦结反。**武王烝哉！**

丰水有芑，武王岂不仕？诒厥孙谋，以燕翼子。芑，草也。仕，事。燕，安。翼，敬也。笺云：诒，犹传也。孙，顺也。丰水犹以其润泽生草，武王岂不以其功业为事乎？以之为事，故传其所以顺天下之谋，以安其敬事之子孙，谓使行之也。《书》曰："厥考翼，其肯曰：'我有后，弗弃基？'"○芑，音起。诒，以之反。孙，如字，郑音逊。**武王烝哉！**笺云❶：上言"皇王"而变言"武王"者，皇，大也，始大其业，至武王伐纣成之，故言武王也。

《文王有声》八章，章五句。

《文王》之什十篇，六十六章，四百一十四句。

---

❶ "笺云"，原无，据阮刻本校勘记补。

诗经卷十六考证

《大雅·大明》章"在洽之阳"。○"洽"字,案:《汉书》左冯翊郃阳县,应劭云:"在郃水之阳。"字作"郃"。《说文》引《诗》亦从邑,合声。

"其会如林"。○《说文》"会"作"旝",与《左传》"旝动而鼓"同解,与孔《疏》殊。

《绵》章"周原膴膴"。○案:左思《魏都赋》"腜腜坰野",刘渊林注引《诗》作"周原腜腜",训"美也",义同。

《旱麓》章"瑟彼玉瓒"。○瑟,《说文》谓"玉英华相带如瑟弦",引《诗》作"璱","从玉,瑟声"。《周礼》注作"恤"。

《思齐》章"神罔时恫"《笺》"无是痛伤其所为者"。○案:汲古阁、永怀堂诸本,俱无"其所为者"四字,宋以前本亦然。岳氏乃据《疏》增入,与上文"无是怨恚其所行者"句法一例,义亦明畅。今殿本与此同。

"《思齐》四章,章六句。故言五章,二章章六句,三章章四句。"○此诗原本五章,郑分为四,与《关雎》章体例同。案:陆德明《经典释文》于《关雎》章句下云:"五章是郑所分,'故言'以下是毛公本意。"原本此诗章句与《关雎》合。殿本阙"五章"二字，汲古阁本阙"二章"二字，皆传写讹脱也。

《皇矣》章"此维与宅"。○王充《论衡》作"此惟予度"。

"以笃于周祜。"○《九经误字》云"今本或无'于'字"，与《孟子》引《诗》同。

"同尔兄弟"《笺》"亲亲则多志齐心壹也"。○殿本、永怀堂本"多志"作"万志"，"壹"作"一"。汲古阁本"万"讹作"方"。

《下武》章"应侯顺德"。○《家语》《淮南子》"顺"俱作"慎"，朱子曰："古通用。"

《文王有声》章"筑城伊淢，作丰伊匹"《笺》"大小适与成偶"。○殿本作"适与城偶"。案：《正义》云："作此丰邑之城，大小适与赋法十里之成相匹偶。"则作"城"字者讹。又案：《韩诗》"淢"作"洫"，《说文》"淢"字训"疾流"，"洫"字训"成间沟"，则毛、郑皆从《韩诗》也。

卷十七

生民之什诂训传第二十四 | 大雅

生民

《生民》，尊祖也。后稷生于姜嫄，文、武之功起于后稷，故推以配天焉。○嫄，音原，后稷母也。

厥初生民，时维姜嫄。生民，本后稷也。姜，姓也。后稷之母配高辛氏帝焉。笺云：厥，其。初，始。时，是也。言周之始祖，其生之者，是姜嫄也。姜姓者，炎帝之后。有女名嫄，当尧之时，为高辛氏之世妃，本后稷之初生，故谓之生民。**生民如何？克禋克祀，以弗无子。**禋，敬。弗，去也。去无子，求有子，古者必立郊禖焉。玄鸟至之日，以大牢祠于郊禖，天子亲往，后妃率九嫔御。乃礼天子所御，带以弓韣，授以弓矢，于郊禖之前。笺云：克，能也。弗之言祓也。姜嫄之生后稷如何乎？乃禋祀上帝于郊禖，以祓除其无子之疾，而得其福也。能者，言齐肃当神明意也。二王之后，得用天子之礼。○禋，音因。弗❶，音拂。去，起吕反，下

---

❶ "弗"，阮刻本作"祓"。

同。❶鞠，音独。**履帝武敏歆，攸介攸止。载震载夙，载生载育，时维后稷。**履，践也。帝，高辛氏之帝也。武，迹。敏，疾也。从于帝而见于天，将事齐敏也。歆，飨。介，大也。攸❷止，福禄所止也。震，动。夙，早。育，长也。后稷播百谷以利民。笺云：帝，上帝也。敏，拇也。介，左右也。夙之言肃也。祀郊禖之时，时则有大神之迹，姜嫄履之，足不能满。履其拇指之处，心体歆歆然。其左右所止住，如有人道感己者也。于是遂有身，而肃戒不复御。后则生子而养长之，名曰弃。舜臣尧而举之，是为后稷。○敏，蜜谨反。歆，许金反。见，贤遍反。齐，侧皆反。

诞弥厥月，先生如达。诞，大。弥，终。达生也，姜嫄之子先生者也。笺云：达，羊子也。大矣后稷之在其母，终人道十月而生。生如达之生，言易也。○弥，面支反。达，他末反，又如字。**不坼不副，无菑无害。**言易也。凡人在母，母则病。生则坼副菑害其母，横逆人道。○坼，敕宅反。副，孚逼反，"判也"❸。菑，音灾。**以赫厥灵，上帝不宁，不康禋祀，居然生子。**赫，显也。不宁，宁也。不康，康也。笺云：康、宁，皆安也。姜嫄以赫然显著之征，其有神灵审矣。此乃天帝之气也，心犹不安之。又不安徒以禋祀而无人道，居默然自生子，惧时人不信也。

诞寘之隘巷，牛羊腓字之。诞，大。寘，置。腓，辟。

---

❶ "去，起吕反，下同"，阮刻本无。
❷ "攸"，原无，据阮刻本校勘记补。
❸ 《释文》及阮刻本此语前有"《字林》云"，故加引号。

字，爱也。天生后稷，异之于人，欲以显其灵也。帝不顺天，是不明也，故承天意而异之于天下。笺云：天异之，故姜嫄置后稷于牛羊之径，亦所以异之。○寘，之豉反。隘，於懈反。巷，户降反。腓，符非反。**诞寘之平林，会伐平林**。牛羊而辟人者，理也。置之平林，又为人所收取之。**诞寘之寒冰，鸟覆翼之**。大鸟来，一翼覆之，一翼藉之。人而收取之，又其理也。故置之于寒冰。**鸟乃去矣，后稷呱矣**。于是知有天异，往取之矣。后稷呱呱然而泣。○呱，音孤。

　　实覃实讦，厥声载路。诞实匍匐，克岐克嶷，以就口食。覃，长。讦，大。路，大也。岐，知意也。嶷，识也。笺云：实之言适也。覃，谓始能坐也。讦，谓张口鸣呼也。是时声音则已大矣。能匍匐，则岐岐然意有所知也。其貌嶷嶷然有所识别也。以此至于能就众人口自食，谓六七岁时。○覃，徒南反。讦，况❶于反。匍，音蒲，又音符。匐，蒲北反，又音服。岐，其宜反。嶷，鱼极反。**蓺之荏菽，荏菽旆旆，禾役穟穟，麻麦幪幪，瓜瓞唪唪**。荏菽，戎菽也。旆旆然，长也。役，列也。穟穟，苗好美也。幪幪然，茂盛也。唪唪然，多实也。笺云：蓺，树也。戎菽，大豆也。就口食之时，则有种殖之志，言天性也。○蓺，鱼世反。荏，而甚反。旆，蒲具反。穟，音遂。幪，莫孔反。瓞，田节反。唪，布孔反，徐又薄孔反。

　　诞后稷之穑，有相之道。相，助也。笺云：大矣，后稷之掌稼穑，有见助之道。谓若神助之力也。○相，息亮反。**茀厥丰草，种之黄茂。实方实苞，实种实褎，实发实秀**，

---

❶ "况"，影宋本《释文》作"兄"。

实坚实好，实颖实栗，即有邰家室。 芾，治也。黄，嘉谷也。茂，美也。方，极亩也。苞，本也。种，杂种也。褎，长也。发，尽发也。不荣而实曰秀。颖，垂颖也。栗，其实栗栗然。邰，姜嫄之国也。尧见天因邰而生后稷，故国后稷于邰，命使事天，以显神顺天命耳。笺云：丰、苞，亦茂也。方，齐等也。种，生不杂也。褎，枝叶长也。发，发管时也。栗，成就也。后稷教民除治茂草，使种黍稷。黍稷生则茂好，孰则大成。以此成功，尧改封于邰，就其成国之家室，无变更也。○芾，音拂❶。实"种"，上声，除"种之使种"外，并同。❷褎，音佑❸。颖，营井反。邰，他来反。

诞降嘉种，维秬维秠，维穈维芑。 天降嘉种。秬，黑黍也。秠，一稃二米也。穈，赤苗也。芑，白苗也。笺云：天应尧之显后稷，故为之下嘉种。○秬，音巨。秠，孚鄙反，又孚悲❹反。穈，音门。郑❺亡伟反。芑，音起。稃，芳于反。

恒之秬秠，是获是亩。恒之穈芑，是任是负，以归肇祀。 恒，遍。肇，始也，始归郊祀也。笺云：任，犹抱也。肇，郊之神位也。后稷以天为己下此四谷之故，则遍种之，成熟则获而亩计之，抱负以归，于郊祀天。得祀天者，二王之后也。

---

❶ "拂"，《释文》作"弗"。
❷ "实'种'，上声，除'种之使种'外，并同"，阮刻本作："种，支勇反，注'种，杂种''种，生不杂'，下'嘉种'并注并同。"《释文》与阮刻本近似，唯首"并"，影宋本《释文》作"恭"；次"并"，《释文》无。
❸ "音佑"，《释文》作"徐秀反"，阮刻本作"余秀反"。
❹ "悲"，《释文》作"悲"，阮刻本作"卑"。
❺ "郑"，《释文》及阮刻本作"郭"。

○恒，古邓❶反。获，户郭反。任，音壬。

诞我祀如何？或舂或揄，或簸或蹂。释之叟叟，烝之浮浮。揄，抒臼也。或簸糠者，或蹂黍者。释，淅米也。叟叟，声也。浮浮，气也。笺云：蹂之言润也。大矣，我后稷之祀天如何乎？美而将说其事也。舂而抒出之，簸之又润湿之，将复舂之，趋于凿也。释之烝之，以为酒及簠簋之实。○舂，伤容反。揄，音由，又以朱反。簸，波我反。蹂，音柔。叟，所留反。烝，之丞反。浮，如字。抒，食汝反。淅，星历反。凿，子洛反，精米也。**载谋载惟，取萧祭脂，取羝以軷，载燔载烈，**尝之日莅卜来岁之芟，狝之日莅卜来岁之戒，社之日莅卜来岁之稼，所以兴来而继往也。谷孰而谋，陈祭而卜矣。取萧合黍稷，臭达墙屋。既奠而后爇萧，合馨香也。羝羊，牡羊也。軷，道祭也。傅火曰燔，贯之加于火曰烈。笺云：惟，思也。烈之言烂也。后稷既为郊祀之酒及其米，则诹谋其日，思念其礼。至其时，取萧草与祭牲之脂，爇之于行神之位。馨香既闻，取羝羊之体以祭神。又燔烈其肉，为尸羞焉。自此而往郊。○羝，都礼反。軷，蒲末反。燔，音烦，后同。芟，所衔反。狝，息浅反。爇，如悦反。傅，音附。**以兴嗣岁。**兴来岁，继往岁也。笺云：嗣岁，今新岁也。以先岁之物齐敬祀❷軷而祀天者，将求新岁之丰年也。孟春之月令曰："乃择元日，祈谷于上帝。"

卬盛于豆，于豆于登，其香始升。上帝居歆，胡臭

---

❶"邓"，影宋本《释文》作"节"。
❷"祀"，阮刻本作"犯"。

亶时？卬，我也。木曰豆，瓦曰登。豆，荐菹醢也。登，大羹也。笺云：胡之言何也。亶，诚也。我后稷盛菹醢之属，当于豆者、于登者，其馨香始上行，上帝则安而歆享之，何芳臭之诚得其时乎？美之也。祀天用瓦豆，陶器质也。○卬，五郎反。盛，音成。亶，都旦❶反。菹，庄居反。**后稷肇祀，庶无罪悔，以迄于今。**迄，至也。笺云：庶，众也。后稷肇祀上帝于郊，而天下众民咸得其所，无有罪过也。子孙蒙其福以至于今，故推以配天焉。○迄，许乞❷反。

《生民》八章，四章章十句，四章章八句。

行苇

《行苇》，忠厚也。周家忠厚，仁及草木，故能内睦九族，外尊事黄耇，养老乞言，以成其福禄焉。九族，自己上至高祖，下至玄孙之亲也。黄，黄发也。耇，冻梨也。乞言，从求善言可以为政者，敦史受之。○苇，韦❸鬼反。耇，音苟。敦，如字。

敦彼行苇，牛羊勿践履。方苞方体，维叶泥泥。 敦，聚貌。行，道也。叶初生泥泥。笺云：苞，茂也。体，成

---

❶ "旦"，《释文》及阮刻本作"但"。
❷ "乞"，《释文》作"乙"。
❸ "韦"，阮刻本作"和"。

形也。敦敦然道旁之苇，牧牛羊者毋使躏履折伤之。草物方茂盛，以其终将为人用，故周之先王为此爱之，况于人乎！○敦，徒端反。泥，乃礼反。

戚戚兄弟，莫远具尔。或肆之筵，或授之几。 戚戚，内相亲也。肆，陈也。或陈设筵者，或授几者。笺云：莫，无也。具，犹俱也。尔，谓进之也。王与族人燕，兄弟之亲，无远无近，俱揖而进之。年稚者为设筵而已，老者加之以几。○筵，以然反。

肆筵设席，授几有缉御。 设席，重席也。缉御，踧踖之容也。笺云：缉，犹续也。御，侍也。兄弟之老者，既为设重席授几，又有相续代而侍者，谓敦史也。○缉，七习反。重，直龙反，下同。踧，子六反。踖，子亦反。**或献或酢，洗爵奠斝。** 斝，爵也。夏曰盏，殷曰斝，周曰爵。笺云：进酒于客曰献，客答之曰酢。主人又洗爵酬客，客受而奠之，不举也。用殷爵者，尊兄弟也。○酢，才洛反。斝，古雅反，又音嫁。夏，户雅反。盏，侧简反。

醓醢以荐，或燔或炙。嘉殽脾臄，或歌或咢。 以肉曰醓醢。臄，函也。歌者，比于琴瑟也。徒击鼓曰咢。笺云：荐之礼，韭菹则醓醢也。燔用肉，炙用肝，以脾函为加，故谓之嘉。○醓，他感反，肉酱也。醢，呼改反。脾，婢支反。臄，渠略反。咢，五洛反。《通俗文》云："口上曰臄，口下曰函。"比，毗志反。炙，者夜反。

敦弓既坚，四鍭既钧。舍矢既均， 敦弓，画弓也。天子敦弓。鍭矢参亭。已均中蓺。笺云：舍之言释也。蓺，质也。周之先王将养老，先与群臣行射礼，以择其可与者以为宾。○敦，音雕，下同，徐又都雷反。镞，音候，又音侯。钧，规句反。舍，音捨。参，七南反。中，丁仲反，下同。可"与"，音预。**序宾以贤**。言宾客次序皆贤。孔子射于矍相之圃，观者如堵墙。射至于司马，使子路执弓矢出，延射曰："奔军之将，亡国之大夫，与为人后者不入。其余皆入。"盖去者半，入者半。又使公罔之裘、序点扬觯而语。公罔之裘扬觯而语❶曰："幼壮孝弟，耆耋好礼，不从流俗，修身以俟死者，不在此位。"盖去者半，处者半。序点又扬觯而语曰："好学不倦，好礼不变，旄勤称道不乱者，不在此位也。"盖仅有存焉。笺云：序宾以贤，谓以射中多少为次第。○矍，俱缚反。相，息亮反。奔，音奋，覆败也。将，子匠反。觯，之豉反。

敦弓既句，既挟四镞。天子之弓，合九而成规。笺云：射礼，"搢三挟一个"。言已挟四镞，则已遍释之。○句，古豆反，"张弓曰彀"❷。挟，子协反，又子合反。个，古贺反。**四镞如树**，言皆中也。**序宾以不侮**。言其皆有贤才也。笺云：不侮者，敬也。其人敬于礼，则射多中。

曾孙维主，酒醴维醹。酌以大斗，以祈黄耇。曾孙，成王也。醹，厚也。大斗，长三尺也。祈，报也。笺云：祈，告也。今我成王承先王之法度，为主人，亦既序宾矣，有醇厚之酒醴，以大斗酌而尝之而美，故以告黄耇之人，征而养之也。饮酒之礼曰："告于先生君子，可也。"○醹，如主反，

---

❶ "公罔之裘扬觯而语"，原无，据阮刻本校勘记补。
❷ 据《释文》及阮刻本，此语出《说文》，故加引号。

黄耇台背，以引以翼。台背，大老也。引，长。翼，敬也。笺云：台之言鲐也，大老则背有鲐文。既告老人，及其来也，以礼引之，以礼翼之。在前曰引，在旁曰翼。○台，汤来反，徐音台。**寿考维祺，以介景福。**祺，吉也。笺云：介，助也。养老人而得吉，所以助大福也。

《行苇》八章，章四句。故言七章，二章章六句，五章章四句。

既醉

《既醉》，大平也。醉酒饱德，人有士君子之行焉。成王祭宗庙，旅酬下遍群臣，至于无算爵，故云醉焉。乃见十伦之义，志意充满，是谓之饱德。○大，音泰，后放此。行，下孟反。

既醉以酒，既饱以德。既者，尽其礼，终其事。笺云：礼，谓旅酬之属。事，谓惠施先后及归俎之类。○施，式豉反。**君子万年，介尔景福。**笺云：君子，斥成王也。介，助。景，大也。成王，女有万年之寿，天又助女以大福。谓五福也。**既醉以酒，尔殽既将。**将，行也。笺云：尔，女也。殽，谓牲体也。成王之为群臣俎实，以尊卑差次行之。**君子万**

---

❶ 据《释文》及阮刻本，此语出《说文》，故加引号。

年，介尔昭明。笺云：昭，光也。

昭明有融，高朗令终。 融，长。朗，明也。始于飨燕，终于享祀。笺云：有，又。令，善也。天既助女以光明之道，又使之长。有高明之誉，而以善名终，是其长也。**令终有俶，公尸嘉告。** 俶，始也。公尸，天子以卿，言诸侯也。笺云：俶，犹厚也。既始有善，令终又厚之。公尸以善言告之，谓嘏辞也。诸侯有功德者，入为天子卿大夫，故云"公尸"。公，君也。○俶，尺叔反。嘏，古雅反。

其告维何？笾豆静嘉。 恒豆之菹，水草之和也，其醢，陆产之物也。加豆，陆产也，其醢，水物也。笾豆之荐，水土之品也。不敢用常亵味而贵多品，所以交于神明者。言道之遍至也。笺云：公尸所以善言告之，是何故乎？乃用笾豆之物，洁清而美，政平气和所致故也。○亵，息列反。**朋友攸摄，摄以威仪。** 言相摄佐者，以威仪也。笺云：朋友，谓群臣同志好者也。言成王之臣，皆有仁孝士君子之行，其所以相摄佐威仪之事。○好，呼报反。

威仪孔时，君子有孝子。 笺云：孔，甚也。言成王之臣威仪甚得其宜，皆君子之人，有孝子之行。**孝子不匮，永锡尔类。** 匮，竭。类，善也。笺云：永，长也。孝子之行，非有竭极之时，长以与女之族类，谓广之以教道天下也。《春秋传》曰："颖考叔，纯孝也，施及庄公。"○匮，求位反。

其类维何？室家之壸。 壸，广也。笺云：壸之言梱也。其与女之族类云何乎？室家先以相梱致，已乃及于天下。○壸，苦本反。**君子万年，永锡祚胤。** 胤，嗣也。笺云：永，长也。成王女有万年之寿，天又长予女福祚至于子孙。

○祚，才路反。胤，洋❶刃反。❷

其胤维何？天被尔禄。禄，福也。笺云：天予女福祚至于子孙云何乎？天覆被女以禄位，使禄临天下。○被，皮寄反。**君子万年，景命有仆。**仆，附也。笺云：成王女既有万年之寿，天之大命又附著于女，谓使为政教。○著，直略反，下同。**其仆维何？厘尔女士。**厘，予也。笺云：天之大命附著于女云何乎？予女以女而有士行者，谓生淑媛，使为之妃。○厘，力之反。媛，于眷反。妃，音配。**厘尔女士，从以孙子。**笺云：从，随也。天既予女以女而有士行者，又使生贤知之子孙以随之，谓传世也。○知，音智。

《既醉》八章，章四句。

凫鹥

《凫鹥》，守成也。大平之君子，能持盈守成，神祇祖考安乐之也。君子，斥成王也。言君子者，大平之时则皆然，非独成王也。○凫，音符。鹥，於鸡反。祇，祁支反。乐，音洛。

凫鹥在泾，公尸来燕来宁。凫，水鸟也。鹥，凫属。大平则万物众多。笺云：泾，水名也。水鸟而居水中，犹人为公尸之在宗庙也，故以喻焉。祭祀既毕，明日又设礼而与尸

---

❶ "洋"，《释文》作"羊"。
❷ 此条《音义》，阮刻本无。

燕。成王之时，尸来燕也，其心安，不以己实臣之故自嫌。言此者，美成王事尸之礼备。**尔酒既清，尔殽既馨。公尸燕饮，福禄来成。**馨，香之远闻也。笺云：尔者，女成王也。女酒殽清美，以与公尸燕乐饮酒之故，祖考以福禄来成女。〇闻，音问，或如字。

凫鹥在沙，公尸来燕来宜。沙，水旁也。宜，宜其事也。笺云：水鸟以居水中为常，今出在水旁，喻祭四方百物之尸也。其来燕也，心自以为宜，亦不以己实臣自嫌也。**尔酒既多，尔殽既嘉。**言酒品齐多而殽备美。〇齐，才细反。**公尸燕饮，福禄来为。**厚为孝子也。笺云：为，犹助也，助成王也。〇为，于伪反，协句如字。

凫鹥在渚，公尸来燕来处。渚，沚也。处，止也。笺云：水中之有渚，犹平地之有丘也，喻祭天地之尸也。以配至尊之故，其来燕似若止得其处。〇渚，之与反。**尔酒既湑，尔殽伊脯。公尸燕饮，福禄来下。**笺云：湑，酒之沛者也。天地之尸尊，事尊不以亵味，沛酒脯而已。〇湑，息汝反。沛，子礼反。

凫鹥在潨，公尸来燕来宗。潨，水会也。宗，尊也。笺云：潨，水外之高者也，有瘗埋之象，喻祭社稷山川之尸。其来燕也，有尊主人之意。〇潨，在公反，郑在容反。瘗，於例反。**既燕于宗，福禄攸降。公尸燕饮，福禄来崇。**崇，重也。笺云：既，尽也。宗，社宗也。群臣下及民，尽有祭社之礼而燕饮焉，为福禄所下也。今王祭社，又以尸燕，福禄之来，乃重厚也。天子以下，其社神同，故云然。〇降，户江反。重，直龙反，下同。

凫鹥在亹，公尸来止熏熏。亹，山绝水也。熏熏，和说也。笺云：亹之言门也。燕七祀之尸于门户之外，故以喻焉。其来也，不敢当王之燕礼，故变言"来止熏熏"，坐不安之意。○亹，音门。熏，许云反。**旨酒欣欣，燔炙芬芬。公尸燕饮，无有后艰。**欣欣然，乐也。芬芬，香也。无有后艰，言不敢多祈也。笺云：艰，难也。小神之尸卑，用美酒，有燔炙，可用亵味也。又不能致福禄，但令王自今无有后难而已。

《凫鹥》五章，章六句。

假乐

《假乐》，嘉成王也。○假，音暇。

假乐君子，显显令德。宜民宜人，受禄于天。假，嘉也。宜民宜人，宜安民，宜官人也。笺云：显，光也。天嘉乐成王有光光之善德，安民官人皆得其宜，以受福禄于天。**保右命之，自天申之。**申，重也。笺云：成王之官人也，群臣保右而举之，乃后命用之，又用天意申敕之，如舜之敕伯禹、伯夷之属。○右，音又，助也。

干禄百福，子孙千亿。穆穆皇皇，宜君宜王。宜君王天下也。笺云：干，求也。十万曰亿。天子穆穆，诸侯皇皇。成王行显显之令德，求禄得百福，其子孙亦勤行而求之，得禄千亿，故或为诸侯，或为天子，言皆相勖以道。○勖，香玉反。**不愆不忘，率由旧章。**笺云：愆，过。率，循也。成王之令德，不过误，不遗失，循用旧典之文章，谓周公之礼法。○愆，起连反。

威仪抑抑，德音秩秩。无怨无恶，率由群匹。抑抑，美也。秩秩，有常也。笺云：抑抑，密也。秩秩，清也。成王立朝之威仪致密无所失，教令又清明，天下皆乐仰之，无有怨恶。循用群臣之贤者，其行能匹耦己之心。○恶，乌路反，又如字。**受福无疆，四方之纲。**○疆，居良反。下篇同。

之纲之纪，燕及朋友。朋友，群臣也。笺云：成王能为天下之纲纪，谓立法度以理治之也。其燕饮常与群臣，非徒乐族人而已。○乐，音洛。**百辟卿士，媚于天子。不解于位，民之攸塈。**塈，息也。笺云：百辟，畿内诸侯也。卿士，卿之有事也。媚，爱也。成王以恩意及群臣，群臣故皆爱之，不解于其职位。民之所以休息，由此也。○辟，音璧。媚，眉备反。解，佳卖反。塈，许器反。

《假乐》四章，章六句。

公刘

《公刘》，召康公戒成王也。成王将莅政，戒以民事，美公刘之厚于民，而献是诗也。公刘者，后稷之曾孙也。夏之始衰，见迫逐，迁于豳，而有居民之道。成王始幼少，周公居摄政，及❶归之，成王将莅政，召公与周公相成王为左右。

---

❶ "及"，阮刻本作"反"。

召公惧成王尚幼稚，不留意于治民之事，故作诗美公刘，以深戒之。○召，上照反，后同。莅，音利。

笃公刘，匪居匪康。乃场乃疆，乃积乃仓。乃裹糇粮，于橐于囊，思辑用光。 笃，厚也。公刘居于邰，而遭夏人乱，迫逐公刘。公刘乃辟中国之难，遂平西戎，而迁其民邑于豳焉。乃场乃疆，言修其疆场也。乃积乃仓，言民事时和，国有积仓也。小曰橐，大曰囊。思辑用光，言民相与和睦，以显于时也。笺云：厚乎公刘之为君也，不以所居为居，不以所安为安。邰国乃有疆场也，乃有积委及仓也，安安而能迁，积而能散。为夏人迫逐己之故，不忍斗其民，乃裹粮食于橐囊之中，弃其余而去，思在和其民人，用光大其道，为今子孙之基。○场，音亦。裹，音果。糇，音侯。粮，音良。橐，他洛反。囊，乃郎反。辑，音集，又七立反。积，子智反。委，於伪反。**弓矢斯张，干戈戚扬，爰方启行。** 戚，斧也。扬，钺也。张其弓矢，秉其干戈戚扬，以方开道路，去之豳。盖诸侯之从者十有八国焉。笺云：干，盾也。戈，句子❶戟也。爰，曰也。公刘之去邰，整其师旅，设其兵器，告其士卒曰：为女方开道而行。明己之迁，非为迫逐之故，乃欲全民也。○戚，七历反。盾，顺允反。句，音钩。

笃公刘，于胥斯原。既庶既繁，既顺乃宣，而无永叹。 胥，相。宣，遍也。民无长叹，犹文王之无悔也。笺云：于，於也。广平曰原。厚乎公刘之于相此原地以居民，民既众

---

❶ "子"，阮刻本作"矛"。

矣，既多矣，既顺其事矣，又乃使之时耕。民皆安今之居，而无长叹思其旧时也。○叹，他安反。**陟则在巘，复降在原。何以舟之？维玉及瑶，鞞琫容刀。**巘，小山，别于大山也。舟，带也。瑶，言有美德也。下曰鞞，上曰琫，言德有度数也。容刀，言有武事也。笺云：陟，升。降，下也。公刘之相此原地也，由原而升巘，复下在原，言反覆之，重居民也。民亦爱公刘之如是，故进玉瑶、容刀之佩。○巘，鱼辇反，又鱼偃反，又音彦。复，音服，又扶又反。瑶，音遥。鞞，必顶反。琫，必孔反。

笃公刘，逝彼百泉，瞻彼溥原，乃陟南冈，乃觏于京。溥，大。觏，见也。笺云：逝，往。瞻，视。溥，广也。山脊曰冈，绝高为之京。厚乎公刘之相此原地也，往之彼百泉之间，视其广原可居之处，乃升其南山之脊，乃见其可居者于京，谓可营立都邑之处。○溥，音普。觏，古豆反。**京师之野，于时处处，于时庐旅，于时言言，于时语语。**是京乃大众所宜居之也。庐，寄也。直言曰言，论难曰语。笺云：于，於。时，是也。京地乃众民所宜居之野也，于是处其所当处者，庐舍其宾旅，言其所当言，语其所当语，谓安民馆客，施教令也。○庐，力居反。论难，鲁困反，下乃旦反。

笃公刘，于京斯依。跄跄济济，俾筵俾几。笺云：跄跄济济，士大夫之威仪也。俾，使也。厚乎公刘之居于此京，依而筑宫室。其既成也，与群臣士大夫饮酒以落❶之。群臣则相使为公刘设几筵，使之升坐。○跄，七羊反。**既登乃依，**

---

❶ "落"，阮刻本作"乐"。

乃造其曹。执豕于牢，酌之用匏。宾已登席坐矣，乃依几矣。曹，群也。执豕于牢，新国则杀礼也。酌之用匏，俭以质也。笺云：公刘既登堂负扆而立，群臣乃适其牧群，搏豕于牢中，以为饮酒之殽。酌酒以匏为爵，言忠敬也。〇依，毛如字，郑於岂反。造，七报反。匏，步交反。杀，所戒反。**食之饮之，君之宗之。**为之君，为之大宗也。笺云：宗，尊也。公刘虽去邰国来迁，群臣从而君之尊之，犹在邰也。〇食，音嗣。饮，於鸩反。

笃公刘，既溥既长，既景乃冈。相其阴阳，观其流泉。既景乃冈，考于日景，参之高冈。笺云：厚乎公刘之居豳也，既广其地之东西，又长其南北，既以日景定其经界于山之脊，观相其阴阳寒燠所宜、流泉浸润所及，皆为利民富国。〇相，息亮反。燠，况袁反，又乃管反。**其军三单，度其隰原，彻田为粮。**三单，相袭也。彻，治也。笺云：邰，后稷上公之封。大国之制三军，以其余卒为羡。今公刘迁于豳，民始从之，丁夫适满三军之数。单者，无羡卒也。度其隰与原田之多少，彻之使出税以为国用。什一而税谓之彻。鲁哀公曰："二，吾犹不足，如之何其彻也？"〇单，音丹。度，待洛反，下同。羡，音贱❶，又音衍。**度其夕阳，豳居允荒。**山西曰夕阳。荒，大也。笺云：允，信也。夕阳者，豳之所处也。度其广轮，豳之所处，信宽大也。〇广，古旷反。

笃公刘，于豳斯馆。涉渭为乱，取厉取锻。馆，舍也。正绝流曰乱。锻，石也。笺云：锻石，所以为锻质也。厚

---

❶ "贱"，通志堂本《释文》作"践"。

乎公刘，于豳地作此宫室，乃使人渡渭水，为舟，绝流而南，取锻厉斧斤之石，可以利器用，伐取材木，给筑事也。○厉，本作"砺"。锻，丁乱反。**止基乃理，爰众爰有。夹其皇涧，溯其过涧。**皇，涧名也。溯，乡也。过，涧名也。笺云：爰，曰也。止基，作宫室之功止，而后疆理其田野，校其夫家人数日益多矣，器物有足矣，皆布居涧水之旁。○夹，古洽反，又古协反。涧，古晏反。溯，音素。过，古禾反。乡，许亮反。**止旅乃密，芮鞫之即。**密，安也。芮，水厓也。鞫，究也。笺云：芮之言内也。水之内曰隩，水之外曰鞫。公刘居豳既安，军旅之役止，士卒乃安，亦就涧水之内外而居，修田事也。○芮，如锐反。鞫，居六反。

《公刘》六章，章十句。

泂酌

《泂酌》，召康公戒成王也。言皇天亲有德、飨有道也。○泂，音迥。

泂酌彼行潦，挹彼注兹，可以餴饎。泂，远也。行潦，流潦也。餴，馏也。饎，酒食也。笺云：流潦，水之薄者也，远酌取之，投大器之中，又挹之注之于此小器，而可以沃酒食之餴者，以有忠信之德，齐洁之诚，以荐之故也。《春秋传》曰："人不易物，惟德繄物。"○潦，音老。挹，音揖。餴，甫云反，字书云："一蒸米也。"饎，尺志反。馏，力又反，又音留，孙炎云："蒸之曰馎，均之曰馏。"**岂弟君子，民之父母。**乐以强教之，易以说安之。民皆有父之尊，有母之亲。○岂，音恺。弟，上声，后同。❶乐，音洛。易，羊豉反。

泂酌彼行潦，挹彼注兹，可以濯罍。濯，涤也。罍，祭器。○罍，音雷。**岂弟君子，民之攸归。**

泂酌彼行潦，挹彼注兹，可以濯溉。溉，清也。○溉，古爱反。**岂弟君子，民之攸塈。**笺云：塈，息也。

《泂酌》三章，章五句。

卷阿

《卷阿》，召康公戒成王也。言求贤用吉士也。吉，犹善也。○卷，音权。

有卷者阿，飘风自南。兴也。卷，曲也。飘风，回风也。恶人被德化而消，犹飘风之入曲阿也。笺云：大陵曰阿。有大陵卷然而曲，回风从长养之方来入之。兴者，喻王当屈体以待贤者，贤者则猥来就之，如飘风之入曲阿然。其来也，为长养民。○飘，避遥反。**岂弟君子，来游来歌，以矢其音。**矢，陈也。笺云：王能待贤者如是，则乐易之君子来就王游而歌，以陈出其声音。言其将以乐王也，感王之善心也。

---

❶ "岂，音恺。弟，上声，后同"，《释文》及阮刻本无。

伴奂尔游矣，优游尔休矣。 伴奂，广大有文章也。笺云：伴奂，自纵弛之意也。贤者既来，王以才官秩之，各任其职。女则得伴奂而优游，自休息也。孔子曰："无为而治者，其舜也与！恭己正南面而已。"言任贤故逸也。○伴，音判，徐音畔。奂，音唤，徐音换。**岂弟君子，俾尔弥尔性，似先公酋矣。** 弥，终也。似，嗣也。酋，终也。笺云：俾，使也。乐易之君子来在位，乃使女终女之性命，无困病之忧，嗣先君之功而终成之。○酋，在由反。

尔土宇昄章，亦孔之厚矣。 昄，大也。笺云：土宇，谓居民以土地屋宅也。孔，甚也。女得贤者，与之为治，使居宅民大得其法，则王恩惠亦甚厚矣。劝之使然。○昄，符版反，又方但反。**岂弟君子，俾尔弥尔性，百神尔主矣。** 笺云：使女为百神主，谓群神❶受飨而佐之。

尔受命长矣，茀禄尔康矣。 茀，小也。笺云：茀，福。康，安也。女得贤者，与之承顺天地，则受久长之命，福禄又安女。○茀，"音弗"❷，"郑音废"❸。**岂弟君子，俾尔弥尔性，纯嘏尔常矣。** 嘏，大也。笺云：纯，大也。予福曰嘏。使女大受神之福以为常。

有冯有翼，有孝有德，以引以翼。 有冯有翼，道可冯依，以为辅翼也。引，长。翼，敬也。笺云：冯，冯几也。翼，助也。有孝，斥成王也。有德，谓群臣也。王之祭祀，择

---

❶ "神"，原作"臣"，据阮刻本改。
❷ 《释文》及阮刻本作"沈云'毛音弗'"，故加引号。
❸ 《释文》及阮刻本此语前有"徐云"，故加引号。

贤者以为尸，尊之。豫撰几，择佐食。庙中有孝子，有群臣。尸之入也，使祝赞道之，扶翼之。尸至，设几，佐食❶助之。尸者，神象，故事之如祖考。○冯，符冰反。**岂弟君子，四方为则。**笺云：则，法也。王之臣，有是乐易之君子，则天下莫不放效以为法。○放，方往反。

颙颙卬卬，如圭如璋，令闻令望。颙颙，温貌。卬卬，盛貌。笺云：令，善也。王有贤臣，与之以礼义相切磋，体貌则颙颙然敬顺，志气则卬卬然高朗，如玉之圭璋也。人闻之则有善声誉，人望之则有善威仪，德行相副。○颙，鱼恭反。卬，五刚反。闻，音问。望，如字，协韵音亡。**岂弟君子，四方为纲。**笺云：纲者，能张众目。

凤皇于飞，翙翙其羽，亦集爰止。凤皇，灵鸟，仁瑞也。雄曰凤，雌曰皇。翙翙，众多也。笺云：翙翙，羽声也。亦，亦众鸟也。爰，于也。凤皇往飞，翙翙然，亦与众鸟集于所止。众鸟慕凤皇而来，喻贤者所在，群士皆慕而往仕也。因时凤皇至，故以喻焉。○翙，呼会反。**蔼蔼王多吉士，维君子使，媚于天子。**蔼蔼，犹济济也。笺云：媚，爱也。王之朝多善士蔼蔼然，君子在上位者率化之，使之亲爱天子，奉职尽力。○蔼，於害反。

凤皇于飞，翙翙其羽，亦傅于天。笺云：傅，犹戾也。○傅，音附。**蔼蔼王多吉人，维君子命，媚于庶人。**笺云：命，犹使也。善士亲爱庶人，谓抚扰之，令不失职。

凤皇鸣矣，于彼高冈。梧桐生矣，于彼朝阳。梧桐，

---

❶ "食"，阮刻本作"合入"。

柔木也。山东曰朝阳。梧桐不生山冈，大平而后生朝阳。笺云：凤皇鸣于山脊之上者，居高视下，观可集止。喻贤者待礼乃行，翔而后集。梧桐生者，犹明君出也。生于朝阳者，被温仁之气，亦君德也。凤皇之性，非梧桐不栖，非竹实不食。**菶菶萋萋，雍雍喈喈**。梧桐盛也，凤皇鸣也。臣竭其力则地极其化，天下和洽则凤皇乐德。笺云：菶菶萋萋，喻君德盛也。雍雍喈喈，喻民臣和协。○菶，布孔反，又薄孔反。萋，七西反。喈，音皆。

君子之车，既庶且多。君子之马，既闲且驰。上能锡以车马，行中节，驰中法也。笺云：庶，众。闲，习也。今贤者在位，王锡其车众多矣，其马又闲习于威仪能驰矣。大夫有乘马，有贰车。**矢诗不多，维以遂歌**。不多，多也。明王使公卿献诗以陈其志，遂为工师之歌焉。笺云：矢，陈也。我陈作此诗，不复多也。欲令遂为乐歌，王日听之，则不损今之成功也。○复，扶又反。

《卷阿》十章，六章章五句，四章章六句。

民劳

《民劳》，召穆公刺厉王也。厉王，成王七世孙也。时赋敛重数，繇役烦多，人民劳苦，轻为奸宄，强陵弱，众暴寡，作寇害，故穆公以刺之。

民亦劳止，汔可小康。惠此中国，以绥四方。汔，危也。中国，京师也。四方，诸夏也。笺云：汔，几也。康、绥皆安也。惠，爱也。今周民罢劳矣，王几可以小安之乎？爱京师之人以安天下，京师者，诸夏之根本。○汔，许一反，《说文》巨乞反。夏，户雅反，下同。罢，音皮。**无纵诡随，以谨无良。式遏寇虐，憯不畏明。**诡随，诡人之善、随人之恶者，以谨无良，慎小以惩大也。憯，曾也。笺云：谨，犹慎也。良，善。式，用。遏，止也。王为政，无听于诡人之善不肯行，而随人之恶者，以此敕慎无善之人，又用此止为寇虐、曾不畏敬明白之刑罪者，疾时有之。○诡，俱毁反。遏，於葛反。憯，七感反。**柔远能迩，以定我王。**柔，安也。笺云：能，犹伽也。迩，近也。安远方之国，顺伽其近者，当以此定我国家为王之功。言"我"者，同姓亲也。○能，"如字，郑奴代反"❶。伽，检字书未见所出，旧如庶反。

民亦劳止，汔可小休。惠此中国，以为民逑。休，定也。逑，合也。笺云：休，止息也。合，聚也。○逑，音求。**无纵诡随，以谨惛怓。式遏寇虐，无俾民忧。**惛怓，大乱也。笺云：惛怓，犹谨哗也，谓好争讼者也。俾，使也。○惛，音昏。怓，女交反。谨，音欢，又许元反。**无弃尔劳，以为王休。**休，美也。笺云：劳，犹功也。无废女始时勤政事之功，以为女王之美。述其始时者，诱掖之也。

民亦劳止，汔可小息。惠此京师，以绥四国。息，止也。**无纵诡随，以谨罔极。式遏寇虐，无俾作慝。**慝，恶也。笺云：罔，无。极，中也。无中，所行不得中正。○慝，

---

❶ 《释文》及阮刻本作"徐云'毛如字，郑奴代反'"，故加引号。

吐得反。**敬慎威仪，以近有德。**求近德也。

民亦劳止，汔可小愒。惠此中国，俾民忧泄。愒，息。泄，去也。笺云：泄，犹出也、发也。○愒，起例反。泄，以世反，又息列反。**无纵诡随，以谨丑厉。式遏寇虐，无俾正败。**丑，众。厉，危也。笺云：厉，恶也。《春秋左氏❶》曰："其父为厉。"败，坏也。无使先王之正道坏。**戎虽小子，而式弘大。**戎，大也。笺云：戎，犹女也。式，用也。弘，犹广也。今王女虽小子自遇，而女用事于天下甚广大也。《易》曰："君子出其言善，则千里之外应之，况其迩者乎？出其言不善，则千里之外违之，况其迩者乎？"是以此戒之。

民亦劳止，汔可小安。惠此中国，国无有残。贼义曰残。笺云：王爱此京师之人，则天下邦国之君，不为残酷。**无纵诡随，以谨缱绻。式遏寇虐，无俾正反。**缱绻，反覆也。○缱，音遣。绻，起阮反。**王欲玉女，是用大谏。**笺云：玉者，君子比德焉。王乎！我欲令女如玉然，故作是诗，用大谏正女。此穆公至忠之言。

《民劳》五章，章十句。

板

《板》，凡伯刺厉王也。凡伯，周同姓，周公之胤也。入为王卿士。○板，音版。

---

❶ "左氏"，阮刻本作"传"。

上帝板板，下民卒瘅。出话不然，为犹不远。板板，反也。上帝，以称王者也。瘅，病也。话，善言也。犹，道也。笺云：犹，谋也。王为政反先王与天之道，天下之民尽病，其出善言而不行之也。此为谋不能远图，不知祸之将至。○卒，子恤反。瘅，当但反。出，如字，徐尺遂反。话，户快反。**靡圣管管，不实于亶。**管管，无所依也。亶，诚也。笺云：王无圣人之法度，管管然以心自恣，不能用实于诚信之言，言行相违也。○亶，丁但[1]反。**犹之未远，是用大谏。**犹，图也。笺云：王之谋不能图远，用是故我大谏王也。

天之方难，无然宪宪。天之方蹶，无然泄泄。宪宪，犹欣欣也。蹶，动也。泄泄，犹沓沓也。笺云：天，斥王也。王方欲艰难天下之民，又方变更先王之道。臣乎，女无宪宪然，无沓沓然，为之制法度，达其意，以成其恶。○宪，许建反。蹶，俱卫反。泄，徐以世反。**辞之辑矣，民之洽矣。辞之怿矣，民之莫矣。**辑，和。洽，合。怿，说。莫，定也。笺云：辞，辞气，谓政教也。王者政教和说顺于民，则民心合定。此戒语时之大臣。○辑，音集，又七入反。怿，音亦。

我虽异事，及尔同寮。我即尔谋，听我嚣嚣。寮，官也。嚣嚣，犹謷謷也。笺云：及，与。即，就也。我虽与尔职事异者，乃与女同官，俱为卿士。我就女而谋，欲忠告以善道，女反听我言謷謷然不肯受。○寮，力雕反。嚣，五刀反。謷，五报反。道，音导，下同。**我言维服，勿以为笑。先民有言，询于刍荛。**刍荛，薪采者。笺云：服，事也。我所言

---

[1] "但"，《释文》及阮刻本作"旦"。

乃今之急事，女无笑之。古之贤者有言，有疑事当与薪采者谋之。匹夫匹妇或知及之，况于我乎？○刍，初俱反。荛，如谣反。知，音智，又如字。

天之方虐，无然谑谑。老夫灌灌，小子蹻蹻。谑谑然喜乐。灌灌，犹款款也。蹻蹻，骄貌。笺云：今王方为酷虐之政，女无谑谑然以谗慝助之。老夫谏女款款然，自谓也。女反蹻蹻然如小子，不听我言。○谑，虚虐反。灌，古乱反。蹻，其略反。**匪我言耄，尔用忧谑。多将熇熇，不可救药。**八十曰耄。熇熇然，炽盛也。笺云：将，行也。今我言非老耄有失误，乃告女用可忧之事，而汝反如戏谑，多行熇熇惨毒之恶，谁能止其祸？○耄，莫报反。熇，许酷反，又许各反。

天之方懠，无为夸毗。威仪卒迷，善人载尸。懠，怒也。夸毗，以体柔人也。笺云：王方行酷虐之威怒，女无夸毗以形体顺从之，君臣之威仪尽迷乱。贤人君子则如尸矣，不复言语。时厉王虐而弭谤。○懠，才细反。夸，苦花反。**民之方殿屎，则莫我敢葵。丧乱蔑资，曾莫惠我师。**殿屎，呻吟也。蔑，无。资，财也。笺云：葵，揆也。民方愁苦而呻吟，则忽然有揆度知其然者。其遭丧祸，又素以赋敛空虚，无财货以共其事。穷困如此，又曾不肯惠施以赒赠众民，言无恩也。○殿，都练反，郭音站。屎，许伊反，郑香惟反。度，待洛反。

天之牖民，如埙如篪，如璋如圭，如取如携。牖，道也。如埙如篪，言相和也。如璋如圭，言相合也。如取如携，言必从也。笺云：王之道民以礼义，则民和合而从之如此。○埙，许元反。篪，音池。携，下圭反。**携无曰益，牖民孔易，民之多辟，无自立辟。**辟，法也。笺云：易，易也。

女携掣民东与西与，民皆从女所为，无曰是何益为。道民在己，甚易也。民之行多为邪辟者，乃女君臣之过，无自谓所建为法也。○易，音亦，又以豉反。多"辟"，匹亦反，邪也。立"辟"，婢亦反。"易"也，以豉反，下同。掣，尺制反。与，并音余。

价人维藩，大师维垣，大邦维屏，大宗维翰。 价，善也。藩，屏也。垣，墙也。王者天下之大宗。翰，干也。笺云：价，甲也。被甲之人，谓卿士掌军事者。大师，三公也。大邦，成国诸侯也。大宗，王之同姓世適子也。王当用公卿诸侯及宗室之贵者为藩屏垣干，为辅弼，无疏远之。○价，音界。藩，方元反。"大"师，音泰。垣，音袁。翰，胡旦反，徐音寒。適，丁历反，下同。**怀德维宁，宗子维城。无俾城坏，无独斯畏。** 怀，和也。笺云：斯，离也。和女德，无行酷虐之政，以安女国，以是为宗子之城，使免于难。遂行酷虐，则祸及宗子，是谓城坏。城坏则乖离，而女独居而畏矣。宗子，谓王之適子。○难，乃旦反。

敬天之怒，无敢戏豫。敬天之渝，无敢驰驱。 戏豫，逸豫也。驰驱，自恣也。笺云：渝，变也。○渝，用朱反。**昊天曰明，及尔出王。昊天曰旦，及尔游衍。** 王，往。旦，明。游，行。衍，溢也。笺云：及，与也。昊天在上，人仰之皆与之明，常与女出入往来，游溢相从，视女所行善恶，可不慎乎！○昊，胡老反。衍，延善反。

《板》八章，章八句。

《生民》之什十篇，六十五章，四百三十三句。

诗经卷十七考证

《生民》章"蓺之荏菽"《传》"荏菽，戎菽也"。○殿本作"荏菽，戎也"。案：孙炎云："戎菽，大豆也。"《管子》"北伐山戎，出冬葱及戎菽"，即此。又案：《穀梁传》曰："戎，菽也。"故殿本但训"戎也"，若汲古阁本增入"事"字，则殊无义理矣。

"实种实褎"《传》"种，杂种也"。○案：《正义》疏毛《传》云"以种为雍种"者，据《庄子》说木之肥大"雍肿无用"也。则"杂"字实"雍"字之误。然陆德明已载入《音义》，可知其讹已久也。

"释之叟叟。"○案：《说文》"释"，从釆从罨者，"解也"，取其分别物也；从米从罨者，"渍米也"。此取渍米之义，应从米不从釆。

《行苇》章"或肆之筵"《传》"或陈设筵者"。○殿本无"设"字。汲古阁本"设"作"言"，讹。

"既挟四镞"《笺》"言已挟四镞"。○案：镞，箭镞也。扬子《方言》曰："关西曰箭，江淮谓之镞。"《尔雅·释器》云："金镞翦羽谓之镞。"是言镞可以兼镞。此承经文来，尤宜作"镞"，今改正。

《既醉》章"天被尔禄"《笺》"使录临天下"。

○殿本及坊本俱作"使禄福天下"。案：《七经考文补遗》载宋版作"禄临天下"，与《正义》合。乃知原本"临"字无可疑，"录"字乃"禄"字之误，今依《正义》改正。

《凫鹥》章"公尸来止熏熏"《笺》"燕七祀之尸于门户之外，故以喻焉。其来也，不敢当王之燕礼"。○殿本、诸坊本"喻"字下无"焉"字，连"其来也"作句，殊不可解。案：《疏》谓"亹之言门也，故取此以为喻焉"，又"七祀，神之卑者，故知其来不敢当王燕礼"云云，则"其来也"三字本自为一句，诸本于"喻"字下脱一"焉"字，遂致句义有乖。此岳本之所以胜于他本也。

"无有后艰"《笺》"但令王自今"。○殿本、监本"今"作"安"。

《公刘》章《序》《笺》"周公居摄政，及归之"。○诸本"及"俱作"反"。

"京师之野"《传》"是京乃大众所宜居之也"。○诸本"也"俱作"野"。

《卷阿》章"媚于庶人"《笺》"谓抚扰之，令不失职"。○抚扰，诸本作"无扰"。案：此盖后人以"抚"与"扰"义恐背，故改"抚"作"无"，不知《周官·司徒》"扰兆民"、《前汉·高帝纪》赞"刘累学扰龙"，皆训顺也、安也。原本作"抚"，于义为长。

《板》章"及尔出王"《笺》"人仰之皆与之明"。○殿本及阁本作"皆谓之明"，此据《疏》然也。但上《笺》云"及，与也"，则原本"与"字亦非无据。

卷十八

荡之什诂训传第二十五 | 大雅

荡

《荡》，召穆公伤周室大坏也。厉王无道，天下荡荡，无纲纪文章，故作是诗也。○荡，唐党反。召，时照反。

荡荡上帝，下民之辟。上帝，以托君王也。辟，君也。笺云：荡荡，法度废坏之貌。厉王乃以此居人上，为天下之君，言其无可则象之甚。○辟，必亦反，沈婢益反❶。**疾威上帝，其命多辟。**疾病人矣，威罪人矣。笺云：疾病人者，重赋敛也。威罪人者，峻刑法也。其政教又多邪辟，不由旧章。○辟，匹亦反。**天生烝民，其命匪谌。靡不有初，鲜克有终。**谌，诚也。笺云：烝，众。鲜，寡。克，能也。天之生此众民，其教道之，非当以诚信使之忠厚乎？今则不然，民始皆庶几于善道，后更化于恶俗。○谌，市林反。鲜，息浅反。

文王曰咨，咨女殷商！曾是强御，曾是掊克，曾是

---

❶ "沈婢益反"，《释文》及阮刻本作"沈云'毛音婢益反'"。

在位，曾是在服。咨，嗟也。强御，强梁御善也。掊克，自伐而好胜人也。服，服政事也。笺云：厉王弭谤，穆公朝廷之臣，不敢斥言王之恶，故上陈文王，咨嗟殷纣，以切刺之。女曾任用是恶人，使之处位执职事也。○御，鱼吕反。掊，蒲侯反，聚敛也。**天降慆德，女兴是力。**天，君。慆，慢也。笺云：厉王施倨慢之化，女群臣又相与而力为之。言竟于恶。○慆，他刀反。倨，居庶反。

文王曰咨，咨女殷商！而秉义类，强御多怼。流言以对，寇攘式内。对，遂也。笺云：义之言宜也。类，善。式，用也。女执事之臣，宜用善人，反任强御众怼为恶者，皆流言谤毁贤者。王若问之，则又以对。寇盗攘窃为奸宄者，而王信之，使用事于内。○怼，直类反。攘，如羊反。**侯作侯祝，靡届靡究。**作、祝，诅也。届，极。究，穷也。笺云：侯，维也。王与群臣乖争而相疑，日祝诅求其凶咎无极已。○作，侧虑反。祝，周救反。届，音界。❶

文王曰咨，咨女殷商！女炰烋于中国，敛怨以为德。炰烋，犹彭亨也。笺云：炰烋，自矜气健之貌。敛聚群不逞作怨之人，谓之有德而任用之。○炰，白交反。烋，火交反。亨，许庚反。**不明尔德，时无背无侧。**背无臣、侧无人也。笺云：无臣、无人，谓贤者不用。○背，布内反，又蒲妹反，后也。**尔德不明，以无陪无卿。**无陪贰也，无卿士也。○陪，蒲回反。

文王曰咨，咨女殷商！天不湎尔以酒，不义从式。

---

❶ "届，音界"，阮刻本无。

义，宜也。笺云：式，法也。天不同女颜色以酒，有沈湎于酒者，是乃过也，不宜从而法行之。○湎，面善反，徐莫显反。**既愆尔止，靡明靡晦，式号式呼，俾昼作夜。**使昼为夜也。笺云：愆，过也。女既过沈湎矣，又不为明晦，无有止息也，醉则号呼相效，用昼日作夜，不视政事。○愆，起连反。号，户刀反。呼，火胡反，又火故反。

文王曰咨，咨女殷商！如蜩如螗，如沸如羹。蜩，蝉也。螗，蝘也。笺云：饮酒号呼之声，如蜩螗之鸣。其笑语沓沓，又如汤之沸、羹之方孰❶。○蜩，音条。螗，音唐。沸，方味反。蝘，音偃，蝉属也。**小大近丧，人尚乎由行。**言居人上，欲用行是道也。笺云：殷纣之时，君臣失道如此，且丧亡矣。时人化之甚，尚欲从而行之，不知其非。**内奰于中国，覃及鬼方。**奰，怒也。不醉而怒曰奰。鬼方，远方也。笺云：此言时人怃于恶，虽有不醉，犹好怒也。○奰，皮器反。覃，徒南反。怃，市制反。

文王曰咨，咨女殷商！匪上帝不时，殷不用旧。笺云：此言纣之乱，非其生不得其时，乃不用先王之故法之所致。**虽无老成人，尚有典刑。**笺云：老成人，谓若伊尹、伊陟、臣扈之属。虽无此臣，犹有常事故法可案用也。○扈，音户。**曾是莫听，大命以倾。**笺云：莫，无也。朝廷君臣皆任喜怒，曾无用典刑治事者，以至诛灭。

文王曰咨，咨女殷商！人亦有言：颠沛之揭，枝叶未有害，本实先拨。颠，仆。沛，拔也。揭，见根貌。笺云：

---

❶ "孰"，阮刻本作"熟"。

揭，蹶貌。拨，犹绝也。言大木揭然将蹶，枝叶未有折伤，其根本实先绝，乃相随俱颠拨。喻纣之官职虽俱存，纣诛亦皆死。○颠，都田反。沛，音贝。揭，纪竭反。拨，蒲末反。仆，蒲比反，又音赴。拔，皮八反，又半末反。见，贤遍反。蹶，其厥反，沈居卫反。**殷鉴不远，在夏后之世。**笺云：此言殷之明镜不远也，近在夏后之世，谓汤诛桀也，后武王诛纣。今之王者，何以不用为戒？○夏，户雅反。

《荡》八章，章八句。

抑

《抑》，卫武公刺厉王，亦以自警也。自警者，如彼泉流，无沦胥以亡。○抑，於力反。警，居领反。

抑抑威仪，维德之隅。人亦有言，靡哲不愚。抑抑，密也。隅，廉也。靡哲不愚，国有道则知，国无道则愚。笺云：人密审于威仪抑抑然，是其德必严正也。古之贤者，道行心平，可外占而知内。如宫室之制，内有绳直，则外有廉隅。今王政暴虐，贤者皆佯愚不为容貌，如不肖然。○哲，陟列❶反，下同。**庶人之愚，亦职维疾。哲人之愚，亦维斯戾。**职，主。戾，罪也。笺云：庶，众也。众人性无知，以愚为主，言是其常也。贤者而为愚，畏惧于罪也。

---

❶ "列"，《释文》作"烈"。

无竞维人，四方其训之。有觉德行，四国顺之。无竞，竞也。训，教。觉，直也。笺云：竞，强也。人君为政，无强于得贤人，得贤人则天下教化于其俗。有大德行则天下顺从其政。言在上所以倡道。○行，下孟反。倡，昌亮反。道，徒报反。**訏谟定命，远犹辰告。**訏，大。谟，谋。犹，道。辰，时也。笺云：犹，图也。大谋定命，谓正月始和，布政于邦国都鄙也。为天下远图庶事，而以岁时告施之。○訏，况于反。谟，莫蒲反。**敬慎威仪，维民之则。**笺云：则，法也。

其在于今，兴迷乱于政。颠覆厥德，荒湛于酒。笺云：于今，谓厉王也。兴，犹尊尚也。王尊尚小人，迷乱于政事者，以倾败其功德，荒废其政事，又湛乐于酒。言爱小人之甚。○覆，芳服反，下"覆谓""覆用"同。湛，都南反，下同。**女虽湛乐从，弗念厥绍。罔敷求先王，克共明刑。**绍，继。共，执。刑，法也。笺云：罔，无也。女君臣虽好乐嗜酒而相从，不当念继女之后人将效女所为，无广索先王之道与能执法度之人乎？切责之也。○共，九勇反。索，所白反。

肆皇天弗尚，如彼泉流，无沦胥以亡。沦，率也。笺云：肆，故今也。胥，皆也。王为政如是，故今皇天不高尚之，所谓仍下灾异也。王自绝于天，如泉水之流，稍就虚竭，无见率引为恶，皆与之以亡。戒群臣不中行者，将并诛之。○沦，音伦。**夙兴夜寐，洒埽庭内，维民之章。**洒，灑。章，表也。笺云：章，文章法度也。厉王之时，不恤政事，故戒群臣掌事者以此也。○洒，色戒❶反。埽，素报反。灑，色

---

❶ "戒"，《释文》作"懈"，阮刻本作"解"。

蟹❶反。**修尔车马，弓矢戎兵，用戒戎作，用逖蛮方。**逖，
远也。笺云：逖，当作"剔"。剔，治也。蛮方，蛮畿之外
也。此时中国微弱，故复戒将率之臣以治军实，女当用此备兵
事之起，用此治九州之外不服者。○逖，他历反，沈土❷益反。
质尔人民，谨尔侯度，用戒不虞。质，成也。不虞，
非度也。笺云：侯，君也。此时万民失职，亦不肯趋公事，故
又戒乡邑之大夫，及邦国之君，平女万民之事，慎女为君之法
度，用备不亿度而至之事。○非"度"，待洛反，下"不亿
度"同。**慎尔出话，敬尔威仪，无不柔嘉。**话，善言也。
笺云：言，谓教令也。柔，安。嘉，善也。○话，户快反。**白
圭之玷，尚可磨也，斯言之玷，不可为也！**玷，缺也。笺
云：斯，此也。玉之缺，尚可磨鑢而平，人君政教一失，谁能
反覆之？○玷，丁簟反，沈丁念反。鑢，音虑。
无易由言，无曰苟矣。莫扪朕舌，言不可逝矣。莫，
无。扪，持也。笺云：由，于。逝，往也。女无轻易于教令，无
曰苟且如是。今人无持我舌者而自轻恣也，教令一往行于下，
其过误可得而已之乎？○易，以豉反。扪，音门。**无言不雠，
无德不报。惠于朋友，庶民小子。**雠，用也。笺云：惠，顺
也。教令之出如卖物，物善则其售贾贵，物恶则其售贾贱。德
加于民，民则以义报之。王又当施顺道于诸侯，下及庶民之子
弟。○雠，市由反，"郑市又反"❸。售，市又反。贾，加霸

---

❶ "蟹"，通志堂本《释文》作"懈"。
❷ "土"，通志堂本《释文》及阮刻本作"上"。
❸ 《释文》及阮刻本此语前有"徐云"，故加引号。

反，下同。**子孙绳绳，万民靡不承**。笺云：绳绳，戒也。王之子孙敬戒行王之教令，天下之民不承顺之乎？言承顺也。

视尔友君子，辑柔尔颜，不遐有愆。辑，和也。笺云：柔，安。遐，远也。今视女之诸侯及卿大夫，皆胁肩谄笑以和安女颜色，是于正道不远有罪过乎？言其近也。○辑，徐音集，又七入反。谄，敕检反。**相在尔室，尚不愧于屋漏。无曰不显，莫予云觏**。西北隅谓之屋漏。觏，见也。笺云：相，助。显，明也。诸侯卿大夫助祭在女宗庙之室，尚无肃敬之心，不惭愧于屋漏，有神见人之为也。女无谓是幽昧不明，无见我者，神见女矣。屋，小帐也。漏，隐也。礼，祭于奥既毕，改设馔于西北隅而扉隐之处。此祭之末也。○相，息亮反。愧，俱位反。屋，如字，或云："郑於角反。"漏，鲁豆反。觏，古豆反。扉，扶味反。**神之格思，不可度思，矧可射思**。格，至也。笺云：矧，况。射，厌也。神之来至去止，不可度知，况可于祭末而有厌倦乎？○度，待洛反。矧，申忍反。射，音亦。

辟尔为德，俾臧俾嘉。淑慎尔止，不愆于仪。不僭不贼，鲜不为则。女为善则民为善矣。止，至也。为人君止于仁，为人臣止于敬，为人子止于孝，为人父止于慈，与国人交止于信。僭，差也。笺云：辟，法也。止，容止也。当审法度女之施德，使之为民臣所善所美，又当善慎女之容止，不可过差于威仪。女所行不信、不残贼者，少矣其不为人所法。○僭，子念反，下"我谮"同。鲜，息浅反。**投我以桃，报之以李**。笺云：此言善往则善来，人无行而不得其报也。投，犹掷也。**彼童而角，实虹小子**。童，羊之无角者也。而角，自用也。虹，溃也。笺云：童羊，譬王后也。而角者，喻与政事，有所害也。此人实溃乱小子之政。《礼》："天子未除丧称小子。"○虹，户公反，郑户江反。溃，户对反。

荏染柔木，言缗之丝。温温恭人，维德之基。缗，被也。温温，宽柔也。笺云：柔忍之木荏染然，人则被之弦以为弓。宽柔之人温温然，则能为德之基止。言内有其性，乃可以有为德也。○荏，而甚反。染，而渐反。缗，亡巾反。忍，音刃。被，皮寄反。**其维哲人，告之话言，顺德之行。其维愚人，覆谓我僭，民各有心。**话言，古之善言也。笺云：覆，犹反也。僭，不信也。语贤知之人以善言则顺行之，告愚人反谓我不信，民各有心，二者意不同。○话，户快反。语，鱼虑反。

於乎小子，未知臧否！匪手携之，言示之事。匪面命之，言提其耳。笺云：臧，善也。於乎，伤王不知善否。我非但以手携掣之，亲示以其事之是非。我非但对面语之，亲提撕其耳。此言以教道之勤，不可启觉。○於，音乌。乎，音呼。凡此二字相连，皆放此。否，音鄙。提，音啼。掣，尺世反。撕，音西。**借曰未知，亦既抱子。**借，假也。笺云：假令人云：王尚幼少，未有所知，亦以抱子长大矣，不幼少也。○借，子夜反，下同。知，如字，沈音智。少，诗❶照反。长，丁丈反。**民之靡盈，谁夙知而莫成？**莫，晚也。笺云：万民之意，皆持不满于王，谁早有所知而反晚成与？言王之无成，本无知故也。○莫，音慕。与，音余。

昊天孔昭，我生靡乐。视尔梦梦，我心惨惨。梦梦，

---

❶ "诗"，《释文》及阮刻本作"时"。

卷十八 ● 荡之什诂训传第二十五

479

乱也。惨惨，忧不乐也。笺云：孔，甚。昭，明也。昊天乎，乃甚明察。我生无可乐也，视王之意梦梦然，我心之忧闷惨惨然。诉其自恣，不用忠臣。○乐，音洛。梦，莫空反，沈莫登反。惨，七感反。诉，音素，后同。**诲尔谆谆，听我藐藐。匪用为教，覆用为虐。**藐藐然，不入也。笺云：我教告王，口语谆谆然，王听聆之藐藐然，忽略不用我所言为政令，反谓之有妨害于事，不受忠言。○谆，之纯反，又之闰❶反。藐，美角反。**借曰未知，亦聿既耄！**耄，老也。

於乎小子，告尔旧止，听用我谋，庶无大悔。笺云：旧，久也。止，辞也。庶，幸。悔，恨也。**天方艰难，曰丧厥国。**笺云：天以王为恶如是，故出艰难之事，谓下灾异，生兵寇，将以灭亡。○丧，息浪反。**取譬不远，昊天不忒。回遹其德，俾民大棘！**笺云：今我为王取譬喻乃不远也，维近耳。王当如昊天之德有常，不差忒也。王反为无常，维邪其行为贪暴，使民之财匮尽而大困急。○忒，他得反。遹，于橘反。匮，求位反。

《抑》十二章，三章章八句，九章章十句。

桑柔

《桑柔》，芮伯刺厉王也。芮伯，畿内诸侯，王卿士也，字良夫。○芮，如锐反，国名。

---

❶ "闰"，影宋本《释文》作"门"。

菀彼桑柔，其下侯旬。捋采其刘，瘼此下民。兴也。菀，茂貌。旬，言阴均也。刘，爆烁而希也。瘼，病也。笺云：桑之柔濡，其叶菀然茂盛，谓蚕始生时也。人庇阴其下者，均得其所。及已捋采之，则叶爆烁而疏，人息其下，则病于爆烁。兴者，喻民当被王之恩惠，群臣恣放，损王之德。○菀，音郁，又於阮反。旬，如字，又音荀。捋，力活反。瘼，音莫。阴，於鸩反。爆，音剥。烁，音洛。濡，而转反。庇，必寐反。**不殄心忧，仓兄填兮。**仓，丧也。兄，滋也。填，久也。笺云：殄，绝也。民心之忧无绝已，丧亡之道滋久长。○仓，初亮反。兄，音况。填，音尘。**倬彼昊天，宁不我矜！**昊天，斥王者也。笺云：倬，明大貌。昊天乃倬然明大，而不矜哀下民。怨诉之言。○倬，陟角反。

四牡骙骙，旟旐有翩。乱生不夷，靡国不泯。骙骙，不息也。鸟隼曰旟，龟蛇曰旐。翩翩，在路不息也。夷，平。泯，灭也。笺云：军旅久出征伐，而乱日生不平，无国而不见残灭也。言王之用兵，不得其所，适长寇虐。○骙，求龟反。旟，音舆。旐，音兆。泯，面忍反，又名宾反。**民靡有黎，具祸以烬。**黎，齐也。笺云：黎，不齐也。具，犹俱也。灾余曰烬。言时民无有不齐被兵寇之害者，俱遇此祸以为烬者，言害所及广。○烬，才刃反。**於乎有哀，国步斯频！**步，行。频，急也。笺云：频，犹比也。哀哉，国家之政，行此祸害比比然！○比，毗志反，下同。

国步蔑❶资，天不我将。靡所止疑，云徂何往？疑，

---

❶ "蔑"，阮刻本作"灭"。

诗经

定也。笺云：蔑，犹轻也。将，犹养也。徂，行也。国家为政，行此轻蔑民之资用，是天不养我也。我从兵役，无有止息时。今复云行，当何之往也？○蔑，音灭。疑，鱼陵❶反。**君子实维，秉心无竞。谁生厉阶？至今为梗。**竞，强。厉，恶。梗，病也。笺云：君子，谓诸侯及卿大夫也。其执心不强于善，而好以力争。谁始生此祸者，乃至今日相梗不止。○梗，古杏反。好，呼报反。

忧心殷殷，念我土宇。我生不辰，逢天僤怒。自西徂东，靡所定处。宇，居。僤，厚也。笺云：辰，时也。此士卒从军久，劳苦自伤之言。○殷，於巾反，又於谨反，"忧也"❷。僤，都但反。**多我觏痻，孔棘我圉。**圉，垂也。笺云：痻，病也。圉，当作"御"。多矣，我之遇困病。甚急矣，我之御寇之事。○痻，武巾反，一音昏。圉，鱼吕反。

为谋为毖，乱况斯削。毖，慎也。笺云：女为军旅之谋，为慎重❸兵事也。而乱滋甚，于此日见侵削，言其所任非贤。○毖，音祕。削，相略反。**告尔忧恤，诲尔序爵。谁能执热，逝不以濯？**濯，所以救热也。礼，亦所以毖乱也。笺云：恤，亦忧也。逝，犹去也。我语女以忧天下之忧，教女以次序贤能之爵，其为之当如手持热物之用濯，谓治国之道当用贤者。○濯，直角反。语，鱼据反。**其何能淑，载胥及溺。**笺云：淑，善。胥，相。及，与也。女若云：此于政事，何能

---

❶ "陵"，《释文》及阮刻本作"陟"。
❷ 《释文》及阮刻本此语前有"《尔雅》云"，故加引号。
❸ "慎重"，阮刻本作"重慎"。

善乎？则女君臣，皆相与陷溺于祸难。○难，乃旦反，下"患难"同。

如彼溯风，亦孔之僾。民有肃心，荓云不逮。好是稼穑，力民代食。溯，乡。僾，唈。荓，使也。力民代食，代无功者食天禄也。笺云：肃，进。逮，及也。今王之为政，见之使人唈然，如乡疾风，不能息也。王为政，民有进于善道之心，当任用之，反却退之，使不及门。但好任用是居家之吝啬，于聚敛作力之人，令代贤者处位食禄。明王之法，能治人者食于人，不能治人者食人。《礼记》曰："与其有聚敛之臣，宁有盗臣。"聚敛之臣害民，盗臣害财。○溯，音素。僾，音爱。荓，普耕反，徐补耕反。逮，音代，又大计反。好，呼报反。穑，音色。乡，许亮反。唈，乌合反。**稼穑维宝，代食维好。**笺云：此言王不尚贤，但贵吝啬之人，与爱代食者而已。

天降丧乱，灭我立王。降此蟊贼，稼穑卒痒。笺云：灭，尽也。虫食苗根曰蟊，食节曰贼。耕种曰稼，收敛曰穑。卒，尽。痒，病也。天下丧乱，国家之灾，以穷尽我王所恃而立者，谓虫孽为害，五谷尽病。○蟊，莫侯反。痒，音羊。**哀恫中国，具赘卒荒。靡有旅力，以念穹苍。**赘，属。荒，虚也。穹苍，苍天。笺云：恫，痛也。哀痛乎，中国之人，皆见系属于兵役，家家空虚，朝廷曾无有同力谏诤，念天所为下此灾。○恫，音通。赘，之芮反，又拙税反。穹，起弓反。

维此惠君，民人所瞻。秉心宣犹，考慎其相。相，质也。笺云：惠，顺。宣，遍。犹，谋。慎，诚。相，助也。维至德顺民之君，为百姓所瞻仰者，乃执正心，举事遍谋于众，又考诚其辅相之行,然后用之。言择贤之审。○相,如字,郑息亮反。**维彼不顺,自独俾臧。自有肺肠,俾民卒狂。**笺云:臧,善也。彼不施顺道之君,自多足,独谓贤,言其所任使之臣皆善人也。不复考慎,自有肺肠,行其心中之所欲,乃使民尽迷惑如狂,是又不宣犹。○肺,芳废反。

瞻彼中林,甡甡其鹿。朋友已谮,不胥以榖。甡甡,众多也。笺云:谮,不信也。胥,相也。以,犹与也。榖,善也。视彼林中,其鹿相辈耦行,甡甡然众多。今朝廷群臣皆相欺背,不相与以善道,言其鹿之不如。○甡,所巾反。谮,子念反。背,音佩,卒章同。**人亦有言,进退维谷。**谷,穷也。笺云:前无明君,却迫罪役,故穷也。

维此圣人,瞻言百里。维彼愚人,覆狂以喜。瞻言百里,远虑也。笺云:圣人所视而言者百里,言见事远而王不用。有愚暗之人为王言,其事浅且近耳,王反迷惑信用之而喜。○覆,芳服反,下除"覆荫"皆同。狂,居况反,郑求方反。**匪言不能,胡斯畏忌?**笺云:胡之言何也。贤者见此事之是非,非不能分别皂白、言之于王也。然不言之,何也?此畏惧犯颜得罪罚。○别,彼列反。皂,在❶早反。

维此良人,弗求弗迪。维彼忍心,是顾是复。迪,进也。笺云:良,善也。国有善人,王不求索,不进用之。有忍为恶之心者,王反顾念而重复之,言其忽贤者而爱小人。**民之贪乱,宁为荼毒。**笺云:贪,犹欲也。天下之民,苦王之政,欲其乱亡,故安为苦毒之行相侵暴,愠恚使之然。○荼,

---

❶ "在",《释文》作"才"。

音徒。愠，纡运反。

大风有隧，有空大谷。隧，道也。笺云：西风谓之大风。大风之行，有所从而来，必从大空谷之中。喻贤愚之所行，各由其性。○大，如字，郑音泰。隧，音遂。**维此良人，作为式榖。维彼不顺，征以中垢。**中垢，言暗冥也。笺云：作，起。式，用。征，行也。贤者在朝，则用其善道，不顺之人则行暗冥，受性于天，不可变也。○垢，古口反。

大风有隧，贪人败类。听言则对，诵言如醉。类，善也。笺云：类，等夷也。对，答也。贪恶之人，见道听之言则应答之，见诵《诗》《书》之言则冥卧如醉。居上位而行此，人或效之。○败，伯迈反。**匪用其良，覆俾我悖。**覆，反也。笺云：居上位而不用善，反使我为悖逆之行，是形其败类之验。○悖，蒲对反。

嗟尔朋友，予岂不知而作。如彼飞虫，时亦弋获。笺云：嗟尔朋友者，亲而切磋❶之也。而，犹女也。我岂不知女所行者恶与？直知之。女所行如是，犹鸟飞行自恣东西南北，时亦为弋射者所得。言放纵久无所拘制，则将遇伺女之间者，得诛女也。○间，如字，又音闲。**既之阴女，反予来赫。**赫，炙也。笺云：之，往也。口距人谓之赫。我恐女见弋获，既往覆阴女，谓启告之以患难也。女反赫我，出言悖怒，不受忠告。○阴，音荫，王如字，谓阴知之。赫，许白反，光也，郑许稼反。

民之罔极，职凉善背。凉，薄也。笺云：职，主。凉，

---

❶ "磋"，阮刻本作"瑳"。

信也。民之行失其中者，主由为政者信用小人，工相欺违。○凉，音良，郑音亮，下同。**为民不利，如云不克。**笺云：克，胜也。为政者害民，如恐不得其胜，言至酷也。○酷，口毒反。**民之回遹，职竞用力。**笺云：竞，逐也。言民之行维邪者，主由为政者逐用强力相尚故也。言民愁困，用生多端。

民之未戾，职盗为寇。戾，定也。笺云：为政者主作盗贼为寇害，令民心动摇不安定也。**凉曰不可，覆背善詈。**笺云：善，犹大也。我谏止之以信，言女所行者不可，反背我而大詈。言距己谏之甚。○詈，力智反。**虽曰匪予，既作尔歌。**笺云：予，我也。女虽觝距己，言此政非我所为。我已作女所行之歌，女当受之而改悔。○觝，都礼反。

《桑柔》十六章，八章章八句，八章章六句。

云汉

《云汉》，仍叔美宣王也。宣王承厉王之烈，内有拨乱之志，遇灾而惧，侧身修行，欲销去之。天下喜于王化复行，百姓见忧，故作是诗也。仍叔，周大夫也。《春秋》鲁桓公五年，"夏，天王使仍叔之子来聘"。烈，余也。○云汉，天河也。自此至《常武》六篇，宣王之"变《大雅》"。仍，而升反。拨，半末反。行，下孟反。销，音消。去，起吕反。复，扶又反。

倬彼云汉，昭回于天。回，转也。笺云：云汉，谓天河也。昭，光也。倬然天河水气也，精光转运于天。时旱渴雨，故宣王夜仰视天河，望其候焉。○倬，陟角反，"著也"❶。渴，苦葛反。**王曰於乎，何辜今之人？天降丧乱，饥馑荐臻。**荐，重。臻，至也。笺云：辜，罪也。王忧旱而嗟叹云：何罪与，今时天下之人？天仍下旱灾亡乱之道，饥馑之害复重至也。○饥，音饥。馑，其靳反。荐，在见反。臻，侧巾反。与，音余。**靡神不举，靡爱斯牲，圭璧既卒，宁莫我听！**笺云：靡、莫，皆无也。言王为旱之故，求于群神，无不祭也，无所爱于三牲，礼神之圭璧又已尽矣，曾无听聆我之精诚而兴云雨。○听，吐定反，协句吐丁反。为，于伪反。

旱既大甚，蕴隆虫虫。蕴蕴而暑，隆隆而雷，虫虫而热。笺云：隆隆而雷，非雨雷也，雷声尚殷殷然。○大，音泰❷，徐他佐反，下同。蕴，纡粉反，又纡文反。虫，直忠反，徐徒冬反。殷，於谨反，或如字。**不殄禋祀，自郊徂宫。上下奠瘗，靡神不宗。**上祭天，下祭地，奠其礼，瘗其物。宗，尊也。国有凶荒，则索鬼神而祭之。笺云：宫，宗庙也。为旱故洁祀不绝，从郊而至宗庙，奠瘗天地之神，无不齐肃而尊敬之。言遍至也。○奠，徒荐反。瘗，於例反，埋也。索，色白反。齐，侧皆反。**后稷不克，上帝不临。耗斁下土，宁丁我躬？**丁，当也。笺云：克，当作"刻"。刻，识也。斁，败也。奠瘗群神而不得雨，是我先祖后稷不识知我之所困与？天不视我之精诚与？犹以旱耗败天下为害，曾使当我

---

❶ 《释文》及阮刻本此语前有"王云"，故加引号。
❷ "泰"，《释文》作"太"。

之身有此乎？先后稷，后上帝，亦从宫之郊。○耗，呼报反。致，丁故反。

旱既大甚，则不可推。兢兢业业，如霆如雷。周余黎民，靡有孑遗。 推，去也。兢兢，恐也。业业，危也。孑然遗失也。笺云：黎，众也。旱既不可移去，天下困于饥馑，皆心动意惧，兢兢然，业业然，状如有雷霆近发于上，周之众民多有死亡者矣。今其余无有孑遗者，言又饿病也。○推，吐雷反。兢，居陵反。业，如字，郭五答反。孑，居热反。**昊天上帝，则不我遗。胡不相畏？先祖于摧。** 摧，至也。笺云：摧，当作"嗺"。嗺，嗟也。天将遂旱，饿杀我与？先祖何不助我恐惧，使天雨也？先祖之神于嗟乎！告困之辞。○相，如字，郑息亮反。摧，在雷反，郑子雷反。

旱既大甚，则不可沮。赫赫炎炎，云我无所。大命近止，靡瞻靡顾。 沮，止也。赫赫，旱气也。炎炎，热气也。大命近止，民近死亡也。笺云：旱既不可却止，热气大盛，人皆不堪，言我无所芘荫而❶处。众民之命近将死亡，天曾无所视、无所顾于此国中而哀闵之。○沮，在吕反。**群公先正，则不我助。父母先祖，胡宁忍予？** 先正，百辟卿士也。先祖，文、武，为民父母也。笺云：百辟卿士，雩祀所及者，今曾无肯助我忧旱。先祖文、武，又何为施忍于我，不使天雨。

旱既大甚，涤涤山川。旱魃为虐，如惔如焚。我心惮暑，忧心如熏。 涤涤，旱气也。山无木，川无水。魃，旱神也。惔，燎之也。惮，劳。熏，灼也。笺云：惮，犹畏也。

---

❶ "荫而"，阮刻本作"阴"。

旱既害于山川矣，其气生魃而害益甚。草木燋枯，如见焚燎然。王心又畏难此热气，如灼烂于火，言热气至极。○涤，徒历反。魃，蒲末反。惔，音谈，徐音炎。惮，丁佐反，"苦也"❶，郑徒旦反。**群公先正，则不我闻。昊天上帝，宁俾我遁。**笺云：不我闻者，忽然不听我之所言也。天曾将使我心逊遁惭愧于天下，以无德也。○遁，徒困反。

旱既大甚，黾勉畏去。胡宁瘨我以旱？憯不知其故。笺云：瘨，病也。黾勉，急祷请也，欲使所尤畏者去。所尤畏者，魃也。天何曾病我以旱？曾不知为政所失而致此害。○黾，弥忍反。瘨，都田反，沈都荐反。憯，七感反，曾也。**祈年孔夙，方社不莫。昊天上帝，则不我虞。敬恭明神，宜无悔怒。**悔，恨也。笺云：虞，度也。我祈丰年甚早，祭四方与社又不晚，天曾不度知我心，肃事明神如是，明神宜不恨怒于我，我何由当遭此旱也？○莫，音暮。度，待洛反，下同。

旱既大甚，散无友纪。鞫哉庶正，疚哉冢宰。趣马师氏，膳夫左右。岁凶，年谷不登，则趣马不秣，师氏弛其兵，驰道不除，祭事不县，膳夫彻膳，左右布而不修，大夫不食梁，士饮酒不乐。笺云：人君以群臣为友，散无其纪者，凶年禄饩不足，人无赏赐也。鞫，穷也。庶正，众官之长也。疚，病也。穷哉、病哉者，念此诸臣勤于事而困于食，以此言劳倦也。○鞫，居六反。疚，音救。趣，七口反。趣马，官名。秣，音末。县，音悬❷。**靡人不周，无不能止。**周，救

---

❶ 《释文》及阮刻本此语前有"《韩诗》云"，故加引号。
❷ "悬"，《释文》及阮刻本作"玄"。

也。无不能止，言无止不能也。笺云：周，当作"赒"。王以诸臣困于食，人人赒给之，权救其急。后日乏无，不能豫止。○赒，音周。**瞻卬昊天，云如何里！**笺云：里，忧也。王愁闷于不雨，但仰天曰：当如我之忧何！○卬，音仰。里，如字。

瞻卬昊天，有嘒其星。大夫君子，昭假无赢。大命近止，无弃尔成。嘒，众星貌。假，至也。笺云：假，升也。王仰天见众星顺天而行，嘒嘒然，意感，故谓其卿大夫曰：天之光耀，升行不休，无自赢缓之时。今众民之命，近将死亡，勉之助我，无弃女之成功者，若其在职，复无几何，以劝之也。○嘒，呼惠反。假，音格，"郑古雅反"❶。赢，音盈。几，居岂反。**何求为我，以戾庶正。**戾，定也。笺云：使女无弃成功者，何但求为我身乎？乃欲以安定众官之长，忧其职事。○为，于伪反。**瞻卬昊天，曷惠其宁！**笺云：曷，何也。王仰天曰：当何时顺我之求，令我心安乎？渴雨之至也，得雨则心安。○令，力呈反。

《云汉》八章，章十句。

崧高

《崧高》，尹吉甫美宣王也。天下复平，能建国亲诸侯，褒赏申伯焉。尹吉甫、申伯，皆周之卿士也。尹，

---

❶ 《释文》及阮刻本此语前有"沈云"，故加引号。

官氏。申，国名。○崧，息忠反。复，音服，又扶又反。褒，保毛反。

崧高维岳，骏极于天。维岳降神，生甫及申。崧，高貌。山大而高曰崧。岳，四岳也。东岳岱，南岳衡，西岳华，北岳恒。尧之时，姜氏为四伯，掌四岳之祀，述诸侯之职。于周则有甫、有申、有齐、有许也。骏，大。极，至也。岳降神灵和气，以生申、甫之大功。笺云：降，下也。四岳，卿士之官，掌四时者也。因主方岳巡守之事，在尧时姜姓为之，德当岳神之意，而福兴其子孙，历虞、夏、商，世有国土，周之甫也、申也、齐也、许也，皆其苗胄。○岳，鱼角反。骏，音峻。**维申及甫，维周之翰。四国于蕃，四方于宣。**翰，干也。笺云：申，申伯也。甫，甫侯也。皆以贤知入为周之桢干之臣。四国有难，则往扞御之，为之蕃屏。四方恩泽不至，则往宣畅之。甫侯相穆王，训夏赎刑，美此俱出四岳，故连言之。○翰，户旦反，又音寒。蕃，方元反。知，音智。桢，音贞。

亹亹申伯，王缵之事。于邑于谢，南国是式。谢，周之南国也。笺云：亹亹，勉也。缵，继。于，往。于，於。式，法也。亹亹然勉于德不倦之臣有申伯，以贤入为王之卿士，佐王有功。王又欲使继其故诸侯之事，往作邑于谢，南方之国皆统理，施其法度。时改大其邑，使为侯伯，故云然。○亹，亡匪反。缵，祖管反。**王命召伯，定申伯之宅。登是南邦，世执其功。**召伯，召公也。登，成也。功，事也。笺云：之，往也。申伯忠臣，不欲离王室，故王使召公定其意，令往居谢，成法度于南邦，世世持其政事，传子孙也。

王命申伯，式是南邦，因是谢人，以作尔庸。庸，城也。笺云：庸，功也。召公既定申伯之居，王乃亲命之，使为法度于南邦。今因是故谢邑之人而为国，以起女之功劳，言尤章显也。○庸，音容。❶**王命召伯，彻申伯土田。**彻，治也。笺云：治者，正其井牧，定其赋税。**王命傅御，迁其私人。**御，治事之官也。私人，家臣也。笺云：傅御者，贰王治事，谓冢宰也。

申伯之功，召伯是营。有俶其城，寝庙既成。俶，作也。笺云：申伯居谢之事，召公营其位而作城郭及寝庙，定其人神所处。○俶，尺叔反。**既成藐藐，王锡申伯。四牡蹻蹻，钩膺濯濯。**藐藐，美貌。蹻蹻，壮貌。钩膺，樊缨也。濯濯，光明也。笺云：召公营位，筑之已成，以形貌告于王。王乃赐申伯，为将遣之。○藐，亡角反。蹻，渠略反。濯，直角反。樊，步丹反。

王遣申伯，路车乘马。我图尔居，莫如南土。乘马，四马也。笺云：王以正礼遣申伯之国，故复有车马之赐。因告之曰：我谋女之所处，无如南土之最善。○乘，绳证反。**锡尔介圭，以作尔宝。**宝，瑞也。笺云：圭长尺二寸谓之介，非诸侯之圭，故以为宝。诸侯之瑞圭，自九寸以下。**往近王舅，南土是保。**近，已也。申伯，宣王之舅也。笺云：近，辞也。声如"彼记之子"之"记"。保，守也、安也。○近，音记。

申伯信迈，王饯于郿。郿，地名。笺云：迈，行也。申伯之意不欲离王室，王告语之复重，于是意解而信行。饯，

---

❶ 此条《音义》，阮刻本无。

送行饮酒也。时王盖省岐周，故于郿云。○饯，贱浅反，又音贱。郿，亡悲反，又亡冀反。解，音蟹。**申伯还南，谢于诚归。**笺云：还南者，北就王命于岐周而还反也。谢于诚归，诚归于谢。**王命召伯，彻申伯土疆。以峙其粻，式遄其行。**笺云：粻，粮。式，用。遄，速也。王使召公治申伯土界之所至，峙其粮者，令庐市有止宿之委积，用是速申伯之行。○疆，居良反。峙，直纪反。粻，音张。遄，市专反。委，於伪反。积，子赐反。

申伯番番，既入于谢，徒御啴啴。番番，勇武貌。诸侯有大功则赐虎贲。徒御啴啴，徒行者、御车者啴啴喜乐也。笺云：申伯之貌有威武番番然，其入谢国，车徒之行啴啴安舒，言得礼也。礼，入国不驰。○番，音波。啴，吐丹反。贲，音奔。**周邦咸喜，戎有良翰。**笺云：周，遍也。戎，犹女也。翰，干也。申伯入谢，遍邦内皆喜曰：女乎有善君也。相庆之言。○翰，协句音寒❶。**不显申伯，王之元舅，文武是宪。**不显申伯，显矣申伯也。文武是宪，言有文有武也。笺云：宪，表也。言为文武之表式。

申伯之德，柔惠且直。揉此万邦，闻于四国。笺云：揉，顺也。四国，犹言四方也。○揉，汝又反，又音而由反❷。闻，音问❸。**吉甫作诵，其诗孔硕。其风肆好，以赠申伯。**吉甫，尹吉甫也。作是工师之诵也。肆，长也。赠，

---

❶ "寒"，阮刻本作"塞"。
❷ "又音而由反"，《释文》及阮刻本作"又如字，一音柔"。
❸ "问"，影宋本《释文》作"闻"。

增也。笺云：硕，大也。吉甫为此诵也。言其诗之意甚美大，风切申伯，又使之长行善道。以此赠申伯者，送之令以为乐。○风，福凤反，王如字。

《崧高》八章，章八句。

烝民

《烝民》，尹吉甫美宣王也。任贤使能，周室中兴焉。○中，张仲反。❶

天生烝民，有物有则。民之秉彝，好是懿德。 烝，众。物，事。则，法。彝，常。懿，美也。笺云：秉，执也。天之生众民，其性有物象，谓五行仁、义、礼、知、信也；其情有所法，谓喜、怒、哀、乐、好、恶也。然而民所执持有常道，莫不好有美德之人。○彝，音夷。好，呼报反。恶，乌路反。**天监有周，昭假于下。保兹天子，生仲山甫。** 仲山甫，樊侯也。笺云：监，视。假，至也。天视周王之政教，其光明乃至于下，谓及众民也。天安爱此天子宣王，故生樊侯仲山甫，使佐之。言天亦好是懿德也。《书》曰："天聪明，自我民聪明。"○假，音格。

仲山甫之德，柔嘉维则。令仪令色，小心翼翼。 笺云：嘉，美。令，善也。善威仪，善颜色容貌，翼翼然恭敬。

---

❶ 此条《音义》，阮刻本无。

古训是式，威仪是力。天子是若，明命使赋。古，故。训，道。若，顺。赋，布也。笺云：故训，先王之遗典也。式，法也。力，犹勤也。勤威仪者，恪居官次，不解于位也。是顺从行其所为也。显明王之政教，使群臣施布之。○道，音导。解，佳卖反，下"匪解"同。

王命仲山甫，式是百辟。缵戎祖考，王躬是保。戎，大也。笺云：戎，犹女也。躬，身也。王曰：女施行法度于是百君，继女先祖先父始见命者之功德，王身是安。使尽心力于王室。○辟，音璧。出纳王命，王之喉舌。赋政于外，四方爰发。喉舌，冢宰也。笺云：出王命者，王口所自言，承而施之也。纳王命者，时之所宜，复于王也。其行之也，皆奉顺其意，如王口喉舌亲所言也。以布政于畿外，天下诸侯于是莫不发应。○出纳，并如字。喉，音侯。

肃肃王命，仲山甫将之。邦国若否，仲山甫明之。将，行也。笺云：肃肃，敬也。言王之政教甚严敬也，仲山甫则能奉行之。若，顺也。顺否犹臧否，谓善恶也。○否，音鄙，旧方九反。既明且哲，以保其身。夙夜匪解，以事一人。笺云：夙，早。夜，莫。匪，非也。一人，斥天子。○莫，音暮。

人亦有言，柔则茹之，刚则吐之。笺云：柔，犹濡毳也。刚，坚强也。刚柔之在口，或茹之，或吐之，喻人之于敌强弱。○茹，音汝，又如庶反。维仲山甫，柔亦不茹，刚亦不吐。不侮矜寡，不畏强御。矜，古顽反。

人亦有言，德輶如毛，民鲜克举之。我仪图之。仪，宜也。笺云：輶，轻。仪，匹也。人之言云：德甚轻，然而众人寡能独举之以行者。言政事易耳，而人不能行者，无其志也。我与伦匹图之，而未能为也。我，吉甫自我也。○辀，余久反，又音由。鲜，息浅反。易，以豉反。**维仲山甫举之，爱莫助之。**爱，隐也。笺云：爱，惜也。仲山甫能独举此德而行之，惜乎莫能助之者。多仲山甫之德，归功言耳。**衮职有阙，维仲山甫补之。**有衮冕者，君之上服也。仲山甫补之，善补过也。笺云：衮职者，不敢斥王之言也。王之职有阙，辄能补之者，仲山甫也。○衮，古本反。

仲山甫出祖，四牡业业。征夫捷捷，每怀靡及。言述职也。业业，言高大也。捷捷，言乐事也。笺云：祖者，将行犯軷之祭也。怀私为每怀。仲山甫犯軷而将行，车马业业然动，众行夫捷捷然至，仲山甫则戒之曰：既受君命，当速行。每人怀其私而相稽留，将无所及于事。○捷，在接反。軷，步葛反。**四牡彭彭，八鸾锵锵。王命仲山甫，城彼东方。**东方，齐也。古者诸侯之居逼隘，则王者迁其邑而定其居，盖去薄姑而迁于临菑也。笺云：彭彭，行貌。锵锵，鸣声。以此车马命仲山甫使行，言其盛也。○锵，七羊反。逼，彼侧反。菑，侧其反。

四牡骙骙，八鸾喈喈。仲山甫徂齐，式遄其归。骙骙，犹彭彭也。喈喈，犹锵锵也。遄，疾也。言周之望仲山甫也。笺云：望之，故欲其用是疾归。○骙，求龟反。**吉甫作诵，穆如清风。仲山甫永怀，以慰其❶心。**清微之风，化养万物者也。笺云：穆，和也。吉甫作此工歌之诵，其调和人之性，如清风之养万物然。仲山甫述职，多所思而劳，故述其美

---

❶ "其"，原作"我"，据阮刻本改。依郑《笺》当作"其"。

以慰安其心。

《烝民》八章，章八句。

韩奕

《韩奕》，尹吉甫美宣王也。能锡命诸侯。梁山于韩国之山最高大，为国之镇，祈望祀焉，故美大其貌奕奕然，谓之韩奕也。梁山，今左冯翊夏阳西北。韩，姬姓之国也，后为晋所灭，故大夫韩氏以为邑名焉。幽王九年，王室始骚，郑桓公问于史伯曰："周衰，其孰兴乎？"对曰："武实昭文之功，文之祚尽，武其嗣乎！武王之子，应、韩不在，其晋乎！"○奕，音亦。

奕奕梁山，维禹甸之。有倬其道，韩侯受命，奕奕，大也。甸，治也。禹治梁山，除水灾。今❶宣王平大乱，命诸侯。有倬其道，有倬然之道者也。受命，受命为侯伯也。笺云：梁山之野，尧时俱遭洪水。禹甸之者，决除其灾，使成平田，定贡赋于天子。周有厉王之乱，天下失职。今有倬然著❷明复禹之功者，韩侯受王命为侯伯。○甸，徒遍反，郑绳证反。倬，陟角反。**王亲命之，缵戎祖考，无废朕命，夙夜匪解，虔共尔位。**戎，大。虔，固。共，执也。笺云：戎，

---

❶ "今"，阮刻本无。
❷ "著"，阮刻本作"者"。

犹女也。朕，我也。古之"恭"字或作"共"。○解，音懈。共，九勇反，郑音恭。**朕命不易，干不庭方，以佐戎辟。**庭，直也。笺云：我之所命者，勿改易不行，当为不直违失法度之方，作桢干而正之，以佐助女君。女君，王自谓也。○干，古旦反。辟，音璧❶，君也。桢，音贞。

四牡奕奕，孔修且张。韩侯入觐，以其介圭，入觐于王。修，长。张，大。觐，见也。笺云：诸侯秋见天子曰觐。韩侯乘长大之四牡奕奕然，以时觐于宣王。觐于宣王而奉享礼，贡国所出之宝，善其尊宣王，以常职来也。《书》曰："黑水西河，其贡璆琳琅玕。"此觐乃受命，先言受命者，显其美也。○见，贤遍反，下同。璆，其樛反。琳，音林。琅，音郎。玕，音干。**王锡韩侯，淑旂绥章，簟茀错衡，玄衮赤舄，钩膺镂钖，鞹鞃浅幭，鞗革金厄。**淑，善也。交龙为旂。绥，大绥也。错衡，文衡也。镂钖，有金镂其钖也。鞹，革也。鞃，轼中也。浅，虎皮浅毛也。幭，覆式也。厄，乌蠋也。笺云：王为韩侯以常职来朝享之故，故多锡以厚之。善旂，旂之善色者也。绥，所引以登车，有采章也。簟茀，漆簟以为车蔽，今之藩也。钩膺，樊缨也。眉上曰钖，刻金饰之，今当卢也。鞗革，谓辔首也，以金为小环，往往缠搤之。○绥，如谁反，郑音虽。簟，从❷点反。茀，音弗。错，七洛❸反，杂也，沈采故反。舄，音昔。镂，音漏。钖，音羊。鞹，

---

❶ "璧"，影宋本《释文》作"鞸"，阮刻本作"壁"。
❷ "从"，《释文》及阮刻本作"徒"。
❸ "洛"，阮刻本作"各"。

498

苦郭反。靲，苦宏❶反，沈胡肱反。幭，莫历反。鞗，音条。厄，於革反。蠋，音蜀。樊，步丹反。搤，於革反。

韩侯出祖，出宿于屠。显父饯之，清酒百壶。 屠，地名也。显父，有显德者也。笺云：祖，将去而犯軷也。既觐而反国，必祖者，尊其所往，去则如始行焉。祖于国外，毕乃出宿，示行不留于是也。显父，周之公卿也。饯送之，故有酒。○屠，音徒。父，音甫。**其殽维何？炰鳖鲜鱼。其蔌维何？维笋及蒲。其赠维何？乘马路车。** 蔌，菜殽也。笋，竹也。蒲，蒲蒻也。笺云：炰鳖，以火孰❷之也。鲜鱼，中脍者也。笋，竹萌也。蒲，深蒲也。赠，送也。王既使显父饯之，又使送以车马，所以赠厚意也。人君之车曰路车，所驾之马曰乘马。○炰，薄交反，徐甫九反。蔌，音速。笋，恤尹反。乘，绳证反。蒻，音弱。**笾豆有且，侯氏燕胥。** 笺云：且，多貌。胥，皆也。诸侯在京师未去者，于显父饯之时，皆来相与燕，其笾豆且然，荣其多也。○且，子余反，又七叙❸反。胥，思徐反，又思吕❹反。

韩侯取妻，汾王之甥，蹶父之子。 汾，大也。蹶父，卿士也。笺云：汾王，厉王也。厉王流于彘，彘在汾水之上，故时人因以号之，犹言莒郊公、黎比公也。姊妹之子为甥。王之甥，卿士之子，言尊贵也。○取，七喻反。汾，符云反。

---

❶ "宏"，影宋本《释文》及阮刻本作"弘"，通志堂本《释文》作"泓"。
❷ "孰"，阮刻本作"熟"。
❸ "叙"，《释文》及阮刻本作"救"。
❹ "吕"，影宋本《释文》作"咨"。

蹶，居❶卫反。甈，直例反。黎，音离，又力兮反。比，音毗。**韩侯迎止，于蹶之里。百两彭彭，八鸾锵锵，不显其光。**里，邑也。笺云：于蹶之里，蹶父之里。百两，百乘。不显，显也。光，犹荣也，气有荣光也。○锵，七羊反。**诸娣从之，祁祁如云。韩侯顾之，烂其盈门。**祁祁，徐靓也。如云，言众多也。诸侯一取九女，二国媵之。诸娣，众妾也。顾之，曲顾道义也。笺云：媵者必娣侄从之，独言娣者，举其贵者。烂烂，粲然，鲜明且众多之貌。○娣，大计反。从，才用反，又如字。祁，巨移反。靓，音静。

蹶父孔武，靡国不到。为韩姞相攸，莫如韩乐。姞，蹶父姓也。笺云：相，视。攸，所也。蹶父甚武健，为王使于天下，国国皆至。为其女韩侯夫人姞氏视其所居，韩国最乐。○为，于伪反。姞，其一反。相，息亮反。乐，音洛。**孔乐韩土，川泽訏訏。鲂鱮甫甫，麀鹿噳噳。有熊有罴，有猫有虎。**訏訏，大也。甫甫然，大也。噳噳然，众也。猫，似虎浅毛者也。笺云：甚乐矣，韩之国土也。川泽宽大，众鱼禽兽备有，言饶富也。○訏，况甫反。鲂，音房。鱮，音序。麀，音忧。噳，愚甫反。熊，音雄。罴，彼皮反。猫，如字，又武交反。**庆既令居，韩姞燕誉。**笺云：庆，善也。蹶父既善韩之国土，使韩姞嫁焉而居之，韩姞则安之，尽其妇道，有显誉。○令，力呈反，使也，又力政反，命也、善也。燕，於遍反，又於显反。誉，如字❷，协句音余。

---

❶ "居"，《释文》作"俱"。
❷ "如字"，《释文》及阮刻本无。

溥彼韩城，燕师所完。 师，众也。笺云：溥，大。燕，安也。大矣彼韩国之城，乃古平安时，众民之所筑完。○溥，音普。燕，於见反，"郑於显反"❶，又"乌贤反"❷，云"北燕国"。**以先祖受命，因时百蛮。王锡韩侯，其追其貊❸，奄受北国，因以其伯。** 韩侯之先祖，武王之子也。因时百蛮，长是蛮服之百国也。追、貊，戎狄国也。奄，抚也。笺云：韩侯先祖有功德者，受先王之命，封为韩侯，居韩城，为侯伯。其州界外接蛮服，因见使时节百蛮贡献之往来。后君微弱，用失其业。今王以韩侯先祖之事如是，而韩侯贤，故于入觐，使复其先祖之旧职，赐之蛮服追貊之戎狄，令抚柔其所受王畿北面之国，因以其先祖侯伯之事尽予之，皆美其为人子孙，能兴复先祖之功。其后追也、貊也，为玁狁所逼，稍稍东迁。○追，如字，又都回❹反。貊，武伯反。长，张丈反。**实墉实壑，实亩实籍。** 实墉实壑，言高其城、深其壑也。笺云：实，当作"寔"，赵、魏之东，实、寔同声。寔，是也。籍，税也。韩侯之先祖微弱，所伯❺之国多灭绝。今复旧职，兴灭国，继绝世，故筑治是城，浚修是壑，井牧是田亩，收敛是赋税，使如古常。○实，如字，郑市力反。壑，火各反。**献其貔皮，赤豹黄罴。** 貔，猛兽也。追、貊之国来贡，而侯伯揔领之。

---

❶ 《释文》及阮刻本此语前有"徐云"，故加引号。
❷ 据《释文》及阮刻本，此语出王肃、孙毓，故加引号。
❸ "貊"，阮刻本作"貃"，下同。
❹ "回"，影宋本《释文》作"向"。
❺ "伯"，阮刻本作"受"。

○貔，音毗。

《韩奕》六章，章十二句。

江汉

《江汉》，尹吉甫美宣王也。能兴衰拨乱，命召公平淮夷。召公，召穆公也，名虎。

江汉浮浮，武夫滔滔。匪安匪游，淮夷来求。浮浮，众强貌。滔滔，广大貌。淮夷，东国，在淮浦而夷行也。笺云：匪，非也。江、汉之水，合而东流浮浮然。宣王于是水上命将率、遣士众，使循流而下滔滔然。其顺王命而行，非敢斯须自安也，非敢斯须游止也，主为来求淮夷所处。据至其竟，故言来。○滔，吐刀反。浦，音普。夷"行"，下孟反。**既出我车，既设我旟。匪安匪舒，淮夷来铺。**铺，病也。笺云：车，戎车也。鸟隼曰旟。兵至竟而期战地。其日出戎车建旟，又不自安不舒行者，主为来伐讨淮夷也。据至战地，故又言来。○铺，普吴反，徐音孚。

江汉汤汤，武夫洸洸。经营四方，告成于王。洸洸，武貌。笺云：召公既受命伐淮夷，服之。复经营四方之叛国，从而伐之，克胜，则使传遽告功于王。○汤，书羊反。洸，音光，又音汪。传，张恋反，以车曰传。遽，其据反，以马曰遽。**四方既平，王国庶定。时靡有争，王心载宁。**笺云：庶，幸。时，是也。载之言则也。召公忠臣，顺于王命，此述其志也。

江汉之浒，王命召虎：式辟四方，彻我疆土。匪疚匪棘，王国来极。召虎，召穆公也。笺云：浒，水厓❶也。式，法。疚，病。棘，急。极，中也。王于江汉之水上命召公，使以王法征伐开辟四方，治我疆界于天下，非可以兵病害之也，非可以兵急躁切之也，使来于王国受政教之中正而已。齐桓公经陈、郑之间及伐北戎，则违此言者。○浒，音虎，沈又音许。疆，居良反，下同。疚，音救。躁，早报反。**于疆于理，至于南海。**笺云：于，往也。于，於也。召公于有叛戾之国，则往正其竟❷界，修其分理，周行四方，至于南海而功大成，事终也。○分，符问反。

王命召虎，来旬来宣。文武受命，召公维翰。旬，遍也。召公，召康公也。笺云：来，勤也。旬，当作"营"。宣，遍也。召康公名奭，召虎之始祖也。王命召虎，女勤劳于经营四方，勤劳于遍疆理众国。昔文王、武王受命，召康公为之桢干之臣，以正天下。为虎之勤劳，故述其祖之功以劝之。○来，如字，郑音赉。旬，音巡，又音荀。翰，户旦反，又音寒。**无曰予小子，召公是似。肇敏戎公，用锡尔祉。**似，嗣。肇，谋。敏，疾。戎，大。公，事也。笺云：戎，犹女也。女无自减损曰我小子耳。女之所为，乃嗣女先祖召康公之功，今谋女之事，乃有敏德，我用是故，将赐女福庆也。王为虎之志大谦，故进之云尔。○肇，音兆。祉，音耻。大，

---

❶ "厓"，阮刻本作"涯"。
❷ "竟"，阮刻本作"境"。

音泰。

厘尔圭瓒，秬鬯一卣，告于文人。厘，赐也。秬，黑黍也。鬯，香草也。筑煮合而郁之曰鬯。卣，器也。九命锡圭瓒、秬鬯。文人，文德之人也。笺云：秬鬯，黑黍酒也。谓之鬯者，芬香条鬯也。王赐召虎以鬯酒一尊❶，使以祭其宗庙，告其先祖诸有德美见记者。○厘，力之反，沈音赉。瓒，才旱反。秬，音巨。鬯，敕亮反。卣，音酉。**锡山土田，于周受命，自召祖命。**诸侯有大功德，赐之名山土田附庸。笺云：周，岐周也。自，用也。宣王欲尊显召虎，故如岐周，使虎受山川土田之赐命，用其祖召康公受封之礼。岐周，周之所起，为其先祖之灵，故就之。**虎拜稽首，天子万年。**笺云：拜稽首者，受王命策书也。臣受恩，无可以报谢者，称言使君寿考而已。

虎拜稽首，对扬王休。作召公考，天子万寿！明明天子，令闻不已。矢其文德，洽此四国。对，遂。考，成。矢，施也。笺云：对，答。休，美。作，为也。虎既拜而答王策命之时，称扬王之德美，君臣之言宜相成也。王命召虎用召祖命，故虎对王亦为召康公受王命之时对成王命之辞，谓如其所言也。如其所言者，"天子万寿"以下是也。○闻，音问。施，如字。

《江汉》六章，章八句。

---

❶ "尊"，阮刻本作"樽"。

常武

《常武》，召穆公美宣王也。有常德以立武事，因以为戒然。戒者，"王舒保作，匪绍匪游，徐方绎骚"。

赫赫明明，王命卿士，南仲大祖，大师皇父。整我六师，以修我戎。赫赫然盛也。明明然察也。王命南仲于大祖，皇甫为大师。笺云：南仲，文王时武臣也。显著乎，昭察乎，宣王之命卿士为大将也。乃用其以南仲为大祖者，今大师皇父是也。使之整齐六军之众，治其兵甲之事。命将必本其祖者，因有世功，于是尤显。大师者，公兼官也。○赫，火百反。大，音泰，下"大师""大祖"同。将，子匠反。**既敬既戒，惠此南国。**笺云：敬之言警也。警戒六军之众，以惠淮浦之旁国。谓敕以无暴掠为之害也。每军各有将，中军之将尊也。

王谓尹氏，命程伯休父：左右陈行，戒我师旅。率彼淮浦，省此徐土。尹氏掌命卿士，程伯休父始命为大司马。浦，厓❶也。笺云：尹氏，天子世大夫也。率，循也。王使大夫尹氏策命程伯休父，于军将行治兵之时，使其士众左右陈列而敕戒之，使循彼淮浦之旁，省视徐国之土地叛逆者。军礼，司马掌其誓戒。○陈，如字，徐直觐反。行，户刚反。省，

---

❶ "厓"，阮刻本作"涯"，下同。

息井反。❶不留不处，三事就绪。诛其君，吊其民，为之立三有事之臣。笺云：绪，业也。王又使军将豫告淮浦徐土之民云：不久处于是也，女三农之事皆就其业。为其惊怖，先以言安之。○为，于伪反。

赫赫业业，有严天子。王舒保作，匪绍匪游。徐方绎骚，赫赫然盛也。业业然动也。严然而威。舒，徐也。保，安也。匪绍匪游，不敢继以敖游也。绎，陈。骚，动也。笺云：作，行也。绍，缓也。绎，当作"驿"。王之军行，其貌赫赫业业然，有尊严于天子之威，谓闻见者莫不惮之。王舒安，谓军行三十里，亦非解缓也，亦非敖游也。徐国传遽之驿见之，知王兵必克，驰走以相恐动。○严，鱼检反，郑如字。绍，如字，"郑尺遥反"❷。绎，音亦。骚，如字，徐音萧。震惊徐方。如雷如霆，徐方震惊。笺云：震，动也。驿驰走相恐惧，以惊动徐国，如雷霆之恐怖人然，徐国则惊动而将服罪。

王奋厥武，如震如怒。进厥虎臣，阚如虓虎。铺敦淮濆，仍执丑虏。虎之自怒虓然。濆，厓。仍，就。虏，服也。笺云：进，前也。敦，当作"屯"。丑，众也。王奋扬其威武，而震雷其声，而勃怒其色。前其虎臣之将，阚然如虎之怒，陈屯其兵于淮水大防之上以临敌，就执其众之降服者也。○阚，呼减❸反。虓，火交反。铺，普吴反，徐音孚，陈也。敦，如字，厚也，郑徒门反。濆，符云反。仍，如字。勃，

---

❶ "省，息井反"，《释文》及阮刻本无。
❷ 《释文》及阮刻本此语前有"徐云"，故加引号。"尺"，阮刻本作"人"。
❸ "减"，《释文》作"槛"。

步忽反。降，户江反。**截彼淮浦，王师之所。**截，治也。笺云：治淮之旁国有罪者，就王师而断之。

王旅啴啴，如飞如翰，如江如汉，如山之苞，如川之流，啴啴然盛也。疾如飞，挚如翰。苞，本也。笺云：啴啴，闲❶暇有余力之貌。其行疾，自发举如鸟之飞也。翰，其中豪俊也。江汉以喻盛大也。山本以喻不可惊动也。川流以喻不可御也。○啴，吐丹反。**绵绵翼翼，不测不克，濯征徐国。**绵绵，靓也。翼翼，敬也。濯，大也。笺云：王兵安靓且皆敬，其势不可测度，不可攻胜。既服淮浦矣，今又以大征徐国，言必胜也。○绵，如字。度，待洛反。

王犹允塞，徐方既来。犹，谋也。笺云：犹，尚。允，信也。王重兵，兵虽临之，尚守信自实满，兵未陈而徐国已来告服，所谓"善战者不陈"。○陈，直刃反，下同。**徐方既同，天子之功。四方既平，徐方来庭。**来王庭也。**徐方不回，王曰还归。**笺云：回，犹违也。还归，振旅也。

《常武》六章，章八句。

瞻卬

《瞻卬》，凡伯刺幽王大坏也。凡伯，天子大夫也。《春秋》鲁隐公七年，"冬，天王使凡伯来聘"。○卬，音仰。

---

❶ "闲"，原作"间"，据阮刻本改。

瞻卬昊天，则不我惠。孔填不宁，降此大厉。昊天，斥王也。填，久。厉，恶也。笺云：惠，爱也。仰视幽王为政，则不爱我下民。甚久矣天下不安，王乃下此大恶以败乱之。○昊，户老反。填，音尘，下篇同。**邦靡有定，士民其瘵。蟊贼蟊疾，靡有夷届。罪罟不收，靡有夷瘳。**瘵，病。夷，常也。罪罟，设罪以为罟。瘳，愈也。笺云：届，极也。天下骚扰，邦国无有安定者。士卒与民皆劳病，其为残酷痛疾❶于民，如蟊贼之害禾稼然，为之无常，亦无止息时。施刑罪以罗网天下而不收敛，为之亦无常，无止息时，此目王所下大恶。○瘵，侧界反，《字林》侧例反。蟊，音牟。届，音界❷。罟，音古。瘳，敕留反。

人有土田，女反有之。人有民人，女覆夺之。笺云：此言王削黜诸侯及卿大夫无罪者。覆，犹反也。○覆，芳服反。**此宜无罪，女反收之。彼宜有罪，女覆说之。**收，拘收也。说，赦也。○说，音税，又他活反。**哲夫成城，哲妇倾城。**哲，知也。笺云：哲，谓多谋虑也。城，犹国也。丈夫，阳也。阳动，故多谋虑则成国。妇人，阴也。阴静，故多谋虑乃乱国。○知，音智。

懿厥哲妇，为枭为鸱。笺云：懿，有所痛伤之声也。厥，其也。其，幽王也。枭鸱，恶声之鸟，喻褒姒之言无善。○懿，於其反，沈如字。枭，古尧反。**妇有长舌，维厉之阶。乱匪降自天，生自妇人。匪教匪诲，时维妇寺。**寺，

---

❶ "疾"，阮刻本作"病"。
❷ "界"，《释文》作"戒"。

近也。笺云：长舌，喻多言语。是王降大厉之阶。阶，所由上下也。今王之有此乱政，非从天而下，但从妇人出耳。又非有人教王为乱、语王为恶者，是惟近爱妇人，用其言故也。○寺，音侍，亦如字。

鞫人忮忒，谮始竟背。岂曰不极，伊胡为慝？ 忮，害。忒，变也。笺云：鞫，穷也。谮，不信也。竟，犹终也。胡，何。慝，恶也。妇人之长舌者多谋虑，好穷屈人之语，忮害转化，其言无常，始于不信，终于背违之❶。岂谓其是不得中乎？反云维我言何用为恶不信也？○鞫，居六反。忮，之豉反。忒，它❷得反。谮，子念反。背，音佩，注同。慝，它得反。**如贾三倍，君子是识。妇无公事，休其蚕织。** 休，息也。妇人无与外政，虽王后犹以蚕织为事。古者天子为藉千亩，冕而朱纮，躬秉耒。诸侯为藉百亩，冕而青纮，躬秉耒。以事天地山川社稷先古，敬之至也。天子诸侯必有公桑蚕室，近川而为之，筑宫仞有三尺，棘墙而外闭之。及大昕之朝，君皮弁素积，卜三宫之夫人、世妇之吉者，使入蚕于蚕室，奉种浴于川，桑于公桑，风戾以食之。岁既单矣，世妇卒蚕，奉茧以示于君，遂献茧于夫人。夫人曰："此所以为君服与！"遂副袆而受之，少牢以礼之。及良日，后夫人缫，三盆手，遂布于三宫夫人世妇之吉者，使缫，遂朱绿之、玄黄之，以为黼黻文章。服既成矣，君服之以祀先王先公，敬之至也。笺云：识，知也。贾物而有三倍之利者，小人所宜知也。

---

❶ "之"，阮刻本作"人"。
❷ "它"，阮刻本作"他"，下同。

君子反知之，非其宜也。今妇人休其蚕桑织纴之职，而与朝廷之事，其为非宜，亦犹是也。孔子曰："君子喻于义，小人喻于利。"○贾，音古，注同。倍，蒲罪反。无"与"，音预。奉，芳勇反，下同。种，章勇反，戾，力计反，燥也。食，音嗣。君服"与"，音余。袆，音辉。缫，素刀反。纴，女金反。而"与"，音预。

天何以刺？何神不富？舍尔介狄，维予胥忌。刺，责。富，福。狄，远。忌，怨也。笺云：介，甲也。王之为政，既无过恶，天何以责王见变异乎？神何以不福王而有灾害也？王不念此而改修德，乃舍女被甲夷狄来侵犯中国者，反与我相怨。谓其疾怨群臣叛违也。○舍，音捨。狄，他历反，郑如字。见，贤遍反。**不吊不祥，威仪不类。人之云亡，邦国殄瘁**。类，善。殄，尽。瘁，病也。笺云：吊，至也。王之为政，德不至于天矣，不能致征祥于神矣，威仪又不善于朝廷矣。贤人皆言奔亡，则天下邦国将尽困病。○吊，如字，又音的。瘁，似醉反。

天之降罔，维其优矣。人之云亡，心之忧矣。优，渥也。笺云：优，宽也。天下罗罔以取有罪亦甚宽，谓但以灾异谴告之，不指加罚于其身。疾王为恶之甚，贤者奔亡，则人心无不忧。○渥，於角反。**天之降罔，维其几矣。人之云亡，心之悲矣**。几，危也。笺云：几，近也。言灾异谴告，离人身近，愚者不能觉。○离，力智反。

觱沸槛泉，维其深矣。心之忧矣，宁自今矣？不自我先，不自我后。笺云：槛泉正出，涌出也，觱沸其貌。涌泉之源，所由者深，喻己忧所从来久也。恶政不先己，不后己，怪何故正当之。○觱，音必。沸，音弗。槛，胡览反。**藐藐**

昊天，无不克巩。藐藐，大貌。巩，固也。笺云：藐藐，美也。王者有美德藐藐然，无不能自坚固于其位者，微箴之也。○藐，亡角反。巩，九勇反。无忝皇祖，式救尔后。笺云：式，用也。后，谓子孙也。

《瞻卬》七章，三章章十句，四章章八句。

召旻

《召旻》，凡伯刺幽王大坏也。旻，闵也，闵天下无如召公之臣也。闵，病也。○召，时照反。旻，密巾反。

旻天疾威，天笃降丧。瘨我饥馑，民卒流亡，笺云：天，斥王也。疾，犹急也。瘨，病也。病乎幽王之为政也，急行暴虐之法，厚下丧乱之教，谓重赋税也。病国中❶以饥馑，令民尽流移。○瘨，都田反，沈音殄，又音田。我居圉卒荒。圉，垂也。笺云：荒，虚也。国中至边竟以此故尽空虚。○圉，鱼吕反。竟，音境。

天降罪罟，蟊贼内讧。讧，溃也。笺云：讧，争讼相陷入之言也。王施刑罪以罗冈天下，众为残酷之人，虽外以害人，又自内争相谗恶。○讧，户工反，"郑音工"❷。昏椓靡共，溃溃回遹，实靖夷我邦。椓，夭椓也。溃溃，乱也。

---

❶ "国中"，阮刻本作"中国"。
❷ 《释文》及阮刻本此语前有"徐云"，故加引号。

靖，谋。夷，平也。笺云：昏、椓，皆奄人也。昏，其官名也。椓，椓毁阴者也。王远贤者，而近任刑奄之人，无肯共其职事者，皆溃溃然维邪是行，皆谋夷灭王之国。○椓，丁角反。共，音恭。溃，户对反，下同❶。遹，音聿，一音述。奄，如字。

皋皋訿訿，曾不知其玷。皋皋，顽不知道也。訿訿，窳不供事也。笺云：玷，缺也。王政已大坏，小人在位，曾不知大道之缺。○皋，音羔。訿，音紫。玷，丁簟反。窳，音庚。**兢兢业业，孔填不宁，我位孔贬。**贬，队也。笺云：兢兢，戒也。业业，危也。天下之人戒惧危怖，甚久矣其不安也，我王之位又甚队矣。言见侵侮，政教不行。后犬戎伐之，而周与诸侯无异。○贬，彼检反。队，直类反。

如彼岁旱，草不溃茂，如彼栖苴。溃，遂也。苴，水中浮草也。笺云："溃茂"之"溃"，当作"汇"。汇，茂貌。王无恩惠于天下，天下之人如旱岁之草，皆枯槁无润泽，如树上之栖苴。○栖，音西。苴，士加❷反。**我相此邦，无不溃止。**笺云：溃，乱也。无不乱者，言皆乱也。《春秋传》曰："国乱曰溃，邑乱曰叛。"○相，息亮反。

维昔之富，不如时。往者富仁贤，今也富谗佞。笺云：富，福也。时，今时也。**维今之疚，不如兹。**今则病贤也。笺云：兹，此也。此者，此古昔明王。○疚，音救。**彼疏斯粺，胡不自替，职兄斯引？**彼宜食疏，今反食精粺。替，

---

❶ "下同"，《释文》及阮刻本无。
❷ "士加"，阮刻本作"锄加"，影宋本《释文》作"七加"，通志堂本《释文》作"七如"。

废。况，兹也。引，长也。笺云：疏，粗也，谓粝米也。职，主也。彼贤者禄薄食粗，而此昏椓之党反食精粹。女小人耳，何不自废退，使贤者得进，乃兹复主长此为乱之事乎？责之也。米之率：粝十，粺九，凿八，侍御七。○粹，皮卖反。兄，音况，下同。粝，兰末反。率，音类。凿，子洛反。

池之竭矣，不云自频？ 频，厓也。笺云：频，当作"滨"。厓，犹外也。自，由也。池水之益❶，由外灌焉。今池竭，人不言由外无益者与？言由之也。喻王犹池也，政之乱，由外无贤臣益之。○频，如字，郑音宾。与，音余。**泉之竭矣，不云自中？** 泉，水从中以益者也。笺云：泉者，中水生则益深，水不生则竭。喻王犹泉也，政之乱，又由内无贤妃益之。**溥斯害矣，职兄斯弘，不烖我躬？** 笺云：溥，犹遍也。今时遍有此内外之害矣，乃兹复主大此为乱之事，是不烖王之身乎？责王也。烖，谓见诛伐。○溥，音普。烖，音灾。

昔先王受命，有如召公，日辟国百里，今也日蹙国百里。 辟，开。蹙，促也。笺云：先王受命，谓文王、武王时也。召公，召康公也。言"有如"者，时贤臣多，非独召公也。今，今幽王臣。○辟，音闢。蹙，子六反。**於乎哀哉！维今之人，不尚有旧。** 笺云：哀哉，哀其不高尚贤者，尊任有旧德之臣，将以丧亡其国。

《召旻》七章，四章章五句，三章章七句。

《荡》之什十一篇，九十二章，七百六十九句。

---

❶ "益"，阮刻本作"溢"。

诗经

诗经卷十八考证

《抑》章"言不可逝矣"《笺》"今人无持我舌者而自听恣也"。○汲古阁本"听恣"作"轻恣"。案：轻恣，谓轻肆放恣也，正诠"逝"字。《佩文韵府》"轻恣"注即采此《笺》，今据改正。

"借曰未知"《笺》"王尚幼少"《音义》"少，时照反"。○案：少者，老之对也。据《广韵》式照切，《韵会》《正韵》并失照切，则作"诗照"音始合，今作"时"字，"诗"之讹耳。

"庶无大悔"《笺》"悔，恨也"。○汲古阁本、坊本作"侮，慢也"。案：经文无"侮"字，此必"悔"字所误，后之释经者因以"慢"解之，遂仍其讹耳。

《柔桑❶》章"国步斯频"。○《说文》"频"作"矉"，训"恨张目也"，与《传》《笺》义皆殊。

"亦孔之僾。"○孔，汲古阁本作"恐"，误。

"职凉善背"《笺》"工相欺违"。○案：殿本、汲古阁本"工"作"互"，义亦通，但原本"工"字尤为经文"善"字正解。

---

❶ "柔桑"，据正文当作"桑柔"。

514

《云汉》章《序》"欲销去之"《音义》"销，音消"。○别本或作"音翦"。案：《唐韵》《集韵》"销"字从无读"翦"音者，况旱灾亦岂可云"翦去"乎？

"云汉，天河也。自此至《常武》六篇，宣王之'变《大雅》'。"○案：此十八字乃陆德明《音义》中语，原本故以圈隔之。殿本、诸坊本误入于《笺》，非是。

"靡有孑遗"《笺》"今其余无有孑遗者"。○"今"字，殿本、汲古阁本俱作"幸"，误。

"宜无悔怒"《笺》"我何由当遭此旱也"。○当遭，殿本、诸坊本俱作"常遭"。案：经文无常旱意，疑即"当"字之讹。

《崧高》章"定申伯之宅"《笺》"王使召公定其意"。○意，殿本、汲古阁本俱作"宅"解，似明顺。然案《正义》云"王以申伯忠臣，不欲远离，使召伯先治其居，以定申伯向国之意"，则知原本作"意"字者是。

《韩奕》章《序》《笺》"祈望祀焉"。○"祈"字，诸本俱作"所"。案：《正义》曰："礼，诸侯之于❶山川，在其地祭，以祈福，山必望而祀之，故云'祈望祀焉'。"据此，则"所"字乃"祈"字之误。

"韩侯受命"《笺》"受王命为侯伯"。○侯伯，殿本、坊本作"诸侯"。案：上文毛《传》云"受命为侯伯"，则非"诸侯"明矣。

❶ "于"，原无，据阮刻本《韩奕》章《序》《正义》补。

"韩侯出祖"《笺》"将去而犯軷也"。○案："仲山甫出祖"《笺》"祖者，将行犯軷而祭也"，孔氏谓"行者既祖，乃即于路，故云'犯軷'"。诸本"犯"作"祀"，讹。

"川泽订订"《音义》"订，况甫反"。○诸本作"况角反"，非。

《召旻》章"蟊贼内讧"《笺》"讧，争讼相陷入之言也"。○案：《正义》谓"争讼者相陷人也"，原本"入"字乃"人"字之讹。今依殿本改正。

"有如召公"《笺》"言'有如'者，时贤臣多，非独召公也"。○"者"字，殿本、监本俱作"昔"，属下"时贤臣多"作句。

"如彼栖苴"《音义》"苴，士加反"。○殿本、汲古阁本作"七如反"。案："七如反"者，音蛆，"苴"之本音也。此则音槎，《疏》谓"苴是草木之枯槁者，故在树未落及已落为水漂皆称苴"。《楚辞·悲回风》曰："草苴比而不芳。"是也。原本"士加反"，音正合。

卷十九

清庙之什诂训传第二十六｜周颂

清庙

《清庙》，祀文王也。周公既成洛邑，朝诸侯，率以祀文王焉。清庙者，祭有清明之德者之宫也，谓祭文王也。天德清明，文王象焉，故祭之而歌此诗也。庙之言貌也，死者精神不可得而见，但以生时之居，立宫室象貌为之耳。成洛邑，居摄五年时。○庙，苗笑反。朝，直遥反。

於穆清庙，肃雍显相。於，叹辞也。穆，美。肃，敬。雍，和。相，助也。笺云：显，光也、见也。於乎美哉，周公之祭清庙也，其礼仪敬且和，又诸侯有光明著见之德者来助祭。○於，音乌，注同，后发句皆放此。相，息亮反。见，贤遍反，下"著见"同。**济济多士，秉文之德，对越在天。**执文德之人也。笺云：对，配。越，于也。济济之众士，皆执行文王之德。文王精神已在天矣，犹配顺其素如❶生存。**骏奔走在庙，不显不承，无射于人斯。**骏，长也。显于天矣，见承于人矣，不见厌于人矣。笺云：骏，大也。诸侯与众士，

---

❶ "如"，阮刻本作"如存"。

于周公祭文王，俱奔走而来，在庙中助祭，是不光明文王之德与？言其光明之也。是不承顺文王志意与？言其承顺之也。此文王之德，人无厌之。○骏，音峻，下篇同。射，音亦，厌也。厌，於艳反，下同。与，音余，下同。

《清庙》一章，八句。

维天之命

《维天之命》，大平告文王也。告大平者，居摄五年之末也。文王受命，不卒而崩。今天下大平，故承其意而告之，明六年制礼作乐。○大，音泰，后"大平"放此。

维天之命，於穆不已。孟仲子曰："大哉天命之无极，而美周之礼也。"笺云：命，犹道也。天之道於乎美哉！动而不止，行而不已。**於乎不显，文王之德之纯！假以溢我，我其收之。骏惠我文王，**纯，大。假，嘉。溢，慎。收，聚也。笺云：纯，亦不已也。溢，盈溢之言也。於乎不光明与？文王之施德教之无倦已。美其与天同功也。以嘉美之道，饶衍与我，我其聚敛之，以制法度，以大顺我文王之意，谓为《周礼》六官之职也。《书》曰："考朕昭子刑，乃单文祖德。"○假，音暇。溢，音逸。慎，市震反。明"与"，音余。**曾孙笃之。**成王能厚行之也。笺云：曾，犹重也。自孙之子而下，事先祖皆称曾孙。是言曾孙，欲使后王皆厚行之，非维今也。○重，直龙反。

《维天之命》一章，八句。

维清

《维清》，奏《象舞》也。《象舞》，象用兵时刺伐之舞，武王制焉。○刺，七亦反。

维清缉熙，文王之典。典，法也。笺云：缉熙，光明也。天下之所以无败乱之政而清明者，乃文王有征伐之法故也。文王受命，七年五伐也。○缉，七入反。熙，许其反。**肇禋，**肇，始。禋，祀也。笺云：文王受命，始祭天而征[1]伐也。《周礼》："以禋祀祀昊天上帝。"○肇，音兆[2]。禋，音因，徐音烟。**迄用有成，维周之祯。**迄，至。祯，祥也。笺云：文王造此征伐之法，至今用之而有成功，谓伐纣克胜也。征伐之法，乃周家得天下之吉祥。○迄，许乞反。祯，音贞。

《维清》一章，五句。

烈文

《烈文》，成王即政，诸侯助祭也。新王即政，必以

---

[1] "征"，阮刻本作"枝"。
[2] "兆"，《释文》及阮刻本作"召"。

朝享之礼祭于祖考，告嗣位也。○朝，音潮❶。

烈文辟公，锡兹祉福。惠我无疆，子孙保之。烈，光也。文王锡之。笺云：惠，爱也。光文百辟卿士及天下诸侯者，天锡之以此祉福也，又长爱之无有期竟，子孙得传世安而居之。谓文王、武王以纯德受命定天位。○辟，音璧❷，下同。祉，音耻。疆，居良反，竟也。**无封靡于尔邦，维王其崇之。念兹戎功，继序其皇之。**封，大也。靡，累也。崇，立也。戎，大。皇，美也。笺云：崇，厚也。皇，君也。无大累于女国，谓诸侯治国无罪恶也。王其厚之，增其爵土也。念此大功，勤事不废，谓卿大夫能守其职，得继世在位，以其次序。其君之者，谓有大功，王则出而封之。○累，劣伪反，下同。**无竞维人，四方其训之。不显维德，百辟其刑之。於乎前王不忘！**竞，强。训，道也。前王，武王也。笺云：无强乎维得贤人也，得贤人则国家强矣，故天下诸侯顺其所为也。不勤明其德乎？勤明之也，故卿大夫法其所为也。於乎先王，文王、武王，其于此道，人称颂之不忘。○道，音导。

《烈文》一章，十三句。

---

❶ "音潮"，《释文》及阮刻本作"直遥反"。
❷ "璧"，阮刻本作"壁"。

天作

《天作》，祀先王先公也。先王，谓大王已下。先公，诸盩至不窋。○大，音泰，"大王""大祖"皆同。盩，直留反，又音佋。窋，陟律反。

天作高山，大王荒之。作，生。荒，大也。天生万物于高山，大王行道，能安天之所作也。笺云：高山，谓岐山也。《书》曰："道岍及岐，至于荆山。"天生此高山，使兴云雨，以利万物。大王自豳迁焉，则能尊大之，广其德泽。居之一年成邑，二年成都，三年五倍其初。○岐，其宜反。道，音导。岍，口田反，又口见反。**彼作矣，文王康之。彼徂矣，岐有夷之行，**夷，易也。笺云：彼，彼万民也。徂，往。行，道也。彼万民居岐邦者，皆筑作宫室，以为常居，文王则能安之。后之往者，又以岐邦之君有佼易之道故也。《易》曰："乾以易知，坤以简能。易则易知，简则易从。易知则有亲，易从则有功。有亲则可久，有功则可大。可久则贤人之德，可大则贤人之业。"以此订大王、文王之道，卓尔与天地合其德。○行，如字，又下孟反。佼，古卯反。**子孙保之！**

《天作》一章，七句。

昊天有成命

《昊天有成命》，郊祀天地也。

昊天有成命，二后受之。成王不敢康，夙夜基命宥密。二后，文、武也。基，始。命，信。宥，宽。密，宁也。笺云：昊天，天大号也。有成命者，言周自后稷之生而已有王命也。文王、武王受其业，施行道德，成此王功，不敢自安逸，早夜始顺天命，不敢解倦，行宽仁安静之政以定天下。宽仁所以止苛刻也，安静所以息暴乱也。○成王之"王"，如字，又于况反。宥，音又。於缉熙，单厥心，肆其靖之。缉，明。熙，广。单，厚。肆，固。靖，和也。笺云：广，当为"光"，固，当为"故"，字之误也。於美乎，此成王之德也，既光明矣，又能厚其心矣，为之不解倦，故于其功终能和安之。谓夙夜自勤，至于天下太平。○单，都但反。

《昊天有成命》一章，七句。

我将

《我将》，祀文王于明堂也。

我将我享，维羊维牛，维天其右之。将，大。享，献也。笺云：将，犹奉也。我奉养我享祭之羊牛，皆充盛肥腯，有天气之力助。言神飨其德而右助之。○将，如字。享，许丈反。右，音又，下同。腯，徒忽反。**仪式刑文王之典，日靖四方。伊嘏文王，既右飨之。** 仪，善。刑，法。典，常。靖，谋也。笺云：靖，治也。受福曰嘏。我仪则式象法行文王之常道，以日施政于天下，维受福于文王，文王既右而飨之。言受而福之。○嘏，古雅反。**我其夙夜，畏天之威，于时保之。** 笺云：于，於。时，是也。早夜敬天，于是得安文王之道。

《我将》一章，十句。

时迈

《时迈》，巡守告祭柴望也。巡守告祭者，天子巡行邦国，至于方岳之下而封禅也。《书》曰："岁二月，东巡守，至于岱宗，柴。望秩于山川，遍于群神。"○巡，音旬。守，手又反。柴，士佳反。行，下孟反。禅，市战反。

时迈其邦，昊天其子之，实右序有周。薄言震之，莫不震叠。怀柔百神，及河乔岳。允王维后！ 迈，行。震，动。叠，惧。怀，来。柔，安。乔，高也。高岳，岱宗也。笺云：薄，犹甫也。甫，始也。允，信也。武王既定天下，时出行其邦国，谓巡守也。天其子爱之，右助次序其事，谓多生贤知，使为之臣也。其兵所征伐，甫动之以威，则莫不动惧而服者。言其威武，又见畏也。王行巡守，其至方岳之下，来安群神，望于山川，皆以尊卑祭之。信哉武王之宜为君，美之也。○右，音又，助也。叠，徒协反。柔，如字。乔，音桥。**明昭有周，式序在位。**明矣，知未然也。昭然，不疑也。笺云：昭，见也。王巡守，而明见天之子有周家也。以其有俊乂，用次第处位。言此者，著天其子爱之，右序之效也。**载戢干戈，载櫜弓矢，**戢，聚。櫜，韬也。笺云：载之言则也。王巡守而天下咸服，兵不复用，此又著震叠之效也。○戢，侧立反。櫜，音羔。韬，吐刀反。复，扶又反。**我求懿德，肆于时夏。**夏，大也。笺云：懿，美。肆，陈也。我武王求有美德之士而任用之，故陈其功，于是夏而歌之。乐歌大者称夏。○肆，音四。夏，户❶雅反。**允王保之。**笺云：允，信也。信哉武王之德，能长保此时夏之美。

《时迈》一章，十五句。

执竞

《执竞》，祀武王也。○竞，其敬反。

执竞武王，无竞维烈。不显成康，上帝是皇。无竞，竞也。烈，业也。不显乎其成大功而安之也。显，光也。皇，美也。笺云：竞，强也。能持强道者，维有武王耳。不强乎其

---

❶ "户"，影宋本《释文》作"尸"。

克商之功业，言其强也。不显乎其成安祖考之道，言其又显也。天以是故美之，予之福禄。**自彼成康，奄有四方，斤斤其明。**自彼成康，用彼成安之道也。奄，同也。斤斤，明察也。笺云：四方，谓天下也。武王用成安祖考之道，故受命伐纣，定天下，为周明察之君。斤斤，如也。○斤，纪觐反。**钟鼓喤喤，磬筦将将，降福穰穰。降福简简，威仪反反。既醉既饱，福禄来反。**喤喤，和也。将将，集也。穰穰，众也。简简，大也。反反，难也。反，复也。笺云：反反，顺习之貌。武王既定天下，祭祖考之庙，奏乐而八音克谐，神与之福又众大，谓如嘏辞也。群臣醉饱，礼无违者，以重得福禄也。○喤，华彭反，徐音皇。筦，音管。将，七羊反。穰，如羊反。反，如字，沈符板反，又音贩。

《执竞》一章，十四句。

思文

《思文》，后稷配天也。

思文后稷，克配彼天。立我烝民，莫匪尔极。极，中也。笺云：克，能也。立，当作"粒"。烝，众也。周公思先祖有文德者，后稷之功能配天。昔尧遭洪水，黎民阻饥，后稷播殖百谷，烝民乃粒，万邦作乂，天下之人无不于女时得其中者。言反其性。○烝，之丞反。粒，音立。**贻我来牟，帝命率育。无此疆尔界，陈常于时夏。**牟，麦。率，用也。笺云：贻，遗。率，循。育，养也。武王渡孟津，白鱼跃入王❶舟，出涘以燎。后五日，火流为乌，五至，以谷俱来。此谓遗我来牟，天命以是循存后稷养天下之功，而广大其子孙之国，无此封竟于女今之经界，乃大有天下也。用是故，陈其久常之功，于是夏而歌之。夏之属有九。《书》说乌以谷俱来，云谷纪后稷之德。○贻，音夷。牟，如字。疆，居良反。夏，户雅反。遗，唯季反。

《思文》一章，八句。

《清庙》之什十篇，十章，九十五句。

---

❶ "王"，阮刻本作"于"。

臣工之什诂训传第二十七 | 周颂

臣工

《臣工》，诸侯助祭遣于庙也。

嗟嗟臣工，敬尔在公。王厘尔成，来咨来茹。嗟嗟，敕之也。工，官也。公，君也。笺云：臣，谓诸侯也。厘，理。咨，谋。茹，度也。诸侯来朝天子，有不纯臣之义，于其将归，故于庙中正君臣之礼，敕其诸官卿大夫云：敬女在君之事，王乃平理女之成功。女有事，当来谋之、来度之于王之朝，无自专。○厘，力之反。茹，如预反，徐音如。度，待洛反，下同。嗟嗟保介，维莫之春。亦又何求？如何新畬。田二岁曰新，三岁曰畬。笺云：保介，车右也。《月令》："孟春，天子亲载耒耜，措之于参保介之御间。"莫，晚也。周之季春，于夏为孟春。诸侯朝周之春，故晚春遣之。敕其车右以时事：女归，当何求于民？将如新田、畬田何？急其教农趋时也。介，甲也。车右，勇力之士，被甲执兵也。○莫，音暮。畬，音余。耒，力对反。耜，音似。夏，户雅反。被，皮寄反。於皇来牟，将受厥明。明昭上帝，迄用康年。康，乐也。笺云：将，大。迄，至也。於美乎，赤乌以牟麦俱来，故我周家大受其光明。谓为珍瑞，天下所休庆也。此瑞乃明见于天，至今用之，有乐岁，五谷丰孰。○於，音乌。迄，许乞反。**命我众人，庤乃钱镈，奄观铚艾。** 庤，具。钱，铫。镈，鎒。铚，获也。笺云：奄，久。观，多也。教我庶民，具女田器，终久必多铚艾。劝之也。○庤，持耻反。钱，子践反。镈，音博。奄，音淹，王、徐如字。观，古玩反，又如字。铚，珍栗反。艾，音刈。铫，七遥反，又土❶尧反，沈音遥。鎒，乃豆反，今作"耨"，同。获，户郭反。

《臣工》一章，十五句。

噫嘻

《噫嘻》，春夏祈谷于上帝也。祈，犹祷也、求也。《月令》：孟春"祈谷于上帝"，夏则"龙见而雩"。是与？○噫，於其反。嘻，音僖❷。祷，丁老反。见，贤遍反。雩，音于。与，音余。

噫嘻成王，既昭假尔，率时农夫，播厥百谷。 噫，叹也。嘻，敕❸也。成王，成是王事也。笺云：噫嘻，有所多大之声也。假，至也。播，犹种也。噫嘻乎能成周王之功，

---

❶ "土"，《释文》作"土"。
❷ "僖"，阮刻本作"禧"。
❸ "敕"，阮刻本作"和"。

其德已著至矣。谓光被四表，格于上下也。又能率是主田之吏农夫，使民耕田而种百谷也。○成"王"，如字，又于况反。假，音格，"毛如字"❶。骏发尔私，终三十里。亦服尔耕，十千维耦。私，民田也。言上欲富其民而让于下，欲民之大发其私田耳。终三十里，言各极其望也。笺云：骏，疾也。发，伐也。亦，大。服，事也。使民疾耕，发其私田，竟三十里者，言一部一吏主之，于是民大事耕其私田，万耦同时举也。《周礼》曰："凡治野田，夫间有遂，遂上有径；十夫有沟，沟上有畛；百夫有洫，洫上有涂；千夫有浍，浍上有道；万夫有川，川上有路。"计此万夫之地，方三十三里少半里也。耜广五寸，二耜为耦。一川之间万夫，故有万耦耕。言三十里者，举其成数。○骏，音峻❷，大也。畛，之忍反，又之人反。洫，况域反。浍，古外反。广，古旷反。

《噫嘻》一章，八句。

振鹭

《振鹭》，二王之后来助祭也。二王，夏、殷也。其后，杞也、宋也。○振，之慎反。

振鹭于飞，于彼西雍。我客戾止，亦有斯容。兴也。

---

❶ 《释文》及阮刻本此语前有"沈云"，故加引号。
❷ "峻"，阮刻本作"畯"。

振振，群飞貌。鹭，白鸟也。雍，泽也。客，二王之后。笺云：白鸟集于西雍之泽，言所集得其处也。兴者，喻杞、宋之君有洁白之德，来助祭于周之庙，得礼之宜也。其至止亦有此容，言威仪之善如鹭然。○处，昌虑反。**在彼无恶，在此无斁。庶几夙夜，以永终誉。**笺云：在彼，谓居其国，无怨恶之者；在此，谓其来朝，人皆爱敬之，无厌之者。永，长也。誉，声美也。○斁，音亦，厌也。

《振鹭》一章，八句。

丰年

《丰年》，秋冬报也。报者，谓尝也、烝也。

丰年多黍多稌。亦有高廪，万亿及秭。丰，大。稌，稻也。廪，所以藏齍盛之穗也。数万至万曰亿，数亿至亿曰秭。笺云：丰年，大有年也。亦，大也。万亿及秭，以言谷数多。○稌，音杜，徐敕古反。廪，力锦反。秭，咨履反。齍，音资。盛，音成。穗，音遂。数，色主反，下同。**为酒为醴，烝畀祖妣，以洽百礼，降福孔皆。**皆，遍也。笺云：烝，进。畀，予也。○醴，音礼。畀，必寐反。妣，必履反。予，音与。

《丰年》一章，七句。

有瞽

《有瞽》，始作乐而合乎祖也。王者治定制礼，功成作乐。合者，大合诸乐而奏之。○瞽，音古。

有瞽有瞽，在周之庭。设业设虡，崇牙树羽。应田县鼓，鞉磬柷圉。 瞽，乐官也。业，大板也，所以饰栒为县也。捷业如锯齿，或曰画之。植者为虡，衡者为栒。崇牙上饰卷然，可以县也。树羽，置羽也。应，小鞞也。田，大鼓也。县鼓，周鼓也。鞉，小[1]鼓也。柷，木椌也。圉，楬也。笺云：瞽，蒙也。以为乐官者，目无所见，于音声审也。《周礼》："上瞽四十人，中瞽百人，下瞽百六十人。"有视瞭者相之。又设县鼓。田，当作"楝"。楝，小鼓，在大鼓旁，应鞞之属也，声转字误，变而作"田"。○虡，音巨。田，如字，郑音醇[2]。县，音悬[3]。鞉，音桃。柷，尺叔反。圉，鱼吕[4]反。栒，荀允反。锯，音据。植，时力反，又直吏反。衡，华盲反。卷，音权。鞞，步兮反。椌，苦江反。楬，苦瞎反。瞭，音了。视瞭，有目人也。相，息亮反。**既备乃奏，箫管备举。喤喤厥声，肃雍和鸣，先祖是听。** 笺云：既备

---

❶ "小"，阮刻本作"鞀"。
❷ "醇"，《释文》及阮刻本作"胤"。
❸ "悬"，《释文》及阮刻本作"玄"。
❹ "吕"，《释文》作"古"。

者，悬也、棘也，皆毕已也。乃奏，谓乐作也。箫，编小竹管，如今卖饧者所吹也。管如篪，并而吹之。○喤，华盲反，又音皇。编，薄殄反，又必绵反，《史记》溥❶连反。饧，夕清反，又音唐。篪，徒历反。并，步顶反。**我客戾止，永观厥成。**笺云：我客，二王之后也。长多其成功，谓深感于和乐，遂入善道，终无怨过。○观，古玩❷反，又如字，多也。乐，如字，或音洛。

《有瞽》一章，十三句。

潜

《潜》，季冬荐鱼，春献鲔也。冬，鱼之性定；春，鲔新来。荐献之者，谓于宗庙也。○潜，在廉反，又音岑。鲔，于轨反。

猗与漆沮，潜有多鱼。有鳣有鲔，鲦鲿鰋鲤。漆、沮，岐周之二水也。潜，槮❸也。笺云：猗与，叹美之言也。鳣，大鲤也。鲔，鮥也。鲦，白鲦也。鰋，鲇也。○猗，於宜反。与，音余。漆，音七。沮，七余反。鳣，张连反。鲦，音条。鲿，音常。鰋，音偃。鲤，音里。槮，素感反，旧本作

---

❶ "溥"，《释文》及阮刻本作"甫"。
❷ "玩"，阮刻本作"衍"。
❸ "槮"，阮刻本作"糁"。

"米"傍。谓积柴水中，令鱼依之止息，因而取之也。郭景纯因从《小尔雅》作"木"傍，霜甚反，又疏荫反。鮥，音洛。鲇，乃谦反。**以享以祀，以介景福。**笺云：介，助。景，大也。

《潜》一章，六句。

雝

《雝》，禘大祖也。禘，大祭也，大于四时而小于祫。大祖，谓文王。○禘，大计反。大，音泰。祫，户夹反。

有来雝雝，至止肃肃。相维辟公，天子穆穆。於荐广牡，相予肆祀。相，助。广，大也。笺云：雝雝，和也。肃肃，敬也。有是来时雝雝然，既至止而肃肃然者，乃助王禘祭，百辟与诸侯也。天子是时则穆穆然。於进大牡之牲，百辟与诸侯又助我陈祭祀之馔。言得天下之欢心。○相，息亮反。辟，音璧，君也。於，如字，王音乌。**假哉皇考！绥予孝子。宣哲维人，文武维后。**假，嘉也。笺云：宣，遍也。嘉哉君考，斥文王也。文王之德，乃安我孝子，谓受命定其基业也。又遍使天下之人有才知，以文德武功为之君故。○假，音暇，徐古雅反。知，音智。**燕及皇天，克昌厥后。绥我眉寿，介以繁祉。**燕，安也。笺云：繁，多也。文王之德，安及皇天，谓降瑞应，无变异也。又能昌大其子孙，安助之以考寿，与多福禄。○昌，如字，或云文王名，此禘于文王之诗也，周人以讳事神，不应犯讳，当音处亮反。**既右烈考，亦右文母**。烈考，武王也。文母，大姒也。笺云：烈，光也。子孙所以得考寿与多福者，乃以见右助于光明之考与文德之母。归美焉。○右，音祐，下同，助也。大，音泰。姒，音似。

《雍》一章，十六句。

载见

《载见》，诸侯始见乎武王庙也。○见，贤遍反，下同。

载见辟王，曰求厥章。龙旂阳阳，和铃央央。鞗革有鸧，休有烈光。载，始也。龙旂阳阳，言有文章也。和在轼前，铃在旂上。鞗革有鸧，言有法度也。笺云：诸侯始见君王，谓见成王也。曰求其章者，求车服礼仪之文章制度也。交龙为旂。鞗革，辔首也。鸧，金饰貌。休者，休然盛壮。○辟，音璧，下同。铃，音零。央，於良反，徐音英。鞗，音条。鸧，七羊反。**率见昭考，以孝以享，以介眉寿。永言保之，思皇多祜**。昭考，武王也。享，献也。笺云：言，我。皇，君也。诸侯既以朝礼见于成王，至祭时，伯又率之见于武王庙，使助祭也，以致孝子之事，以献祭祀之礼，以助考寿之福。长我安行此道，思使成王之多福。○祜，音户，福也。**烈文辟公，绥以多福，俾缉熙于纯嘏**。笺云：俾，使。纯，大也。祭有十伦之义，成王乃光文百辟与诸侯，安之以多福，使光明于大嘏之意。天子受福曰大嘏，辞有福祚之言。○缉，七入反。嘏，古雅反。祚，才故反。

《载见》一章，十四句。

有客

《有客》，微子来见祖庙也。成王既黜殷命，杀武庚，命微子代殷后。既受命，来朝而见也。○见，贤遍反。

有客有客，亦白其马。有萋有且，敦琢其旅。殷尚白也。亦，亦周也。萋、且，敬慎貌。笺云：有客有客，重言之者，异之也。亦，亦武庚也。武庚为二王后，乘殷之马，乃叛而诛，不肖之甚也。今微子代之，亦乘殷之马，独贤而见尊异，故言亦，驳而美之。其来威仪萋萋且且，尽心力于其事。又选择众臣卿大夫之贤者，与之朝王。言敦琢者，以贤美之，故王❶言之。○萋，七西反。且，七序反。敦，都回反，又音雕。琢，陟角反。驳，邦角反，又音角，杂也。**有客宿宿，有客信信。言授之絷，以絷其马。**一宿曰宿，再宿曰信。欲絷其马而留之。笺云：絷，绊也。周之君臣皆爱微子，其所馆宿，可以去矣，而言绊其马，意各殷勤。○絷，陟立反。绊，音半。**薄言追之，左右绥之。**笺云：追，送也。于微子去，王始言饯送之，左右之臣又欲从而安乐之，厚之无已。

---

❶ "王"，阮刻本作"玉"。

○饯，音贱。**既有淫威，降福孔夷。**淫，大。威，则。夷，易也。笺云：既有大则，谓用殷正朔，行其礼乐，如天子也。神与之福，又甚易也。言动作而有度。○易，以豉反。

《有客》一章，十二句。

武

《武》，奏《大武》也。《大武》，周公作乐所为舞也。○大，如字，徐音泰。

於皇武王，无竞维烈。允文文王，克开厥后。烈，业也。笺云：皇，君也。於乎君哉武王也，无强乎其克商之功业，言其强也。信有文德哉文王也，能开其子孙之基绪。○於，音乌。**嗣武受之，胜殷遏刘，耆定尔功。**武，迹。刘，杀。耆，致也。笺云：遏，止。耆，老也。嗣子武王，受文王之业，举兵伐殷而胜之，以止天下之暴虐而杀人者，年老乃定女之此功。言不汲汲于诛纣，须暇五年。○遏，於葛反。耆，音指，郑巨移反。

《武》一章，七句。

《臣工》之什十篇，十章，一百六句。

闵予小子之什诂训传第二十八 | 周颂

闵予小子

《闵予小子》，嗣王朝于庙也。嗣王者，谓成王也。除武王之丧，将始即政，朝于庙也。○朝，直遥反。

闵予小子，遭家不造，嬛嬛在疚。闵，病。造，为。疚，病也。笺云：闵，悼伤之言也。造，犹成也。可悼伤乎，我小子耳，遭武王崩，家道未成，嬛嬛然孤特在忧病之中。○嬛，其倾反。疚，音救。於乎皇考，永世克孝！念兹皇祖，陟降庭止。庭，直也。笺云：兹，此也。陟降，上下也。於乎我君考武王，长世能孝，谓能以孝行为子孙法度，使长见行也。念此君祖文王，上以直道事天，下以直道治民，信无私枉。○於，音乌，后同。❶维予小子，夙夜敬止。於乎皇王，继序思不忘！序，绪也。笺云：夙，早。敬，慎也。我小子早夜慎行祖考之道，言不敢懈倦也。於乎君王，叹文王、武王也。我继其绪，思其所行不忘也。

《闵予小子》一章，十一句。

---

❶ 此条《音义》，《释文》及阮刻本无。

访落

《访落》，嗣王谋于庙也。谋者，谋政事也。

访予落止，率时昭考。於乎悠哉，朕未有艾。将予就之，继犹判涣。访，谋。落，始。时，是。率，循。悠，远。犹，道。判，分。涣，散也。笺云：昭，明。艾，数。犹，图也。成王始即政，自以承圣父之业，惧不能遵其道德，故于庙中与群臣谋我始即政之事。群臣曰：当循是明德之考所施行。故答之以谦曰：於乎远哉，我于是未有数。言远不可及也。女❶扶将我，就其典法而行之，继续其业，图我所失，分散者收敛之。○艾，五盖反，徐音刈。**维予小子，未堪家多难。**笺云：多，众也。我小子耳，未任统理国家众难成之事，必有任贤待年长大之志。难成之事，谓诸政有业未平者。○难，如字，协韵乃旦反。任，音壬，下二篇注同。**绍庭上下，陟降厥家。休矣皇考，以保明其身。**笺云：绍，继也。厥家，谓群臣也。继文王陟降庭止之道，上下群臣之职以次序者，美矣，我君考武王，能以此道尊安其身。谓定天下，居天子之位。

《访落》一章，十二句。

---

❶ "女"，阮刻本作"艾"。

敬之

《敬之》，群臣进戒嗣王也。

敬之敬之，天维显思，命不易哉！无曰高高在上，陟降厥士，日监在兹。显，见。士，事也。笺云：显，光。监，视也。群臣见王谋即政之事，故因时戒之曰：敬之哉，敬之哉！天乃光明，去恶与善，其命吉凶，不变易也。无谓天高又高在上，远人而不畏也。天上下其事，谓转运日月，施其所行，日月瞻视，近在此也。○易，音亦，王以豉反。见，贤遍反。远，于万反。上，时掌反。**维予小子，不聪敬止。日就月将，学有缉熙于光明。佛时仔肩，示我显德行。**小子，嗣王也。将，行也。光，广也。佛，大也。仔肩，克也。笺云：缉熙，光明也。佛，辅也。时，是也。仔肩，任也。群臣戒成王以"敬之敬之"，故承之以谦云：我小子耳，不聪达于敬之之意。日就月行，言当习之以积渐也。且欲学于有光明之光明者，谓贤中之贤也。辅佛是任，示道我以显明之德行。是时自知未能成文、武之功，周公始有居摄之志。○佛，符弗反，郑音弼。仔，音兹。肩，古贤反。行，下孟反。

《敬之》一章，十二句。

小毖

《小毖》，嗣王求助也。毖，慎也。天下之事，当慎其小。小时不慎，后为祸大，故成王求忠臣早辅助己为政，以救患难。○毖，音祕。难，乃旦反。

予其惩，而毖后患。莫予荓蜂，自求辛螫。毖，慎也。荓蜂，摩曳也。笺云：惩，艾也。始者，管叔及其群弟流言于国，成王信之，而疑周公。至后三监叛而作乱，周公以王命举兵诛之，历年乃已。故今周公归政，成王受之，而求贤臣以自辅助也。曰：我其创艾于往时矣，畏慎后复有祸难。群臣小人无敢我摩曳，谓为谲诈诳欺，不可信也。女如是，徒自求辛苦毒螫之害耳，谓将有刑诛。○惩，直升反。荓，普经反。蜂，孚逢反。螫，音释。摩，尺制反。曳，以制反。艾，音刈。创，初亮反。谲，音决。诳，九况反。**肇允彼桃虫，拚飞维鸟。**桃虫，鹪也，鸟之始小终大者。笺云：肇，始。允，信也。始者信以彼管、蔡之属，虽有流言之罪，如鹪鸟之小，不登诛之，后反叛而作乱，犹鹪之翻飞为大鸟也。鹪之所为鸟，题肩也，或曰鸲，皆恶声之鸟。○拚，芳烦反。鹪，子消反。**未堪家多难，予又集于蓼。**堪，任。予，我也。我又集于蓼，言辛苦也。笺云：集，会也。未任统理我国家众难成之事，谓使周公居摄时也。我又会于辛苦，遇三监及淮夷之难也。○蓼，音了。

《小毖》一章，八句。

载芟

《载芟》，春藉田而祈社稷也。藉田，甸师氏所掌。王载耒耜所耕之田，天子千亩，诸侯百亩。藉之言借也，借民力治之，故谓之藉田。○芟，所衔反。甸，田见反。

载芟载柞，其耕泽泽。千耦其耘，徂隰徂畛。侯主侯伯，侯亚侯旅，侯强侯以。 除草曰芟，除木曰柞。畛，场也。主，家长也。伯，长子也。亚，仲叔也。旅，子弟也。强，强力也。以，用也。笺云：载，始也。隰，谓新发田也。畛，谓旧田有径路者。强，有余力者。《周礼》曰："以强予任民。"以，谓间[1]民，今时佣赁也。《春秋》之义，能东西之曰"以"。成王之时，万民乐治田业。将耕，先始芟柞其草木，土气烝达而和，耕之则泽泽然解散，于是耘除其根株。辈作者千耦，言趋时也。或往之隰，或往之畛。父子余夫俱行，强有余力者相助，又取佣赁，务疾毕已当种也。○柞，侧伯反。泽，音释。耦，五口反。畛，之忍反，徐音真。强，其良反。场，音亦。间，音闲。佣，音容。赁，女鸩反。**有嗿其馌，思媚其妇，有依其士。** 嗿，众貌。士，子弟也。笺云：馌，馈饷也。依之言爱也。妇子来馈饷其农人于田野，乃逆而媚爱之。言劝其事，劳不自苦。○嗿，敕感反。馌，于辄

---

[1] "间"，阮刻本作"闲"。

反。馈，其愧反。饷，式亮反。**有略其耜，俶载南亩。播厥百谷，实函斯活。**略，利也。笺云：俶载，当作"炽菑"。播，犹种也。实，种子也。函，含也。活，生也。农夫既耕除草木根株，乃更以利耜炽菑之而后种，其种皆成好含生气。○略，如字。俶载，毛如字，郑作"炽菑"，下篇同。函，户南反，下篇同。种，章勇反。**驿驿其达，有厌其杰。厌厌其苗，绵绵其麃。**达，射也。有厌其杰，言杰苗厌然特美也。麃，耘也。笺云：达，出地也。杰，先长者。厌厌其苗，众齐等也。○驿，音亦。厌，於艳反，下同。麃，表娇反。射，食亦反。**载获济济，有实其积，万亿及秭。**济济，难也。笺云：难者，穗众难进也。有实，实成也。其积之乃万亿及秭，言得多也。○获，户郭反。积，子赐反，又如字。秭，音姊。**为酒为醴，烝畀祖妣，以洽百礼。**笺云：烝，进。畀，予。洽，合也。进予祖妣，谓祭先祖先妣也。以洽百礼，谓飨燕之属。○畀，必二反。**有飶其香，邦家之光。**飶，芬香也。笺云：芬香之酒醴，飨燕宾客，则多得其欢心，于国家有荣誉。○飶，蒲节[1]反，又蒲必反。**有椒其馨，胡考之宁。**椒，犹飶也。胡，寿也。考，成也。笺云：宁，安也。以芬香之酒醴，祭于祖妣，则多得其福右。○椒，子消反，徐子料反。**匪且有且，匪今斯今，振古如兹。**且，此也。振，自也。笺云：匪，非也。振，亦古也。飨燕祭祀，心非云且而有且，谓将有嘉庆祯祥先来见也。心非云今而有此今，谓嘉庆之事不问[2]而

---

[1] "节"，阮刻本作"即"。
[2] "问"，阮刻本作"闻"。

至也。言修德行礼，莫不获报，乃古古而如此，所由来者久，非适今时。○且，七也反，又子余反，下同。

《载芟》一章，三十一句。

良耜

《良耜》，秋报社稷也。○耜，音似，田器也。

畟畟良耜，俶载南亩。播厥百谷，实函斯活。畟畟，犹测测也。笺云：良，善也。农人测测以利善之耜，炽菑是南亩也，种此百谷，其种皆成好含生气。言得其时。○畟，楚侧反。种，章勇反。**或来瞻女，载筐及筥。其饟伊黍，其笠伊纠。其镈斯赵，以薅荼蓼。**笠，所以御暑雨也。赵，刺也。蓼，水草也。笺云：瞻，视也。有来视女，谓妇子来饁者也。筐筥，所以盛黍也。丰年之时，虽贱者犹食黍。饁者见戴纠然之笠，以田器刺地，薅去荼蓼之事。言闵其勤苦。○筐，丘方反。筥，纪吕反。饟，式亮反。笠，音立。纠，居黝反，又其皎反。镈，音博。赵，徒了反，又如字，沈起了反。薅，呼毛反，"拔田草也"❶。荼，音徒。蓼，音了。刺，七亦反，下同。盛，平声❷。**荼蓼朽止，黍稷茂止。获之挃挃，积之栗栗。其崇如墉，其比如栉，以开百室。**挃挃，获声也。栗栗，众多也。

---

❶《释文》及阮刻本此语前有"《说文》云"，故加引号。
❷ "平声"，《释文》及阮刻本作"音成"。

墉，城也。笺云：百室，一族也。草秽既除而禾稼茂，禾稼茂而谷成孰❶，谷成孰而积聚多。如城❷也，如栉也，以言积之高大，且相比迫也。其已治之，则百家开户纳之。千耦其耘，辈作尚众也。一族同时纳谷，亲亲也。百室者，出必共洫间而耕，入必共族中而居，又有祭酺合醵之欢。○朽，虚有反，烂也。挃，珍栗反。积，子赐反。比，毗志反。栉，侧瑟反。酺，音蒲，又音步。醵，其据反，又其略反，合钱饮酒也。**百室盈止，妇子宁止。杀时犉牡，有捄其角。以似以续，续古之人。**黄牛黑唇曰犉。社稷之牛角尺。以似以续，嗣前岁，续往事也。笺云：捄，角貌。五谷毕入，妇子则安，无行馌之事，于是杀牲报祭社稷。嗣前岁者，复求有丰年也。续往事者，复以养人也。续古之人，求有良司穑也。○犉，如纯反。捄，音虬。

《良耜》一章，二十三句。

丝衣

《丝衣》，绎宾尸也。高子曰："灵星之尸也。"绎，又祭也。天子诸侯曰绎，以祭之明日。卿大夫曰宾尸，与祭同日。周曰绎，商谓之肜。○绎，音亦。肜，余戎反。

丝衣其紑，载弁俅俅。自堂徂基，自羊徂牛，鼐鼎

---

❶ "孰"，阮刻本作"熟"，下同。
❷ "城"，阮刻本作"墉"。

及鼒。丝衣，祭服也。紑，洁鲜貌。俅俅，恭顺貌。基，门塾之基。自羊徂牛，言先小后大也。大鼎谓之鼐，小鼎谓之鼒。笺云：载，犹戴也。弁，爵弁也。爵弁而祭于王，士服也。绎礼轻，使士升门堂，视壶濯及笾豆之属，降往于基，告濯具，又视牲，从羊之牛，反告充已，乃举鼎幂告洁，礼之次也。鼎圜弇上谓之鼒。○紑，孚浮反，徐孚不反，又音培，又音弗。载，如字，又音戴。弁，皮变反。俅，音求。鼐，乃代反，又音乃。鼒，音兹，又音灾，或音才。幂，亡历反。圜，音圆。弇，古"奄"字。**兕觥其觩，旨酒思柔。不吴不敖，胡考之休！**吴，哗也。考，成也。笺云：柔，安也。绎之旅士用兕觥，变于祭也，饮美酒者皆思自安，不谨哗，不敖慢也，此得寿考之休征。○兕，徐履反。觥，古横反，罚爵也。觩，音虬。吴，如字，又音话。敖，五诰反。谨，火官反，又火元反。

《丝衣》一章，九句。

酌

《酌》，告成《大武》也。言能酌先祖之道，以养天下也。周公居摄六年，制礼作乐，归政成王，乃后祭于庙而奏之。其始成，告之而已。○酌，音灼。大，如字，又音泰。

於铄王师，遵养时晦。时纯熙矣，是用大介。铄，美。遵，率。养，取。晦，昧也。笺云：纯，大。熙，兴。介，助也。於美乎文王之用师，率殷之叛国以事纣，养是暗昧之君以老其恶，是周道大兴而天下归往矣，故有致死之士助之。○於，音乌。铄，舒灼反。**我龙受之，蹻蹻王之造，载用有嗣。**龙，和也。蹻蹻，武貌。造，为也。笺云：龙，宠也。来助我者，我宠而受用之。蹻蹻之士，皆争来造王，王则用之。有嗣，传相致。○蹻，居表反。造，才老反，郑七报反。**实维尔公，允师。**公，事也。笺云：允，信也。王之事所以举兵克胜者，实维女之事，信得用师之道。

《酌》一章，九句。

桓

《桓》，讲武类祃也。桓，武志也。类也、祃也，皆师祭也。○祃，马嫁反。

绥万邦，娄丰年。笺云：绥，安也。娄，亟也。诛无道，安天下，则亟有丰孰①之年，阴阳和也。○娄，力住反。亟，欺冀反，数也。**天命匪解，桓桓武王，保有厥士。于以四方，克定厥家。**士，事也。笺云：天命为善不解倦者，以为天子。我桓桓有威武之武王，则能安有天下之事。此言其当天意也。于是用武事于四方，能定其家先王之业，遂有天下。○解，音懈。**於昭于天，皇以间之。**间，代也。笺云：于，曰也。皇，君也。於明乎曰天也，纣为天下之君，但由为

---

① "孰"，阮刻本作"熟"。

恶，天以武王代之。○於，音乌。

《桓》一章，九句。

赉

《赉》，大封于庙也。赉，予也，言所以锡予善人也。大封，武王伐纣时，封诸臣有功者。○赉，来代反，又音来。予，上声。❶

文王既勤止，我应受之。敷时绎思，我徂维求定。 勤，劳。应，当。绎，陈也。笺云：敷，犹遍也。文王既劳心于政事，以有天下之业，我当而受之。敷是文王之劳心，能陈绎而行之，今我往以此求定。谓安天下也。○敷，音孚。绎，音亦。**时周之命，於绎思。** 笺云：劳心者，是周之所以受天命，而王之所由也。於女诸臣受封者，陈绎而思行之，以文王之功业敕劝之。○於，如字，王音乌。

《赉》一章，六句。

般

《般》，巡守而祀四岳河海也。般，乐也。○般，薄

---

❶ "予，上声"，《释文》及阮刻本无。

寒反。守，手又反。乐，音洛。

於皇时周，陟其高山，隳山乔岳，允犹翕河。 高山，四岳也。隳山，山之隳隳小者也。翕，合也。笺云：皇，君。乔，高。犹，图也。於乎美哉，君是周邦而巡守，其所至则登其高山而祭之，望秩于山川。小山及高岳，皆信案山川之图而次序祭之。河言合者，河自大陆之北敷为九，祭者合为一。○於，音乌。隳，吐果反。翕，许及反。**敷天之下，裒时之对，时周之命。** 裒，聚也。笺云：裒，众。对，配也。遍天之下，众山川之神，皆如是配而祭之，是周之所以受天命而王也。○裒，蒲侯反。

《般》一章，七句。

《闵予小子》之什十一篇，十一章，百三十七句。

诗经卷十九考证

《周颂·清庙》章"对越在天"《笺》"如生存"。○殿本"如"字下有"其"字。汲古阁本作"知在生存",误。

《维天之命》章"假以溢我"。○《左传》作"何以恤我"。《说文》"假"作"誐","嘉善也"。

"彼徂矣,岐有夷之行。"❶○汉永平中益州刺史朱辅疏引《诗》作"彼徂者岐"。又原本"岐"字属下句读,诸本俱属上句,义实同。

《时迈》章《序》《笺》"遍于群神"。○此句下,殿本、汲古阁本俱有"远行也"三字。案:《七经考文补遗》云:"古本本无此三字,后据《正义》本增入。"

《臣工》章"如何新畬"《笺》"女归,当何求于民"。○案:"女"字正敕臣工语气,诸本作"时归",于义未合。

《噫嘻》章"噫嘻成王"《传》"噫,敕也"。○殿本、汲古阁本俱作"和也"。案:《正义》云:"成汤见四面罗者曰:'嘻,尽之矣!'"明"噫嘻"皆叹声,为

---

❶ 此句当属《天作》章。

叹以敕之。此正疏毛《传》"嘻，敕也"句，若作"和"字，则于本诗之意未的，当从原本为是。

"终三十里"《笺》"方三十三里少半里也"。○三十三里，诸本俱作"二十三里"。案：《疏》引《周礼》"万夫有川"，与"十千"之数相当，计万夫之地，一夫百亩，方百步，积万夫方之，是广长各百夫，夫有百步，三夫为一里，则百夫应三十三里明矣。余百步即三分里之一所，为少半里也。诸本作"二十三"，误。

"十千维耦"《笺》"二耜为耦"。○案：《考工记》："匠人为沟洫，耜广五寸，二耜而耦。"别本或作"三耜"，非。

《有瞽》章"鼗磬柷圉"《传》"鼗，鼗鼓也"。○案：《春官·小师》注"鼗如鼓而小"，则此应作"小鼓也"为是。今依殿本改正。

"永观厥成"《音义》"观，古玩反"。○殿本、汲古阁本俱作"古衍反"，与韵不合。

《潜》章"鲦鲿鰋鲤"《笺》"鲦，白鲦也"。○案：《集韵》："白鲦，鱼名，或作鯈儵。"

《雍》章"假哉皇考"《笺》"嘉哉君考"。○案：《尔雅·释诂》："皇，君也。"《正义》疏《笺》，本作"君考"，诸本"君"作"皇"。

《访落》章"未堪家多难"《笺》"心有任贤待年长大之志"。○案：下有"志"字，则上"心"字乃"必"字之误，今依殿本改正。

《载芟》章"烝畀祖妣"《笺》"进予祖妣"。

○❶诸本"予"皆作"于",义虽可通,不知原本"予"字正解"畀"字,非率用虚字也。

"其镈斯赵。"❷○《周礼》注、《集韵》"赵"俱作"挶"。

《般》章"隋山乔岳"《传》"山之隋隋小者也"。○隋隋,诸本俱作"隋堕"。案:《正义》云"山之小者隋隋然",则下"隋"字不应从土。

---

❶ 此圈符原无,据体例补。
❷ 此句当属《良耜》章。

卷二十

駉诂训传第二十九 | 鲁颂

駉

《駉》，颂僖公也。僖公能遵伯禽之法，俭以足用，宽以爱民，务农重谷，牧于坰野，鲁人尊之，于是季孙行父请命于周，而史克作是颂。季孙行父，季文子也。史克，鲁史也。○駉，古荧反。牧，音目。坰，古❶荧反，又苦营反，下同。父，音甫。

駉駉牡马，在坰之野。駉駉，良马腹干肥张也。坰，远野也。邑外曰郊，郊外曰野，野外曰林，林外曰坰。笺云：必牧于坰野者，辟民居与良田也。《周礼》曰："以官田、牛田、赏田、牧田，任远郊之地。"○牡，茂后反。❷**薄言駉者，有驈有皇，有骊有黄，以车彭彭**。牧之坰野则駉駉然。驈马白跨曰驈，黄白曰皇，纯黑曰骊，黄骍曰黄。诸侯六闲，马四种，有良马，有戎马，有田马，有驽马。彭彭，有力有容也。笺云：坰之牧地，水草既美，牧人又良，饮食

---

❶ "古"，阮刻本作"苦"。
❷ 此条《音义》，阮刻本无。

得其时，则自肥健耳。○驈，户橘反，又于密反，又音述。骊，力知反，又郎知❶反。彭，如字。❷跨，苦化❸反，"髀间也"❹。驿，息营反。**思无疆，思马斯臧**。笺云：臧，善也。僖公之思遵伯禽之法，反覆思之，无有竟已，乃至于思马斯善，多其所及广博。○疆，启❺良反。

驷驷牡马，在坰之野。薄言驷者，有骓有駓，有骍有骐，以车伓伓。苍白杂毛曰骓，黄白杂毛曰駓，赤黄曰骍，苍骐曰骐。伓伓，有力也。○骓，朱帷反❻。駓，符悲反，《字林》又音丕。骐，渠之反❼。伓，敷悲反。**思无期，思马斯才**。才，多材也。

驷驷牡马，在坰之野。薄言驷者，有驒有骆，有骝有雒，以车绎绎。青骊驎曰驒，白马黑鬣曰骆，赤身黑鬣曰骝，黑身白鬣曰雒。绎绎，善走也。○驒，徒河反。骆，音洛。骝，音留。雒，音洛。绎，音亦。驎，良忍反，又音吝❽。鬣，力辄反。**思无斁，思马斯作**。作，始也。笺云：斁，厌也。思遵伯禽之法，无厌倦也。作，谓牧之使可乘驾也。○斁，音亦。

驷驷牡马，在坰之野。薄言驷者，有駰有騢，有驔

---

❶ "知"，《释文》及阮刻本作"西"。
❷ "彭，如字"，《释文》及阮刻本无。
❸ "化"，阮刻本作"花"。
❹ 《释文》及阮刻本此语前有"郭云"，故加引号。
❺ "启"，《释文》及阮刻本作"居"。
❻ "朱帷反"，《释文》及阮刻本作"音佳"。
❼ "渠之反"，《释文》及阮刻本作"音其"。
❽ "吝"，《释文》及阮刻本作"邻"。

有鱼，以车祛祛。阴白杂毛曰骃，彤白杂毛曰騢，豪骭曰驔，二目白曰鱼。祛祛，强健也。○骃，於巾反。騢，音遐。驔，音簟，"又音谭"❶。祛，起居反。彤，徒冬反。骭，户晏反。**思无邪，思马斯徂。**笺云：徂，犹行也。思遵伯禽之法，专心无复邪意也。牧马使可走行。○邪，似嗟反。

《駉》四章，章八句。

有駜

《有駜》，颂僖公君臣之有道也。有道者，以礼义相与之谓也。○駜，备笔反，又符必反。

有駜有駜，駜彼乘黄。駜，马肥强貌。马肥强则能升高进远，臣强力则能安国。笺云：此喻僖公之用臣，必先致其禄食，禄食足而臣莫不尽其忠。○乘，绳证反，下同。**夙夜在公，在公明明。**笺云：夙，早也。言时臣忧念君事，早起夜寐，在于公之所。在于公之所，但明义明德也。《礼记》曰："大学之道，在明明德。"**振振鹭，鹭于下。鼓咽咽，醉言舞。于胥乐兮。**振振，群飞貌。鹭，白鸟也，以兴洁白之士。咽咽，鼓节也。笺云：于，於。胥，皆也。僖公之时，君臣无事则相与明义明德而已。洁白之士群集于君之朝，君以礼乐与之饮酒，以鼓节之，咽咽然，至于无筭爵，则又舞，燕

---

❶《释文》及阮刻本此语前有"《字林》云"，故加引号。

乐以尽其欢。君臣于是则皆喜乐也。○咽，乌悬[1]反，又於巾反。乐，音洛。

有驷有驷，驷彼乘牡。夙夜在公，在公饮酒。言臣有余敬，而君有余惠。**振振鹭，鹭于飞。鼓咽咽，醉言归。于胥乐兮。**笺云：飞，喻群臣饮酒醉欲退也。

有驷有驷，驷彼乘骍。青骊曰骍。○骍，呼县反，又火悬反，又胡畎反。**夙夜在公，在公载燕。**笺云：载之言则也。**自今以始，岁其有。君子有穀，诒孙子。于胥乐兮。**岁其有，丰年也。笺云：穀，善。诒，遗也。君臣安乐，则阴阳和而有丰年，其善道则可以遗子孙也。○诒，以之反。遗，唯季反。

《有驷》三章，章九句。

泮水

《泮水》，颂僖公能修泮宫也。○泮，普半反。

思乐泮水，薄采其芹。泮水，泮宫之水也。天子辟雍，诸侯泮宫。言水则采取其芹，宫则采取其化。笺云：芹，水菜也。言己思乐僖公之修泮宫之水，复伯禽之法，而往观之，采其芹也。辟雍者，筑土雍水之外，圆如璧，四方来观者均也。泮之言半也。半水者，盖东西门以南通水，北无也。天子

---

[1] "悬"，《释文》及阮刻本作"玄"，下同。

诸侯宫异制，因形然。○僖，音希。芹，其巾反。辟，音璧，下同。观，古乱反，又音官。**鲁侯戾止，言观其旂。其旂茷茷，鸾声哕哕。无小无大，从公于迈。**戾，来。止，至也。言观其旂，言法则其文章也。茷茷，言有法度也。哕哕，言有声也。笺云：于，往。迈，行也。我采泮水之芹，见僖公来至于泮宫。我则观其旂茷茷然，鸾和之声哕哕然。臣无尊卑，皆从君行而来。称言此者，僖公贤君，人乐见之。○茷，蒲害反，又普贝反。哕，呼会反。

思乐泮水，薄采其藻。鲁侯戾止，其马蹻蹻。其马蹻蹻，其音昭昭。其马蹻蹻，言强盛也。笺云：其音昭昭，僖公之德音。○藻，音早。蹻，居表反。昭，之绕反。**载色载笑，匪怒伊教。**色温润也。笺云：僖公之至泮宫，和颜色而笑语，非有所怒，于是有所教化也。

思乐泮水，薄采其茆。茆，凫葵也。○茆，莫饱反，又力久反。❶**鲁侯戾止，在泮饮酒。既饮旨酒，永锡难老。**笺云：在泮饮酒者，征先生君子与之行饮酒之礼，而因以谋事也。已饮美酒，而长赐其难使老。难使老者，最寿考也。长赐之者，如《王制》所云"八十月告存，九十日有秩"者与？○与，音余。**顺彼长道，屈此群丑。**屈，收。丑，众也。笺云：顺，从。长，远。屈，治。丑，恶也。是时淮夷叛逆，既谋之于泮宫，则从彼远道往伐之，治此群为恶之人。○屈，丘勿反，"又其勿反"❷。

---

❶ "莫饱反，又力久反"，《释文》及阮刻本作"音卯，徐音柳"。
❷ 《释文》及阮刻本此语前有"徐云"，故加引号。

穆穆鲁侯，敬明其德。敬慎威仪，维民之则。允文允武，昭假烈祖。假，至也。笺云：则，法也。僖公之行，民之所法效也。僖公信文矣，为修泮宫也；信武矣，为伐淮夷也。其聪明乃至于美祖之德，谓遵伯禽之法。○假，古百反。**靡有不孝，自求伊祜。**笺云：祜，福也。国人无不法效之者，皆庶几力行，自求福禄。○祜，音户。

明明鲁侯，克明其德。既作泮宫，淮夷攸服。笺云：克，能。攸，所也。言僖公能明其德，修泮宫而德化行，于是伐淮夷，所以能服也。**矫矫虎臣，在泮献馘。淑问如皋陶，在泮献囚。**囚，拘也。笺云：矫矫，武貌。馘，所格者之左耳。淑，善也。囚，所虏获者。僖公既伐淮夷而反，在泮宫，使武臣献馘，又使善听狱之吏如皋陶者献囚。言伐有功，所任得其人。○矫，居表反。馘，古获反。陶，音遥。

济济多士，克广德心。桓桓于征，狄彼东南。桓桓，威武貌。笺云：多士，谓虎臣及如皋陶之属。征，征伐也。狄，当作"剔"。剔，治也。东南，斥淮夷。○狄，他历反，远❶也，或如字。**烝烝皇皇，不吴不扬。不告于讻，在泮献功。**烝烝，厚也。皇皇，美也。扬，伤也。笺云：烝烝，犹进进也。皇皇，当作"睢睢"。睢睢，犹往往也。吴，哗也。讻，讼也。言多士之于伐淮夷，皆劝之，有进进往往之心，不谨哗，不大声。僖公还在泮宫，又无以争讼之事告于治讼之官者，皆自献其功。○皇，如字，又音旺❷。吴，如字，又音

---

❶ "远"，通志堂本《释文》作"达"。
❷ "音旺"，《释文》及阮刻本作"于况反"。

话。讻，音凶。

角弓其觩，束矢其搜。戎车孔博，徒御无斁。既克淮夷，孔淑不逆。 觩，弛貌。五十矢为束。搜，众意也。笺云：角弓觩然，言持弦急也。束矢搜然，言劲疾也。博，当作"傅"。甚傅致者，言安利也。徒行者，御车者，皆敬其事，又无厌倦也。僖公以此兵众伐淮夷而胜之，其士卒甚顺军法而善，无有为逆者，谓堙井刊木之类。○觩，音虬。搜，色留反。博，如字，郑音附。斁，音亦，厌也。致，直置反。**式固尔犹，淮夷卒获。** 笺云：式，用。犹，谋也。用坚固女军谋之故，故淮夷尽可获服也。谋，谓度己之德，虑彼之罪，以出兵也。○度，待洛反。

翩彼飞鸮，集于泮林。食我桑黮，怀我好音。 翩，飞貌。鸮，恶声之鸟也。黮，桑实也。笺云：怀，归也。言鸮恒恶鸣，今来止于泮水之木上，食其桑黮。为此之故，故改其鸣，归就我以善音。喻人感于恩则化也。○翩，音篇。鸮，于娇反。黮，时审反。为，于伪反。**憬彼淮夷，来献其琛。元龟象齿，大赂南金。** 憬，远行貌。琛，宝也。元龟尺二寸。赂，遗也。南，谓荆、扬也。笺云：大，犹广也。广赂者，赂君及卿大夫也。荆、扬之州，贡金三品。○憬，九永反，又孔永反。琛，敕金反。赂，音路。

《泮水》八章，章八句。

闷宫

《闷宫》，颂僖公能复周公之宇也。宇，居也。○闷，音祕。僖，音希。

闷宫有侐，实实枚枚。闷，闭也。先妣姜嫄之庙在周，常闭而无事。孟仲子曰："是禖宫也。"侐，清净也。实实，广大也。枚枚，砻密也。笺云：闷，神也。姜嫄神所依，故庙曰神宫。○侐，况域反，"静也"❶，一音火季❷反。枚，莫回反。**赫赫姜嫄，其德不回，上帝是依。无灾无害，弥月不迟，**上帝是依，依其子孙也。笺云：依，依其身也。弥，终也。赫赫乎显著姜嫄也，其德贞正不回邪，天用是冯依而降精气，其任之又无灾害，不坼不副，终人道十月而生子，不迟晚。○副，孚逼反。**是生后稷。降之百福，黍稷重穋，稙稚菽麦。奄有下国，俾民稼穑。**先种曰稙，后种曰稚。笺云：奄，犹覆也。姜嫄用是而生子后稷，天神多与之福，以五谷终覆盖天下，使民知稼穑之道。言其不空生也。后稷生而名弃，长大，尧登用之，使居稷官，民赖其功。后虽作司马，天下犹以后稷称焉。○重，直容反。穋，音六。稙，徵力反，又

---

❶ 《释文》及阮刻本此语前有"《说文》云"，故加引号。
❷ "季"，影宋本《释文》作"李"。

时力反。稚，音治❶。**有稷有黍，有稻有秬。奄有下土，缵禹之绪。**绪，业也。笺云：稚，黑黍也。绪，事也。尧时洪水为灾，民不粒食。天神多予后稷以五谷。禹平水土，乃教民播种之，于是天下大有，故云缵❷禹之事也。美之，故申说以明之。○秬，音巨。缵，子管反，继也。

后稷之孙，实维大王。居岐之阳，实始翦商。翦，齐也。笺云：翦，断也。大王自豳徙居岐阳，四方之民咸归往之，于时而有王迹，故云是始断商。○大，音泰，后"大王""大平"皆同。翦，子践反，"断也"。断，音短。**至于文武，缵大王之绪。致天之届，于牧之野。无贰无虞，上帝临女！**虞，误也。笺云：届，殛❸。虞，度也。文王、武王继大王之事，至受命致大平，天所以罚殛纣于商郊牧野，其时之民皆乐武王之如是，故戒之云：无有二心也，无复计度也，天视护女，至则克胜。○届，音戒。**敦商之旅，克咸厥功。**笺云：敦，治。旅，众。咸，同也。武王克殷，而治商之臣民，使得其所，能同其功于先祖也。后稷、大王、文王亦周公之祖考也。伐纣，周公又与焉，故述之以美大鲁。○敦，都回反，又都门反。与，音预。

王曰叔父，建尔元子，俾侯于鲁，大启尔宇，为周室辅。王，成王也。元，首。宇，居也。笺云：叔父，谓周公也。成王告周公曰：叔父，我立女首子，使为君于鲁。谓

---

❶ "治"，《释文》及阮刻本作"雉"。
❷ "缵"，阮刻本作"继"。
❸ "殛"，阮刻本作"极"，下同。

欲封伯禽也。封鲁公以为周公后，故云大开女居以为我周家之辅。谓封以方七百里，欲其强于众国。**乃命鲁公，俾侯于东，锡之山川，土田附庸。**笺云：东，东藩，鲁国也。既告周公以封伯禽之意，乃策命伯禽，使为君于东，加赐之以山川、土田及附庸，令专统之。《王制》曰："名山大川不以封诸侯，附庸则不得专臣也。"**周公之孙，庄公之子。龙旂承祀，六辔耳耳。春秋匪解，享祀不忒。**周公之孙，庄公之子，谓僖公也。耳耳然，至盛也。笺云：交龙为旂。承祀，谓视祭事也。四马故六辔。春秋，犹言四时也。忒，变也。〇解，音懈。忒，他得反。**皇皇后帝，皇祖后稷，享以骍牺，是飨是宜，降福既多。**骍，赤。牺，纯也。笺云：皇皇后帝，谓天也。成王以周公功大，命鲁郊祭天，亦配之以君祖后稷，其牲用赤牛纯色，与天子同也。天亦飨之宜之，多予之福。〇骍，息营反。牺，许宜反。**周公皇祖，亦其福女。秋而载尝，夏而楅衡。白牡骍刚，牺尊将将。毛炰胾羹，笾豆大房。万舞洋洋，孝孙有庆。**诸侯夏禘则不礿，秋祫则不尝，唯天子兼之。楅衡，设牛角以楅之也。白牡，周公牲也。骍刚，鲁公牲也。牺尊，有沙饰也。毛炰，豚也。胾，肉也。羹，大羹、铏羹也。大房，半体之俎也。洋洋，众多也。笺云：此皇祖谓伯禽也。载，始也。秋将尝祭，于夏则养牲。楅衡其牛角，为其触抵人也。秋尝而言始者，秋物新成，尚之也。大房，玉饰俎也，其制足间有横，下有柎，似乎堂后有房然。万舞，干舞也。〇楅，音福，逼也。牺，素河反，又许宜反。将，七羊反。炰，蒲包反。胾，侧吏反。羹，音庚，又音衡。洋，音羊，徐音翔。舃，羊灼反。袷，咸夹反。沙，苏❶河反。柢，都礼反。横，古旷反，一音光。柎，方于反。**俾尔炽而昌，俾尔寿而臧。保彼东方，鲁邦是常。不亏不崩，不震不腾。三寿作朋，如冈如陵**。震，动也。腾，乘也。寿，考也。笺云：此皆庆孝孙之辞也。俾，使。臧，善。保，安。常，守也。亏、崩，皆谓毁坏也。震、腾，皆谓僭逾相侵犯也。三寿，三卿也。冈、陵，取坚固也。○炽，尺志反。僭，子念反。

公车千乘，朱英绿縢，二矛重弓。大国之赋千乘。朱英，矛饰也。縢，绳也。重弓，重于韔中也。笺云：二矛重弓，备折坏也。兵车之法，左人持弓，右人持矛，中人御。○乘，绳证反。英，如字，又於耕反。縢，徒登反。重，直龙反。韔，敕亮反，弓衣也。**公徒三万，贝胄朱綅，烝徒增增**。贝胄，贝饰也。朱綅，以朱綅缀之。增增，众也。笺云：万二千五百人为军，大国三军，合三万七千五百人。言三万者，举成数也。烝，进也。徒进行增增然。○胄，直又反。綅，息廉反，"线也"❷，又音侵。烝，之升反。**戎狄是膺，荆舒是惩，则莫我敢承**。膺，当。承，止也。笺云：惩，艾也。僖公与齐桓举义兵，北当戎与狄，南艾荆及群舒，天下无敢御之。○艾，音刈。**俾尔昌而炽，俾尔寿而富。黄发台背，寿胥与试**。笺云：此庆僖公勇于用兵讨有罪也。黄发台背，皆寿征也。胥，相也。寿而相与试，谓讲气力不衰倦。

❶ "苏"，《释文》作"素"。
❷ 《释文》及阮刻本此语前有"《说文》云"，故加引号。

○台，他来反。背，音贝。**俾尔昌而大，俾尔耆而艾。万有千岁，眉寿无有害。**笺云：此又庆僖公勇于用兵讨有罪也。中时鲁微弱，为邻国所侵削。今乃复其故，故喜而重庆之。俾尔，犹使女也。眉寿，秀眉亦寿征。○艾，五盖反。中，张仲反。

泰山岩岩，鲁邦所詹。奄有龟蒙，遂荒大东，至于海邦，淮夷来同。莫不率从，鲁侯之功。詹，至也。龟，山也。蒙，山也。荒，有也。笺云：奄，覆。荒，奄也。大东，极东。海邦，近海之国也。来同，为同盟也。率从，相率从于中国也。鲁侯，谓僖公。○荒，如字，《韩诗》云："至也。"

保有凫绎，遂荒徐宅。至于海邦，淮夷蛮貊❶。及彼南夷，莫不率从。莫敢不诺，鲁侯是若。凫，山也。绎，山也。宅，居也。淮夷，蛮貊而夷行也。南夷，荆楚也。若，顺也。笺云：诺，应辞也。是若者，是僖公所谓顺也。○凫，音扶❷。绎，音亦，一音夕。貊，武伯反。行，下孟反。

天锡公纯嘏，眉寿保鲁。居常与许，复周公之宇。常、许，鲁南鄙、西鄙。笺云：纯，大也。受福曰嘏。许，许田也，鲁朝宿之邑也。常，或作"尝"，在薛之旁。《春秋》鲁庄公三十一年"筑台于薛"是与？周公有尝邑，所由未闻也。六国时齐有孟尝君，食邑于薛。○嘏，古雅反。**鲁侯燕喜，令妻寿母。宜大夫庶士，邦国是有。既多受祉，黄发**

---

❶ "貊"，阮刻本作"貉"，下同。
❷ "扶"，《释文》及阮刻本作"符"。

儿齿。笺云：燕，燕饮也。令，善也。僖公燕饮于内寝，则善其妻，寿其母，谓为之祝庆也。与群臣燕，则欲与之相宜，亦祝庆也。是有，犹常有也。儿齿，亦寿征。○儿，五兮反，齿落更生细者也，一如字。祝，之又反，下同。

徂来之松，新甫之柏，是断是度，是寻是尺。徂来❶，山也。新甫，山也。八尺曰寻。○断，音短。度，待洛反。**松桷有舄，路寝孔硕。新庙奕奕，奚斯所作。**桷，榱也。舄，大貌。路寝，正寝也。新庙，闵公庙也。有大夫公子奚斯者，作是庙也。笺云：孔，甚。硕，大也。奕奕，姣美也。修旧曰新。所新者，姜嫄庙。僖公承衰废❷之政，修周公伯禽之教，故治正寝，上新姜嫄之庙。姜嫄之庙，庙之先也。奚斯作者，教护属功课章程也。至文公之时，大室屋坏。○桷，音角。舄，音昔，又音托。奕，音亦。榱，色❸追反。属，音烛。**孔曼且硕，万民是若。**曼，长也。笺云：曼，修也、广也。且，然也。国人谓之顺也。○曼，音万。

《閟宫》八章，二章章十七句，一章十二句，一章三十八句，二章章八句，二章章十句。

《駉》四篇，二十三章，二百四十三句。

---

❶ "来"，阮刻本作"徕"。
❷ "废"，阮刻本作"乱"。
❸ "色"，阮刻本作"巴"。

那诂训传第三十 | 商颂

那

《那》，祀成汤也。微子至于戴公，其间礼乐废坏。有正考甫者，得《商颂》十二篇于周之大师，以《那》为首。礼乐废坏者，君怠慢于为政，不修祭祀、朝聘、养贤、待宾之事，有司忘其礼之仪制，乐师失其声之曲折，由是散亡也。自正考甫至孔子之时，又无七篇矣。正考甫，孔子之先也，其祖弗甫何，以有宋而授厉公。○那，乃河反。大，音泰，后放此。

猗与那与，置我鞉鼓。猗，叹辞。那，多也。鞉鼓，乐之所成也。夏后氏足鼓，殷人置鼓，周人县鼓。笺云：置，读曰植。植鞉鼓者，为楹贯而树之。美汤受命伐桀，定天下而作《濩》乐，故叹之。多其改夏之制，乃始植我殷家之乐鞉与鼓也。鞉虽不植，贯而摇之，亦植之类。○猗，於宜反。与，音余，下同。置，如字，郑时职反，又音值。鞉，音桃。楹，音盈，柱也。濩，户故反。**奏鼓简简，衎我烈祖。汤孙奏假，绥我思成**。衎，乐也。烈祖，汤有功烈之祖也。假，大也。笺云：奏鼓，奏堂下之乐也。烈祖，汤也。汤孙，大甲也。假，升。绥，安也。以金奏堂下诸县，其声和大简简然，以乐我功烈之祖成汤。汤孙大甲又奏升堂之乐，弦歌之，乃安我心所思而成之。谓神明来格也。《礼记》曰："齐之日，思其居处，思其笑语，思其志意，思其所乐，思其所嗜❶。齐三日，乃见其所为齐者。祭之日，入室僾然必有见乎其位；周旋出户，肃然必有闻乎其容声；出户而听，忾然必有闻乎其叹息之声。"此之谓思成。○衎，苦旦反。假，古雅反，郑作格，升也。僾，音暧。忾，苦代反。**鼗鼓渊渊，嘒嘒管声。既和且平，依我磬声。**嘒嘒然，和也。平，正平也。依，倚也。磬，声之清者也，以象万物之成。周尚臭，殷尚声。笺云：磬，玉磬也。堂下诸县与诸管声皆和平，不相夺伦，又与玉磬之声相依，亦谓和平也。玉磬尊，故异言之。○渊，古悬❷反，又乌悬反。嘒，呼惠反。**於赫汤孙，穆穆厥声。庸鼓有斁，万舞有奕❸。**於赫汤孙，盛矣，汤为人子孙也。大钟曰庸。斁斁然，盛也。奕奕然，闲也。笺云：穆穆，美也。於盛矣汤孙，呼大甲也。此乐之美其声，钟鼓则斁斁然有次序，其干舞又闲习。○於，音乌。庸，如字。斁、奕，并音亦。**我有嘉客，亦不夷怿？自古在昔，先民有作。温恭朝夕，执事有恪。**夷，说也。先王称之曰在古，古曰在昔，昔曰先民。有作，有所作也。恪，敬也。笺云：嘉客，谓二王后及诸侯来助祭者。我客之来助祭者，亦不说怿乎？言说怿也。乃大古而有

---

❶ "嗜"，原作"耆"，据阮刻本改。
❷ "悬"，《释文》及阮刻本作"玄"，下同。
❸ "奕"，原作"弈"，据阮刻本改。

此助祭之礼❶，非专于今也。其礼仪温温然恭敬，执事荐馔则又敬也。○恪，苦各反。说，音悦，下同。**顾予烝尝，汤孙之将。**笺云：顾，犹念也。将，犹扶助也。嘉客念我殷家有时祭之事而来者，乃大甲之扶助也。序助者之来意也。

《那》一章，二十二句。

烈祖

《烈祖》，祀中宗也。中宗，殷王大戊，汤之玄孙也。有桑穀之异，惧而修德，殷道复兴，故表显之，号为中宗。○复，扶又反。

嗟嗟烈祖！有秩斯祜，申锡无疆，及尔斯所。既载清酤，赉我思成。秩，常。申，重。酤，酒。赉，赐也。笺云：祜，福也。赉，读如往来之来。嗟嗟乎我功烈之祖成汤！既有此王天下之常福，天又重赐之以无竟界之期，其福乃及女之此所。女，女中宗也。言承汤之业，能兴之也。既载清酒于尊，酌以祼献，而神灵来至我致齐之所，思则用成。重言嗟嗟，美叹之深。○祜，音户。疆，居良反，下同。酤，音户。赉，如字，郑音来。祼，古乱反。齐，侧皆❷反。**亦有和羹，既戒既平。鬷假无言，时靡有争。绥我眉寿，黄**

---

❶ "之礼"，阮刻本作"礼礼"，后字下读。
❷ "皆"，影宋本《释文》作"偕"。

考无疆。戒，至。熯，总。假，大也。总大无言，无争也。

笺云：和羹者，五味调，腥熟得节，食之于人性安和，喻诸侯有和顺之德也。我既祼献，神灵来至，亦复由有和顺之诸侯来助祭也。其在庙中既恭肃敬戒矣，既齐立乎列矣，至于设荐进俎，又总升堂而齐一，皆服其职，劝其事，寂然无言语者，无争讼者。此由其心平性和，神灵用之，故安我以寿考之福。归美焉。○熯，子东反。假，古雅反，郑音格，下"以假"同。绥，音妥，安也。耇，音苟。**约軧错衡，八鸾鸧鸧。以假以享，我受命溥将。自天降康，丰年穰穰**。八鸾鸧鸧，言文德之有声也。假，大也。笺云：约軧，毂饰也。鸾在镳，四马则八鸾。假，升也。享，献也。将，犹助也。诸侯来助祭者，乘篆毂金饰错衡之车，驾四马，其鸾鸧鸧然声和。言车服之得其正也。以此来朝，升堂献其国之所有，于我受政教，至祭祀又溥助我。言得万国之欢心也。天于是下平安之福，使年丰。○軧，祁支反。错，如字，又采故反。鸧，七羊反。溥，音普。穰，如羊反。毂，古木反。镳，彼苗反。**来假来飨，降福无疆**。笺云：飨❶，谓献酒使神飨之也。诸侯助祭者来升堂，来献酒，神灵又下与我久长之福也。○假，音格。**顾予烝尝，汤孙之将**。笺云：此祭中宗，诸侯来助之所言。汤孙之将者，中宗之飨此祭，由汤之功，故本言之。

《烈祖》一章，二十二句。

---

❶ "飨"，阮刻本作"享"，下同。

玄鸟

《玄鸟》，祀高宗也。祀，当为"祫"。祫，合也。高宗，殷王武丁，中宗玄孙之孙也。有雊雉之异，又惧而修德，殷道复兴，故亦表显之，号为高宗云。崩而始合祭于契之庙，歌是诗焉。古者，君丧三年既毕，禘于其庙，而后祫祭于太祖，明年春禘于群庙，自此之后，五年而再殷祭。一禘一祫，《春秋》谓之大事。

天命玄鸟，降而生商，宅殷土芒芒。 玄鸟，鳦也。春分，玄鸟降。汤之先祖有娀氏女简狄，配高辛氏帝，帝率与之祈于郊禖而生契，故本其为天所命，以玄鸟至而生焉。芒芒，大貌。笺云：降，下也。天使鳦下而生商者，谓鳦遗卵，娀氏之女简狄吞之而生契，为尧司徒，有功，封商。尧知其后将兴，又锡其姓焉。自契至汤八迁，始居亳之殷地而受命，国日以广大芒芒然。汤之受命，由契之功，故本其天意。○芒，莫刚反，后同。娀，夙❶忠反，下篇同❷。亳，傍各反。**古帝命武汤，正域彼四方。方命厥后，奄有九有。** 正，长。域，有也。九有，九州也。笺云：古帝，天也。天帝命有威武之德者成汤，使之长有邦域，为政于天下。方命其君，谓遍告诸侯

---

❶ "夙"，《释文》作"息"。
❷ "下篇同"，《释文》及阮刻本无。

也。汤有是德，故覆有九州，为之王也。○长，张丈反。**商之先后，受命不殆，在武丁孙子。**武丁，高宗也。笺云：后，君也。商之先君受天命而行之不解殆者，在高宗之孙子。言高宗兴汤之功，法度明也。○解，音懈。**武丁孙子，武王靡不胜。龙旂十乘，大糦是承。**胜，任也。笺云：交龙为旂。糦，黍稷也。高宗之孙子，有武功、有王德于天下者，无所不胜服。乃有诸侯建龙旂者十乘，奉承黍稷而进之者，亦言得诸侯之欢心。十乘者，二王后、八州之大国。○王，于况反，又如字。胜，音升，郑式证反。乘，绳证反。糦，尺志反。任，音壬。**邦畿千里，维民所止，肇域彼四海。**畿，疆也。笺云：止，犹居也。肇，当作"兆"。王畿千里之内，其民居安，乃后兆域正天下之经界。言其为政，自内及外。**四海来假，来假祁祁。景员维河，殷受命咸宜，百禄是何。**景，大。员，均。何，任也。笺云：假，至也。祁祁，众多也。员，古文作"云"。河之言何也。天下既蒙王之政令，皆得其所，而来朝觐贡献，其至也祁祁然众多，其所贡于殷大至。所云维言何乎？言殷王之受命皆其宜也。百禄是何，谓当担负天之多福。○假，音格，下同。祁，巨移反。员，音圆，郑音云。何，音河，又河可反。

《玄鸟》一章，二十二句。

长发

《长发》，大禘也。大禘，郊祭天也。《礼记》曰：

"王者禘其祖之所自出，以其祖配之。"是谓也。○禘，大计反。

浚哲维商，长发其祥。洪水芒芒，禹敷下土方，外大国是疆，幅陨既长。浚，深。洪，大也。诸夏为外。幅，广也。陨，均也。笺云：长，犹久也。陨，当作"圆"。圆，谓周也。深知乎维商家之德也，久发见其祯祥矣。乃用洪水，禹敷下土，正四方，定诸夏，广大其竟界之时，始有王天下之萌兆，历虞、夏之世，故为久也。○浚，音峻。芒，音亡，依韵音忙。疆，居良反。幅，方目反。陨，音圆，徐于贫反。**有娀方将，帝立子生商。**有娀，契母也。将，大也。契生商也。笺云：帝，黑帝也。禹敷下土之时，有娀氏之国亦始广大。有女简狄，吞鳦卵而生契，尧封之于商，后汤王因以为天下号，故云"帝立子生商"。

玄王桓拨，受小国是达，受大国是达。率履不越，遂视既发。玄王，契也。桓，大。拨，治。履，礼也。笺云：承黑帝而立子，故谓契为玄王。遂，犹遍也。发，行也。玄王广大其政治，始尧封之商为小国，舜之末年，乃益其土地为大国，皆能达其教令。使其民循礼，不得逾越，乃遍省视之，教令则尽行也。○拨，本末反。**相土烈烈，海外有截。**相土，契孙也。烈烈，威也。笺云：截，整齐也。相土居夏后之世，承契之业，入为王官之伯，出长诸侯，其威武之盛烈烈然，四海之外率服，截尔整齐。○相，息亮反。截，才结反。

帝命不违，至于汤齐。至汤与天心齐。笺云：帝命不违者，天之所以命契之事，世世行之，其德浸大，至于汤而当天心。○汤"齐"，如字。浸，子鸩反。**汤降不迟，圣敬日跻，昭假迟迟。上帝是祗，帝命式于九围。**不迟，言疾也。跻，升也。九围，九州也。笺云：降，下。假，暇。祗，敬。式，用也。汤之下士尊贤甚疾，其圣敬之德日进，然而以其德聪明宽暇天下之人迟迟然。言急于己而缓于人。天用是故爱敬之也。天于是又命之，使用事于天下。言王之也。○跻，子兮反。假，古雅反，"毛音格，郑音暇"❶。祗，诸时反。

受小球大球，为下国缀旒，何天之休。球，玉。缀，表。旒，章也。笺云：缀，犹结也。旒，旌旗之垂者也。休，美也。汤既为天所命，则受小玉，谓尺二寸圭也；受大玉，谓琬也，长三尺。执圭搢琬，以与诸侯会同，结定其心，如旌旗之旒縿著焉。担负天之美誉，为众所归乡。○球，音求，下同。缀，陟劣反，又张卫反。休，虚虬反。琬，吐顶反。縿，所衔反。乡，许亮反。**不竞不絿，不刚不柔，敷政优优，百禄是遒。**絿，急也。优优，和也。遒，聚也。笺云：竞，逐也。不逐，不与人争前后。○絿，音求。遒，子由反，又在由反。

受小共大共，为下国骏厖❷，何天之龙。共，法。骏，大。厖，厚。龙，和也。笺云：共，执也。小共、大共，犹所执搢小球、大球也。骏之言俊也。龙，当作"宠"。宠，

---

❶ 《释文》及阮刻本此语前有"徐云"，故加引号。
❷ "厖"，阮刻本作"庬"，下同。

荣名之谓。○共，音恭，郑音拱。骏，音峻。厐，莫邦反，郑武讲反。龙，毛如字，郑作"宠"。**敷奏其勇，不震不动，不戁不竦，百禄是总。**戁，恐。竦，惧也。笺云：不震不动，不可惊惮也。○敷，音孚。戁，奴版反。竦，小勇反。总，子孔反，又音宗。

武王载斾，有虔秉钺，如火烈烈，则莫我敢曷。武王，汤也。斾，旗也。虔，固。曷，害也。笺云：有之言又也。上既美其刚柔得中，勇毅不惧，于是有武功，有王德。及建斾兴师出伐，又固持其钺，志在诛有罪也。其威势如猛火之炎炽，谁敢御害我？○斾，蒲贝反。钺，音越。**苞有三蘖，莫遂莫达，九有有截。**苞，本。蘖，余也。笺云：苞，丰也。天丰大先三正之后世。谓居以大国，行天子之礼乐，然而无有能以德自遂达于天者，故天下归乡汤，九州齐壹截然。○蘖，五葛反。**韦顾既伐，昆吾夏桀。**有韦国者，有顾国者，有昆吾国者。笺云：韦，豕韦，彭姓也。顾、昆吾，皆己姓也。三国党于桀恶。汤先伐韦、顾，克之。昆吾、夏桀，则同时诛也。○己，音纪，又音杞。

昔在中叶，有震且业。允也天子，降予卿士。叶，世也。业，危也。笺云：中世，谓相土也。震，犹威也。相土始有征伐之威，以为子孙讨恶之业。汤遵而兴之。信也，天命而子之，下予之卿士。谓生贤佐也。《春秋传》曰："畏君之震，师徒桡败。"○中，如字，又张仲反。桡，女教反。**实维阿衡，实左右商王。**阿衡，伊尹也。左右，助也。笺云：阿，倚。衡，平也。伊尹，汤所依倚而取平，故以为官名。商王，汤也。○左，音佐。右，音又。

《长发》七章，一章八句，四章章七句，一章九句，一章六句。

殷武

《殷武》，祀高宗也。

挞彼殷武，奋伐荆楚。罙入其阻，裒荆之旅，挞，疾意也。殷武，殷王武丁也。荆楚，荆州之楚国也。罙，深。裒，聚也。笺云：有钟鼓曰伐。罙，冒也。殷道衰而楚人叛，高宗挞然奋扬威武，出兵伐之，冒入其险阻，谓逾方城之隘，克其军率，而俘虏其士众。○挞，他达反。罙，面规反。阻，庄吕反。裒，蒲侯反。冒，莫报反。隘，於懈反。**有截其所，汤孙之绪。**笺云：绪，业也。所，犹处也。高宗所伐之处，国邑皆服其罪，更自敕整，截然齐壹，是乃汤孙大甲之等功业。○处，昌虑反。

维女荆楚，居国南乡。昔有成汤，自彼氐羌，莫敢不来享，莫敢不来王，曰商是常。乡，所也。笺云：氐羌，夷狄国在西方者也。享，献也。世见曰王。维女楚国，近在荆州之域，居中国之南方，而背叛乎？成汤之时，乃氐羌远夷之国来献来见，曰"商王是吾常君也"。此所用责楚之义，女乃远夷之不如。○氐，都啼反。见，贤遍反。背，音佩。

天命多辟，设都于禹之绩。岁事来辟，勿予祸適，稼穑匪解。辟，君。適，过也。笺云：多，众也。来辟，犹来王也。天命乃令天下众君诸侯，立都于禹所治之功，以岁时来朝觐于我殷王者，勿罪过与之祸適，徒敕以劝民稼穑，非可解倦。时楚不修诸侯之职，此所用告晓楚之义也。禹平水土，弼成五服，而诸侯之国定，是以云然。○辟，音璧，下同，又音僻[1]，邪也。適，直革反，徐张革反。解，音懈。

天命降监，下民有严。不僭不滥，不敢怠遑。命于下国，封建厥福。严，敬也。不僭不滥，赏不僭、刑不滥也。封，大也。笺云：降，下。遑，暇也。天命乃下视下民有严明之君，能明德慎罚，不敢怠惰自暇于政事者，则命之于小国，以为天子。大立其福，谓命汤使由七十里王天下也。时楚僭号王位，此又所用告晓楚之义。○僭，子念反。

商邑翼翼，四方之极。赫赫厥声，濯濯厥灵。寿考且宁，以保我后生。商邑，京师也。笺云：极，中也。商邑之礼俗翼翼然可则效，乃四方之中正也。赫赫乎其出政教也，濯濯乎其见尊敬也，王乃寿考且安，以此全守我子孙。此又用商德，重告晓楚之义。○重，直用反。

陟彼景山，松柏丸丸。是断是迁，方斫是虔。松桷有梴，旅楹有闲。寝成孔安。丸丸，易直也。迁，徙。虔，敬也。梴，长貌。旅，陈也。寝，路寝也。笺云：椹谓之虔。升景山，抢材木，取松柏易直者，断而迁之，正斫于椹上，以为桷与众楹。路寝既成，王居之甚安。谓施政教得其所也。高宗之前，王有废政教不修寝庙者，高宗复成汤之道，故新路寝焉。○断，音短。斫，陟角反。虔，其连反。桷，音角。梴，

---

[1] "又音僻"，阮刻本作"王音辟"。

丑连反，又力鳣反。椹，陟金反。

《殷武》六章，三章章六句，二章章七句，一章五句。

《那》五篇，十六章，百五十四句。

诗经卷二十考证

《鲁颂·驷》章"有骍有骐"《传》"苍骐曰骐"。○苍骐,殿本作"苍祺"。案:陆氏《音义》云:"祺,字又作'骐'。"

"以车祛祛。"○案:毛居正《六经正误》云:"作'袪'者非。"《说文》云:"袪,衣袂也。"与"祛"义别,今依殿本改"祛"。

"从公于迈"❶《笺》"于,往。迈,行也"。○案:此分释"于""迈"二字,殿本、监本作"于迈,迈行也",于义稍逊。

"式固尔犹"《笺》"谋,谓度己之德"。○"谓"字,诸本俱作"为"。案:郑《笺》既训"犹"为"谋",此复即"谋"字而释之,当用"谓"字。若作"为"字,连下作句,于义未安。

《閟宫》章"致天之届"《笺》"届,极"。○极,诸本俱作"殛"。案:《说文》:"届,一曰极也。"原本固非无据,但《正义》引《尔雅·释言》"殛,诛也"以疏郑《笺》,陆氏《音义》中又有

---

❶ 此句及下句"式固尔犹"当属《泮水》章。

"殰，纪力反"，则此处似应作"殰"。况下文又有"罚殰"字在耶！

"白牡骍刚"《传》"白牡，周公牲也"。○诸本"白牡"作"白牲"，讹。

"遂荒大东。"○荒，《尔雅》注作"忨"。

"居常与许"《笺》"周公有尝邑，所由未闻也"。○案：郑氏谓"常"或作"尝"，在薛旁。鲁不当有薛邑，故云"周公有常邑，所由未闻"，言下有"非若许田，已闻所由"意。今本"所由"二字讹作"许许田"三字❶，不成文义矣。

"新庙奕奕。"○蔡邕《独断》"新"作"寝"。

《商颂·烈祖》章"以假以享"《笺》"假，升也"。○殿本、监本作"大也"，与毛《传》句同。案：毛读如字，则训为"大"。郑读为格，则训为"升"。观《正义》疏《笺》云"假之为升"，乃是正训，则诸本与《传》混者非。

"来假来飨。"○飨，殿本、监本同上文"以假以享"之"享"。案：上谓献其国之所有，故作"享"；此谓使神飨之，故作"飨"。原本两字各异，煞有意义。

《玄鸟》章"龙旂十乘"《笺》"十乘者，二王后、

---

❶ 阮刻本此条郑《笺》作"周公有尝邑，许□田未闻也"，"许"下空一字，校勘记云："小字本'许田'不空，《考文》古本同。闽本、明监本、毛本空处误补'许'字。相台本'许田'作'所由'。案'所由'是也。"

八州之大国"。〇二王，诸本俱作"三王"。案：《正义》云："十乘者，二王之后与八州之大国，故十也。"则非"三王"可知。

《长发》章"幅陨既长"。〇陨，殿本作"帧"而注中又仍作"陨"，传写之讹也。"帧"，《字典》无此字。

"有震且业"《笺》"畏君之震"。〇案：此句乃《左传》"战于鄯"文，诸本"君"作"吾"，讹。

"降予卿士。"〇朱子《集传》、逸斋《补传》本"予"俱作"于"。